陈忠实
文集
增订本

第 7 卷

2001—2003

人民文学出版社

目 录

小 说

日子 …………………………………………………………（3）
作家和他的弟弟 …………………………………………（13）
一个虚脱症患者的发言片段 ……………………………（22）
腊月的故事 ………………………………………………（29）
猫与鼠,也缠绵 …………………………………………（51）
关于沙娜 …………………………………………………（67）

散文·随笔

何谓益友 …………………………………………………（85）
足球与城市 ………………………………………………（98）
家有斑鸠 …………………………………………………（101）
麦饭
　　——关中民间食谱之一 ……………………………（105）
白鸽向我飞来 ……………………………………………（108）
搅团
　　——关中民间食谱之二 ……………………………（110）
关于皇帝 …………………………………………………（113）

种菊小记 …………………………………………………… （115）
成熟的征象 …………………………………………………… （118）
再会棕榈
　　——於梨华印象 …………………………………… （120）
再说死亡 ……………………………………………………… （123）
火晶柿子 ……………………………………………………… （126）
最初的操练 …………………………………………………… （134）
三九的雨 ……………………………………………………… （139）
称呼柯老 ……………………………………………………… （143）
与军徽擦肩而过 ……………………………………………… （146）
漕渠三月三 …………………………………………………… （155）
寄语中国队 …………………………………………………… （167）
滑铁卢·麦城·跷尿臊
　　——法、塞揭幕战观感 …………………………… （169）
遛了一回之后
　　——中、哥之战观感 ……………………………… （172）
细腻了的英国人 ……………………………………………… （175）
我们那两下子 ………………………………………………… （179）
惨烈的场面与蒸红苕的技巧 ………………………………… （182）
失败亦可正名 ………………………………………………… （186）
桑巴和桑巴之外的魅力 ……………………………………… （188）
遇合燕子,还有麻雀 ………………………………………… （192）
六十岁说 ……………………………………………………… （200）
在乌镇 ………………………………………………………… （203）
走进一个美国家庭
　　——丹尼尔与王锦凤 ……………………………… （207）
"非典"不是虎烈拉 ………………………………………… （214）

黄帝陵,不可言说 …………………………………… (216)
回嚼永恒的美好 …………………………………… (218)
活着,只相信诚实
　　——怀念胡采 ………………………………… (220)
为城墙洗唾
　　——关中辩证之一 …………………………… (222)
重新解读《家》,一个时代的标志
　　——写在巴金百岁华诞 ……………………… (224)
黏面的滑稽
　　——关中辩证之二 …………………………… (227)
遥远的猜想
　　——关中辩证之三 …………………………… (229)
孔雀该飞何处
　　——关中辩证之四 …………………………… (231)
原下的日子 ………………………………………… (233)
乡谚一例
　　——关中辩证之五 …………………………… (240)
也说乡土情结
　　——关中辩证之六 …………………………… (242)

言论·对话

大地的精灵 ………………………………………… (247)
《城市尖叫》阅读笔记 ……………………………… (249)
乡村,喧哗与骚动 …………………………………… (253)
生命的审视和哲思 ………………………………… (257)
生命跃进的足音 …………………………………… (263)
互相拥挤　志在天空

——有感于叶广芩、红柯荣获鲁迅文学奖……………（266）
诗性的质地…………………………………………………（272）
把智慧投入到写作中
　　——与《三秦都市报》记者杜晓英的对话…………（276）
惹眼的《秦之声》……………………………………………（281）
文学对科学的解读…………………………………………（285）
烛照人类心灵不灭的神光
　　——阅读《落红》致方英文……………………………（288）
成熟与智慧…………………………………………………（291）
生命质量的升华……………………………………………（293）
第一声鸣叫…………………………………………………（297）
温馨的记忆与陌生的熟识
　　——读李志武《白鹿原》连环画随想…………………（299）
"文学是我人生中最重要的主题词"
　　——与《西安晚报》记者蔡静、丑盾对话……………（303）
激扬的膜拜…………………………………………………（309）
关于四十五年的答问………………………………………（314）
文学的信念与理想…………………………………………（321）
聆听耿翔……………………………………………………（330）
关注人类命运的力作………………………………………（337）
关于《走向混沌》的通信……………………………………（340）
解读一种人生姿态…………………………………………（343）
自在的抒写…………………………………………………（353）
阳光明媚……………………………………………………（355）
致西部作家研究中心的信…………………………………（358）
多重交叉的舞蹈……………………………………………（360）
功夫还得在诗内……………………………………………（370）

在自我反省中寻求艺术突破
——与武汉大学文学博士李遇春的对话 …………（374）
秦岭南边的世界 ……………………………………（426）
位卑位尊都躬行 ……………………………………（442）
土壕、讲坛和稿纸上的舞蹈 ………………………（446）
民间关中 ……………………………………………（451）
多重视角　独自体验 ………………………………（454）
三题《一路走来》……………………………………（458）
你的句子已灿灿发亮 ………………………………（465）
探索·归结·展示
——在《王蓬文集》首发式上的讲话 …………（469）
生活的脉象，我的脉象
——小说自选集新版序 …………………………（473）
《原下的日子》后记 …………………………………（475）
背离共性，自成风景
——《陕西名家作品选》序 ………………………（477）

小 说

日　子

一

发源地周边的山势和地形,锁定了滋水向西的流向。那些初来乍到的外地人,在这条清秀的倒淌河面前,常常发生方向性迷乱。

在河堤与流水之间的沙滩上,枯干的茅草上积了一层黄土尘灰,好久好久没有降过雨了。北方早春几乎年年都是这种缺雨多尘的景象。

两架罗筛,用木制三脚架撑住,斜立在淘挖出湿漉漉沙石的大坑里。男人一把镢头一把铁锨,女人也使用一把镢头一把铁锨;男人有两只铁丝编织的铁笼和一根水担,女人也配备着两只铁丝编成的铁笼和一根水担。

铁镢用来刨挖沉积的沙石。

铁锨用来铲起刨挖松散的沙石,抛掷到罗网上。石头从罗网的正面"哗啦啦"响着滚落下来,细沙则透过罗网隔离到罗网的背面。

罗网成为男人和女人劳动成果的关键。

铁丝编织的笼筐是用来装石头的。

水担是用来挑担装着石头的铁笼的。

从罗网上筛落下来的石头堆积多了,用铁锨装进铁笼,用水担的铁钩钩住铁笼的木梁,挑在肩上,走出沙坑,倒在十余米外的干沙滩上。

男人重复着这种劳作工序。

女人也重复着这种劳作工序。

他们重复着的劳动已经十六七年了。

他们仍然劲头十足地重复着这种劳动。

从来不说风霜雨雪什么的。

干旱的冬季和早春时节的滋水是水量最稳定的季节,也是水质最清纯的季节,清纯到可以看见水底卵石上悠悠摆动的絮状水草。水流上架着一道歪歪扭扭的木桥。一个青年男子穿着军大衣在收取过桥费,每人每次五毛。

我常常走过小木桥,走到这一对刨挖着沙石的夫妇跟前。我重新回到乡下的第一天,走到我的滋水河边就发现了河对面的这一对夫妇。就我目力所及,上游和下游的沙滩上,支着罗网埋头这种劳作的再没有第三个人了。

在我的这一岸的右边河湾里,有一家机械采石场,悬空的输送带上倾泻着石头,发出震耳挠心的响声。

沙坑里,有一个大号热水瓶,红色塑料皮已经褪色,一只多处脱落了搪瓷的搪瓷缸子。

二

早春中午的太阳已见热力,晒得人脸上烫烫的,却很舒服。

"你该到城里找个营生干,"我说,"你是高中生,该当……"

"找过。也干过。干不成。"男人说。

"一家干不成,再换一家嘛!"我说。

"换过不下五家主儿,还是干不成。"女人说。

"工作不合适？没找到合适的？"我问。

"有的干了不给钱，白干了。有的把人当狗使，呼来喝去没个正性。受不了啊！"他说。

"那是个硬熊。想挣人家钱，还不受人家白眼。"她说。

"不是硬熊软熊的事。出力挣钱又不是吃舍饭。"他说。

"凭这话，老陈就能听出来你是个硬熊。"女人说，"他爷是个硬熊。他爸是个硬熊。他还是个不会拐弯的硬熊——种系的事。"

"中国现时啥都不缺，就缺硬熊。"他说。

"弓硬断弦。人硬了……没好下场。"她说。

"这话倒对。俺爷被土匪绑在明柱上，一刀一刀割，割一刀问一声，直到割死也不说银圆在哪面墙缝里藏着。俺爸被斗了三天两夜，不给吃不给喝不准眨眼睡觉直到昏死，还是不承认'反党'……我不算硬。"

"你已经硬到只能挖石头咧！你再硬就没活路了。硬熊——"

"唤！好腰——"

我看见男人停住了劳作，一只手叉在腰间，另一只手拄着铁锨木把儿，两眼专注地瞅着河的上方。我转过头，看见木桥上走着一位女子。女子穿一件鲜红的紧身上衣，束腰绷臀，许是恐惧那座窄窄的独板桥，一步一扭，腰扭着，臀也扭着，一个S身段生动地展示在凌水而架的小木桥上。

"腰真好。好腰。"男人欣赏着。

"流氓！"女人骂了一句，又加一句，"流氓！"

那个被男人赞赏着被女人妒忌着的好腰的女子已经走过木桥，坐上男友摩托车的后座，"呜噜噜"响着驰上河堤，眨眼就消失了。

"好腰就是好腰。人家腰好就是腰好。"男人说，"我说人家腰好，咋算流氓？"

"好人就不看女人腰粗腰细腰软腰硬。流氓才贼溜溜眼光看女人腰……"

"哈呀！我当初瞅中你就是你的腰好。"男人嘻嘻哈哈起来，"我当初就是迷上你的好腰才给你写恋爱信的。我先说你是全乡第一腰，后来又说中国第一腰，你当时听得美死了，这会儿却骂我流氓。"

女人羞羞地笑着。

男人顺着话茬说下去。他首先不是被她的脸蛋儿而是被她的腰迷得无法解脱。他很坦率又步入迷津地悄声对我说，他也搞不清自己为什么偏偏注意女人的腰，一定要娶一个腰好的媳妇，脸蛋嘛，倒在其次，能看过去就行了。

他大声慨叹着，不无讨好女人的意思："农村太苦太累，再好的腰都给糟践了。"

男人把堆积在罗网下的石子铲进笼里，用水担挑起来，走上沙坑的斜坡，木质水担"吱呀吱呀"响着，把笼里的石头倒在石堆上。折身返回来，再装再挑。

女人对我说："他见了你话就多了。嘎杂子话儿也出来了。他跟我在这儿，整响整响不说一句话。猛不丁撂出一句，'日他妈的！'我问他你日谁家妈哩。他说，'谁家妈咱也不敢日，干乏了干烦了撒口气嘛！'"

男人朝我笑笑，不辩白也不搭话。

三

"把县委书记逮了。"

"哪个县的县委书记？"

"我妹子那个县的。"

"你怎么知道？"

"我晌午听广播听见的。"

"犯了啥事？"

"说是卖官得了十万。"

我已不太惊奇，淡淡地问："就这事？还有其他事没有？"

"广播上只说了卖官得钱的事。"男人说，"过年时我到我妹子家去给外甥送灯笼，听人说这书记被'双规'了。当时我还没听过'双规'这名词。我妹家来的亲戚都在说这书记被'双规'的事，瞎事多多了。广播上只说了受贿卖官一件事。"

"老百姓早都传说他的事了？"

"我给你说一件吧。县里开三级干部会，讨论落实全县五年发展规划。书记做报告。报告完了分组讨论，让村、乡、县各部门头头脑脑落实五年计划。书记做完报告没吃饭就坐汽车走了，说是要谈'引资'去了。村上的头头脑脑乡上的头头脑脑县上各部局的头头脑脑都在讨论书记五年计划的报告。谁也没料到，书记钻进城里一家三星宾馆，打麻将。打了三天三夜。第三天后响回到县里三干会上来做总结报告，眼睛都红了肿了，说是跟外商谈'引资'急得睡不着觉……"

"有这种事呀？"

"我妹子那个县的人都当笑话说哩。你想想，报告念完饭都不吃就去打麻将。住在三星宾馆，打得乏了还有小姐给搓背洗澡按摩。听说'双规'时，从他的皮包里搜出来的净是安全套儿壮阳药。想指望这号书记搞五年计划，能搞个屁……"

"你生那个气弄啥？"女人这时开了口。

"我听了生气，说了也生气。我知道生气啥也不顶。"

"那就甭说。"

"广播都说了，我说说怕啥。"

"广播上的人说是挣说的钱哩，你说是白说，没人给你一分钱。"

"你看看这人……"

"书记打麻将,你跟我靠捞石头挣钱;书记不打麻将不搞小姐,咱还是靠淘沙子捞石头过日子。你管人家做啥?"

男人翻翻白眼,一时倒被女人顶得说不上话来。闷了片刻,终于找到一个反驳的话头:"你呀你,我说啥事你都觉得没意思。只有……只有我说哪个女人腰好,你就急了躁了。"

"往后你再说谁的腰好我也不理识你了,"女人说,"我只操心自家的日子。"

"你以为我还指望那号书记领咱奔'小康'吗?哈!他能把人领到麻将场里去。"男人说,"我从早到黑从年头到年尾都守在这沙滩上淘石头,还不是过日子嘛!我当然知道,那个书记打麻将与咱尿不相干,人家就不打麻将还与咱尿不相干咯!他被逮了与咱尿不相干,不逮也尿不相干咯!"

"咱靠淘挖石头过日子哩!"女人说。

"我早都清白,石头才是咱爷。"男人说。

听着两口子无遮无掩的拌嘴,我心里的感觉真是好极了。男人他妹家所在县的那个浪荡书记,不过是中国反腐风暴中荡除的一片败叶,小巫一个。我更感兴趣的,或者说更令我动心的,或者说最容易引发我心灵深层最敏感的那根神经的,其实是这两口子的拌嘴。

他们两口子拌嘴的话所涉及的内容和范围,我都不大在意。我只是想听一听本世纪第一个春天我的家乡的人怎样说话,一个高考落榜的男人和一个曾经有过好腰的女人组成的近二十年的夫妻现在进行时的拌嘴的话。我也只是到现在终于明白,我频频地走到河滩走过小木桥来到这两口子劳动现场的目的,就在于此,仅在于此。我头一次来到他俩的罗网前是盲目的,两回三回也仍然朦胧含糊,现在变得明白而又单纯了:看这一对中年夫妻日常怎样拌嘴。

"呃!这书记而今在劳改窑的日子可怎么过呀!"男人说。

"你看你这人!老陈你看他这人——就是个这!"女人说,"刚才还气呼呼地骂人家哩,这会儿又操心人家在劳改窑里受苦哩!"

"享惯了福的人呀!前呼后拥的,提包跟脚的,送钱送礼的,洗澡搓背的,问寒问暖的,拉马坠镫的,这会儿全跑得不见人影了。而今在号子里两个蒸馍一碗熬白菜,背砖拉车可怎么受得了?"男人说。

"你是闲(咸)吃萝卜淡操心。"女人说。

"他这阵儿连我都不如。我在这河滩想多干就多干想少干就少干不想干了就坐下抽烟喝水,运气好时还能碰见一个腰好的女子过河,还能看上两眼。他这阵儿可惨了,干不动得干不想干也得干,公安警卫拿着电棍在尻子后头伺候着哩!享惯了福的人再去受苦,那可比没享过福只受过苦的人要难熬得多吧?"

没有人回答他的发问。我没有。他的她也没有。他突然自问自答——

"我说嘛人是个贱货!贱——货!"

……

太阳沉到西原头的这一瞬,即将沉落下去的短暂的这一瞬,真是奇妙无比景象绚烂的一瞬。泛着嫩黄的杨柳林带在这一瞬里染成橘红了。河岸边刚刚现出绿色的草坨子也被染成橘黄色了。小木桥上的男人和女人被这瞬间的霞光涂抹得模糊了,男女莫辨了。

四

应办了几件公务,再回到滋水河川的时候,小麦已经吐穗了。

我有点急迫地赶回乡下老家来,就是想感受小麦吐穗扬花这个季节的气象。我前五十年年年都是在乡村度过这一年中最美好、最动人的季节的。我大约有七八年没有感受小麦吐穗扬花时节滋水河川和白鹿原坡的风姿和韵致了。

太阳又沉下西原的平顶了。河堤和石坝的丁字拐弯的水潭里，有三个半大小子在游泳戏水。我看见对岸的沙滩上支撑着一架罗网。女人正挥动铁锨朝罗网上抛掷着沙石。石头撞击的"刷啦刷啦"的声音时断时续，缺乏热烈，有点单调。

男人呢？

那个尤其喜欢欣赏女人好腰又被嗔骂为流氓兼硬熊的男人呢？

我脱了鞋袜，涉过浅浅的河水。水还是有点凉，河心的石头滑溜溜的。我走到她的罗网前的沙梁上，点燃一支烟。

"那位硬熊呢？"

"没来。"

我便把通常能想到的诸如病啦、走亲戚啦、出门办事啦这些因由一一询问。她只有一个字回答：没。

我就自觉不再发问了。她的脸色不悦。我随即猜想到通常能想到的诸如吵架啦与邻居村人闹仗啦亲戚家里出事啦等等这些令人烦心丧气的事，然而我不敢再问。

她轻轻叹了一口气。

我还是决定发问："咋咧？出什么事了？"

她停住手中的铁锨，重重地深深地吁出一口气："女子考试没考好。"

"就为这事？"我也舒了一口气，"这回没考好，下回再争取考好嘛！"

她苦笑一下："这回考试不是普通考试。是分班考试。考好可进重点班，考得不好就分到普通班里。分到普通班里就没希望咧。"

这是我万万没有料想到的事。

她这时话多了："女子自个儿不敢给她爸说。

"他听了就浑身都软了，连镢头铁锨都举不起来了。

"他在炕上躺了三天了，只喝水不吃饭，整夜整夜不眨眼不睡觉,光叹气不说话。我劝了千句万句,他还是一句不吭。"

"女子在哪儿念书?高中还是初中?"

"县中。念高一。这学期分出重点班。"

我也经历过孩子念书的事。我也能掂出重点班的分量。但我还是没有估计到这样严重的心理挫败。

她伤心地说:"这娃娃也是……平时学得挺好的,考试分数也总排前头,偏偏到分班的节骨眼上,一考就考……

"直到昨日晚上他才说了一句话:'我现在还捞石头做啥!我还捞这石头做啥……'"

"你不是说他是个硬熊吗?这么一点挫折就软塌下来了?"我说。

"他遇见啥事都硬,就是在娃儿们上学念书的事上心太重。他高考考大学差一点分数没上成,指望娃儿们能……

"他常说,只要娃儿们能考大学,他准备把这沙滩翻个个儿……

"他现时说他还捞这石头做啥哩!"

"我去跟他说说话儿能不能行?"我问。

"你甭去,没用。"

我自然知道一个农民家庭一对农民夫妇对儿女的企盼,一个从柴门土炕走进大学门楼的孩子对于父母的意义。我的心里也沉沉的了。

"他来了!天哪!他自个儿来了!"

我听见女人的叫声,也看见她随着颤颤的叫声涌出的眼泪。

我随即看见他正向这边的沙梁走来。

他的肩头背着罗网,扛着镢头铁锨,另一只肩头挑着担子,两只铁丝编织的笼吊在水担的铁钩上。

他对我淡淡地笑笑。

他开始支撑罗网。

"天都快黑咧,你还来做啥!"她说。

"挖一担算一担嘛。"他说。

我想和他说话,尚未张口,被他示意止住。

"不说了。"他对我说。

女人也想对他说什么,同样被他止住了。

"不说了。"他对她说。

"再不说了。"他对所有人也对自己说。

"不说了。"他又说了一遍。

我坐在沙梁上,心里有点酸酸的。

许久,他都不说话。镢头刨挖沙层在石头上撞击出刺耳的噪声,偶尔迸出一粒火星。

许久,他直起腰来,平静地说:

"大不了给女子在这沙滩上再撑一架罗网喀!"

我的心里猛然一颤。

我看见女人缓缓地丢弃了铁锨。我看着她软软地瘫坐在湿漉漉的沙坑里。我看见她双手捂住眼睛垂下头。我听见一声压抑着的抽泣。

我的眼睛模糊了。

2001 年 5 月 12 日　原下

作家和他的弟弟

我曾在一部小说里说过,昼伏夜出几乎是世界上各路盗贼共有的生活习性。仅就这个习性而言,作家类同于盗贼,只是夜出工作的性质与之相去甚远罢了。这篇小说记述的作家就是一个顽固地遵循着昼伏夜出规律的人。他沉静而又疯狂地写作一夜,天色微曙时伸着懒腰打着呵欠躺到床上,直到午后才醒来。

在作家睡眠的这段时间里,最恐惧的事就是来人。来人太多了,多到一般人不可想象的程度。作家因一部小说以及由小说改编的电影爆炸,就出现了这种寻访如潮的情形。作家自然沉浸在热心者好奇者研究者的不断重复着的问询的愉悦之中,多了久了也就有点烦。烦就烦在心里,外表上不敢马虎也不敢流露出来,怕人说成名了就拿架子摆臭谱儿脱离群众了。然而作家还想写作,还想读书,即使不写不读,仅仅只想一个人坐下来抽支烟品一杯咖啡。于是作家终于下定决心,在白天睡觉的这段时间里,拔掉电话插头,拉下了门铃的闸刀,在门板上贴一张粗笔正楷的告示:如若不是发生地震,请手下留情,下午三时后敲门。作家往往最容易在语言上出错,仅这条告示而言,就存在严重的错误,因为地震如果真的发生时,即使是四五级的中震,作家就会自己冲出门来的,任何人都不必敲门了。无论如何,这条幽默而又严峻的告示确实制止了无数只已经举起或蠢蠢欲举的手,保证了作家的睡眠。

大约十二时许，作家正沉入深睡状态，有人敲门。轻敲时作家没有听见。作家被惊醒时的敲门声，已不是敲而是捶，真如发生了失火或地震一类灾难似的。任谁都可以感同身受地去想象作家的不快甚至恼恨了：一个通夜写作而刚刚睡了三四个小时的人多么需要休息啊！

作家是聪明人。敢于无视告示而如此用劲儿捶打门板的人，肯定是有重大事由的人，所以也就不敢恼怒，甚至怀着忐忑的心情赶紧拉开门闩。站在门口的，是弟弟。二弟。

作家的第一个心理反应是：这个货又来了。

作家连"你来了"一类客套话都不说，就转身走进客厅。弟弟也不计较哥哥的脸热脸冷，尾随着进入客厅，不用让坐就坐到沙发上了，把肩头挎着的早已过时的那种仿军用黄色帆布挎包放到屁股旁边的沙发上，顺手从茶几上的烟盒里抽出一支烟来点着了。美滋滋地吐出一条喇叭状的烟雾之后，弟弟笑嘻嘻地说："哥，我想你了。"

作家还没有从睡眠的恍惚里转折过来，木木的脑子里却反应出：你是想我的钱了。其实早在开开门看见弟弟的那一瞬，他首先就想到了自己腰里的钱包。这已经是惯常性的心理反应了。没有办法，他的兄弟姊妹全都生活在尚未脱贫的山区。已经给许多人提供了发展机会的社会环境是前所未有的，然而他的兄弟姊妹没有一个能够应运而出，连一个小暴发主儿都没有，更没有一个能通过读书的渠道进入城市的。他们依然贫穷。他们自觉不自觉地把骄傲的心理和依赖的眼光都倾斜到作家哥哥身上来了。作家是兄弟姊妹中唯一一个走出山沟走进省会城市的出类拔萃者，而且不是一般地进入城市谋得一份普通的社会工作，而是一步步打进文坛，且走出潼关响亮全国文坛的佼佼者。作家自己有时候也纳闷：同是一母一父所生的兄弟姊妹，智商为何有如此悬殊的差别，以至怀疑自己是不是父亲的血缘……现在，作家最揪心的是，兜里没有多少钱，怎么打发这个货出门呢？小说作品走红了，由小说改编的电影更红火，然而作家的稿酬收入却少得羞于启齿，即使启齿说给兄弟姊妹，兄弟姊妹也不信。

弟弟喝了口水就坦然直言："哥，你甭怕也甭烦，我不要你的钱。我知道你名声大，钱可不多。你是个名声很大的穷光蛋。你给我钱我也不要。"

作家不由一愣，有点摸不着头脑了。

弟弟更坦率了："我想搞一个运输公司。先买一辆公共汽车，搞长途客运，发展到三辆以上就可以申报公司了。"

作家吃惊地瞅着眉色飞扬的弟弟，半天才回过神来，我们家里终于要出一个"万元户"了哇。

"你想想你能有多少钱给我？你把我大嫂卖了也买不来一辆'中巴'……"

作家终于清醒过来，甩了烟头，讥讽道："凭你这号货能搞长途客运？你是不是昨晚做梦还没醒来？"他太了解这个弟弟了。在他的兄弟姊妹中，这是他唯一可以当面鄙夷地称之为"这个货"的一个。其他几个，本事不大，却还诚实；做不了大事，做小事做普通事也还踏实；挣不来大钱，挣小钱也还扎实巴稳。唯有这个货，什么本事没有还爱吹牛说大话包括谎话，做不来大事还不做小事；挣不来大钱还看不上小钱，总梦想着发一笔飞来的洋财。连父母也瞧不起的一个谎灵儿人物。他唯一的长处是有一副好脾气，无论作家怎么损怎么骂都不恼，而且总保持一张天真的笑嘻嘻的脸。

"我知道你看不起我，不相信我。事没弄成以前谁也不信，大事弄成了人就给你骚情了，挡都挡不住。"弟弟不仅不恼，反而给他讲起生活哲学，"你前几年没成名时，谁把你当一回事？我那时候看你没日没夜地写稿投稿，人家不登给你退回来。甭说旁人把你不当个人看，兄弟我咋看你都不像个作家。可你把事弄成了，真成个人了，而今我咋看你都像个作家……"

作家还真的被弟弟堵住了口。这是生活运动的铁的法则。他当业余作者时,屡写屡投稿屡屡不中且不说,即使后来连连发过不少小说、散文、诗歌时,文坛也没人看好他,只有那部小说和小说改编的电影爆炸之后,原有的、属于他的生活秩序才整个被打乱了。这个过程和过程中的生活法则,被弟弟都识破了。作家突然想到,论脑瓜,这个货还真的不笨;论心计——好的或坏的——他还真的不缺,说不定弄不来小事还能弄成大事哩!而今常常是这类人最早跃出原有的生活轨道和惯性,一夜暴富。作家便松了口,半是无奈地笑笑:"行啊!你想买一列火车搞运输我都没意见。你搞吧!"

弟弟笑了:"现在该求你了。不要你的钱,只要你给刘县长写个字条儿,让他给银行行长说句话,我就能贷出款子来。刘县长是你的哥们儿……办这事不费啥。"

作家故作惊讶:"哦!你还真动脑子了,把我的朋友关系都调动起来了……"

"而今这社会好是好,没有'关系'活不了。"弟弟说,"你不过写一张二指宽的字条儿。刘县长也不过给行长打个电话说两句话。都不算啥麻烦劳神的事喀!"

作家笑笑,夹着烟在屋子里转了两圈,给刘县长写了一张字条儿。

几天之后,作家越来越感到某种逼近而又逼真的隐忧。这种隐忧之所以无法排遣,在于他意识到某种危险。作家的情绪制约着思路。总是别扭,总是不能通畅,总是无法让想象的翅膀扇动起来,正在写作着的长篇巨著遇到了障碍。他终于拿起电话,拨通了刘县长办公室的号码,很内疚地说明来龙去脉,最后才点破题旨:"你不知道我这个弟弟是个什么货!我给他说不清道理才把他推到你手里。你随便找个理由把他打发走算了。"

刘县长笑了:"你的电话来晚了。你弟前日后晌就来了。我把他介绍给农行行长了。"

"这怎么办?"作家急了,不是怕弟弟贷不到款,恰恰是怕他贷到了款子,三天两后晌把钱赔光了怎么办?他对刘县长叙说了自己的隐忧。

刘县长不在意地笑了:"银行现在不会再做这种挨了疼而说不出口的蠢事了。现在贷款手续严格了。你放心吧。"

作家放下电话时,稍微安稳了。

巧的是,电话铃又响了,是弟弟打来的。

弟弟说:"哥呀,贷款是没问题的。刘县长一句话,农行行长照办。我想贷十五万,他连一个子儿不敢少给。"

作家听着弟弟狐假虎威得意忘形的口气,心情又负累了。真要是贷下十五万元,这货把钱给倒腾光了,谁来还贷?他便郑重警告弟弟:"你得考虑还贷能力……"

"害怕火烫还敢学打铁!"弟弟满腔豪气,"现在人家贷款要担保人,或者财产抵押。咱们兄弟姊妹就你日子过得好。你给我来担保。"

作家脱口而出:"那就把我押上?"

"谁敢押你这个大作家呀!"弟弟"哈哈"笑起来,"行长倒是给我出主意,把你那本书押上。"

作家现在才放松了,疑虑和隐忧全在这一瞬间化释了。行长给弟弟出的这个主意分明是游戏,不无耍笑戏弄的意味。自以为聪明的弟弟现在还在农行行长的圈套里瞎忙着。作家既不想为贷款而负累,也不想再看弟弟揣着那点鬼心眼在老练的农行行长跟前继续瞎忙出丑。他便一语戳透:"我的那本书早都卖给出版社了。版权在人家出版社,不属于我了,押不成了。"

弟弟显然不懂出版法。这个专业法律与弟弟的实际生活太隔膜了。弟弟还不死心:"你写的书怎么不由你哩?你的娃娃咋能不跟你姓哩?"

"这是法律。"作家说。

"到底是你哄我哩,还是农行行长哄我哩?"弟弟的声音毛躁起来了,已经意识到那个梦的泡儿可能要碎了。

"你自个儿慢慢辨别吧。"作家说。

"那你得给我想办法。"弟弟说,"哪怕找个有钱的人,哪怕编个谎话,先让我把款贷下。"

作家再也缠不过,便说:"我有一支好钢笔,永生牌的。你作押吧!"说罢挂断了电话。

冬天到来的时候,作家完成了长篇小说的上部。此刻的心境是难以比拟的,像生下了孩子的产妇,解除了十个月的负累之后的轻松和痛苦折腾之后的恬静与踏实;像阴雨连绵云开日出之后的天空一样纯净和明媚。这些比拟似乎又都不够贴切,真正的创造后的幸福感是难以言说的。

作家急迫地想回老家去。温暖的南方海滨,他都毫不犹豫地谢绝了。他迫切地想回到故乡去,那里已经开始上冻的土地,那里冬天火炕上热烘烘的气息,那一家和这一家在院墙上交汇混融的柴烟,那一家的母鸡和这一家的母鸡下蛋后此起彼伏的叫声,甚至这一家和那一家因为牛羊因为孩子因为地畔而引起纠纷的吵架骂仗的声音,对他来说都是一首首经典式的诗,常诵常吟,永远也不乏味,每一次重大的写作完成后,每一次遭遇丑恶和龌龊之后,他都会产生回归故土的欲望和需求。在四季变幻着色彩的任何一个季节的山梁上或河川里,在牛羊鸡犬的鸣叫声中,在柴烟弥漫的村巷里,他的"大出血"式的写作劳动造成的亏空,便会得到天风地气的补偿;他的被龌龊过的胸脯和血脉也会得到迅速的调节,这是任何异地的风景名胜美味佳肴所无法替代的。他的肚脐眼儿只有在故乡的土地上才汲取营养。他回来了。

　　作家下火车时,朋友刘县长在那儿接站,随后便进入一家新开发出来的民间食物的餐馆。便是豪饮。便是海阔天空的大谝。便是动人的城南旧事式的回忆。作家后来提起了弟弟贷款的事,随意地问:"后来他还缠没缠你?"

　　刘县长也是多喝了几杯,听罢便大笑起来,笑得前仰后合,说话都不连贯了:"哎呀!我的我的……作家作家……老哥老哥呀……你的你的……这个活宝活宝……弟弟呀!我现在才……才明白了……你为啥为啥把他……叫'货'……"

　　作家倒进一大口酒,没法说话,等待下文。

　　刘县长仍然止不住笑,拍着作家朋友的肩膀:"任何天才天才……作家……也编不出……的……"

　　刘县长讲给作家一个可以作为小说结尾的故事——

　　你弟弟从我办公室走时,我借给他一辆自行车,机关给我配发的一辆新型凤凰车子。咱们这个小县长,天天用汽车接送上下班,我嫌扎眼,就让后勤处给每位头儿配发一辆自行车。他把车子骑走了,三天后给我还回来,交给传达室了。传达室老头儿把车子交给我的时候,我都傻眼了。车铃摘掉了。车头把手换了一副生锈的。前轮后轮都被换掉了。后轮外胎上还扎绑着一截皮绳。只剩下三角架还是原装货。真正是"凤凰"落架不如鸡了……

　　作家"噢"地叫了一声,把攥在手里的酒杯甩了出来,笑得趴在桌子上直不起腰来:"我的多么……富于心计的……伟大的农民弟弟呀!"

　　刘县长倒是止住了笑:"你不还我车子倒算个屁事!你说你丢了,我还能叫你赔一辆不成?可他……偏偏耍这种把戏……"

　　"这就是我弟弟。常有叫人意料不到的创举,叫你哭笑不得,叫你……"

刘县长说:"我看着那辆破自行车,突然就想起你常常挂在嘴上的'这个货'!我忍不住就说了你的'这个货'的称呼……才体会到这个称呼真是恰到好处……"

当日后晌,作家就回到了父母仍然固守着的家园。没有热烈,却是温馨。窑洞整个都收拾得清清爽爽。火炕已经烧热。新添的一对沙发和一张茶几,使古老的穴居式的窑洞平添了现代文明生活的气氛。父母永远都是不需要客套式的问候的,尤其是对着面的时候,看一眼那张镌刻在心头的脸就不需要再说什么了。

他随后转悠到弟弟的窑院来。

弟弟正蹲在窑门口的台阶上抽烟,笑嘻嘻地叫了一声哥就搬出一只马扎来。作家没有坐,站在院子里,看满院作务过庄稼的休眠着的土地。宽敞的院子里有两棵苹果树,统统落叶了,树干刷上了杀灭病菌虫害的白灰浆。一边墙角是羊圈,一边墙角是鸡舍。一只柴狗窜进窜出。是一个井井有条的、令人感到舒服的庄稼院儿。

客运汽车公司显然没有办成。那辆偷梁换柱而焕然一新的自行车撑在储藏棚子门里。所有零部件都是锃亮的,只有三角架锈迹斑驳,露出一缕寒酸一缕滑稽一缕贼头贼脑。

作家用嘴努努自行车,说:"兄弟,再去借用一回,把他的三角架也换回来。"

"不用了不用劳神了。"弟弟顺茬儿说,"三角架一般不会出问题,新的旧的照样能用。"

"你也太丢人了!"作家终于爆发了。

"我丢什么人了?"弟弟一脸的诚实之相。

"我给你买不起'中巴',买一辆自行车还是可以的嘛!"作家摊开手,说,"你怎么能这样?"

"噢哟哟哟!"弟弟恍然大悟似的倒叫起来,"这算个屁事嘛!也不是刘县长自己掏钱买的,公家给他配发的嘛!公家给他再买一辆就成了嘛!公家干部一年光吃饭不知能吃几百几千辆自行车哩!我掏摸几个自行车零件倒算个屁事!"

作家说:"我现在给你二百元,你去买新车子。你明日就把人家的零件送回去。"

"你这么认真反倒会把事弄糟了。"弟弟世故地说,又嘻嘻哈哈起来,"刘县长根本没把这事当事……权当'扶贫'哩咯……"

作家瞅着嘻嘻哈哈的弟弟,想说什么也说不出来了,就走出了窑院。晚炊的柴烟在村巷里弥漫起来,散发出一种豆秆儿谷秆儿焚烧之后混合的熟悉的气味。作家还是忍不住在心里呻吟起来,我的亲人们哪……

2000 年秋 礼泉
2001 年 8 月 20 日重写 原下

一个虚脱症患者的发言片段

尊敬的各位首长,尊敬的各位领导各位先生女士:

能有机会在各位首长各位领导亲自参加的研讨会上发言,我是深感荣幸的。刚才司仪先生说让我讲演。我怎么敢在尊敬的首长领导面前讲什么演呢!确切地说是发言,更确切地说是汇报。能有机会向尊敬的各位首长及各位领导当面汇报,对我这样一个作家来说是莫大的荣幸和巨大的鼓舞,使我可以当面聆听尊敬的首长和领导的批评和教诲。

我今天汇报的题目是《作家和人民》。在我正式汇报我和人民的血肉感情鱼水关系的切身感受之前,我先讲一个小小的插曲,作为这个汇报题目的序言。这是刚刚发生过的一个真实的小故事。就发生在今天早晨。确切地说就发生在我来开会之前。直到现在我仍然激动不已,我抚着胸脯还能真实地感到心脏在怦怦怦地跳动。我现在站在这里向尊敬的首长和各位领导和各位先生女士还没有说到这个故事的开头已经激动得快要不行了。这是我作为一个人民作家所期待的最幸福的事。

今天早晨起来,我决定自己亲自到市场上去买菜。我的举动把保姆吓了一跳。她尖着嗓子跟我急,你的时间多宝贵呀,怎么能让你做这些粗活杂事呢,浪费你的写作时间就是耗费天才的珍贵生命呀,我会犯罪过的呀。保姆怎么会理解我的行为呢?她不可能理解的。

我要亲自去体验一下蔬菜市场的生活了。这个市场是一个大千世界，各种职业各种心态的人都汇聚到这里来了，我要观察他们。我从他们各个不同的掏钱的动作和讲价还价的口吻就能感受到他们的心理活动。更重要的是，这里是城乡交汇处或者说接合部，许多郊区的农民到这里来卖菜卖肉卖水果卖鸡蛋，我可以感受到农民和城市人的新的人际关系。最最重要的，我要体验人间烟火，菜市场是人间烟火最浓郁最旺盛的场合。感受买者和卖者的心态。我正是要在这里感受生活感受社会，与人民保持一种平等的关系。只有平等才能准确感受。因为进入菜市场，我在他们眼里就是一个消费者，一个普通市民，可以平等交换；在平等的交换中感受到的时代脉搏才是准确的。完全不像在其他场合，被拉去签名、合影，甚至还有崇拜女孩狂热的拥抱。我进入菜市场就还原为一个普通人了。这一点保姆是永远不会理解的。一个作家想要贴近人民的情怀，小保姆总是感到不可理解。这样，我就强行按住保姆的手不许拽我，我就挎上篮子出门了。然后就发生了令我至今仍然激动不已的一幕——

呵呵，对不起尊敬的各位首长领导和各位先生女士。这里我还须汇报一下我家保姆的情况。这个小保姆是从山区雇来的。我之所以专门要从最贫困的山区雇一个保姆，就是为了给国家减少一个贫困人口。我同时清醒地认识到，光帮她经济上脱贫是远远不够的，还必须教给她知识。教育的落后是造成贫困的根本原因，知识扶贫才是打开通向富裕之路的金钥匙。我在给她比较优厚的工资的同时，特别注重帮她学习文化。她只上过小学五年级，文化水平可想而知。我辅导她读我的小说，对她觉得感动的篇章就让她背下来。我觉得背书仍不失为一种可靠的学习方法。我今天之所以能成为作家，与我小时候的背书有直接关系。做语文教师的父亲曾经逼着我背《唐诗三百首》。让小保姆通过阅读和背诵我的小说，对她进行心灵的熏陶，逐渐从愚昧状态脱胎为现代文明的人。为了鼓励她尽快成长，我和她约定,每背诵一千字,奖励一元;能背过一万字,就有十块钱的收入了,我和她约定的方式是拉钩。她现在已经背过十万多字了,文化提高了,额外又得到了一百多元钱。她又主动提出要把我的这部长篇全部背下来,她太喜欢这部小说了。她同时声明不要我给她的背书奖励金了。她说我帮她学习怎么能让我倒贴呢?我感到了她的内在素质的提升。作为一个人民作家,我时时刻刻都要尽自己的一份责任。现在,我来汇报菜市场上那动人的一幕——

关于我买蘑菇买芹菜买鱼买鸡蛋的过程和买卖过程中达到的交流和收获,就不一一汇报了;关于我为什么买蘑菇买芹菜而不买其他蔬菜,为什么买鲈鱼而不买武昌鱼,为什么买鸡蛋而不买鹌鹑蛋的科学道理,也就不一一汇报了。正是我买完了所需的东西准备撤退的时候,我发现了一个不寻常的人。这是个在肉摊上卖肉的人。一个姑娘。一个漂漂亮亮的小姑娘。卖菜卖肉的姑娘中漂亮的人也不少不足为奇。令我惊奇的是她在看书。在顾客离去和新的顾客到来之前的短暂的空隙里,她便拿起书来看上一眼读上几行。这简直是整个蔬菜副食品市场上一道最亮丽的风景。想想吧,在金钱和物质直接的又是紧张的交换场合里,竟然有一个漂亮的女孩子在叨空儿读书!我的心头一亮,我的心里一热,几乎流下眼泪来。我被这个女孩深深地感动了,甚至可以说是震慑住了。她读书的神态和渴求知识的欲望太令我感动了。我真后悔没有带照相机来。大家想象一下吧!在万头攒动"嗡嗡"的交换的争议声浪里,在一排排猪肉和羊肉排列的肉架肉林之中,有一个卖肉的女孩在读书,这是怎样一幅令人肃然令人感动的浮雕式的画面啊!我当即就产生了《卖肉的小女孩》的小说构思,自我感觉不亚于那个名篇《卖火柴的小女孩》。人民的生活就是这样给我创作的灵感,永不干涸。

我后来才意识到我被她震慑而凝固在原地不动了。我重新获得现实知觉后就朝她的肉摊走去。尽管我不打算买肉。我的胆固醇和血脂都很高,医生再三叮嘱我不能再吃肉了。为了能给人民写出更多更好的作品,我只好忍痛割爱不吃肉了。我走到肉摊跟前,那个女孩还在盯着书看,居然没有发现我的到来。我真不忍心打扰她读书的兴致。然而我太想了解了解这个可爱的小姑娘。我就开口问话了。小姑娘恋恋不舍地放下书,问我要买多少。我便逗她说,这真是羊肉吗?小姑娘说,正宗的内蒙古羊,草原上的羊肉不膻。我上山下乡五年,就在内蒙古草原上放羊,比她内行多了。我故意逗她,挂羊头卖狗肉的事儿还真说不定呢,市场上假货比真货还难辨。她"扑哧"一声笑了,说师傅你太官僚了,而今狗肉比羊肉还贵,该当是挂狗头卖羊肉才合当今行情。我还真不知道狗肉比羊肉贵哪!我还停留在"狗肉不上席"的旧观念状态。这个小姑娘多机智呀!居然把一句古老的成语给颠覆了。我又一次深切地体会到"卑贱者最聪明"的哲理。

我还是对她读书的事最感兴趣。我就问她在读什么书。她回答之后,就让我感到不好意思了。她读的是我的书。是我今年刚刚出版的那部长篇小说。我真不好意思再问她什么了,因为她读的是我写的书呀。小姑娘却由此打开话匣子滔滔不绝起来,从这本书立意的深度到人物刻画,从故事情节说到细节,又从现实意义说到艺术特色,说得头头是道,俨然是一位评论家。我在大家尤其是在尊敬的各位首长和领导面前不好意思重复她的话。我向来不标榜更不自我炒作。这个小姑娘是很普通的读者,她说她读过许多中外名著,也读过中国当代许多作家的作品。她还是有很不俗的欣赏眼光的。她居然敢对我说,这部小说完全有资格获诺贝尔文学奖,起码比那个高什么的法国籍的中国人写得好多了。我怕他看出我的真面目来,因为那本书上有我的照片。那样我就更不好意思了。我和她招呼一声就要走了。她却拉住我要送我两斤羊肉。我问为什么白送。她说她凭直觉判断我是一个正派正直的人。我只好告诉她,我在内蒙古草原下乡时放过羊,对羊的感情太深了,每看见羊肉,就感觉到人的残忍。我是不吃羊肉的。

尊敬的各位首长尊敬的各位领导,各位先生各位女士,现在我来汇报我的正式内容《作家和人民》——

(一位领导插话:这个故事真是很感动人的。我给你提个建议,你应该把你主要的作品给那位卖羊肉的姑娘送去。)

请领导放心,我一定照您的指示办。我把我全部的作品都送给她,签上名盖上章。这是我最珍贵的一位读者。没有任何功利目的的读者,她的评价才是最可信赖的。我根本不在乎那个总是隐含着政治偏见的什么诺贝尔奖。倒是如卖羊肉的小姑娘那样喜爱我的作品的人民,才是我服务的根本。

……

一家晚报记者闻风而动跟踪追寻。果然在作家所说的那家蔬菜副食品市场找到了那位卖羊肉的姑娘。

被作家称赞为漂亮的小姑娘其实并不漂亮,倒是很普通,很难使人产生漂亮的印象。记者并不研究漂亮与否,作家的夸张和美化无可厚非。关键在于她不仅不是姑娘更不是小姑娘了。确切地说,她是一位青年妇女,少说也有三十四五岁了。记者又一次宽容了作家,把青年妇女回归到小姑娘的队列,也无可厚非,不是原则性的犯规。记者便开始和卖羊肉的青年妇女探询式地对话。

——你喜欢读小说吗?

——喜欢。

——你喜欢读哪些书呢?

——我年轻时特喜欢读琼瑶。读她的书把我的大学都读没了。要是听老师的话不读她的书,我肯定能考上大学,今天绝不会在这儿卖肉了。我后来又迷上了金庸,那书真热闹喂!

——中国当代小说你喜欢读哪些?

——我没读过。

记者便有点踌躇,要不要点出那位作家叙述的亲身经历的他写的那本小说呢?犹豫之间,记者猛然瞅见剁肉的柳木墩子旁边放着厚厚的一本书,正是那位作家提到的长篇小说,便不再作难了。

——剁肉墩子旁边那本小说你读过吗?

——我翻了翻。

——能谈谈你的印象吗?

——我马马虎虎翻了,没有细看。翻完只记得一个好玩的情景儿。

——哪个情节?

——说都不好意思说。

——没关系。说说吧!

——书里写一个作家和小情人正在亲嘴儿,保姆突然回来撞见了。那个作家对保姆撒谎掩饰,说他给她进行脸部按摩……

记者都觉得有点尴尬。

卖羊肉的青年妇女却来劲了,说,这情景倒是个情景儿。问题是书里头被写的作家笨呢,还是写这本书的作家笨呢?怎么连撒谎都不会呢?什么样的谎话不会编,偏要编出"脸部按摩"这种傻话呢!不管是书里头被写的作家还是写这本书的作家,一句谎话都编不好,还怎么当作家呢?你看看琼瑶,你再看看金庸,整本儿整摞儿的假事儿谎话儿,把一拨儿一拨儿的小姑娘老头子一个个哄得云里雾里迷迷瞪瞪的,那才叫本事……

在这位卖羊肉的青年妇女肆无忌惮的嘲笑话语里,记者哑口难辩。她不仅嘲笑了小说里那位作家,也嘲笑了写这部小说的作家。那么写这部小说的作家所做的那篇声情并茂的发言,到底是怎么回事?如果被这位卖羊肉的青年妇女嘲笑的这本书的作者在小说里该编谎话的情节里出不了彩,却怎么会在各位领导面前编出那么生动逼真的纯属谎话的"插曲",把各位尊敬的首长和领导哄得一愣一愣的?很显然,作为作家的智慧,用错了地方。

记者仍不甘就此罢休,问,那你买这本小说干什么?

——哪儿呀!昨日一个男人在我这儿买羊排把书遗在这里。我叫住他让他带上他的书。他说不要了送我包羊肉用。我闲着没事就翻了翻……

记者原打算探访完"卖肉的漂亮的小姑娘"以后,还要去探访作家家里那位正在背诵长篇小说的小保姆,写一篇关于这位作家的人物通讯。现在,还敢去找那位贫困山区来的正在通过背诵主人作家小说提升素质的小保姆吗?

记者向卖羊肉的青年妇女告辞的时候,重重地扶了扶眼镜,怕它真的跌了下来。

2001 年 原下

腊月的故事

一

这是北方乡村冬天里的一个平淡无奇的早晨。

麻雀在后院的树枝上"叽叽啾啾"吵成一片。这是冬天里唯一能够听到的鸟叫声。天天早晨都是在麻雀这种热烈的吵闹声中睁开眼睛,郭振谋老汉就感到自身这架运转了大半生的机器开始发动,毫不迟疑地从炕上坐起身来穿衣蹬裤。冬天里天寒地冻,田里和果园里没有什么逼紧的活路,放羊也需等得太阳出来霜花化了之后。他随着麻雀的叫声起来是一种习惯。习惯对于一个年过六十的人来说比制度比命令还难以违抗,再那么躺在炕上不仅不是享受而是别扭了。

郭振谋老汉穿着衣服结着裤带的时候,心里渐渐踊跃着一种激情,一种紧张,其实什么急事要事都没有,而那种混杂着紧张情绪的激情却逐渐充溢在整个躯体里。他不奇怪,完全能够把准这种脉象,是年气儿催的。年气儿是看不见说不清的。是期待是期盼,是结束是开始,是抖落是重新披挂?一交上农历腊月,这种年气儿就在乡村潮起了,腊月初五吃"五豆粥",一种掺杂着五种豆子的稀饭;腊月初八吃"腊八面",一种在大米稀饭里下进细面条也拌以炒菜的面食。

每一家农户的每一口锅里舀出来的,几乎是一律的饭食。年气儿就是这样日渐一日在乡村的村巷屋院里弥漫着,把男男女女老老少少的血液蒸腾起来。郭振谋老汉准确无误地记着,这个被麻雀吵醒的黎明是腊月十九日,再过四天就是祭祀灶神的日子了。灶神是天帝委派到人间的挂不上"品"位的最小的神,却是最深入基层的神,深入到家家户户。一张木刻拓印的纸神,坐在两只大红公鸡之间,慈善的脸上最显眼的是一撮捋得顺溜的黑胡须,位置就在锅台正前方的墙壁上。灶神的职责是一年四季三百六十五天一天三顿都要观察记录每一家锅里下进去什么舀出来什么,到每年腊月二十三回到天宫向天帝述职,报告农人锅里的稀稠,天帝据此判断人间生灵的日子过得窝逸不窝逸。配贴在灶神左右两边的红纸对联的内容,是传承了不知多少年代的一成不变的"上天言好事,入地降吉祥"。

郭振谋老汉瞅着已经褪色已经被烟熏得发黑的灶神画像和对联,心里就想着再有三四天时间,这位灶神爷爷就该卸任了,新的一届灶神爷爷也要赴任了。昨日他在集镇的年画地摊上买了一张新的灶神画像,还是木刻拓片古香古色的那种,对联却换了几个字——"上天报实账,入地细观察"。郭振谋老汉问卖画小贩,古人传下来的对联怎么敢胡修乱改?卖画小贩说,镇上那个专门印制灶神画像的老板说,去年全镇人均收入只有九百九十块零几毛几分,镇长给县上报的是两千块零几毛几分。村哄镇,镇哄县,一路哄到国务院。得了奖,提了干,明年年尾儿再冒算……印刷灶神画儿的老板还说,镇长可以胡报冒算,灶神爷回天宫可不敢学镇长的样子,连该下的雨水都误了。卖画小贩说印灶神画儿的老板还说来,这叫对症下药。郭振谋老汉听着,同时就在心里码算自己的年终总收入,其实早都码算过不知多少回了,三代六口之家,统共毛收入也就差不多八千块,人均一千三百多块,在村子里算个中等偏上的家庭。镇长最终报到朱镕基总理那儿的数字却是两千还零几毛几分。他打趣地对卖画儿小贩说,咱们明日搭火车上北京找朱总理,讨要那两千块的缺额去,零头就不说了。俩人哈哈笑着,郭振谋老汉一手交了钱,挑了一张满意的灶神画儿和一幅崭新的对联,分手时又撂出一句,咱也得对症下药……郭振谋拴紧裤带结好纽扣,下一步就是茅房了。

老伴还懒在炕上。老伴向来是比郭振谋早起早离炕头的,无奈小孙子的学前班放寒假,每天早晨都搂着奶奶不许离开被窝,她就依着孙子的性儿多享一会儿福。老伴儿听着老汉开开后门走向后院的脚步声也不在意,早已耳熟能详早已毫不留意,不料,老汉一声惊慌失措的叫声响起:"咱的牛哩?"她一把推开孙子,裹上衣裤,奔向后院。

二

女人奔到后院时,还夹着一泡尿,也不觉得排泄的急迫了。她没有看见老汉。老汉不在后院里,也不在牛圈里。牛圈里已经没有牛了。牛槽里残留着牛舌卷舔未尽的草料。牛圈里有一堆新鲜的牛粪。没有了牛的牛圈显现出一种空前的令人腿软的空寂。女人真的双腿发软要瘫坐到地上了。她叫了一声,我的牛哇!两眼一黑就扶住圈墙的墙壁软瘫到地上。

女人的眼睛重新睁开之后,就急匆匆出了牛圈,后院的围墙已经被破开一个大豁口,足以让硕大的牛通过。我的天哪,要拆开这样大的豁口,得费不少时间哩!这墙的砖头是废砖和碎砖,是儿子从一家拆迁的破产工厂当作垃圾弄回来的。要把这些碎砖扒掉,而且不容弄出声响,得花好久时间哩,一家人却都死睡着,一任毛贼从从容容拆墙搬砖,扭锁开门拉牛,真是睡死了哇!

墙外是麦地。一畛麦地那头是一条田间小道,是农人施肥锄草收割麦子公用的一条窄窄的小路。麦苗上落着一层厚厚的霜花,隐隐显现着老汉郭振谋的两行新踩的脚印,牛的蹄印和偷牛贼的脚印似乎看不出来,被霜花遮掩住了,证明牛最迟是在夜半之前被偷的。女人朝茫茫的麦地望去,看见老汉从小路连接大路的拐弯处走过来,他肯定是跟踪搜寻线索去了。

女人看见,老汉站到当面的时候,额头和脸上满是汗水,蒸腾着一缕缕白色的气体,像是火炉上滚开的水壶的壶盖周边冒出的白气。这么冷的天,这么冷的天的清凛大早时分,还出这么大粒子的汗,还冒这么如壶开锅滚一样的气,可见老汉心里鼓着多大的劲,抑或是心里虚弱到啥程度了。"快把汗擦了。你心里甭吃劲儿——咱人最要紧。"女人毕竟是女人。女人毕竟比男人心软。女人最先掂出来人和牛的分量和轻重。女人也毫不含糊地掂出来自己和老汉的轻重和位置。她把自己刚刚发生的两眼发黑软瘫倒地的惨事已经搁置偏旁了,真诚地关心起亲爱而又可怜的老汉了。

"牛是从这麦地里拉走的。没走小路。斜插过这一畛麦地,走到大路上的。当然,贼当然要抄近路,麦地里走起来也没响动。"郭振谋老汉分析判断,"在二狗家麦地里有一泡牛尿,沥沥拉拉尿了有十步长,牛是边走边尿的。当然,贼当然不会让牛停下尿完才赶路的。在大路上,有一堆牛粪,被踢踏得乱七八糟。牛是在那儿被推上拖拉机的,那儿有拖拉机的辙印。牛屎是贼把牛弄上拖拉机时踩踏稀烂的。当然,贼当然只顾尽快把牛弄上拖拉机逃离现场,哪还顾得脚上踩着牛屎哩!再说,天也太黑了。"

"咋办呢?"女人说,"这该咋办呢?"

尽管把贼和被偷的牛走过的路径勘察得清清楚楚,尽管把牛尿牛屎和运载拖拉机的辙印分析得头头是道,郭振谋看似一个脑袋清醒且不乏主意的人,然而在老伴问到"咋办呢"的时候,却不自觉地呻吟似的反问或自问了同样一句话:咋办呢?其实他在麦地里追踪牛和贼的线索往来的路途中,已经想到过一个又一个应当采取的紧急措施,然而,当女人向他讨要主意的时候,他却没有说出一条来,而是立即想到了儿子。在他的潜意识里,举凡家庭的重大举措,必须和儿子商量,才能得到肯定或否定以致最后做出决定。他在这个家庭里一言九鼎的时代是从哪年结束的,或者说发生易位的,记不清也说不清,反正早已不可挽救地形成现在这样的家庭格局了。他似乎此刻才想到了儿子。在这样重大的家庭灾难发生时,竟然不见儿子的面,他不可理喻地问老伴:"秤砣呢?"

"还睡着。"女人说。

"这大的事都遇下咧,还睡!"

"兴许娃还不知道。"

郭振谋便从后院走进后屋,走过穿堂,又出了后屋的前门,站在院子里,对着前屋的后窗,忍不住就提升了嗓门吼:"秤砣!"

"哎。"新屋新窗里传出声音。

"牛被贼偷了!"

"我知道。"

"你知道你还睡着不起来?"

"已经偷走了,我起来迟起来早都没用。"

"嗨……"郭振谋老汉右拳捶打到左掌心里,气急败坏地对女人说,"你听听!你听这话说的!就像偷了隔壁的牛——偷了隔壁的牛也该关心问问情况嘛……"

窗户里传出平静而近乎冷峻的声音:"不管咱的牛隔壁的牛,贼偷了就没有了,谁来关心谁怎么关心都不顶啥,牛没有了。"

郭振谋老汉想着,话虽然倒也是这话,事虽然倒也是这事,但似乎一般人都不这样说。然而儿子秤砣就这样说。他平时也就是这样说话说事。这个狗日的什么时候开始这样说话论事,郭振谋记不得了。他的热汗已经晾干,头上的蒸汽也早已偃息,紧张的心和因紧张过度而鼓足着劲的腿脚此刻渐渐松弛,出过汗的皮肤似乎浸了水的冷。他想回到后屋去。儿子一边扣着外套的扣子,一边走过来。

"总得想个办法吧?"老子说,"总不能把牛丢了咱连一句话也不说一步路都不跑吧?"

"我想不出啥办法。"儿子说,"你有啥好办法你说嘛,路由我跑话我也能说。"

"总得去找去寻呀。"

"上哪儿找?"

"牲畜市场。还有……托付亲戚、朋友、熟人,还有你的那么多同学,让他们留心一下,看看谁家槽头新添了牛,咱好暗里去查问。"

"我可以百分之一百告诉你——爸,牛在屠宰场里。在哪一家我估不准,但准在屠宰场里。县上有两家屠宰场,城郊有五家,杀猪杀羊杀牛,还有驴,给西安的大饭店小饭铺送货。凡是送到他们屠宰场的牲畜,一般都是随到随杀,人家连喂牲畜的食槽都不备。屠宰老板根本不问猪呀羊呀牛呀驴呀是从哪条道儿上来的——自养的贩卖的还是偷来的,只是掐一掐肥瘦,以质论价。屠宰场老板更愿意收购那些偷来的牛羊猪驴,贼急于出手贼没摊本钱可以压价收购嘛!送货的人走进屠宰场的大门,老板一搭眼就能看出来人的牲畜是自养的是倒贩的还是偷来的……现在找到屠宰场,连牛皮也认不出来了,况且人家老板就不准你翻找。"

"狗日的!"老子信下了。

"现在哪里还有偷牛自养的贼呢?"儿子说,"现在的贼也是抓时间抢速度的现代化头脑了。"

郭振谋老汉闷在那儿,打了个冷战。

老伴提议回到屋里去说话。

一家三口回到老两口居住的后屋,毕竟比院子里暖和多了。父子俩在小火炉对面坐下。女人给丈夫和儿子沏茶,弄得玻璃杯叮当响。

"总得给派出所报个案吧?"老子说。

"报也成,不报也没啥。报案和不报案的结果是一样的。"儿子说。

这是郭振谋老汉自己也知晓的事实。村子里时常发生丢羊丢猪丢牛的盗窃事件,邻近的村子也都发生过。被盗的农户主人向派出所报了案,好则来人查看一下,问问情况儿,在本本上记录记录,在被挖开的围墙上照一照相,然后说等着吧,将来破了其他案子也可能把这件案子带出来。结果是本村和邻村被盗窃的案子一件也没有幸运地被带出来。郭振谋老汉还是忍不住说:"报还是报一下吧!兴许还有运气被牵带出来,赔不赔钱也罢了,让人心里明白一回,是个什么贼。"

"牛已经没咧,明不明心都一样。"儿子说,"光脸贼麻子贼本村贼外路贼,都是贼喀,你弄清哪一个没意思——牛是已经没有咧。"

"你不是有个同学在城里干公安吗?"郭振谋老汉突然想起来这个重要关系,直生气自己到这时候才记起这个重要关系,"让他给派出所说一说,让派出所把这事当个事办。"

"没用。"儿子说,"话当然可以说。可你也想想,一头牛顶多值两千块钱,派出所警察为这个小案得花多少钱?开警车一公斤汽油也要两块多。即便把贼逮住了,两千块钱顶多判几天拘留,又放了。派出所花那么多钱劳那么大神受那么多苦,难道就为给你明个心吗?"

"哈呀!世事真是变得没眉眼了。一头牛两千多块哪!两千多块的牛丢了都不值得报案了。那时候谁家丢一只鸡,偷鸡贼都要上会挨批挨斗的。"郭振谋老汉想到"那时候"话就多了,"那时候,猪在街道上跑鸡也在满街巷跑,生产队的牛夏天晚上不往圈里拴,就在树底下过夜,连个牛毛也没人敢偷。而今倒好,挖墙拉牛不光没人追查,还说你丢的牛折价太少不值得查,真是长见识了。"

"你不是常说'那时候'年年到头不够吃吗?你不是常说你和我

妈都被饿下浮肿病了吗？"儿子眼里做出耍笑的神气，"你怎么刚丢了一头牛，又想回到生产队里过只挣工分不分钱也吃不饱的日子呢？"

"我没说饿肚子好喀。"郭振谋反驳得意的儿子，"可那时候确实没有这么多贼。"

"这号偷牛偷羊的贼不算啥，小毛贼。"

"哈呀！你的口气倒不小。"

"不是我口气大，是你从年头到年尾只放牛种地啥也不知。我说出那些大贼来把你能吓死——"儿子说，"揣着枪抢银行，票子整捆整捆整箱整箱地弄走，这贼大不大？一个省长一个市长贪污受贿有几千万上亿的，这号贼大不大？你那一头牛值两千元，你掂掂轻重大小吧！"

"再小也是贼嘛！再小也是我养大的牛嘛！"郭振谋心里还是解不开，"总不能说偷牛的贼不是贼嘛！"

"是贼。偷多偷少都是贼。"儿子说，"一个贼偷了一串麻钱，一个贼偷了皇上的金库，当然得先逮那个偷金库银库的贼——你说还去不去派出所报案？"

郭振谋老汉闷下头，抽着烟袋，仍然耿耿于怀，反问儿子："这就完了？丢了就白丢了，偷了就白偷了？"

"完了。到这儿就完了。再不提这事了。"儿子说，"你不是还要上集卖胡萝卜吗？不能丢了一头牛连年也过不成了。"

郭振谋老汉又闷住头，再说不出什么话了。

"贼也要过年哩！"儿子秤砣说。

三

不管心里自在不自在受活不受活，郭振谋老汉还是听从了儿子秤砣"该弄啥还照样儿弄啥"的话,骑上自行车上路了,加入明显稠密于往日的人流车流,奔县城去了。

年气儿愈显得浓郁了。冬日里刚刚出山的太阳也泛着温柔的光。郭振谋老汉骑着自行车的速度和姿态,让同时行进的路人感到依旧是个强健的中年人,他自个也感觉和十年前骑车子没有多大差别,上下车子一样轻捷自如,腿脚一如既往那样灵便,车后架上驮载百余斤胡萝卜绝不气喘。他特别自信自己的身体,似乎根本没有年逾花甲老之已至的感觉。他的饭量在那儿明摆着,肉饺子可以吃四十几个,羊肉泡馍能泡足三个烧饼,有时比儿子秤砣还要多吃半碗。狗日的秤砣居然屡屡调侃老子,说,爸的肚子是公社化生产队培养出来的肚子,能饿也能撑,胃的伸缩性很大。狗日的念书念不出名堂,把心眼拐到说俏皮话上了。郭振谋骑着自行车在宽阔的柏油马路上行进着,遭遇盗贼造成的两千多块的重大经济损失,渐渐在减压。"贼也要过年哩!"狗日的秤砣怎么就会说出这种实实在在的俏皮话,让人反倒没话可说了。他的双腿踩踏着自行车,心里就一遍又一遍地发出莫可奈何的自慰,尿咧毛咧就算一回倒霉事儿咧!财去也许人安哩!让贼也好好过个红火年吧!

"杀羊。"

看着父亲推着自行车走出街门,秤砣回过头对媳妇杏花说。杏花正在扫院,仰起头来,平静地说:"你杀。"

"你得帮我压住羊腿。"

"我不敢。我害怕刀子染红。"

"多看几回就不害怕了。"

"我不敢看,也不想看。"

"你倒像是高干家的贵重人儿。"

秤砣说着就走出街门,在街巷里吆喝吼叫来两个帮忙的乡党;又反回身来,从羊栏里牵出一只山羊,走过院子时自言自语着,贼还算是有良心的贼哩！拉了牛还给咱留下羊。秤砣把羊拴到门外土场里的树干上，又反回身来取刀子。秤砣把刀子在掌心掂了两下，就有一种炫耀的快感。这是一把藏刀，真真正正的藏刀；刃不长，把儿也不长，却是浑实实用的一种；把儿上铆嵌着铜钉，闪闪发亮，挂在墙上或佩在腰带上都是很值得观赏的工艺品；然而既能割断羊的脖子，也能割断牛的粗厚的脖颈。这是他的朋友铁蛋送他的。铁蛋在公安局工作，收缴的长刀短刀匕首无数，特意选了这把最实用最精美的刀子送他。

杏花出门倒土的时候，正好遇见最惨烈的那一幕，羊脖子底下射出一道红色的血光，她本能地尖叫一声，扔了盛着垃圾的簸箕，双手捂住了眼睛。那两个帮忙抓着羊腿的小伙子，见状哈哈笑起来。秤砣听见了媳妇的尖叫，瞥一眼立在原地捂着眼睛的杏花，对那两个帮凶说，看看，咱这位真的像是高干院里长大的千金，其实她爸跟我爸一样都是在土里刨食的主儿。

秤砣把扒过皮开过膛的羊剁开拆卸，两条后腿连结的后臀，自然是一只羊身上最好的肉，分装到两个结实的蛇皮塑料袋子里，扎了口，吊捆在自行车后架的两侧，再把剩余的羊肋羊头和下水交给杏花。杏花只是害怕白刀子进去红刀子出来时涌出的血流，等到活羊变成一堆羊肉的时候，她就安之若素波澜不惊了。杏花说，杀了一只羊，后臀送朋友，自家吃杂碎，真是够义气咧。秤砣说，哥们儿就是哥们儿。

秤砣刚跷出街门门槛儿，就跨上了自行车，奔城里去了。这是每年腊月二十前后必有的一次访友活动。他有两个朋友，两个初中念书时交结的朋友。当秤砣在家庭里说话可以算话的时候，就开始了给两个朋友送羊后腿的礼尚往来。每年春节将至，杀了羊，送两位朋友一人一块羊的后臀。今年虽然丢了一头牛，羊还在，这个约定成规的事不能破也不能中断，照送。

一个从未经见过的温暖的冬天,刚刚过去的三九里竟然下了一场细雨。而这种如丝如缕的细雨通常是九尽以后清明时节的景象。大路两边的麦苗似乎压根儿就没有经过冬蛰,绿莹莹的景色也如同开春返青时的征象。秤砣身上已经发热了,想到即将见到久不谋面的好朋友,心里就有点按捺不住的兴奋。朋友真是一种说不大清白的关系,对父母对妻子不便说不想说的话,在朋友那儿就可以毫无忌讳甚至放浪形骸。他不是那种广交的性子,仅有的这两个朋友就愈交愈显出珍贵甚至神圣。然而,与这两个朋友如何形成朋友为什么会结交至今,他没有认真想过也弄不大准确。在中学一个班的五十多名男女同学里,他们三个人是怎么走到一起的,真是说不清,其实论起性格和脾气,三个人正好是三种差异很大几乎是执拗的性情。决定人与人关系远近的是不是有一种看不见嗅不出的气味?这种气味只有身体和心灵能够感知?因此才决定是排斥还是吸附?反正他和他俩在一起就感到舒畅感到亲近,分别了就会思念,思念起来就觉得溢满愉悦。

城市太漂亮了。两三个月不进城再进城就能看到新的更奇特的景观。秤砣每一次进城都会有一种新奇和随之而发的惊叹,然而从来也没有亲近感,如同看见别家门楼里出出进进的年轻媳妇,越是漂亮越有距离感。秤砣想,这市里的市长其实只是城圈里头的人的市长,据说市长安了亲民电话,谁家的狗叫扰乱休息谁家的下水道堵塞哪条巷道的第几根路灯灯泡被打碎了或无缘无故不发光了,都可以直拨市长的亲民电话,问题和困难一般都会在很短的时间里解决。可是自家所在的村子和周围数不清的村子,别说狗叫扰人,即使狼吃了娃娃,也没谁会想到给市长打亲民电话。一头养了整整一年的肥牛丢了,无论父亲母亲杏花和他自个儿,谁会想到打那个亲民电话呢?最终连给派出所报警也免去了。其实,自己的村子还归属市区管辖,就有点更为分明的市长是城里人的感受了。

秤砣走到一幢住宅楼下。铁蛋在这幢新造的住宅楼上有了一套两居室的房子。同为农村孩子的铁蛋已经在城市里有了安铺支锅的一坨住地,站住脚也就扎下了根,再也不是市长鞭长莫及的乡里人了。他敲了门。他还不习惯按那个门铃的按钮。门开了,铁蛋媳妇开了门,一身松松散散的衣服和松松散散的姿态,突然现出惊喜和热情,把他让进纤尘不染的屋内。

"羊腿。"

秤砣进了门,手里提着羊腿,交给了铁蛋媳妇。铁蛋媳妇客气地笑着接住那个装着羊腿的蛇皮塑料袋子,说:"你年年都忘不了送这。"

秤砣走到不大不小的客厅,问:"铁蛋呢?"

"办案出差了。"媳妇说,"你快坐下。"

"快过年了。"秤砣说,"过年能回来吗?"

"说不准。"

"啥紧火案子过年都不能回来?"

"抢了银行了。"媳妇说,"还有一起爆炸案。都是最急的大案。"

秤砣便告辞。不说今年铁蛋办案出差不在家,即使往年铁蛋在家,他也是放下羊腿便拉上铁蛋一块去给小卫送另一只羊腿。铁蛋这位做护士的媳妇,应该说是绝无一丝可弹嫌的毛病,人的干净整洁和这套住室的干净有序融为一体,你看到她的干净清爽就联想到这屋子里的一器一物的秩序与和谐。也许这屋子和女主人和谐完美到无可弹嫌的同时,也产生一种容留不住客人的效应,起码是秤砣这号客人。真是无法说得清白,秤砣到这个新迁的居室来过不止一次了,过去他们居住的临时性平房,秤砣同样是这种感觉。绝不是护士待人冷淡,反倒是礼仪毕至客气周到面面俱全,然而秤砣还是觉得待不住。秤砣总觉得在这儿放不开,手脚似乎被一根无形的丝络缠裹着,心里也就更觉得被裹束得老大不自在。没有办法改变。铁蛋是好朋友,护士媳妇也是好人好媳妇,可他就是在这两个好人的屋子里待不住。

"我给小卫把羊腿送过去,赶天黑还要回家哩!"

秤砣已经马不停蹄地出城了。小卫所住的房子是靠近工厂围墙的一排瓦顶平房的两间。围墙那边是五六十年代建成的老式住宅楼,与日新月异变着花色的新式公寓住宅比衬着,人就会为这个曾经显赫的庞大的国有工厂生出气数已尽的惋惜。小卫住着的这一排平房,原先是厂里新来的单身青年工人的集体宿舍,秤砣在小卫刚刚进入这家工厂入住这里的集体宿舍时就来过,还住过不止一夜,太熟悉了。这儿曾经是最富生气的一隅,成百号无牵无挂的青年男女集中在这一排平房里,一股壮气和活气就形成一股巨大的气场,反倒比围墙那边的家属院更具活力。他曾经和小卫住在临时调换出来的四人一室的屋子里,喝啤酒,谝闲传,抽烟就是从这儿起步的。他对工人生活的切实感受和仰慕,就是那时候诱发的。现在,他从这家工厂破落残败的大门骑着自行车长驱直入,看守大门的老头竟然视而不见,或许是连问一声的信心也没有。想想也是,这里既已无任何需要保密的产品,连值得破坏分子破坏的价值也没有了。秤砣骑车通过偌大的厂区时,忍不住咂舌了,曾经令他眼热心也热过的景象,已经无可挽回地败落了,曾经在这儿体验过几个美好夜晚的乡村农民秤砣,现在发觉自己竟然对这儿有某些牵挂,忍不住连连咂着嘴,表示着含蓄的痛心。

"秤砣哥——"

秤砣听见小卫叫他了。他骑车子一直骑到门口跳下来,和小卫就挽着手走进屋子。

"年年送一条羊腿!"小卫说,"我不说谢了。"

"年货办得咋样?"秤砣问。

"嗨!谁现在还办年货!"小卫说,"有亲戚来了,到饭店吃一顿,省事。城里人都这样过年。"

"乡里没有饭店。"秤砣说,"有也舍不得挨宰。自家屋里做着省。"

"麻烦!"小卫说,"人都怕麻烦。"

闲谝着,小卫媳妇端上来茶水,不像以往那么大大咧咧,倒有点往昔印象里少见的拘束和闪烁其词。秤砣首先猜疑小卫大约又欺侮媳妇了,又不好问。小卫则一如既往,一派的昂扬神气和欢畅的说话。从来也不见他忧愁过,从来也不见他皱眉挠头的动作;从来都不向人告艰难哭穷。如果城里人和乡里人都养成小卫这样的爽快,这世界就没有愁苦悲伤的面容了。

"铁蛋出差不在。"秤砣说。

"我在城里也见不上面。"小卫说,"案破不了人可是忙着。"

"厂子看去彻底不行了?"秤砣说。

"不说厂子。咱只说咱的事,咱的话。"小卫说,"谁现在还说厂子的事呢?早就没人说了。"

"那么多工人呢,现在都干啥呢?"

"鸡不尿尿总有出路咯。"小卫说,"各人有各人的活法。"

"你现在弄啥哩?"秤砣问,"收入还可以吧?"

"啥都干哩。啥能挣钱就干啥。"小卫说,"年头上给一家饭店当保安,活儿倒是不重,就跟兵马俑一样在那儿站着。可我看着那些鸟人拿着公家的钱肥吃海喝,还要咱保卫,屁股一拍不干了——眼不见心不烦。"

"那么红火的工厂,才几年时间成了这样!"

"我都不可惜你倒可惜。我的工厂我都瞅一眼了,你倒总是提说。"

"好好好,不说了。"秤砣说。

"你今年弄得咋样?"小卫问。

"凑合。"秤砣说。他没有说丢牛的事,也许正如小卫不想说工厂的事一样。

"娃呢?"秤砣问。

"到舅奶家去了。"小卫说着,就提高嗓门对厨房里的媳妇说,"甭做饭了。咱和秤砣哥到外边去吃饭。"

秤砣当即表示反对:"在家里吃自在。"

正在为到不到外边下馆子的事稍有争议的时候,门外有人说话,而且脚步声杂乱。小卫坐着不动,却用眼珠斜瞅着门板,似乎不在意,原也无法判断是不是自家的来客,一种沉稳中的不屑,只有眼角的余光显示出留意的神色。

确凿敲的是自家的门,敲门声很有修养。

小卫立马站起,两步跨到门口,拉开了门。秤砣看见四五个人站在门口,有一位中年女人,肯定是做妇女工作的什么干部。倒是这位妇女干部先说了话:"要过春节了,局里领导来看望你们,这是局长。"

局长已经伸出手来,脸上配合着职业性的微笑。小卫却视而不见局长伸出的手,也不管女干部接着介绍的另三位各个方面的主管,却做出急迫的又是莫名其妙的解释:"哎呀!各位领导肯定走错门了。我不是困难户。我从来都没有困难过。各位领导走错门了——肯定。"秤砣瞅着这场景,也有点惊讶,小卫从来也没说过日子难过的话,倒是永远的昂扬;如果真是到了需得救济才能过年的程度,就足以使秤砣吃惊和伤心了。

"没错儿。是你,梁小卫。没错儿。"妇女干部说,随之就职业性或习惯性地赞颂起局长来,"局长十分关心下岗工人,一定要亲自来看望,把温暖送到每一个困……"

"哈呀!没错儿,各位领导十分关心下岗工人,我绝对相信。"小卫更加快乐地解释,"关键是咱不困难嘛!把温暖应该送给真正需要温暖的主户。"

一个中年男干部说了:"小卫同志觉悟很高,为国家分忧解难,有困难都不说困难。"

"没有没有没有。"小卫更嘎气儿了,"不是觉悟高低的事,关键是我不是困难户。"

几经争议和推让,带来的过年礼物还是留下了。秤砣坐在稍远稍偏的地方,用不着说话,却看完了这一幕送温暖活动的全过程。他发觉随行的几位脸上已现出尴尬或阴影,只有局长温柔的笑还残留在脸上。秤砣看清楚了礼品,一袋标着十公斤的袋装大米,一块缠着显示喜气的红纸条的猪肉,估计有两三斤吧,还有装在信封里抽出来又装进去的两张百元票子。秤砣刚才看见那位女干部把钱从信封抽出来送到局长手里,在局长送给小卫时小卫只顾着分辩自己不属于困难户。局长把钱又交给女干部,女干部又装进信封,放到小圆桌上。在小卫媳妇送客人出门时,小卫只踩着门槛站了一会儿。秤砣在心里早已判断清楚,小卫属于需要救助才能过年的主儿是没什么错的。他太了解小卫了。他对小卫性情和脾气的把握甚至比对自己还清醒还准确。小卫自小就是个倔性子人,上学时与人打架吃了亏,还要说他"把狗日的美美捶了一顿"。他愿意别人说他行而不愿意说他不行,真不行也要说成行;他愿意别人羡慕他有钱而不愿意别人发出哪怕是真诚的怜悯,真没钱也在任何时候任何人面前都做出一副腰粗气爽的神气。今天,当着秤砣的面接受救助,这是让小卫太难堪的事。秤砣唯一所能选择的就是淡化这件事,便对重新坐在简易沙发上的小卫说:"拾个啥总比掉个啥强嘛!"

"哈哈!把戏儿耍得真妙哇!"小卫仍然大大咧咧地笑着说着,"他们把工厂盗光偷垮了,今日个可提着礼品送温暖……"

"嗨,你说你初几到我家?"秤砣岔开话题。

"你知道这是一帮什么货吗?"小卫固执地回到原来的话题。进门时三问都不谈厂子的小卫,现在有点不依不饶地要说话了,"那个刘厂长,还是劳模,当着这个厂子的厂长,在外边给自己还办一个厂,凡是利润大的订单都转到他的小厂去生产。至于把本厂的外购材料弄到他的小厂有多少,谁也说不清。本厂连年亏损,他的小厂却越办越红火。工人告了,上边查了,人家从账面上早都做好了查的准备,结果只查出些鸡毛蒜皮,给了个免职处分。人家早就吃肥了,不指望当厂长挣的那几个工资了,屁股下坐的汽车比省长的汽车还高级。再说今日来的送温暖的局长吧,说是更新产品,进口设备,贷款几千万,结果产品没出厂就捂死了。结论是市场变化神秘莫测,就完了。周游了欧洲,几千万买个'死洋马',反而从厂长升成主管局的局长了。下边工人议论说,这个局长是拿票子铺的路砌的台阶。可说归说,局长还风风光光当局长,还笑眯眯地给咱送过年的'温暖'哩!现任的厂长你猜干什么呢?准备卖地皮。地皮现在可是值钱了。等到这个厂长把地皮卖完,这个工厂就彻底消灭了。国家养了这么一干子货,咱们小工人还能指靠这一袋米一块肉过年吗?哈哈!咱靠咱自个过日子。日子还过得不错。你让你的弟妹说,咱的日子过得咋样?"

"嫽着哩!"媳妇在厨房里快活地应着。

"这一声多脆!"小卫畅快地说,"秤砣哥来了,是哥们儿难得相聚的好日子,硬是让什么'送温暖'给搅砸了。好了好了,秤砣哥和他送的羊腿,真正才是送来温暖了。"

小卫媳妇已经端出几盘菜来,啤酒也倒上了。小卫对媳妇说:"咱俩先敬送羊腿送来真正温暖的秤砣哥一杯——干了!"

秤砣的心底里沉沉的,有点酸,仍然做出不在意的样子对喝了酒。为了摆脱心里的那一道阴影,秤砣主动挑战喝酒,果然奏效,话多了调儿也高了。小卫一贯好喝酒,酒量却很浅,三下两下就狂声浪语起来了。

四

温馨的记忆现在不可遏制,反复咀嚼的余味却是苦涩的。

秤砣记忆里最深刻的一件事,是和小卫在这家工厂职工食堂吃的那一顿午饭。那年秤砣刚刚进入县城中学,他和小卫和铁蛋开始形成好伙伴的时候,小卫领着他和铁蛋从县城搭乘公共汽车来到城圈外沿儿的这家国有工厂。小卫的爹在这家工厂当工人。正当工厂下班时间,男女工人都是一身深灰色的工作服,许多人手里掂个铝制饭盒朝一个方向走去,欢乐的声浪把秤砣弄得不知所措。

这是秤砣第一次走进工厂,关于工厂和工人的最初的认知就是在这里得到的,跟他自小生活的乡村差异太大了。铁蛋的父母也是农民,同样是头一回进城进工厂,走路的脚步都乱了。只有小卫是三人之中最优越最可资骄傲的,他的家虽然也在农村,他的母亲虽然也是农民,然而他的父亲是工人,是穿工作服吃商品粮月月领工资的工人。小卫不仅毫无拘束,反而比在学校更显得自在欢乐,就像进入自己的家一样畅快。小卫把他俩引到他爹的宿舍。他爹正在脸盆洗脸,满手满脸的香皂沫子。小卫向他爹介绍了秤砣和铁蛋,撒娇似的宣扬:"我们是桃园三结义的兄弟啦!"他爹擦净的脸和眼做出一副惊讶:"再添一个女同学可就成'四人帮'啦!"然后"哈哈"大笑。大家都笑。秤砣一下子就觉得轻松自如了。

小卫的爹领着三个孩子到职工大食堂去吃饭。饭是份儿饭。每人一碗混着肉片、丸子、猪皮、豆腐、粉条、白菜的杂烩菜,两个大白馒头,围在一张桌子上,那个香啊!

"大伯,你们天天都吃白馍肉菜?"秤砣问。

"逢到节日大会餐,八菜一汤。"小卫爹说。

"你可是天天过年哩!"秤砣说。

截止到那时候,储存给十二三岁的秤砣的全部生活记忆,就是过年才可以吃几天纯白面的馍馍或包子,荤腥的肉菜或掺着肉末儿的饺子。乡村娃娃需得盼望一年的这些好吃食,在小卫他爹的工厂的职工食堂里,天天顿顿都是。已经了知城乡和工农之间存在差别的初中生秤砣,第一次把这个作为未来政治理想要消灭的巨大差别切切实实体验了一回,留下了至今依然不能泯灭的印象。那么令人向往的工人,现在居然需要用救济的一袋大米一块猪肉和信封里装着的二百元钱欢度春节。佯性情的小卫虽然拒不承认困难户,再三谢绝救济物品,无论如何也不能再现他爹做工人时的优越和自信了。

初中毕业以后,只有铁蛋勉强够上了高中录取分数线,秤砣和小卫都回到各自的村子。已经开始活泛起来的乡村出现了盖房热潮,秤砣跟一位瓦匠师傅学了几年手艺,最终只达到可以砌墙抹灰的水平,再复杂的工艺就弄不了。乡村建房热潮一过,秤砣彻底扔了瓦刀,买了一辆四轮拖拉机跑运输,挣了一把钱,盖成了他和杏花现在住着的三间新式水泥楼板平房。小卫回乡来大约等了三四年,等到他的爹提前退休让他顶班,一下子就成为天天顿顿都像过年的工人了。铁蛋高中毕业够不上大学录取分数线,却够着了中等专业技术学校,竟然上了省里专门培养警察的学校,三年毕业了,在市里当警察。只有秤砣还在乡村继续着乡里人的日子。工人还需靠救济的一袋米一块肉和二百元钱才能过年?这是乡村人秤砣无法想象也几乎是不敢相信的事;这事发生在好朋友小卫家里,就具有逼近鼻息的酸和痛了……

暖冬的太阳总是让人产生阳春时节的错觉。秤砣和杏花以及父亲母亲,在胡萝卜地里挖掏最后一根可以卖钱的胡萝卜。他一个人在前头抡着双齿镢头,用一层细土覆盖着的胡萝卜被挖出来,在阳光下现出红艳艳水灵灵的嫩色。父亲和母亲在他身后坐着马扎,扒掉胡萝卜上附着的泥土。杏花则蹲着挥动一把刀,嚓嚓嚓切掉胡萝卜顶头上的缨子。

"你前几天给小卫铁蛋把羊腿送去了?"父亲无话找话。

"送去了。"秤砣说。

"那俩娃娃日子混得咋样?"

"差不多。还不错。"

"城里还是好混喀!"

"会混的人混得好,不会混的人难混。"

"咋说也比乡里好混!"

"不见得。真个不见得。"

"即便不会混的人,城里有人管哩!乡里人不管混得好混得不好,没人管喀!"

"管也看怎么管哩!给你送二十斤米一块肉二百元钱让你过个年,可不管过了年又怎么混的事,二十斤米能吃几天?"

"那倒是。人说年好过节好过日子最难过。你说城里还有靠那点点儿东西过年的主户?"

"噢!听说的……"

秤砣便把发生在小卫家的实事说成虚泛的了,免得父亲再问。他不想把小卫的窘境晾到父亲和全家人面前,那是个伴性情的人。

冬天的北方田野里没有农活,也几乎见不到人,静寂容易令人倦怠沉闷,一阵儿摩托车的声响就显得格外震人。秤砣看见那摩托车从村子里驶到田间大路上来,又进入狭窄的小路朝自家的胡萝卜地跑过来,猛乍便扔了镢头叫起来:"铁蛋儿!"

话音刚落铁蛋就到地头了,和秤砣甩着胳膊像是握手又像是击掌,然后就和老人以及杏花一一打招呼,然后就和大伯大妈蹲在一起扒抹胡萝卜的泥土。秤砣爸坚决制止,半是玩笑地说:"这么干净这么细白的手,咋能干这号粗活哩!"说着就对秤砣发出不容分辩的意见:"你把镢头撂下。你跟铁蛋回屋去。这儿连口水都没有喀。"

秤砣跨在铁蛋摩托的后座上。铁蛋告诉他,昨晚从南方回到家,天明时小卫媳妇就找上门来,说小卫昨日晚上被抓了。秤砣大为惊讶,问出了什么事。铁蛋看着已驶到村口便封口不说。待两人进入秤砣的大门,在前屋里坐定,铁蛋才重新开口说:"偷盗。"秤砣反而不想再问,诸如偷什么在哪儿偷怎么被抓,似乎都没有什么意思了。无论在什么地方偷无论偷什么东西都没有什么差别了,关键是偷和被抓。铁蛋还是按照思维习惯给他简单介绍了事情的经过:小卫和城郊两个农村青年合伙偷了农民两头肥猪,正好被巡逻的警察撞上了,那两个当地农民跑脱了,不熟悉地形的小卫被抓住了……

秤砣听到这儿,有点按捺不住的急切,忙问:"你专门来给我报这个凶信呀?"

"唉!这事……唉!"铁蛋一声三叹,急得脸都红了,"你看看小卫……咋弄下这号事……唉……"

"好了。你甭说了。你不说比说透还好些。"秤砣点燃一支烟,"你只说咋办吧!"

铁蛋还是打破了难以出口的障碍:"那天也就巧了,巡警按局里指示春节扩大巡逻区域,正巧撞上咱们的小卫。抓到邻近派出所连着审问,小卫交代他已经偷过四回了,全都是农民的猪咧羊咧牛咧……现在小卫压力最大的是偷你的牛这件事……"

秤砣呼出一口气,没有一丝一缕破案的惊喜,连刚才发生的惊讶都在这一刻散失殆尽了。居然会发生这种事!这仅仅是抽半支烟以前的不可思议的惊讶;当确定这种事居然就发生了的时候,秤砣的苦笑就难以叙说了。他问:"现在怎么办?"

"我就是来跟你商量这事的。"铁蛋说。

铁蛋告诉他,派出所让小卫立即交出偷盗的猪呀羊呀牛呀的赃款,不管他实价卖了多少钱,一律按市场收购价赔偿,返还农户。另外还要加罚金……大约近万元。

"我的牛钱不要返还了。"秤砣当即说。

"小卫媳妇让我来找你,就有这意思。"铁蛋说,"小卫媳妇说牛钱将来肯定要还,只是当下太紧张。"

"不要了。"秤砣说,"再不提这件事了。赶紧让小卫快回家——剩下几天就过年了。"

铁蛋说:"我给小卫媳妇先凑一笔钱,赶紧把人赎回来。"

"我手里还有一千,你顺便捎给小卫媳妇。"秤砣说,"我不留你吃饭了。小卫媳妇肯定正等你哩!"

铁蛋骑着警用摩托走了。

秤砣重新返回胡萝卜地里。

"铁蛋走咧?"父亲问。

"走咧。"秤砣答。

"没吃饭就走?"

"警察总是忙。"

"来有啥事?"

"没啥事。"

"没事老远跑来做啥?"

"朋友嘛。"

"我看你说话冷冰冰的?"

"怪你没教会我说热乎话。"

2002年3月8日 原下

猫与鼠,也缠绵

"我要见局长。"小偷说。

"你说啥?我没听清楚你再说一遍。"李警察猛乍从椅子上跳到地上,大声反问。

小偷垂下头,没有再说一遍刚刚说过的话。他相信李警察把他刚才说的话都听清楚了。他和李警察中间的距离大约也就是三米远,他蹲在墙根下,李警察跷着二郎腿坐在椅子上,他的口齿清晰吐字很真声音也大着哩,李警察不会听不清的。恰恰可能是李警察听得太清楚了,而且大大出乎意料了,一个小偷一个小毛贼,怎么敢挑选审讯他的警察呢?而且要局长亲自来,太出格的要求。李警察从椅子上蹦到地上的举动和他佯装没有听清的反问的语气里,有惊诧,有嘲弄,有蔑视。他让他再说一遍的真实语气是,你是个什么货色你以为你是老几你是皇上的外甥吗,居然敢叫我们局长来审讯你?小偷仰起头瞅了一眼李警察,李警察整个脸上的表情证实着他的猜测。其实,小偷在提出这个要求之前,早就预料到了李警察会有这种反应的,他自己也明白局长是不可能去审讯一个小小的小偷的。这样,小偷又垂下头,没有按李警察的命令再重复申述要局长来的要求。小偷以为不再说比说更能表明他要见局长是认真的。

"说!把你刚才说的话再说一遍。"

"你都听清了……"

"听清了也还要你再说一遍。"

"那我就再说一遍——我要见局长。"

"你再说一遍。"

"我要见局长。"

"再说一遍。"

……

小偷不说了。他现在不敢说了,再说脸上可能就要挨耳光或遭唾沫星了。他低垂下脑袋,看看李警察是否还坚持要他再重复那句话。

李警察放弃了。李警察一只手夹着烟卷,另一只手反叉在腰里,在屋子里踱步,竟自乐呵起来:"我办了十来年案,大贼小贼都交过手了,还没见过哪个贼娃子开口先要局长亲自来。嗨呀呀呀……"

李警察"嗨呀呀呀"地笑着,确是把诧异、鄙夷、蔑视以及好笑等丰富的内容,都糅进那听来颇为轻淡的笑声里了。按说,平常发生的这类小摸小偷案子根本就进不了市局的门,属于案件发生地的派出所的正常业务,局里办的都是上了档次的大案要案,李警察也不会上手过问的小毛贼,居然提出要见局长,真是有点滑稽可笑了。

李警察唯一感到新鲜感到惊讶的是,这个小偷偷到了公安局里来了,偷到他的办公室里来了。这是他万万没有想到过的事。这样的案子本身就很滑稽。这样的小偷也就更滑稽。想想明天在局机关传播开以后,会是怎样的惊诧和滑稽。想想这样滑稽的案子在市民中传播开来以后会引发怎样的街谈巷议。这样滑稽的事,偏偏撞到李警察腿上了。完全是撞上了,不经意间撞上了。像他这样肩负本市大案要案侦破重任的警察,必须审讯这个给本局制造滑稽的小毛贼了。小毛贼居然还要见局长。"嗨呀呀呀呀!"李警察忍不住又笑起来。

这个滑稽的案子,撞得真是太巧了。真得相信世界上确实有这样不迟不早不偏不差恰恰巧巧的事让人撞上。

李警察明日一早要出差,自然还是追查案件线索。这种差事对他这种职业来说是家常便饭,早已习以为常,早已没有了普通人出远门前夜的精细准备和对陌生之地的新奇和激动。他在收拾几件简单的行李时,突然发现把火车票忘记在办公室抽屉里没有带回家,说好局里公车明日一早到家接他送站的。妻子说:"这么晚了,算咧不去取咧。明天一早让司机把车拐进局里去拿。"他沉吟了一阵儿,最后还是决定当即去取回来。许是职业习惯,习惯里充斥着严密,不容许疏忽也不允许拖沓。他说:"别让司机拐来拐去的了。我很快就取回来,不过半个小时。"他就骑上摩托车从城圈外的住宅地进到最繁华的老城区了,在办公室就撞上了这个正在行窃的小毛贼。如果听了妻子的话明早顺路来拿火车票,这场滑稽的捉贼和审讯就会错过了,没有了。

他按局机关军事化的严格管理规定,把摩托车停在东墙下的车棚里,就走过院子,进入办公大楼的大门,轻捷地上着宽敞的水泥踏阶。大楼里空空荡荡,该关的灯都关掉了,楼道里昏昏暗暗,只有厕所的灯照亮着白布门帘。他突然想到,既然楼道里的灯都关了,还开着厕所的灯干什么,给谁开呢,生活里常常就有这些盲区。他上到三楼了,一个人也没有见着,这是正常的不足奇怪的事。他走到自己的办公室门口,摸着黑就把钥匙往那个圆形黄铜暗锁的锁孔里插。准确无误地插进去了,无须解释,再熟悉不过了。他往外扭动钥匙,扭动了,门却推不开。他怀疑是否拿错了钥匙,顺手把门边墙上灯按着了,楼道里一片空前的灿亮。钥匙对着哩嘛!他心里同时想,不可能错嘛!这门的钥匙几乎跟自己身上的某个器官一样熟悉,怎么可能拿错呢。他又把钥匙捅进去,又往右边扭动一下,仍然是钥匙顺利地扭动了,门却推不开。他怀疑是不是锁子失灵了?滑丝了?可下午开门时还好着哩。他第三次扭动钥匙的时候,右肩顺势就抵到门上,用力一顶,顶不开。尽管顶不开,他却隐隐看到锁子部位的门板和门框有了一点错差的位移。这一刻,他的头发噌的一下竖立起来了。锁子和钥匙都没有问题,正是那两厘米的位移证明了这一点。那就肯定是屋里有人顶着门,这人肯定不是正常的人了,黑着的灯就又证明了在屋子里潜藏的人属于哪样的人了。所有这些判断,都是李警察在用右肩一抵的瞬间完成的。他随之在接着的一瞬间就声色俱厉地叫起来:"谁在里边?开门!"他已经离开门口,贴墙站着,如果有人冲出门来,他只需伸出一只脚就置对方于死地了。他又对着门喊:"狗日的不想活咧!"

门依旧死死地关着。

他用肩膀抵住门板再推,隐隐听到了门里边压抑着的喘气声。他的头发又一次噌地竖了起来。他抓过号称杀人魔王的罪犯,也没紧张到头发竖立的程度,这个隐藏在自己办公室里的歹家伙,却使他两次头发竖立,如同人在野地里看见蛇和在自家床上发现蛇的感觉是有截然差异的。他抵着门板的肩膀和歹家伙顶着门板的肩膀同时都在发着力,肩膀和肩膀之间就隔着一层不过几公分厚的木板,进行着殊死的较量。他又想到,如若对方猛乍抽身,他肯定会闪跌在地,歹家伙一跷就会逃出门去。他又贴着墙壁做好出脚的准备,对着屋子喊:"你狗日再不开门我就挖门了。"他已拨动了值班室的电话,自然说的是悄悄话。

值班的刘警察话毕就到了。两人决定同时用手去推门板。李警察提醒刘警察,小心闪跌!然后再次把钥匙插进锁孔,往右扭动。两人合力一推,那门板就一寸一寸移位。可见里面的人绝不轻易放弃,直到无奈直到大势已去,放弃了抵抗,门开了。李、刘两位警察冲进门时,全都是训练有素的规范化的捕抓凶犯的动作,直到两人看见门后地上蹲着的人,双手抱着头,毋宁说护着头顶,同时就松弛下来。李警察一把揪住那人的头发往后一掀,那人闭着眼睛的脸就呈现出来。李警察几乎失声叫道:"怎么是你?你到我办公室来干什么?"刘警察也惊讶地叫起来:"怎么是你?"

这是市局机关里烧锅炉的那个小伙子,在水房里干了十多年了,嘴唇和两颊上的茸茸黄毛,业已变成又黑又硬的胡楂子了。

水工从口袋里掏出一沓人民币来,放到就近处那个三角书报架的架板上,这些刚刚偷得的钱可能在兜里尚未暖热。他一步也不敢动。他不做任何分辩也不撒谎,掏出赃款来就表明他已经不做任何徒劳无益却可能招来耳光的对抗。李警察很熟练地把他的双手扭到背后,使其丧失全部反抗和报复的能力。刘警察同样老到地搜查他的每一个衣兜,尚未发现任何凶器。尽管如此,李警察还是把一副手铐扣在水工的右手腕上,同时扣住一只木椅的一条木掌子。然后就和刘警察开始审讯。你在本局院子里偷了多少次?你都偷过哪些人?你偷过多少钱?还有什么物品?你在社会上作过多少回案?就你一个人作案还是有同伙?是谁?诸如此类最基本的疑问都问过了。其中往往夹杂着李警察和刘警察带着情绪性的话语,诸如:你狗日吃了豹子胆居然偷到市公安局里来了!平时看去你老老实实勤勤快快憨憨厚厚的农民小伙子,怎么会是个贼?老鼠居然钻到猫窝里偷食来咧!无论李、刘两位警察怎么追问怎么损刮,水工却只有一句话回答:"我要见局长。"拖得时间稍长逼得也紧了时,水工对于那句话做了修改,意思更明白了点儿:"见了局长我把核桃枣儿全倒出来。"

李警察的手机响起来。是妻子打来的,问他怎么出门这么久还不见回家。他说他跟值班的刘警察说说话儿,没有什么麻缠事。他把意外撞上这个小毛贼的事对妻子保密下来,是职业的严格纪律,已成习惯。而妻子对他这种职业所形成的担心,或者说担惊受怕,却已形成一种心理惯性。她在电话里开始数落:"你这个人出了家门就不知道回家了。你明天要出差要起早你还不知道早点回家,又没有什么正经事。"李警察口里"噢噢噢"应答着马上回家,同时就把刘警察拍了一把,两人走到楼梯口来商量。李警察笑着挖苦:"这狗日的死咬着要见局长,该不是咱局长的外甥吧?"刘警察同样挖苦似的笑笑说:"没听说过局长有这门亲戚。这货在局里烧了十多年的锅炉了,没见过跟局长有啥来往咯!不过也许万一有情况,局长有意避亲躲闲话也说不定。"李警察为难地说:"这号小毛贼的案子挂都挂不上号儿,怎么向局长开口说这话呢?怕是寻着受夯挨头子呀!"刘警察说:"不管局长来不来,得让局长知道这件事。这个案子虽小,跟社会上的偷盗不一样,它发生在市局机关大院里。"李警察连连说着"对对对,有道理"的话,同时也就有了主意:"我给局长报告机关院内发生的偷窃案件,顺便捎带一句小偷要见他才交代问题的话,看局长怎么说就怎么办。"刘警察表示赞同。不过两人都估计到局长是百分之百不会来的。两人就商定,把小偷转移到值班室继续审讯,或者等到明天早晨上班后交给相关部门去。李警察得回家去了,明天出差有更重要的案子。

　　李、刘两位警察都没有料到,局长居然答应亲自来审讯。李警察愣过神儿一边挂手机一边说:"牛刀真的出面杀鸡来咧。"刘警察也跟着阴了一句:"噢呀!说不定真个把局长的外甥扣住了。或者是局长的远门亲戚也说不定。"无论如何,有一点可以立即做出决断,李警察不能马上回家了,得陪着局长。

　　截止到李、刘两位警察抽着烟等待局长到来的时候,他俩同样百分之百地丝毫也不曾意识到,正是他俩的这个电话,把他们的局长送进了地狱。

　　局长在他的二楼办公室里通知李警察去汇报案情。刘警察看守着铐着一只手的小偷水工。李警察走进局长办公室。局长坐在单人沙发上喝茶,把另一杯沏好的茶水推给李警察,同时指一指并排隔着小茶几的另一把单人沙发,让李警察坐下。李警察有点拘谨地坐下来,礼节性儿地握住了装着茶水的一次性纸杯。他刚才和刘警察在楼梯口商量该不该把小偷的要求报告局长的时候,还轻松地调侃小偷会不会是局长的外甥一类调皮话,现在却无端地拘谨甚至紧张起来了。他就从他来办公室拿明日出差的火车票说起,一直说到给局长打电话为止。他特别解释了要不要把这件事给局长汇报的两难选择。局长真诚地表示,他处理这件事处理得好,说:"公安局被偷,当然不是一般的偷盗案子,你说得很对。我也是从这一点考虑,才亲自来审这个小毛贼。他不提出要叫我来我也要来。贼娃子偷到咱们心脏里来了,闹笑话哩嘛!"

局长很平淡地做出安排:"你明日要出差你就可以回家了,别影响了正经事。"李警察忙说:"我年轻少睡一会儿不碍事,明天坐火车还可以睡觉。我得陪着局长,万一有事你跟前也得有个帮手。"局长淡淡地笑笑,说:"这么个小毛贼,我还对付不了哇!万一有事还有小刘在跟前,有一个人就行了。"这样,李警察就不再坚持留下为局长当帮手的想法,看着局长把那只黄绿色的帆布挎包挂上肩头,相随着一起出门,一起上三楼,一起进入自己的办公室,对小偷说:"我们局长来了,你就老老实实交代你的偷盗事实吧。"然后就退出办公室,和伺候在门外的刘警察告别,就回家去了。

李警察下楼,出楼,走过院子,在车棚发动摩托车,直到驱车穿过大街小巷,脑子里就隐隐浮现着局长那只黄绿色的帆布挎包。这种帆布质地黄绿颜色的挎包,曾经在六七十年代风行整个中国,人不分男女长幼和职业,出门一律都是挎着这种包在肩头的。将军挎这种包士兵也挎这种包,教授挎这种包小学生也挎这种包,部长省长和工人农民一样都习惯挎这种包。这种包体现着绝对的平等和绝对的一律。这种包现在在城市里几乎绝迹,连贫穷落后相对不太注意装潢的乡村人也没人用了。随着一个时代的结束也结束了一种包的价值,或者说一种包的被废弃标志着一个时代的结束。然而,局长还挎着这种包。局长一年四季上班下班开会出差都挎着这种包。局长当警察时挎这种包,调办公室当副主任再升主任挎着这种包,直到跃升为副局长再到局长,几十年所有变化中唯一不变的就数这只包。他曾经亲自批示过给全局干警买一种实用型的手提式皮包的拨款报告,自己却从来也不使用那个质地不错的皮包。这种黄绿色的帆布包挎在局长肩头,早已成为本局一道迥然的风景,这种早已陈旧的过时的包在局长肩头却形成别致的新颖。人们不仅不以为它落伍,反而装满了敬重,也装满了荣誉……至于局长如何审讯小偷水工以及审讯的结果,他已经全然漠不关心了。这个小案子小毛贼,本身不具备让他关心的分量;即使局长这样的牛刀亲自出手,也不会撕下几两肉来;只是因为发生在公安局办公大楼里才不一般,只是体现局长的一种作风一种姿态罢了,案子本身并没有多少意思。

李警察把这个撞到腿上的案子轻描淡写地说给妻子,突然意识到对他的一个重要好处。正是这个贼向妻子证明他私设的小金库里只有五百元人民币。小偷把他的大小抽屉全部翻了搜了,就是这个数儿。妻子总是不相信他的小金库银子的储量。他解释过多回也无法使妻子的心稳妥下来。现在可好,小偷水工向妻子揭开了谜底儿。妻子舒展地笑了,就把他拢上床去,刚刚获得的踏实的心就蒸腾起更多的温柔,兼蕴含着曾经疑猜小金库打着埋伏的歉意,全部融为一种前所未有的温柔和激情了。李警察自然敏感到熟识的老套里新生的鲜活,作为远行前夜必有的夫妻之事,呈现出新鲜的别开生面的美好……明早轻松上路。

李警察办公室里,局长对小偷的审讯正在进行。

局长走进李警察办公室,第一次和铐在椅子横掌上蹲在地上的小偷水工眼光相撞时,随口轻淡地说出一句:"嘀!是你呀!"然后就在椅子上坐下来。刘警察送走李警察,自己在门外侍候着。

小偷水工低下头没有说话。他心里想,从局长到大门口站岗的武警再到扫地务花的勤杂工,任谁知道在水房里干过十多年的他竟是一个贼时,都会发出这样的感叹米。既然贼的面目已经暴露出来,任何人的惊讶对他都不再构成压力。压力只在本真的丑相处于可能被揭开而又可能被继续掩盖的时候才会发生。

"据后勤处同志说,你是用过的民工中最能干最勤快的一个,哪个民工也没干到你这么长时间,十多年呀!从领导到警察对你都很信任嘛!甚至在待遇上把你都当局里职工一样对待呀,结果你却干出这样的事。"局长说,"农民孩子的忠厚老成到哪里去了不说,你连起码的良心都没有。"

小偷无动于衷。这全是废话一堆喀。作为一个贼被铐在椅子下边的横掌上,在你的眼前脚下的地板上蹲着,你却说这一堆属于情感范畴的话,什么作用也不起。小偷心里现在最焦虑的是什么结局。锅炉肯定烧不成了,当水工的工资也挣不成了,都不重要。要紧的是会不会判刑蹲监狱,重判还是轻判,毕竟偷的是公安局这样的谁也不敢碰的单位。其他属于感情世界道德范畴的话语,对他来说任何力量任何意义都没有。他现在低垂着头,等待恰当的时机,按自己蓄谋已久且十分确定的一招进行。这一招是他被李警察铐到椅子横掌上时就冒出来的,相信绝对有效的;如果这一招不能奏效,他就只有蹲监狱一条路一个结果。让局长说吧!局长想说什么,局长无论怎么说怎么问,他都听着。

"我把你狗东西毙了!"

局长"啪"地拍响了桌子,声响震天,同时就直昂昂地突兀在小偷眼前。刘警察当即推门进来,看了一眼局长又看了一眼小偷,弄明白没有意外情况儿,又退出身子拉上门板。

"枪毙你都便宜你了。"局长又补说了一句。

小偷水工低垂着头,心里突然觉得局长不像个局长了。这么大失法律水准的话,居然从他的嘴里说出来,而且鼓着那么大的劲。就他的偷窃行为和偷得的钱数儿,离着挨枪子儿的距离还远得很哩!这种吓唬不仅不起作用,反倒让小偷惊讶局长怎么会说出如此差池的话。小偷倒是有点急,局长一会儿动情的软话一会儿乱抡的吓人的硬话,都不是他等待可以说出那一招儿的时机,就只好再等着。

"明日这事一传开,看看这些干警把你砸死!"局长说,"你们村子的农民知道你竟敢偷公安局,看看谁还会把你当人看。你爸你妈你媳妇,谁在村里还能抬起头来?"

这一下刺中要害穴位了。小偷不自在地扭了扭身子。这是他最敏感也最虚怯的一个穴位。道理很简单,从明日起他就不是公安局的烧锅炉的水工了,可能一辈子再也不会走进从早到晚有武警站岗的这幢高大气派的门楼了,这个院子里的头头脑脑和普通警察会怎么骂他,他都听不见了,也就没有什么压力了。而他生活的村子里的人们的眼色,才是他最不堪忍受的。一旦他的贼皮在村子里亮出来,直到进入棺材也甭想脱掉了。还有他尚健在的父母,也将在别人的那种眼光下度完余生。更有他正上小学的一女一男两个孩子,心里也将罩上父亲一张贼皮的阴影。这个敏感的穴位在他被李警察铐住右手的时候就刺疼了,只是时间和地点都不容他更多地去纠缠,眼下最致命的穴位是他的结局。因为会不会重判或轻判,比他和他的父母他孩子的面子都重要得多。

"说。"局长重新在椅子上坐下来。

"交代你的罪行吧。"局长点燃一支烟。

"你不是说要我亲自听你坦白吗?"局长说。

小偷水工抬起头来。他心里的整个感觉和全部智慧迅捷地完成了一次整合,形成一个判断,现在到了抛出唯一能够拯救自己的那一招的时候了。他抬起头来的时候,没有忘记沉稳,为此而稍作静默,然后才说出来蓄意已久的一句话——

"局长,我偷过你。"

小偷说完这句话,看了局长一眼就低下头去。在他短暂的一瞥里,看见了局长的眼光避闪了一下。那一瞬,他相信他掐中局长最致命的穴位了。这个穴位对局长来说,比局长刺中他的那个虚怯的穴位要致命百倍。局长躲闪了一下的眼光,标志着他和他的关系的根本性易位,老鼠咬住猫的脖颈了;双方在这一瞬间,都清楚谁对谁更致命。他很快低下头去,就是不要再继续去看局长的那种眼光,只要看见躲闪的那一下就行了。让局长掂一掂分量,尽快做出选择。小偷现在是一位超级心理学家,认为像局长这样有身份的大猫,在这样不容久耽的时限里,要与一个他这样的老鼠做出同流合污的妥协达成一种利害同盟,是十分残酷的。他如果一眼不眨地盯着局长,于局长做出他所期待的选择是不利的,他低下头,就是留给局长一个不受逼视的软空间,对这个无法回避的残酷做出自己的整合。

"我不记得我丢过钱。"局长说。

局长说这句话的时候,是一种轻淡的口吻,却也没有否定小偷坦白的事实,只是不记得。他做出这样的回答,是在接到李警察的电话之后,出门上路回到他的办公室时就已整合出来的选择。李警察在电话里向他报告了小偷要对他坦白的要求,他就准确无误地判断出小偷要对他说什么事了。那一刻,他同时感到了地狱的恐惧。这个突然袭来的灾难,比之本市发生的几十年不遇的恶性案件对他更具威压。任何恶性案件的发生,只是增加他的工作压力,对他本人并不构成威胁;这个小毛贼所做的案子虽然不足挂齿,却对他个人的命运直接造成威胁。如此之突然。如此之意料不及。毁灭之网竟然由一个小偷对他撒开。对这样的灾难从来没有心理防范准备,没有先例也就没有参照可循,真是无法找到一个安全可行的办法来处理这个小偷已经抛出的罗网。他现在说出的听来不大在意的话,是他所能说出的自认为最恰当的话。

小偷仍然低垂着头。他在专心致志地解析着局长的话,尚不敢轻率做出反应。

"说,你还偷过谁?"局长说,"包括你在社会上作的案。"

小偷水工当即意识到,不能让局长就这样轻松地滑开。他甚至在这一刻产生了一种蔑视,你没有做出任何一点儿承诺,怎么可能让我松开咬你的口呢?你怎么可能轻轻松松逃开了呢!他才不想向局长坦白其他偷盗案件。他相信局长其实也无心听他交代其他偷盗案件。他继续低垂着头,而不想和局长对视,就说——

"我偷过别人,钱数都很少。我偷你偷的次数最多,有两次数字很大。"

他说完仍然低着头。他不想看局长眼里的脸上的感情反应,避免对抗,仍然想留给局长一个重新掂量的软环境,以期盼局长朝着有利于自己结局的方向转折。

"你胡说哩嘛!我办公室顶多留一点抽烟和吃饭的零钱,谁拿了也不在乎。我的同事常从我抽屉拿钱让我犒劳他们。"局长说。

这真是稀罕的案情,不管它大小,都是稀罕。小偷坦白招供他偷了局长,局长却拒不接受。局长针对小偷的进攻,做出尽可能轻淡又轻松的反应,让怀着最阴毒的目的的小偷逐渐接受这样的理念,你手里攥着的那个把柄,已经没有证据,可以用如上的话不大费劲就化解了。局长已经意识到现在到了最危险的当口儿,对手已经兜出他攥着的最后的王牌了,他反而比初听到电话报告初见这个小偷时更具信心了。

小偷听到这里,也已无路可择,更坚定了按最初的一招进行到底,现在还不是这一招完全失败完全捞空的时候。他仍然低着头,说得更具体,把撒手锏抛了出来——

"我有两次偷你都偷得五位数。你都没有报案。"

这个话里的潜台词是明白不过的。小偷明白,被偷的局长更明白。李警察把电话打给他的时候,他的脑子里立即蹦出来的就是这两次被盗的五位数的款子,致命的在于他两次被盗都没有报案,这是他现在最难排除的心惊肉跳的致命的穴位。小偷已经把话说到头了,他只要把小偷最得意的这个把柄化解掉,就会彻底粉碎这个小毛贼的阴招了。他反其道而行,索性把小偷的阴招全部掰开:

"你可以说你偷我的数字是六位七位数。你说得越大,我越无法解说这些钱的来源。你想反咬一口让我解脱你。我明白。你这点小九九很阴毒,可谁会信呢?你想想你诬陷的后果,比你偷盗的行为要严重得多。"

小偷水工现在才感到了软弱。他抛出撒手锏而没有收到杀伤性效果,就感觉手里空空心里也空空的软弱了。他现在才重新感觉到了局长警衣肩头的那个标志性符号,是这个大院里人人敬畏人人仰慕的唯一一个标志符号,是最具分量的。还有那个黄帆布包,就放在旁边的桌子上,这个过时的稀世陈物也对他软弱下来的心构成一个沉重的压力。

局长觉得这个飞来的横祸应该过去了,化险为夷了。他现在才能拿出自己的一招儿。他清楚小偷要什么。他在李警察报给他的案情电话的最初反应,感觉到了横祸的同时,也明白小偷要向他坦白的目的,其实说穿了就是一点小小的勾当。他不能在小偷的胁迫下让小偷的欲望得到满足,留下心灵深处的亏损。他要把小偷这个歹毒阴险的招数粉碎之后,不失局长体面地给予他一点满足。

"你偷了同志们包括我的一些零用钱,算不上什么大事,老老实实交代,争取宽大处理。但——"局长说,"这件事性质恶劣,影响太坏!你居然敢在公安局行窃。我当然得亲自过问了。"

小偷水工听到这里,似乎心里有数了。他的脑袋此刻抵得住一台高速高效运转着的电脑,条分缕析,字斟句酌,刨皮搜核儿,既是一位精确的语言大师,又是一位洞察微明的心理学家。他已经判断出来，关于他偷盗案件的性质和处理结果，都包含其中，而且为他下来要做的口供定准了调子。小偷水工准确无误地抓住了局长这段话里的关键词：零用钱。把局长两次被他盗走的均上了五位数的款子缩小为零用钱的一般范围，于他就"算不上什么大事"了，于局长也就更算不上什么大事了，被盗大额款子而不报案的嫌疑也就化解无虞了。局长后半句话的意思，无论性质多么恶劣，影响坏到怎样的程度，并不依此为据来量刑，真实的用意只是解释局长为这件小案子而出马的因由。这样，小偷要见局长的目的已经达到，蓄谋的一招已经实现了效果，就该及时回报，让被他咬住的大猫也心底坦然。他当即对局长说："局长，我没偷过你。我连你的'零用钱'也没偷过。打死我我都说这话。"

局长已经转身拉开了门，对刘警察做出纯粹业务式的安排："就这样，暂时就这样了。太晚了你先把他关起来。明天我安排人正式审讯。"

小偷被刘警察带到四楼一间空荡无物的房子，把手铐的另一半扣死在墙上的一个钢环上。他在心里嘲笑刘警察，你不给我戴铐子我都不会逃跑了，你不锁门我都不会逃跑了，我现在还有什么必要逃跑呢！当屋子里剩下他一个人的时候，顿然觉得被抽了骨头也被挑除了筋儿的疲软，高度的精神紧张一旦解除，攥紧的心一旦松开，比射精快感退去之后的疲软还要疲软，欲望完全满足之后的慵懒被瞌睡挟裹着进入温柔之乡。在跨进梦乡之门的最后一缕清醒的意识里，他的脑海里久久闪现着局长最后一瞥的目光。他对局长用压低了的声音说他连局长的"零用钱"也没偷过的时候，局长只瞥了他一眼就迅即避开了。那一瞥忽悠一闪之后就深掩不漏了；初见的那一刻和现在令他仍然挥之不去的这一刻，他在心里一次又一次地发出吟诵，他和我一样其实都是鼠哇！

三天之后,局长被"双规"。

　　李警察几乎在局长被"双规"的当天,在南方的海滨就知道了这个惊天的消息。电话是刘警察打给他的。他当时正在温厚的海水里游着。他是一个生长在北方旱地却擅长水性的人,难得有大海这样施展生理优势的好水。他回到沙滩上休息的时候,手提电话响了。他听到刘警察报告的消息时如同发生了地震,一打挺就从沙滩上跳了起来,连声问:"你说啥你说啥你说啥?"

　　极端的震惊之后也是一种疲软。李警察躺在沙滩上,也如同被人抽了筋剔了骨似的疲软。他也开始向温柔之乡移动,在进入梦乡的门槛时尚存的一缕清醒里,眼前像蝴蝶一样飘忽闪动着局长那只黄绿色的帆布挎包。到李警察从沙滩上重新站立起来时,这只黄绿色帆布挎包还历历飞舞在眼前,不过里边不再装着敬重和风度,而是老鼠和蛤蟆以及浸淫的耻辱和肮脏了。

　　晚上,李警察躺在宾馆的房间里,妻子又打来电话告诉他局长被"双规"的消息。他说刘警察已经告诉过他了。妻子似乎抑制不住惊奇和新鲜,说事情的起因正是他出差前夜撞上的小偷牵扯出来的。他说他知道,刘警察已经说过了。妻子仍然不甘心扫兴,告诉他局长被宣布"双规"的有惊无险的情景。局长被省上通知去开会。局长还挎着黄绿帆布包坐三菱车去了。局长走进会议室大门,发现会议室内空无一人,还以为自己是第一个到会者。门后闪出两个人同时扭住了他的胳膊,搜了他的衣兜儿,又搜了他的黄帆布包儿——怕他带枪。然后一位领导从套间出来向他宣布组织的决定。她还告诉他一个细节,就在他的局长被宣布"双规"那一天,日报还登着一篇很长的写他勤政廉洁的通讯,作者把那个黄绿色的帆布包单独列了一章,赞美的句子和诗歌一样。他却为那位作者解脱:"我要是那位作者也会这么写的。"使妻子大为扫兴,把局长东窗事发的过程和细节省略不说了。

半个月之后,又是海滨,沿着中国陆地的又一个城市的海滨。李警察和他的一位河南籍的同事,循着这个案子的线索又追踪到这个滨海城市来了。他把他的旱鸭子同事拖到海边来。他在海里劈波斩浪,他的河南籍的旱鸭子朋友在浅水里泡着。他们又先后回到沙滩上抽烟,从报童手里买来一份当地的晚报,翻出来有关他们局长的新闻报道。通栏大标题,醒目,震人。他和他的同事挤蹭着头,几乎同时看完了标题很大而内文不长的文章,过目不忘的是最刺眼的一段文字:小偷交代说,他偷过局长十二次,累计偷得六位数的赃款。他偷第一次时,局长还是办公室副主任。局长升主任时,他偷过。局长升副局长时,他也偷过。局长升成局长时,他仍然偷。无论偷多偷少,局长都没报过案。局长在"双规"期间交代,这些被偷的钱都是赃款……

  李警察的河南籍同事拍了一巴掌报纸:"我操!"

  李警察接着用自己的乡土话应和:"我日他妈!"

  李警察的同事转过脸模仿李警察的口音:"我日他妈!"

  李警察顿然也想滑稽一回,模仿他的河南籍同事的口音:"操!"

2002 年 7 月 27 日　原下

关于沙娜

这个作家是一位工作和生活都十分正常的作家。天明即起，洒扫清洗，早点自烹牛奶鸡蛋，外加一块馒头，然后坐下来写字或读书；没有废寝忘食，也没有彻夜长熬；不喝酒，更不吸烟；似乎也没有什么抢眼的卓尔不群的风度，读者从报刊上看见的照片，也正常普通，没有目极八荒的伟岸，没有双臂架椅纵论天下的派势，也没有手搓长发眉头紧锁誓与民族共死生的痛苦万状的景象。这个作家很平和，生活和工作平静的时候很平和，被生活和工作中的龌龊事狠狠地龌龊着的时候，依然很平和，把愤怒用平和表达出来的时候，就成为一种个性、一种风度。据说作家出身于一个古典文明很纯正的家庭，培养孩子的诸多戒律中有一条很难做到，不许喜怒无常情绪失控。这样的家庭和受这样律条训诫的孩子也不是绝无仅有，所以并不排除作家性情中的先天性因素。

作家现在骑着一辆自行车正在往回赶路，乳白色的水雾说不清是在消散还是朝峡谷里隐退，笼罩在雾帐下的村庄渐渐裸现出来。灰黑的瓦和粉白的墙，在庞大的树冠下在密如壁垒的竹林中时隐时现，时有一幢幢款式新颖的小洋楼从眼角掠过，有鹤立鸡群的感觉。作家的头发和眉毛上都凝结着细密的水珠儿，面颊也湿润润的。作家每天早晨醒来，不洗不梳，便踏上自行车骑出县城，来到纯粹属于农民生活的某个村庄某个岔口某条山沟的地方，有时候跑出去二三十华里,尚未铺垫柏油或水泥的坑坑洼洼的山野道路,既要求你紧握双把儿,还要你目不斜视心不二用,对轮下的路况做出选择,随机应变调动车头,稍微马虎就可能被石头撞翻,被窝进深坑,或绊倒在拖拉机碾出的七歪八扭的辙道里。作家的大脑和心脏在简单的专注里得到调节和休息,还有整个身体的锻炼。在这样的山地沟谷间的自然状态的村路上骑自行车,使足部、小腿和大腿的肌肉得到锻炼自不必说,腰部、双肩乃至整个身体每一个部位的肌肉、筋骨和血流,都在频频的小颠大簸中运动不息,心脏、肠胃等内脏都在颠簸里颠簸着。作家有意或无意地自我抚摸时,都明显地感觉到了双腿双臂腹部和臀部的肌肉重新紧凑起来重现弹性。作家骑车到某个择定的地段,扔下车子,在田间小埂上随意走走看看,或者在草地上做一点踢腿舒臂的轻微运动,然后再骑车返回日渐繁华日渐喧嚣的县城。作家两年前开始这套别出心裁的晨练项目的时候,县委书记正儿八经地对此事做出安排,让一位司机送作家到任何感兴趣的地方,晨练完了再送回来。作家不做解释,淡淡一笑说,那我就不去了。书记很诚恳地解释说,你的写作我不懂行也帮不上忙,但我得负责你的安全。山大沟深野兽出没,人也刁悍,万一出个差错谁也受不了。你是名牌作家,是稀有动物,是大熊猫是金丝猴是朱鹮。我的职责是保护,这是上边领导叮咛过了的。作家仍然淡淡地笑着,心里却想,自己在草地在田埂上伸胳膊踢腿,弯腰仰背撅屁股,让一个小伙子站在旁边是不可思议的。况且,骑着自行车所发生的身体各个部位的颠簸的美好感觉和奇妙的健身效果,统统没有了。作家说,忘了给你交底儿,我曾经在省武术队受过专业训练,三五个人近不得身,尽可以放心。

  作家骑车驶进文化馆的院子,一眼瞅见自己的门外站着一位年轻女人,墨绿的裙子和粉红的短袖衫,就像在瓦沟和砖缝都透着千年古气的小院里浮现着的一朵清丽的荷花。作家来深入生活时,选择了文化馆作为栖息地,主要是空间里气氛的适宜。文化馆设在孔庙里,平房很多,虽然破旧,却不断修补,漏了修塌了补,画画的跳舞的唱戏的写作的和行政管理的干部们快活地生活在这里,和这些古老的平房一样古老的合抱粗的柏树下,每天早晨都有一层乌鸦粪,绝无仅有的一方和谐之地。

"秦书记——"

作家骑车到自己门前,刚跳下车,正打算招呼等候自己的女人,对方却先开口了。这个女人很漂亮,脸上和胳膊上裸露的皮肤很细腻白净,眉眼和脸上的气韵都很大气。这样的眉眼和这样的气韵,在纯粹的山民的宅院里是看不到的,也区别于县城街道上那些晃来荡去的天不怕地不怕只怕警察的女人。作家问:"你找我?"

"对。秦书记。"

作家开锁,先让客人进门,自己再进去。作家让客人坐在沙发上,把一只沏上茶的纸杯放到客人面前的茶几上,也给自己那只瓷杯添上水坐下来。作家问:"你找我有事?"

"对。秦书记。"

"你说吧,啥事?"

"我要当乡长。"

作家稍稍愣了一下,确是意料不到的事。作家眨了眨眼,专注地看着这个要当乡长的女人。女人确实很漂亮。在门口初看一眼是漂亮,现在坐在对面再看还是漂亮,粗粗儿扫过一眼很漂亮,专注地细看起来更漂亮。这个漂亮女人坦率而又平静地说她要当乡长,说过之后依然是坦率和平静。这样漂亮的眉眼里蕴藉着坦率和平静,就使漂亮有了气韵和质量,作家发觉自己已经喜欢上这个女人了,这样坦率地"跑官要官"的人,作家竟然喜欢上了。

"你在哪个单位工作?"

"三岔沟乡政府。"

"噢！我唯一没有去过的一个乡。"

"欢迎你去。太远了,路不好走。"

"我已经习惯山路了。"

"你去了,我陪你到下边去看看。"

"你说你要当乡长?"

"是。"

"你现在是副职吗?"

"不是,一般干部。"

"你在乡上分工做什么工作?"

"名义上是搞妇女工作,其实啥都干,啥事紧火了就干啥,哪儿戳下窟窿了就补哪儿。"

"你为什么一定要当乡长呢?"

"我觉得我能当乡长,我要是当上乡长一定是个好乡长,我肯定能当个好乡长。"

"你们乡上给县上推荐过你吗?"

"不推荐我还臭我。"

"为啥?"

"我回答不了,我也弄不明白。"

作家不好再问什么了,这个要当乡长的女人显然是不想直面回答,而不是回答不了,更不是弄不明白。她前面说的"还臭我"的话,实际已经是答案了。这里留下的令作家推测的可能性是多向的,这样短而又浅的交谈无法得出明晰的结论。作家便想松弛一下,绕开话题:"你叫我老秦吧。别叫官名了。那个官衔是为我下乡方便,没有实际意义,作家兼职的官衔跟一般官衔有区别的。"

"你甭推,"女人说,"我知道你是兼职,我也知道你并不管县上的具体事,我只是让你给书记把我提一下。"

"我不推,我可以提建议的。"

"对,这就对,我就是想让你给书记把我推荐一下。我一个普通乡干部,要见县上领导,比见总书记还难。"

"我好坏也是个书记嘛!你连招呼都不打就来了……"

"你是兼职,你也说你是兼职喀!你要是真的当上管事的书记了,肯定也就一尿样儿的难见了。"

"你的嘴好畅快哇!"

"你是说我说了个尿字吗?而今尿字都被人嚼烂了。酒席上一个尿字从头说到尾,讨论会上一说到尿就生龙活虎了,男人不说尿没人缘,女人不说尿不可爱,领导不说尿脱离群众……哎呀!你们作家不是整本整本写尿的文章吗……"

"你这么漂亮又这么年轻,开口闭口就是尿长尿短地说话,也是为讨个好人缘呀?"

"反正我走到哪儿也躲不过个尿字,我就说,他说我也说,他说我不说他就得意了,我也说了他反而得意不起来了。"

"噢!有这样的效果?"

"难道你没有遇到过?"

"遇到过,城里人比乡里人还喜欢说。"

"你也躲不过吧!躲不过你咋办?"

"跟你一样——也说。不过,没有你那样的效果,我如果掺和说了,他们就更兴奋更肆无忌惮了,恨不得把尿皮子剥开说。"

"我还以为城里人文明不说哩!"

"一尿样儿。"

随之是漂亮的女人爆发的笑声,她先是仰起头笑,笑得浑身颤抖,粉红色的鼓胀的胸脯悠悠地颤着,直到扭过身子趴在沙发一边的扶手上,半天直不起腰来。她已经笑得浑身瘫软,再也发不出笑声,却仍然抑制不住想笑,喉咙里就喷出"嘿……嘿……嘿"的声音,缓缓地抬起头来,断断续续地笑着说着:"秦……秦书记……你也……

敢说尿……哩……"

作家自己反而不笑,作家也没有生活在真空中闺阁里,在城市的文化人圈子里,以男女生殖器创作的或隐晦含蓄或直白粗浅的"段子",层出不穷花样翻新繁茂不衰。餐桌上传统的猜拳行令的娱乐方式早已消亡了,"黄段子"成为美酒佳肴的佐料或者说进行曲,作家的耳朵早被尿的进行曲磨出茧子了,作家说:"你一口一个尿字我都没笑,我说了一回你就笑成这样儿。"

"你是……书记……还是……作家……嘛!"

漂亮的女人喝了口水,拢了拢头发,脸上就恢复平静了,"你看看,咱们也是说起尿来就把正经事儿忘了哩。哦!秦书记,你就在书记面前推荐一下我。"

"我除了听你说了一通尿,啥也不了解呀,你能不能给我说一下你的政绩,只说你。"

女人甩了一下头发,喝了口茶,开口了。

"我只说修水电站的事吧,我们乡最僻远了,电还不通。三任乡长都想修个小发电站,都没有修成,水电局不给钱。我给乡长说你把这事交给我吧。乡长说我们几个头儿齐上阵了都要不来钱,你能成?我说反正你们已经没诀可掐没猴可耍了,我来试试。不出两个月,我把钱要来了。现在,有电了。"

"你怎么要来的,上床?"

"看看看看看!你看看你看看!连你秦书记都这样说,难怪别人臭我哩!"

"我跟你说着玩哪!"

"我把钱要来了,却把我搞臭了。都说我把局长哄到床上才把钱要来了。人家编得有鼻子有眼儿,连细节和对话都活灵活现,比小说写的还曲折比黄片演的还露骨。秦书记你也是个女人,我就给你说一句最难听的……说局长见了我连老命都不要了,一夜弄了八回

第九回休克了……你看看他们怎么臭我!"

"你应该让乡长出来说话。"

"现在谁能堵得住谁的嘴!反正又不违反'四项基本原则'。"

"那你还怎么在那儿工作?"

"我不管,管不了也就干脆不管。局长也惨了,他老婆跟他闹,我倒是替局长难受了,别人乱说是一回事,家里人闹就麻烦了。我就去找局长老婆,那老婆一见我鼻子都歪咧,我一手抓住她打过来的两个手腕儿,她连动都动不了。我真的学过拳道。我听说你也练过。我用另一只手指着她的鼻子:'论权论钱,数上你的老汉,论起尿来,你看看我家小伙子。'我把我丈夫的相片支到她眼前让她看,我又说:'你老汉是个好老汉,少有的好老汉。你把这个好老汉的脸抹得五麻六道,你作孽!'我把她的手摆开,我走了。那老婆居然没动静。"

"嗬!我真刮目相看了。那么你说说,你怎么把钱要到的?"

"其实也是我遇上好机会了。前头三个乡长要不来,也该轮到我们乡了,再不给我们就没有说辞了。当然,我也陪局长和相关干部吃饭喝酒,酒席上,我发现局长也爱说爱听尿的段子,我也就凑热闹说,局长爱听爱说,人家从来也不动手动脚,这是个好局长,现在可真应了一句俗话:'好人落下个赖名誉。'"

作家听到这里,很肯定地说:"我给一把手推荐,我肯定会推荐。"后半句话她没有说出来,相信聪明的女干部会想到。果然,直言要当乡长的漂亮女人自己说出来了:"至于人家提不提我当乡长,你也管不了,我只要你推荐一下。"

作家送女干部出门,突然记起来忘了问名字:"你得把你的尊姓大名留下呀!"

她已经用脚拨开了自行车的车撑棍儿,回头笑笑:"沙娜。挺洋的吧?"

"你现在回三岔沟?"

"还有拨款的尾数没到位,我去水电局催。"

那女人已经跨上自行车,旋即又跳下来,对作家说:"我给你带了一袋蘑菇,新鲜的。"

作家一看,窗台上有一个白色塑料袋,扎着口,拎起来沉沉的。

"喂!书记,我是秦业。"

"噢!秦书记,什么事?你说。"

"这段时间县委不是正在调整中层和乡镇的领导班子吗?"

"是。有什么事你说。"

"我给你推荐一个人——"

"谁?"

"三岔沟乡的女干部沙娜。"

"这人——你甭说。"

"你认识呀?"

"我认识不认识你都甭说。"

"这人挺能干的……"

"这人你甭再提。"

"为什么?"

"甭问为什么。这人你甭说。"

"……"

作家秦业把电话机扣好,没有想到会是这样一个结果。她想到书记即使不满意,也会缓然处理,诸如通常所用的办法,让组织部先了解了解情况吧!唯独这样干脆利落的否定,显然不是她印象中的书记处事的习惯。作家不用回味,那不假任何思索没有丁点犹豫不留丝毫回旋余地断然拒绝的态度,起码证明一点,沙娜在书记的印象里是很糟糕的,连说都不能说连提都不宜提的,根本进入不到"考虑考虑"的层面。书记敢于这样断然表态,还证明了另一点,书记对沙娜很熟悉。在全县几百名干部中,单是各部局各乡镇的党政正副职领导干部,书记也未必能一一叫出名字,一般普通干部办事员就更马马虎虎了,然而却认识而且熟知沙娜,可见沙娜如果不是因为出类拔萃的漂亮而招人注意,肯定就是别的什么原因了。作家唯一能想到的还是沙娜提供给她的陪水电局长喝酒说屎的事,也许……也许是没有底线的,也是没有意义的。

作家陷入一种少有的心绪麻乱的状态。她本来正在赶写一部中篇小说,这是山区风情系列中的一部。前头已经发表的几部反响颇好,已有出版社邀约结集出书,这无疑是令作家最惬意最舒心的事。她没有料到进入山乡以来的感觉如此敏锐,甚至某乡民的一句话都会激起创作冲动,她素来写城市里各色人物的生活纪事和人生沧桑。她生在一座北方古老的城市,长在这座城市也工作在这座城市,而且是这座城市中传统文化甚浓的家庭,除了夏收秋收到郊区农村帮助农业合作社收麦子掐谷穗等短暂的接触之外,最长的一次乡村生活经历是到农村搞"四清"运动,原定半年时间,结果因为"文革"开战而中途撤退了。她没有料到五十岁以后到陌生的山区乡村还会产生这样敏锐的感受和体验,一篇篇大大小小长长短短的小说、散文连续涌泻出来,真的是获得写作上的二度青春了吗……现在,漂亮的沙娜却把她搅乱了。她原打算给书记打个电话推荐一下,甚至不算推荐只是提说一下,至于适宜不适宜提拔,不仅不是她管的事,说穿了她自己也心里没谱儿,她仅仅只是看见了一张山区少见的漂亮的脸蛋,听了一番为修水电站要钱以及派生出来的风波,她自己也没有力主推荐的意思,只是提说一下。书记反复了三四次"这人你甭提说"的话,反而把自己心里弄得不安宁了,坐不下来也提不起钢笔了。

她喝罢自煮的牛奶,就锁定了分管水电工作的石副县长,拨通了电话。

"喂！我是秦业。"

"哎呀！秦大姐,我都想死你了。"

"甭作秀了——电话可是我打给你的。"

"兄弟不敢骚扰你呀！你给人民制造精神食粮哩！"

"贫！"

"嘿嘿嘿嘿嘿！老姐有何吩咐？"

"我想见一下大驾,有空儿没有？"

"这哪敢马虎,兄弟恭候。"

她之所以锁定石副县长,唯一的原因就是可以断定他了解沙娜。三岔沟乡修建成功小水电站,在县上也算得一个不大不小的基础设施建设工程,主管水电工作的县长不会不认识要回资金的沙娜。再说,石副县长是本地猴儿,从山里走出去念了书又分配回老家山区县工作,从乡里干到县里,又从县里下到乡里,再从乡里调回县里,几十年来上上下下往返调动,把县机关和下辖乡镇的旮旯犄角都踏踩过了,无异于一部活档案,不会不认识沙娜的。她便骑上自行车,想听听石副县长关于沙娜的印象。

"忙啥哩？"

"没忙啥。"

"看你桌上摊下这阵势。"

"哦！清理清理,及早清理一下。"

作家秦业听出"清理"一词中不寻常的语气,敏感地感到一种"交手"的意味,就开玩笑说:"高升？拍屁股要走？你可怎么撂得下那几个相好呢！"

"再多也不行！再多也不抵老姐一个。"

说罢便"哈哈"大笑,十分畅快的笑。秦业也笑,却是败下阵来的笑,也畅快。在现任的县委和政府的领导班子里,石副县长是她唯一可以肆无忌惮地开玩笑的一位,一是年龄相仿,都过五十了,超越了人生容易引起麻烦的年龄区段,自然还有个性,一个不足二十岁的中专毕业生,在这个县干到五十多岁也干到副县长这个位置上,没有才干没有政绩和没有精明乃至没有一点油滑都是不行的。他的年龄已不允许他继续待在副县长这个位置上,这是毫无疑义的,到哪个位置上去,秦业却不知底儿,现在,看阵势是有眉目了,她就问:"去哪儿?敢告诉老姐吗?"

"对老姐我啥话都敢说,前几天跟我谈了话,到政协去。"

"当主席?"

"噢!"

"如何?"

"好哇,临终混个正县级,再晃荡几年,回家抱孙子,咱这人嘛,尽够了。"

"好,你倒是知足。"

"人得活个明白,人活得明白才活得自在。"

"挺富于生活哲理的。"

"你看看,县长刚挂上四十,书记还不到四十,让人家年轻人指挥咱一个半大老汉,甭说咱心里受活不受活,人家年轻人也别扭。"

"人明白了话就好说事也好办。我想向你打听一个人。"

"谁?"

"三岔沟乡的一个女干部,沙娜。"

"哦!"

"认识吗?"

"你,怎么问这人?"

"我,怎么不能问?"

"一般女人都不问这人。"

"你说什么?"

"女人一般都不问这人。"

"为什么?"

"我没有研究。"

"哎呀!女人一般不问她,那么问她的都是男人了?"

"基本如此。"

"什么原因?"

"我没有研究,只看见现象,现象就是这个样子,为什么是这个样子,我没研究。"

"问她的男人里头有没有你?老滑头!"

"哪轮得上我这老汉呢!"

"这话怎么闻着酸酸的?哈哈!"

"哈哈哈!"

秦业就不再坚持问下去,再问下去,就显得自己不明白了。然而又不甘心这样的结果,她也用石副县长半是正经半不正经的口吻说:"还没卸下县长的乌纱,说话已经像政协主席了。"

"哦?你说什么?"

"说话已经像政协的主席了。"

"县长怎么说话,政协主席又怎么说话?"

"县长就像你昨天那样说话,政协主席就像你今天这样说话。"

"有什么差异?老姐你甭损我!"

"我没研究。我只看到现象,现象就是你这个样子。有没有差异,为什么会有差异,我没有研究。哈哈哈!"

"哈!弄半天你把我装进我的话里了!老姐,你也够滑够损的!哈哈!"

……

秦业骑上自行车往回走,县城的街道真可以用日新月异来形容,上回看见的杂货铺,现在已变成装饰一新的小超市了。洗头洗脚的门面似乎又添了好多家,总是标着温州的牌子,而门口招徕顾客的小姑娘却未退尽当地人的胎音。她又嗅到一缕幽幽的香味,只有烤红薯的香味才能诱发人的食欲,即使你刚刚吃过饭撂下碗筷,仍然会诱发你走到烘烤炉前掏出零钱来。她一眼就扫瞄到了左侧街角那只用大号汽油桶改装的烤红薯的火炉,一个穿戴颇利索的年轻人站在炉前,她便走过去。

她把两个烤红薯放在车前的筐兜里,自然地又想到吃红薯的风波。她刚到这个山区县不久,一位办公室的女干部来找她,传达领导指示,作为县委领导人,不宜在大街上啃烤红薯。秦业没有给女干部解释,她只是传达而已。这位女干部后来又来传达过一次,建议她最好不要穿旗袍上街。无须解释,同样是在群众眼里的党的领导者的形象问题。秦业后来知道,她的行为已经被编成"段子",在餐桌茶社流传:县委秦副书记穿着开衩很高的旗袍,坐着当地农民开的"拐的"(三轮篷车),手里攥着烤红薯啃着,引得市民争相观赏,交通为之拥塞。她穿过旗袍上街,她也在街道上边走边啃过烤红薯,她从文化馆到县委开会或办事,乘坐过当地人称为"拐的"的带篷三轮车,车费仅仅一块或两块,图省事,而没有叫县委的轿车。人们把这真实发生过的三件事焊接在一起,就有点滑稽的意味了。她后来买了一辆自行车,她还是穿旗袍,各色裙装里她就喜欢旗袍。她仍然买烤红薯吃,只是忍着馋劲儿,回到屋子里吃。人们可以在餐桌上永不厌烦地说那些以男女生殖器官编出的极富智慧的"段子",却不能容忍你在街道上啃烤红薯。秦业骑着自行车蹬进文化馆大门的时候,突然把"拐的"、旗袍、烤红薯与沙娜联系到一块。如果她不是个作家而是一个县或乡的干部,如果还有坐着"拐的"穿着旗袍啃着烤红薯的行为,能否提拔为一个乡长呢?这个联想仅仅在一瞬间发生,到她打开自己的门锁坐下来之后,似乎又把这个联想推置一边了。

秦业给自己新沏了一杯茶,秦业坐在沙发上啃着烤红薯,隔年的红薯烤熟后的味道更加绵软香甜。当地农民用什么方法居然能把去年秋天挖下的红薯储存到今年夏天,真是了不起的进步。沙娜肯定提拔不了乡长了,"这人你甭提说""女人一般都不问这人"这些话里的潜台词可以做多向猜测,而结果却是清楚的分明的。她对沙娜也就刚刚见过一面,只看见一张漂亮的脸蛋和甚为畅快的说话,唯一的政绩就是为三岔沟乡要到了建设小水电站的款子,仅凭这些,她也是无法心地踏实信心十足鼎力推荐沙娜的。

秦业随一个文化代表团出访欧洲,几近一月,再回到县上再推开古柏浓荫遮蔽下的文化馆的房门的时候,似乎从虚幻的世界终于踩踏到实处。她仍然没有忘记给自己买两块烤红薯,这红薯分明已是今年的新鲜红薯了,红薯远远没有长到它应该长成的个头儿,味道也是一种尚未成熟的浆生味儿。农民急于卖钱,早一天上市就抢一份好价钱。秦业咀嚼着这浆生的嫩红薯的时候,所有西餐无论法式的荷式的都被从胃腔里扫荡净尽了。

有人敲门。

通信员送来厚厚一沓传阅文件。

秦业一手拿着红薯啃着,一手翻检着文件。把那些必须阅读的篇幅又比较长的上至中央下到省市县的文件先浏览一下标题,分拣出来,准备随后再读,她看到一份单页的干部任免的通知,她看到了沙娜的名字。

沙娜被任命为乡长了,沙娜不在三岔沟乡任乡长,而是调派到五里坡乡任乡长。

秦业的眼睛凝固在那页简短的文字上,沙娜两个字在纸页上舞蹈,沙字蹦起来娜字落下去,娜字弹起来沙字落下去,沙字娜字一起弹蹦起来又一起落下去又并头弹蹦起来了,那页白纸像杂技场上的弹床,秦业被那两个弹蹦着的字弄得眼睛都花了,头也有点眩晕,就把眼睛移开,发现拿在左手里的烤红薯已经攥成一把泥,从手指间从后掌下流出来……

2003 年 2 月 12 日　二府庄

散文·随笔

何谓益友

一

我终于拿定主意要给何启治写信了。

那时的电话没有现在这样便当,通讯的习惯性手段依赖书信。我之所以把给何启治写信的事作为文章的开头,确是因为这封信在我所有的信件往来中太富于记忆的分量了,一封期待了四年而终于可以落笔书写的信,我将第一次正式向他报告长篇小说《白鹿原》写成的消息。

这部书稿是农历一九九一年腊月二十五日写完最后一句话的。我只告诉给我的夫人和孩子,同时嘱咐他们暂且守口,不宜张扬。我不想公开这个消息不是出于神秘感,仅仅只是一时还不能确定该不该把这部书稿拿出来投出去。这部小说的正式稿接近完成的一九九一年的冬天,我对社会关于文学的要求和对文学作品的探索中所触及的某些方面的承受力没有肯定的把握。如果不是作品的艺术缺陷而是触及的某些方面不能承受,我便决定把它封存起来,待社会对文学的承受力增强到可以接受这个作品时,再投出书稿也不迟;我甚至把这个时间设想得较长,在我之后由孩子去做这件事;如果仅仅只是因为艺术能力所造成的缺陷而不能出版,我毫不犹豫地对夫人说,我就去养鸡。道理很简单,都五十岁了,长篇小说写出来还不够出版资格,我宁愿舍弃专业作家这个名分而只作为一种业余文学爱好。无论会是哪一种结局,都不会影响我继续写完这部作品的情绪和进程,作为一件历时四年写作的长篇,必须画上最后一个标点符号才算了结,心情依旧是沉静如初的。

一九九二年初,我在清晨的广播新闻中听到了邓小平南行的讲话摘录。思想要再解放一点,胆子要再大一点,等等等等。我在怦然心动的同时,就决定这个长篇小说稿子一旦完成,便立即投出去,一天也没有必要延误和搁置。道理太简单了,社会对于具体到一部小说的承受力必然会随着两个"一点"迅速强大起来。关键只是自己这部小说的艺术能力的问题了,这是需要检验的,首先是编辑。我便想到何启治,自然想到他供职的人民文学出版社。人民文学出版社是文艺类书籍出版系统的高门楼,想着这一层还真有点心怯,"店大欺客"与否且不说,无论如何还是充不起要进大店的雄壮之气来。然而想到一直关注着这部书稿的老朋友何启治,让他先看看,听他的第一印象和意见,那是令人最放心的事。

春节过后,我便坐下来复阅刚刚写完的《白》书书稿,做最后的文字审定,这个过程比写作过程轻松得多了。大约到公历二月末,我决定给何启治写信,报告长篇完成的消息,征求由我送稿或由他派人来取稿的意见。如果能派人来,时间安排到三月下旬。按照我的复阅进度,三月下旬的时限是宽绰富余的。信中唯一可能使老何会感到意外的提示性请求,是希望他能派文学观念比较新的编辑来取稿看稿,这是我对自己在这部小说中的全部投入的一种护佑心理,生怕某个依旧"左"的教条的嘴巴一口给唾死了。

信发走之后,我才确切意识到《白鹿原》这书稿要进人民文学出版社这幢高门楼了。

二

几乎在爱好文学并盲目阅读文学作品的同时,就知道了北京有一家专门出版文艺书籍的出版社叫人民文学出版社,这是从我阅读过的中外文学书籍的书脊上和扉页上反复加深印象的,高门楼的感觉就是从少年时代形成的。随着人生阅历和文学生活的丰富,这种感觉愈来愈深刻,对于一个业余作者来说,这个高门楼无异于文学天宇的圣殿,几乎连在那里出书的梦都不敢做。就在这种没有奢望反而平静切实的心境下,某一日,何启治走到我的面前来了,标着人民文学出版社的牌子。

这件事的记忆是深刻的,因为太出乎意料而显得强烈。一九七三年隆冬季节,西安奇冷。我到西安郊区区委去开会,什么内容已经毫无记忆了。会议结束散场时,一位陌生人拦住了我,操着不大标准的普通话(以电台播音员为标准),声音浑厚,在他自我介绍之前,我已知道这是一位外来客了。在我周围工作和相交的上司、同辈和工作对象之中,主要是关中东部口音口语,其次是永远都令人怀疑患了伤风感冒而鼻塞不通说话鼻音很重的陕北人,那些从天南海北到西安来工作的外乡人久而久之也入乡随俗出一种怪腔怪调的关中话来,我已耳熟能详。这个找我的人一开口,我就嗅出了外来人的气味,他说他叫何启治,从北京来,从北京的人民文学出版社来,找我谈事。我便依我的习惯叫他老何。以后的二十多年里,我一直叫他老何,没有改口。

我和老何的谈话地点,就在郊区区委所在地小寨的街角。他代表刚刚恢复出版工作的人民文学出版社来西安组稿,从同样是刚刚恢复工作的陕西作家协会(此时称陕西省文艺创作研究室,以示与旧文艺体制的区别)创办的《陕西文艺》(即原《延河》)编辑部得到推荐才来找我的。他已读过我在《陕西文艺》发表的一篇短篇小说《接班以后》,认为这个短篇具备了一个长篇小说的架势或者说基础,可以写成一部二十万字左右的长篇小说。我站在小寨的街道旁,完全是一种茫然,且不用吓了一跳这样的夸张性习惯用语。我在刚刚复刊的原《延河》今《陕西文艺》双月刊第三期上发表的两万字的短篇小说《接班以后》,是我平生发表的第一篇小说,也是我自初中二年级起迷恋文学以来的第一次重要跨越(且不在这里反省这篇小说的时代性图解概念),鼓舞着的同时,也惶惶着是否还能写出并发表第二、第三篇,根本没有动过长篇小说写作的念头,这不是伪饰的自谦而是个性的制约。我便给老何解释这几乎是老虎吃天的事。老何却耐心地给我鼓励,说这篇小说已具备扩展为长篇的基础,依我在农村长期工作的生活积累而言完全可以做成。最后不惜抬出他正在辅导的两位在延安插队的知青已写成一部长篇小说的先例给我佐证。我首先很感动,不单是老何说话的内容,还有他的口吻和神色,在我感到真诚的同时也感到了基本的信赖,即使写不成长篇小说,做一个文学朋友也挺好,应该是我文学生涯以来认识的第一个北京人。二十多年过去,我们已经相聚相见过许多回,世界已经翻天覆地,文学也已地覆天翻,每一次见面,或北京或西安或此外的城市,都继续着在小寨街头的那种坦诚和真挚,延续着也加深着那份信赖。

我违心地答应"可以考虑一下",然后就分手回我工作的西安东郊的乡村去了。老何回到北京不久就来了信,信写得很长,仍然是鼓励长篇小说写作的内容,把在小寨街头的谈话以更富于条理化的文字表述出来,从立意、构架和生活素材等方面对我的思路进行开启。我几乎再也搜寻不出推辞的理由,然而却丝毫也动不了要写长篇小说的心思。我把长篇小说的写作看得太艰难了,肯定是我长期阅读长篇小说所造成的心理感受。我常常在阅读那些优秀的长篇小说时一回又一回地感叹,这个作家长着一颗怎么样的脑袋,怎么会写出让人意料不到的故事和几乎可以触摸的人物!好在这时候上级突然通知我去南泥湾"五七"干校劳动锻炼改造,我便以此为由而推卸了这个不可胜任的压力。我去陕北的南泥湾干校之后,老何来信说他也被抽调到西藏去工作,时限为三年,然而仍然继续着动员鼓励我写长篇小说的工作。随着他在西藏新的工作的投入,来信中关于西藏的生活和工作占据了主要内容,长篇小说写作的话题也还在说,却仅仅只是提及一下而已。这是一九七四年的春天和夏天,"批林批孔"运动又卷起新的阶级斗争的旋涡……这次长篇小说写作的事就这样化解了。我因此而结识了一位朋友老何。

三

老何再一次到西安来组稿,大约是刚刚交上八十年代的夏天,我从文化馆所在的灞桥古镇赶到西安,在西安饭庄——"双十二事变"中招待过周恩来的百年老店——招待老何吃一顿饭。那时候尚不兴公款请客吃饭。我刚刚开始收入稿费(千字十元),大有陈奂生进城的那份高涨的心情,况且是从小寨街头一别七八年之后的第一次共餐。我要了西安饭庄的看家菜葫芦鸡,老何直说好吃。多年以来的几次相见相聚中,老何总会突然歪过头问我:"那年你在西安请我吃的那个鸡真不错,叫什么鸡?"

他是为创刊不久的《当代》来组稿的。我仍然畏怯这个高门楼里跃出的为文坛瞩目的《当代》,不敢轻易投寄稿件。直到我从短篇小说转入中篇小说的第一部《初夏》写成,才斗胆寄给老何。这个中篇小说是我的写作生涯中最艰难的一部,历经三年多时间,修改重写四次,才得以在一九八四年的《当代》刊出。我曾在一篇短文中回味过这个至为重要的过程:"在这个过程中,令人感佩的是《当代》的编辑,尤其是老朋友何启治所显示出来的巨大耐心和令人难以叙说的热诚。他和他们的工作的意义不单是为《当代》组织了一部稿子,而是促使一个作者完成了习作过程中的一次跨越,得到了属于自己的一次至为重要的艺术体验,拯救了一个苦苦探索的业余作者的艺术生命。"我说以上这些话是真诚的,更是真实的。《初夏》历经三年时间的四次修改和重写,始得以发表,不仅是鼓舞,最基本的收益是锻炼了我驾驭较大规模、较多人物和多重线索的能力,完成了从较为单纯的短篇小说的结构到中篇小说结构形式的过渡。此后我连续写作的几部或大或小的中篇小说,不论得失如何,仅就各自结构的驾驭而言,感到自如得多了,写作过程也顺利得多了。正是从自身写作的这个意义上,我是十分钦敬老何这位良师益友的。

《初夏》之后,我正热衷于中篇小说各种结构形式的探索,老何在一次见面中问我,有长篇写作的考虑没有。我很直率地回答,没有。这是实话实说。由他的突然发问,我立即想起十多年前第一次见面在小寨街头的那一幕,心里竟是一种负压感,天哪!他还没有忘记长篇小说的事。他却轻松地说,你什么时候打算写长篇的话,记住给我就是了。

再后来的一次会面,他又问到长篇小说写作的事。我觉得对他若要保密,是一种有违良知的事,尽管按着我的性情是很难为的事情。我便告诉他,有想法,仅仅只是个想法,正在想着准备着,离实际操作尚远。我那时候确实正在做着《白鹿原》的先期准备,查阅县志、党史、文史资料,在西安郊县做社会调查,研读有关关中历史的书籍,同时酝酿构思着《白鹿原》。我随即叮嘱他两点:不要告诉别人,不要催问。我知道我的这部长篇小说不会在"短促突击"中完成,初步计划实际写作时间为三年。我希望在这三年里沉心静气地做这件大活,而不要在人们的议论,哪怕是好朋友的关心中写作,更不要说编辑的催逼了。过多的谈论过分关心的问询以及进度的催问,都会给我心理造成紊乱造成压力,影响写作的心境。按着我的性情,畏怯张扬,如同农家妇女蒸馍馍,未熟透之前是切忌揭开锅盖的。

然而还是有压力产生。我已经透露给老何了,况且是在构思阶段,便觉得很不踏实,如果最终写不成呢,如果最终下了一个"软蛋"又怎样面对期待已久的老朋友呢!甚至产生过这样的疑问,按照我当时的写作的状况,中短篇小说虽已出版过几本书,然而没有一篇作品产生过轰动性效应,我清醒地知道自己的分量和位置,而老何为什么要盯着我的尚在构思中的长篇小说呢?如他这样资深的职业编辑,难道不知面对名家之外的作者所难以避免的约稿易而退稿尴尬的情景吗?因为我在构思中的《白鹿原》没有向他提及任何一句具体的东西,我自己尚在极大的不自信无把握之中。直到今天,我仍然不得其解,老何约稿的依据是什么?

后来的几年里,证明着老何守约如禁。每有一位人民文学出版社的编辑到西安组稿,都要带来老何的问候,进门握手时先申明,老何让我来看看你,只是问个好,没有催的意思,老何再三叮嘱我不要催促陈忠实。我常常握着他们的手说不出一句话。直到一九九一年的初春时节,老何领一班人马到西安来,以分片的形式庆祝人民文学出版社建社四十周年,在西安与新老作家朋友聚会。这个时候,《白鹿原》书稿已经完成三分之二,计划年底写完。见面时老何仍然恪守约律,淡淡地说,我没有催的意思,你按你的计划写,写完给我打个招呼就行了,我让人来取稿。我也仍然紧关口舌,没有道及年底可以完稿的计划,只应诺着写完就报告。

这一年的夏天,先后有两家大出版社向我邀约长篇小说稿,一位是在艰难的情况下给我出过中篇小说集子《初夏》的上海文艺出版社的老张,我忍着心向她坦诚地解释老何有话在先,无论作品成色如何,我得守信。另一位是作家出版社老朱,她到西安来组稿,听人说我正在写一部长篇,我同样以与老何有约在先须守友道为由辞谢了。我坚守着与老何的约定,发端自十七八年前小寨街头的初识,那次使我着实吓住了的长篇小说写作的提议,现在才得以实施,时间虽然长了点,却切合我的实际。

直到一九九一年末写完全部书稿,直到春节过后的一九九二年早春的某天晚上,可以确定《白鹿原》手稿复阅修饰完成的时间以后,我终于决定给老何写信报告《白鹿原》完全脱稿的消息,忐忑不安地要奔文学书籍出版界的高门楼了。

四

老何很快复过信来,他将安排两位同志于三月二十五日左右到西安。果然,三月二十四日下午,作协机关办公室把电话打到我所在地区的灞陵乡政府,由一位顺道回家的干部传话给我,让我于二十五日早八时许到火车站接北京来客。

给我捎信传话的乡上干部刚出门,村子里的保健医生搀着我母亲走进门来,说我母亲的血压已经高过二百以上,必须躺下。母亲躺下后就站不起来了,半边身子麻木僵硬了,就发生在我注视着的眼皮底下。医生很快为她挂上了用以降血压的输液瓶儿。我的头都木了,北京来客此时可能刚刚乘着火车开出京城。真是凑巧了,傍晚时分还有夕阳霞光,天黑以后却骤然一场大雪。我几乎一夜未曾合眼,守护着母亲,看着院子里的雪逐渐加厚到足可盈尺。离天明大约还有一个多小时,我请来一位村人照看母亲,就踏着积雪上路了。大雪真好,从我家大门口起始,走过两个村庄和村庄之间的原野,我给处女的雪原和村巷踩出第一溜脚印。我赶上了第一班远郊公共汽车,进入作协大院时尚未到上班的钟点。我要了一辆公车赶到西安火车站,等候许久,高门楼里来的尊贵的高贤均、洪清波终于走出车站来,时间大约八时许。

高贤均和悦随意,一见面就不存在陌生和隔膜,笑起来很迷人的。洪清波更年轻,却戴着一副厚厚的眼镜,不大说话,笑起来有一缕拘谨的羞涩,显得更加迷人。我当时想,从高门楼里出来的人怎么到了地方省份还会有拘谨的羞怯?我把他们安排到招待所,由他们自己去找饭吃找风景玩,就匆匆赶回乡下去了,只说还有两章没有"通"完,没有告诉他们还有突然躺倒吊着药瓶的母亲。我当时家分两地,夫人和孩子住在城里,我住在乡下老屋写我的书稿,母亲是过春节时从城里回到乡下,尚未回城却病倒了。这样,我一边守护着母亲监视着吊在空中的药液的降速,一边在隔壁书房审阅最后两三章手稿的文字,想到高、洪两位朋友正住在西安等着拿稿子,我第一次感到了心理紧促和压迫,这是《白》书从起头到完成四年以来从未有过的催逼感。

过了两天,我一早赶到西安,包里装着这部书稿。在远郊公共汽车上,我一直抱着这摞书稿,一种紧张中的平静和平静里的紧张。我一路上都在斟酌着把这摞书稿交给高、洪时该怎么说话才合适,既希望他们能认真审读,又不想给他们造成压力,所以以不提任何写作的构想和写作的艰难为好。这样,在作家协会招待所的客房里,我只是把书稿从兜里取出来交给他们,竟然连一句话也说不出来,那时突然涌到嘴边一句话,我连生命都交给你们了,最后关头还是压到喉咙以下而没有说出,却憋得几乎涌出泪来。其实基于一种自己对文学的理解,只需让编辑去看书稿而无须阐释。下午,我又匆匆赶回乡下老家照看母亲,连请高、洪两位新结识的朋友品尝一下葫芦鸡的机缘也没有,至今尚以为憾事。

我由此时开始进入一种完全的闲适状态。我不读任何小说,有了平生里从未发生过的、拒绝以至逆反阅读现代文学书籍的奇怪的心理状态。却突然想读古典诗词,我把塞在书架里多年未动过的

《词综》抽出来,品赏那些古色古香的墨痕之中的韵味而惊叹不已。按常规我把《白》书书稿的审阅过程设想得较长,初审、复审和终审,一部近五十万字的书稿走完这个轮番审阅的过程,少说也得两月以上,因为编辑们不可能只看这一部书稿,他们要开会要接待四面八方的来访者还要处理家务事。在他们统一结论之前,估计很难给我一个具体的说法。所以,我就在少有的闲静中等待,品赏一个个诗词大家的妙句。出乎意料的是,在高、洪拿着书稿离开西安之后的第二十天,我接到了高贤均的来信。我匆匆读完信后"嗷嗷"叫了三声就跌倒在沙发上,把在他面前交稿时没有流出的眼泪倾泻出来了。

这是一封足以使我癫狂的信。信中说了他和洪清波从西安到成都再回北京的旅程中相继读完了书稿,回到北京的当天就给我写信。他俩阅读的兴奋使我感到了期待的效果,他俩共同的评价使我颤栗。我由此而又一次检验了自己的个性,很快便沉静下来,进入一种前所未有的舒缓静谧之中。我也才发现此前二十多天的闲适之表象下隐藏着等待判决的紧张和恐惧,只是明知那个结果尚遥远而已。这个超出预料的判决词式的信件的提前到来,就把深层心理的恐惧和紧张彻底化释了。我的全部用心都被高、洪理解了,六年以来的所有努力都是合理的,还有什么事情能使人感到创作这种劳动之后的幸福呢!随后对唐诗宋词的品赏才真正进入一种轻松自悦的心理状态。

老何随后来信了,可以想象的兴奋和喜悦,为此他等待了几近二十年,从一九七三年冬天小寨街头的鼓励鼓动到一九九二年春天他在北京给我写《白》书的审阅意见,对于他来说是太长了点,对于我来说,起码没有使这位益友失望,我们的友谊便不言而喻。随后便是如何处理书稿的种种琐细的事,我都由他去处理,我完全信赖高门楼里的这一帮编辑了。

五

《白鹿原》先在《当代》分两期连载,之后由人民文学出版社出书,中央人民广播电台和西安人民广播电台差不多同时连播,在读者和文学界迅即引起反响,这在我几乎是猝不及防的。书稿写完时,我当然也有一种自我估计,如若能够面世,肯定不会是悄无声息的,会有反应的。然而反应如此之迅速如此之强烈,我是始料不及的;尤其是社会各个阶层,非文学圈子的读者的强烈反响,让我第一次如此深刻地感受到读者才是文学作品存活的土壤。

一九九三年八月,《白》书在京召开的研讨会,也是我平生所经历的最感动的一次会议。会后某天晚上,老何和高贤均找到我住的宾馆,主动与我商议修改原先的出书合同的事。按原先的出书合同,千字三十元,是九十年代初人民文学出版社执行的最高稿酬标准了。按这个标准算下来,近五十万字的书稿可得稿酬约一万五千元,这是从签订合同时便一目了然的计算,我也很兴奋一次可以拿到万元以上的大宗稿酬而进入万元户的行列了。现在,何与高给我在算另一笔账,如若用版税计酬,我将可以多得三四千元。《白》按计划经济的征订数目近一万五千册,这在一九九三年的新华书店发行征订中已是令人鼓舞的大数了。按百分之十的版税和近十三元的书价算下来,比原合同的稿酬可以多得三千多元吧。他们已经对比核算过了,考虑到我花六年时间写这一本书,能多得就争取多得一点吧。我尚未用版税方式拿过稿酬,问了半天才算明白了其中的好处,自然是乐意的。然而更令我感动的是他们替我所做的谋算,以至于如此细心。作为一本书的作者,面对这样体贴入微的编辑,说什么感谢之类的话都显得多余而俗套。

在《白》行世之后的几年里,有一些认真的或不甚认真的批评文字,无论我无论老何、老高或人文社的其他编辑,尚都能持一种平和的心态,这是文坛上再正常不过的事。然而有一种批评却涉及作品的存活,即"历史倾向性"问题,我从听到时就把这种意见看成是误读。在被误读误解的几年里,涉及《白鹿原》的评论和几种评奖,都发生过一些不大不小的麻烦。在这些过程中,老何、老高们坚守着自己对《白鹿原》的观点,当我事后了解某些情况时,真是感慨而又感佩,甚至因为《白鹿原》给他们添麻烦而负疚,反倒劝慰他们。他们均表示,此种事已经不属和我的友谊或照顾关系的庸俗做法,而是涉及关于文学本身的重大话题。

  大约是一九九七年酷暑时月,某天晚上老何打来电话,告诉我一个消息,说陈涌对某位理论家坦言,《白鹿原》不存在"历史倾向"问题,这个看法已经在文学圈子里流传开来。我听了有一种清风透胸的爽适之感,关于"历史倾向性"问题的释疑解误,最终还是有陈涌这样德高望重的文学理论家坦率直言。老何便由此预测,茅盾文学奖的评奖可能因此而有了希望可寄。约在此前半年,我和他在京见面时,老何还在为我做宽慰性的工作。说茅盾文学奖评奖的可能性不大,对《白鹿原》而言评不评此奖意义不大,有读者和文学界的认可就足够了。我也基本是这样的心态,评奖是一码事,而"历史倾向性"问题是另一码事。我和他在评奖这件事上仍然保持着一种平常心理。现在,陈涌的话对《白鹿原》评茅盾奖可能出现的转机仅只是一种猜估,对我来说解除"历史倾向性"问题的疑虑和误读才是最切实际的。我也忍不住激动起来,评奖与否且不管,有陈涌这句话就行了。有人说过程不必计较,关键是看结果。在《白鹿原》终于评上茅盾文学奖这个结果出来以后,我恰恰感动的是那个过程。尤其在误读持续的几年时间里,人民文学出版社的老何老高小洪等一群坚守着文学意义的编辑,才构成了那个使我难以磨灭的动人的过程。至此,这个高门楼在我的感觉里融入了亲切温暖的感觉。

高门楼的人民文学出版社,凭着一帮如老何老高小洪这样的文学圣徒撑着,才撑起一个国家的文学出版大业的门面,看似对一个如我的作者的一部长篇小说的过程,透见的却是一种文学圣徒的精神。作为一个自以为文学神圣的作者,我结识老何老高小洪们,是自以为荣幸也以为骄傲的。

2001年2月20日　原下

足球与城市

足球是动态的,有了足球的城市便添了动态的美。足球是一种进取精神最富激情的展现,有了足球的城市便呈现出锐意进取的精神。足球展示给世界的是一种生命的活力,有了足球的城市就多了一份生动。足球是属于年轻的生命的,有了足球的城市便不会老化。足球是地球上所有种族、各种肤色的人共同拥有的无须翻译的语言,有了足球的城市便具备了与世界城市对话的一种基本功能。

促使我把足球和城市连接在一起的触发点,是ESPN对二〇〇一年中国足球甲A联赛陕西国力首次主场比赛的转播。见过大世面的ESPN的解说员,竟然连连惊呼陕西球市的火爆场面,用词为"震撼""振奋",大为惊讶地处中国西北的西安,在三月份居然能培育出如此"令人非常惊异"的高质量的草坪,连连的惊叹惊异惊呼之词,真是让作为陕西人的我为西安骄傲了一回。

我们陕西和我们西安,引人骄傲的首推先人和先民所创造的历史奇迹,多为墓冢里的藏物。我也殷切地期盼今天的陕西人创造新的奇迹,能让世界产生如对兵马俑、茂陵石雕那种惊喜与浩叹,我们自然可以列举卫星测控和长臂导弹这些令人腰杆挺硬的项目。然而始料不及的是,陕西国力足球队和陕西火爆的球市,风采独具的秦地球迷和一流的球场草地,吸引来了ESPN,直令他们以激情的话语向亚太地区三十多个国家的观众展示当代陕西人的风采,让他们联想和品味秦兵汉将的后人身上所遗存的豪勇和热烈。

近几年来,我走了一些地方,无论繁华的大都市,无论偏远的小县城,以及名不见经传的僻野小镇,随处都可以看到这样同一内容的广告标牌,"让××走向世界,让世界了解××",这××自然是某个城市某个县城某个小镇,这是可以理解的。开放的中国总的广告词为"让世界了解中国,让中国走向世界",每个省每个市每个县和每个镇乃至某些发展趋前的村子,也都急于让世界了解他们,更急于走向世界了。为了达到被世界了解、再走向世界这个目的,各种招数各路拳术都被创造出来了,外交的、经济的、旅游的、文化的,甚至带有某些非公开手段,充满了各具特色的、激烈的竞争。然而,就我有限的见闻,把足球当作某个地区达到被世界了解再走向世界的招数的城市,在中国数以百计的大小城市里,大连是唯一的,也确实达到了使用足球广告的目的。我去年十月到大连,在该市的大广场上,有一只堪称中国第一庞然大物的足球雕塑和一组造型逼真的踢球的群雕。大连没有黄帝陵没有兵马俑没有姑婆坟陵,却创造出包括服装节和足球等四大品牌。大连足球在中国足坛是一颗历久不衰的大星体,无形的又是不可估量的效应是提高了大连市的知名度,比之服装节来有着同等的功效。据媒体报道,欧洲几家大牌足球俱乐部都已经在大连开办了足球学校或短训班,他们传播足球技术的同时也在挣钱,大连的孩子在可以得到最先进的培训的同时,大连地方也同样有经济实惠。

陕西或西安球市的火爆是一个奇迹,经济相对滞后于沿海城市,足球环境、足球土壤和足球氛围却类似于欧洲或南美,是文化因素抑或是地域性的群体个性造成这样的氛围,我至今仍说不准确。然而这个谜也不急于求证,而客观的现实是,这个基本属于自发的足球环境、足球氛围真是太可珍贵了,于西安于陕西在中国在世界的知名度的提升只会是有百利而无一弊,是许多城市企盼不及的事。

这样好的足球土壤和足球氛围,是球迷营造的。没有了球迷也就没有了足球。社会各方各界应该关心、关爱球迷,关键在于恰当理解这个世界第一运动和足球本身所难以根除的某些麻烦,诸如偶然发生在世界或中国某地的球场骚乱,最严重的也就是足球流氓的滋扰和闹事,用法律去惩治、用关爱去诱导、用球迷自身的民间组织发挥引导作用,正如泼掉羊水是为了保护孩子是同样简单的道理。

陕西球迷所营造的令 ESPN 连呼惊奇的氛围,是急于走向世界的陕西和西安的一缕祥风人气,无论作为一个球迷,无论作为一个关注乡土发展的西安人,我幸运能有这样好的足球氛围和越来越好看的球赛。

2001 年 3 月 22 日

家有斑鸠

住到乡下老屋的第一个早晨,刚睁开眼,便听到"咕咕——咕咕"的鸟叫声。这是斑鸠。虽然久违这种鸟叫声,却不陌生,第一声入耳,我便断定是斑鸠,不由得惊喜。

披上衣服,竟有点迫不及待,悄声静气地靠近窗户,透过玻璃望出去,后屋的前檐上,果然有两只斑鸠。一只站在瓦楞上,另一只围着它转着,一边转着,一边点头,发出"咕咕咕咕"的叫声。显然是雄斑鸠在向雌斑鸠求爱,颇为绅士,像西方男子向所爱的女子鞠躬致礼,"咕咕咕"的叫声类似"我爱你"的表白。

这是我回到乡下老屋的第一个早晨看见的情景。一个始料不及的美妙的早晨。

六年前的大约这个时节,我和文学评论家王仲生教授住在波士顿城郊他的胞弟家里。尽管这座三层小洋楼宽敞舒适,我和王教授还是更喜欢站着或坐在后院里。后院是一片绿茸茸的草坪,有几种疏于管理的花木。这一排房子的后院连着后面一排小楼房的后院,中间有一排粗大高耸的树木分隔。树木的枝杈上,栖息着毋宁说侍立着一群鸟儿。一种通体黑色的梭子形状的鸟,在人刚开开后门走到草坪边的时候,梭子黑鸟便从树枝上飞下来,落在草坪上,期待着人撒出面包屑或什么吃食。你撒了吃剩的面包屑或米粒儿,它们就在你面前的草地上争食,甚至大胆地跳到人的脚前来。偶尔,还会有一只两只松鼠不知从哪棵树上蹿下来,和梭子鸟儿在草地上抢夺食物。

我在那个令人忘情的人与鸟兽共处的草坪上,曾经想过在我家的小院里,如若能有这样一群敢于光顾的鸟儿就好了。我们近年来的经济成就令世人瞩目,然而要赶上人家的年生产总值和人均收入的水平,尚需较多的时日;然而我们的鸟儿和诸如松鼠的小兽敢于到居民的阳台和农民的小院来觅食,却是不需花费财力物力的事,只需给鸟儿和兽儿一点人道和爱心就行了。然而实际想来,实现这样人鸟人兽共存共荣的和谐景象,恐怕也不是短时间的事。

飞翔在我们天空的鸟儿和奔驰在我们山川里的兽儿,对人的恐惧和绝对的不信任是一个基本的事实。我们把爱鸟爱兽作为一个普遍的社会意识来提倡,不过是十来年间的事。我们把鸟儿兽儿作为美食作为美裳作为玩物作为发财的对象而心狠手狠的年月,却无法算计。我能记得和看到的,一是一九五八年对麻雀发动的全民战争,麻雀虽未绝种,倒是把所有飞翔在天空的各色鸟儿吓得肝胆欲裂,它们肯定会把对人的恐惧和防范以生存戒律传递给子子孙孙。再是种种药剂和化肥,杀了害虫长了庄稼,却把许多食虫食草的鸟儿整得种族灭绝。更不要说那些利欲熏心丧尽良知的捕杀濒临灭绝的珍禽异兽者。我曾瞎猜过,能够存活到今天的鸟类、兽类,肯定具备一组特别优秀的专司提防、警惕人类伤害的基因。不然,早该在明枪暗箭以及五花八门的机关和陷阱里灭绝了。

还是说我家的斑鸠。

我有记事能力的时候就认识并记住了斑鸠,像辨识家乡的各种鸟儿一样,不足为奇。斑鸠在我的滋水家乡的鸟类中,是最朴拙最不显眼近乎丑陋的一种鸟。灰褐色的羽毛比不得任何一种鸟儿,连麻雀的羽翅上的暗纹也比不得。没有长喙和高足,比不得啄木鸟和鹭鸶。没有动人的叫声,从早到晚都是粗浑单调的"咕咕咕——咕咕咕"的声音。它的巢也是我所见过的鸟窝中最简单最不成形的一种,简单到仅有可以数清的几十根柴枝,横竖搭置成一个浅浅的潦草的窝。小时候我站在树下,可以从窝的底部的缝隙透见窝里有几枚蛋。我曾经在六十年代的小学课文上看到过以斑鸠为题编写的课文,说斑鸠是最懒惰的鸟,懒得连窝也不认真搭建,冬天便冻死在这种既不遮风亦不挡雨的窝里。

然而,整个八十年代到九十年代初,我住在祖居的老屋读书写字,没有看见过一只斑鸠。尽管我搞不清斑鸠消亡的原因,却肯定不会是如童话所阐述的陋窝所致,倒是倾向于某种农药或化肥的种类性绝杀。这种普通的毫不起眼的鸟儿的绝踪,没有引起任何村人的注意。我以为在家院的周围再也看不到斑鸠了。

斑鸠却在我重返家乡的第一个清晨出现了,就在我的房檐上。

我便轻手开门,怕惊吓了它。它还是飞走了。

我朝院中的空地上撒一把小米,或一把玉米糁子,诱使它到小院里来啄食。

初始,无论我怎样轻手蹑足开门走路,它一发现我从屋内走到院中,"扑棱"一声就从屋脊或围墙上起飞了,飞入高高的村树上去了。我仍然往小院里撒抛米谷。直到某一日,我开开门出来,两只斑鸠突然从院中飞起,落到房檐上,还在探头探脑瞅着院中尚未吃完的谷米。我的心里一动,它终于有胆子到院内落脚啄食了,这是一次突破性的进展。

我和斑鸠的关系获得令人振奋的突破之后,随之便是持久的停滞不前。斑鸠在房檐在房脊在院墙上栖息追逐,似乎已经放心无虞。然而有我在场的时候,它们绝不飞落到院里来啄食,无论我抛撒的米谷多么富于诱惑。有几次我从室内的窗玻璃前窥视到斑鸠在院中啄食米谷的情景,一当我出门,它们便惊慌地飞上房顶。这一刻,我清醒地意识到,它还不完全是我家的斑鸠。

要让斑鸠随心无虞地落到小院里,心里踏实地啄食,在我的眼下,在我的脚前,尚需一些时日。

我将等待。

2001年6月

麦　饭

——关中民间食谱之一

按照当今已经注意营养分析的人们的观点,麦饭是属于真正的绿色食物。

我自小就有幸享用这种绿色食物。不过不是具备科学的超前消费的意识,恰恰是贫穷导致的以野菜代粮食的饱腹本能。

早春里,山坡背阴处的积雪尚未退尽消去,向阳坡地上的苜蓿已经从地皮上努出嫩芽来。我掐苜蓿,常和同龄的男女孩子结伙,从山坡上的这一块苜蓿地奔到另一块苜蓿地,这是幼年记忆里最愉快的劳动。

苜蓿芽儿用水淘了,拌上面粉,揉、搅、搓、抖均匀,摊在木屉上,放在锅里蒸熟。出锅后,用熟油拌了,便用碗盛着,整碗整碗地吃,拌着一碗玉米糁子熬煮的稀饭,可以省下一个两个馍来。母亲似乎从我有记忆能力时就擅长麦饭技艺。她做得从容不迫,干、湿、软、硬总是恰到好处。我最关心的是,拌到苜蓿里的面粉是麦子面儿还是玉米面儿。麦子面儿俗称白面儿,拌就的麦饭软绵可口,玉米面拌成的麦饭就相去甚远了。母亲往往会说,白面断顿了,得用玉米面儿拌;你甭不高兴,我会多浇点熟油。我从解知人言便开始习惯粗茶淡饭,从来不敢也不会有奢望寄予;从来不会要吃什么或想吃什么,而是习惯于母亲做什么就吃什么,没有道理也没有解释,贫穷造就的吃食的贫乏和单调是不容选择或挑剔的,也不宽容娇气和任性。

麦子面拌就的头茬苜蓿蒸成的麦饭,再拌进熟油,那种绵长的香味的记忆是无法泯灭的。

按照家乡的风俗禁忌,清明是掐摘苜蓿的终结之日。清明之前,任何人家种植的苜蓿,尽可以由人去掐去摘,主人均是一种宽容和大度。清明一过,便不能再去任何人家的苜蓿地采掐了,苜蓿要作为饲草生长了。

苜蓿之后,我们便盼着槐花。山坡和场边的槐花放白的时候,我便用早已备齐的木钩挑着竹笼去采捋槐花了。

槐花开放的时候,村巷屋院都是香气充溢着。

槐花蒸成的麦饭,另有一番香味,似乎比苜蓿麦饭更可口。这个季节往往很短暂,家家男女端到街巷里来的饭碗里,多是槐花麦饭。

按照今天已经开始青睐绿色食品的先行者们的现代营养意识,我便可以耍一把阿Q式的骄傲,我们祖宗比你阔多了,他们早早都以苜蓿槐花为食了。

到了难忘的六十年代,被史称"三年困难"的六十年代初,家乡的原坡和河川里一切不含毒汁的野菜和野草,包括某些树叶,统统都被大人小孩挖、掐、拔、摘、捋回家去,拌以少许面粉或麸皮,蒸了,食了,已经无油可拌。这样的麦饭已成为主食,成为填充肚腹的坐庄食物。男人女人老人小孩都别无选择,漂亮的脸蛋儿和丑陋的黑脸也无法挑剔,都只能赖此物充饥,延续生命。老人脸黄了肿了,年轻人也黄了肿了,小孩子黄了肿了,漂亮的脸蛋儿黄了肿了时尤为令人叹惋。看来,这种纯粹以绿色野菜野草为食物的实践,却显示出残酷的结果,提醒今天那些以绿色食物为时尚为时髦的先生太太们切勿矫枉过正,以免损害贵体。

近日和朋友到西安大雁塔下的一家陕北风味饭馆就餐,一道"洋芋叉叉"的菜令人费解。吃了一口便尝出味来,便大胆探问,可是洋芋麦饭？延安籍的女老板笑答，对。关中叫麦饭，陕北叫洋芋叉叉。把洋芋擦成丝，拌以上等白面，蒸熟，拌油，仍然沿袭民间如我母亲一样的农家主妇的操作规程。陕北盛产洋芋，用洋芋做成麦饭，原也是以菜代粮，变换一种花样，和关中的麦饭无本质差别。不过，现在由服务生用瓷盘端到餐桌上来的洋芋叉叉或者说洋芋麦饭，却是一道菜，一种商品，一种卖价不低的绿色食品，城里人乐于掏腰包并赞赏不绝的超前保健食品了。

家乡的原野上，苜蓿种植已经大大减少。已经稀罕的苜蓿地，不容许任何人涉足动手掐采。传统的乡俗已经断止。主人一茬接着一茬掐采下苜蓿芽来，用袋装了，用车载了，送到城里的蔬菜市场，卖一把好钱。乡俗断止了，日子好过了，这是现代生活法则。

母亲的苜蓿麦饭槐花麦饭已经成为遥远而又温馨的记忆。

2001 年 7 月

白鸽向我飞来

为了充分感受七月十三日晚十时左右可能出现的惊喜,我约来了两个年轻的农民乡友到我家。我一个人住在白鹿原北坡下祖居的屋院,平时读点书写点小文章挺自在的,而当七月十三日晚十时这个特殊的时刻渐渐接近的时候,却感到一个人的寂寞了,想到至少应该再多有几个人,一起分享那个真是有点揪心的时刻完全可能带给我的欢乐。陕西电视台新闻部的记者也赶到乡下找我来了,他们要抓拍我在那个谜底揭开之后的第一感受。

有两个和我年龄相差甚远的年轻人,又有新闻记者扛着摄像机堵在脸前,我便提醒自己,那个喜讯真的发生时,应持一种喜而不狂兴而不疯的形态,毕竟这样的岁数了,毕竟有摄像机在眼前支着,免得把一时失控的丑相扩散到电视屏幕上去。然而,当萨马兰奇手中那只魔盒似的信封真的向我抖出一只"白鸽"的时候,我还是从椅子上蹦了起来,扬起了双臂,喊出了"北京"。我把什么都忘记了,忘记了身旁的年轻的农民朋友,也忘记了支在脸前的摄像机,也忘记了仅仅在十几分钟以前自我提示不要喜极失态的话。真可谓本性难移。

萨马兰奇主席手中握着的那只白色的信封,顿时幻化为一只白鸽,向中国飞来,向我飞来,将落脚在北京的长城墙头上。

我便说我的第一感觉是心里头的补偿。

我此刻才如此明晰如此迫切地感受到了一种心里头得到补偿的

欣慰和淋漓尽致的痛快。

补偿是因为亏虚。

我有限的近代史知识给我造成的心里头的感受就是亏虚。那段历史留给我的印象就只有男人头上那根猪尾巴似的辫子和女人丑臭不堪的小脚。这个民族在世界上承受的一波叠压一波的屈辱,最后就在我脑子里具象为男人和女人的这两样不堪再睹的东西,心里头的那份亏空便期待着补偿。

当我一次次行驶在不断延伸的高速公路上的时候,当我看到"飞豹"的机体和"长臂"导弹模拟发射的时候,当我一年又一年年终在媒体上看到中国外汇储备迭升的报告时,我的脑际里都有那根猪尾巴和小脚的影子掠过,我的心里头都会感受到一种补偿的欣慰。当萨马兰奇放飞的白鸽向我飞来的时候,我感受到补偿是无法掂量其分量的,是一次大补偿。

积久的亏虚终于得到了大补偿,自然就产生自豪自信乃至骄傲了。正是在这个基本的立足点上,我在不断地理解和探索中国共产党和中国革命,不断地理解和思索改革开放的理论和实践。当取得瞩目的成就或发生重大的挫折的时候,脑际掠过那根猪尾巴似的辫子和丑臭不堪的三寸金莲,我便会获得一分清醒,便教我一分理性,从而得出自己的选择。

白鸽已经落脚在长城上。

期待到二〇〇八年的那一天,世界上的白鸽都将飞越重洋群山,到长城上来聚首结群,那将是怎样一派美丽的景象。那时,心里头得到的补偿将是最丰盈的,说是历史性的当不为过。

2001年7月21日 白鹿原蒋村

搅 团

——关中民间食谱之二

家乡灞河川道自古盛产苞谷。由苞谷面儿做的搅团便应运而生,历久不衰,绵延至今。

把新磨下的苞谷面儿,在滚开的铁锅里抛撒,一边撒着,一边用木勺搅动。顺时针搅一阵子,再逆时针搅一阵子。苞谷面儿要一把一把均匀地撒下去,不匀则容易结成搅不开的干面疙瘩。灶锅底下的火不能灭断,灶下大火烧着,锅里撒着搅着,紧张而又热烈,一般均需夫妻二人同时搭手默契配合,才能打出一锅好搅团。搅团这种饭食的操作过程,常常可以看到农家夫妻的温情和爱意。夫妻间闹了气儿,男方或女方企图结束冷战状态,便会提议打搅团。在灶下和锅台上近在咫尺的夫妻紧密配合中,搅团打成了,夫妻关系也重修旧好了。

这种搅团,说白了,不过是一锅糨糊。

然而,绝对区别于一般的糨糊。

一锅用苞谷面打成的糨糊。

一般的糨糊,必须用麦子面打成才黏。苞谷面黏力不足,即使农家主妇双手抱着木柄大勺搅动,那搅团只增加筋道却不甚黏糊。所以,地道的搅团必以苞谷面为原料。麦子面打出的反而真成了糨糊。

苞谷面搅团千家万户的锅里打出来的大同小异,区别在于臊子。

最简单的是用好醋好酱调汤,伴以葱花蒜泥佐味,有香油滴入自然更好。复杂一点的是用臊子浇汤。用荠菜做汤浇到搅团碗里,野味鲜味俱佳。最复杂的臊子,在关中东府如同臊子面的臊子做法一样,肉丁红白萝卜丁黄花木耳等烩成臊子,浇到搅团之上,那是超常享受了。以上均为热搅团。

搅团凉吃亦很别致。用勺舀到可以下漏的竹篮里,轻压轻挤,搅团便像一条条小鱼或更像蝌蚪一样漏进盛水的盆里。再捞出来,调进酸辣调味品,口感好极了,怀娃娃的孕妇尤好此食。再把搅团晾在案板上,摊平,冷却后切成小块,调了油盐酱醋,作为喝稀饭的佐菜。一边是热烫的苞谷糁子稀饭,一边是冰凉可口的搅团,男女皆好此一热一冷的刺激。还有烩搅团,不再赘述。

无论热吃凉吃烩了吃,谁都明白,只是把苞谷这种粗粮变一个花样以图好进口罢了。

少年和青年时期,粗粮为主,苞谷坐庄。苞谷稀饭苞谷馍馍,一天三顿均为黄颜色的苞谷做成的饭食,民间戏谑:早上苞谷吃,晌午苞谷喝,晚上苞谷把皮脱。搅团便是把难吃的苞谷面儿变一种饭食花样。农村孩子,没有谁能逃躲苞谷饭食的,自然也逃躲不了搅团。

搅团又被乡人戏称"哄上坡"。说它耐不得饥,易消化。肚子吃得膨胀,干活去走到坡上就又饿了。我曾经发过誓,如果能有福分不吃搅团,我将永远不再想它。

当我和乡民都以白面为主食的日子到来时,过了几年,却想吃搅团了,真是不曾料到。随着年岁递增,对这种曾经厌腻透了的饭食更多一层回味与依恋。

到渭南市,作家李康美约我到他家吃饭,我首选搅团。李夫人买来新磨的苞谷面儿,味道真是好极了。

到咸阳市,作家文兰约我吃饭,我仍然首推搅团。文兰又约来作家叶广芩,说她已早有约求,待有搅团吃时一定相告。叶广芩为清室皇家血统,想品尝关中民间饭食,自然除了新鲜,还有体验民情之美意。不料,我等吃得满头大汗口香腹胀仍不想丢碗筷,叶广芩却一脸茫然,感叹:我就一种感觉——猫吃糨子嘛!

陕西作家协会院内有一家搅团专业户,便是文学评论家李星。平均每周至少打一次搅团,从春吃到夏,吃到秋再吃到冬,全以时令蔬菜做汤伴着。我等想吃搅团,便先告知一声,多撒一把苞谷面儿。或是在楼下闻到搅团锅底烧着了的香味,便直接上楼去讨一碗吃。人说,李星写了大半辈子文学评论,打了半辈子搅团。

搅团而今也被开发被提升到大小饭店的食谱上,卖得一把好价,真是大出我半生之意料,惊疑今天富裕了的人疯了。

2001 年 8 月

关于皇帝

皇帝是什么？就是高居于由人民垒成的金字塔的顶端的那个人。

这个人被神化为上天派往人间来做头儿的，所以称为天子；因为是神的意志的化身，便以人间并不存在的龙作为象征，通常被神圣化为真龙天子。

这个被称作皇帝的人，绝对主宰着他足下的所有人的命运；用俗话说，所有人的碗里的稀稠和身上衣服的厚薄，皆由这个人来决定。

我便突发奇想，如果把从封建帝制的创立者秦始皇到最末一个皇帝溥仪之间的所有皇帝复制出来，排列起来，当是一个颇为壮观的队伍。我们会直观看到，或长或短的王朝无论怎样更迭，皇冠和龙袍的式样如何变化，而皇帝君临一切主宰一切的绝对权力从来没有被质疑过，更没有变化。我们还会发现，在这个长长的皇帝队列中，我们能够认得出来，而且能叫出名号的，其实并没有几个；能被认出被记住的那几个，恰恰是这个队列中处于两个极端的皇帝，最英明的和最混账的那几位；真可谓青史可以使英雄垂名，遗臭同样能够万年。

唯物史观认定历史是人民创造的。这里有两种基本的历史事实，英明的皇帝治下的人民创造历史的辉煌，而混账皇帝治下的人民不仅难得作为，常常闹出颠覆王朝的事。无论盛世或乱世，首先决定于皇帝，是真龙天子，是假龙真虫，抑或是毒蛇猛兽。

有了两千年的时空距离,历史的辉煌和历史的血污都已经沉寂。留给今人心里的只有神秘感。时空愈久远,社会文明愈发展,神秘感则愈浓。道理再简单不过,皇帝居于塔的顶端,总是孤立一人,任何普通人不仅无法类比,更无法亲身体验,只有想象那高不可及深不可测的皇座的神秘。

于是,有关皇帝的文学艺术作品就畅销于世,正说畅销,戏说也畅销,都具备了满足人们探究神秘的普遍性心理的功能,自然也有汲取历史经验和教训的意义。

2001 年 8 月 10 日

种菊小记

朋友在一家公园供职,前年送我几盆花色各异的菊花,我大为惊讶,人工竟然能培养出这样争奇斗妍的花色品种来。

花谢之后,我便将盆栽菊花送回乡下老家,移栽到小院里。一来是偷懒,免得时时操心旱涝,也少去了天天或隔天浇水的麻烦,土地里毕竟要比花盆耐得伏旱。二来是出于性情,我更喜欢那些自发自然自由生长的原生形态的草木,向来不大欣赏那种栽剪得太规整的东西,包括盆栽花木,尤其不忍心观赏那些被人为地扭曲到奇形怪状的盆景,总是产生欣赏女人小脚的错觉。这样,这几盆菊花一旦移栽到小院的泥土里,便被迫还原为野生形态,任由其发芽、长茎,任由其倒伏在地上。秋来时花儿开了,白色的更显得白,紫色的更显得紫,抽丝带钩的花瓣更显得生动。只是比原先的花要小许多了。小点就小点吧,少了修饰的痕迹,看起来我倒觉得更顺眼。

今年清明前,妻子去了一回城乡交界处死灰复燃了的古庙会,买了几团菊花的根,同样栽在小院里,一视同仁,一任其自由发展,只是不知道这几种菊花是何品种,开什么形状的花。一团团的花根埋到地下,也就埋下了一团团的花谜,看着蓬勃起来的叶子和茎秆,常常就有揭开谜底的期待。我在这些菊花旱得叶子发蔫时,便用井水浇个透湿浇个痛快,便可耐得多日高温。入秋后一场阴雨,原有的新栽的菊花秆茎全都匍匐到地上,扑倒在院中的路径边沿,我也不想扶起它。有乡友来,建议并出主意,弄几根竹棍或树枝,把菊花枝秆儿绑扶起来。我口头应诺,却仍未实施,心里想着,它自己长得太疯太软,它自己撑持不住要扑倒在地,何必要我扶绑。再说铺地的菊花开了,当会是另一种风情,也许呢。

前不久有一次时日不长的外出。回到原下的小院时,映入眼帘的却是一片惹人的金黄,黄得那么灿烂,黄得那么鲜嫩,又黄得那么沉静,令我抑制不住心颤。记得离家时,这一丛丛古庙会上买来的菊花已呈现出繁密的骨朵花苞,我以为花期尚早,因为暑气溽热还在,起码也应在野菊花之后,不料,它率先开了,这一丛菊花的谜就这样揭开,金色铺地,花团锦簇,一团一团的金黄的花朵任性开放,直教我左看右看立着看蹲下看不忍离去。

看到这一丛铺地盛开的菊花,金黄金黄的颜色,脑海里便浮出黄巢那首广为流传的《咏菊》的诗来。说真话,我记着这首诗,却不喜欢这首诗。从表征意义上,我不赞同"我花开罢百花杀"的狭隘小气。如果真应了黄巢的心愿,百花杀尽,只存留菊花,这世界就太单调太孤清了。不光在我不能忍受,恐怕任何正常的人都会不堪的。黄巢的咒语自己未能实现,却在千余年后的"文革"中发生了,中国文坛百花杀尽,只准存活八个样板戏。搞到一花独放独尊,肯定会出麻烦,肯定长久不了的。从这首诗的深层说,黄巢不过是以菊花自喻,隐含着称王称霸的政治抱负。联想到刚刚做了皇帝的李自成的胡来,以及尚未完全称帝的洪秀全和他的诸王们的胡整,黄巢即使做了皇帝,肯定也强不到哪儿去。只有菊花是无辜的,向来被有风骨的文人学士暗喻明恋地作为傲霜独立品行的一种花,无端地被称帝当王心切的黄巢拉出来称了一回霸,连柔嫩可人的花瓣也被拟化为黄金盔甲。

昨日傍晚,阴霾初开,夕阳在云缝中午泄午收。我走出小院,走上村后的原坡,野花凄迷,蚱蜢起落,树青草也绿着,却已分明是秋的景致了。山沟里，坡坎上，一簇簇一丛丛野菊花已经含苞，有待绽放。往昔的记忆中，这山野间的菊花一旦开放，漫山遍野都是望不断的金黄，我家小院里的那一丛无法比拟，任何花园里的娇生惯养的公主般的同类也是无法比拟的。那种天风地气所孕育的野菊花，其气象其烂漫其率真，都是人工或小院所难以为之的。

作菊花诗两首，以释怀，以备忘。

其一　家　菊

含露凝香铺地开，小院金菊报秋来。
秋风秋雨秋阳好，顿生诗情上高崖。

其二　野　菊

何事争春斗妍态，不与桃杏一时开。
伏花凋谢香色去，抖出遍山黄花来。

2001年9月28日　原下

成熟的征象

一个草台班子已经崭露中国足球的国家级豪华舞台。

一支原也不过是聚啸山林的股匪式的莽汉,已经蜕变为训练有素的队伍,驰骋于中国足球的绿茵场上。

这是我对陕西国力足球队的印象。我相信我的印象,是因为我比较完整地看到了这支球队诞生、发展的全过程。国力足球队的诞生,不是天子下凡,没有任何异常的惊天动地的表征出现,而是一个普普通通的孩子悄然降生,谁也没有太在乎,更不会产生威胁。国力最像一个普通孩子的成长,更多地经历的是艰难,是挫折,是失败,是让众多的球迷一刻也不能松弛的紧张与揪紧的心和攥出水的拳。几位教练雄心勃勃地来了,不堪评说地走了。几茬球员聚着气攒着劲来了,甩着手跺着脚叹一口气又离去了。从在乙级队的苦熬到甲B的升级、保级,教练、球员和球迷,总有一种刀刃上舞蹈的紧张。然而,就是在这个过程中,国力队渐渐脱颖而出了,进入中国足球绿茵最豪华的舞台了。国力虽然没有达到一枝独秀独领风骚,却是任何一支劲旅也不敢傲慢和轻视的存在,让中国足坛的王牌劲旅几乎翻船的令人难忘的经典一战,足以显示自己的分量和不容轻视的存在。

国力足球队的发展历程,最具普遍的自然法则,不是骤起骤灿而又骤落,而是该经历的旱灾涝灾的经验和磨砺都经受了,没有旱死也没有淹没,活下来长起来便铸成了骤起骤灿骤落者所欠缺的内质。

国力进步着,不是一帆风顺式的,这样的进步便积累了一种较为雄健的基础。自然万物和人生社会,似乎都大量存在着这种生存发展的普遍性规律。

卡洛斯是一尊真神。

卡洛斯执掌教鞭的国力队是一个分水岭。

这个巴西人不动声色。有点本事的人大都是不事张扬的这种做派。于是我看到了这样的一个基本事实,没有名牌球星,乃至连一个入选国家队的队员也没有的国力足球队,在甲 A 大半季赛程中成绩不俗;一帮从各个球队替补席上聚集到国力帐下的名不见经传的年轻后生,守可以扼制各队最锋利的尖刀人物,攻可以洞穿名牌球队的大门;任谁都可以看出,这个刚刚晋级甲 A 诸雄赛场的年轻球队,前后左右和中场已经形成了自己的章法,甚至可以看到一种从容和自信,这才是这支球队成熟的本质性的征象。卡洛斯把这样一支谁也不太在乎的新军调教出这样一番阵势,才是一个真有学问、深谙足球行道的行家里手,算得一尊真神。

我看今日的国力足球队,是一支最富朝气最具发展前景的球队。现有的几个年轻球员已经初见球星的征象,从球技,尤其是从心理素质的训练上需自觉强化,不日将在西北的这支球队里冒出璀璨的球星,时刻准备接替郝海东和杨晨们,到未来的世界足坛上与来年的齐达内、巴乔们再过招儿,再较量。千万不要近视于陕西一隅,千万要记取曾经有过新星征象的年轻球员自我砸锅的教训。这也是从事任何职业、成就大事业者的普遍性生活法则。

我将继续与国力将士同行。

2001 年 10 月 26 日 原下

再会棕榈

——於梨华印象

到昆明再会於梨华。不料见面第一句便考问我,记着我上次给你说的一句话吗?可以想见我的尴尬,因为我浑然无觉了。於梨华矜持许久才揭出谜底:不要抽烟。难怪我忘了,这种关于烟的劝告我已忘记了许多人的好意。

同是三年前的金秋十月,在福建泉州召开的北美华人作家作品研讨会上,初识仰慕已久的美籍华裔女作家於梨华,如读棕榈,留下了初读《又见棕榈,又见棕榈》一样生动而又难以淡忘的印象,一个纯净如棕榈树的作家。

昆明再见,已是熟人,加之这回笔会人少,出行便或前或后相行,多了交谈的机会,我才得知,於梨华二十世纪六十年代初赴美读书,在大学期间就发表文学作品,及至长篇小说《又见棕榈,又见棕榈》发表和出版,骤然卷起留学生文学的风潮,於梨华自然成为留学生华文文学的开山者之一,在美国的文坛上成为独秀一枝的奇葩。七十年代中期,她趁到新加坡访问之机,登上了大陆,可以想见一个怀有正义感的作家的勇气。回到美国后,她写了大陆之行的系列纪实性见闻录,发表于华文报纸,也发表在《人民日报》上或《参考消息》上,在海峡两岸以及美国引起广泛反响。稍微熟悉七十年代中期海峡两岸关系状态和世界冷战状况的人,自然会钦敬於梨华的胆魄和远见卓识。台湾当局立即做出反应，不许於梨华返台。整整有十年之久，她既不能回台湾探亲，也不能参加任何文学活动，直到八十年代中期才解禁。

於梨华说："他们太小气了。"

她没有通常人们遭遇此类事件的激愤，也没有任何自我夸耀的言辞和神气。她向我叙述完这个简略到不能再简略的经历之后，只是说："他们太小气了！"我顿时领悟到这其实是最富于意蕴的一种评判，一种於梨华式的个性语句、修养、人格、胸怀、境界等等。

如果从背影看，於梨华给人不过四五十岁交界处的年龄。然而她确凿已经七十岁了。尤其是轻捷的脚步，几乎与年轻人无异，无论参观的路程多长，她从不落步，更不见疲态。在一处山地踏阶而上时，我中途停歇了两次缓气儿，於梨华早已轻松地登了顶端，对我再次劝示：这回该戒烟了吧？

於梨华二十多年前突破禁区造访大陆以来，多次受到国家领导人的接见和关照。然而她始终清醒地把自己定位为一个作家，一个中国裔的作家，只要有机缘，她便兴致高高地从美国赶过来，踏访探寻，几乎走遍了中国的东西南北，一篇篇一本本的文章或书发表出版，永不衰竭。这回是云南保山市文联相邀，由与她交好的作家方方陪同，所到基层市县，无论条件如何，全不在意，只集中着对山水民俗和历史的兴趣。在傣家村寨，她加入到傣家姑娘的舞蹈队列中，模仿傣族舞蹈的舞步和手姿……只是在一次民族风味占主调的午餐桌上，面对一盘油炸野蜂蛹，无论主人如何热情地介绍此菜的营养价值，她只是摇头摆手不敢认同，天真如一个孩子。

在一座休眠的火山顶上，林间草地上野生着一朵朵蘑菇，於梨华便一个个指认，云南作家汤世杰作义务讲解。於梨华看到一朵艳红的蘑菇，惊呼："好漂亮耶！"汤世杰便严肃警告，这种蘑菇不能吃，越艳丽的蘑菇毒性越大。於梨华瞬即类比，太漂亮的女人不要碰！大伙便哈哈起笑,也不问为什么。於梨华再次申述,真的,越漂亮的女人越不能碰。我便打趣,你的这话可以公开吗?意下隐含你不怕漂亮女人诅咒你吗?她爽快地说,怎么不敢公开?这有什么!

我在七八天的旅行中,只见过她的一次狼狈相。那天中午,车行至山路上停住,下一道很深的坡,去观赏架在怒江上的双虹桥,这是通南洋的古丝绸之路上的一座名桥,建于清初。因为早晨刚下过雨,窄窄的山道上泥泞滑溜,坡度又陡,年轻人走起来也是左摇右晃。於梨华虽然时时惊叹坡陡路滑,却始终没有退缩放弃之意,在大伙的帮扶下,一直走到怒江边上,走在凌空飞架的铁索桥上,孩子一样欢叫起来了……她许久才发现一双白色旅行鞋几乎被黑色泥巴全糊住了,心疼地嚷嚷:我来时专门买的新鞋,八十美金哪!说完又笑了。

翻越高黎贡山到达山顶,停止以观赏高山杜鹃花树。於梨华对着栽在路边的一块广告牌惊疑发问:"'淋浴'怎么还要'加水'?"众人顿时爆发出大笑。路边店主立的这块广告牌字大醒目,"淋浴"是指向人的服务项目,"加水"则是指车。因为没有间断,久居旧金山的於梨华同志(戏称)便发生了阅读误差。有人随之打趣道:"'修理'之后还要'配套'哩!"这同样是广告牌上下边的四个字,如果与"淋浴"一起联系到人,笑话就闹得更大了。直到此行结束,每有相关的语言误差发生,便有人拉出"淋浴"还需"加水"吗的笑料,消解了旅途的疲累,增添了活泼,包括於梨华同志,时不时地会逗问,还是"淋浴""加水"的问题吗?

依依地分手。方方和於梨华又奔四川九寨沟去了,她毫无倦意。临了仍然不改她的忠告:把烟戒了。

真如一棵常青的棕榈。

2001年10月26日夜 原下

再说死亡

七八年前,伤感于一位正当创作旺期的青年作家的早逝,多年没有写过诗的我写了一首诗:《猜想死亡》。诗里表述了我对死亡的一种猜想,因为人类文明的进步与发展,许多不可知的东西被揭开谜底变为可知,许多不可料知的事也都成为可以预料预防的事了。但迄今为止,人类关于死亡之谜仍然是一个谜,无法阻止无法预测更无法料定,正如民间哲学所归纳的那样,谁再厉害也不知自己该在何时何地以何种方式离开这个世界。所以,对死亡我便做出这样一种猜想:天上可能有一颗专司死亡的星星,它像弹球一样砸向地球,击中了谁谁就倒霉了,而不论这个人是总统是将军或是平民。在那颗灾星击中之前,总统继续施政,将军继续操练士兵,平民继续忙碌自己的柴米油盐,只能如是。因为任何人既不可能长生不老,也无法料知自己被灾星击中的时间、地点和方式。

近日读了青年诗人李汉荣的诗,很富于哲理思索的诗,那些关于生与死,尤其是死的思索,颇得以启迪。李汉荣的观点是:生是欢乐,值得敲锣打鼓鸣炮庆祝;死亦为欢乐,也值得以同样的形式庆祝;欢送一个生命离开世界和欢迎一个生命来到这个世界都应该以欢乐的心理和方式庆祝。我大为惊异。对新生命的诞生的欢迎形式早就以多种风俗习惯持续着,而死亡从来不是庆祝,通常用的是哀悼,是痛失,是噩耗这类凄凄惋惋痛痛切切悲痛欲绝的词语。在生活中,如若谁对谁的死亡说一句"值得庆祝",准会招骂挨打甚至被看成神经出了问题,因为这话道出了通常习惯和心理。由李汉荣的诗,我又联想到日本大腕导演黑泽明的一组电影短片,其中有约半个小时的《水车村》,这部短片的内容仅仅只是展示了一种丧葬仪式。整个丧葬仪式集中表达的就是欢乐和庆祝。水车村的男女老少穿着彩色的民族服装,用民族乐器奏着优雅的乐曲,跳着欢乐而又优雅的民族舞蹈,送逝者归入山地。中国诗人李汉荣和日本名导黑泽明关于死亡的哲思是如此的一致,所以我才感到惊异,惊异他们较之我在这个话题上的思索要深了一层。我仅仅只是猜想了死亡的方式,而没有达到值得欢庆这样一种哲学的高度。

关于生的话题且不论。如果没有死亡,今天的世界会是什么样子?孔子如果活到现在会如何?秦始皇和秦二世活到现在怎么办?即使唐太宗李世民活到今天也是不可想象的事。从人类生命诞生一直繁衍到今天会有多少人,这是一个永远也无法统计的未知数,恐怕世界的各个角落都被摩肩接踵挤得水泄不通了,地球早在多少年以前,就变成了绝杀生命的月球。这样想来,死亡真是应该庆祝的事,应该视作欢乐而不应该视作痛失,因为他或她不可能长生不老。人即使活到百余岁终归要谢世,"痛失"这词对年轻人的早夭可以通情理,于已经完全苍老而活着等于受罪的老人,确应视为欢乐和庆祝的事。

生命的意义首当创造。人从事各类行业的工作各个不同,创造物质财富的多少大小也有差异,然而人类生活和生存的所有物质中的任何一种都是不可或缺的,从事各种劳动的所有生命都是平等的,同样都是应该珍惜的。生命存在的不言而喻的意义还有享受。人在来到这个世界的同时首先开始享受母乳,然后才渐渐获得创造物质的能力。人活着就是创造,劳动和享受生活的甘美和快乐,这些都是人尽皆知的生活常识。问题在于,当人的生命在截至目前尚无法逆抗的自然规律的轨道上运行到极限,丧失了劳动和创造的基本能力的同时,甚至连享受生活的甘美欢乐的能力和欲望也都消失的时候,生命的基本价值也就没有了,多活一日与少活一日,多活一年与少活一年,已经没有任何实际的意义,所以死亡(老死)就应该被视为欢乐和值得庆祝的事。

欢乐和庆祝的意义在于,对其一生的生命价值的最好的赞颂。他种的麦子,他造的住宅和河桥,他的科学发明给社会给他人带来幸福,他对子女的哺养,对亲人的爱抚,对社会的责任已尽到,他的生命价值在社会的繁荣进步和亲友的欢乐中存在着、延伸着,他的生命值得赞颂和铭记。

亲情和友情所引发的伤情伤悲却是千古以来的人之常情,各个种族皆同。因而就会发生于理性上应视为欢乐的死亡,在情感上都表现为伤痛悲哀,属于情感的难以割舍。人于无奈之中,只能寄托于对死去灵魂安息的方式的选择上,尽心尽力做到最好,使活着的亲人也得到情感和心灵的慰藉,把理性的欢乐和情感的悲痛化解为平衡。

孙彦玉女士体察并顺应人类的这一普遍心理需求,与西安市殡仪馆合作,创建西殡安灵苑,为逝者创造一个安息灵魂的幽雅、优美的环境,更为生者创造一个慰藉心灵、寄托亲情的场所。创办几年来,环境愈来愈幽雅,管理愈来愈规范,业已形成浓郁的人文氛围。我钦敬的学界泰斗霍松林先生和书界名家吴三大先生亲自为安灵苑撰写楹联,亲笔书写,概出于对已经谢世的每一个生命的敬重和珍爱,对于逝者的亲人的心理和情感的体察和关爱,显示着中国知识分子的人文情怀。他们的行为本身就是对生命的最好的礼赞。

2001 年 11 月

火晶柿子

我喜欢柿树。柿子好吃,这是最主要的因由。柿树不招虫害,任何害虫病菌都难以近身,大约是柿树特有的那种涩味构成了内在的天然抗拒,于是便省去了防虫治病的麻烦,也不担心农药残留的后患。柿树又很坚韧,几乎与榆槐等柴树无异,既不要求肥力和水分,也不需要任何稍微特殊的呵护。庭院里可以栽植,水肥优良的平川地里可以茁壮,土瘠水缺的干旱的山坡上、塄畔上同样蓬蓬勃勃,甚至一般柴树也畏怯的红石坡梁上,柿树仍可长到合抱粗。按照习惯或者说传统,几乎没有给柿树施肥浇水的说法。然而果实柿子却不失其甘美。

在柿树家族里,种类颇多。最大个儿的叫虎柿,大到可称出半斤。虎柿必须用慢火温火浸泡,拔去涩味儿,才香甜可口。然慢火的火功和温水的温度要随机变换,极难把握,稍有不当就会温出一锅僵涩的死柿子,甭说上市卖钱,白送人也送不出去。再说这种虎柿还有一个致命的弱点,不能存放,温熟之后即卖即食,隔三天两日尚可,再长就坏了,属于典型的时令性水果。还有一种民间称为义生的柿子,个头也比较大,果实变红时摘下,搁置月余即软化熟透,味道十分香甜。麻烦的是软化后便需尽快出手,或卖钱或送亲友或自家享受,稍长时间便皮儿崩裂柿汁流出,不可收拾,长途运送都是比较难以解决的问题。再有一种名曰火罐的柿子,果实较小,一般不超过半两,尽管味道与火晶柿子无甚差异,却多核儿,成为重大的弹嫌之弊,所以不被钟爱,几乎遭到淘汰而绝种,反正我已多年不见此物了。只有火晶柿子,在柿树家族中逐渐显出优长来,已经成为独秀柿族的王牌品种了。

火晶。真是一个热烈而又令人富于想象的名字。火是这种柿子的色彩,单一的红,红的程度真可以用"文革"中用滥了的词儿"红彤彤"来形容来喻示。我在骊山南麓的岭坡上见到过那种堪称红彤彤的景观,一棵一棵大到合抱粗的柿树,叶子已经落光掉净了,枝枝丫丫上挂满繁密的柿子,红溜溜或红彤彤的,蔚为壮观,像一片自燃的火树。火晶的名字中的火字大约由此而自然产生,晶也就无须阐释或猜想了。把火的色彩与晶字联结起来,便成为民间命名的高雅一种,恐怕只有民间的智者才会创造出这样一个雅俗共赏的柿子的名字来。

火晶柿子比虎柿比义生柿子小,比火罐柿子大,个重两余,无核。在树上长到通体变成橙黄时摘下来,存放月余便软化熟透,尤其耐得存放,保管得法的农户甚至可以保存到春节以后,仍不失其新鲜甘美的原味。食时一手捏把儿,一手轻轻掐破薄皮儿,一撕一揭,那薄皮儿便利索地完整地去掉了,现出鲜红鲜红的肉汁,软如蛋黄,却不流,吞到口里,无丝无核儿,有一缕蜂蜜的香味儿。乡间小贩摆卖火晶柿子的摊位上,常见蜜蜂"嗡嗡"盘绕不去,可见诱惑。

关中盛产柿子,尤以骊山为代表的临潼的火晶柿子最负盛名。一种名果的品质决定于水土,这是无法改变的常识。我家居骊山之南,白鹿原原坡之北,中间流着一条倒淌河灞水,形成一条狭窄的川道,俗称灞川,逆水而上经蓝田约五十里进入王维的辋川。由我祖居的老屋涉过灞水走过平川登上骊山南麓的坡道,大约也就半个小时。水土和气候无大差异,火晶柿子的品质也难分上下,然而形成气候形成品牌的仍然是临潼。

大约是"文革"后期，诺罗敦·西哈努克亲王携妻引子到西安，参观兵马俑往来的路上，王子发现路边有农民摆的火晶柿子小摊，问及此果，陪随人员告之。回到西安下榻处，有心的接待人员已经摆放好一盘经过精心挑选的火晶柿子，并说明吃法。王子生长在热带，未见过亦未吃过北方柿子并不足怪，恰是这种中国关中的火晶柿子令其赞赏不绝，直到把一盘火晶柿子吃完，仍然还要，不管斯文且不说了，连陪随人员的劝告（食多伤胃）也任性不顾。果然，塞了满肚子火晶柿子的王子到晚上闹起肚子来，引起各方紧张，直接报告北京有关领导，弄出一场虚惊。王子虽然经历了一个难受的夜晚，离开西安时仍不忘要带走一篮火晶柿子。

这个真实的传闻流传颇广。在关中普通到不能再普通的柿子，竟然上了招待外宾的果盘，而且是高贵的王子，确实令当地人始料不及。想来也不足为奇，向来都是物以稀为贵的。二十世纪八十年代中期，我到与临潼连界的蓝田县查阅县志时发现，清末某年，关中奇冷，柿树竟然死绝了。我得到一个基本常识，柿树原来耐不得严寒的。但那年究竟"奇冷"到怎样的程度，却是无法判断的，那时怕是连一根温度计也没有。到二十世纪九十年代头上，我在原下的祖屋写作《白鹿原》的时候，这年冬天冻死了一批柿树，我至今记得这年冬天的最低温度为摄氏零下十四度，持续了大约半月，这是几十年来西安最冷的一个冬天。村子里许多农户刚刚挂果的葡萄统统冻死了，好多柿树到春末夏初还不发芽，人们才惊呼柿树被冻死了。我也便明白，清末冻死柿树的那年冬天"奇冷"的程度，不过是摄氏零下十几度而已。

编志人在叙述"奇冷"造成的灾害时，加了一句颇带怜悯情调的话，曰：柿可当食。我便推想，平素当作水果的柿子，到了饥馑的年月里，就成为养生活命的吃食了。确凿把柿子顶做粮食的事发生在二十世纪六十年代初的"三年困难"时期及十年"文革"之中，临潼山上的山民从生产队分回柿子,五斤顶算一斤粮食。想想吧,作为口舌消遣的柿子是一种调节和品尝,而作为一日三餐的主食,未免就有点残酷。然而,我又胡乱联想起来,被当地山民作为粮食充饥的柿子,在西哈努克王子那里却成为珍果,可见人的舌头原本是没有什么天生贵贱的。想到近年某些弄得一点名堂的人,硬要做派出贵族状,硬要做派出龙种凤胎的不凡气象,我便担心这其中说不准会潜伏着类似火晶柿子的滑稽。

我在祖居的屋院里盖起了一幢新房,这是八十年代中期的事,当时真有点"李顺大造屋"的感受。又修起了围墙,立了小门楼,街门和新房之间便有了一个小小的庭院。我便想到栽一株柿树,一株可以收获火晶柿子的柿树。

我的左邻右舍及至村子里的家家户户,都有一棵两棵火晶柿树,或院里或院外;每年十月初,由绿色转为橙黄的柿子便从墨绿的树叶中脱颖而出,十分耀眼,不说吃吧,单是在屋院里外撑起的这一方风景就够惹眼了。我找到内侄儿,让他给我移栽一棵火晶柿子树。内侄慷慨应允,他承包着半条沟的柿园。这样,一株棒槌粗的柿树便植栽于小院东边的前墙根下,这是秋末冬初最好的植树时月里做成的事。

这株柿树栽下以后,整个前院便生动起来。走出屋门,一眼便瞅见高出院墙沐着冬日阳光的树干和树枝,我的心里便有了动感。新芽冒出来,树叶日渐长大了,金黄色的柿花开放了,从小草帽一样的花萼里托出一枚枚小青果,直到缀满枝丫的红灯笼一样的火晶柿子在墙头上显耀……期待和祈祷的心境伴我进入漫长的冬天。

二十世纪五十年代初我读小学时,后屋和厦房之间窄窄的过道里有一株火晶柿树,若小碗口粗,每年都有一树红亮亮的柿子撑在厦房房瓦上空。我于大人不在家时,便用竹竿偷偷打下两三个来,已经变成橙黄的柿子仍然涩涩的,涩味里却有不易舍弃的甜香。母亲总是会发现我的行为,总是一次又一次斥责,你就等不到摘下搁软了熟了吗?直到某一年,我放学回家,突然发现院里的光线有点异样,抬头一看,罩在过道上空的柿树的伞盖没有了,院子里一下子豁亮了。柿树被齐根锯断了。断茬上敷着一层细土。从断茬处渗出的树汁浸湿了那一层细土,像树的泪,也似树的血。我气呼呼问母亲。母亲也阴郁着脸,告诉我,是一位神汉告诫的。那几年我家灾祸连连,我的一个小妹夭折了,一个小弟也在长到四五岁时夭亡了,又死了一头牛。父亲便请来一个神汉,从前院到后院观察审视一番,最终瞅住过道里的柿树说:把这树去掉。父亲读过许多演义类小说,于这类事比较敏感,不用神汉阐释,便悟出其中玄机,"柿"即"事"。父亲便以一种泰然的口吻对我说,柿树栽在家院里,容易生"事"惹"事"。去掉柿树,也就不会出"事"了。我的心里便怯怯的了,看那锯断的柿树茬子,竟感到了一股鬼气妖氛的恐惧。

没有什么人现在还相信神汉巫师装神弄鬼的事了,起码在"柿"与"事"的咒符是如此。因为我的村子里几乎家家户户的院里门外都有一株或几株柿树。人在灾变连连打击下便联想到神的惩罚和鬼的作祟,这种心理趋势由来已久,也并非只是科学滞后的中国乡村人独有,许多民族,包括科学已很发达的民族也颇类同,神与鬼是人性软弱的不可避免的存在。我在前院栽下这棵柿树,早已驱除了"柿"与"事"的文字游戏式的咒语,而要欣赏红柿出墙的景致了。漫长的冬天过去了。春风日渐一日温暖起来。我栽的柿树迟迟不肯发芽。

直到春末夏初,枝梢上终于努出绿芽来。我兴奋不已,证明它活着。只要活着就是成功,就有希望。大约两月之后,进入伏天,我终于发觉不妙,那仅仅长到三四寸长的幼芽开始萎缩。无论我怎样浇水,疏松土壤,还是无可挽回地枯死了。

这是很少有的现象,我喜欢栽树,不敢说百分之百成活,这样的情况确实极少发生。这株火晶柿子树是我尤为用心栽植的一棵树,它却死了。我久久找不出死亡的原因,树根并无大伤害,树的阴阳面也按原来的方向定位,水也及时适度浇过,怎么竟死了呢?问过内侄儿,他淡淡地说,柿树是很难移栽的,成活率极低。我原是知道这个常识的,却自信土命的我会栽活它。我犯了急功近利轻易求取成功的毛病,急于看到一棵成景的柿树。于是便只好回归到最老实之点,先栽软枣苗子,然后嫁接火晶柿子。

一种被当地人称作软枣的苗子,是各种柿树嫁接的唯一的砧木。软枣生长十分泼势,随便甚至可以说马马虎虎栽下就活了。我便在小院的西北角栽下一株软枣,一年便长到齐墙的高度。第二年夏初,请来一位嫁接果树的巧手用俗称热黏皮的芽接法一次成功,当年冒出的正儿八经的火晶柿子的新枝,同样蹿起一人高。叶子大得超过我的巴掌,新出的绿色的干儿竟有食指粗,那蓬勃的劲头真正让我时时感知初生生命的活力。为了防止暴风折断它的尚为绿色的嫩干,我为它立了一根木杆,绑扶在一起,一旦这嫩干变成褐黑色,显示它已完全木质化了,就尽可放心了。我于兴奋鼓舞里独自兴叹,看来栽成树走捷径还是不行的。这个火晶柿子树的起根发苗的全过程完成了,我也就留下了一棵树的生命的完整印象,至今难以忘怀。

这株火晶柿树后来就没有故事了。没有虫害病菌侵害,在院里也避免了牛马猪羊的骚扰,对水呀肥呀也不讲究,呼呼啦啦就长起来了,分枝分叉了,长过墙头了,形成一株青春活力的柿树了。这年冬天到来时,我离开久居的祖屋老院迁进城里去,一年难得回来几次。有一年回来正遇着它开花,四方卷沿的米黄色小花令人心动,我忍不住摘下两朵在嘴里嚼着咽下,一股带涩的甜味儿,竟然回味起背着父母用竹竿偷打下来的生柿子的感觉。

今年春节一过,我终于下定决心回归老家,争取获得一个安静吃草安静回嚼的环境。我的屋檐上时有一对追逐着求偶的"咕咕咕"叫着的斑鸠。小院里的树枝和花丛中常常栖息着一群或一对色彩各异的鸟儿。隔墙能听到乡友们议论天气和庄稼施肥浇水的农声。也有小牛或羊羔蹿进我忘了关闭的大门。看着一个个忙着农事、忙着赶集售物的男人女人毫不注意修饰的衣着,我常常想起那些高级宾馆车水马龙衣冠楚楚口红眼影的景象。这是乡村。那是城市。大家都忙着。大家都在争取自己的明天。

我的柿树已经碗口粗了。我今年才看到了它出芽、开花、坐果到成熟的完整的生命过程。十月初,柿子日渐一日变得黄亮了,从浓密的柿树叶子里显现出来,在我的墙头上方,造成一幅美丽的风景。我此时去了一趟滇西,回来时,妻子已经让人摘卸了柿子。

装在纸箱里的火晶柿子开始软化。眼见得由橙黄日渐一日转变为红亮。有朋自城里来,我便用竹篮盛上,忍不住说明:这是自家树上的产物。多路客人无论长幼无论男女,无不惊叹这火晶柿子的醇香,更兼着一种自家种植收获的乡韵。看着客人吃得快活,我就想起一件有关火晶柿子的逸趣。某年到一个笔会,与一位作家朋友聊天,他说某年到陕西参观兵马俑的路上品尝了火晶柿子,尤感甘美,临走时又特意买了一小篮,带回去给尚未尝过此物的南方籍的夫人。这种软化熟透的火晶柿子稍碰即破,当地农民用剥去了粗皮的柳条编织的小篮儿装着,一层一层倒是避免了挤压。他一路汽车火车,此物不能装箱,就那么拎着进了家门,便满怀爱心献给了亲爱的夫人。揭开柳条小篮,取出上边一层红亮亮的柿子,情况顿觉不妙,下边两层却变成了石头。可以想象他的懊丧和生气之状了。事过多年和我相遇聊起此事,仍然大气难抑,末了竟冲我说,人说你们陕西人老实,怎么这样恶劣作假?几个柿子倒不值多少钱,关键是让我几千里路拎着它,却拎回去一篮子石头,你说气人不气人?这在谁也会是懊丧气恼的,然而我却调侃道,假导弹假飞船没准儿都弄出来了,陕西农民给柿篮子里塞几块石头,在中国蓬蓬勃勃的造假行业里,只能算是启蒙生或初级水平,你应该为我的乡党的开化而庆祝。朋友也就笑了。

我随之自我调侃,你知道我们陕西人总结经济发展滞后的原因是什么吗？不急不躁,不跑不跳,不吵不闹,不叫不到,不给不要,所谓关中人的"十不"特性。所以说,一个兵马俑式的农民用当地称作料僵石(此石特轻)的石头冒充火晶柿子,把诸如我所钦敬的大城市里的名作家哄了骗了涮了一回,多掏了他几枚铜子,真应该庆祝他们脑瓜里开始安上了一根转轴儿,灵动起来了。

玩笑说过也就风吹雨打散了。我却总想着那些往柳条编的小篮里塞进冒充火晶柿子的石头的农民乡党,会是怎样一种小小的"得意"……

2001 年 11 月 20 日　原下

最初的操练

在我先是业余后是专业的写作生涯里,后来一直把散文《夜过流沙沟》作为处女作。这篇散文发表在一九六五年初的《西安晚报》文艺副刊上,刊名可能叫《红雨》,取自毛泽东诗句"红雨随心翻作浪"。

我至今也搞不大准确"处女作"的含义,是指平生写下的第一篇作品呢,还是指公开发表的作品?我把《夜过流沙沟》作为处女作,是按后一种含义,即公开发表的第一篇散文。而此前曾经写过不少散文、诗歌、小说,都没有达到发表水平自行销毁了。而按照"处女作"的客观直接的含义,应该是指第一次写下的作品,而不管它发表与否。

其实,在后来被我作为处女作认定的《夜》文发表之前,我还发表过两次作品,而且都是发表在《西安晚报》的文艺副刊上。第一次在一九五八年秋天,我刚刚进入初中三年级,正是"大跃进"势头最猛的时候,学校几乎处于停课或半停课状态。我们一阵儿被安排到东郊的原坡上轰打麻雀,一阵儿端着洗脸盆到灞河里去淘铁沙,一阵儿又到纺织厂周围的马路小巷及垃圾堆上去捡拾废铁。学校的校园里已经垒起了土法炼铁炉子,一伙从各个班级抽调出来的比较能干的学生和几位老师,从早到晚围着那个实在不敢恭维的小泥炉子忙活。学校前门外从生产队借来的一块田地里栽上了一块木牌,写着亩产多少万斤的"卫星"指标,同样有一群学生和几个老师从早到晚在那块神秘的土地上折腾。我对这些轰轰烈烈的运动只感觉到很热闹,却对任何一项也插不上手,倒是对正在掀起的全民写作诗歌运动更感兴趣。我那时候已经偏爱文学,半停课的松散秩序里正好可以阅读文学作品。每逢周日回家往来的路上,沿途所过的大小村庄,靠着大路或村巷的庄稼院的围墙和房墙上,全都绘上了浪漫主义的图画并配着浪漫主义的诗歌。印象最深的是一幅诗配画,一位头裹羊肚手巾的壮汉双臂推开两座山峰,配着一首响遍全国城乡的诗歌,末尾一句是:喝令三山五岳开道,我来了。看着骤然间魔术般变出诗画满墙的乡村,读着这样昂扬的诗句,我往往涌起亢奋和欢乐。一次作文课上,老师让大家写歌颂大跃进、人民公社、总路线"三面红旗"的诗歌,我一气写下五首,每首四句。作文本发回来时,老师给我写了整整一页评语,全是褒奖的好话。我便斗胆把这五首诗寄到《西安晚报》去。几天后,有同学在阅报栏上发现了我的名字,问是不是我寄过稿。我竟然很激动,激动到不好意思到阅报栏前去。后来被两个同学拽着到了校园前院的阅报栏,我看见了印在我名字下的四句诗。姑且按当年的概念仍然称它为诗吧,尽管它不过是顺口溜,确凿是我第一次见诸报刊的作品。

到了一九六四年,我所在的西安郊区全面开展以阶级教育为纲的"面上社教"运动。冬天里,公社团委安排春节前夕要搞文艺会演,各个村子的团支部都要出节目,我所在的农业中学也接受了任务,却犯起愁来,我根本不会排练文艺节目。情急之下,我把当地一位老贫农的家史编成一首陕西快板,找了一位口才和嗓门比较亮堂的学生,演出后颇多反响。很快,这个快板就在《西安晚报》临时开设的《春节演唱》专栏里全文发表了。

次年,即一九六五年初春,我的散文《夜过流沙沟》在《西安晚报》发表出来。我后来之所以把它作为我的处女作,主要是一种心理因素,即散文才应该是文学作品的正宗。上初三时发表的那四句顺口溜且不说了,篇幅较长的那首陕西快板,从文艺分类上属于曲艺作品,归不到文学的范畴里来。那是对一次临时任务的响应,我真正痴迷、潜心追求的是文学类里的小说、散文以及新诗歌,曲艺从来不是我写作的兴趣。我在后来许多年里几乎没有提说过那四句顺口溜和那首陕西快板的事。在我的创作心理中,《夜》文的发表才是我真正感到鼓舞感到兴奋感到了入门意义的事情。无论如何,这三次把钢笔写的文字变为公开发表的铅字,都发生在《西安晚报》的副刊上,在我整个创作生涯中是保有永久之鲜活的记忆的。

随后,我在《西安晚报》连续发表过六七篇散文,直到"文革"开始前该报中止文艺副刊,大约有一年稍多点的时日。这是我生命历程中第一次重大的挫伤。刚刚感受到发表作品的鼓舞,刚刚以为摸得文学殿堂的门槛,那门却关上了。尽管有点残酷,美好的记忆依然美好。我记得收到过一位和我同姓的编辑的信。信的原话也大致记着:你的诗歌比起你的散文来稍微逊色。建议你先专注散文,有所突破,然后再触类旁通。这是我接到的第一封指导我的写作的信。我那时候二十岁出头,喜欢写小说、散文和诗歌。这封信恰是在发表了我一首短诗之后写给我的。我立即就掂量出我的诗歌是令编辑勉为其难的水准,相对而言是弱于散文的。我很想当面聆听一个编辑的指导,于是便带着一篇新写的散文,登门求教给我写信的陈编辑去了。真正是诚惶诚恐的,真正是神圣而又庄严的,真正是虔诚敬重地走进西安晚报社大门的。小小的副刊编辑部里,坐着一男一女两位编辑,男的年龄稍长,女的不仅年轻,而且很漂亮,看了一眼说了一句话就不敢再看了。然后我就在陈编辑对面坐下。他话不多,赞扬了我的散文,也坦率地表示不大欣赏我的诗歌,仍然重复着信中的意见。这是"文革"前我唯一一次看见过的文学编辑和编辑室里的情景。人生总是第一次经历的事情印象最为深刻。许多年后,在《西安晚报》的某次座谈会上见到李焱,交谈中才知道,她就是那位漂亮得让我不敢再看第二眼的年轻女编辑。她已人到中年,精干而又豁朗,成为文艺部主任了,美丽依然美丽,却不怕人看了。在我也有了欣赏美的勇气。关键在于我们的社会生活大踏步地发展前进了。遗憾的是,我曾多次打问,均得不到陈编辑调到什么地方去了。

"文革"中期,大约是一九七一年,我所工作的公社来了《西安晚报》一位记者,采访合作医疗的发展,由我陪同引路。他在知道我的名字之后很惊奇地说,听说他要到西安郊区来采访,一位姓张的编辑让他留心打听一下我。这样,我就和文艺部的张月赓认识了。他说他"文革"前也在《西安晚报》发表散文,见过我发表的几篇小散文。《西安晚报》要恢复文艺副刊了,他已调到文艺部来,便打听我,想约稿。我说我已经六七年不写这类东西了,倒是熟悉了给上边写某项工作的总结材料和公社领导的报告。他坚持不让,说我总是有文学基础的,重新试笔还是可以作为的。我便不好再推辞,却一直难以形成艺术思维并提起笔来。拖了半年,他不断催问、不断鼓励,我终于写成了中断六七年之久的又一个"第一篇"散文《闪亮的红星》。这期间我和公社的赤脚医生到灞水之源的秦岭山中采药,闻听一位军医在山区为群众治病的诸多感人事迹,遂写成这篇散文。交给老张时,依然是诚惶诚恐。我对他说,六七年了,手生了思维也僵了,连一句生动的词儿也蹦不出来。老张却甚为满意,很快在《西安晚报》刚刚恢复的《红雨》副刊上发表,据说引起了一些反响。我明白也清醒,"文革"开始后的六七年里,文学和艺术类杂志全都停刊,报纸文艺副刊也取消了,书店里也是除了浩然的小说再见不到任何文艺书籍了。与文艺几乎绝缘了六七年的民众,在报纸上突然看到一篇散文,肯定首先会有新鲜感,绝不会是我写出了什么佳作。

对我来说,这篇艰难作成的散文的成败并不足论,重要的是把截断了六七年、干涸了六七年的那根文学神经接通了、湿润了,思维以文学的形式重新流动起来了。此后,我便有小散文不断送到老张手里。发表之后,他寄我一张最高价码的一元五角的购书证。我到指定的钟楼新华书店去,根本没有任何可以买的书,便选择了巴掌大的《新华词典》,供孩子念书用;多到自家用不完,便送亲戚朋友的孩子。我以为文学创作仅仅只是发端于人的兴趣,一根对文字尤为敏感的神经,就是由此而想到的。想想那时候不仅没有稿酬,稍有不慎便会惹出文字狱的灾祸来,我当时也搞不清为什么要点灯熬油自赔纸张劳心伤神去写这类散文和小说,后来长了些年岁才悟出是那根神经在作祟。

这种既不能获利也无什么名可言的写作,仍然在业余时间里兴味十足地继续着。我和张月赓的友谊也延续着。老张几年前已经退休,偶尔打个电话过来,不吃大菜和地方风味,却好吃洋餐肯德基。我们俩便走到格局新颖的肯德基店,吃一块鸡腿,啜一盒冰淇淋,看着周围尽是青年男女和小孩子的食客,我们两个头发稀疏灰白的半老汉,却有滋有味忆及当年在《西安晚报》文艺副刊上发稿的事。时代发展了,生活观念更新了,文学也回归到文学的本源上来了。我们尚未完全落伍,尤以这种文学结缘的友谊比什么都更令人熨帖。

报纸的文艺副刊,是专业和业余作家的一块重要园地。新文学发起之初直到解放,鲁迅为代表的作家们的许多著述,都是在报纸副刊上与读者见面的。"文革"前的十七年,陕西两家公开发行的大报——《陕西日报》和《西安晚报》的文艺副刊,成为包括我在内的业余作者操练文字的重要园地。现在刊物多了,报纸也多了,传媒工具更现代化了,然而报纸的文艺副刊仍然独具其风采。我在此向《西安晚报》的一茬接一茬的新老文艺编辑们致以真诚的祝福,你们是真正无私的幕后人杰。

2001 年 12 月

三九的雨

这是我村与邻村之间一片不大的空旷的台地。只有一畛地宽的平台南头开始起坡,就是白鹿原北坡根的基础了。平台往北下一道浅浅的坡塄,就是灞河河滩了。我脚下踏着的平台上的这条沙石大路,穿过一个个大大小小的村庄,通往西安。

天明时雨止歇了。天阴沉着,云并不浓厚,淡灰的颜色,估计一时半刻挤拧不出雨水来。空气很清新,湿润润的,山坡上的麦子绿莹莹的,河川里的麦子也是莹莹的绿色。原坡上沟坎里枯干的荒草被雨浇成了褐黑色,却有一种湿润的柔软。河川北岸是骊山的南麓,清晰可辨一株树一道坡一条沟,直至山岭重叠的极处。四野宁静到令人耳朵自生出纤细的音响来。

前日落了雨。小雨。通常是开春三月才有的那种"随风潜入夜,润物细无声"的春雨。腊月初二(二〇〇二年一月十四日)下起,断断续续稀稀拉拉下到今天天明,让整个村子里的男女惊诧不已,该当滴水成冰冻破砖头的"三九"时月,居然是小雨缠绵。太过反常的天气给农人心里一种不祥的妖孽征候。这是我半生里仅见的一次"三九"的雨,以及不仅不冻反而松软如酥的土地。

我脚下这条颇为宽绰的沙石大路是一九七七年冬天动工拓宽的。与这条大路同时开工的是灞河河堤水利工程,由我任副总指挥具体实施的。那时,我完成这项家乡的水利工程的心态,与我后来写作长篇小说《白鹿原》时的心境基本类同,就是尽力做成一件事。

我第一次背着馍口袋从这条路走出村子走进西安的中学时,这条路大约也就一步宽,架子车是无法通行的。我背着一周的干粮走出村子时的心情是雀跃而又高涨的,然而也是完全模糊的。我只是想念书,想上城里的中学去念书,念书干什么等抱负之类的事,完全没有。我再三追寻记忆,充其量只会有当个工人之类的宏愿,而且主要是父母供儿女上学的原始动机。在乡村人的眼睛里,挣工资吃商品粮的工人是世界上最幸福的人。我在初中二年级却喜欢文学了,这不仅大大出乎父母的意料,连我自己也感到奇怪。通常情况下,爱好文学是被视为浪漫而又富于诗意的事情,怎么会发生在一个穿粗布衣服吃开水泡馍的人身上呢?许多年后我把自己的这种现象归结为一根对文字敏感的神经——文学的兴趣由此而发端。书香门第以及会讲故事会唱歌谣的奶奶们的熏陶,只能对具备文字敏感的神经的儿孙起反应起作用,反之讲了也是白讲唱了也是白唱。

背着馍口袋出村夹着空口袋回村,在这条小路上走了十二年,我完成了高中学业。我记忆中最深的是十六岁那年遇到过狼。天微明时,我已走出村子五华里的一条深沟的顶头,做伴壮胆的父亲突然叫了一声"狼!"就在身旁不过二十步远的齐摆着谷穗的地边上,有一只狼。稍远一点,还有一只。我没有感觉到丝毫的害怕,尽管是我第一次看见这种吓人的动物;不是我胆大,而是身旁跟着父亲。我第一次感受父亲的力量和父亲的含义,就是面对两只成年狼的时候,竟然没有产生恐惧。我成了一个父亲的时候,又在这条几经拓宽的乡村公路上接送我的三个念书的孩子。我比父亲优裕的是有了一辆自行车,孩子后来也有了,比当年父亲步行送我要快捷多了。我和孩子再也没有遭遇狼的惊险故事。狼已经成为大家怀念的珍稀宝贝了。

我的一生其实都粘连在这条已经宽敞起来的沙石路上。我在专业创作之前的二十年基层农村工作里,没有离开这条路;我在取得专业创作条件之后的第一个决断,索性重新回到这条路起头的村子——我的老家。我窝在这里的本能的心理需求,就是想认真实现自己少年时代就发生的作家之梦。从一九八二年冬天得到专业写作的最佳生存状态到一九九三年春天写完《白》书,我在祖居的原下的老屋里写作和读书,整整十年。这应该是我最沉静最自在的十年。

我现在又回到原下祖居的老屋了。老屋是一种心理蕴藏。新房子在老房子原来的基础上盖成的,也是一种心理因素吧。这个祖居的屋院只有我一个人住着。父亲和他的两个堂弟共居一院的时代早已终结了。父亲一辈的男人先后都已离开这个村子,在村庄后面白鹿原北坡的坡地上安息有年了。我住在这个过去三家共有的屋院里,可以想见其宽敞和清爽了。我在读着欧美那些作家的书页里,偶尔竟会显现出爷爷或父亲或叔父的脸孔来,且不止一次。夜深人静我坐在小院里看着月亮从东原移向西原的无边无际的静谧里,耳畔会传来一声两声沉重而又舒坦的呻吟。那是只有像牛马拽犁拉车一样劳作之后歇息下来的人才会发出的生命的呻唤。我在小小年纪的时候就接受着这种生命乐曲的反复熏陶,有父亲的,还有叔父的,有一位是祖父的。他们早已在原坡上化作泥土。他们在深夜熟睡时的呻吟萦绕在这个屋院里,依然在熏陶着我。

这是一个不可思议的冬天。我站在我村和邻村之间的旷野里。

从我第一次走出这个村子到城里念书的时候起,父亲和母亲每每送我出家门时的眼神,都给我一个永远不变的警示:怎么出去还怎么回来,不要把龌龊带回村子带回屋院。在我变换种种社会角色的几十年里,每逢周日回家,父亲迎接我的眼睛里仍然是那种神色,根本不在乎我干成了什么事干错了什么事,升了或降了,根本不在乎我比他实际上丰富得多的社会阅历和完全超出他的文化水平。那是作为一个父亲的独具禀赋的眼神,这个古老屋院的主宰者的不可侵扰的眼神,依然朝我警示着,别把龌龊带回这个屋院来。

北京丰台。我从大礼堂走出来。《西安晚报》记者王亚田第一个打来电话。选举刚刚结束。他问我当选中国作家协会副主席后首先想的是什么。我脱口而出：作为一个作家，应该始终把智慧投入写作。

他又问：还有什么呢？

我再答：自然还有责任和义务。

我站在我村与邻村之间空旷的台地上，看"三九"的雨淋湿了的原坡和河川，绿莹莹的麦苗和褐黑色的柔软的荒草，从我身旁匆匆驶过的农用拖拉机和放学回家的娃娃。粘连在这条路上倚靠着原坡的我，获得的是沉静，自然不会在意"三九"的雨有什么祥与不祥的猜疑了。

2002年1月17日　原下

称呼柯老

在"纪念柯仲平一百周年诞辰"这个隆重的会议上,我还是想用柯老这个称呼来称呼这位与世纪同行的狂飙诗人。在他生前和身后,在陕西文学艺术界,各个年龄层次的作家艺术家,对他通用的称呼是柯老。柯老,这个不加任何头衔的纯粹平民化的称呼里,蕴含着陕西新老作家艺术家对他最真实最可靠的崇敬和爱戴之情。生前,他与同代作家艺术家坚持着营造这种平民化情感,谢世后,在后来的作家艺术家的心目里,他依然活在他倡导营造的这种最可靠最真实的平民化情感之中。

我们崇敬柯老追求真理追求革命的精神。这种精神贯穿柯老的整个生命历程,始终一致。他从偏僻的山地家乡出发,从昆明追到北京,追到上海,追到延安,落脚在西安,三次监禁和刑罚没有动摇这种追求,极左给他造成的委屈和伤害也没能动摇这种追求,直到他倒在会议桌下。

柯老终生都在追求真理追求革命,终生都在踏踏实实实践着真理实践着革命,这是柯老最为光彩照人最具启示性意义的精神内质。他用最具体最踏实的实践活动来完成对真理和革命的崇拜。我们从他大量的诗作剧作中,感受到的是狂飙和火焰般的激情,也从他在延安亲手创办的以创作演出陕西地方剧种——秦腔为主的民众剧团,解放后在西安创建并领导西北文联、中国作协西安分会的文学艺创造活动,看到他既是以火焰般的激情呐喊呼啸着前进的狂飙诗人,又是一位新文学运动的杰出的倡导者和组织者。他对陕西文学艺术事业的发展,产生了持久的影响,是陕西文学艺术主要的开创者和奠基者,获得同代和后来的作家艺术家的崇敬和爱戴是合理的。

柯老追求真理追求革命的最鲜明的标志,就是他的创作活动。中国新诗发展的历程中,他应该是关于诗歌民族化大众化最早的最富于勇气的探索者之一。他的大量的诗歌创作的实绩,不仅得到革命领袖毛泽东的赞扬和倡导,更是受到普通民众的欢迎。他的诗歌不仅发表在报纸杂志上,自己提着墨桶毛笔书写在延安街头和"七大"礼堂的墙壁上,而且震响在文艺晚会的舞台上和延安街头的人群中,至今墨痕犹存余音萦绕。他和马健翎创办民众剧团,又亲自创作地方戏剧本,有的成为陕西地方戏剧的经典剧目。柯老创作的《无敌民兵》,至今依然是演出和传唱的保留剧目。我很惊讶这样一个事实,一个彩云之南的南国人,一个深受边地山歌音韵滋养的人,居然能如此快地在陕北重新汲取黄土文化的精髓,创作出浓郁的黄土风味的诗歌和剧本,而且是几乎普及到村村寨寨的传唱不衰的经典。我想除了柯老的艺术天赋之外,他的心里怀着真理、革命和群众,当是他艺术创造的出发点,也是归宿点,当是他探索勇气永不衰竭的根源,是他获得永久性的艺术生命的根本所在。这也应该是对我们后来的作家艺术家的一个重要启示。

柯老表现为火焰和狂飙的诗歌艺术形态,显示着强烈的艺术魅力,是迷人的;他的坦荡和诚实,一如既往地显示着的人格魅力和性格魅力,同样是迷人的。

我们称呼柯老,既是一种标志,也是一种鉴定。

2002年1月24日 昆明

附诗一首

百 年 柯 老

彩云之南一少年,一路呼啸到延安。
身卷狂飙唱大风,脚踩火焰铸诗篇。
曾经囚狱终不悔,却蒙委屈一泫然。
诗歌还诵戏还唱,声声柯老祭百年。

2002 年 1 月 25 日 昆明即席

与军徽擦肩而过

进入高中最后一个学期,我的心境心绪便进入一种慌乱,说惶惶不可终日也不为过。去向的把握不定,未来职业的艰难选择,前途的光明与黑暗,像一涡没有流向的混浊的旋流翻腾搅和在心里,根本无法理出一个清晰的流向。我只觉得自己整个被那个旋流冲撞翻搅得变轻了。

把书念到高中即将毕业,十二年的读书生活中经历的无以诉叙的经济艰难,此时都被即将结束这种艰难的兴奋所淡漠。仅仅在春节前的高三第一学期结束时,心境和心绪还是踏实的,还是一种进入最后冲刺的单纯和自信,还没有感觉到这种既无法出手又无法伸脚的惶惶和轻松。仅仅过罢春节,重新坐到自己的桌子前的最后一学期,才发觉一切都乱套了。这是高考前的最后四个月,是万米长跑的最后一百米,容不得任何杂念,只需要单纯,只需要咬紧牙关拼尽最后一丝力气冲过那条终点线闯进大学的校门里去。然而我却乱套了,无法凝神,也难以聚力,陷入一种旋流翻搅的无法判断、无法选择,也无法驾驭自己的艰难之中。造成这种混沌心态的直接因由,竟然全都是与军徽有关的事。

刚刚开学不久,突然传达下来验招飞行员的通知。校长在应届毕业生大会上传达了上级文件,班主任接着就在本班做了动员,然后分小组讨论,均是围绕着国防建设的神圣任务和青年个人的责任为主题的。虽然千篇一律,却是真诚的表白、真实的感动和心甘情愿的迫切。想想吧,神秘的驾驶飞机的飞行员,对于任何一个高中毕业生来说,简直是做梦都不敢想的好事,谁还会迟疑或说不呢?从切实的意义上说,所有动员和讨论都是多余的,因为这样的好事美差是争都争不来的。学校领导的用意却在于进行一次普遍的爱国主义教育。其实学校各级领导都知道,这几乎是一个只开花而不会结果的事。因为从本校历史上看,每届高中毕业生都要验招飞行员,结果依旧是零的纪录,从来没有从本校走出一个驾驶飞机保卫领空的学生。然而,仍然满怀热情和忠诚地层层动员,仍然满怀精忠报国的赤诚参加讨论和表白。参加验招的人选是由学校团委具体操办的。出身"地、富、反、坏、右"家庭的学生是没有任何希望可寄的,亲友关系中有海外关系的学生也是没有指望的,家庭和直系旁系亲属中有被杀、被关、被管制过的成员的学生同样过不了政治审查这一关。这是那个绷紧着阶级斗争一根弦的年代里,学生们都已习惯接受的条例,况且,驾驶飞机太了不得了。这样审查下来,一个班能参加身体检查的学生也就是十来个人,除去女生。更进一步也更严格的政治审查还在后头,要视身体检查的结果再定。我是这十余个经政审粗筛通过的幸运者之一,又是被大家普遍看好的几个人中的一个。我那时刚好二十岁,一年到头几乎不吃一粒药,打篮球可以连续赛完两场打满八十分钟,一米七六的个头,肥瘦大体均匀,尤其视力仍然保持在一点五,这在高三年级里是很可骄傲的。尽管知道飞行员要求严格几乎是千里挑一,尽管知道本校历史上尚未出现过一个幸运儿的严峻事实,然而仍怀着一份侥幸和期望。也许,因为挑选太过严格,对所有被挑选者都是一个未知数,于是所有有资格进行测检的人反而都可以发生侥幸。我的侥幸大约在第四项检查时就轻易地被粉碎了。

"脱掉衣服。"医生说。

"再脱。"医生坐在椅子上,歪过头瞅我一眼又说。

"脱光。"医生又转过脸再次命令。

我赤条条站在房子中间。尽管医生是位男性,但毕竟是陌生人,也毕竟是紧绷着阶级斗争之弦、也紧绷着道德之弦的六十年代。我浑身的不自在,完全处于无助无倚的状态下,总想弯下腰去,不由自主地并拢紧夹住双腿,真想蹲下去。医生却不紧不慢地命令说:两腿叉开,站直了,双手平举。

我就照命令做出站姿。

医生从椅子上站起来,先走到我的背后,我感觉到那双眼睛在挑剔,在我的左肩胛骨下戳了戳;然后再走到我的前面,不看我的脸,却从脖颈一路看下去。

他仍然不看我又走回桌前,坐下,就在那个体检册上写起来。我慌忙穿好衣服,站到他的面前,等待判词。他不紧不慢地说:"你不用再检查了。"

飞行员与普通兵身体检查的不同之处就在这里,某一项不合格就终止检查。我问哪儿出了问题。他说,小腿上有一块疤。这块疤不过指甲盖大,小时候碰破感染之后留下的,几乎与周边皮肤无异。我的天哪,飞行员的金身原来连这一小块疤痕都是不能容忍的。我不甘就此终结那个存寄的希望,便解释说,这个小疤没有任何后遗症。医生说,到高空气压压迫时,就可能冒血。我吓了一跳,完全信服了医家之言,再不敢多舌,便赶回学校去,把演算本重新摊开。尽管失败了,许多同学也和我一样破灭了飞行员之梦,然而学校却实现了验招飞行员的零的突破,一个和我同龄的学生走进了人民解放军航空兵飞行员的队列。这个幸运儿就出在我们班里,我和他同窗整整两年半,而且联手进行班际间的乒乓球赛。他顿时成为全校师生最瞩目的人物。班主任按上级指令已经指示他停止复习功课,以保护身体尤其是眼睛。他的两颗把上唇撑起的虎牙,现在不仅不成为缺憾,倒是平添了亮闪闪的魅力。

我的飞行员之梦破灭了,却无太大挫伤,原本就是碰碰运气的,侥幸心理罢了,而真正心里揣着较大希望的,却是炮兵。按照历届毕业生的惯例,每年都要给军事院校保送一批学生。保送就是免去考试,直奔。政治审查条例虽然和飞行员一样严格,我却并不担心;学习成绩也不是要求拔尖而只需中上水平,我自酌也是不成问题的;身体条件比普通士兵稍微严格,却远远不及飞行员那么挑剔。比我高一级的学生,保送入军事院校的竟有十余名之多,他们大多数我都认识,有几个还是我的同乡,他们在各个方面的状况我是清楚的,我悄悄地把自己与他们比较。我早在验招飞行员之前就做着这个梦了,许多同学也在做着同一个梦了。有人悄悄问过班主任程老师,说还没有开始这项推荐保送军校的工作,但这是迟早的事。做着同一个梦的同学,很自然地就扎到了一堆,私下里悄悄传递着种种有利和不利的消息。而客观的事实是,上一届军校保送学生的工作在去年这个时候早已开始了,今年为什么迟迟不见动静? 上一届保送军校的十多名同学,大都去了一所炮兵学院,据说炮院院长还是我们灞桥人。传说今年仍然是对口保送,炮兵便成为一个切实的梦想,令人日夜揪着心。真应了俗谚所说的夜长梦多的话,终于等来了令我彻底丧气的消息。

　程老师走进教室,匆匆的样子,神色也不好。他说校长刚传达完上边一个指示,国家正处于经济困难时期,今年高校招生的比例大减。他说到这里时,脸色顿时变青发黑了。他似乎怕同学们不能充分理解"大减"的严峻性,几乎用喊的声调警示我们说,大减就是减少的比例很大! 大到……很大很大的程度(上级不许说那个比例)……今年考大学……可能比考举人……还难。整个教室里鸦雀无声。我已经不敢再看程老师的脸,也不敢看任何同学的脸,微低了头,眼里什么景物人物都没有了,脑子里一片空白。程老师一只手撑着讲桌,最后又像报丧似的说,军校保送生的任务也取消了。不单陕西,整个北方省份的军校保送生都取消了。本来我们班有几位同学是完全够保送军校条件的。现在……你们得加倍用功学习……

我不知道程老师什么时候走出教室的,走出教室的脚步和脸色是什么样子的。他走了以后,教室里许久都没有人动一动,或说一句话。最早做出反应拉开坐凳离开课堂走出教室的,是学习最差的几位同学,他们大约原本就没有考取高校的信心,这下反倒彻底放松了。我没有任何再去和其他同学交流的意图。程老师已经一竿子扎到人心的底层了,还有什么不明白的需要讨论吗?没有了。而停断军校保送生的决定,更是对我蓄谋已久的一个希望的破灭。我从教室走向操场,进入乱争乱抢的篮球场子。我在走出教室时,突然想起初中课本上《最后一课》里的韩默尔先生。程老师向我们宣布招生大减和军校停止保送生的指示的神态,有点类近韩默尔先生。

后来的结果完全注释了程老师所说的招生比例大减的内容,全校四个毕业班只考取了八名大学生,我们班竟然剃了光头。仅仅比我们早一年的毕业生,录取比例是百分之五十,而高两级的那一届毕业生,大学录取比例达到百分之九十以上。这是一九六二年。这是新中国短短的历史中史称"三年困难时期"的一九六二年。这是我对"三年困难时期"最强烈最深刻的记忆,远远超出对于饥饿的印象。许多年后我从捂盖已久而终于公开的资料上看到,因饥饿死亡于"三年困难"的人数之众,完全冲淡了我的那点损失,能活下来已属幸运了。

寄托于飞行员和炮兵的幻想彻底破灭了,所有捷径都被堵死,任何选择的机会都没有了,反而没有了选择的游移不定,反而粉碎了也廓清了一切侥幸心理,很快就进入一种别无选择的沉静和单纯。明知那个比例减得"很大很大",反而激起一种反弹,一种不愿就此完结的垂死挣扎。教室里几乎没有杂音,从早到晚都是安静的,晚自习的灯光彻夜不熄。这个时期的学习大约是我漫长的学生时代最认真最下功夫的一段时日。有一天,教导处通知我和班里几位同学去开会,传达上级指示,对取消保送军校的决定补发新的决定,说保送军校的工作还要继续,但只限于"政治保送",考试照常参加,考生一视同仁。这项被说得颇为神秘的"政治保送"的文件,在我看来,没有任何实质性的含义,因为考试分数才是关键。只要考分上线,能上军校最好,分配到地方院校也不赖,所以依旧埋头在课桌上做着最后的拼争。

这种近乎垂死的专一心境很快又被扰乱了。本年破例在高中毕业生中征召现役军人。此前的征兵对象只是初中以下的青年,高中毕业生只作为飞行员和军校的挑选对象。道理无须解释,招生任务既然"大大削减",正好为部队提供了选拔较高文化兵源的机遇,也为高中毕业生增加了一条新的出路。这是一九六二年"三年困难时期",做出的任何破例的举措,都是能被接受的。

又是校方传达文件。又是团支部、学生会层层动员。又是各班级里的各个学习小组分组讨论。又是人人表态统一认识。连不在征召范围的女生也一样要接受这一整套的动员过程,应召普通士兵的决定,远不及应召飞行员那么众口一词地踊跃。学生中明显地分成两种倾向,那些对高考根本不抱任何侥幸心理的同学,从一听到这个突然发生的意外消息,就表现出一种惊喜,一种不需任何动员说教的坚定,道理也很简单,这是一条提供了新的发展可能的人生之路。班里那些自恃学业优秀的学生陷入了两难之中,既想考入大学,又怕万一落榜,反而连这一条出路也丢掉了。小组讨论中虽然一样表示着"守卫边疆"的决心,眼神和语气中却无法掩饰选择中的两难心态。

我也陷入两难中。我的两难选择不是自恃学业优秀,而是纯属个人的没有普遍意义的小算盘。我在专心做着最后拼命的同时,也做好了落榜之后的准备,仿照柳青深入长安农村深入生活的路子,回到农村自修文学,开始创作。已经基本确定的这"两手准备"被打乱了,我既想参加高考一试,又怕落榜而丢失了当兵的机会;在当兵与回农村自修文学的两项对比中,农村生活条件最不占优势,甚至连饭也吃不大饱。那个时候诱惑农村青年当兵的一个最基本的因素,便是部队上那白花花的米饭和白生生的馒头。我在几经权衡几度反复掂量之后,还是倾向于当兵,在美好的高校和艰苦的农村的三项对照中,只有当兵可能是最把稳的,因为对考取高校的畏怯,因为对农村的艰苦和自修文学的不自信,自然就倾向于当兵一条路了。当兵起码可以填饱肚子,出身农村的孩子自然不会在乎吃苦,又可以穿不用钱买的军装,说不定还可以在部队干上个班长排长什么的。唯一让我心存叽咕的事,就是整响整天整月的立正和稍息的走步。那种机械那种呆板那种整齐划一的没完没了的训练,我不喜欢,却终究是小事。

我很快倒向那些热心当兵的同学一族了,自然就不能专心一致地演算数理化习题了。有人打听到接兵的军官已经到达当地武装部的消息,我们便迫不及待地追到区政府所在地纺织城,十余华里的路不知不觉就到了。那位军官出面接待了这一帮年约二十上下的高中生,很热情,也很客气,又显示着一种胸有成竹的矜持。我是第一次与一位军官如此近距离地对话,他的个头高挑,英武,一种完全不同于地方干部也不同于老师的站姿和风度,令人有一种陌生的敬畏。同学们七嘴八舌询问种种在他看来纯属于 ABC 的问题,他也不烦不躁地做着解答,遇到特别幼稚的问题,他顶多淡淡一笑,作为回答。学生们最关心的问题还是有关身体检验,诸如身高、体重、视力、熊掌脚等最表层也最容易被刷下来的项目。有同学突然提到沙眼,说许多人仅就这一项就丧失了保卫祖国的机会,而北方的人十个有九个都有不同程度的沙眼,最后直戳戳地问:究竟怎样的眼睛才算你们满意的眼睛?

军官先做解释,说北方人有沙眼是不奇怪的,关键看严重程度如何,一般有点沙眼并无大碍,到部队治疗一下就好了。究竟什么样的眼睛才是军人满意的眼睛呢?军官把眼光从那位发问的同学脸上移开,在围拢着他的同学之中扫巡,瞅视完前排,又扫巡后排,突然把眼睛盯住我的脸,说:这位同志的眼睛没有问题,有点沙眼也没关系。我在这一瞬脑子里呈现了空白,被军官和几十位同学一齐看着,看着我的眼睛,我不知所措了。大概从来也没有被人如此近距离地注视过,大概从来也没有人称我为"同志"。我至今清楚记得第一次被称为同志,就发生在这一次。在我缓过神来以后,我才有勇气提出了第一个问题,腿上的一块指甲盖大的疤痕能不能过关?军官笑笑说不要紧。

既然眼睛被军官看好,既然那块疤痕也不再成为大碍,我想我就不会再有麻烦了,这个兵就十拿九稳当上了。礼拜六回到家中,我把这个过程全盘告知父亲和母亲。父亲半天不说话,许久之后才说,即使考不上大学,回家来务农嘛!天下农民也是一层人哩!我便开始说服父亲。最基本的一个道理,如果不念高中,回乡当农民心甘情愿,念过高中再回来吆牛犁地就有点心不甘,部队毕竟还有比农村更多的发展机会……这种父子间的对话,与在学校小组讨论会上的表态,是我的人生中发生过的两面派的最初表现形式。公开的表态是守卫边疆的堂皇,而内心真正焦灼的是个人的人生出路。在我的解说下,父亲稍微松了口,说让他再想想,也和亲戚商量一下。我已经不太重视父亲最后的态度了,因为我已经明确告诉他,已经报过名了。

周日返回学校之后的第三天,上课时候发现了异常,几位和我一起报名验兵的同学的位子全部空着,便心生疑猜。好容易挨到下课,同学才告知今天体检。我直奔班主任办公室,门上挂着锁子。再问,才知班主任领着同学到医院体检去了。我不知发生了什么事,为什么单独扔下我?我便直奔十几里外的纺织城一家大医院,告知说我们班的几位同学已经检验完毕,跟着班主任去逛商场了。我再追到商场,果然找到了班主任,他正借此闲暇,领着爱妻转悠。他对我只说一句话,回到学校再说。对于我急促中的种种发问,他不急不躁,却仍然不说底里,只是重复那一句话。我的热汗变成冷汗,双腿发软,口焦舌燥,迷茫不知所向,无论如何也弄不清突然取消了我体检资格的原因,甚至怀疑是否"政审"出了什么麻烦。我不知怎样走回学校的,躺到宿舍就起不了身了,迫在眉睫的高考前紧张的复习功课,于我都无任何刺激了。

班主任让班长通知我谈话。

班主任很坦率也很平静地告诉我,我的父亲昨天找过他。我自然申述我的志愿,不能单听父亲的。班主任反而更诚恳地说,第一次在高中毕业生中征兵,是试验,也是困难时期的非常举措。征兵名额很少,学校的指导思想是让那些有希望考取大学的同学保证高考,把这条出路留给那些高考基本没有多少希望的同学。班主任对我的权衡是尚有一线希望,所以不要去争有限的当兵的名额。最后,班主任有点不屑地笑笑说,人家都争哩,你爸却挡驾,正好。

我便什么话也说不成了。

我又坐到课桌前,重新摊开课本和练习本的时候,似乎真有一种从战场上撤退回来的感觉。我顺理成章地名落孙山了。没有任何再选择的余地,没有人也不需要谁做任何思想工作,回归我的乡村。

我在大学、兵营和乡村三条人生道路中最不想去的这条乡村之路上落脚了,反而把未来人生的一切侥幸心理排除净尽了;深知自修文学写作之难,却开始了;一种义无反顾的存储心底的人生理想,标志是一只用墨水瓶改装的煤油灯。

2002 年 2 月 19 日 原下

漕渠三月三

一

从京城来的三位电视记者向我提出，要拍陕西地方戏秦腔演出的盛况，还想拍关中民间农民的文化娱乐方式。我真有点犯难了，据我所知，秦腔作为西北五省尤其是陕西关中地区的名牌大戏种，大约至少有十多年已经退出了西安各家剧院的舞台，包括一些大腕级的名角也都流落到适时而兴的"秦腔茶社"里去被尚有秦腔戏瘾的人点唱，原先几乎每个县都有的秦腔剧团的演员们也都流散了，说来真是令人伤感的。如我一样还喜欢听听秦腔旋律品品秦腔韵味儿的人，要想在西安某家剧院看一场名家大腕的演出，还是很难觅到机会的。至于民间的文化活动，他们三位来得也不是时候，清明都过了，民间文化娱乐集中展示的春节的气氛，早已冷却了，农民们已经从春节的欢乐和慵怡中清醒过来，进入田野进入果园开始新的一年的劳作了。然而三位远道而来的记者仍不死心，让我再想想办法，再三申述作为这个专题片的地方文化氛围和土壤是不可或缺的。

真是天无绝人之路。区文化馆一位搞摄影的朋友不经意间告诉我，渭河岸边的漕渠村农历三月三日适逢古庙会，有秦腔剧团的演出，有当地青年男女的秧歌表演，有邻近几个村庄的锣鼓队凑兴。遗憾的是高跷被取消了,据说出于安全的考虑,怕人群过于拥挤而摔伤了表演的人。三位北京来的年轻记者闻讯竟欢呼起来,真是应了"起得早不如赶得巧"的俗话。这样一来,关于秦腔演出和地方文化娱乐特色的东西便全部都可以得手了。

三月三日一早,我便陪三位年轻人上路了。我所存活的白鹿原下的灞河川道,其实只是渭河平原的边缘地带,南岸是古原的北坡,北岸是骊山南麓纵横起伏的丘陵或者说山岭,中间蜿蜒着以柳色愉悦缠绵过古代离人的灞河。车行不过十余公里,便驶出虽然原青岭秀却也显得狭窄的河川,进入坦荡如砥气势恢宏的渭河平原了。那情景如同从一个细杆喇叭里钻出来,进入一个四野再无遮拦的令人舒展也令人惊悸的开阔境地。这是我跟着班主任到灞桥赶考初中第一次走出灞河河川时产生的感受。这种纯粹由地理地形造成的心理感受,一直延续到今天重复到现在,每一次走出家乡灞河川道时都像钻出喇叭细杆儿,每一次回乡也就有从敞开的喇叭口里钻进细杆的感觉。我喜欢走出那个细杆儿似的河川享受无边原野的气度和舒展,也更喜欢重新进入那个狭窄的灞河河川感受南原北岭动态的生动和变幻莫测的气象,甚至包括那一份狭窄造成的拘束。钻进来拘束一段时日,钻出去舒展畅放一回,我的心理秩序和心理感受便处于某种动态的颠簸里,自我感觉真是好极了。

无边无际的麦子刚刚努出穗儿来。满眼都是饱满丰腴的青春的绿色,成熟的含羞带娇的女子就是这种气韵。笼罩着村庄的泡桐织成一片又一片淡紫粉红的花云。天虽然阴沉着,依然罩不住大地青春的气象。

我要到漕渠村去赶三月三日的庙会了。我的心里竟然激动起来了。我已经有许多年没有进入这种关中农民狂欢的庙会场合了。我在少小时候接受过狂欢的场景留下难以磨灭的记忆。现在的乡村庙会与我过去逛过的庙会的气氛会有什么变化吗?淡了还是浓了?三位京城来的年轻的文化人,至少怀着一种猎奇的兴奋,在我则是对一种古老仪式的温习和膜拜。大约还有一公里的路程,我听到了一声火铳的震响,像是远天云层里奔突的沉闷而又撼人心腑的雷声。火铳是一种最具声威最具张力的爆响器,它蕴聚鞭炮家族炸响时的热烈之外,便是深沉如地出的震撼。这应该是民间庆典或狂欢场合里最具煽动性的响器了。即使极阴郁寡淡的人,也会在火铳的爆响里昂起头来。

二

庙会是漕渠村的庙会。

漕渠村在一道浅坡下。漕渠村是个大村子,自古就是一个大村子。村里有一座古庙,敬奉着佛家的一位神灵,何年建庙何年立神已经无考,所有关于庙堂的文字典籍,以及庙堂内栩栩如生的神像、精美的壁画和梁栋上的彩绘,都被后来屡屡发生的一次火过一次的"革命行动"扫荡净尽了,后来连三月三日的古庙会日也被禁止了。古庙能够存留下来是一个奇迹,说穿了却属无意,仅仅是贫穷的生产队需要用它做库房而没有被摧毁。有形的东西破坏或消灭十分容易,只有无形的传说却能依赖当地人的嘴巴传递下来。可以推断的是,三月三日的庙会是建庙之初就择定了的,庙会的历史也就是古庙的历史,同样是悠久古远得不能再古远悠久了。还可以推断的是,建庙立神的最基本的也是最原始的用意,便是崇拜,或者说是寻求和平安宁所需要的一个祈祷偶像。于是,在渭河南岸广阔的沃野和星罗棋布的大小村庄之中,便形成了以这个古庙为中心的朝拜圣地,三月三日便成为十里八村乡民寄托祈愿和狂欢的盛日。

漕渠村村庄的历史肯定比古庙的历史更为久远,这是常识而毋庸置疑的。一个漕字已注释了这个村子令人敬畏的历史。西汉王朝设都长安,为解决急骤繁荣急骤膨胀的城市吃粮问题,开凿了黄河、灞河、渭河连通长安城的一条可以浮船运粮的运河。关中人却称它为渠,可见当地人的自大和狂妄了。为了逛好漕渠村的古庙会,我专意儿查阅了《辞海》。漕渠词条下准确无虞地注释着这样的内容——

> 汉唐时自长安(今西安市)东至黄河的运渠。创始于西汉元光六年(公元前一二九年),在大司农郑当时主持下,发卒数万人,由水工徐伯督率开凿。渠傍南山(秦岭)下,长三百余里,三年而成,漕运大便,渠下民田亦颇得灌溉之利。初以灞水为源,其后凿昆明池,又穿昆明渠使东绝灞水合于漕渠。东汉时尚可通航,北魏时已无水。隋开皇初改自长安西北引渭水为源,浚复旧渠通运,定名广通渠,但习俗仍称漕渠。唐时通时塞。天宝初陕郡太守韦坚、太和初咸阳令韩辽两度修复,壅渭水作兴成堰,傍渭东注至永丰仓(即隋开皇中广通仓,仁寿末改名)下合渭入河,规制略如隋旧。末年迁都洛阳,渠遂堙废。

哦哟! 这个漕渠村的历史至少可以前推到公元前一二九年西汉元光年间。甚至可以设想元光年间开凿漕渠之前这个村子就存在不知多少年了。现在仍保存着这个村庄的子孙们用嘴传留下来的当年的盛况,西汉初年漕渠开凿始成,除了为长安城运输粮食,包括渠下村民农田的灌溉,更有各种商船通过漕渠进出长安,漕渠村当时已形成一个中转码头,南北商贾,车船互转,客店饭馆买卖铺店,成一时之盛,漕渠村成为渭河南北广大地区的一大商埠。而古庙肯定在几百年后才形成心灵祈祷的圣地,有佛教进入中国的时间限定出来一个大致的历史轮廓。

我在即将进入漕渠村的时候,感到了这个村庄古远的历史对人的威压。如果不是《辞海》作证和指点迷津,纵然在这个村子的古庙会逛过十回,我也只会以为不过是一个普普通通的庙会而已,关中乡村类似的古庙会多不胜逛。从《辞海》的词条里可以看出,漕渠的开凿便形成漕渠村水陆码头的繁荣,而败毁于王朝灭亡之后的乱世;漕渠的再度浚通和漕渠村的重新繁华,又是隋和盛唐的时代,堙废的结局正好是大唐王朝没落。这条漕渠的兴衰简史,正好注释了从西汉至唐的中国历史的起落,自然可以想见如漕渠村的乡民的饥饱寒暖了。哦!我的关中,我的渭河平原,单是保存有两千多年的漕渠村这个村名,就够我咀嚼不尽了。我家门前的灞水,曾经是漕渠初开时的水源,我在敬畏的同时,顿然又有了一种沟通历史沟通地域的亲近感。

漕渠村倚靠着的南面的那道浅坡,亦因漕渠而得名为漕渠坡,一道虽然低浅却声名远播的坡。狭义的漕渠村单指这个自然村,而泛义的漕渠村则指漕渠坡下的大围墙村、小围墙村、宋家村、陈家村、王家堡、米家堡、田鲍堡、陶家村、万盛堡、宋家滩等十数个大小村堡,散落在渭河南岸的平原上,绵延十余华里,通称十里漕渠。站在漕渠坡头远眺起来,以稠密的村树和村树的绿叶笼罩下的房脊和屋墙组成的村庄,依次渐远,或大或小,坐落在绿色苍郁的麦田之中。我忽然想起,前年曾在临近入渭的灞河河道里,淘沙取石的农民挖出来一条大船的遗骸,距离漕渠村不过十余华里,又是怎样令人顿生想象的一条谜一样的古船啊!

一位做豆腐买卖的中年农民笑嘻嘻地告诉我:"下了漕渠坡,净是豆腐锅。"这儿盛产豆腐。漕渠坡下的豆腐远近闻名。据说这儿做成的豆腐烧了烩了不仅不烂,而且鲜嫩异香,做成臊子,浇到面条里,豆腐漂浮在上而不沉底。更具商家利益的是,同样十公斤黄豆在别处通常只能做出二十公斤豆腐,在漕渠村却能产出三十公斤,甚至三十五公斤。这个额外的利润,对于那些常年经营豆腐生意的豆腐客(主户)来说,是"天赐良水"令其窃自得意的幸事。除去公社化时代的极左政策施虐造成的萧条不计,漕渠坡下无以计数的豆腐作坊自古至今生意兴隆,现在更是许多农户赖以挣钱过日子的把稳的门路。豆腐客戏言:汉家爷江山败了,唐家爷江山也败了,爷们感念修漕渠占了农人的田地,再没啥可补偿了,就赐给咱漕渠人一井好水,让咱做豆腐过日子……爷们还是有良心的。云云。

我顿然失笑了。顿然从悠远的极富想象的漕渠村的历史烟云里清醒过来。顿然抖落了不无酸渍气味的幽思。顿然轻松地接受了这恩赐给豆腐客们的一眼好井……

三

农历三月三日逢着庙会的漕渠村,展示着一个纯粹属于农民的世界。

漕渠村的正街和各条小巷,现在都拥挤着农民。南北走向的公路与通往漕渠村的大路正好构成一个"丁"字,从公路的南面和北面,骑车的步行的男人女人源源不断拥入漕渠村。绝大多数尤其是中年以上的农民,几乎没有任何修饰,与拥挤着的同类在街巷里拥挤。在这里,没有谁会在乎衣服上的泥巴和皱褶,没有谁会讥笑一个中老年人脸上的皱纹蓬乱的头发和荒芜的胡须。女人们总是要讲究一些的,中老年女人大都换上了一身说不上时髦却干净熨帖的衣裤。偶尔可见描了眉涂了唇甚至在黑发上染出几绺黄发的女孩子,尽管努力模仿城市新潮女孩的妆饰打扮,结果仍然让人觉得还是乡村女孩。无论男人或女人,无论年龄长者或年轻后生,无论修饰打扮过或不修边幅的,他们都很兴奋,又都很从容自信,在属于他们的这个世界里,丝毫也看不到他们进入城市在霓虹灯下在红地毯上在笔挺的西装革履面前的拘束和窘迫。他们如鱼得水。他们坦荡自在。他们构成他们自己的世界。

我在这条长长的街道里和支支岔岔的小巷里随着拥挤的人流漫步。我的整个身心都在感受着这种场合里曾经十分熟悉而毕竟有点陌生了的气氛。这种由纯粹的农民汇聚起来的庞大的人群所产生出来的无形的气氛和气场,我可以联想到波澜不兴却在涌动着的大海。我自然联想到我的父辈和爷辈就是构成这个世界的一员或一族。我向来不羞于我来自这个世界属于这个世界壮大于这个世界,说透了就是吮吸着这个世界的气氛感应着这个世界的气场生长的一族。我现在混杂在他们之中,和他们一起在漕渠村的大街小巷里拥挤,尽管我的穿着比他们中的同龄人稍微齐整一点,这个气场对我的浸淫和我本能似的融入,引发了我心里深深的激动。这一刻,我便不由自主地自我把脉,我其实还是最容易在这个世界的气场里引发心灵悸颤的。

村街两边摆着小饭摊、农具、种子、铁器、服装、搪瓷和塑料厨具餐具,以及不可或缺的老鼠药,举凡农民生产生活所能需用的一切东西,现在都摆置在村街两边供农民选购。最令我动心的是那些传统小吃摊子,仍然保存着在我少不更事时见到过的那种老式饸饹担子,几乎原样未改地摆在这里或那里。摊主抓起一把紫红色的饸饹,在案板上反复弹着,抛进敞口浅底的花边瓷碗里,用小勺挖盐用木勺撩醋用小木板挑辣椒的动作像是一种舞蹈。我小时候跟随大人去庙会的最重要的目的,就是坐在矮条凳上接过摊主送过来的那一碗饸饹。更奢侈一点儿,还会有临近摊位的油锅上递过来一个油饼或油糕,久久盼望赶庙会的全部目的就在这时实现了。现在,饸饹摊子和油锅前,男人和女人随意地在小条凳上坐下去,包括他们牵引着的男孩和女孩,接过饸饹或油饼油糕,吃罢了抹了嘴就又掺和到人流里去了。我的根深蒂固的关于吃饸饹的记忆就是这种形式。我后来在一些饭店的豪华餐桌上也吃到这种被学者研究出可以防癌可以降血压的所谓绿色食品,却总是尝不出庙会上饸饹摊子主人舞蹈似的动作之后的那种香味,更不必说那高得吓人的价码了。我敢说,坐在这个饸饹摊子前品尝饸饹的男人或女人,如果他们知道自己掏六七毛钱就可以享到的口福,城里人在大饭店却要花几乎一斗麦子的钱才能吃到一碗饸饹,准会嘲笑发了财的城里人傻得不会花钱了。

秧歌队扭过来了。这是经过费心操练的一支颇为壮观的秧歌队伍。纯一色的农家姑娘农家媳妇,还有一些堪称大娘辈儿的农家女人,一律的红绸衫绿绸裤,一律的粉红色剪花别在右耳上方的黑发里,手里舞着一律的大红绸扇子,一律的弓前殿后左扭右摆的舞步,一律的优雅,从村子中间的大街里自西向东扭过来。她们可能刚刚放下锄头或给猪呀鸡呀添过食料,换上这一身艳丽的服装就结队扭起来了。她们的公婆她们的丈夫(或未婚夫)她们的孩子,此刻就拥挤在街巷两边的人群里看她们舞蹈。她们同样具有强烈地展示自己表现自己的欲望。她们或欢欣或自信或温媚或沉稳或娇羞的眉眼里,都透出这种展示自己风姿的欲望。

秦腔戏的戏台搭在村庄背后的一片空地上。我是循着乐队的响声拐进小巷寻到这里的。一个用木头搭建的戏台,横额上标明长安县剧团。我一眼便看出来,台上正在演唱着的是《铡美案》中的《杀庙》一场。这是这部堪称秦腔经典剧目中最为惊心动魄的一幕。从戏剧艺术上来看也应是最为精彩的一章。一个被主子差遣来杀人的差官韩琦,一个怀着满腹委屈的乡村女人和她的一双儿女,两个人的冲突两个人的命运在一座小小的庙堂里展示得淋漓尽致波澜起伏,堪称戏剧创作上的绝妙一笔。我曾经无数次地看过这部戏剧,尤其喜欢这精彩绝伦的一折。我在小小年纪初看这部戏时,大约也就只看懂了这部戏的这一折,仅就剧情而言。从剧情的发展和剧中多个人物的命运的转化来看,《杀庙》这一折正好是这部戏的关捩。我早已从这部戏的情感里跳了出来,而进入一种艺术创造和艺术表演的欣赏了。

台下几乎是纯一色的中老年农民。台前的人坐在自带的小凳上,两边和后边的人站立着,几乎全都是上了年岁的人。清脆的梆子声紧密的扁鼓声从响亮的板胡缠绵的二胡声中跳蹦而出,敲击着在台下看戏的农民的耳膜和胸膛。他们自小就接受这种乐曲曲调的敲击。他们乐于接受这种时而强烈时而委婉时而铿锵时而绵软的旋律的抚慰。他们并不太在乎是否完全听明白了那些唱词。我也习惯于接受这种旋律的敲击和抚慰。我也不太在乎是否完全听清楚了那些唱词。主要的是这种旋律的敲击和抚慰。

　　下雨了。一把一把五颜六色的伞撑开来,在短暂的一阵骚动后,很快又平静下来。我此刻才发现与我同行的三位北京来的记者正跳上戏台的左角,支起录像机的三脚架,随之就把镜头对准了正处在杀人与自杀两难中的韩琦,又把镜头调整过来对着台下的农民观众。

　　我在来去戏场的路上看到了两顶就地搭起的巨大的帆布帐篷。离地大约一尺透着空当。有小孩子趴在地上往里边窥视。我问一个男孩看见了什么。男孩"嘻嘻"笑着说,光腿。从那个全封闭的神秘的帐篷里传出震人的音乐,偶尔发出一两声女子的尖叫。帐篷开口处坐着一位男青年用电喇叭做着广告,招徕诱惑围观的男女进去观赏,语言像是刀刃上的游鱼。不时有人花一块钱买票入场,几乎是纯一色的男青年。一位站在门外的小伙子和一位刚刚走出帐篷的小伙子搭话:

　　"里头弄啥哩?"

　　"跳舞哩。"

　　"跳啥舞哩?"

　　"扭尻子舞。"

　　"穿没穿衣裳?"

　　"穿着哩。"

　　"穿的啥衣裳?"

"不好说。"

"这有啥不好说的?"

"你进去看看就知道了。"

"我不知值不值得花一块钱。"

……

搞不清这些就地支帐票价一元的演出团队来自哪里,只是可以肯定绝不是渭河岸边的人。谁家的女子要是在那神秘的帐篷里跳光腿舞,可能不需半天就臭名远扬难寻婆家了,谁家的老少就要被指指戳戳闲言碎语了。这些演出团体游牧一样流动在乡村里的集镇上,逢着某村的庙会更是赚钱的最好时机。他们和古老的秦腔对台。他们在乡村里传播什么冲击什么,他们一般是不会从"意义"上考虑的,只是更多地争取那一元钱的门票所包含的利益。愿意花一元钱进帐篷去的乡村青年,自然是为了看看扭尻子舞蹈以及除他们的媳妇之外的女人的光腿。应该说与城市里富丽堂皇超级豪华的歌舞厅里的看客们的原始目的并无二致,只是演出的水准和票价相差太远了。

四

现在该去听锣鼓了。锣鼓队在村委会门口摆开架势。这是一支远路而来的锣鼓队,按习俗的说法是前来送香火的。送香火的锣鼓队的多少,成为某个庙会盛大景况的重要标志。龙旗前导,锣鼓敲打,响炮放铳,最具声望的老者端着装满紫香黄表的木盘,浩浩荡荡又肃穆端恭地一路走去,把香火送进庙门,跪拜,点蜡,上香,焚烧黄表,再叩头。庙门外的广场上,常常摆开十余家从各个村子赶来送香火的锣鼓队,对着敲,看看谁家能把逛会的人吸引过去的最多,自然是优胜的标志了。这是解放前后的盛景,我留下这样的印记是无法淡漠的。现在的漕渠村庙会上，只有两家锣鼓队。我觉得悦耳好听的这一家占据着村委会门前绝好的地盘。一位两腮凹进牙槽的精瘦老头握着鼓槌儿，眼睛上扣着一副茶色石头镜子，这是我印象中最深刻的那种既富于灵性而又有点倔强执拗的老头形象了。他不看任何人，也用不着看鼓面儿，微微偏着头发稀疏亮着红光的脑袋，两手两把溜光的木质鼓槌儿，在米黄色的牛皮鼓面儿上敲出风摆乱花一样的鼓点儿。鼓是锣鼓队的指挥和灵魂。铜钹和大小铜锣在鼓点儿的指挥下变换着交响着。一个好的鼓手常常成为一方地域里受人钦敬的名人。

这样的锣鼓队现代被命名为"长安锣鼓"。流行在秦岭北边渭河平原的锣鼓曲谱源自唐代，被现在的一些搞民间文化的音乐工作者发掘整理出来，颇多抢救国宝的意味。在我的印象里，整个关中稍微像样的村庄都有一支锣鼓队，诸如我的生地蒋村解放时不过三十余户的小村子，同样有一套锣鼓响器，这是整个村子在合作化以前唯一的公有财产，靠一家一户捐赠的粮食置备起来的。每到逢年过节，村里的锣鼓队就造起声势来，把整个村庄都震动起来颠簸起来，热烈的锣鼓声灌进每一座或堂皇或破旧的屋院，把一年的劳累和忧愁都抖落到气势磅礴震天撼地热烈欢快的锣鼓声中了。可以肯定的是，乡村锣鼓这种民间音乐，是我平生里接受的第一支旋律。岂止是我，在那个时代生活过的乡村人，出生后焐在火炕被窝里的第一个春节到来时，就被这种强烈震撼的锣鼓声震得在被窝里哭叫起来，锣鼓的敲击声响从此就注入血液。

现在在漕渠村村委会门前演出的这支锣鼓队，是一支真正的民间锣鼓队，除那位显示着执拗自信的鼓手老头儿，还有四五个抓着脸盆一样大小的铜钹（当地俗称家伙），五六个左手手指上挂着碗口大的铜锣右手执着短粗锣槌儿的青壮年农民。令我遗憾的是，这支精当的锣鼓队里缺少至少两三个敲那种比蛋糕稍大一点铜锣的角色。

缺少小铜锣而突出了大铜锣，显然是一支以瓷硬为风格的锣鼓队，而那种以大小铜锣为主体的锣鼓队的风格被称为"酥"。酥在演出风格上的突出特点是细腻婉转。然而这个缺少了小铜锣作点缀作调节的锣鼓队，敲出一曲又一曲传统的也许真是自唐代流传下来的锣鼓曲调。这样原始的曲调在我尚在识字之前就听过许多回了，时而如瀑布自天覆倾而下，时而如清溪般流淌；时而如密不透矢的暴风骤雨，时而如疏林秀风；时而如洪流激浪一泻千里，时而如蜻蜓点水微风拂柳。在这样急骤转换的奏鸣里，我的心时而被颠得狂跳，时而又被抚慰，锣鼓的声浪像一只魔女妖精的手，把人撩拨得神魂激荡而又迷离沉醉。我又一次验证了自己关于乡村锣鼓的记忆和感受，依然保持着那份敏感那份融洽而没有隔膜和冷漠。也许应该是我的生命之乐。

我沉浸在锣鼓声中。这一帮由老汉壮年和青年组成的锣鼓队，没有化妆没有统一服饰，也没有由专业乐界行家导演训练出来的统一动作和表情，他们敲到得意时，有的咬牙有的瞪眼有的摇头晃脑，各见性情。常常使我产生错觉，把他们的脸孔和我儿时印象中的我村的某个人重叠起来混淆起来。我沉浸其中，我已经多年没有接受这种生命之乐的冲撞和震颤了。人的五脏六腑也许需要这种纯属民间的乐器来一番冲撞和洗刷的。无论如何，在民间锣鼓的乐曲里，我心中沉积着的污泥和浊水，顿然扫荡清除了，获得的是清爽和轻松，好继续上路。

我还会再去寻求这种纯粹民间的锣鼓，为生命壮行。

2002 年 5 月 16 日　原下

寄语中国队

世界杯开战三天来,给人一种乍喜乍悲的感觉。比如说,揭幕战名不见经传的塞内加尔队,就给整个世界一个惊喜。让人感到了新兴非洲足球的崛起,他们扎实的足球基本功和良好的技战术意识,已经开始向传统的足球强国叫板。弱队战胜强旅的可能性确实存在,足球场上也有侥幸,进一步说明足球是圆的,在场上什么事情都可以发生。但不管怎么说,胜利的天平仍然是朝着有实力的球队倾斜,不能只看到塞内加尔队的侥幸,而应该看到他们的实力。

紧接着让人感到遗憾的是,在亚洲还称得上强队的沙特队却让德国队打得满地找牙,输得惨不忍睹。在强大的德国队面前,沙特队就像一座不堪一击的沙堆。〇比八的比分,让亚洲足球蒙羞。

八场比赛过后,给我的第一感觉是,足球世界依然是欧洲和南美人的天下。除了揭幕战法国队惨遭滑铁卢外,已亮相的欧洲和南美几支队伍都呈现了强大的气势,人们已经看不到昔日的斯文足球,也看不到纯粹的力量型足球,或者是单单的技术型足球。各个球队都已经开始把欧洲的力量型足球和南美的技术型足球融合为一体。

看着其他队的比赛,我时时刻刻都想着就要上战场的中国队。中国队虽然没有和塞内加尔队甚至非洲球队交过手,但是,应该树立起像他们那样的不怕强敌,但切切不可把自己等同于塞内加尔队。六月四日,中国队将要首战哥斯达黎加队,应该从塞队的胜利中和沙特队的惨败中，吸取成功的经验和失败的教训。中国队从塞内加尔队战胜强大的法国队的比赛中，不仅要树立起战胜强敌的自信心，而且更应该摆正自己的位置，防止出现沙特队的那种情况。中国足球实行职业化以后，取得了可喜的进步，但是，与足球世界强国的差距还是非常巨大的，作为中国球员应该清醒地认识到，自己肩上的任务还非常重。对于首次打进世界杯的中国足球队，不仅缺乏经验，更缺乏足球强国的许多成功的经验。最让我担心的是目前中国队粗糙的脚法和到位率很低的传接球，但愿队员们能够扎紧防守的篱笆，少输球，想办法打开对方的球门，去争取胜利。

良好的心态、扎实的基本功、切实可行的技战术打法缺一不可，俗话说，艺高人胆大，这仍然是足球世界里面的 ABC。

2002 年 5 月 30 日　原下

滑铁卢·麦城·跷尿臊

——法、塞揭幕战观感

在我看过的历届世界杯足球揭幕战中,似乎都没有本届法国和塞内加尔演示的揭幕战令人回味无穷了。

法国人遭遇了滑铁卢。这是我的第一反应。一百八十七年前在比利时南部的滑铁卢一役,彻底结束了拿破仑一世的神话,时间同样是六月。我几乎同时也联想到关羽败走麦城的三国故事,纵然有出五关斩六将的八面威风,还是难免败走麦城的狼狈。所谓常胜将军和无敌的军队都是相对而言的,相对于历史中的此一时段,无法绝对于历史的彼一时段。从此一时段到彼一时段的过渡中,双方乃至多方的力量都在发生着此消彼长的变化,这是常识。法、塞之战的结局之所以令整个世界惊诧,正是整个世界陷入了最易发生的常识性错觉。

整个世界都关注着法国军团。人们对四年前法国军团和齐达内在巴黎决战时的绝佳表演,仍然保持着美好而又鲜活的记忆。塞内加尔不仅是在地图上半天都找不到位置的弹丸小国,在世界足坛上也是从未听见过响声的,整个世界大约和我一样掂量着塞内加尔的分量:能进入世界杯决赛的赛场已经是莫大的荣光了。法、塞不是一个量级的拳击,实力不在一个档次上。令世界大为惊诧令足球行家顿然失措令赌徒美梦破灭的这个意外结局,恰恰是这种常识性的错觉造成的盲区。

我看世界杯这种足球世界的风云际会,历来不在乎谁最后笑了。无论谁笑到最后,都与我没有任何倾向性的情感关联,所以才是纯粹的对足球艺术的欣赏。我最喜欢观赏的是重量级的势均力敌旗鼓相当的对抗,只有这时才能使那些超级球星发挥出不可思议的精彩绝伦的动作行为。我常常在那一刻感受到人类生命华美绚丽的乐章。我也喜欢不同风格的球队的对抗,粗犷简捷疾风骤雨式的和细腻精巧举重若轻式的风格搅缠在同一粒足球上,常常使人感受到文学世界里豪放派的大江东去和婉约派的浅斟轻吟。然而,我也更喜欢领受如法、塞这种令人惊诧的刺激。

我自然期待齐达内能在本届赛事中再现一代骄子的风采。然而看到法国军团被名不见经传的塞国的黑娃们涮了一回,确也是无法形容的痛快。除了拿破仑的滑铁卢和关羽的败走麦城,还有一个纯属民间的比喻,就是一个既没有地位也没有名气的野小子,把一位声名显赫的庞然大物跷了个尿臊,这种刺激比看一个庞然大物打倒另一个庞然大物更强烈、更新颖、更鲜活。人们事后才去重新掂量这个野小子的分量,发现他关门练功,十年不问寒暑,早已修出一身绝技了。塞内加尔在取得对法国胜利之后,人们才一个个搜寻这帮黑娃的来龙去脉,惊讶他们之中的一大半其实都活跃在法国甲级联赛场上,说来真是属于法国人犯了一个灯下黑的大错。

法、塞之战的结局,为本届世界杯举行了一个非凡的奠基礼。

塞内加尔总统说,我们的目的已经达到,这就够了(大意)。这个话超过了所有各方各界权威人士的评价,然而仅仅只是塞国立场的评价。对于本次赛事,无疑为足球世界那些拿破仑、关羽等庞然大物们敲了一声警钟,免得重蹈滑铁卢或败走麦城的痛苦和狼狈,免遭被野小子再跷尿臊的羞辱。对于那些相对于庞然大物的"弱势群体",无疑又是一针强心剂。创造奇迹让整个世界大吃一惊的可能性确实存在着。

正是在这一点上,我期待着郝海东、杨晨们走进历史性的二〇〇二年六月四日。

2002 年 6 月 2 日 原下

遛了一回之后

——中、哥之战观感

中国队这匹马终于在足球的最高赛场上遛一回。

中国队基本发挥正常,没有令人耳目一新的飞跃,也没有明显的低级的失误,整个比赛表现着真实的水平,〇比二告输的结局合情合理。中国队就是中国队,中国队还是我印象中的中国队,不会给我一类球迷任何侥幸,更不会给我意外的惊喜。

还是在昨天,我写的对中国队的寄语一文中,最担心的就是传球准确性太差这样的基本功问题,在与脚法细腻功夫老到的哥斯达黎加队的斗法中暴露得尤为明显。几乎看不到我们哪位队员有带球连续过人的表现。而哥队恰恰任谁似乎都可以做出这种动作;我们的队员在拼抢中频频失球,脚下笨拙而乱无章法,反观哥队队员,常常在我们二或三人的围堵中仍能轻巧地找到出路,那球如同粘在脚上一样;更要命的是,我们的队员传接球尤其是传球的准确性太差了,常常在没有太紧逼的情况下把球传到于对方有利的位置上,自我瓦解,徒唤奈何!

有趣的是,在整场比赛尤其是前半场的大半时间里,我们队员控球的时间占优,超过了哥队,按常情应是我们控球能力强过对手。然而,这是一个虚假的表象。我们的控球多是在后场倒脚,在后卫和中后卫之间进行,一旦越过甚至接近中线进入兵家必争的中场,我们队员脚下的粗糙和哥队队员脚下的细腻就各见短长劣优了。我们在关键的中场逼抢中失球,甚至自己传丢了,不仅不能给对方形成压力和威胁,反而给对方造成反击和进攻的机会。纵观整场比赛,我们除了两三次长传冲吊(无奈之举)造成前场的某些机会之外,几乎没有一次默契配合对对方形成真正的威胁。而哥队除了两次进球之外,其实还有多次威胁中国队造成很大进球的机会。

即使如我一样的球迷,都看得清这种不过属于常规性的东西,屡屡发生的不到位的传球,即使有神机妙算的战术,也无法实施无法奏效,自我瓦解再加上对方瓦解,还有什么神机妙算的战术可能救药呢?所谓控球时间,有一个有效控球和无效控球的关键性质量问题,通过中场进入进攻的过渡性控球才是有质量的有效控球,而在后场的控球倒脚是没有重大意义的无效控球。中国队和哥斯达黎加队提供了这个反正两面的范例。

遛了这一回,真实水平已经摆到国人和世界面前。悲愤足球也好,快乐足球也好,欧式的力量型打法也好,南美的桑巴舞也好,都得首先具备基本的控球功夫。如果控制不住脚下的足球,或者如俗话所说的脚下没活儿,怎么悲愤也仍然跳不出新的悲愤,怎么想快乐也无法得到胜利的终极快乐,欧式的力量可能变为瞎冲瞎碰,桑巴舞肯定跳成了趔趔趄趄的四不像。联想到文学创作,如果没有扎实的文学表述的基本功,任何流派,无论怎样新潮,都很难弄出有分量的作品来。

遛了一回的最大收获,就在于此。那些掌握着中国足球发展命脉的人,这回应该摸清中国队的脉象了,总该明白小平同志所说的"足球从娃娃抓起"的意蕴了。从娃娃抓起,有诸多内涵,关键在于脚上的基本功,这功应视为童子功,只有在童子时代才能练成的基本功,到了青年期就练不出来了。这个过程看来又很漫长,也比较遥远,但无捷径可循。不单是足球,任何事业都是循着这个规律,才可能出现富有创造性的奇迹。

2002 年 6 月 4 日

细腻了的英国人

英国和阿根廷之战，无疑是第一轮捉对拼杀中最具悬念的一场比赛。

二十世纪八十年代，英国和阿根廷为一个小岛的领土权发生过海战。英国人赢了，阿根廷输了。两个国家的积怨乃至仇恨是可以想象的。事有凑巧，此战后的两届世界杯，英国人与阿根廷人相遇，双方队员面对足下的那一粒谁也不曾陌生的足球，都聚足了许多非足球比赛本身的气儿，蕴积着本不属于通常的足球竞技的内涵。结果是阿根廷队一胜再胜，英国队败了一回又败了一回。阿根廷人以足球场上的赢缓解了海战中输的耻辱，而英国人在球场上的连续败绩使整个岛国国民蒙羞。贝克汉姆恶意的犯规被逐出场，无疑是导致第二次失败的关键因素，遭到几乎整个国民的唾骂，一个被器重被宠爱的骄子，顿时成为不堪重托不成器的歪瓜裂枣，久久被嘘声被唾液包围，一个天才的球星同样得不到原谅，这难道仅仅只是一场足球比赛的输赢吗？

真是冤家路窄。英国队这回又鬼使神差地和阿根廷队在同一个小组遭遇了。我倒以为，这种不经意的巧合，可能正合着英队和阿队的心意，前者在于雪耻，而后者则要继续满足于海战失败的心理弥补。看看赛前的两国媒体的言论，就让我感到了这场比赛不属于足球竞技的沉重的意蕴。一家说，输给谁也不能输给他。另一家说，这场比赛的胜输比争夺冠军的决赛还重要。可见憋在双方心里的那一股气,比那粒足球里头所充的气更足。看来谁家都没有从国家和民族的面子(政治的)的狭隘里超脱出来……作为看客,这场比赛的悬念就更富于观赏性了。

英国人终于赢了。

这个结局几乎又出乎世界舆论的预料。人们普遍看好阿队,而小看了英队,连英国人自己在赛前也是把自己摆在这场比赛的弱势地位,再加上英队首战瑞典的一般化表现,阿队的胜数连普通球迷都算定了。然而这一回不是前两回,赛前的估算宣告失灵,英国人硬是赢了。

没有必要再说这场逆转的输赢给两国球迷和球队带来的非足球因素的心理满足和亏空。我倒是对英国人在此战中的令人耳目一新的表演颇多惊讶。仅仅只看了十多分钟,我便发现英国人的战法不像印象中的英国足球了。英国人细腻了。英国人细腻到令人耳目一新的程度了。

英国在世界上是老牌资本帝国,亦是足球的老牌帝国。英式足球是欧洲足球打法的最典型代表。力量、粗犷、长传冲吊尤其是简捷的特点,发挥到了极致,不仅区别于南美的桑巴,也区别同样崇尚力量型打法的欧洲诸国足球列强。在近年间欧洲各国逐渐糅合南美技术型打法的渐变过程中,英国足球依然遵循自己的传统打法,更显出英式足球的别具一格。而此次英阿之战,英国人祭出细腻的技术型打法,这恐怕连对手阿根廷人也不曾料到。令人感佩的事发生了,细腻了一回的英国人把素来以细腻的技术型的阿根廷打败了,可谓以其人之道之技还治其人之身的成功一例。

英国队的突出特点是地面短传,轻巧机智,准确及时,很少有过去的长传冲吊,既表现了巨大的耐心,又显现出娴熟精湛的传切配合功夫,此其一。灵活快速的反击,正得益于绝妙的脚下功夫,似乎个个队员都精通技术型球队的细腻功夫,倒是把阿队搅得无机可乘,此其二。欧文的细腻精巧的脚功正是这个群体的代表,一次过人又一个穿裆过球过人后的射门,击中门柱,惊得一片慌乱;欧文又一次晃过数人带球疾进,又创造了绝好的杀机;欧文在大禁区前沿巧妙过人直逼球门,迫使对方伸腿钩人犯规,得到了制胜的唯一进球(点球)。英国队最具威胁的几次进攻,都是欧文在禁区前沿以精妙灵巧的技术造成的。此场比赛不把最佳球员评给欧文,应该是一种不公。当然,欧文的这些机会的创造,正是得助于队友中后场的传递功夫,才能使他得到施展的良机。

英国人讲究起技术了,玩起细腻了,在地传球上敢于和阿根廷人过招斗法了,反而显得阿根廷人的技术不那么显眼了。他们可能准备了多套对付英国人粗犷简捷打法的战术,唯独没有考虑英国人会用这一套细腻功夫的后果。世界上的事情往往就是这样。

英国人变得细腻了。变则通。变是顺时适世的发展规律,大到治国治军的方略,小到一粒小小的足球,都得顺应时世的发展,合拍于世界发展的潮流。日本搞了明治维新,清朝皇帝顽固于王朝旧制,两个相邻国家后来的发展至今令人痛惜。即如我们自己,小平一个改革方略,中国濒临绝境的经济一下子活起来了。不变是相对的,变是绝对的。英式足球固有其简捷的长处,也更富于雄性的魅力,然而糅进细腻的技术,又弥补了简捷中难免的简单和粗糙,则更趋完美,更有利于制胜,何必要一成不变抱住一种风格呢!文学艺术中也常见此类情景,一种主义容不得另一种主义,把自己追求的主义视为香包儿,把别人追求的另一类主义视为狗屎,形成门户之见文人相轻,已是文坛艺界的痼疾。只要稍微放纵视野开阔胸襟,各种主义自身其实都在变着、发展着,单是现实主义一类已经变化出多少新种了。各种主义的互相影响和互相渗透,达到了互相丰富互相完美互相发展,这是谁都看得见的事实。于今还在艺术上念一种经而排斥另一种经,不仅狭隘而且可笑了。

　　细腻了的英国人完成了一次成功的足球改良。不过,英国队主教练瑞典人颇有绅士风度,也甚为客观,他说英国队踢了七十五分钟好球,我真是为这一句话而深为感动。他没有因为胜利的结局而遮掩后十五分钟英国队的狼狈,这很了不起。后十五分钟的英国队守在窝口,被阿根廷队轮番轰炸,可谓险象环生狼狈不堪。在我看过的英国队乃至英超英甲联赛的赛场上,几乎从来也没见过这样的景象。我倒是想到这是中国队在领先时的惯常做法,尤其是那一场令人至今痛惜的与日本队的较量,就是死守窝口力保平局便可出线的小九九,被日本队一脚不大用心的远射所粉碎的。我此时突然想到,在世界足坛上何时见过英国人如此窝囊的熊样……然而英国人守住了,也赢了。

　　守住了后十五分钟,英国人皆大欢喜,然而这种窝囊和狼狈的死守,既不是传统的欧洲打法,也不是区别于欧洲的英式打法,更不是拉美的技术型打法,亦于发展到今天的足球潮流毫不沾边。英国人侥幸守住了十五分钟,如若设想再延长一分钟,完全有可能被阿根廷人攻陷城池。

　　瑞典籍教练只说踢了七十五分钟好球是客观的,对十五分钟的狼狈死守不作评述,言下之意也就不必说白了。仅此一点,就能看出这位教练是个可信赖的教练,也就可以推想这十五分钟的窝口死守的狼狈和窝囊,在英国人绝对不会再重演了。

2002 年 6 月 10 日

我们那两下子……

十二日夜,《北京青年报》记者打来电话,询问我看世界杯的印象。那时正好是又一个夺标热门阿根廷队落马,我的脑子里就浮现着齐达内和巴蒂斯图塔的凄苦的脸色和伤心的泪水。我为法国队和阿根廷队惋惜,也被这两位超级球星悲戚的神色所感动。记者又着意探询我对次日中土之战的估计,我说赢不了。又问能否打平。我说打平的可能性顶多只有百分之几,微乎其微。又问能否进球,我犹豫一下仍然说说不准。记者似乎有意让我犯难,如果胜了你怎么说。我仍不改口,说除非土耳其人紧张到失常的程度。依我看土耳其前两场比赛的印象,这种可能性并不存在……后来比赛的结局,比我预料的还糟糕,我说不准的能否进球,也按最糟的结果发生了。

这就是中国足球队的真实水平。在这个原以为不属死亡之组那么严峻的小组里,球队曾经订下三阶目标,胜一场平一场进十六强;求其次,胜一场,主要看中的是哥斯达黎加队;再求其次,平一场,仍然瞅中的是哥队,似乎这是一个并不比中国队硬的软柿子。两场比赛下来,三阶目标都不能实现的时候,从球队到球迷到各种媒体的呼声,就降为进一粒球的最低期望了。赛前一天我所看到听到的"进一粒球"的期待,已感到很不是味儿的酸涩了。我们的球队和球迷整个都没有战胜土耳其的信心了,只求能入得一球就可得到安慰了。这样一种未上球场先做好了输球准备的球队,怎么可能指望实现什么呢？正是出于这种感觉，我对《北京青年报》的记者才会坦率地说出我的估计。三场打完，三场皆输，一球未进，净吞九弹。在三十二支参赛队中，恐怕已经没有替我们垫底的球队了。

这就是中国足球。不会给足球专家和痴心球迷任何侥幸，自然不会带来意外惊喜。这是我看罢中哥首场比赛之后写的随笔中的话。当时确实还没有估计到会输得如此彻底，进一两个球总是可能的，三场比赛总不能连一次进球的机会也创造不出来吧？结果比我的估计比球迷的估计比众多媒体的估计输得还要彻底，硬是连作为最低限度安慰球迷心理的一个进球也踢不出来。

一个很难回避却带点残酷意味的问题摆在所有与足球有牵涉的人面前，在群雄逐鹿的世界最高水平的足球赛场上，中国队遛了三回一大圈，收获了什么？

按照我们通常习惯的做法，很顺溜地就会总结出几条几款收获，再归纳出几条上至官方下到每一个球员都可以接受的不关痛痒不失体面的不足，最后又能在一夜之间列出几条改进措施。历届世界杯和奥运会的足球小组出线屡战屡败，总结了多少回，也没有效果。这回在世界大赛上遛完之后，如果还依此类推去做官样文章式的总结，恐怕下一届世界杯连遛一圈的机会都不会有了。我的感觉是，中国队参加本届世界杯的最大收获，就是使球队使球迷尤其是使足球的掌门人，心里有数也有底了，我们脚下那两下子和人家脚下那两下子差了多少斤两；远的不说，从新时期开始也弄了二十多年足球了，我们脚下那两下子究竟长进了多少？不与那些欧洲和南美的老牌足球强国比较，比近邻日本比同样是第一次参加世界杯的塞内加尔总有可比性吧，斤两是越差越多了……应该尽快绕过历来不痛不痒的官样文章式的总结套路，直接进入反省。

把日本队作为我们反省的参照，太具有切近的意义了。从生理和人种上说，欧洲人人高马大，南美和非洲人柔韧灵巧，都比亚洲人占有先天的优势,而日本人与中国人在生理结构身高体能上几乎无差异,此其一。二十世纪九十年代初,日本国家足球队还根本不是当时的中国队的对手,曾几何时,日本国家队和日本奥运队在世界足坛的战绩,已经不只是中国队难以抗衡的亚洲的一枝独秀了,说我们望尘莫及似不为过,此其二。我倒觉得,如要总结,不要总结我们,我们似乎没有什么好经验可总结的,应该去总结日本足球在短短十余年间所发生的长足进步的经验,作为我们反省的参照和参考,当然不是照搬。据说日本有一套十分奏效的培养青少年足球苗子的体制和办法;日本大约与我们紧前接后搞的足球俱乐部赛制,然而他们的甲级乙级赛场上,似乎没有出现我们那么多的黑哨和赃球,这经验更值得参考。

黑哨和假球赃球,损害的远远不止一场比赛结果的公平与否,更深的损害是足球运动员的心理素质、职业道德和人格建设。一个打了假球踢了赃球的人,心理自然就虚空就软弱,很难形成强盛的气魄和强大的人格;球员健康健全的心理素质的锻铸是多方面的,而根除黑哨和赃球,却是最基本最致命之点。

失败到最彻底之时,也有好处,使大家都看清了自家脚底下那两下子功夫太嫩,也没有任何借口和托词可以遮掩方方面面的面子了。真正想为中国足球进步,也想实现自己为中国足球事业的一番抱负的人们,从最痛处反省,才可能找到一条适宜中国足球发展的路径,才有希望可寄。

2002 年 6 月 15 日 小寨

惨烈的场面与蒸红苕的技巧

韩意之战在即,朋友问我对这两家生死之战倾向性如何。我一时语塞。近几年来看意大利甲级联赛较多,渐渐地不知不觉地喜欢意国足球了,尤其是那位朴实无华而又略显忧郁的巴乔,这人似乎在血液里有一缕高贵。尽管巴乔已不在这届国家队,然而仍觉得这样优秀的一支球队过早出局,肯定会影响后面更为激烈的竞技的精彩程度。韩国呢,前几场确也表现不俗,尤其是拼命三郎的作风,但从足球艺道的全面印象说,似不如日本队那样令人耳目一新地感知现代足球的气象。然而日本已经从八强争夺中淡出。韩国成为唯一一支尚存进入八强希望的亚洲球队。我此刻才发觉,心里隐隐地倾向了韩国队;我便对朋友自嘲着说,我们为自己的国家队操不上心了,却为邻国操心了。为亚洲足球操心了。

韩国队赢了。亚洲足球又一次进入世界杯八强了(第一次还是这个半岛北边的朝鲜人实现的)。我被韩国队员那种拼命精神震惊了。这大约是我自观赏足球兴趣产生以来所看过的最惨烈的一场比赛。是的,比赛到后半段,我的脑海里跳出了"惨烈"一词。我产生了一种幻觉,前边如有一个火坑,跳过火坑便取得胜利,我相信韩国十一名球员会争先恐后鱼贯而入,而意大利人就未必肯舍身了。

长久以来,我已基本形成了一种看法,出于人种和体形的天然局限,包括中国队在内的亚洲球队,无法与人高马大的欧洲队员在体力体能上较劲。韩国队员此役的表现,不说完全纠正我的偏见吧,起码使我大开眼界,需得重新斟酌重新认识亚洲人的能力和体内的巨大能量。相对来说体形单薄身高也不突出的韩国队员(甚至不如中国队员高大壮实),把南欧的意大利人搅得天昏地暗疲惫不堪直到一败涂地。韩国队员在一百多分钟的比赛中,不是前欢后蔫,而是欢跑到底,甚至越跑越欢,让我真正看到了什么叫跑不死,也让我几乎都不忍心再看下去了,"惨烈"一词就是这样从脑海里蹦出来的。

我反而不相信什么"狗肉汤"之说了,也不大相信兴奋剂之类的猜疑了。什么物质都难以产生这样持久的近乎癫狂状态的力量,只有从这个民族强大的个性和良好的心理素质去寻求解释。我突然想到毛泽东说过的"精神变物质"的话。韩国队员此役的表现,当为毛泽东这个著名的哲学观点的生动一例。

现在不能不说观赏中的遗憾了。

说遗憾似乎还不到位,说厌恶似乎又有点过头,主要是裁判的恶劣表演导致的这种观赏感受,与双方球员无关。

这是自本届世界杯开赛以来,我所看到的最糟糕的一位执法者,说恶劣似乎也不委屈他。我不想一一罗列这个厄瓜多尔籍裁判在整场比赛中的错判误判,以及让人不可容忍的对某些犯规和严重犯规的不判,因为大家都很清楚了。

我只是凭心理感受说,把一场精彩赛事给搅得不那么精彩了,把我倾向着的一方的胜利的欢欣搅得不那么叫人欢欣了。打个比方吧,一碗美食中的一粒鼠屎,美味和恶心就对食客是一种双重的折磨了。

本届大赛之前,国际足联对于拉人抻人的犯规延伸了界定,凡有此类动作者,一律以黄牌惩罚。我很赞成这项专指的规定。足球说到底是一场真正的游戏。游戏必须有规则。规则越严密越完善,比赛就会越精彩越公平,越有利于所有参与游戏的人展示技艺和才能。

近年间，国际足联对于诸如背后铲球等具体动作的具体判罚规定，都是为着上述目的而立的，效果良好。此次对拉人拽人的严格规定，我同样期待会有更精彩的场景出现。道理简单不过，一个最低能最粗暴的拉人拽人的犯规动作，足以把最具天才技艺的球员的创造性发挥全部瓦解，足以把最精湛的整体配合所得到的进攻良机瞬间破坏掉，让某些死缠烂打乃至恶意伤人的行为扼杀真正的强队和天才球员的发挥，如此等等。人类在商业活动工业生产和社会生活各种层面确立的法律，就是在长期的应对各种违规和犯罪斗争中逐渐改进完善起来的。

　　足球游戏法规的完善，看来并不简单，尽管有了非常严密非常具体的判断尺码，但这些规定是要人去执行的。一条一款规定是死的硬的，而裁判一个个却是各具风姿的大活人。这些来自世界各个角落的黑衣执法者，差别并不在他们的肤色上，也不完全在他们对足球法则领会掌握的水准上，关键在他们的品行上。轻的犯规判重了，严重的犯规判轻了，甚至不作为，犯规而不判，这对任何哪怕是火眼金睛哪怕是铁面无私的裁判都是难免的事。然而，在一场譬如韩意之战的比赛中，连续的轻犯重判对准一方，连续的重犯轻判甚至不判给另一方，受害方球员的委屈就无法申诉了，被恩赐的一方获得的胜利也就减弱其光彩了，作为看客的我也就觉得没多少意思了。

　　我在那场比赛的后半场，突然想到二十年前报纸上登过的一则通讯，说一位基层的官员有一句体现着陕西地方色彩的名言，"没有蒸不软的红苕"。喻说党、政的有关规定是死的硬的，如同生红苕，但经过一番"蒸"的功夫，生的硬的红苕就变成熟的软的了，自然可以随心所欲地捏扁捏圆抻长掐短了。党和政府的各种严格规定严格纪律，在他们手里被任意揉捏了……在世界最高水平的足球竞赛场上，在全世界数以亿计的球迷包括政要级的球迷睁圆了的眼睛里，这位裁判居然敢于把足球规则这个生的硬的红苕给蒸熟了蒸软了任意揉捏了一回。看来既具备蒸红苕的胆量又谙熟蒸红苕技巧的人，远不止二十年前报纸上登的那一位陕西某地的基层官员。

至于这位厄瓜多尔籍裁判是有意或无意，是有能不用或无能执裁，现在都随着终场的哨声变得毫无意义了。揭示这个谜底或封死这只黑箱，都没有任何意思了。作为一个球迷，唯一期盼的是国际足联能知人善任，不要再把这种既敢于又善于蒸红苕的裁判派上场去，污脏了神圣的足球精神，一如我们对社会生活中的公正和正义的期待一样。

2002年6月22日 小寨

失败亦可正名

大约多年以来都没有本届世界杯的季军之争更有争头儿,也更有看头了。

所谓争头儿,自然是对垒的土、韩两队。两队均为本届世界杯的黑马,谁比谁更"黑",谁比谁能跑得更远一步,都具有更新颖的意义。两队都多次参加过世界杯决赛,大都交了学费,充当着各个分组里鱼腩的角色;本次世界杯并不被谁看好,怕是足球世界的整个舆论也没有谁独具慧眼,会把这两个球队猜进半决赛的四强里头去。能打到这种局面,无论韩国,无论土耳其,都是历史性的突破和飞跃,再争取跨上季军的台阶,肯定将载入本国足球的史册。这种心理,不妨颠倒过来透视,如若让巴西和德国,或者欧洲和南美的另外两支强队争夺季军,他们的兴趣和激情肯定难以全面迸发,因为他们自视是夺冠军的料,季军不仅不是荣耀,而是屈才了。土、韩正好相反,在他们两家的心目中,季军之争并不亚于巴德冠军之争的分量。况且,对韩国人来说,还有一个正名的意义,以新的胜利释却裁判偏袒之嫌疑。这样的对峙已经形成,球迷就有看头了。

胜出的是土耳其。土耳其三十分钟的三个进球,尤其是后两个进球,令我经久难忘。如果说开场十一秒的第一个进球带有偶发性的话,后两个进球可以说完美无缺,尽显足球的迷人魅力。看看两个前锋队员在对方三四名后卫的封堵中如何完成了堪称精确无误的传切配合,那份自信那份稳健那份灵巧,对于同样类近欧洲人人高马大的土耳其队员来说,脚法的细腻脚底的灵气尽显风流。在本次世界杯竞技场上,我惊讶以粗犷简捷长传冲吊闻名于世的英国人细腻了,也享受了葡萄牙、西班牙人类似桑巴的美妙舞步,几乎看不到传统意义上的欧式打法了。整个足球世界在杂交,在融会,在保持自己优长的同时也取别人之长补自己之短缺。真是有趣得很,人高马大体重八十多公斤的欧洲人,把那只小小的足球玩弄在脚尖上的灵巧之气,常常使我惊叹也使我不可思议。土耳其人呈现在我们视野里的,正是一种刚柔相济的成熟的魅力,是玉汝于成的光彩出世,往后当不会再被视为黑马了,甚至摘取大力神杯也不会令人惊诧了。

韩国虽然输了,却也达到正名的目的了。这是我非常感动也很受启示的一点收获。原以为赢了可以证明自己的实力,以正名,以释嫌;却没有想到输了的韩国也达到释嫌和正名的目的了。

这仍是一场比较公正的比赛,即使因一个进球被废为无效进球的韩国队而受冤。人们可以看到韩国队几乎从未出现过的形同漏斗的后防频频出错,导致失败。除此而外,我依然看到韩国队员跑不死的劲头,相当准确尽显功夫的传接球能力,曾经几度对土耳其形成威压乃至围剿,只是刹那间的机会把握不到火候而错失机会。然而其气势其综合战力,都令人有一个基本的判断,尽管此前有裁判偏袒之嫌,其综合能力却是一目了然的,裁判无论如何是无法帮忙的。仅此就完全可以正名了。退一百步说,即使不进入四强,仍然可以作为亚洲足球进步的标志,和日本队一样获得世界足坛的尊重。

落败也达到正名的目的,已经不是虽败犹荣的俗话所能涵盖的了。它给我的启示已经超出了足球,包括做事和做人的某些最基本的东西。

2002年6月30日 小寨

桑巴和桑巴之外的魅力

意大利籍光头裁判终场哨音响过，巴西队员以各个不同的姿态庆祝这场堪称经典之战的胜利之时，一位球迷朋友打电话来，激情和欢愉溢于言辞：这是一个最完美的结局。只要有这个结局，此前的遗憾包括裁判的某些龌龊所造成的烦腻尽可以不在乎它了。

不在乎它。说得多么好。不在乎是一种襟怀，是一种境界，是一种修养，是一种可以不屑于丑恶的人格里凛然的禀赋。足球场从来也不会干净透明到纤尘不染，面对黑哨赃球，争吵以至动粗是一种态度，以法律和法则打官司是一种做法，不在乎它也是一种态度。一般说来，前者是人们惯常的做法，动粗自然不好，而争辩以及用法律法规讨还公道净化足球赛场，是合理合法的规范的通常惯用的手段。唯其不理睬它不屑于它，这种对于丑恶行径的蔑视，才是不易做到的，也是最具心理力量的。只有公正的竞技才是一切竞技比赛的阳光，对竞技者和观赏者都是温柔的，都是美丽的；只有公正竞技中的胜利者才具备征服人心的魅力，欣喜、钦敬以至崇拜就是很自然的天道人心了。

这当然是巴西队和"尔多"们给予我们的。

巴西队一路踢过来，以全胜的赫赫战绩捧起大力神杯，怕是最挑剔的行家和"半迷儿"球迷都难以说三道四了。我却难解这样一个谜底，即在南美争夺参加世界杯的资格赛程中，巴西队历尽风险，败仗连连，险乎遭遇如荷兰队一样被窝死在本大陆之内的厄运。此次决赛前，巴西尽管也被行家和媒体算在有夺标可能的几个热门队之中，呼声远不如阿根廷、法国、意大利为高为好。主要原因一是他们艰难地出线，二是上届世界杯决赛对法国的糟糕表现，三是对伤愈复出的领军人物罗纳尔多竞技状态的把握不定。看来，这一切都成为错误的估计了。给人的启示是，昨天的印象与今天的新形态没有必然联系。同样错觉也发生在法国队身上，上届夺标的八面威风，此前刚结束的欧洲杯的至高荣耀，眨眼间变得黯然失色溃不成军一塌糊涂。这里倒是应了一句中国古谚，士别三日当刮目相看。昨天的老尺子量今天的新事，难免会发生失错的局面。巴西人整个一个优秀。从球艺说，从个人能力说，从整体配合说，从后防的缜密和前锋的锐不可当说，更从球员的良好素质说，都堪称优秀，堪称王者之师的风范。然而最抢眼的还是这个群体中几位优秀代表，即三个名字中都有"尔多"的球员。

里瓦尔多。这个总也看不到舒展眉头的巴西小子，我从在荧屏上认识他直到现在，总觉得这像是一个关中愣娃。他的脸形、眼神和表情，在关中的村寨里在农贸市场上在城市建筑工地做苦力的人堆里，总会发现这样扎实诚朴的硬汉子，靠力气和诚实的劳动而不是靠讨好和机巧讨饭吃的愣娃。他同样有绝活，那一脚在禁区线上的凌空抽射，成为他的才华的灼亮之光。他的迷人之处，就在于他的不事张扬，创造性地进球之后依然是那样憨实和诚朴。

小罗纳尔多，即罗纳尔德尼奥。这回世界杯令人难忘的亮点之一，便是小罗纳尔多的出世。此前他已经有了大声誉，这回却真正以一个超级球星璀璨于世。他仅二十出头。他从少年时代就显现出独到的足球天赋；与他的年龄几乎不相称的那一份从容老练和自信，当是超人的技艺和良好素质的完美展示。我记忆鲜活的是他面对红牌时的一笑。那张红牌是否过分是否恰当是否冤枉，且不论它。面对红牌时小罗纳尔多张开手臂的一笑,有几分天真,有几分不解,却没有愤怒。也许,这是一种小罗纳尔多式的愤怒表示。这样的笑在同样的情景下几乎是看不到的。通常能看到的是争辩是挥舞的拳头和喷薄而出的唾沫,连许多国际级的明星大腕和国内级的小星小腕都难以掩饰的即兴表现。然而在一个二十出头的小弟弟脸上绽放开来的天真无邪的笑,就潜藏着持久的魅力了,连他那不大雅观的又宽又龇的牙齿也闪出迷人之光了。

罗纳尔多。那位给我打电话的球迷朋友还说,只要看到罗纳尔多最后精美绝伦的表演,这次为期一月的世界杯就足够一个球迷安慰了。话说得有点绝,却有道理。关于罗纳尔多,说什么评价都不过分,在我充分享受了一次足球的完美,构成完美诸多因素中的两点,却是最突显的。

关于快与慢。快马以快著称于足坛是合理的。许多机会都是在快速里赢得的。然而罗纳尔多的快却令人耳目一新。在场上的大多时间里,他并不显得快,整个巴西队都不仅不快,甚至让人感到少有的慢节奏,罗纳尔多往往给人一种散散缓缓的印象。然而一旦瞅准机会,一旦形成可能得手的机缘到来时,尤其在大禁区前沿这个最危险地段,巴西队队员顿时都快起来了,意料不及的默契配合一瞬间就出现了,拉拽也拉拽不住的穿插到位了,整个令人眼花缭乱的桑巴舞起来了。罗纳尔多当是最善于此举的超人。一旦有机可乘,他灵动如脱兔,巧是巧极了,快也快极了,依着巧的绝技和快的速度,穿梭于围堵之中创造杀机,屡屡得手,常常就在于那关键的抢先半步出脚的一刹那间。关于快,给人诸多的纯属足球艺道的启示。

关于重点防范。罗纳尔多这样的超级球星超级杀"脚",在任何级别的足球赛事中都会成为对方看管的重点对象,这是最愚蠢的教练都会做出的战术安排。各个等级中的大大小小的球星,无一例外都会受到对手的重点"照顾",本属常理,球星们自己也有心理准备的。然而,在被重点"照顾"的过程中,对方在企图封死企图冻结的目的完成过程中,种种合理合法的和犯规的行为都是足球场上常见的现象。除了极其个别的足球流氓的穷兵黩武式的有意伤害——所谓杀伤之外,包括某些严重的犯规,都不奇怪。因为你太优秀了,你太难以防守了,你的威胁太大了,所以必须如此防守。罗纳尔多的精彩之处就在于能在屡见不鲜的重点"照顾"之中仍然能绝境逢生,创造出致命的一脚;他的更精彩之处,还在于在种种有意和失当的防守甚至恶意的伤害发生时,那一份痛苦神色中的平静,才是最令我动心的。我看见他倒地时痛苦不堪龇着两颗大门牙的惨相,几乎从来没有看见他对伤害者或怒目或挥拳或报复的举动,不仅本次世界杯、上次世界杯以及美洲杯赛程中,都看不到他的报复行为,即使在他被踢断腿骨几乎断送足球生涯时。

这显然不完全是性格范畴的话题,而应该是一种内在的修养。我们见惯的那些大大小小的球星,包括尚不能在国际上上档次的国产小星,或者脾气和本事一样大,或者本领远远不及脾气大,动辄开口骂,动辄动粗拳脚并用,把内里的小气乃至某些黑皮之相毫不遮掩地展现出来,让看客的我只好闭上眼睛。罗纳尔多的魅力更体现在被伤害的巨大痛苦之时,才更不易,才更令人折服,也才是比技巧更难修炼的东西。

2002 年 7 月 5 日　原下

遇合燕子,还有麻雀

燕子来了。

刚一打开门,燕子就飞过来,"唧唧唧唧"吵叫着,在过庭的四周旋飞,自然是寻找可以筑巢的地方。有时候多到十余只,在前屋后屋的过庭和屋檐下旋转。整个屋院里,呈现熙熙攘攘热热闹闹的气氛。无论在南方或在北方,燕子都被平民视为吉祥的美和善的形象,也是春天的象征。尽管寒风依旧刺脸,尽管冰雪封冻枯草遍地,心里却已洋溢着春天的气息了。燕子都来了啊!

拒绝燕子,我便闭了前门,也关了后门,不许燕子到屋内筑巢。我十分喜欢这种洋溢着吉祥洋溢着善良的鸟儿,却又不得不硬着心肠拒绝它们进屋,确是无奈的事。

二十世纪八十年代某一年,小燕子在我刚刚建成的前屋里寻觅栖息之地,最后选定了装着电灯开关的那个圆形木盒子,据此便衔泥筑窝。我和妻子和孩子都怀着一份欣喜,在新屋里添一对喜气洋洋的燕子,于心理上似乎平添了一份令人舒悦的吉祥气氛,都十分珍爱十分欢迎这一对客鸟。很短几天,小燕的窝巢极快地长高着,令我惊讶,曾戏谑简直是深圳速度啊!那时候,深圳建筑业挣脱了中国建筑行当习以为常的慢腾腾,以几天建一层楼房的高速度震惊了中国,被誉为深圳速度,也成为中国经济改革的一个形象化的代名词。我同时也发现了不妙:燕子用泥筑成大半的窝上,夹杂着一枝枝细长的草枝草叶,悬吊在空中,看上去乱糟糟脏兮兮的。印象中燕子是用纯粹的河泥造窝的,怎么会夹杂这么多草枝?问及村人,老者说,燕子有两种,一为瑚燕,用纯粹的河泥筑窝;一为草燕,用杂合着草枝草叶的河泥造窝。我才大开眼界,知道燕子中也有精致和粗糙的类别。

在我新屋里筑巢的这一对燕子,无疑是属于粗糙类的草燕一种了。但终归是燕子,粗糙就粗糙一点吧,我自己其实也不属于精致雅细之人,粗糙的人和粗糙的燕子正好合拍,正好可以为邻为伍,谁也不必嫌烦谁。到得这一对燕子夫妇开始轮换卧巢孵卵的时候,我又发现了不妙。墙上开始出现黑一道黄一道的排泄物。留心观察发现,卧巢孵蛋的燕子后急了,便把屁股撅出窝口,完了事又钻进窝去继续孵蛋,墙上就流下来一道儿秽物。我就觉得不能容忍,粗糙也不能粗糙到这种程度嘛!然而还是容忍了,主要是因为那窝里正在孵化的两枚蛋,说不定小燕就要破壳而出了呢。家人已多怨言,说没见过这样又懒又脏的燕子。怨归怨,嫌归嫌,只盼小燕尽早出窝离巢。

及至雏燕出壳,及至嫩雏逐渐长大羽丰,食量与日俱增,排泄量也同步增加,整个那一片墙壁,已经被燕粪涂抹得不堪入目,地上也落着脏物。每有客人来,迎面看见这幅景象,总是说把窝捣了,太不像样子了。我忍耐着那份惨不忍睹,承受着那份脏,直到发现雏燕已经出窝试飞,终于下了逐客令……因为实在无法辨别瑚燕和草燕儿,便闭了门,一律拒绝燕子进屋,有点因噎废食的简单。

拒绝燕子,另有一个更硬的原因。我一个人住在这个祖居老屋里,常有出门的时候,短则一日,长则十天半月,走了就得锁门,燕子苦心巴力筑巢育雏,都会前功尽弃,甚或虐杀幼雏。即使精致的瑚燕,也无法容留。然而心里确实期盼能有一对瑚燕为邻为友,每天"唧唧啾啾"呢喃着,添一分生气和祥和。

真是令人喜出望外的事。早春时节去南方十天,回到原下老家时,我的第一发现,就是有燕子择定了居地。在前屋的后檐下,在那个粗大的挑梁和后墙构成的三角地带,有一个正在建筑着的燕窝。我一眼就看出来,那窝纯粹是用细腻的河泥垒堆的,一根一丝杂草也不见,据此可以断定属于精致的瑚燕了。它选择的地方也太好不过,无论我在家或出外,都不妨碍它筑窝和将来育雏。

又是深圳速度。两只燕子轮番衔着泥回来,把泥团搭在碴口上,歪着小脑袋左按一下,右按一下,然后就飞走了。我很奇怪,一团一团的河泥里掺着细沙,本是很松散的,比普通黄泥的黏合力差得远了,怎么会黏结得牢靠?似乎村人说过,燕子嘴里自含胶。是说燕子的口腔里分泌一种可以使泥团增强黏结力的液体。无法验证,不得而知,反正那窝与日俱增着,速度极快。我在暗自庆幸遇合了这一对精致的瑚燕的愉快心境里,看着专心致志忙忙碌碌筑巢的燕子,常常浮出幼年的一幅难忘的情景来。

大约是我刚刚入学启蒙,还没有认下几个字的时候。某天放早学回家,看见父亲在后屋明间的脚地上锯一块小小的薄板,比我的课本大不出多少。我便问,锯这板干什么。父亲说给燕子架一个垒窝的台板。他说有一双燕子在屋梁上飞来飞去,有两三天了,估计找不到可以落泥垒窝的台板。叔父在一边不经意地说,等你给燕儿把台板架好了,它又不来了。父亲自顾自做着,在刨光的木板的一面,用毛笔写下四个大字,并问我,你都算是学生了,认不认得这几个字。我丝毫也不觉得难堪,因为父亲其实也明白我不可能认识这四个笔画很繁杂的汉字。他有点扬扬得意地念道:喜燕来朝。他继续以扬扬得意的口吻给我讲说,燕子是吉祥鸟,也是喜鸟善鸟,在谁家垒窝是喜事。我便问"朝"是什么意思。父亲嗯了一声,朝嘛也不敢说朝拜,咱是穷家百姓……叔父已经走开了。他几乎是个文盲,大约不屑看取父亲咬文嚼字的做派。然而父亲随之端来木梯,先在檩木上砸进两枚生铁方钉,再把木板架上去,又用细绳捆扎牢靠。我在梯子旁边瞅着"喜燕来朝"那四个悬在空中的毛笔字,积着灰尘结着隔年蛛网的老房旧梁,似乎顿然有了可期待的灵气了。母亲在催过我和父亲吃饭之后,随口说出几句关于燕子的歌谣:不吃你家米,不脏你家地,只借你家高房垒窝育儿女,也给你家添分喜……

我对燕子最初的认知和记忆,就是这天早晨留下的。父亲精心搭置的木板平台,真的招来了一对燕子。后来怎么垒窝、孵卵、育雏,年代久远,已不甚了了,只是清楚地记得,那对燕子不仅自己不在窝口拉屎,连它们孵出的雏燕的排泄物,也都转移到屋院以外的野地里去了。父亲说,燕子叼着虫回到窝喂小燕,出窝时就把小燕拉的屎叼走了,燕子这鸟比有些人还通灵性儿。这是事实,在写着"喜燕来朝"的木板上筑成的燕窝下面的脚地上,从来也没见过一次秽物,直到雏燕出窝。几十年后我才知晓,燕子中还有既脏地又脏墙令人生厌的草燕一类。据村人说,现在的燕子比过去多多了,村里好多人家都有燕子垒窝,十之八九都是粗糙的草燕,弄得屋里脏兮兮的,又不忍心赶出门去。瑚燕已经少得不成比例,越显得珍贵,也越难遇合了。我多庆幸啊!

看着最后一团湿泥干涸,再不见有新的湿漉漉的河泥垒加,我就明白燕子的这个建筑物大功告成了。这是怎样奇妙的一幢鸟类的伟大建筑啊:贴着墙的一面逐渐悬吊下去,形成一个小小的兜儿,然后又缓缓地朝前往上垒上去,最后收成一个仅仅只容得燕子出入的小口。我便可以推想,那个悬吊在最下部的兜儿,肯定是为产卵设计的,卵不至于乱滚,雏燕藏在这个兜底儿,恰如一个四面设围的摇篮,避免了瞎滚瞎爬而掉出来摔死的危险。这个燕窝是倚赖挑梁和墙壁平面屋檐的三角地带垒成的,根本没有像我父亲在屋梁上架设的木板作基础,也没有十余年前那对草燕在前屋电灯开关的木盒上垒窝的依托,难度就很大了。这是一个完全悬空的建筑。这是燕群里的一对建筑大师出神入化的杰作,令我叹为观止。可以断定,这是它们的父母无法教给它们的方法和技巧,也是无法从它们的同类那儿模仿的，因为根本不存在完全相同的垒窝筑巢的环境，一切都得依据具体环境提供的可能性，去构思去设计去施工。由此可以推想每一对燕子的每一次筑巢，都是一次重新开始的全新的创造，无法仿效同类，也无法重复自己。

我察觉新垒的燕窝呈现出一种静谧，只有一只燕子在屋院里偶尔掠过，估计这是那只公燕儿，母燕静卧新巢产卵了。我无意间也就放轻了脚步，出入后门走过头顶的那个神秘的燕窝时，自然生出一缕拘谨，生怕惊扰了它。想到再过一些时日，那神秘的窝巢里将会传出雏燕争食的声音，该是多么美妙哦。

外出一周回到原下，打开已经积尘的铁锁，首先想看一看前屋后檐下的燕窝，似乎没有任何动静。我便想到，可能正在产卵或孵卵哩，不到饿极或后急，燕子是不会出窝的。几天过去了，我竟然没有发现燕子一次出入其巢，便有些疑惑，担心也就潜生了。后来就站在较远处的后屋前门口耐心等候，许久仍不见燕子出入的踪迹，倒是有两只甚至多只燕子出入前屋和后屋的大门，或在屋院上空旋飞，却不见进出窝口，这是怎么回事呢？又过了许多天，我终于断定，这个燕窝已是一个空巢，心里竟冷寂起来，猜想这对精心设计苦力构建了窝巢的燕子，不可能另择栖地重筑新巢，也不可能是被孩子虐杀，因为即使最捣蛋的孩子，也不会捉燕子的。我唯一能想到的是农药的绝杀。然而这个时节的乡村里，麦子已经接近成熟，早熟的水果都是不再施撒农药的。然而也不敢肯定，说不定什么人在菜园里喷了药汁……无论这种猜测的可靠性几何，结果却是不可改变的残酷，燕子确凿没有了，难得遇合的不脏我家地的瑚燕儿。

我的心里渐渐平复，在后屋里继续我写字或看书的事。某日中午，我撂下钢笔点燃一支卷烟，透过窗户玻璃无意朝前看去，看到一只麻雀从前屋后檐下飞出来，心里一惊，用水泥板构建的前屋后檐，没有任何鸟雀可以落脚的东西，这麻雀是不是从燕窝里飞出来的？

我便走出后屋前门,站在台阶上想看个究竟。待了许久,再也看不到麻雀进出燕窝的奇迹发生,便想到刚才可能恰恰看见了一只从屋檐下掠过的麻雀,怪我多疑了,便又重新拾起钢笔。

当我再次点烟的时候,无意间又看见了从前屋后檐下飞出一只麻雀。这回我没有走出门去,就隐蔽在原位上隔着窗玻璃偷窥,果然,一只麻雀从屋檐上空折转下来,钻进那个燕窝里去了。我几乎脱口而出,雀占燕巢,千古奇观。随之就放声大笑了,笑得我都岔住气了。我读书读到有趣处时哑然失笑,是常有的事,有时候一个人走路想着某些滑稽可笑的事或人,也会暗自发笑。然而像这样的忍俊不禁的大笑,而且是我一个人独居着的偌大空寂的屋院,却是绝无仅有的事。真是不可思议!好你个麻雀兔崽子!任谁都知道鸠占鹊巢的故事,然而恐怕没有谁如我有幸亲眼目击雀占燕巢的滑稽了。那么精美的燕窝里,现在飞出来又钻进去的,竟然是土头灰脑的麻雀。乡村人惊奇这类不可思议的怪事时常说,奇哉怪哉,楸树上结串蒜薹。现在恰好可以套用乡村人的这个句式,奇哉怪哉,燕窝里飞出麻雀。我突然想到那位诡秘奇思的天才作家蒲松龄,编尽了天下妖魔鬼怪的奇事逸闻,怕是也想不到麻雀竟会占据燕巢。我听说过蛇和老鼠钻进燕窝偷食燕蛋的事,并不为奇,只觉得残忍。然而麻雀怎么可能欺侮燕子呢?

在鸟儿的王国里,有益鸟和害鸟之分,这是人类按鸟的习性对自身的利害而做出的划界。如果就鸟儿王国本身而言,有食肉类和以草虫为食物的区分。食肉一类的鸟如鹰、鸠、雕、鹞等,以捕杀各种鸟儿和小型动物营养自己,甚至凶残暴戾到敢于攻击人类,它们是鸟类王国里的希特勒和日本鬼子。以各种植物的叶子和果实或小虫为食物的鸟儿,是鸟类王国里的"各民族人民大众",在广阔的大地上寻觅自己喜好的嫩叶、种子和虫子,互不干扰互不威胁和平共处。鸠占鹊巢就是鸟类王国里恶对善的欺凌。鸠是嗜血成性的凶鸟,而鹊是被人作为报喜禳灾的喜鸟而钟爱的。我却突发奇想,鸠残忍地捕杀喜鹊一类善鸟可能是时时发生的事,而鸠霸占喜鹊窝巢的事恐怕谁也没有目睹过。我见过无数的喜鹊窝巢,是鸟类中最不讲究最潦草的一种,用比较粗硬的树枝杂乱无章地搭压在一起,疏漏如同罗眼。这样的窝,鸠怕是看不到眼里的。鸠占鹊巢无非是喻示恶对善的欺凌,强武对弱势的霸道,没有谁去考察鸠是否真的霸占过鹊的窝巢。

麻雀却霸占了燕子的窝巢,我已先睹为快。

麻雀在鸟类王国里,无疑属于弱势一族中的弱势,那么小的体形,对任何鸟儿都不会构成威胁。在人类的眼里,不该被视为与人争谷的害鸟而曾被动员起来的六亿人民(一九五八年全国人口)围歼,即使为其平反之后,人们也没有太在乎过它,小孩子们的弹弓首先瞄准的还是麻雀。这个被凶鸟欺压也被人类轻贱着的小小麻雀,却可以欺侮燕子。而燕子在人的眼里和心里,自古都是颇为高贵的可以享受"喜燕来朝"架板的贵宾。如果用人类拳击的规则来度量,麻雀和燕子属于同一个量级,大约都不过零点一公斤的体重吧。然而麻雀却可以以武力霸占燕巢,怕是燕子生性太善也太娇弱了……我这样推测。

我把这个类似"楸树上结了蒜薹"的奇事讲给村里人,听者哈哈一笑便解谜了。村人说,麻雀根本不会和燕子动武。麻雀只要往燕子窝里钻一回,燕子就自动给麻雀把窝腾出来了。为啥?麻雀身上的臊气儿把燕子给熏跑了。燕子太讲究卫生了,闻不得麻雀的臊气。

哦!这又是我料想不到的学问,一个令我惊心的学问。

鸠以武力霸占鹊巢,如同人类历史中大大小小的臭名于世的侵略者,人们恐惧他们的暴力,却不奇怪他们曾经的出现和存在。然而麻雀呢?虽不具备如鸠一样的强力和嗜血成性的残暴,却可以用自身的腥臊气味把太过干净的燕子恶心一番,逼其自动出逃,达到如鸠一样霸占其巢的目的,而且不留鸠的恶。由此类推到自然界,如若蛆虫爬进了蚕箔,蚕肯定会窒息而死,其实蛆对蚕是不具备攻击力的。如若把一株臭蒿子栽到兰花盆里,后果将不言而喻。再推及到人类社会生活中的臭与香、丑与美、恶俗与高雅、鸨婆与林黛玉、泼皮无赖和谦谦君子,其实是不必交手结局就分明了。

这倒成为我开心的一大景观。我站在台阶上抽烟,或坐在庭院里喝茶,抬头就能看见出出进进燕窝的麻雀的得意和滑稽,总忍不住想笑。起初,麻雀发现我站着或坐在院里,还在屋檐上或墙头上窥视,尚不敢放心放胆地进入燕窝,一旦我转身进屋,"刺溜"一声就钻进去了,还有点不好意思的心虚,显现出贼头贼脑的样子。时间一久,大约断定我其实并不介入它占燕巢的劣行,就变得无所顾忌地大胆了,无论我在屋里或檐下,它都自由出入于燕窝。我也就对麻雀吟诵:放心地在燕窝里孵蛋,再哺育小麻雀吧!毕竟也还是一种鸟喀!

2002年7月9日 原下

六十岁说

四十五年前读初中二年级时,我在作文课上写下平生的第一篇短篇小说。这篇大约三千字的小说习作是第一次文学创作,不再属于此前作文的意义。我对文学创作的兴趣由此萌发。这种兴趣持续了四十五年。至今依旧新鲜而恭敬。即使"文革"扫荡一切作品和作家的时候,这种兴趣仍然没有转移或消亡,转变为一种隐蔽性的阅读。我说过我的人生的有幸和不幸,正是从在作文本上写作第一篇小说起始的;正是这一次完全出于兴趣性的写作,奠定了文学在我人生历程中的主题词。

近年来,多种媒体和多路记者几乎无一不问及我的人生感悟和文学创作的感悟。我也几乎无一例外地首先向他们解释,我不大使用感悟、悟道一类词,我喜欢启示。即人生历程中得到的启示,文学创作中思想和艺术的启示。正是这些启示,提升着我对历史和现实的思想穿透能力,也提升着我对文学和艺术本真的体验,完成一次又一次创造理想。在这个漫长的艺术探索过程和人生历程中,有两次自我把握和两次反省成为关键性的选择和转折。

一次是在一九七八年之初,当中国文学复兴的春潮涌动的时候,我正在灞河水利工地任副总指挥。我在完成了家乡的这个工程之后离开了,调入文化馆。我那时候对我的把握是,文学创作可以当作事业来干的时代终于出现了。第二次把握是一九八二年。这一年我从业余写作进入专业写作。我曾在一篇文章中写到过当时的直接的唯一的感觉,即进入我的人生最佳生存状态。我几乎在得到专业创作条件的同时,决定回归老家。一是静下心来回嚼二十年的乡村工作和生活,进入写作;二是基于对自己知识的残缺性的估计,需要广泛读书需要充实更需要不断更新,这都需要一个可以避免纷扰的安静环境来实现。我选择了老家农村。直到《白鹿原》书完成,正好十年。这两次把握,一次是人生轨道的转换,一次纯粹属于自身生存环境的选择。

两次反省。一次是一九七八年秋天。当新时期文学如雨后春笋般从解冻的文坛发生时,我很鼓舞也很冷静。冷静是出于对自身具体情况的判断。我以为排除"文革"中那些极左思想不难,而要荡涤自有阅读能力以来所接受的极左的非文学的观念不易。我选择了读书,借来了一些世界经典作家的经典作品,以真正的文学来摒弃思维和意识中的非文学观念,目的仅仅只有一点,进入文学的本真。这次反省大约持续了四个月,到一九七九年春天,我获得了文学创作和艺术表现的强烈欲望。我把文学当作事业来干的行程开始了。

第二次反省发生在八十年代中后期,即《白鹿原》写作的准备阶段。我那个时候的思维是最活跃的一段。尤其是文学创作理论中的人物心理结构学说,引发了我对自己以往创作的颠覆。自我的不满意以至自我否定,同时就孕育着膨胀着一种新的艺术创造理想。这种痛苦的反省完全是自发的。发生在《白鹿原》的准备和后来的整个写作过程中,对我来说是一个关键。

多年以后的今天回过头来看,在人生的两个重要阶段上,我把握了自己,主要是以自身的实际做出的选择。在艺术追求的漫长历程中,在两个重要的创作阶段上,进行两次反省,对我不断进入文学本真是关键性的。如果说创作有两次重要突破,首先都是以反省获得的。可以说,我的创作进步的实现,都是从关键阶段的几近残酷的自我否定自我反省中获得了力量。我后来把这个过程称作心灵和艺术体验剥离。没有秘密，也没有神话，创造的理想和创造的力量，都是经过自我反省获取的、完成的。

仅仅在半月之前的一个上午，我完成一篇五千字的散文，在原下老家一个人兴奋不已。仅仅在十天前一个晚上，读完畅广元教授的一本文化文学批评专著，进入一种最欣慰的愉悦。四天前的那个下午，我写完一篇万余字的短篇小说，竟然兴奋不已。两天前的晚上，在杨凌参加杨凌文联成立的会场里，见到残疾人作家贺绪林，听说他的一部三十万字的长篇即将由人民文学出版社出版，我感动而又感奋，同样愉悦。这样，我几十年来不断重复验证自己，文学创作才是我生存的最佳气场。

直到我走进朋友们营造的这个隆重而又温馨的场合，我依然不能切实理解六十这个年龄的特殊含义，然而六十岁毕竟是人生的一个最重要的年龄区段。按照我们传统文化和传统习俗的意思，是耳顺，是感悟，是悟道，是忆旧的年龄。这也许是前人归纳的生命本身的规律性特征。我不可能违抗生命规律。但我现在最明确的一点是，力戒这些传统和习俗中可能导致平庸乃至消极的东西。我比任何年龄区段上更强烈更清醒的意识是，对新的知识的追问，对正在发生着的生活运动的关注。这既是作为一个作家的生命意义所在，也是我这个具体作家最容易触发心灵中的那根敏感神经的颤动的。

我唯一恳求上帝的，是给我一个清醒的大脑。而今天所有前来聚会的朋友和我的亲人，就是怀着上帝的意愿来和我握手的。

2002年7月31日 原下

在 乌 镇

车溪河紧紧贴着两岸人家的墙根流淌。这一岸的正门,隔河对着那一岸的后门和后窗。河不宽,水量却充沛,人是无法涉水而过的,就有好多座拱起来的桥,把车溪河两岸的人家连接起来。这条河让我联想到人体的主动脉,镶嵌在这个古老镇子的躯体之中,无声无响地涌动着,也滋润着这一方古镇,竟然有一千余年了。

一千余年的古镇或村寨,无论在中国的南方或北方,其实都不会引起太多的惊奇,就我生活的渭河平原,许多村庄的历史可以追溯到公元纪年之前,推想南方也是如此,这个民族繁衍生息的历史太悠久了。我从遥远的关中赶到这里来,显然不是纯粹观光一个江南古镇的风情,而是因为中国现代文学的开拓者奠基者之一的茅盾先生,出生并成长在这里。这个镇叫乌镇。乌镇的茅盾和茅盾的乌镇,就一样萦绕于我的情感世界,几十年了。

我和朋友们先乘那种古老的小木船游了一通车溪河。船的尾部设一支既能划水又能导向的木桨。木桨用一颗圆头铜钉固定在后帮上,在摇船人的手中十分灵便自如地翻摆着。正门对着河的那一排人家,大多保持着原有的古色古气的门楼,偶有几幅新式装潢的门面。对岸的那一排房屋,是十分随意因地制宜的后门和后窗,呈现着所有作为后部的凌乱与驳杂。从那些尚未关死的后门和后窗里,可以窥见室内墙壁的饰物,可以瞥见围着桌子把玩麻将的老头儿老太太,平静而又悠闲,似乎古老乌镇的老头老太就应该是这个样子。我无法想象少年茅盾玩戏在这条河边时的景象是什么样子。

游览在车溪河上,我的思绪里便时隐时浮着先生和他的作品。周六下午放学回家的路,我总是选择沿着灞河而上的宽阔的河堤,这儿连骑自行车的人也难碰到,可以放心地边走边读了。我在那一段时日里集中阅读茅盾,《子夜》《蚀》《腐蚀》《多角关系》以及《林家铺子》等中短篇小说。那时候正处于"三年困难"时期,教育主管部门在中学取消体育课的同时,也取消晚自习和各学科的作业,目的很单纯,保存学生因食物缺乏而有限的热量,说白了就是保命。我因此而获得了阅读小说的最好机遇。我已记不清因由和缘起,竟然在这段时日里把茅盾先生所出版的作品几乎全部通读了。躺在集体宿舍里读,隐蔽在灞河柳荫下读,周六回家沿着河堤一路读过去,作为一个偏爱着文学的中学生,没有任何企图去研究评价,浑然的感觉却是经久不泯的钦敬。四十余年后,我终于走到诞生这位巨匠的南方古镇来了,这镇叫乌镇。未进乌镇主街之前在车溪河的泛舟,恰如无意排定的如水般的思绪的酝酿和沉浮。

从车溪河的一座宽敞的石拱桥上过去,才进入乌镇,头一条东西走向的街巷叫观前街。茅盾故居就在这条街巷里。街巷石条铺地,洁净清爽。两边或高或矮或宽敞或窄狭的门面,挤挤挨挨不留间隙。令我感到奇异的是,所有面向街巷建筑的前檐的墙壁,几乎一律是用松木板镶嵌而成,而且一律不刷油漆,不涂饰料,不作装潢,裸露着松木木板的原本颜色,一圈一圈木纹丝路乃至一个个或大或小的树旋儿都清晰可辨。墙是木板墙,门是木板门,窗是可装可卸的木板窗扇。站在街巷里往前看去,尽是略为陈旧的米黄色木板壁垒,油然而生思古的朴拙。我便惊奇,这样原封不变的整个一个镇子的建筑如何保存得下来,五十多年来频仍的运动的劫难何以逃躲?

茅盾故居坐北朝南,宽大的门面,高耸的屋脊,当是观前街上最气魄的宅院之一。四开间砖木结构的楼房分为东西两院,都有前屋和后楼,中间是庭院。东院购置建造在先,称为老屋,后建的西院顺理成章被称为新屋。东西两院之间有一道隔墙,下有门道,上有楼梯沟通。在窄窄巴巴的小铺店小门面构成的建筑群里,茅盾故居就显示出大家富户的气派,即使今天我站在作为纪念馆的庭院里,依然能感受到当年家业兴旺的气象。

这个宅院的创业者和奠基者是茅盾的曾祖父。原也是乡村小户穷家的农民,却经商有道,在汉口发了财,便嘱茅盾的祖父在乌镇置地造屋,先东院后西院,遂成这幢完整气派的建筑。我在这里看到茅盾落生的那间屋子,倒也没有什么特殊的感觉,天才落生在任何一间屋子都是合宜的,也无关紧要。我更感兴趣的是那间家塾,内有三张至今仍油光锃亮的小方桌。茅盾就是在这间屋子的某一张桌子上铺开纸笔和书本的,一位中国新文学的大师开始了启蒙。他的老师是他的祖父沈砚耕和父亲沈永锡。家业富足以后首先就让子孙读书,是这个民族亘古不变的传统,南方是这样,我生活的关中也是这样。只有揭不开锅交不出学费和买不起笔墨纸砚,才忍心让孩子失学。茅盾的祖父和父亲在教着五岁的茅盾开始念书写字的时候,寄望自然是深厚至殷的。我想他们肯定没有料及这个在他们膝下一句一句背诵一笔一画练习着毛笔字的后人,后来会成为一个写作新小说的作家。

老屋后楼下层的一间作为客厅,茅盾的祖母曾在这间屋子里养蚕。据说少年茅盾曾参与搭手和祖母一起干。由此自然联想到我曾经在中学课本上学过的《春蚕》,文中那个因养蚕而破产的老通宝的痛苦脸色,至今依然存储在心底。我却顿然意识到养蚕专业户老通宝的破灭和绝望,茅盾在自家的深宅大院里是难能体验感受得到的。他少年时期的生活和读书,得益于这个宅院的创业者;他后来作为一个新文学的作家,眼睛和心灵却又投注到如曾祖父踏上商道之前的无以计数的日趋凋敝的老通宝们的茅屋小院里去了。于今想起在中学课堂上学习《春蚕》时的感觉，竟然没有因为老通宝是一个南方的蚕农而陌生而隔膜，与我生活的关中地区的粮农棉农菜农在那个年代的遭际也没有什么不同。这种感觉对我一直影响到现在，不大关注一方地域的小文化色彩。一个儒家学说，又在同一个历史进程中颠簸着的同一个民族，要寻找心理秩序和心理结构的本质性差异，是难得结果的。

从故居出来，站在观前街上，再回头观瞻这幢宅院，脑海里倏忽跳出了破旧的蛋壳，曾经诞生过一只公鸡的蛋壳。追寻这只蛋壳为什么会生出这样一只伟大的公鸡是没有答案的，其意义也几近于无。于这只公鸡来说，那对于黎明近乎本能的呼唤啼叫，才是中国南方也是北方无以计数的老通宝们的期待……

2002年11月4日 原下

走进一个美国家庭

——丹尼尔与王锦凤

刚刚见面握手大约一刻钟不过,我发觉我已经喜欢上这位西安女婿美国人丹尼尔了。

在最初的这一刻钟里,丹尼尔领着我参观他的这幢尚未完工的住宅,嘴里滔滔不绝,门庭的设计出于怎样的用意,客厅为什么要安排在这个位置上,正在燃烧着柴块儿的壁炉既出于雪天取暖,更多的是一种家庭情调,因为暖气设备本来是完善的。他拉着我看连着客厅的足有五十平方米的活动室,已经铺好了木质地板,已经购置了几件健身器具,然而尚未完全善工。及至卧室、储藏室、洗浴室都介绍参观了,又到后院和前院的草坪上,后院的草坪连接着望不到顶头的农田,收获过大豆正在休眠着的垄沟间残留着薄薄的雪。前院草坪的界畔上是两竖一横排列的郁郁葱葱的松树。最后介绍房屋门前搭建的狗舍里的一只大耳垂颊的黄狗,和一只捡来的肥嘟嘟的曾经无家可归的花猫。我问他,你这宅院占多大面积。他说四千二百平方米。按着积久的农民习性,我折算为中国乡村土地面积单位市亩为六亩还多点。这样的宅基面积,大约相当我的家乡关中地区一个五口之家所能从村委会分配到的全部耕地面积。通用的名称为责任田或承包地,而农民更习惯把它称作口粮田,即这些属于一家一户耕种的土地的本质性意义,是解决农民吃饭问题的,大约也就人均一亩地。同样,顺着积久的农民的习性思维,如若中国人按丹尼尔的宅基建房造屋,不要说一家六亩,一家一亩吧,中国现有的所有耕地就会变成种草栽花的宅院,不单是农民的口粮,城里人的口粮全都得依赖进口。我当然只有感慨美国人拥有土地的奢侈。

这个丹尼尔在头一刻钟里让我感动的,是他每介绍一处,一方地板一扇门或一扇窗,都要强调一句:这是我干的。其实他只要概括一句,这个宅院里的一草一树一砖一木一椅一桌,全部是他亲手做出来的就行了。然而他仍然不厌其烦地向我强调着"我干的"。在一份自豪一份炫耀的背后,我感到了一种对于劳动创造的本能的乐趣。即使是炫耀吧,更着重于"这是我干的",我也就十分明显地掂出这份自豪发自于"自己动手丰衣足食"的心理。同样是我积久的农民习性,对于这样的表白、这样的炫耀和这样的自豪,便有一种心理上的贴近,一种共鸣,一种感动,自然就喜欢这个美国人。

在客厅坐下喝茶。丹尼尔坐在我对面,作为他的继子的乐乐和他并排坐着担任翻译。几乎全部是丹尼尔说话。丹尼尔很喜欢说话,一说话就显得十分兴奋,修剪得很整齐的上唇上的短髭就跳跃起来,眼里流泻出诚挚、调皮甚至恶作剧的孩子气。他的嘴巴不停地说,一会儿说他的中国妻子多么美多么好,做下的纯粹的西安家庭饭菜多么香,一会儿又说到他的西安和上海之行的新鲜见闻。他的嘴忙着手也忙着,比画着所叙述的事物,说到激动处,还会搂过妻子的肩膀亲吻一口。丹尼尔不时地做出滑稽的表情,嘴里连续发出"这个这个这个"的汉字。他的中国妻子王锦凤在旁边向我解释,因为夫妻语言不通,她也仅仅只会说一点英语的生活用语,常常在不能顺利交流时不由自主地"这个这个"起来。丹尼尔捕捉到了,觉得好玩,常常当作逗笑的话"这个这个这个"起来。他对她接电话时发出的"喂"的口语也觉得好玩,常常用一只手扣在耳朵上做接电话的姿态,连续大声发出"喂喂喂"的声音,和妻子和继子乃至和客人逗趣。

丹尼尔也已经学会了几个汉字发音,夹杂在英语里,而且是西安方言的音调,让我忍不住发笑。

丹尼尔突然抓住乐乐的上臂,瞪着眼睛"咕噜咕噜"说着,十分认真又十分严肃的神气。乐乐便给我翻译,继父说他胖倒是胖,可是胳膊上的肌肉是软绵绵的,没有劲儿,这是不行的。丹尼尔又抬起自己的右臂,握着拳头屈伸一番,不用翻译我也明白,是力量的显示。王锦凤告诉我,他们母子俩刚进入这个美国家庭不久,丹尼尔就坦率地批评乐乐了。乐乐按照自己在西安的生活习惯,放学回来就坐在餐桌上等待饭菜,家庭里外的活路是绝不动手的。丹尼尔很惊讶,一个已经二十岁的小伙子怎么能不帮助父母干活。他就把斧头塞到乐乐手里,让他给壁炉砍劈烧火取暖的木柴,乐乐开始学习劈柴。他教乐乐使用割草机,剪修前院后院大片草坪。他认为二十岁的小伙子坐在餐桌上等待母亲侍候饭菜是不可思议的,看着父母干杂活而不搭手帮忙更是不可思议的,二十岁的小伙子没有一双肌肉强健的胳膊应视为羞事。王锦凤话语不多,却很真诚,说自己本来就是一个并不宽裕的家道,却宠惯孩子。在西安家里,二十岁的乐乐是由奶奶给他洗脚的。现在看成是丑事而不敢向丹尼尔揭露了。我听到这些话时也颇为刺激,什么中西文化差异,扯淡吧!这纯粹是属于怎样培养孩子的最基本的常识性问题。中国古来就有"惯子如杀子"的告诫,与丹尼尔的生活守则本无任何差异的。乐乐告诉我,他已经学会劈柴割草了。一个并不富裕的中国家庭的男孩子,到美国的新家庭里开始接受关于劳动的必要性训练,令我起码感到新鲜,且不作他论。

丹尼尔和王锦凤的爱情和婚姻,听来和说来真有点不可思议。

丹尼尔大约四十五六岁,在密歇根湖畔的一家大型钢铁厂做技术工人,就住在相距不远的这个小镇上。他已经有过两次婚姻,头一次婚姻不知什么原因破裂,留下的孩子已经独立生活。第二次婚姻相对短暂,据说对方背叛,丹尼尔十分伤情,对美国女性丧失了信心,想找一个东方女性。王锦凤生活在西安,原在一家国有单位工作,丈夫是外省一家大企业的管理者,有一个男孩乐乐。丈夫后来有了一个更年轻的女人,王锦凤便和丈夫分手了。她后来又下了岗,在一家单位临时性就业,生活状况可以想见。她后来也经人介绍谈过对象,没有成功,单身差不多有二十年了,据说对中国男人也部分失掉了信心。她的姐姐王锦儒八十年代头上随丈夫移民美国,也住在这个纯粹白种人居住的小镇上,以针灸行世,渐得声名,也广结病友与乡友,得知了丹尼尔的家庭形态和心理形态,她当即想到了妹妹王锦凤。王锦儒坦率地告诉我,丹尼尔很热心她的联姻,当即约定随她一起到中国来相亲。她却担心妹妹能否被相中。她说这个妹妹是六姊妹中相貌最普通的一个。王锦儒给我说,在上海两人一见面,丹尼尔竟然是一见钟情,"爱得不得了!"丹尼尔不会说一句中文,妹妹锦凤不会说一句英语,两人都难舍难分情意缠绵。两人从上海飞到西安,便在陕西省人民政府大楼里领取了结婚证书,并且在挂着省政府牌子的方柱旁留影。丹尼尔把那张照片翻出来给我看。我在想到"缘分"这个词之外,又多了一份感慨,一个对美国女性失去信心的美国男人,和一个对中国男人失去信心的中国女人的心灵的融合,单是"缘分"这个俗不可耐的词汇是绝难涵盖的。这是两个都经历了情感挫折损害的男女,尽管种族不同语言不通习俗迥异,然而寻找一个可靠稳妥的情感寄托爱意栖息之地的心情却是共同的,一切形而下的障碍都被那一份真诚轻而易举地跨越了,这一个是另一个的情感寄托之大树,另一个是这一个爱意栖息的绿地。

丹尼尔和乐乐坐在我的对面,手舞足蹈着嘴里"咕噜咕噜"着。乐乐不动声色地作同步翻译,反而显得沉稳,一双圆圆的黑眼睛时而透出纯净的稚气,时而流泻出一股中国式的老练,反而衬托得丹尼尔像个活泼好动的大孩子了。丹尼尔说,按美国家庭不成文的习惯,孩子长到十八岁,就该自谋生路自食其力独立生存剪断连接家庭的脐带了,他充分理解乐乐刚到美国,英语不通,生存困难,先在一家英语补习班学习,现在又要换一家学校强化英语,学费均由继父来负担,希望乐乐能尽快进入大学深造。王锦凤对我插话说,这人心地善良得很。

丹尼尔又转移了话题。他两只手同时按在自己两边嘴角上,往上推,反复几次,那皮肉绷紧的脸颊就造出一些笑意来。我弄不明白他表述的意思,求助乐乐。乐乐羞羞地笑着,未及翻译,王锦凤笑着对我解释,丹尼尔说他训练乐乐要学会微笑。用手把两边的嘴角提高,就造出微笑的表情了。王锦凤说,在这个小镇上,人和人碰面,都会微笑一下,问一声好,她也常常遇见。她说自己在国内,熟人见了面打一声招呼,笑不笑是无所谓的;与不认识的陌生人相遇,如若微笑,人家会认为你有毛病;如若是一个男人对一个不认识的女人微笑,甚至会被看成图谋不轨。她说,丹尼尔很快发现乐乐是个不会微笑的孩子,她是个不会主动发出善意微笑的女人,他要她母子尤其是乐乐一定要学会微笑,遇见任何人都应该用微笑表示友好。乐乐对我说,在中国的家庭里,父母不仅不会要求子女这样做,甚至相反,告诫子女不要随意和不了解的陌生人说话,尤其不要随便与陌生的异性说话。我当然对乐乐说的不感意外,戒备心理是一道传承已久的心理栅栏,与我们封闭的历史和文化,以及勾斗不息的生活造成的不敢轻易信赖相关涉。无论如何,乐乐将开始学习微笑了,先得把嘴角训练到能提起来。

丹尼尔开车,载着他的中国西安的妻子、继子和我去郊游。他的院子里停着五部汽车,轿车、小客货两用、大卡车以及一部可餐可宿可浴的旅行车。周末把旅行车开进森林或湖畔,一家人就可以享受大自然的情趣了。他的大卡车是专门用来挣钱的,周末假日,替人拉载货物,挣一份外快,他体魄强健精力充沛,用自己的方式挣钱。

车窗外是休闲着的大片农田。一层薄雪覆盖着垄沟。田块和田块被大片大片的杂树林子隔断。一幢幢式样各异的小平房或小楼房散落在田野里或丛林中。这些住户有农民也有其他职业的人,唯一区分的标志,就是宅院里有没有农业机械。丹尼尔执意把我拉到他供职的那家大钢铁厂旁边,远远观赏被树木掩遮着的一片片建筑。他告诉我,他已经在这个钢铁厂干了十多年了,工资按小时计,每小时十八美金,每天八小时。因为钢炉不能熄火,直到寿终报废,所以总有加班加点的机会,工资翻一番。作为一个技术工人,丹尼尔的月收入是很满意的。他特别告诉我,"九一一"之后,其实在"九一一"之前,美国的钢铁工业已经萎靡,他供职的这家厂子差点关闭,后来被一个财团兼并了,才不至于熄火闭炉,才不至于失业另谋生路。丹尼尔说,中国钢铁的竞争也是一个因素,此话无法判断其虚实。密歇根湖连接着五大内湖,北边伸入加拿大境内,我们所在的位置,是这湖的最南端的湖岸沙滩。丹尼尔说,图了这一方好水,美国百分之五十的重工业企业都摆置在这五个湖的旁边。丹尼尔自豪地说,这湖水干净到可以掬起来饮用。我想,饮用也许夸大其词,然而干净却是眼见的,不见一件漂浮物,沙滩上也看不见秽物废袋,清澈的湖水如海浪一般卷来退去,泛起层层叠叠的白色浪花。作为一个公民,对保护得如此干净的湖水的自豪,丹尼尔是由衷的。

晚饭是麻食。陕西关中城市和乡村都极其家常的面食。麻食分勤麻食和懒麻食。懒麻食是把擀得比较厚的面页切成指盖大的小块儿,烩入炒菜。勤麻食是把一小块一小块面团用大拇指搓开,成为一个空心小卷儿,煮熟再烩入炒菜。王锦凤做的是勤麻食,煮着的时候,我已经闻到久违了的诱人的香味了。端到餐桌上时,丹尼尔已经喜笑颜开,连连念叨着生硬的汉字:"麻食好吃麻食好吃。"他已经比较自如地使用竹筷,一边把饭菜送进嘴里,一边做着满意的表情。他用筷子夹起一粒黄豆,向我咕噜着,我以为他在显示自己运用竹筷的技巧。王锦凤对我解释,麻食饭里的黄豆是她捡来的。和宅院相连的农田种着黄豆,机械收割过后,路边的杂草中尚有不少遗漏的黄豆棵子,她闲来无事捡拾回来,竟然有一袋子,送亲戚朋友,自家生豆芽,磨豆浆,丹尼尔十分感动。我这时就明白了丹尼尔是在夸赞王锦凤。他放下筷子,又在王锦凤的脸颊上吻了一下。王锦凤矜持地笑笑。乐乐不以为然地吃着,大概对这样的亲昵动作早已习以为常了。

丹尼尔直率地说,他喜欢西安,对上海不以为然。这是不难理解的。上海浦东浦西急骤崛起的高层楼群,对看惯了纽约、芝加哥等地高楼的美国人不会新鲜,更不会惊讶。他放下筷子,又找出一张照片,那是他在上海一个老太太的茶叶蛋小摊前大嚼其蛋的留影,他说他一口气吃了十个。他说他喜欢西安城墙,喜欢逛西安的小铺店小门楼拥塞的巷道,而且过誉骊山是天下最美的风景。我告诉他,骊山只是秦岭延伸到渭河平原上的称不得山的小丘小岭,华山才是最具个性的山,可能更会博得体魄雄壮的丹尼尔攀登的兴趣。其实,走进秦岭的任何一条山沟,都是浑然天成的气象万千的风景。

"是吗?是吗?是吗?"丹尼尔用汉语连连发问,随之又用英语认真地说,他肯定还要去西安,让我领他上华山,进秦岭,登城墙。

我慨然应诺。我会像他骄傲密歇根洁净的湖水一样,自豪于我的秦岭和华山了,还有城墙,还有那些拥挤在支支岔岔小巷道里的如王锦凤一样善良的人。

丹尼尔却抱起脚旁的花猫,说,他的这只习惯于听英语的猫,现在开始会听中国话了。

2002年12月12日 原下

"非典"不是虎烈拉

一场被称作"非典"的瘟疫,把二〇〇三年春天应有的诗意糟践得一塌糊涂。消毒液代替了喷洒花草的兴致。千篇一律的口罩遮住了春天里格外活泼生动的脸孔。卫生部发言人每天通报的确诊和疑似病人数字的跌涨,成为几乎所有人关注的第一要闻。一种被科学家"检举"出来的小动物果子狸,一日之间从美味佳肴变为令人恶心呕吐的妖孽。瘟疫造成的灾难和抗击灾难的斗争,肯定进入各地的史志典籍。

突如其来是这场瘟疫爆发最恰当的词汇。在我的全部心理意识中,对诸如地震、洪水乃至战争都有某种准备,唯独对瘟疫连一丝一毫的戒备都没有。十余年前写作《白鹿原》里的那场蔓延大半个中国的"虎烈拉"瘟疫时,我完全是一种对于不幸者的凭吊和对一种愚昧的告别心境。现在看来,即使在人类可以遨游太空可以置换内脏器官的高科技时代,造成大面积危害人的生命的某种病毒,还是未知数,远远不是马放南山刀枪入库的时候,相应的机制和有效扼制的设施应该尽快完善。

在灾难临头的时候,我看到了敢于负责的政府所显示的力量。"非典"造成的非常时期,各级政府断然采取的措施,畅通无阻,上行下达,一种责任感和一种行政力度,使民众恐惧的心理有所依傍,自信就成为一种强势的社会心理。我已经欣慰地看到这种行政力量所发生的积极效果,全面控制疫情,危害已经在较短的时间跌落到最小。政府的威望是不言而喻的,而威望的核心成分是民众的信赖。

身置"非典"第一线的医务工作者,在他们义无反顾舍生忘死的行为里,彰显出这个民族最可膜拜的精神。我曾经面对电视屏幕上那几位倒下的青春面孔,忍不住泪水潮溢。不仅是崇高的职业道德,不仅是献身精神,更向我们做出了一个时代性的辩证,即:膨胀的物欲和世俗化的世风,并未软化并未摧折这个民族的脊梁。他们被誉为最可爱的人是发自我们心底的。

以钟南山为代表的医学科学家成为震撼人心的形象。我又一次最切近地感受到"知识就是力量"的哲理。知识分子的科学立场、科学态度,以及灾难重压之下的独立人格,成为新的世纪里肩负民族使命的卓然楷模,撑持起民族内在精神大厦的柱梁。那些在商潮里投机腐败的角色应该感到羞愧。

灾难来临,不可避免,各种可以预知和不可预知的灾难,在世界的这一角落或那一角落发生,包括自然的和社会的。因为某种利益所导致的偏见而发生的幸灾乐祸,是一种阴暗龌龊的心理,不会在人类世界引起共鸣,只会自找鄙夷和轻蔑。我们更当从灾难里总结经验,科学的立场科学的态度主旨下的科学举措,才是对付所有灾难的唯一选择,也是使一个民族精神强大的基本起点,勤劳、勇敢、无坚不摧等等,得以发扬光大出新的更富活力的色彩。

2003 年 5 月 30 日

黄帝陵,不可言说

正在澜沧江边行走。层层叠叠郁郁苍苍的山峰。黏稠的灰云覆盖着尖锐的和平缓的群山。混浊的江水在峡谷里一路冲溅出千姿百态瞬息万变的水花。缓坡上和河谷坝子里,散落着围墙涂成白色的四方形楼房,这是我见过的最为雄壮高大的藏族民居了。房屋周围的田野上,变成黑色的晾晒青稞的木架斜立在刚刚吐穗的青稞地里。耳边活跃着藏族男女无处不在的舞蹈的踢踏声,萦绕着交混着纳西族优雅悠扬的古乐。在这种陌生的大自然里的沉醉是极其自然的,也是无以名状的。沉醉里,突然接到诗人耿翔的电话,约我写一篇关于黄帝的短文。我不由得沉吟一声,那个青砖围垒黄土堆积的陵冢,从青山、峡谷、青稞穗和舞蹈乐曲里浮现出来,哦!老祖宗。

记不清多少回拜谒过黄帝陵了。头一次在我年轻时,默默地围着那个枯草和积雪覆盖着的黄土冢走了一圈,竟然获得了一种绝少能有的平静沉稳的心境。那个时候在我生存的全部空间里,喧嚣着"文革"势到末途的挣扎却也更显疯狂的声音。连厕所和炕头都刷着虚妄标语的生存空间里,只有在整个民族的老祖宗的土冢前,我才获得了作为一个人——活人的正常的心境。

我和家人亲戚拜谒过黄帝陵,烧一炷香,再围着那个已经修葺完整的土冢走过一圈,依然获得的是宁静和沉稳的心境。我陪着外省和海外华裔作家朋友每一次拜谒黄帝陵的时候,都要围着那个已不陌生的黄土冢走过一圈,获得宁静和沉稳。几十年过去,我对老祖宗的拜谒就固定为围绕土冢走过一圈这种形式,至今也没有写过一篇关于黄帝的文字。

在我的全部感觉里,几十年来多次拜谒的过程和拜谒之后,都没有产生企图表述的欲望。我现在才弄明白自己何以会如此,在于这位老祖宗是无法言说的,或者说在我是难以找到表述的语汇的。我观瞻过秦、汉、唐、明、清五大王朝几十位皇帝的陵墓,也是至今没有写过一篇短文。然而,没有写仅仅是我不想再说那些陈年旧事。尽管我确凿在他们或倚山或掘地或打开或依旧死封的巨大建筑面前,想到他们堪称不朽的功业和不可掩抹的巨大罪孽时感慨多多。然而,无论千古第一帝无论汉皇唐王明陵清陵里的帝王,都是可以言说的。没有一个使我产生如在黄帝陵前那种不可言说的感觉,自然也没有任何一个帝王能使我产生那种沉稳和宁静的心境。

我还是想脱开史家的评断而以自家的感受来说这种纯粹属于个人的感觉上的差异,大约就出在同一个读音的皇与黄的本质性的属性上,皇是一种象征,黄却是另一种象征;皇在我的头顶需仰视需顺从需接受"皇叫你死你不得不死"的律令,黄则与我同在黄土地上可以平视可以和他比一比谁的皮肤更接近黄土的色泽……

于是,许多年之后的我,在围着他的小小的黄土冢转过一圈又走过一圈的时候,获得的是宁静和沉稳。

于是,我在一次又一次拜谒这位可以称为老祖宗的陵墓时,总是感到不可言说。

于是,我在注目那个翠柏重荫下的黄土冢时,似乎感知到每一撮黄土每一片草叶浸洇到胸膛里的神圣的灵光,同时也自觉地接受先祖灵光的洗礼,更有透见灵魂的审视和拷问——不肖也否?

2003 年 7 月 19 日　雍村

回嚼永恒的美好

我第一次听说王毓敏这个名字，距今大约有四十年了。那时我刚刚从学校出来进入饥馑笼罩着的社会，刚刚起始我的文学自修的行程。我在《西安日报》读到一篇小小说，从作品描写的环境气氛上似乎能感觉到极其切近的东西，便猜测这个作者可能距我生活地不远。后来便证实了我的臆猜，作者王毓敏是西安市第六十三中学教师。西安第六十三中学在灞河北岸，我家则在灞河南岸，其间不过七八公里路程。我便永远记住了一个人的名字，因为他有本事在《西安日报》发表作品。我便羡慕，便敬仰，便不能忘记。十年后的二十世纪七十年代初，当"文革"和贫穷的阴影笼罩着我主要生存的乡村社会的时候，我才有幸见到王毓敏，那是两位业余作者和我一起到灞河北岸去办事，其中一位对我提起，而且肯定他仍在六十三中学。我留下至今不忘的一件事，说他在"文革"里招来横祸，不能忍受折磨而出逃，在深山雪地里昏倒，被山民救出，因冻僵而截去了双足。这样，在我即将跨进王毓敏的门槛时，心里又蒙上一重沉痛的阴影。

我看见的王毓敏，瘦高挑个头，虽正当三十多岁的生命旺盛期，却明显使我看到劫后余生的平和与沉静。他说话平缓，既没有高谈阔论，也没有沉郁沮丧，一种跨越了至痛至悲之后的无奈被平静覆盖着。我大约说到我十年前在报纸上看到他的作品的愉快往事，他没有得意和兴奋，依然是那种平静的淡然的微笑。我们没有问他的灾难,自然是怕引起悲痛。他只说到他的脚,已经安上了两只假足,还算合适,可以走路,还在屋子里走了几步给我们看。他说着走着的时候,仍然是那种舒缓和平静。我那时候就隐隐感觉到,这也许是他唯一所能呈现出来的生命姿态。傻子也知道,生存的背景是一个不许言说不许倾诉不许对话的时代。

唯一的一次见面距今也有三十年了。王毓敏已经谢世十多年了。我看到他的几位学生从不同的侧面怀念他的文章,颇有某种关于生命意义的启示。这几位学生中有的是我后来结识的文学朋友,现在仍在自己从事的职业之余不懈地进行着创作。他们大都是灞河岸边骊山南麓的乡村青年,与生俱来一根敏感文字的神经,很自然地聚合在王毓敏老师的膝下,接受最初的关于文学关于做人关于人生的教诲。他不仅教授给他们文学创作的知识,更身体力行出一个正直正派的知识分子的道德良知,才成为他们至今依然怀念不尽崇拜不泯的楷模。

王毓敏从秦岭山地洛南村寨能够走进大学课堂,在五六十年代之交的时候,非得有较为超常的智商不可。他的才华给他的学生留下了神秘的印象。他的贫穷也给他的学生留下了不尽的感叹。然而,更重要的是他作为一位教师给予他们的文学智慧的开启,给予他们关于作为一个健全健康人格的人的言传和身教,才是最具影响力和震撼力的东西。这是永恒的东西。这是古往今来各个民族共同推崇的楷模教师所共有所相通的东西。

我和他的崇拜者一样怀念王毓敏先生的时候,似乎是在心灵深处回嚼人类的那一份美好。

2003年9月9日 二府庄

活着,只相信诚实

——怀念胡采

我是在读了《从生活到艺术》之后,便记住了胡采的名字。

初学写作时,总以为作家创作是有窍门的,很神秘,我在高中念书时和同学共同组织的文学社就叫"文学写作摸门小组",却总也摸不到那个窍门。读许多成功作家的创作经验之谈,多是教导青年作者说创作无捷径更无窍门,仍然不敢全信,怀疑他们掖着藏着。读了胡采的《从生活到艺术》,才确凿踏实相信创作是无捷径更无窍门的,作家创造活动的神秘过程,就是一个如何完成从生活升华为艺术的过程。反来又顿然醒悟,这不正是"窍门"吗?不过不是巫婆神汉弹玩于指掌间的神丹妙药和含混虚空的咒词,而是对文学创作本质规律的探索和揭示,是科学的理论建树。不仅使我这样刚刚开始习作的人得到启示而且把目光专注于此道,而且使许多颇有声名仍然苦于不能实现更大突破的作家同样得到教益,这是我那时候从这本书出版后发生的强烈反应得到的印象。后来逐渐知晓,在文学研究和评论界,集中探究作家如何完成从生活到艺术这个既富于创造个性更富于神秘色彩领域的理论,胡采是具有开创意义的卓有建树的理论家。在教条主义和极左的文艺政策危害文学创作和文学研究的那些年月,胡采在这一领域探索的勇气,发端于一个真正的马克思主义文艺理论家的科学立场和对文学事业的赤诚。他的探索精神和探索勇气,不仅使那个时代的艺术家受到启示,更受到鼓舞,具有真正的科学品格的深层震撼。

这个名叫胡采的人,以他透彻的理论和不可猜测的形象,铸立于不断写作也不断接受退稿的我的心中。

我终于有机会坐在台下听胡采讲文学创作了。我终于有机会和这个人握手说话了。最清晰的记忆是一九八〇年春天,这个在我心中景仰膜拜的人向我走来了。那个春天对我是最明媚美好的一个春天。我刚刚发表过大约十来篇短篇小说,其中的《信任》获一九七九年全国短篇小说奖。胡采乘车来到我所在的灞桥镇的文化馆,把一篇评论我的小说的文章原稿交给我,说是要当面听听我的意见,并说明是《文艺报》约他对我的小说做一评点。我现在记不清最初阅读的印象,或者根本就集中不起心力阅读那篇文章。我现在最清楚的记忆,是我总在心里反问自己,我的那几篇习作真的进入胡采的理论视野了?我也记得他平静温和地谢绝吃饭。我的又一个总体性的记忆,一座印象里的大山还原为一位睿智温厚的长者,坐在我宿舍办公室合一的屋子里喝那种廉价的茶水。现在,尽管有许多关注我的理论家的专著,有读者的关爱,丝毫也不湮没一九八〇年春天胡采走进文化馆那个破落小院的情景。

两年后我进入胡采等老一代作家工作着的作家协会。我都记不清多少次在大会小会上听他讲创作谈文学了,也记不清多少回迎面碰见时,他总是喜欢问"农村现在怎么样农民生活怎么样"一类问题。许多年过去,又过去了许多年。本月十五日中午当我赶到医院看见躺在病床上处于昏迷状态中的胡采的时候,突然想到同样进入生命即近终结时的父亲的脸。同样的痛苦,同样的痛苦下的平静。诚实劳动者们生命终结时的高贵的平静。一个一生只会作务庄稼的农民,一个堪称卓越堪称杰出的文学理论家,在他们做人的诚实的精神层面上是融通的。

2003年9月25日凌晨 雍村

为城墙洗唾

——关中辩证之一

多年以来,在涉及关中人乃至陕西人现状特质的讨论中,零零散散却不绝于耳的一种说法,是封闭。标志封闭的象征物,不约而同指向了西安保存完好的古城墙。文雅者冠以"城墙思维""城墙文化"等等,形象思维者更显出想象的丰富,把城墙比喻为"猪圈","里边生活着一群猪"。后一种说话尽管有点自我作践自我虐待的残酷,而其意思却与前一种文雅的提法英雄所见略同。后者为前者的注释。

我赞同封闭的说法。我却不敢苟同只有关中人乃至陕西人封闭的观点。大清帝国治下的中国整个是封闭。改革开放以前的中国也是铁板一块的封闭。大的历史和现实的背景,是一个国家整体的封闭,不独某一方地域。思想解放兴起二十多年来,还把造成关中人陕西人思想封闭的渊源指向一个古物城墙,是否同时也泄漏出当代人思维的浅薄乏力和随意性?

我所知道的史实,重要的有这样几个,西安是响应辛亥革命且完成"反正"最早的几个城市之一。陕西的共产党人在陕西传播共产主义几乎与全国同步。陕西农民运动开展的广泛和深入程度只次于湖南,仅蓝田一个县就有八百多个村庄建立了农民协会,缺憾在于没有人写这场大革命运动的"考察报告"。

"西安事变"怎么看都是扭转中国局势的大手笔。且不说毛泽东和党中央在延安的十三年这样人人皆知的史实了。我便简单设问：在这些标志着中国现代史的重要历史阶段，西安、关中乃至陕西人的举动都毫无疑义地显示着最新思维最新观念和最果决的行动，城墙把哪一位先驱者封闭捂死了？怎么会把改革开放以来的封闭的渊源，突然瞅中了古城墙？

民间俗谚曰：婆娘不生娃，怪炕栏子太高。陕西经济发展滞后，肯定有至关重要的几条原因，恐怕不单是一个陕西人思想封闭所能了结。而造成思想封闭的因素也可能归结出几条，起码不会在城墙上头。用流行语说来，不是城墙惹的祸。

研究关中和陕西人的地域性特质，在现代化进程中强化其优势，减弱以至排除其劣势，是一个科学而又严肃的课题，对陕西走向繁荣和文明具有切实的意义。而图省力气的简单索象图解式的随意性，可能反而帮了倒忙，更不要说朝城墙上吐唾沫的撒气卖彩式言辞了。

2003 年 11 月 18 日 二府庄

重新解读《家》，一个时代的标志

——写在巴金百岁华诞

比较清楚地记得是在一九八五年，我在报纸和刊物的阅读中，觅获到一个关于小说创作的新鲜理论，叫作"文化心理结构"。我竟然一下子被这个学说折服了。

二十世纪八十年代中期，当是新时期以来文坛最活跃最富创造活力的一个时段，各种新鲜的新潮理论和种种前所未闻的主义的试验文本一浪迭过一浪，令人目不暇接。我之所以被"文化心理结构"说折服，完全是出于对自己创作状态的把握和反省。我那阵儿正兴趣十足地写作着中篇小说，正在探试着现实主义艺术方法的新的张力的种种可能性，不可避免地苦恼着如何达到现实主义高层境界所规定的两个"典型"，即"典型环境里的典型人物"。"文化心理结构"说正好在我不无苦恼的探求过程里，提供了塑造人物的一条新的途径，即从文化的角度去研究去解析你要创造的人物的心理结构形态，进而准确地把握人物的心理秩序，达到揭示人物心理真实的艺术效果，性格的典型性才会成为可能。

我十分自然地用这个学说解读中国新文学的经典读本。从实际写作的意义上说，阿Q成为一个空前绝后的典型，恰是鲁迅洞穿中国人的文化心理结构而创造成功的一种令人惊骇的典型标本。即如短篇小说《风波》里的七斤，被剪掉辫子后的惶然无着手足无措的行为,正是以辫子为表征的旧的观念和价值取向所形成的超稳定性心理结构形态被颠覆了。鲁迅敏锐地抓住了一个民族发展史上划开两个时代的那个剪辫子的细节,堪为历史性细节。

我自然又联想到《家》。读这部小说时我刚刚从少年进入青年,尽管距小说出版的时间已经久远,尽管已经是新中国建国超过十年了,尽管高家深宅的生活气氛与我亲历的农家小院的生活相去甚远,我不仅没有感觉到隔膜,反而为高家三兄弟的情感历程折磨得揪心伤痛。《家》里的人物和故事,便成为至今仍然鲜活的记忆。不单是那种年龄里特有的记忆功能,同期阅读过的许多小说早已淡忘了。从已成定论的艺术评价上说,巴金创造出了那个时代中国人的典型环境和典型人物,高家深宅里老少两代主仆之间所经历所遭遇的故事,无疑是活在那个时代的中国人的普遍性精神历程,自然会发生普遍而又深刻的社会呼应,以至几十年后的我在阅读时依然发生心理的直接冲击和完全切近的感受。

几十年后,我突然冒出重新解读《家》的探试性兴趣。书没有再读,记忆里的人物和情节的大致轮廓,正好作为新的透视和解析的疏朗框架。我看出了兄弟三人的性格差异,在于封建文化封建观念所形成的心理结构的差异上,在于各自心理结构的稳定性的差异上,在于接受新的知识新的观念对原有的心理结构的平衡所产生的颠覆性的差异上。以同样的视角和同样的途径,我可以抵达高老爷子的心理结构形态所遭遇到的撞击所发生的颠覆。封建文化所奠定的封建道德观价值观,被五四新文化所倡扬的新道德观价值观革除取代的冲撞发生时,原有的心理结构形态面临着平衡的被打破以至被颠覆。被颠覆过程中的痛苦是必然的,我们可以用解放用革命这些词来概括,也可以用心理结构的除旧布新来形象化表述,实质上都是完成一个心理剥离的过程。这个过程,也就是一个民族完成精神和心理的复兴复壮的过程。这样,从创作的职业角度上,我感知到巴金把握人物塑造人物的"秘笈"。当年有无"心理结构"说,并不重要,巴金早已用创作实践成功地完成了这个过程。鲁迅亦然。也许这种关于小说创造中的人物"心理结构"说,正是从巴金鲁迅等中外作家的杰出作品里归结出来的创作理论。这样,从文学的社会意义上说,《家》便成为二十世纪初处于新旧两个时代交替过程的一个标志性作品,且不论它对于那个时代的深层震撼,对那个时代的挑战和感召。从文学的视镜透视和研究中国人近百年来的精神心理历程时,任何人在任何时候都会再次掀开小说《家》来。这就是文学的不朽。

我在重新解读前辈们的这些作品时,还惊讶一个小小的发现,鲁迅先生笔下的七斤剪辫子引发的惶惑无助,和巴老笔下的高家深宅大院父父子子所遭遇的痛苦和惶惑来自同一个渊源,即同一种文化同一种价值观道德观所织成的同一种心理结构形态。文化水准、职业、生存环境的差异是外在的,而心理结构的类同,决定着那个时代所有人进入心理剥离过程时的难以避免的痛苦。至今依然对我的写作具有启示,即不必把主要兴趣完全投入到诸如工人农民或其他什么身份的职业特性上,或不同地域的生活习俗上,而是关注作为人的心理形态,这才是最具沟通各种职业各个阶层乃至各个种族心灵的东西。

巴金已经走过整整一个世纪。《家》等作品早已获得不朽。巴金也同样获得不朽。他把自己的智慧专注地投入艺术创作,以及作为一个艺术家的精神人格,肯定成为同样继续着文学创造活动的我们的楷模和警示碑。

2003 年 11 月 19 日

黏面的滑稽

——关中辩证之二

一碗黏面,喜气洋洋;没有辣子,嘟嘟囔囔。

这是流传颇广的民间文学里的几句。与诸如陕西"八大怪"一样,以形象生动风趣幽默的韵词儿,描画出陕西(主要指关中)人独特奇异的生活风情,颇见民间智慧。内容基本客观写真,没有夸张失实,也没有褒贬的倾向。说者一乐,听者亦一乐;外省人说着逗乐,陕西人也自娱自乐说着,谁也不在意。

然在一些正经媒体正经场合,被人很正经地用来作为陕西人思想保守不求进取的例证,进而引申到影响经济快速发展的重要原因这样严肃重大的命题上,我不敢完全相信,不禁反问,这样的原因可靠吗?

就我所知,即使比较富庶的关中,人们能喜气洋洋吃到一碗黏面的日子,也只是农村实行责任制以后这二十年的事,之前作为公社社员的农民是把黏面作为待客的豪华饭食的,在"万恶的旧社会"就更不必说了。可见关中人并不具备满足于一碗黏面的先天性惰性。再说,黄河以北的大半个中国,人多以五谷杂粮为生,也都以一碗白面为上好食品,为什么山东人河北人北京人没有因为吃黏面(他们称捞面条或干面条)而保守起来,唯独是关中人抱着一碗面条就变得满足了、不思进取了?

总不会是关中的小麦与山东河北的麦子有质的差别吧!

似乎还隐约着一层言外之意,以面食为生的关中人,不及以大米为主食的南方人脑瓜聪明灵活,自然影响到思维,也影响到经济发展。小麦和大米在所含营养成分上谁优谁劣差异多大,其实在这个话题里失去了对比的意义。稍微具备常识的人都知道,欧洲和北美人多以面包为主食,面包是用小麦为原料而不是以大米为原料的,似乎并没有妨碍他们作为世界经济最发达地区的人的大脑结构和思维方式。影响一个地区人的群体性思维方式和观念新旧的关键性因素,可能有好多条,在我看来至关重要的一条,是眼睛看取了什么脑袋里装进了什么,而不是嘴巴吃进去什么。

既然作为一个地域经济发展这样至关重大的命题,讨论者最根本的立足点是严肃,是言之有据,是对可靠的"据"的科学论证,之后才可能找到制约经济发展的途径。某些浮皮潦草某些华而不实的说辞,不仅挠不着痒处,反而可能造成误导,贻误时机。甚而连关中人选择吃食(比如黏面)的自信心都没有了。

实践的灵魂是探索。"摸着石头过河"就是科学的探索精神。人们能理解能宽容探索过程中必不可缺的失误,却不能接受诸如以一碗黏面给关中人把定脉象的滑稽。

2003 年 11 月 24 日 汉中

遥远的猜想

——关中辩证之三

在关涉陕西人地域性特质的讨论中,有一种说法叫"中心情结"。即对曾经作为历史上或大或小十三个王朝国都的政治经济中心位置,陕西人尤其是西安人至今怀有挥之不去的深层眷恋,而且形成了某种"情结",而且因为不能失而复得便走向心理负面,产生了"失落感"。

以史实推理和心理分析来说,颇觉像那么回事。小王国小朝廷的小国都且不说了,单是作为周秦汉唐这四个在中国漫长的文明史中,赫赫然有声有色的王朝的国都的子民,其光荣其自豪乃至自大都是自然的合理的,失去了国之首都也失去了"中心位置"的眷恋和失落感也是常情之必然。然而,拿这个推论来把脉今天的陕西人和西安人,敢信吗?

创造过繁荣和鼎盛的唐王朝,是公元九〇七年瓦解终结的,距今已有一千零九十六年,几乎接近十一个世纪了。十一个世纪里的整个世界发生了怎样翻天覆地的变化,一时难以叙说;十一个世纪时空里的中国变幻了多少王朝的兴衰,也难以述说;一百年来的中国一百年来的陕西和一百年来的西安,发生了怎样惊心动魄的变化,却是清晰可见的。一千余年后的陕西人(尤其是西安人),还被一个皇都的"中心情结"苦苦纠缠,还陷入在酸溜溜的"失落"情绪里,难以了结难以"尘埃落定",要不是陕西人西安人心理变态,那就是这个"中心情结"的绵绵之力顽固之功胜过毒瘾,以至生活在这块土地上的一代一代子孙,都化解不开丢弃不掉戒除不净一个想当中国中心的情结……我是觉得此说未免太玄乎了。

小时候听村里人们把进西安城叫"去大堡子"。西安在乡民的眼里,不过是比他们自己生活的堡子大了一点罢了。虽然有些调侃有点轻蔑也有点自大,却也较为生动地透视出二十世纪四十年代末西安的大概状况。一个凋敝到只配用较大的堡子来称谓的古城的子民,不操心养老扶幼不算计柴米油盐不设防劫匪小偷,亦不关注政权变更不闻不问频频发生的运动不在乎上岗下岗,唯独醉心于那个一千年前"中心"位置的虚幻,如果不是西安人自己活受罪,当是文化人太过遥远的猜想。

文化既可以是深邃的视镜,也是文化人可以自信可以自恃的一杖。眼见的事象,文化已变成了一只时兴的"热狗",爱吃不爱吃都想品咂一下味道;文化可以成为唬人的巫词咒语,还能变异为包治百病包兴百业的膏药。随便贴一贴作为装潢作为广告哪怕作为幌子,其实也无大碍也无大伤。只是在面对一方地域群体性人群的心理秩序把脉时,切忌不着边际的联想,遥不相及的推理,不仅于心理秩序的实际相去甚远,也会把文化这根颇为神圣的"杖"弄得轻薄了。

2003 年 12 月 1 日 二府庄

孔雀该飞何处

——关中辩证之四

"刚到西安,我就听说这儿大批人才流到沿海城市,称作'孔雀东南飞'。请问西安为什么会形成这种现象?"

这是三天前一家南方电视台记者开口就提出的一个问题。我在正面回答之前,先提出另一个例证:"其他领域我不敢断言,贵省的文学界我稍知一二,是一个公认的文学大省,有一批出类拔萃的作家。自二十世纪八十年代后期以来,最具影响的几位作家,有的移居北美,有的迁居北京,有的转移到广州,更有一批集中飞到海南,几乎把海南作协变成贵省作协的一个分会。这些堪为文坛上的孔雀满世界散飞,能否称为'贵省现象'?首先要纠正的是,'孔雀东南飞'的现象,不是西安一家,贵省亦如是。"

小记者被我提供的基本确凿的事实堵住了嘴,有点措手不及。我当即为她解围,这既不是我和她抬杠,也不是为西安护短;西安和贵省发生的"孔雀东南飞"的现象,其实是全国都在发生的普遍现象,甚至可以说是一个世界现象。

在经济发展业已形成巨大差异的东部和西部、沿海与内地,相对滞后的内地和西部的各类身怀一技之长的人,向东部和沿海经济更发达的地区流动,是一个不可逆转的普遍现象;即使在西部或内地发展滞后的一省范围内,也存在中小城市里的人才朝省会城市流动集中的趋势；在世界格局里，落后地区和欠发达国家的人才，朝西欧和北美这些发达国家流动，已是不争的事实。怎么会是西安独有的现象呢？误传了。

这种现象，常见的解释有二：一是寻求能充分发挥自己智慧和能量的物质条件，比如先进的实验设备和较为充裕的资金。二是和谐和单纯的心理空间，不至于把智慧和创造力消磨在蝇营狗苟的龌龊之中，而能使智慧和心劲专注地投入到发现和创造中去。这当然是有能力也有抱负的人，在省内在国内甚至在世界范围里流动的关键原因。然而，还有一条隐伏的说来不大冠冕堂皇却更趋本能的原因，便是报酬多与少、收益薄与厚的较为悬殊的差别。

还是民间富于生活哲理的谚语来得明快：人总是挑白馍大馍吃。我对小记者说，干同一个项目，在鄙省和贵省只能吃上黑馍和小馍，在深圳在上海却可以吃上白馍大馍，在纽约在温哥华在巴黎更可以吃上面包和牛排，而且项目试验的设备、条件、环境、资金更完备，这种人才流动的地域现象国内现象乃至世界现象，就很难在短期内扭转。君不见，即使在中国经济最发达、个人收入最惹眼的地区，仍然有许多人才流向北美、西欧和东邻日本……

孔雀该飞何处，该栖哪条枝上，这个自主权在孔雀们自己权衡与斟酌。

2003 年 12 月 9 日 二府庄

原下的日子

一

新世纪到来的第一个农历春节过后,我买了二十多袋无烟煤和吃食,回到乡村祖居的老屋。我站在门口对着送我回来的妻女挥手告别,看着汽车转过沟口那座塌檐倾壁残颓不堪的关帝庙,折回身走进大门进入刚刚清扫过隔年落叶的小院,心里竟然有点酸酸的感觉。已经摸上六十岁的人了,何苦又回到这个空寂了近十年的老窝里来。

从窗框伸出的铁皮烟筒悠悠地冒出一缕缕淡灰的煤烟,火炉正在烘除屋子里整个一个冬天积攒的寒气。我从前院穿过前屋过堂走到小院,南窗前的丁香和东西围墙根下的三株枣树苗子,枝头尚不见任何动静,倒是三五丛月季的枝梢上暴出小小的紫红的芽苞,显然是春天的讯息。然而整个小院里太过沉寂太过阴冷的气氛,还是让我很难转换出回归乡土的欢愉来。

我站在院子里,抽我的雪茄。东邻的屋院差不多成了一个荒园,兄弟两个都选了新宅基建了新房搬出许多年了。西邻曾经是这个村子有名的八家院,拥挤如同鸡笼,先后也都搬迁到村子里新辟的宅基地上安居了。我的这个屋院,曾经是父亲和两位堂弟三分天下的"三国",最鼎盛的年月,有祖孙三代十五六口人进进出出在七八个或宽或窄的门洞里。在我尚属朦胧混沌的生命区段里,看着村人把装着奶奶和被叫作厦屋爷的黑色棺材,先后抬出这个屋院,再在街门外用粗大的抬杠捆绑起来,在儿孙们此起彼伏的哭号声浪里抬出村子,抬上原坡,沉入刚刚挖好的墓坑。我后来也沿袭这种大致相同的仪程,亲手操办我的父亲和母亲从屋院到墓地这个最后驿站的归结过程。许多年来,无论有怎样紧要的事项,我都没有缺席由堂弟们操办的两位叔父一位婶娘最终走出屋院走出村子走进原坡某个角落里的墓坑的过程。现在,我的兄弟姊妹和堂弟堂妹及我的儿女,相继走出这个屋院,或在天之一方,或在村子的另一个角落,以各自的方式过着自己的日子。眼下的景象是,这个给我留下拥挤也留下热闹印象的祖居的小院,只有我一个人站在院子里。原坡上漫下来寒冷的风。从未有过的空旷。从未有过的空落。从未有过的空洞。

我的脚下是祖宗们反复踩踏过的土地。我现在又站在这方小小的留着许多代人脚印的小院里。我不会问自己也不会向谁解释为了什么又为了什么重新回来,因为这已经是行为之前的决计了。丰富的汉语言文字里有一个词儿叫龌龊。我在一段时日里充分地体味到这个词儿的不尽的内蕴。

我听见架在火炉上的水壶发出"噗噗噗"的响声。我沏下一杯上好的陕南绿茶。我坐在曾经坐过近二十年的那把藤条已经变灰的藤椅上,抿一口清香的茶水,瞅着火炉炉膛里炽红的炭块,耳际似乎萦绕着见过面乃至根本未见过的老祖宗们的声音,嗨!你早该回来了。

第二天微明,我搞不清是被鸟叫声惊醒的,还是醒来后听到了一种鸟的叫声。我的第一反应是斑鸠。这肯定是鸟类庞大的族群里最单调最平实的叫声,却也是我生命磁带上最敏感的叫声。我慌忙披衣坐起,隔着窗玻璃望去,后屋屋脊上有两只灰褐色的斑鸠。在清晨凛冽的寒风里,一只斑鸠围着另一只斑鸠团团转悠,一点头,一翘尾,发出连续的"咕咕咕……咕咕咕"的叫声。哦!催发生命运动的春的旋律,在严寒依然裹盖着的斑鸠的躁动中传达出来了。

我竟然泪眼模糊。

二

傍晚时分,我走上灞河长堤。堤上是经过雨雪浸淫沤泡变成黑色的枯蒿枯草。沉落到西原坡顶的蛋黄似的太阳绵软无力。对岸成片的白杨树林,在蒙蒙灰雾里依然不失其肃然和庄重。河水清澈到令人忍不住又不忍心用手撩拨。一只雪白的鹭鸶,从下游悠悠然飘落在我眼前的浅水边。我无意间发现,斜对岸的那片沙地上,有个男子挑着两只装满石头的铁丝笼走出一个偌大的沙坑,把笼里的石头倒在石头垛子上,又挑起空笼走回那个低陷的沙坑。那儿用三角架撑着一张钢丝罗筛。他把刨下的沙石一锨一锨抛向罗筛,发出连续不断千篇一律的声响,石头和沙子就在罗筛两边分流了。

我久久地站在河堤上,看着那个男子走出沙坑又返回沙坑。这儿距离西安不足三十公里。都市里的霓虹此刻该当缤纷,各种休闲娱乐的场所开始进入兴奋期。暮霭渐渐四合的沙滩上,那个男子还在沙坑与石头垛子之间来回往返。这个男子以这样的姿态存在于世界的这个角落。

我突发联想,印成一格一框的稿纸如同那张罗筛。他在他的罗筛上筛出的是一粒一粒石子。我在我的"罗筛"上筛出的是一个一个方块汉字。现行的稿酬标准无论高了低了贵了贱了,肯定是那位农民男子的石子无法比的。我自觉尚未无聊到滥生矫情,不过是较为透彻地意识到构成社会总体坐标的这一极。这一极与另外一极的粗细强弱的差异。

这是新世纪的第一个早春。这是我回到原下祖屋的第二天傍晚。这是我的家乡那条曾为无数诗家墨客提供柳枝,却总也寄托不尽情思离愁的灞河河滩。此刻,三十公里外的西安城里的霓虹灯,与灞河两岸或大或小村庄里隐现的窗户亮光;豪华或普通轿车壅塞的街道,与田间小道上悠悠移动的架子车;出入大饭店小酒吧的俊男倩女打蜡的头发涂红(或紫)的嘴唇,与拽着牛羊缰绳背着柴火的乡村男女;全自动或半自动化的生产流水线,与那个在沙坑在罗筛前挑战贫穷的男子……构成当代社会的大坐标。我知道我不会再回到挖沙筛石这一极中去,却在这个坐标中找到了心理平衡的支点,也无法从这一极上移开眼睛。

三

村庄背靠白鹿原北坡。遍布原坡的大大小小的沟梁奇形怪状。在一条阴沟里该是最后一坨尚未化释的残雪下,有三两株露头的绿色,淡淡的绿,嫩嫩的黄,那是青蒿,长高了就是蒿草,或卑称臭蒿子。嫩黄淡绿的青蒿,不在乎那坨既残又脏经年未化的雪,宣示了春天的气象。

桃花开了,原坡上和河川里,这儿那儿浮起一片一片粉红的似乎流动的云。杏花接着开了,那儿这儿又变幻出似走似驻的粉白的云。泡桐花开了,无论大村小庄都被骤然爆出的紫红的花帐笼罩起来了。洋槐花开的时候,首先闻到的是一种令人总也忍不住深呼吸的香味,然后惊异庄前屋后和坡坎上已经敷了一层白雪似的脂粉。小麦扬花时节,原坡和河川铺天盖地的青葱葱的麦子,把来自土地最诱人的香味,释放到整个乡村的田野和村庄,灌进庄稼院的围墙和窗户。椿树的花儿在庞大的树冠和浓密的枝叶里,只能看到绣成一团一串的粉黄,毫不起眼,几乎没有任何观赏价值,然而香味却令人久久难以忘怀。中国槐大约是乡村树族中最晚开花的一家,时令已进入伏天,燥热难耐的热浪里,闻一缕中国槐花的香气,顿然会使焦躁的心绪沉静下来。从农历二月二龙抬头迎春花开伊始,直到大雪漫地,村庄、原坡和河川里的花儿便接连开放,各种奇异的香味便一波迭过一波。且不说那些红的黄的白的紫的各色野草和野花,以及秋来整个原坡都覆盖着的金黄灿亮的野菊。

五月是最好的时月,这当然是指景致。整个河川和原坡都被麦子的深绿装扮起来,几乎看不到巴掌大一块裸露的土地。一夜之间,那令人沉迷的绿野变成满眼金黄,如同一只魔掌在翻手之瞬间创造出来神奇。一年里最红火最繁忙的麦收开始了,把从去年秋末以来的缓慢悠闲的乡村节奏骤然改变了。红苕是秋收的最后一料庄稼,通常是待头一场浓霜降至,苕叶变黑之后才开挖。湿漉漉的新鲜泥土的垄畦里,排列着一行行刚刚出土的红艳艳的红苕,常常使我的心发生悸动。被文人们称为弱柳的叶子,居然在这河川里最后卸下盛妆,居然是最耐得霜冷的树。柳叶由绿变青,由青渐变浅黄,直到几番浓霜击打,通身变成灿灿金黄,张扬在河堤上河湾里,或一片或一株,令人钦佩生命的顽强和生命的尊严。小雪从灰蒙蒙的天空飘下来时,我在乡间感觉不到严冬的来临,却体味到一缕圣洁的温柔,本能地仰起脸来,让雪片在脸颊上在鼻梁上在眼窝里飘落、融化,周围是雾霭迷茫的素净的田野。直到某一日大雪降至,原坡和河川都变成一抹银白的时候,我抑制不住某种神秘的诱惑,在黎明的浅淡光色里走出门去,在连一只兽蹄鸟爪的痕迹也难觅踪的雪野里,踏出一行脚印,听脚下的雪发出"铮铮铮"的脆响。

我常常在上述这些情景里,由衷地咏叹,我原下的乡村。

四

漫长的夏天。

夜幕迟迟降下来。我在小院里支开躺椅,一杯茶或一瓶啤酒,自然不可或缺一支烟。夜里依然有不泯的天光,也许是繁密的星星散发的。白鹿原刀裁一样的平顶的轮廓,恰如一张简洁到只有深墨和淡墨的木刻画。我索性关掉屋子里所有的电灯,感受天光和地脉的亲和,偶尔可以看到一缕鬼火飘飘忽忽掠过。

有细月或圆月的夜晚,那景象就迷人了。我坐在躺椅上,看圆圆的月亮浮到东原头上,然后渐渐升高,平静地一步一步向我面前移来,幻如一个轻摇莲步的仙女,再一步一步向原坡的西部挪步,直到消失在西边的屋脊背后。

某个晚上,瞅着月色下迷迷蒙蒙的原坡,我却替两千年前的刘邦操起闲心来。他从鸿门宴上脱身以后,是抄哪条捷径便道逃回我眼前这个原上的营垒的?"沛公军灞上"。灞上即指灞陵原。汉文帝就葬在白鹿原北坡坡畔,距我的村子不过十六七里路。文帝陵史称灞陵,分明是依着灞水而命名。这个地处长安东郊自周代就以白鹿得名的原,渐渐被"灞陵原""灞陵""灞上"取代了。刘邦驻军在这个原上,遥遥相对灞水北岸骊山脚下的鸿门,我的祖居的小村庄恰在当间。也许从那个千钧一发命悬一线的宴会逃跑出来,在风高月黑的那个恐怖之夜,刘邦慌不择路翻过骊山涉过灞河,从我的村头某家的猪圈旁爬上原坡直到原顶,才舒出一口气来。无论这逃跑如何狼狈,并不影响他后来打造汉家天下。

大唐诗人王昌龄,原为西安城里人,出道前隐居白鹿原上滋阳村,亦称芷阳村。下原到灞河钓鱼,提镰在菜畦里割韭菜,与来访的文朋诗友饮酒赋诗,多以此原和原下的灞水为叙事抒情的背景。我曾查阅资料企图求证滋阳村村址,毫无踪影。

我在读到一本《历代诗人咏灞桥》的诗集时,大为惊讶,除了人皆共知的"年年柳色,灞陵伤别"所指的灞桥,灞河这条水,白鹿(或灞陵)这道原,竟有数以百计的诗圣诗王诗魁都留了绝唱和独唱。

> 宠辱忧欢不到情，
> 任他朝市自营营。
> 独寻秋景城东去，
> 白鹿原头信马行。

这是白居易的一首七绝。是诸多以此原和原下的灞水为题的诗作中的一首。是最坦率的一首，也是最通俗易记的一首。一目了然可知白诗人在长安官场被蝇营狗苟的龌龊惹烦了，闹得腻了，倒胃口了，想呕吐了，却终于说不出口呕不出喉，或许是不屑于说或吐，干脆骑马到白鹿原头逛去。

还有什么龌龊能淹没脏污这个以白鹿命名的原呢？断定不会有。

我在这原下的祖屋生活了两年。自己烧水沏茶。把夫人在城里擀好切碎的面条煮熟。夏日一把躺椅冬天一抱火炉。傍晚到灞河沙滩或原坡草地去散步。一觉睡到自来醒。当然，每有一个短篇小说或一篇散文写成，那种愉悦，相信比白居易纵马原上的心境差不了多少。正是原下这两年的日子，是近八年以来写作字数最多的年份，且不说优劣。

我愈加固执一点，在原下进入写作，便进入我生命运动的最佳气场。

2003年12月11日 二府庄

乡谚一例

——关中辩证之五

关中乡村和中国南方北方的乡村一样，流传着许多谚语俗话民谣。因为历史文化地方风情尤其是方言的差异，这些乡谚也有差异。然而更多的是内蕴上的类同，相同的意思各有各的方言表述形式。关中是一个历史文化沉淀尤为丰厚的地区，即使乡间也是文化和教育相对发达的地区，乡谚等特别丰富。

我生在乡间长在乡间工作在乡间，自打能解知人言，便接受这类民间文学的灌输，只是不太留意，也不太在乎。原因在于"崇洋迷古"，以为中国的外国的书籍上的东西才是知识，民间谚语一类是登不得大雅之堂的。近年间也不知何种因素驱使，竟想到许多谚语是很了不起的大智慧大学问，乃至大哲理。在庞杂的谚语词汇里，有讽时喻世的，有乡风民俗的，有天光地貌气象变幻的、农耕时令和农耕技巧的，几乎无所不包。我更感兴趣的是那些概括生活现象社会现象极富哲理的谚语。因为不是专指一时一事，也就不因时迁事变而销匿；在一定意义上归结出生活的某些规律，因而一代一代传遗，经久不衰。

仅举一例，也是最通俗易明的一例。"狗狂一摊屎，人狂没好事。"乡间的狗是吃屎的，常为得到一堆屎而疯狂。隐喻到人却是反意，疯狂是没有好结果的，乃至死。"屎"与"死"在关中方言里为谐音。小时候玩到癫狂状态,母亲就会掷出这句话警告。话音未落,我已经从楼梯上摔下来了,或者是疯跑到收不住身栽到深沟里去了。然仍不长记性,也不在乎这粗俗的谚语。我后来读到一句流行欧洲的谚语,"上帝想让谁灭亡,先使其疯狂。"甚为惊喜,欧洲民间和关中民间以谚语方式归结出来的生活哲理社会事象,竟如出一辙。

希特勒为一摊"屎",何其疯狂乃尔!结局是"畏罪自杀"在地堡里。东条英机何等狂妄何等不可一世,结局是被吊死在国际法庭的绞索上。林彪江青之流横行"文革",疯狂到无以复加的形态,结局也够惨了。萨达姆被美国士兵从乡村地窖里拖出来时的那副模样,我一眼就看出眼神里丧失了原有的"独气"和"横气"。这两种气色几十年来充盈着萨达姆的眼睛,直到他疯狂地出兵占领科威特,成为一个转折或灭亡前的先兆。

我又怀疑欧洲谚语了。上帝原本是个善的形象,不应也不会故意驱使某个人先疯狂再灭亡的。这条谚语用在上帝头上有失敬意。倒是关中民间的谚语更科学更经得住推敲,它把人群里的疯狂分子比喻为狗,把疯狂分子的反科学反生活规律的行为,比喻为疯狗的行为,似乎更恰切更得当,也更具可视性。

2003 年 12 月 16 日 二府庄

也说乡土情结

——关中辩证之六

今年夏天,我随中国作家采风团从重庆乘游轮抵达湖北秭归,再转车到武汉,饱览长江两岸雄奇秀美的山光水色,畅美舒悦;沿途全迁或半迁的几座新县城一派新貌,令人叹为观止,流连不想离去。然而,每到一市一县,各家媒体采访的诸多问题里有一个问题却是共同的,即那些移民难以割舍的乡土情结,你如何看待。有的摆出移民男女扶老携幼举家迁移登上船头泪眼回望家园的照片,有的举例说,迁到上海崇明岛已经住上三层小楼的移民,仍然难以化释怀乡之情,甚至说:"我住到楼上离土地太远了。"我毫不迟疑地回答,我不敢怀疑这些图片和语言细节的真实性,但却不敢附和这种太过渲染的文人情怀。忍了忍,没有用矫情一词。

我的论据首先是我眼见的事实。沿着长江旅行的四天三夜里,两岸多为雄奇高耸的山峰和起伏无边的丘陵,在七八十度的陡坡上,散落着移民扔下的低矮残破的茅草房,一台一台窄小的如同划痕的梯田。即使毫无农村生活经验的人,恐怕也会想到在这种既破坏植被亦不适宜人类生存的险恶环境里,把这些数以百万计的山民迁移到生产生活条件更好一点的地方去,于长江生态有利,于这些固守大山的山民更是一次历史性的告别,子子孙孙都因此而改变命运了。对于照片上登船离去时回顾茅屋的一双双泪眼,我用另例来打趣,一批一批在中国生活和工作都很不错的人,移居到欧美,临别时在机场与家人分手时也难抑一眶热泪,然而并不能改变他们铁定的去意。至于已经住上三层楼房还要抱怨"离土地太远"的崇明岛那位移民,渲染这种太过矫情的话,还有什么意思呢!

一百多万祖祖辈辈困顿在长江两岸崇山峻岭里的贫苦农民,做梦也想不到会有机会迁出大山,定居在诸如崇明岛等较为优越的环境里,应该是沾了三峡工程的光。且不说各级政府的经济补助,不看这种改变子孙命运的历史性告别的本意,却以图片、文字渲染故土难离的泪眼,我把其称为"文人情怀"。

从人的本性上来说,总是寻求能有利于自己生存和发展的空间,总是从恶劣的环境趋向相对优越的环境。落后的贫穷的自然和社会环境较差的国家的子民,争相移居发达和文明的国家,是延续许多世纪的一个世界性现象,至今依然,离愁和分手的眼泪从来也没有阻挡这种流向。在中国,常常听别人说关中人抱着一碗干面不离家,乡土情结最重了,因而保守,因而僵化,因而不图创新,甚至因而成为陕西发展滞后的一个重要原因。我说,在中国范围内,恐怕再没有哪个地域的人比上海人恋乡情结更重了。本质的原因,在近代中国,上海是现代工业文明的首站,工作环境和生活水准高于优于其他各地,上海人离开上海走到中国任何地方,都是与优越的生存环境背向而行,未必纯粹是对故土的一份热恋情结。让我做出这种判断的一个事实是,在近年移民日本和欧美的中国人中,上海人占的比例尤大。为什么上海人移居西北某地和移居日本表现出对故土差别很大的怀恋情结呢。我依此而怀疑文人情怀中渲染的那个情结的可靠性;也怀疑关于人们对故地乡土的那份普遍存在的恋情,真的会成为一个地方经济发展的制约性樊篱。

在关于陕西或西安人的话题的讨论中,常见一些浮于表面缺乏鉴证而又十分具体的结论,甚至裹上了流行的新鲜名词。使我常常感到某种不敢踏实倚靠的滑溜,以及不关痛痒多属哗众而于事无补的空洞。想来也可释然,这种现象,其实不光发生在关于陕西人或西安人的讨论中,长江沿岸许多县市关于当地人的讨论中也有类似情况,譬如文人情怀驱使下对移民泪眼的热闹渲染,却无心关注移民们开始鼓胀的腰包和明亮的楼房里已经获得的舒悦。

2003 年 12 月 30 日　雍村

言论·对话

大地的精灵

这是一部赞美生命的优美华章。

读何远波的《人与自然》摄影集,会惊异地发现人自身的美,一种纯粹出自人本身的躯体之美。同时也会发现,属于人的这种真实真切而又无与伦比的美是不可以复制的,任何天才画家的伟大画作,在生动逼真气象万千的真实的人体面前都相形见绌。这些美丽的人体置身于大自然的怀抱之中,自然会使人敏感于一个古老而依旧鲜活的话题,人本是天地共同精心孕育的精灵。

在这些不同肤色的精灵身上,可以读出天光和水色,读出山、湖、草原的韵味。山的傲岸与尊严,湖的恬静和柔情,草原的饱满和妩媚,流水的曲线和韵致,天光的明丽和晦暗,绿树青草鲜花的色彩和芬芳。

除去了妆饰的精灵回归大自然的怀抱,是一种天然的和谐。娇美的肌肤与绿草和红叶是和谐的,与粗粝的树干同样构成天然的和谐;风情万种的人体曲线与起伏的原野和变幻的海岸是和谐的,与耸立的群山错落的树林同样是和谐的;天光在精灵的肌肤上折射的色调不仅是和谐的,似乎更诱发出一种奇异的、潜存着的美。于是可以领悟,精灵本来就是天父地母的精华之笔,无论在什么环境里都会是天然的和谐。

令人赏心悦目地流连的同时,也是一种心灵的净化。在感受精灵们的如诗如乐的韵律之美的时候,似乎陶醉于风和日丽、秀川碧水的风景,得到的是心灵的陶冶,唤起对于生命的崇拜和珍爱。

读这部人体摄影集,我当即回想起八十年代中期美术界发生过的一件影响颇大的事,袁运生为北京机场创作的壁画《泼水节》中有几个裸体女子。正是这几个女子的裸体画像,引发了一场超越美术界的大争论,直到这几个被画家申辩为"干干净净的裸体"的女子被完全覆盖。覆盖就是结论。覆盖也是八十年代思想解放潮流中的一个暂时的休止符。十余年后站在今天的认识高度上,回眸这个小小的争论,我不仅有一种生活发展的慨叹,更多的是一种理性的理解,所有争论和覆盖的结论都是合理的,是八十年代中期中国人必然要发生的合乎国情的事情。在窗户逐渐开启的过程中,在看到外部世界新鲜景物的同时,不仅需要更新知识、更新理念,还有一个心理承受力的存在。

何远波的命名为《人与自然》的人体摄影集的出版,本身就是一种标志,标志着新世纪起始阶段的当代中国人的观念的更新,也标志着当代中国人心理承受力的强化,可以轻松自然地欣赏人体本身的诸种风情万般韵味了。应该看作是一个民族的健康、健全的心理情状的表现,我为此而鼓舞。

2001 年 3 月 27 日 蒋村

《城市尖叫》阅读笔记

一

这是一本让人越往下读越放不下手的小说。

小说是写给读者看的(宣布写给自己看的且不论)。在通常的意义上,自然是希望人喜欢看,喜欢到放不下手,以至看了头遍还想再看一遍,这应该是小说作者共同的创作心理企盼。解决当代小说的可读性,许多人都在暗暗较着劲儿,做着各自的富于创造性的探索。可读性其实不单是读者层面宽窄的问题,更不应成为某些故意以可读性混淆雅和俗的借口。而我要讨论的话题,从来都是自尊为雅文学的可读性问题,已经无法躲在袈裟下或自诩或不屑面对读者冷漠的危机。同样在通常的意义上,作家靠深刻而又独特的生活体验、生命体验和独到的艺术体验,营造出堪为独俏一枝的艺术品,才可能吸引较为广泛的读者观赏,以至流连忘返。

《城市尖叫》兼备了这些通常意义上的品格。具体想来,作者精心构思所达到的、几乎完美的艺术效果,让我感受到小说结构的魅力。我是主张小说需要认真结构的。所以,尤其看重《城市尖叫》的这一点。

二

　　这部小说完美的结构,承载起了作者深刻而又独特的关于现实的体验和思考;而那一群充分展示着命运遭际的男女人物,才是支撑这座完美中不无诡秘气氛的艺术大厦的柱梁。

　　每一个人物,对作为读者的我都是一个谜,这个谜是猜不透的,因为亦夫笔下的这些人物总是离轨,离开通常生活经验判断之轨。

　　每一个人物,对作品中的另一个人物,即使是至亲至爱的人,也是一个谜。一个人物的生活形态和意志选择,对另一个人物都构成猝不及防的意外和由此产生的生命惊叹,而且是连续性的。一个人物既猜不透另一个人物的过去,也无法料知哪怕刚刚分手片刻之后的惊天异变。

　　这样,人物与人物之间的生活历史之谜和正在连续发生的难以料知的演变之谜,织成了一张奇幻而又诡秘的网。人物对人物的谜底破译过程,便是心灵与心灵的一次又一次沟通的完成,伴随着各种色彩的眼泪和生命的咏叹。作为读者的我,自然是随着人物之间交织着的痛苦和咏叹的交流,才得以破解一个个生命个体的心灵密码,这部小说就聚足了使我越读越放不下手的吸引力了。

三

　　这部小说中的几个人物,留给我一个十分显明的共同的概括:病态的正常人。

　　除了毛文是一个被标明了的生理上的病人,其余所有人物都在生理的意义上属于基本健康且健壮的人,然而他们的心理上,却患有各种疾病。正是在这些心理病态中,投射出运动着的生活里的污泥和浊水,传统的痼疾和新发的病毒,怎样侵袭着年轻生命的心灵,灵魂的挣扎和灵魂的扭曲,生命的抗争和生命的毁灭。我看到了被侵袭的心灵,看到了专事侵袭心灵的丑类,也看到了被侵袭者再去侵袭他人的复杂的生命体。

亦夫的不同凡响之处,在于他把这些病态心理的人,按照生活的逻辑写成正常的人。我从作者的叙述中看到的全是正在运动着的生活。这些生活图景司空见惯,有的如阵风一样一掠而过,有的则早已被视为见惯而不怪,甚至以正常的生活规则被人们所接受。亦夫正是在这里用手术刀一样的笔锋,割开了正常的生活中的病态,勾勒出了生理健康的病态的心灵,才令我的心灵引发震撼。

恕我不再一一做人物剖析。

四

这部小说中弥漫着一缕鬼气妖氛。脸上泛着绿色的开电梯的女人,似乎像站在阳界和阴界的临界线上的似人近鬼的神秘人物。这个人物最终却成仙成佛,炼出了灵气四溢的仙丹。那个给毛文做保姆的老女人,一出现就带着一股令人后脊发冷的气韵。毛燕在日本寄宿的二木的豪华庄园,自始至终都隐伏着一缕神秘恐怖的阴气,及至火灾发生,及至那个孤独的在破屋中的冲浪人葬身大海。包括铁炉庙在内的那些作品人物出入活动的场所,社会与自然界的白斑病和酸雨,都有一缕挥之不去的鬼气妖氛,伴随着人物的痛苦和欢乐。

这种鬼气妖氛,营造着某种荒诞。这种荒诞被作者描绘到逼真无猜的程度,显然不单是文字功力,而且在于亦夫内在的深层体验和把握。

我更看重的是现实的荒诞。戚家兄弟为财产惨烈而又可笑的争夺,戚思泰回乡办公司以及膨胀的企业所呈现的虚妄的繁荣和热闹,一幕幕活生生的滑稽剧,深刻地隐喻着现实生活的荒诞和荒谬。这种荒诞和荒谬的生活不是虚幻,而是仍然继续发生着进行着喧嚣着的现实;让我感到忧愤以至捶拳的要害在于,人们对这种荒诞和荒谬的生活现实,或因为无能为力或因为司空见惯而见怪不怪直到容忍;而制造诸如此类荒诞荒谬的人却依然主宰着生活的运动,继续制造新的荒诞和荒谬。

于是,《城市尖叫》整体上就营造出来这样两组意象群,鬼气妖氛的荒诞和荒诞的现实。这两组意象变幻着交织成一张网,而人物就无法逃躲地攀爬、挣扎在这张网上。

读罢掩卷,忧愤中不禁自问,制造着荒诞生活的人,患着一种什么样的心理疾病?与流行和蔓延的白斑病有何关联?酸雨只是腐蚀器物吗?这部小说便具有了让人可以掩卷而不能断绝忧思的蕴含。

五

亦夫的文字叙述功夫是老到的,由此而使我怀疑作者的年龄。

我在北京和亦夫见过一面,匆匆只有几句话语往来,模糊的印象中是一位颇为文气的年轻人,清晰的记忆是我的关中小乡党。在北京就读某名牌大学后就业于某国家机关。一九九三年陕西作家五本小说产生反响时,同时出版的还有在京的两位陕西旅京作家的发轫之作,即老村的《骚土》和亦夫的《土街》。我是那时候记住了亦夫的名字,没有任何根据却把亦夫错猜成了一个中年以上的人。

到了《城市尖叫》这部小说,已经是亦夫的第四部长篇小说了,也涉足于现代城市生活的揭示和描绘了,文字也老到到令我钦佩的功力了。

2001 年 4 月

乡村,喧哗与骚动

一

《抽搐》是我近年来阅读的唯一一部描写中国乡村现实生活的小说。

整个阅读过程中,我多次不禁惊问,是这样吗?中国乡村的现在时是这样子运行着吗?当然,这是小说,永远无法去印证的事。这种惊异的自问源于两个因素:一是我较长时间离开乡村,早已失去了对乡村生活脉搏的把握,所谓底虚,引发的自然是不自信,被王焕庆所叙述的乡村里正在发生着的故事震惊了。再者,魏家庄的老一代和年轻一代男人女人所演绎的故事,与乡村经济改革之初冯幺爸在乡场上和陈奂生在城里及李顺大造屋过程中所发生的故事,真有隔世的恍惚之感了;更不必说蛤蟆滩上的梁生宝和东山坞的萧长春,与他们相比较,真不知读者会发出怎样的感慨与浩叹了。

魏家庄里的生活秩序和生活氛围,既不是我记忆中的真实的乡村生活气象,也不是我此前阅读过的那些乡村小说所留下的印象,人物更是迥然不同了,惊异以至惊骇就是不可避免的阅读感受了。自以为在乡场上站立起来的冯幺爸、得意于可以住旅馆的陈奂生、因能够造起新房子而欣慰的李顺大以及他们的第二代,在急骤的乡村生活演变的潮流里,经历着怎样的、新的,又是始料不及的难题?《抽搐》里男男女女老老少少正在演绎着的故事,可否看作是冯幺爸、陈奂生、李顺大们后来发生的心理秩序的流变?魏家庄里发生的三个家族两代人之间近乎惨烈的分化与组合,传导着中国乡村正在发生着的喧哗与骚动。我因此而可以触摸时下乡村生活的脉搏。

二

魏家庄里的喧哗和骚动的最直接表征,是三家两代原有的生活位置的变异和紊乱,在这些令人眼花缭乱的变化和位移中,一个起着极为突出作用的东西就是金钱。

首先是暴富的李家父子,几乎循着同一条道堕落,父亲李庆堂嫖娼狎妓,气死了老伴;儿子柱子四处拈花惹草,祸及家庭伤害贤妻絮儿,一个曾经温馨的家庭分崩离析,水寡汤淡。金钱使魏家两代、兄弟二人反目成仇,玉财在金钱的驱使下从六亲不认到杀人掠财,着实令人惊骇;倚仗弟弟在官场的特权而轻易发财的黑大杆儿,流氓无赖的本性急骤膨胀,以财掠色达到肆无忌惮、寡廉鲜耻,落得个残酷的报复;当权者魏继明以权易钱、以权掠财,似乎反倒于世不惊,虽小巫一个,却与胡长清之流的性质并无二致。

在金钱的追逐和"叼取一块肥肉"的种种伎俩中,我们看到了一个个灵魂的异变和扭曲:一时得手的得意,一朝跌翻的痛心,五花八门的心计,花样翻新的寻欢作乐……金钱成了黏合剂,把互相投机者黏合在一起,把各求其需的男女凑合到一张床上;金钱又似分离液,把父子兄弟亲情、夫妻恩爱顿然瓦解;金钱又如一尊铜镜,映照着一张张乍喜即悲的脸孔和舒而又抽、抽而又舒的扭变的心灵。

无须裁判金钱的意义。这是一个仅限于二十世纪八十年代初的特定环境里,已被中国人热烈讨论过的、至少过时了两百年的常识性问题。读者关注的焦点不在此,作者更不在此着意。在中国农民从二十世纪八十年代初开始的致富潮流里,作家王焕庆选取这个魏家庄,展示给我们的是一幅无序的骚动与喧哗的图景,透视出进入商品经济的乡村所发生的冲击道德、良知、家族和婚姻等领域的变化,乃至更为深远的历史和文化之脉。《抽搐》里的人们所发生的故事,两代男女在追求生活理想的途程中的悲痛与欢乐,我似乎在城市生活的进程中也感受到了同样的东西。这样,《抽搐》的内蕴就不仅仅局限于乡村了,起码可以说是当代生活进程的一部流变图了。

三

在急迫的致富欲望的驱动下,魏家庄的男人和女人骚动不安,掀起巨大的喧哗声浪,构成了生活发展到二十世纪末的一幅前所未见的社会氛围。在未来的多少多少年之后,人们回望二十世纪末中国社会形态的时候,《抽搐》当是一部生动的参考书。

在实现新的生活理想的机遇到来的时候,魏家庄的男女便各择其径各显其能了。每一个男人和每一个女人的生活轨迹,都呈现着各自的心理秩序的裂变,从平衡到倾斜,从平静到紊乱。骚动就是在这种心理秩序的裂变中产生的,喧哗乃至尖叫也是这种从平衡到倾斜、从平静到紊乱的过程中发出的。人的普遍的心理秩序决定着社会秩序和社会氛围,这是常识。

决定人的心理秩序的诸种因素,诸如知识、观念、法律等,而最终的支点是道德。道德的颠覆是最后一根柱梁的倒塌。(自然,道德有文明与陈腐的不同属性,不在此议。)从《抽搐》里我看到的是观念更新造成的心理失衡,这是魏家庄的男女精神复兴的标志;也看到作为人的基本道德在对金钱的追逐过程中和获得以后的颠覆和丧失。老关的家园守望可以类比为唐·吉诃德;魏玉刚作为一个全新的道德坚守者,预示着魏家庄的未来和希望;玉财道德梁柱的彻底毁弃,使法律的构架无以依附,达到新的心理平衡的可能性微乎其微;絮儿心理秩序的紊乱是被祸及的,唯其坚守的痛苦和艰难,显示着人性美的光芒;柱子的心理秩序是一个最完整的平衡—紊乱—再平衡的过程,生活造成的紊乱又由生活本身修复到新的平衡。这是人性的更新层面上的升华和进步,更值得我作为一个读者来庆贺。其余人物,各具这种从平衡到紊乱再到新的平衡历程中的欢乐和痛苦,所谓心路历程。可以预设的是,这种心理秩序的颠覆和修复的过程,不会是一次完成的,在新的挑战和新的生活现象发生的时候,魏家庄的男女还会发生新的裂变和新的再建,人就这样更新着前进着,社会就这样组合着推进着。

《抽搐》的生动性和真实性全赖于此,把握住了各色人物的心理秩序的变异过程,就把握住了人物的心理真实,个性自然就跃然纸上了。

2001 年 4 月 20 日

生命的审视和哲思

一

初知李汉荣,确应了俗话说的未见其人先闻其声,而且是令我惊炸又惊喜的如雷贯耳的宏声。

前年省作协搞诗歌评奖,全省评出十本优秀诗集,应该是陕西五十年来健在着的新老诗人的代表作。评委会又从十本诗集里评出一部最佳作品,是李汉荣的《驶往星空》。评委会把这个评选结果告诉我时,加重语气强调了评出李汉荣的《驶往星空》为本届最佳作品是一致推举。既为一致,就是评委们英雄所见略同,没有异议而一致看好。潜台词自然可以想象为目标显著,出类拔萃。我在惊喜的同时也意识到我的麻木,十本诗集中的九位新老诗人大多数我都很熟悉,个别不大熟悉的年轻诗人,名字却早已知晓。恰恰是这个最佳诗集的诗人李汉荣,既没见过面,也几乎没听到过名字。这回才知道,李汉荣早已是蜚声诗坛的岭南诗人(秦岭南边的汉中)。

我在心里感叹的同时也有所反省,多年来很少读诗,未必是对现代诗歌有什么畏怯,主要是阅读面的狭窄所致。再,李汉荣据说是很重诗道的一个年轻人,很少在文坛上游走,亦不善交际,据于秦岭南边的汉水之滨吟天咏地,大有屈子、太白的遗风。这样,我竟不知晓秦巴山系之间汉中坝子的这位青年诗人。我反而更为心地踏实,还是酒好不怕巷子深,作家靠作品和读者交流,交流的面越宽泛,佐证着作品的魅力,在读者中的影响自然越来越大,还是不愁"养在深山人未识"的,只要坚信自身是"丽质",终究会越过崇山峻岭走向广阔的世界。

李汉荣的诗好,散文也好。不断有钟情他的散文的人把他的佳作推荐给《散文选刊》等刊物,连发专辑。而推荐者和刊物的编辑都是陌生人,又应了俗语所说的"张飞卖板栗——人硬货扎实"的话。不靠关系,不走邪门,以自己精彩的华章美文征服读者,打开刊物的大门,是为文学正道,亦为长久计,是作家创造自己的艺术世界,成就文学事业的别无选择的途径。

二

读李汉荣的诗歌和散文,随处都可以感受强烈而饱满的生命意识。我可以想象那肥胀的绿豆荚,跃上墙头的小公鸡的第一声啼鸣。生命的感悟和生命的升华,生命深层体验中的独特的领受,毕竟成为独特而又清新鲜活的吟诵,自成卓尔不群的绝唱。

关于李白,汉荣竟然写成了一本诗集;关于母亲,汉荣也写成了一本诗集;而《与天地精神往来》的散文集,单凭书名就可以猜想作者心灵所感悟到的关于生命体验的质地了。《登高》中有这样的句子:"树木老得令人肃然起敬,想扑上去唤它几声祖父。"大约只有李汉荣才会产生如此令人战栗的生命感知,某些心底猥琐龌龊而又贪婪狂狷之徒,永远也不可能面对山水草木产生这样深沉的亲情。在《草帽》一诗中读到这样的诗句时,我心底的波澜就涌动起来了:"整个原野浓缩成这朴素的一轮/这是母亲昨夜用麦秆编的""整个原野浓缩成这浑圆的一轮/大自然的语言单纯得/就像这一圈一圈的波纹""整个原野浓缩成这黄金的一轮/起伏的波浪拍打着我的心胸"。一顶麦秸秆儿编织的草帽的辫条里,注入了多少大自然和人生亲情的意蕴,大地和母亲融为一顶鲜亮的草帽了。

"唐朝暗了许多/一多半月光被李白/灌进了愁肠""放开我,我要到山顶上去/敲敲那北斗/看看我前世的酒杯里/盛着多少愁"。读这些绝妙的诗句,不由得击节称绝,直慨叹"怎一个愁字了得"。这个愁是人生的大境界里的一种愁,是生命深层里的寂寞和孤独,只有李白和李汉荣这样的诗家才能触摸得到,绝非仕途受阻、小车档次不高、情人反目等庸常的那个愁。

三

在我有限的阅读印象里,古今中外的大文豪、小文人有多少抒写母亲、歌颂牛的精神的诗文辞章,无以计数。李汉荣作为当代诗人,在这类早被前人写过又为当代人继续写着的同题对象上,依然写出了自己的发现,无论视角,无论切入点皆成独辟且不说,关键在于能开掘出怎样的哲理来,我正是在这一点上发生了钦佩的感觉。在最常见的生活流里,一棵树一座山一条河一方高原一片草地,乃至一爿中药铺店一头牛一根拐杖,作家都追寻到富于哲理的诗魂,渗透着历史关涉着政治蕴藏着文化透视着人生,那样超拔的想象,那样卓越的联想,那样犀利的鞭辟,读来真是令人感到酣畅淋漓,又冷峻通达。文章能写到这种境界,一般故作摇头晃脑无病呻吟矫情娇气的作秀者是难望其项背的。

在《牛的写意》中,由牛的蹄印的大气、深刻和浑厚,突然调侃到帝王印章的小气、炫耀、造作、狂妄和机诈。显然已经不是我们见惯了的那些歌颂牛的精神的平庸诗文。牛在这里成了一种象征,一种关于历史和人的永恒性的假借。"如果圣人的手接近牛粪,圣人的手就会变得圣洁;如果国王的手捧起牛粪,国王的手会变得干净。"这不是一般的生活哲理,而是圣殿与茅屋这一对历史性对立物的大命题了。被许多人深情吟诵过的、爷爷手中的那根《拐杖》,李汉荣却捣弄出一层人生形态的哲理,启迪人生活在这种形态时不要忘记可能出现的彼时,含蓄而又深远,非同于仅只浮表于爷孙亲情的那根拐杖了。

显然,这里不是通常的联想丰富与否,而是思想。当作家不易,成为有思想的作家更不易。而要达到具备开掘深层生活,造成哲思奇峰能力的作家,不可缺乏思想。

四

读李汉荣的诗和散文,我总也不能宁静,无法达到那种欣赏或者品味的闲适境地,而是被感染,被撞击,被透视,被震撼,常常发生灵魂的战栗。不是一般轻才小慧者的文字游戏,不是看似潇洒随意而其实什么也没有的闲淡寡情,而是一种逼人灵魂的审视。

在散文《手》一文中,李汉荣把对自己的良知和灵魂晾摆到一双手上来诘问、来审视。这双已经"告别了镰刀、锄头,告别了大地上的耕作和收割"而操起了"黑色水笔的手",在主人连续的反诘之下,发出了令人惊慑的声音:"你握的那支笔写了些什么?真理?真情?真心?真爱?因感动而书写?因忏悔而书写?因发现而书写?……你写的那些文字,无关乎真理,无关乎文学,更无关乎永恒,你写的只是一些被人重复过无数次的废话,你排列的只是一具具语言的尸体。如果还要写,就写'手的忏悔'吧。"我记不清哪年看过一篇文章,某位成了点浮名的人看着自己的手,那手上的纹路和掌形和指头的长短粗细,都宿命着一只与众不同的天才的手,对着镜子看自己的脸和头发时,惊叹这简直是一副伟人的头颅啊!这种自恋和自吹以至自我造神的荒诞也不无好处,可以使底虚内空的人增加混世的信心。然而李汉荣在审视自己那双手时,审出了忏悔的警示。作家在认识世界揭示世界解剖世界,以求深刻地反映世界的时候,很需要思想做解剖刀;而这把解剖刀应该是双刃的,一面恰恰应该指向自己的内里;不断地审视、解剖自己的灵魂,才可能获得解剖世界解析历史解剖现实解剖别人的思想和力量,才是可靠的。鲁迅先生早已做出坦诚的表白,他在解剖别人的同时,更严厉地解剖着自己。大约以此法,鲁迅才获得了人生和文字的硬气和力度。

审视的归结无非是两点,舍弃和守护。舍弃肮脏,舍弃平庸,舍弃投机,舍弃虚妄;守护清纯,守护锐进,守护真诚,守护尊严。没有舍弃就难得守护。舍弃和守护的过程是灵魂搏击的过程。在生活出现某些复杂现象的时候,舍弃和守护的灵魂搏击就愈显得严峻,艺术家的良心、道德、人格、尊严存在着或被淤没或更强壮两种可能性。当然,首先是审视意识的苏醒。

五

李汉荣是位诗人,写起散文来也是诗的韵律和诗的情怀。无论诗或散文或随笔,都飞扬着诗人丰富的想象和联通,文字背后透现出诗人鲜活的气质和性情。

爷爷遗落的拐杖,竟然长出了一棵柳树。司空见惯的中药房里,李汉荣却呼吸到"辽阔大地经久不绝的气息,是万水千山亘古弥漫的气息……每一服药都是一片云水襟怀。中药是苦的,这是大地的苦心"。中药是扶正祛邪,进行五脏六腑血脉以至皮毛全面的清理扫除,是为祛邪;带着天地江河雨雪露珠的中药融入人体,可谓天地精华天地正气,是为扶正。作者终于在病除之后庆祝"天地正气重又回到我的身体和心魂",而作者隐喻给我们的社会生活何尝不如是!健全的社会乃至健康的心理,也是一个扶正祛邪的反复不断的过程。融入天地江河的精华吧,让我的血脉注入天地正气。

面对星空,作者联想到宇宙、历史和生与死:"生是节日,死也是节日;生,以鲜花欢迎;死,以鼓声相送。"我读至此,当即想到了电影《水车村》。这个大约半个小时的短片演绎的就是李汉荣的这几句诗样的生死体验。那个水车村的人敲锣打鼓奏着祥和的乐曲送逝者入土,没有孝服,没有哭泣,整个水车村的男女都身着民族传统的彩色服装送死者上路。这是黑泽明的关于生命的哲思的表述,与李汉荣竟然如此一致。显然这不是一般常说的超脱,也非那种"活着干死了算"的无所谓的简单化表白,而是关于人的生命的本来意义的哲学思考。

李汉荣用一本诗集吟诵母亲,显然不是单指他的那位可亲可敬的具体的母亲,而是维系诗人生命脐带的大地和人民。"你可以嘲笑补丁,但你不能嘲笑补丁后面那一双眼睛,那一双手。"这种情怀表述着诗人的立足点和人格。有这样的情怀,诗人才飞扬起自由浪漫的翅膀,才产生精绝的哲学思考,才显示着这位岭南汉子的风骨。这一点,在大量的写李白的诗中就更坦诚了:"安能披狼皮入狼窟与狼共舞/安能折腰摧眉侍奉小人/安能学苍蝇狂欢于垃圾堆上""大唐江山/是我腰间一只酒壶"——作者是在写李白,同时也在写自己。

抒写自己的情怀,浇铸的是自己的人格。

2001 年 6 月

生命跃进的足音

大约是今年四月，为天津一位作家的长篇小说写完序之后，我便硬下心来立誓，今年再不写序。没有什么原因也没有什么道理，就是不想写序了。一定要究出个不写序的因由，说白了，就是因为写得太多了。这个决心一下，半年以来，我已经谢绝了七八位要我写序的人。其中有男有女，有已成名的、有正在跃上文坛的新秀，有素不相识的、也有多年的老朋友。我谢绝或者说乞求宽恕的理由只有一条，序已写得太多了。多了就令读者讨厌了。

当友人把诗文集《你就是春天》的发排校稿送来时，我以同样的理由回答。友人说，你先看看吧，这是一个中学生的诗文集。我便嘴软了，心也软了，"一个中学生"的概念令我惊诧。在我多年以来所作过的近百篇序中，大都是已具相当影响的作家，年龄有比我轻的，多数是我的同代人老文友，我为他们的新作做一些鼓吹，更多的是叙一种友情，把这种友情用墨汁凝固下来印在他的书里，收在我的文集之中，自觉比将来作古写悼念文章要好多了。在我作序的记忆里，似乎还没有一位未成年的作家。再说，中学生，一个中学生的诗文集，一下子就使我不仅惊诧而且振奋了。

近年来，文坛上出现过几位在校大学生作家的冲击波，尤其是上海一位尚未进入大学而弃学的中学生作家。我在惊喜的同时，却没有太多的直接感觉，毕竟离我太远了。当这个西安的中学生的诗文集展现在我眼前的时候,立即产生了阅读的欲望,这是一个陌生的世界,一个未成年人组成的最庞大的世界,一个由这个世界里的小天才所传达出来的心灵的声音。我想倾听来自这个陌生世界的久违了的声音。

这个中学生作家叫孙紫微,今年十七岁。从小学三年级(不超过十岁吧?)就开始有作品发表于报纸和刊物,现在已经在包括《散文》这样名家云集的、有影响的刊物上发表散文了。这本诗文集是作者出版的第一本书,是一个尚未出窝的小鸟向这个世界发出的第一声鸣唱。

作品集从三年级的作品起始,是一个黄口小雏眼睛里所感受到的色彩,这些五彩缤纷的色彩里,有花,有猫,有溪水,有眼泪,有伙伴和伙伴们的梦。这些色彩是一个黄口小儿的眼睛感受到的,这些声音是一双灵聪敏感的耳朵捕捉到的,带着幼童特质的心灵传达给我,我直接的感觉是,这不仅是一个早慧的孩子,而且是一个对语言和文字尤其敏感的孩子,这是作为一个未来作家的独具或者说必具的天资。天才是什么?是一根特别敏感的神经,对音乐、色彩、数字、语言等尤为敏感,必然由此而产生兴趣,再有后天的不懈追求,便造就出音乐家、画家、数学家和作家来。

这本诗文集的最后一篇散文,是作者高中二年级的作品(作者现在还坐在高中三年级的课堂上)。读着读着,我就感受到了一种生命跃进的足音,口角的黄越褪越少,羽毛愈来愈丰满,翅膀也张开来了,眼睛也有透视天籁的力度了,声音响亮了,甚至时不时地有几分老辣的音色冒出来,引起我心灵的震动。是的,作者从三年级写花写水写猫写小伙伴的情态,现在已经把笔锋触及家庭和学校以外的社会生活,触及同龄人甚至成年人的人生课题,触及社会变迁中人的欢乐和痛苦的心灵秩序,对国际国内重大政治事件的观察和审视,对家庭、教育、暴力和堕落等重大社会问题的见解。我能清晰地看到一个矫健起来的脚步,能听到一个绝不愿混淆的独特的声音。意识到这样的声音是一个仅仅十七岁的女中学生发出的时候,我甚至有点畏怯了,真是不得了哇!

前几日,正当我阅读孙紫微的诗文集《你就是春天》时,有位书商追到我居住的乡下住处,分配给我四篇今年的以"诚信"为题的作文,让我写点评语。我又一次惊讶和感动,现在的高中学生中真是不乏才情并茂者,一个规定的命题作文会写得令我意料不到的好。我甚至想着在那样紧张肃穆的考场里,我是很难写出这样好的文章的。我读孙紫微的诗文集,尤其是高中阶段的诗和散文,有些篇章的独到感受和准确凝练的哲理或语言,在我也是未必能写出来的。于是我就清醒地看到,进入新世纪的中国的中学教育的水平,单就语言能力而言,是令我惊讶的。

我由此而毫不怀疑,未来的中国文学和文坛,必是如孙紫微们的佼佼者的天下。到时候,我再拜读他们的新作。

2001 年 8 月

互相拥挤　志在天空

——有感于叶广芩、红柯荣获鲁迅文学奖

令文学界瞩目的第二届鲁迅文学奖落槌定音,七种文学体裁的三十五部(篇)作品[每种五部(篇)]获得殊荣。消息在媒体上公开,作为文学界中人,我自然关注每种文学体裁里评出了哪位作家的哪部(篇)佳作,尤为关心的是陕西有哪位作家的哪部(篇)作品折桂。令我惊喜的是,叶广芩的中篇小说《梦也何曾到谢桥》名列五部获奖中篇小说的榜首,红柯的短篇小说《吹牛》位列五篇获奖的短篇小说之中,真是令人备感鼓舞。联想到一九九八年春首届鲁迅文学奖陕西获奖的刘成章的散文集《羊想云彩》和冷梦的长篇纪实文学《黄河大移民》,陕西就有一老二中一青的两男两女四位作家在四种文学体裁里荣获此项最高级国家文学奖(另三种文学体裁为诗歌、评论、翻译作品),确实显示了陕西作家的创作实力之一斑。我为他们的创作成就致以钦佩之意。

毋庸讳言,对待多项文学评奖,尤其是国家级的几项文学大奖的态度,有如我对足球的态度相类同。在人类远远尚未实现地球村之前,我是一个国家主义者、民族主义者,甚至是一个地方主义者,我盼望中国足球能进入世界杯决赛,并在某一日(尽管遥遥无期)夺冠,在陕西我则毫不动摇地支持国力队能在全国足球甲级联赛中取得好名次。同样,我以真诚的态度祝贺中国某位作家在未来的某一年摘

取诺贝尔文学奖的桂冠,也期望陕西作家,尤其是尚未取得过国家级文学奖的作家能在茅盾文学奖和鲁迅文学奖的各种奖项中崭露头角。

同样毋庸讳言,我向来不说淡泊名利的话。反之,在一定的场合和相关的文字话题中,我鼓励作家要出名,先出小名,再出大名;先在一个地区出名,再到全省出名,直到全国出名,能在世界出名则更好了;不经过这样的从小到大的过程,能一鸣惊人、誉满天下则再好不过了。一个作家的作品影响到全国,乃至在世界引起反响,我以为这声誉就不仅仅属于作家个人了,而是一个民族、一个国家的财富和荣誉了。比如托尔斯泰之于俄罗斯,巴尔扎克之于法国,海明威之于美国,泰戈尔之于印度,鲁迅之于中国。

如果不是妄作姿态而是诚实面对,文坛本身就是一个名利场。道理再简单不过,作家写作这种职业是最孤清、最辛苦的事,而一旦写出好的作品及至作品流行开来,却是最容易出名的事;一本好小说、一本好诗歌、一篇好散文等,可以跨越省界国界和各种民族的人沟通交流,作家自然就出名了,作家不想出名也身不由己了。记得小时候读《最后一课》和《卖火柴的小女孩》,便永远记住了都德和安徒生,也知道了法国和丹麦。都德和安徒生生前即使怎样声明自己淡泊名利,还是被无以计数的如我一样的学童永不泯灭其名字。我之所以敢在一些场合鼓励出名,就是基于这样的理解和认识。我希望有中国作家包括陕西作家能出大名,大到让世界都能闻其名而赞叹,当是我的国家我的民族我的家乡的大幸。我以为,少一分矫饰为好,以蕴积创造的雄心和勇气。

再说利,作家通过自己的创作劳动赢得酬报,改善生活和工作条件,以便更好更多地创作作品,是为正道,有什么可指责,有什么可"淡泊"的呢! 前些年里,陕西作家路遥和邹志安英年早逝,整个中国文坛在为他们艰苦卓绝的创造性劳动惊叹的同时,也为他们逝世时的欠债而唏嘘叹惋,以至在《文学报》发起了捐助活动。据我所知,和他们同代的陕西这一茬作家的经济状况大都如此。陕西作家的贫穷和他们耐得苦战(杜甫诗句:"况复秦兵耐苦战")的精神同时闻名。耐得苦战不仅是文学创作的普遍精神,亦是人类在一切科学领域里凡有大作为者普遍的心理素质和精神形态。然而,"贫穷不是社会主义",贫穷也不应该是作家永远的生活状态。邹志安从农村搬家到作协家属楼时,没有忘记搬来酸菜缸。要求喝着玉米糁子就着酸菜的作家"淡泊"名利,缺乏人道。

问题的实质仅仅在于,以什么途径和手段去获取名也获得利。我以为,唯一可靠、唯一能够选择的途径就是写作本身。像路遥和贾平凹那样以作品征服读者,也征服评论界,名自然有了;声望越来越高越来越大,作品一版再版,收入也多了。路遥人虽逝世几近十年,读者群却绵延不绝,一九九八年《文艺报》在首都大专院校做过读者调查,最受大学生喜爱的作品首推《平凡的世界》。路遥的作品选集和文集连续出版,印数颇大,可惜他享受不到一个作家创造劳动的欣慰,也享受不到果实(利)的甘饴了。这里套用鲁迅先生一句话,淡泊名利之说可以缓行。倒是应该警惕那些五花八门的炒作花样,那些遇到评奖便手忙脚乱的隐蔽性动作,应把心劲和智慧用到创作作品、提升作品品位的正道上来。别无选择亦别无遁途或捷径。

据我所知,叶广芩不是一蹴而就一鸣惊人,红柯亦不是一举成名一炮走红。

叶广芩大约八十年代初就发表短篇小说,曾得杜鹏程赏识。记得在八十年代中期《延河》的青年作家专号上,路遥为叶氏的一篇小说写的百余字的点评末尾一句话:"这样的好货往后还能拿出多少?"我随后看到的事实是,叶广芩无声无响了,刊物上见不到作品,文学集会也见不到人影了。直到九十年代初,大约是一九九三年吧,《延河》又做"陕西作家小说专号",嘱我写导言,读到了叶广芩新创作的短篇小说《本是同根生》。我忍不住惊喜,问过责任编辑,大家阅读感觉一致,叶广芩已经羽化成蝶了。在我看来,从青虫到化蝶是一个量变到质变的关键性升华。《本是同根生》在编辑部成为一个话题一个兴奋点,随之被各家选刊选载,在文学界和读者中也引起广泛的好评,叶广芩开始在中国文坛立足了。最近几年,可以说是佳作迭出,短篇中篇以及由中篇连缀成的别具一格的长篇小说,在文坛形成一种持续而又稳定的影响。我已经强烈地感觉到叶氏的冲击波了,凡我到外省参加文学会议,总有人向我打听叶广芩的行踪,总有刊物和出版社编辑要我帮助他们向叶广芩约稿。在文坛,自然免不了不同的对叶氏作品的评价。然而,叶广芩只忙创作不大走动更没有炒作活动,都是大家公认的基本事实。头一届鲁迅文学奖评奖,叶广芩一部中篇仅少一票而落选,实际上已水到渠成呼之欲出。近几年来,我见到过的几位评委谈到此事,亦为叶广芩遗憾,我也遗憾。这次终于评定了,终于使大家的遗憾得以补偿。我在为《延河》写的那篇导言中说过"还是酒好不怕巷子深"的话,我现在仍然信守此理。同样可以告慰路遥的是,叶广芩的"好货"已经拿出来不少了,还有更好的"货"正在酿制中。

红柯是最具年龄优势的青年作家,不过三十出头,创作历史却不浅短,发品也较早,只是影响尚未形成。后来出人意料地远走新疆奎屯,感受大漠和草原,一蹲就是十年,潜心艺术领悟。再返陕西宝鸡时,作品已经在当代文坛造成一方奇异的风景。当我晓知红柯时,已经是红柯的中短篇小说开始闹红《人民文学》以及《小说选刊》《小说月报》的时候,其时他已返回宝鸡。我见红柯第一面时颇为惊奇,他的头发是自来卷,眼仁呈黄色,胡楂亦粗硬,调笑说该不会连种系也在新疆被感染了混淆了。冯牧文学奖初设,只评一位青年小说作家,便选中了红柯。朋友从北京给我打来电话报知此讯,我禁不住从家里到办公室一路上见人便报告喜讯,这确实太不容易了。

今年的鲁迅文学奖的各项奖更不容易。为了不断提升这个国家级大奖的档次和质量,中国作协听取各方意见,将七种文学体裁的奖数压缩到五部(篇),比首届几乎少了一半。单以中短篇小说为例,各省市和各行业作协每种各推荐三部(篇),就有一百七十余部(篇),而且是从近四年以来各报纸刊物上数以千万计的中短篇小说中挑选出来的,想想这五篇获奖的中篇和短篇小说要经过多少道粗筛细筛的筛选,要经过多少口味不同的评家评头论足地说道和挑剔!我因此而为叶广芩和红柯骄傲。因为确实太不容易了。因为我仍不能忘记我在他们这个年龄时的艺术追求和心理冲突的种种。

没有获奖的,未必都是成色差的。就我的记忆,近十年来陕西有几位作家的中篇和短篇曾名噪一时,至今仍被读者所乐道。随便举几篇如高建群的《遥远的白房子》、爱琴海的《神秘的玄武岩》、王观胜的《纵马天山》、冯积岐的《我的农民父亲和母亲》、贾平凹的《黑氏》、张虹的《雷瓶儿》等。这些作品一经见刊,就引起较大反响,被各家选刊选载,被各种刊物评奖评中,或被收入本年度全国最佳小说选本。其中大多数发表于全国中短篇小说评奖停顿的近十年里,可谓生不逢时,错过了完全可能的评奖机运。然而作品的魅力至今仍被读者咀嚼着。

写到这里,我想起新时期开初几年,我在西安郊区文化馆时,归西安市文联领导。市文联为促进西安地区刚刚冒出的十余个青年作者的发展,成立了一个完全是业余、完全是民间的文学社团,叫作"群木"文学社,由贾平凹任社长,我任副社长。记得由贾平凹起草的"社旨"里,有一句话至今犹未忘记:互相拥挤,志在天空。在我体味,互相拥挤就是互相促进互相竞争,不是互相倾轧互相吐唾沫。道理再明白、再简单不过,任何企望发粗长壮的树木,其出路都在天空。中国当代文学的天空多大呀,陕西和西安当代文学的天空也够广阔的了,能容得下所有有才气、有志向的青年作家,要把眼光放开到天空去。天空是既能容纳杨树柳树吸收阳光造成自己的风景,也能容纳槐树椿树吸收阳光造成另一番完全不同的景致。二十年过去,"群木"文学社早已解体,我却记着这条"社旨"。

我从叶广芩和红柯的获奖和平素的行状里,也感知到了这个道理。

2001 年 9 月 15 日　原下

诗性的质地

思强出了一本厚厚的诗集,名《彼岸挥手的孩子》。打眼一看,书名是自题的毛笔字,属于旧时以毛笔为书写工具时代的那种实用型的体例,不是当今专门用来展览或卖钱的书法一种,一目了然可见幼学的功底。

思强算得一位颇具实力的民营企业骄子。骄子弄到今日的实力,既不会一蹴而就,也不是一帆风顺,更不是玩空手道玩出来的,确实经历了挫折失败跌倒爬起,风雨兼程而终于赢得了一番天地,粗略算来也有二十年了。二十年里,中国经济改革,经济发展经历了由浅入深的纷繁的变革过程。仅民营企业而言,似乎是忽兴忽衰起落无定的一个过程。一位已把蛋糕做得很大的民营企业家对我说过一件令人震惊的细节,他回县上参加乡镇企业会议时,发现当初和他同时起步的那一批乡镇企业家几乎看不到一个熟悉的面孔了。可见二十年是一个怎样的过程,可见淘汰是一个多么无情、多么残酷的字眼儿。我由此也就联想到李思强,作为一个从乡镇起步的企业家,肯定也发生过如上述"细节"的震惊和对自身存在发展的豪壮和庆幸。淘汰有淘汰者的伤心和教训,成功有成功者的智慧和经验。这些都可能成为人生的财富,值得写书作传,不仅自赏自慰,当可留作二十世纪后二十年中国经济改革的一份资料。

我更感动的是李思强递到我手上的这本诗集。

我不懂商事商道。我却有幸经历了二十余年来改革的全过程。即使以一个旁观者或观潮者的身份。耳闻目染那潮水的起伏和涨退，常常也是引起心潮起伏的。一个得改革时运、最早脱离习惯性依赖的生活轨道的人，几乎是白手起家，弄到今天这种大报小报专刊记者追逐采访的阵势，尽可以想象其这一面和那一面的辉煌和艰难了。想到尚处于初级阶段的中国社会，再想到几乎处于原始交换形态的市场经济环境，再想到愈来愈令人感慨的俗化温床所滋生的种种龌龊，而终于能站住脚跟成就一番事业，其中的错综复杂艰难打拼的过程，常人如我者尽可以去想象其不易。唯其不解者，在这样的过程中，怎么还会悠然地写诗？诗情和诗性是怎样守护到今天而未泯灭？

我便想到二十余年前。我在灞桥镇上的区文化馆时认识了青年作者李思强。他写诗，也写些生活随感式的散文。我把他的作品推荐到报刊，遗憾的是没有发表，那时候的编辑是不瞅熟人也不照顾面子的。尽管这样，思强还是坚持着写诗、写散文。我在与他的交流中得知，中学时他就开始写诗作文（非课堂作文）了，屡屡得到语文老师的褒奖和器重，文学梦大约就是那时候开始做上了。这是极普通也极普遍的现象，作家无论后来的成就或大或小，而最初的文学梦差不多都是这样发生的。

李思强的文学梦很快就做不成了。"文革"发生了。思强家庭成分属于被打击的对象，不说写诗作文梦想当作家，单是作为一个挣工分的普通社员都成了问题。一个生性不甘屈就的诗人质地的灵魂，便更多了某种心理压抑和痛苦。他选择了写字，在自家窑洞里练习写字。不是为了成为书法家，那时候尚看不到书法可以发财的前景。只是一种安抚骚动的诗性灵魂的唯一可选择的手段。写字的时候就忘记了"黑五类"的屈辱，就可以在窑洞里安静地度过一个又一个漫长的冬夜。现在，人们很惊诧他的毛笔字，一个乡村出身的农民企业家，怎么能写出教授也难以为之的毛笔字。"文革"发展到最激烈的中期阶段，贫穷的乡村的阶级斗争反而折腾得更厉害，并未因为贫穷以至饥饿而减弱其火候。思强感到生存的危机了，预感到在窑洞里写字可能意味着坐以待毙的危险，便搁置了毛笔，投师练拳去了。白天按时出工劳动，夜晚便偷偷溜出窑洞到远离家屋的拳师那里去练习拳脚。他说他那时候专心痴志练拳，仅仅只是为了保护自己，所以他的功夫和套路属于实用一类。"文革"十年，李思强修炼到"文武双全"了。而多少并无社会压力之虞的青年人却轻易荒废了。生活往往就是这样流过千秋的。

我常想，一个困死在窑洞里自练毛笔字的人，一个为了防身以求得生存而苦练拳脚的人，而今是被各路记者追逐采访报道成绩的人，一个尽可以享受生活的富有和生活的自由的人，留在心里的反差，既是个人的体验，也是社会进步的一份活档案。思强显然没有沉浸在事业有成的得意扬扬之中，没有沉醉在我们惯常所见的那种老板姿态里，而是把个人的体验凝结成一首首诗。他显然已不是二十多年前做文学梦时的心态了，写诗的动机就演变为一种纯粹。纯粹的抒写。关于人生，关于社会，关于理想，关于爱情，关于土地和拽犁的牛，关于儿时爬过而今仍然走着的那道坡。尤其是关于大海，一个在黄土崖下的窑洞里滋生成长的北方人，却写下那么多寄情大海的诗章，可以透见心灵之一缕吧。这种完全摆脱了功利目的纯粹的抒写，可以信赖为心声，没有娇气和矫情，没有虚浮和装腔，是一个人生活的和生命的体验的展示。

也许是诗人质地，也许是抒写过程中对自己和社会和人生的体悟和审视，思强潜存着一种清醒。一种把蛋糕做大了的人很难保持的清醒。这种难得的清醒，常常表现在一种演说、一种玩笑、一种调侃之中，偶尔也露出一种愤世嫉俗的严词厉声。所有这些极具个性化的表现，都透出一种经历过世事、经历过搏击的睿智与清醒。

我依然有点迷惑莫解,当一场复杂的商机谈判完了,当一项重大的工程实施中出现麻烦,当一种计谋造成的迷雾尚未显现前景的时候,思强却能坐下来吟诵韵律推敲诗句,我是确实感动而又钦佩的。

2001 年 12 月 9 日　原下

把智慧投入到写作中

——与《三秦都市报》记者杜晓英的对话

记者：陈先生，首先向您表示真诚祝贺。您当选为中国作协副主席，这对陕西乃至西部文学来说，都是一种非常盛大的荣耀，请问您如何看待这一事件？

陈忠实：这应当是国家以及中国作协对西部的重视，对西部文学的巨大关怀。这个荣耀落在我的头上，对我也是莫大的鞭策。我由此首次想到的是作家的智慧这个老话题。作家的职业本能是写作，作家的全部智慧都应用于写作，而不是其他。人的智慧的发展是一个不断开发的过程，作家如果对自己负责的话，就应该把自己的文学智慧不断开发到最大的效益——就是力争写出最好的作品来。这是作家生命价值的全部意义所在。至于社会荣誉，这些都是因写作而带来的，写作的目的本不是为了追求这些，而是为了展示作家自己对社会生活的感悟。要写出好的作品，就要把自己的文学智慧充分利用。这里对我警示最大的一点就是，不能把自己的智慧挪作他用，不能浪费。花费在不值得花费的事情上，获得的某些空泛的名誉，对作家来说没有任何实质意义。

记者：西部向来是中国文学的重镇，西部文学在中国文学的大格局中始终占有相当重要的位置，作为中国作协副主席、陕西作协主席，请您就西部文学发展的历程及走向谈谈自己的看法。

陈忠实：解放至今五十年，西部作家的创作在新文学中占有非常重要的位置。就西北五省而言，解放以来出现过在全国都非常有影响的作家，新疆的少数民族作家和可以说领一代风骚的诗人闻捷，陕西的柳青、杜鹏程、王汶石……甘肃也出过非常有实力的作家和剧作家。新时期以来，西部作家的作品也在当代作家中占重要位置，宁夏的张贤亮及陕西的路遥、贾平凹等一大批作家，甘肃和新疆也出现过一大批优秀的作家。尤其在近年间，西北又崛起一批青年作家，这更给人以希望，像宁夏的"三棵树"，刚刚荣获鲁迅文学奖，是继张贤亮之后极具实力的一个小说创作群体。西部是一个宽泛的概念，这些作家各有其艺术特色，不能一概而论，一个人就是一片风景。就陕西而言，路遥和贾平凹都自成一道优美的风景，他们的艺术形态差异又很大。张贤亮是一片宁夏的具有固定影响的瑰丽风景……正是这些不同个性的作家，组成了西部文学这个壮观的森林。这森林里面既有青松，也有白桦。西部文学的构成是一片非常丰茂的、各展风采、多姿多彩的森林。文学发展本来也应该是这个样子，以个性而生存。

现在国家大力开发西部，西部人也劲头十足地开发自己的资源。在这个大背景之下，对西部作家而言，认识西部、理解西部，继而反映西部，这些都会对西部文学起促进作用。尤其令人感奋的是现在有一批三十岁至四十岁的青年作家已崭露头角，陕西、宁夏、青海都出来了一批，他们完全以自己的新的文学形态展示到了中国当代文坛上。

记者：在著名作家和陕西作协主席、中国作协副主席之间，您更喜欢哪个角色？今后，行政性事务是否会分割您大量的时间和空间？

陈忠实：人的生命精力是有限的，这是一个客观存在。作为我，承担了这个角色，就会努力尽到这个角色的责任，就得对陕西文学乃至中国文学的发展，尤其是青年作家的成长负一定的责任。我多年以来做了一些工作,今后还会做这个工作。当下这个体制下的文学事业需要有人做这样的工作。现在把我推到这个位置上,我就不能推卸这个责任,我会尽我的能力做好,尽量能够建设一个健康、活泼,有利于作家发展,尤其是青年作家成长的比较好的文坛气氛,这也是我工作的意义。

我也得加紧自己的写作,不光是作品的数量,就我对文学的一生追求而言,也不应该浪费时间。因此,我要努力排除一些纯粹的属于社会应酬性的事务,即那种既没有工作意义,也没有写作意义的事务。在这个比较世俗化的社会里,这种事务比较多,这我已经意识到了,我会尽力把这种事务排除掉,多节约一些时间,投入读书写作,让生命更富有意义。

记者:《白鹿原》以其深厚凝重的史诗风格奠定了它在新时期文学领域的巅峰地位,这部作品在读者及文学界中的影响已远远超越了单纯的文学意义。在《白鹿原》创作完成并出版已届八年的今天,请您以切身的回望,给读者谈谈您对这部作品的看法。

陈忠实:我对我作品的看法至今没有改变。我早先曾说过,作家自己最清楚自己写下了一部怎样的书,自己做过什么样的追求,完稿后形成什么样的形态。八年后的今天,我还跟写完这部书的感觉是完全一样的。我在写这部书时,把我对历史生活、对文学的感受等全部体验都努力做了一番表达。但是有一点是我估计不足的,就是这部作品后来产生的影响。八年已过去,关于这部书的议论和在读者中的反响,我走到任何地方都能感受到。我当时确实没想到它能产生这样大的影响,能够如此普及,拥有如此广泛的读者群。迄今为止,《白鹿原》仅正版就发行了逾百万册,现在每年都印几万册,是稳定的长销书。

记者:世纪之交,文学已经在社会、经济等多元力量的浸淫之下发生了一些变化。一些大牌文学期刊《人民文学》《作家》《收获》

《当代》也都在文本企划、视觉包装、关注指向等方面进行了调整。作为老牌文学月刊《延河》的主编,您对文学期刊在新文化格局下的种种变革如何看待?《延河》今后会有哪些新的办刊方略?

陈忠实:全国的文学期刊,包括国家级文学刊物和省级文学刊物,都在做着适应市场的调整,最重要的改变就是包装,有的甚至改名。像《天津文学》改名为《青春阅读》,《湖南文学》改名为《母语》。《天津文学》原来发行千把册,改名后增至四千册,《湖南文学》改名的效果却是每况愈下。还有些期刊把原来的版本换为超豪华版本,包装设计、版式设计都更精致、更新颖,这些都是促进刊物发行的措施。但是,尽管这些刊物作了很大的努力,仍然没有明显的订数的上升。读者掏钱买这个刊物,最终目的是要看好作品。精美的版式设计固然很舒服,但它毕竟是从属地位。其要害支点应在于内容。我认为办刊物最重要的在于抓到好作品,这也是我对《延河》的思路。所有的文学刊物都在刊登作家作品,但能被大多数读者一致看好的作品好像不是很多。所以全国文学期刊都处在一种差不多的困境中,没有哪家一枝独秀。要促进刊物走出困境,加大发行发展,出现柳暗花明又一村的转机,文学界还需要努力。这两年《延河》做了很多调整,但总体来讲没有很快地扩大发行量。在这样的情况下,坚守一种文学精神,保存一块文学园地,也是难能可贵的。

记者:不少作家和读者认为,一部经典文学作品就可以成就一个作家一生的生命价值,您是否也这样认为?近年来,您在潜心读书的同时,仍进行着自己的创作,今后,您在创作上有哪些新的设想?

陈忠实:我不敢说《白鹿原》就是经典,它也需要经过历史、生活包括阅读历史的检验。只能说截至现在,读者比较喜欢——这我当然也充分感受到了。我也从来没想过写这一部书就满足了,我还是要尽我的能力去写作品;我也从来不以为我写的这一本书是一个高坎,我自己再也跨不过去。我这两年更多地写了一些散文,也写了一些短篇小说。多与少的问题已不重要,重要的在于形成体验后就把它写好。如果写滥、写没有多少内容的泛泛之作,这也是我所认为的对作家生命的浪费。

2002 年 1 月

惹眼的《秦之声》

我确实喜欢秦腔,却不入迷,自酌远远不到戏迷的程度,更不及对足球的痴迷。然而却真实地喜欢着,且一如既往。如以时间论,秦腔是我平生看过的所有剧种中的第一个剧种;如以选择论,几十年过去,新老剧种或多或少都见识过一些,最后归结性的选择还是秦腔,或者说秦腔在我的关于戏剧欣赏的选择里,是不可动摇的。然而只是喜欢,尚不到入迷的程度。

喜欢着秦腔,也就关注着秦腔;关注着秦腔的最明显的标志,自然属于陕西电视台既誉满三秦亦花香墙外的《秦之声》了。

就我粗疏的印象而言,新时期以来陕西电视台的无以计数的专栏里,《秦之声》是出台最早也最为惹眼的专栏之一,可谓经久不衰,不厌不腻,而且是历久而愈显风光,愈被观众乐道的一个专栏。毫不夸张地说,业已成为许多观众,尤其是乡村观众精神生活里不可或缺的一道风景。同样毫不夸张地说,当是陕西电视台名目繁多的专栏中的一块"名牌"。

十多年来,随着改革的发展和经济的繁荣,文化娱乐的途径和手段日渐丰富,说是令人眼花缭乱也不过分。在诸多的娱乐方式中,对城乡群众起主导作用的是电视的逐年普及。可以说,电视已成为几乎所有家庭最基本的文化设施,对家庭和个人的直接影响是全方位的。它的好处无须赘论,它的威胁大约从它在我们的生活中开始出现就带来了,随着电视机从城市到乡村的逐渐普及,这种威胁日渐强劲,最终把包括国剧在内的所有传统剧种都从舞台上撵跑了,连电影院的电影放映业也频告生存危机。于是,全国人民都在自发呼吁抢救国剧,各个地域的人民也都不约而同地发出抢救地方剧种的呼声,喜欢秦腔的陕人早就为秦腔的生存和发展大声疾呼了。民间呼声一高,政府也很敏锐,便有"振兴秦腔"的专门政府机构设立,为秦人不可断饮的文化清流献计设策,其精神和干劲都是很令我钦敬的。然时至今日,专演秦腔的数家剧院几乎终年冷清,据说许多享誉三秦、有口皆碑的名角也到秦腔茶社里表演去了(秦腔茶社作为一种新的演出形式,可待观察)。在这样的情势下,《秦之声》现象不仅值得珍贵和珍视,其经验更值得研究探讨。

在我看来,《秦之声》的创意者和实践者的过人之处或超前之处,在于较早地把住了娱乐文化发展的脉搏,就把威胁剧院和影院的电视这个"恶物"自身的巨大优点抓住了。《秦之声》的创立和播出,把跑剧院的秦腔迷和在乡村戏楼下的"社戏"迷们安顿得舒舒服服熨熨帖帖,坐着沙发或火炕,品着香茶嚼着水果抽着烟卷,看那些包括逝去的秦腔老名牌新名牌以及崭露头角的新秀们的风采;更难得的是,那些活跃在机关、课堂、车间、菜园和田畴上的干部、教员、工人、农民以及肩章闪耀的军官,都借"机"走向观众。想想看,即使十家专业演出秦腔的剧场场场爆满,即使逢年过节才演一回的乡村戏楼前人山人海,也无法与《秦之声》播放时的观众数目相比较。于是我便妄自断言——

——《秦之声》以超前的现代眼光抓住了现代文明发展的潮头和走向,不失时机地找到了发展传统文化——秦腔的最好契机和最佳方式。

——《秦之声》多年来的实绩,消除了包括我在内的秦腔爱好者的隐忧,表面上冷落的剧场并不表明秦腔这个剧种的过时或濒临厄运,而仅仅只是观赏方式的转变。在剧场看戏要跑路、要购票,而且不能抽烟有诸多的不自在,在电视机前坐在家里就优越多了,坐下看躺下看喝着茶看抽着烟看,这种小自由任随性情。因此我就可以断言,《秦之声》对秦腔的普及和传播,可能比任何时候都更深远。换一句话说,秦腔这个独具魅力的、传统的、无可替代的剧种,终于找到了一个发展自己解决生存的最佳渠道。

《秦之声》既誉满三秦又花香墙外就说明了一切。它的主创者的功劳当蕴含在秦腔观众的记忆里,当记在陕西地域文化发展的功臣碑上。

近日看了新版《秦之声》,耳目又是一新。新的栏目令人目不暇接,别开生面,从原来较为一律的以演唱为主的场面,进步为比较活泼多样的特色板块。戏曲小品的切入,融会了传统的正角反演为丑角的"耍戏"类的优点,又是反映现实生活与时俱进的"戏曲小品",平添了轻松活泼的气氛,也感受到现实生活的新鲜气息。《戏迷说戏》板块颇见创建者的足智多谋和良苦用心。对于一般戏迷来说,大多是关注剧情,品赏唱腔为主,而一些程式化规范化的曲牌名称,有专指意义的表演动作,以及角色名称,乐器名称和用途,对观众,尤其是青年观众起到普及戏曲知识的良好作用,既可提升观众的欣赏品位,也可以培养新戏迷的兴趣,这无疑是为秦腔流传和发展培育土壤。《经典欣赏》当然属重量级板块。说到底,观众守候《秦之声》,还是想听想看一些经典剧目的片段,这是百饮不厌的美酒,是戏迷们过戏瘾的关键一盏。这一栏目的设置,可谓把准了戏迷的戏脉。《戏迷大叫板》的设置,为那些难得登台机缘的业余唱家提供了一个显示的良机,更活泼更有竞争比拼的悬念了。

这是我看到新创版《秦之声》的第一印象,总体上是欣然而又鼓舞的。有些板块中的剧目的选择,当更富品位,宁缺毋滥,万不能迁就。板块之间转换的环节还需更缜密、更细腻,包括主持人的语言衔接、语言智慧的提升。包括我这样的观众,说到底有如食客,总是希望看得眼热耳顺心里滋润,要求也是期盼。

我最为感佩的是,《秦之声》的操作者们没有为声誉和功劳所沉迷,依然清醒地继续着振兴秦腔的事业,用心良苦地重构这块文化名牌,使其更趋向观众的新的审美需求,同时也提升戏迷的欣赏品位。在新的一年到来时,我在对他们富于创造性的工作和献身秦腔艺术的精神表示敬重的同时,也向他们道一声新年的祝福。

2002年1月13日 原下

文学对科学的解读

这套由中国地质学会与沈阳出版社共同策划的《人与地球》丛书,是科学家与作家联手打造的大型科普创作工程,出于一个独特而优美的创意,由科学家提供资料,贡献自己的研究成果,作家来撰写完成。

在我的印象里,很少有谁进行过这样的尝试,即以文学的目光去注视科学,以细腻多情的文学之心去熔炼科学。这无疑是一个大的命题,是异常艰苦、耗费心智的大项目,在面对海洋、森林、山脉、沙漠、河流等雄阔的与人类生存息息相关的自然界,需要作家用笔去解读,用心灵去感悟,并在一系列刻板严肃莫测高深的科学概念和数据中注入飘逸瑰丽的想象。

当我在白鹿原下的祖屋里品读这几部书稿时,意外地获得一种清新爽朗的感觉,情不自禁地沉浸于地球那浩瀚神奇的历史之中,同作家一起如醉如痴地领略那份深远曲折,那份沧桑悲壮……那些专业书中永远属于科学家和学者的"海洋学""冰川学""生态学""地质学"以及"板块构造""大陆漂移"等,距我们不再陌生遥远,成为一个个令人着迷的神奇故事。

对这颗我们自降生之日起就与之依偎着的星球,我们又了解多少呢?我们知道原始地球上曾经充斥着火山、陨石雨、电辐射,看上去毫无希望吗?大地是怎样经过长达五亿年艰难的自我演化和苦苦等待,最终与第一片雨水相拥?第一个生命分子又是怎样在海水与电光中出世,由此开始构筑漫长的行星生态圈的浩大工程?植物是怎么覆盖大地,生物是怎么被迫登陆?我们所形容的永恒的大海和不老的山脉有一天竟也会死亡,而喜马拉雅为什么会从古老的洋壳上雄浑地站立起来?我们是否真切地意识到水土和植物构成的森林组成了支撑着地球生物生存的世界?当我们与一株树对峙的时候,是否想到植物也是生命之网的一部分?我们是不是早已忘记流过身旁的河流是冰雪山脉赠予的珍贵礼物?我们是否想到滚滚的沙漠曾是养育生命的最丰沃的水草地?

我们也许忘记了,也许从不知道,也许压根不曾想过。现在,我们跟随几位作家绚丽奇异的笔触,去做穿越时空隧道的旅行,至少是我,被地球恢宏的创世交响和惊心动魄的演化史深深震撼了。相形之下,人类的历史,人类不断制造的战争、掠夺、倾轧、吞并、阴谋和背叛在壮阔的自然面前是多么微不足道。我不禁对这颗生养我们生命的蓝色星球充满深切的敬仰之情。

这套丛书中《凝看海洋》(庞天舒)、《触摸山脉》(庞天舒)、《解读森林》(曹岩)的二位作者均为军中专业女作家。她们远离热闹的传媒,默默构筑自己的文学圣殿,任何浮躁之风都没能扰乱她们宁静平和的创作心态。此次,她们悄然沉入到辽远的地史中。令人感到不可思议的是,二人均是少年从军,没有按部就班地接受过正规的数理化教育,但是,她们就敢去触摸深奥的地球科学,并将某些课题解读得如此完美得当,获得众多地球科学家的由衷赞赏,优美的行文绝对是一种阅读享受。这是一个奇迹,奇迹的背后是灵性、才气、大量的阅读求证以及种种我们难以想象的艰苦卓绝的努力,这是只有军人才敢于接受的挑战,才能完成的冲刺。她们是作家和军人,最重要的身份是军人,只有军人才常常在不可能中创造可能。同时,我也为她们开拓了一方创作的新天地而表示由衷的祝贺。中国地质学会秘书长王弭力教授选择这二位女作家来完成关于海洋、山脉、森林的创作,独具慧眼。王教授作为一名女性,或许她更信任女作家,或许她认为唯有女性才能更细腻更深情地凝看地球的河山,也唯有女性才能以更独特的生命体验去解读这一片片广阔的母性生息地。因为女性生命本身,就与充满创造活力的海洋与升腾的山脉与丰饶的森林与绵长的河流息息相通。

值得一提的是,我们荣幸地请来景爱先生撰写《走进沙漠》。他本是一位考古学家,近年来,又致力于沙漠的研究,已有多部专著问世,成为我国沙漠考古界卓有建树的知名专家。他以学者冷静的头脑、敏锐的思维和生动的文笔,为我们揭开了沙漠的秘密。

我们常常陷入习惯性的误区:文学与科学是彼此毫无关联的两个领域。其实,它们有很多共同点,最主要的一点是从事这两个学科的人,都需具备非凡的想象力,牛顿曾经想象大地深处存在着一种巨大而无形的力,它牵引着扔到半空的苹果落回地面,爱迪生曾经想象把电放入小小的玻璃泡里去照亮黑夜,魏格纳曾经想象我们居住的大陆可以漂移碰撞……于是,生存于这个世界上的我们方才知道了万有引力,享有了电灯,懂得了大陆漂移。想象更是作家进行艺术创造的翅膀,独立的思想和独特的体验正是依赖想象之翅飞翔起来。这套丛书的几位作家,以非凡的想象力征服了这个艰涩枯燥的选题,令人惊讶,乃至禁不住击掌拍案叫绝。

2002 年 2 月

烛照人类心灵不灭的神光

——阅读《落红》致方英文

英文:

您好。

见到刚刚出版的《落红》,竟有一种激动油然而生。我的生活中最舒心的时刻,首先当然是写成一篇作品之后,尤其是自己感到比较恰当地表述出一点独特体验的文章。哪怕仅仅只是三两千字的散文,那种舒心和愉悦是无以言状的,那一刻就觉得比屎还肮脏的龌龊都可以一笑置之了。我屡屡发现,我其实仅仅生活在文字表现的最佳生命气场之中。当然,还有令人愉悦的事,就是读到一本好书或一篇好文章,尤其是较为熟悉的朋友的作品,常常按捺不住,见人就想传递,毫不隐讳。您当记得,一年前我读完《落红》(时定名《冬离骚》)的复印稿时,就呈现出这种抑制不住的兴奋,您我曾有一次忘情的深夜长谈,我把我阅读的全部真实感觉都倾倒出来,传达作为一个读者的读后感觉,自然包括可再斟酌的修改意见。

《落红》终于成书面世,我忍不住又看了一遍,在于重温初读复印稿时的兴奋点,包括奇妙诡谲而又包容了太多的当代人生体验,唐子羽的生存环境生存形态,他对生活和时世的陷入和感知,他进入当代社会生活各种角落时所经历的心灵的颠覆过程,道德的反复自审乃至自虐,对稍微有同样经历和经验的现实读者,都会有一种逼近鼻息、叩击胸脯的真实的冲击。我仅举一例，唐子羽在官场失落时有一次嫖妓行为，这种行为的结局所传达的震击社会震击人心的宏声是难以轻易淡忘的。唐子羽看似自娱实为自虐自侮的这个行为的结局，却是心灵的自审和自我救赎。我正是在这里看到了一个人的灵魂在呈现着混沌状态的当代生活中的痛苦和跋涉。我所见的此类场景的描写，多属商业目的的诱钓读者胃口的诱饵，多属卖脏，且不论它。您同样让唐子羽经历这种场合，却意在让唐经受一番精神和心灵的洗礼，使人类最基准的那一点道义和良知灼然闪亮，当是人类不死的神光。紧接这个惊心动魄的情节之后，是音乐老师那一袭美丽的红纱巾。我在初读原作至此时而掩卷神伤，我昨日再读时依然发生情感深处的颤动，那是怎样美丽的一条红纱巾！唐子羽少年时代心灵中的这条红纱巾，无论出身城市或乡村的任何一个少年大约都在心灵里藏着一条，进入社会后，谁也不可避免对这条红纱巾的纯洁的守护和渍染的艰难的两难选择。唐子羽的精神世界的几次波澜，工作的官场的生活的家庭的过程，最后推向的彼岸，尽管没有常见的所谓大事，却揪得人的阅读情绪难以罢手。我以为您的了不起之点，就在于通过生活真实的描绘（这是比较容易做到的），把握住了唐子羽心灵和精神流变的真实历程，这是不易做到的不完全属于艺术范畴的话题，而更多地显示着作家关于人生体验的层次，勉强不得，做作不得，非得真的得到了那种人生独立而又独特的体验才能达到，作品品位的高下依此也就分明了。唐子羽作为一个映现着深刻复杂的多棱镜式的人物形象，以其陌生新鲜的面孔立于当代文学画廊人物之列，您是完全应该自信的。

　　再说一些，关于《落红》的语言。您这部小说的语言，该是读者最为惹眼的也最直观的一点。关于这种语言的特质和功能，我不再做判断，留给评论家挑肥拣瘦更合适。我的直感是，方英文式的别致的语言。这种语言已不陌生，在您的诸多散文随笔的阅读中早见识过了,更多的是听您平时说话的口语表述,内质和方式都是一致的,所以我说是"方英文式的语言"。我的阅读感觉是好的,常能感到"别一种说法",正话反说和反话正说,达到的效果都是出奇制胜的。尤其是一些作者感受最深而文字又逢神来之笔的章节,真是令我折服和钦佩。也不讳言,有些时候的语言中所牵涉的事,给我以不大相干而拉扯到一起的勉强,记得读初稿时我当面谈过,现在似乎还存留着某些类似的东西,诸如把一些与此情此境下几乎不相干的政治术语连接在一起,效果反而不怎么好。当然,语言在谁也很难说已经完美,杜甫终生都在追寻惊人的语言效果。相信您也是属于不达此境死不休的角色。

　　信写至此,已经很长。昨天读书,今天给您写信表白再读的感觉,仅谈了两点,已经深感这个礼拜天过得太愉快了。

　　祝愉快!

陈忠实

2002 年 3 月 10 日　原下

成熟与智慧

朱鸿的散文,在我看来,可以说是长驱直入,坚韧不拔,一直追求着一个既定的艺术目标。以《夹缝中的历史》为标志的他的最新的散文创作,达到了一个思想的和艺术的新的高度。

我跟朱鸿认识得很早,但来往并不频繁,见了面有事说事,无事也打个电话问个好,属于很清淡的一种朋友的关系。对朱鸿的散文,还在二十世纪九十年代初,我在作家协会后院晓雷的办公室,听到晓雷和几个朋友议论朱鸿的散文,说朱鸿的散文很不错,很独特。那个时候,我对散文注意得不多,碰上就看,听到了这些对朱鸿散文的评价,引起我的注意,我就找到朱鸿的散文来读,读后是一种非常惊喜的感觉。那个感觉,不说不同凡响,至少是他的散文的表述很有个性,这种个性,在我认为,是一个作家创作开端时最好的艺术形态,好的作家一定要有自己的个性。从那时到今天,十年过去了,朱鸿进入了一个壮年时期,这个壮年,不仅是年龄的,也是创作上的,他的作品的思想和艺术也进入了壮年,而且,这个壮年在我感觉还有一种威武雄壮之势。他的散文的影响,远远超越了陕西,在全国也引起了较大的反响,在全国一些报纸和刊物上,几乎经常可以看到朱鸿的散文,从一些重要的选本也常能见到他的作品。《夹缝中的历史》这本书,与以往的散文集不同,它的题材相对规范,写的是历史。中国几千年漫长的历史,发生的事情很多,朱鸿选取并开掘了那些令人深思的历史题材。他是从新的角度进行开掘,以一个全新的现代人的思维和认识的高度,穿透历史的尘封,阐发出一些给人以启示的见解。历史故事很多,谁都可以去写,谁都可以利用,但真正能够以现代人的思维和眼光穿透它,并能对我们正在进步着的社会和正在进步着的人的思想以启发,就很不容易了。他的这本书,不仅从思想上翻新着历史故事,而且从艺术的角度看,也展现出一片全新的天地。朱鸿这部散文集,展示了一个作家在思想上和艺术上的勇气,还有他在这部书中表现出的成熟和智慧,一个作家仅有勇气是不够的,要走向成熟,要有智慧。

2002 年 3 月 广州

生命质量的升华

杜晓英总是认真而真诚的。

每一次电话要我做什么事,都很认真地叙说那件事情的重要性,都很真诚地表白由我来做的必要性。有些事我斟酌可以做就爽快地答应下来去做;有些事再三斟酌由我去做未必合适,或者是属于我可能做不好的事,然而再三斟酌之后还是去做了。究其原因,便是杜晓英的认真。她在报社策划的每一件事,都是那么认真地去做,我不仅感动而且钦佩。我敬重那些认真思考也认真做事的人。再就是她的真诚。她要我做什么事从来都是首先让我感到真诚的,那真诚是既包含着她所承办的某项工作的个人责任,更有这项工作所负载的社会意义,而我又是往往在面对真诚的时候,最容易发生主意的改变。

冒着清明时节的纷纷细雨,杜晓英从城里赶到我原下的乡居,背着厚厚的三大本复印件。都是她在《三秦都市报》刚刚终结的《我的自考情结》征文的作品集,要出书了,让我作序。她动情地叙说着那些应征作品感人的故事,我也被感染了。我总是在那些自强不息自我奋斗者踩踏泥泞的脚步声里很快发生情感的融合和陷落。杜晓英直言不讳地说明选我作序的因由仅只一点,即我属于一个自学自修的人,与这个庞大的以自学考试而获取高等教育文凭的族群会有共鸣。我便应承下来,尽管一年前我已内省暂不作序,现在确实觉得有必要将这种共鸣的感受释放出来。

共鸣果然整个地全面地发生了。

这些自述通过自学自修获取文凭也获取专业知识的人的奋斗历程,几乎没有谁是一帆风顺的,普遍性的艰难,普遍性的曲折,又是普遍性的顽强,普遍性的不屈不挠;结果普遍是专业知识的获得,普遍的人生质量的提升和生命境界的升华。这些奋斗者的队列之中,几乎站立着当今社会所有职业的人。他们因为种种不同的遭遇而错过了进入高等学府接受正规教育的机会,那个人人都企望跨过的"独木桥",容纳不下所有怀着同一目的的人,他们就毅然或几经彷徨之后决然走上自学自考这条更富于包容性也更艰难的求知之路。应当感谢当今中国教育制度和教育方式的逐渐完善,其中重要的一点就是为有志自修自学的人开辟了一条值得赞美的道路,使众多的渴望获取知识的人有一条可靠的途径,这应该是健全的社会的一个重要标志。我于此便忍不住万端感慨。我是一个未能通过那座"独木桥"的失意者。我至今未有一张任何形式的高校文凭。我几十年来直到今天在无以计数的表或证的学历栏目里都签着高中毕业,这是我接受正规教育的客观实际的程度。我后来自修自学的水准无法考量。我的青年时代没有自学考试这一道好菜可食。我在离开学校回到乡村的巨大的人生绝望里,终于点燃了一只用墨水瓶改装的煤油灯,也为自己定下一个考量的标准和目标,自修四年(大学学制),发表作品,第一篇公开发表的文学作品,就是我的大学毕业证。从这个意义上说,我羡慕今天自学自考获取高等院校文凭的朋友们。

在我迄今为止的所有文字书写和口语表达中,极其有限地涉及处女作发表前后的那一段包括饥饿在内的艰难困苦和茫然无向的探求。这主要在于后来更为艰巨、更为复杂的创作实践的体验,把此前的曲折和艰辛全都淡化了。可以说,你要不甘平庸而有所作为,你要不为目下已取得的成就而自我欣赏,企图更远大的创作目标,就会发觉随之付出的劳动,将是比以往包括饥饿在内的艰难更加富于挑战性，我的整个自修创作的感受，形成了我对所有富于创造性劳动的最基本的理解，这就是，无论文学艺术，无论自然科学，无论社会科学，任何一个领域里要取得独创性的成果，除了天赋，还要有思想，还得有专注和毅力，吃苦耐劳忍受种种痛苦和牺牲，这是成就事业的最基本的行为而不必太多在意。吃苦耐劳是开启天赋的最可靠的利器。缺失了坚忍的劳动，即使具备天赋之才也会白白流失。即使有幸进入高等学府的人，要成为某项专业人才，要在某一学科有所作为有所突破，同样也得付出艰辛的劳动，忍受常人难以忍受的艰苦，才可能把自己的那一份天赋的智慧开发到极致，才可能攀登到常人难以达到的高度。世界上那些为人类文明做出过重大发明创造的人，无一不具备这种最基本的意志品质。

无论古人，无论今人，人获取知识的途径无非两条，一是正规的学校教育，二是自学自修的自我教育，目的却只有一个，即获得知识。获得知识途径的最大差异，在于前者教育条件的规范完善和优越，后者的简陋残缺和困窘，然而，这也仅仅是形式的差异，并不在本质上决定求知者获得知识的质量。这是无须例证的，古今中外有许多垂范至今的杰出人物都可以参照，社会上只认名牌不究底里斜视自考的偏见，一时难以消除，然而自考者亦不必太在乎，用自己工作的实绩去证明自己，纠正偏见。

云南一位从战地回到家乡做了民办小学教师的朋友，经过自修自考获得本科文凭。现在已经是高级中学的一位教师了。他的实际工作能力正是对那张自考本科文凭知识含量的最好考量。他的一句话说清了最本真的意思，提升人的生命质量。

生命是有质量的。生命本体都是平等的神圣的，然而生命的质量却有巨大差异，这是生活实际，也是生活常识。有理想有抱负的人，企图把自己有限的生命在这个世界上释放出最大的能量，为社会的进步和发展做出有益的贡献，这个生命的质量就得到升华了。从这个意义上讲,克服困难承受痛苦不仅是获取知识的过程,也是一个人获得行世的自信获得立于天地的力量的过程,也是人格发展人格完善的过程。从这个意义上讲,自考获得文凭获得专业知识,仅仅只是新的生命的起始,是获取知识之目的实施的开端,将获得的知识释放给社会,创造自个人生最璀璨的景观,生命的质量生命的价值就得到升华了。况且,对新的知识的汲取也才刚刚展开……自考文凭的获得不应视作终结,而是开始。

杜晓英坦诚地告诉我,她的本科文凭也是通过自修获得的。我从来也没在意过她是哪个大学毕业的。我只是感觉到她的认真和真诚,以及出色的工作,正好当是对数以万计的不折不挠奋争的自学自考大课堂里的学子们的一个鉴定和证明,毫无疑问是令人引为骄傲的。

2002 年 4 月 7 日 原下

第一声鸣叫

在我看来,孩子在纸上写下的第一个字,便预示着智慧之门的开启。这是我在散文《家之脉》里有感而发的话。人识了字,才能掌握接受各类信息、纳入各种知识的手段,才能告别狭隘和愚昧,开阔视野开阔胸怀,逐渐充盈起来,获得对这个世界的生存自信,进而便开始在这个世界的某一领域进行自己的创造性劳动了,进而便有一种对这个世界的独特感受独特体验需要抒发了。

基于这样的理解,孩子在作文本上写成的第一篇把汉字连接成句又连接成文的文章,应该看成是口角尚留黄痕的小鸟的第一声歌唱,是华冠未丰的公鸡的第一次啼鸣,是古人喻为刚露尖角的小荷,是马驹撒欢的第一声嘶吼,是一个新的生命向这个世界发出的第一次挑战和宣言。任何一个心理健康的成年人,都会对其发生惊喜、关爱、宽容、欣慰和期盼,而绝不会在乎幼稚或浅显。

人之所以神圣,在于除生理的基本需求之外,有创造的欲望,有表述的欲望,或者说把自己在这个社会里实施创造过程的种种感受和体验再向社会表白,甚至在他们开始创造性活动之前的求知阶段,在他们获得了文字能力之后,这种表述的欲望就产生了。随着年龄的递增和知识的累积,他们体验社会体验人生的深度也就逐渐掘进,看取生活的视角也会逐渐开阔,表述他们独自体验的文章便会呈现千姿百态百花齐放。毫无疑义,这其中必然会有佼佼者在走向未来的中国文坛,成就一方独立的新颖的风景。过去的和现在的作家、文豪是这样发展起来的,未来的作家、文豪也必定从这个稠密的幼林里脱颖而出,独秀一枝。

这个过程自然漫长,有如小苗到大树,幼芽出土到花团锦簇,然而毕竟开始了。开始就预示着希望,就预示着未来。通往未来的文学之路千条百条,我唯一想要告诉年轻朋友的一点,与其设想一路顺畅,莫如准备崎岖艰辛;与其期盼一鸣惊人,莫如扎实演练逐渐攀升。无论自然科学各个领域的发明创造,还是文学艺术各个门类的杰出成就,从来没有一步登天一镢成井的先例,所有辉煌的高点和深度,都是无以计数的汗水和脚步累积成就的。

我向所有这些刚刚发出第一声鸣叫的朋友表示诚挚的祝贺。

2002年4月8日 原下

温馨的记忆与陌生的熟识

——读李志武《白鹿原》连环画随想

看画家李志武的来信或与他说话,内容大都是关涉他画的《白鹿原》连环画的事。这个话题一提起来,几乎每一次,都勾起我关于连环画的温馨的记忆。

关于连环画的记忆全部是温馨。

我在尚未阅读过一本文学作品之前,却看过不少连环画儿,譬如《铁道游击队》《白毛女》《西游记》等。这些令人着迷的连环画,我自己却从来也没有掏钱买过一本。无须解释,穷得外袋和内袋里根本掏不出一毛钱来。我看的那些连环画或者叫娃娃书、小人书,都是从同学手里借来的。同班和外班同学中,有几个家境富裕可以为大伙提供最新出版的连环画的人。他们在与同学分享一本可读性极强的连环画的快乐的同时,也独自享受着如我一类想看而又根本买不起的同学追逐、讨好和乞求的快感,爽快地给我们排队,谁看完了谁接着看。在轮到我手里的那份兴奋和幸福感,至今想起仍觉得温暖而温馨。想想看,几个同学挤在教室里,或坐在操场一角被踩得瓷光的地面上,或隐藏在学校庭院的小竹坛里,一个个互相搭着胳膊扒着肩膀挤蹭着脑袋,一页一页阅读连环画下注释的文字,一幅一幅品赏画面上多种角色的表情和动作,常常惊作一团笑作一团或骂作一团……现在回忆起来的全部感觉就是温馨。

这种温馨只属于人生的那一个年龄区段。

我后来成年以后仍然喜欢看连环画,尽管没有少年时期那样急切和兴奋,却常常在那些生动优美的画面里沉醉。记得看由法国作家莫泊桑的短篇小说《我的叔叔于勒》改编的连环画时,就有一种沉醉的感觉。此前阅读这个短篇小说所留下的深刻印象,一下子明晰起来运动起来。同样沉醉的感觉还有过一次,就是由柳青的小中篇或大短篇小说《狠透铁》改编的连环画的欣赏感受。这篇小说我读过许多遍,然而阅读连环画的感受依然是全新的。作家用语言文字永远也无法写"透"的东西,优秀的画家妙笔一勾就"透"了,就活了,就形象而生动地呈现于读者的眼前了。这不仅是对作家语言文字的立体化形象化,而且是一种意境的拓宽和意蕴的丰富表述。譬如,《狠透铁》里提供的主人公狠透铁生存环境中的看护庄稼的庵棚,仅一句交代而已,画家却在此发挥了神奇的创造,远处作为屏障的终南山朦胧的轮廓,河川灌渠上随风摆动的一排白杨,突出来一个关中乡村独有的那种临时搭建的庵棚,坐在棚口咂着烟袋锅儿现出忧思而又坚忍神情的狠透铁的造型,以及蜷卧在他脚旁的一只乡村柴狗。那个日夜为公众利益操劳而被阴谋家陷害着的狠透铁的形象与精神内质,使我感受到不摧的群峰不死的野草不折的白杨所蕴含的千古正义。如果仅从艺术欣赏的角度说,画家对作家作品的再次创造,显示出无可企及的连环画本身的艺术魅力。

我的小说被画家改编为连环画,《白鹿原》不是第一次。我的几个短篇和中篇小说都被改编过,而长篇小说《白》书的连环画本,就其规模来说是最大的。

看自己的作品被改编出来的连环画,竟是揭谜一样的新奇心理。新奇首先来自人物。我用文字描写的人物,在画家的笔下会是什么样子?这谜往往在打开连环画本的第一瞬就破解了,噢!这样的。被画家画成了这样的一个个人物,对我来说往往是陌生而又熟悉的。

说陌生,是因为我无数次地思索过的人物,其实从来也没有这样须发清晰地站在我的面前。说熟识,却又确凿是这个人物在复活着我所倾注给他的命运遭际中的痛苦和欢乐。这种时刻,我也就踏实于已经揭开的谜底,噢!我的人物在这个画家的理解中是这个样子。然后我就比较平静地去品评画家创造出来的这个人物在故事情节中的合理性表现,以及某些动作的别扭。

李志武画的《白鹿原》连环画,在我同样经历了这样一个过程。谜是在未刊出时就揭开了。前年我到北京开会,与志武以及《连环画报》杂志的编辑有缘相聚,志武把已定稿的一摞画稿带来,摊开在床铺上。我才第一次看见了白嘉轩、鹿子霖、黑娃、小娥等人物的庐山真面目,又重新感受了一次陌生与熟悉的奇异和新鲜。

志武画的《白》书的连环画,以一种变形的人物形象和变形的场景形态出现。一种古朴,一种原生形态,正吻合着二十世纪前五六十年中国北方乡村农耕社会的气象。人物造型人物的行为和形态,展示着人物的个性人物的内心冲突和情感变换,我以为把握得甚为准确,甚为传神,更有着画家自己着意的夸张和张扬。我几乎没有提出什么异议,而在座的青年评论家李建军也是赞赏有加。

志武在五六年前写信告知我,他想做《白》书连环画这个较大工程。此前,他已经几次深入到地理上的白鹿原,去探访民风民情,去搜寻那里已经过去了一个世纪的遗存在村巷和农家小院的历史残痕。一把废弃不用的农具、一张尚未打碎当作柴烧的方桌或一条缺腿的条凳、一个从极左劫难中侥幸保存下来的镶在农户墙壁上的土地神神龛,都成为他复原白鹿原百余年前的生活原貌的信物。他说他反复读过《白》书,并谈了他对书中人物的理解。我在尚未看见志武是光脸是麻子的情况下就同意他干了。应该说,他干得不错。他下了功夫,他痴迷于艺术而至于文学。他的画作在《连环画报》二〇〇一年度连载了十二期,据说面世后读者反应不错。现在,这个连环画稿本又将以单行本独立发行面世,又多了一条接近读者的渠道,我为志武庆幸,也为我的《白》书庆幸。

在我的整个创造意识里,写作的最原始也是最本质的目的,就是与读者进行交流。作家所塑造的人物和人物心灵中所蕴藏的情感,当是这些人物所处时代的脉象,自然是作家把自己的体验注入人物血管的。作家创造这些作品并公之于世,自然期待能被更多的读者所接受所共鸣,由此而得到的创造的幸福感是任何名或物的奖赏都不能比拟的。连环画《白鹿原》的面世发行,将以一种富于动态的立体的艺术形式走向读者,自然也展示出画家李志武扩展了的艺术空间和别具一格的绘画风貌。

我和志武一样期待读者的回声。

2002 年 5 月 20 日 原下

"文学是我人生中最重要的主题词"
——与《西安晚报》记者蔡静、丑盾对话

记者：陈老师，马上就是您六十大寿了，这是您人生中一个值得纪念的日子，六十年风风雨雨，您一定有不少人生感悟，能跟我们谈谈吗？

陈忠实：文学是我人生最重要的主题词，但不是全部，我还有许多社会工作。一九六二年到一九八二年整整二十年间我干过六年乡村民办教师、十四年县区基层行政工作。虽然我喜爱文学，但当时的现实迫使我只能将文学作为一种"爱好"，而不能作为"事业"，因为"文革"对文化人正进行着毁灭性的摧残。

一九八二年搞专业创作后，面对文学发展新时期，我才满怀欢喜地把文学当作事业去干。这时已充分意识到二十年农村生活经历对我的文学创作产生了重大的影响，成为我创作的财富。尤其是在《白鹿原》的创作中，我对农村、农民生存状态的思考与反映，就是长期农村生活自然而然的沉淀。通过和农民，特别是老年农民的接触和交谈，那段历史、那个世界在我脑海里愈来愈清晰起来。

记者：在您四十五年的创作生涯中，有哪些事情是最值得回味的？

陈忠实：我的文学创作中有两次反省对我影响最大，这两次反省都发生在我文学创作最关键的阶段。

第一次是在一九七八年秋冬之交。刚刚粉碎"四人帮",中国文学出现了后来被称为"中国文艺复兴"的时期,我也刚从行政部门调到文化馆。文学的冻土阶段一旦苏醒,文学青年便如雨后春笋般涌现出来,此时,我却陷入一种反省。十七年"左"的文艺思想对我影响太甚,那个时代你如果想在作品中写一个"中间人物",是完全不可能的,那时的文学作品是完全违反"艺术规则"的。我必须对自己的思想进行一个清扫。如何反省?我那时认为唯一的途径就是静心读书。我阅读了一百多部中短篇小说,以莫泊桑、契诃夫为主。通过阅读,我力图使自己对文学的理解接近文学本身。一九七九年春天,我对文学的理解豁然开朗,情绪特别好,当年创作了十个短篇,《信任》先刊登在《陕西日报》上,随后被《人民文学》等文学刊物转载,获一九七九年"短篇小说奖"。

第二次反省最为关键,是在八十年代中期创作《白鹿原》期间,是一次自觉行动。第一次构思创作长篇,感到压力很大。因为它不仅涉及了对关中历史的认识、地方志的考证,思想内容、作品的结构问题、人物塑造也都想完成一次突破。当时恰逢商潮对文学、作家的冲击,文学贬值、作家地位降低。自费出书现象在那个时候第一次出现了。我也碰到这个问题,平生以来第一次,我的小说集《四妹子》出版后堆积家中,等待自销。这件事对我的刺激很大,我被迫认识到作品的可读性问题,必须把可读性作为文学作品不可忽略的因素。

这两次反省,不管是自觉还是不自觉,对我都有决定性意义,那就是,在艺术追求中不能满足于别人的好话和"自我感觉良好",否则,就会失去完成突破、创新的动力。

记者: 目前是商业社会,很多作家写作的作品被冠以"反腐小说""国企改革小说"等帽子,我们想知道您今后会不会特意写作这类题材。另外,读者们也很关心您的第二部长篇小说什么时候出版。

陈忠实: 作家应关注自己生活的土地,写自己熟悉的东西。写作是对生活、历史、现实有感受,再深化感受后的有感而作,我不会为写作而写作。我认为,从严格意义上说,"反腐小说""国企改革小说"有较多非文学本身的东西。

有很多人问我下一部长篇小说的事,读者的心情我可以理解。但也应遵循创作规则,目前的我很坦然平静,主要是在读些东西,写些短篇。

记者:您现在都喜欢看哪些书?

陈忠实:我目前很喜欢拉美魔幻现实主义的作品,拉美文学的产生说起来很有意思。拉美没有传统小说,只有民间流传的神话和传说。十九世纪末也没有文学。拉美的文学是二十世纪前期诞生和发展的,五十年代至六十年代拉美魔幻现实主义文学在整个世界形成气候。三十年代,拉美的一些作家、文化官员游学欧洲,开始接受并模仿欧洲文学,但几乎无一成功。魔幻现实主义文学鼻祖、古巴作家卡彭铁尔离开欧洲时曾无奈地说:"在法国现实主义的旗帜下容不下我。"回到拉美后,他选择了保持着非洲最原始生活状态和文化形式的海地,深入体验生活,完成了长篇小说《人间王国》,正是这一部作品,在欧洲真正引起了轰动。作品以独一无二的艺术性和神秘感被欧洲人命名为"神奇的现实主义",对拉美作家也产生了地震般的影响,他们纷纷将眼光转向自己生活的土地,"魔幻现实主义"在世界文学史上第一次形成规模性影响。

记者:研读外国作品对您的创作有什么影响?

陈忠实:外国各种流派作家的作品,以及研究这些作家的传记和关于他们作品的评论,我认为这些对我很有启示,对开阔艺术视野非常有用。在参照阅读中,你能发现差异,也可以发现许多默契的东西和具有文学规律性的东西。当代文坛上风里云里雾里的东西很多,只有做纵向、横向的比较,才能有自信排除文坛上非文学本身的因素,例如"商业性""炒作"等。

记者：您对"七十年代作家"以及"新新人类作家"有何看法？

陈忠实：曾经在一项全国性调查中，一些"七十年代作家"曲折地表达了一个相同的意思：从来没有任何作家的任何作品对自己有影响。坦率地说，我崇拜的作家很多，我第一个崇拜的是赵树理，因为我看的第一部长篇小说是他的《三里湾》。到初二暑假借阅了《静静的顿河》，又开始崇拜肖洛霍夫。读完托尔斯泰作品后，又认为他最伟大。

"新新人类作家"受到了西方"后现代主义"的影响，是我国改革开放二十多年后这一特殊时期的产物。"新新人类作家"在作品里所表现的内容、艺术形态和宣扬的文学主张是对中国现存所有文学的一个挑战。他们挑战"心灵写作""智慧写作"，鼓吹"用身体写作"，其实是"写作身体"。写作对象是自己的身体，写身体在特定环境下的感受，所写当然还是社会生活的一部分，但我们能看出他们究竟钟情的是哪一部分，他们的作品未必能影响别人。

记者：您能谈谈对目前陕西文坛的看法吗？

陈忠实：在文坛我一般不参与辩论，那太浪费时间，而且，文学辩论往往容易导致人身攻讦；文坛有愿意辩论的人，我把机会让给他们吧。

但是，就陕西文坛而言，现在应该说处在最好的阶段。艺术生存最致命的东西就是没有个性，我们可以欣喜地看到，凡是形成独立风格的陕西作家，艺术差异性都很大。路遥、贾平凹的作品仅从语言上就能体现出这一点；叶广芩、红柯也都有强烈的个性色彩；陕西地域文学共同性东西对代表性作家而言已经消亡了。我们鼓励作家培养独特的艺术风格，为形成独特的个性，不妨走极端。

记者：为什么目前文坛具有震撼力的作品并不多见？

陈忠实：从客观的社会因素来看，商品社会造成人们急功近利，普遍浮躁，使部分作家对文学的理解偏向了娱乐性。从主观因素来看,与作家的意识和能力有关。部分作家还缺乏对历史、社会的穿透力,因此,作品虽然艺术性强了,但社会性弱了。现在,我们普遍感到个人情感文学、游戏文学多,而能引起读者人生思考、心灵震撼的作品少,宣言大于文学本体。所以对作家,尤其是已取得一定成就的作家而言,思想和人格在创作中异常重要。

记者:有媒体以"文坛拒绝一本书作家"为题向您提出非议,对此,您有何看法?

陈忠实:这犯了一个常识性错误。曹雪芹写了半本《红楼梦》,至今几百年了,文学史也不能"拒绝"他,将他开除出文坛;钱钟书一本《围城》,被列入大学生必读经典名著系列丛书,看来他也没有被开除出文坛。就在那家媒体刊登文章的第二天,作者便打来电话向我致歉。我说没关系,我这个年纪对毁誉都已经看得很淡了。

记者:您准备怎样过六十岁生日?

陈忠实:关于这个我已犹豫半年了。六十岁生日可以当它是重要的日子,也可以只当它是普通的一天。但是刚进马年,好多朋友就热心要为我操办生日。朋友的好意我也不能过分拒绝,大家聚一聚也正常。后来经过考虑,我准备把生日当成一个扩大了的纯粹朋友聚会、一个民间性活动。可以邀请媒体中的朋友参加,但不做任何媒体宣传。

记者:您平时还喜欢什么活动?最令您感到愉快的事情是什么?

陈忠实:当然写作、读书是我最爱好的,我还喜欢旅游,在旅游中了解当地人的生活。有一次,我在云南去一个少数民族的寨子,他们生活的窘困令我触目惊心。我回乡下自己家里,很容易就能看到农民普遍的挣钱之难之苦。参照他们的生活,我更容易找到心理稳定之点。

我最愉快的事就是写完一篇文章,哪怕是一篇两千字的散文,画上句号时的喜悦是什么都代替不了的,把自己想说的表达出来以后,我会开心半天或者几天。

记者：您目前的心境如何？能不能介绍一下您现在的家庭情况？

陈忠实：我即将进入"花甲之年"，现在的心境非常平和。我的家庭现在也处在平和的时期。八十年代末、九十年代初，三个孩子上学，学费飞涨，那是我家经济最紧张的时期。现在，儿女们都工作了，大女儿在律师事务所，二女儿干财会工作，儿子在电视台工作。外孙今年六岁，我希望他健健康康生活，希望孙子好好学习，获取知识，能够适应未来社会。

记者：《白鹿原》改编电影、电视剧的进展如何？您会不会自己参与电视剧剧本的改编？

陈忠实：电影上月已与西影正式签约，办完了版权手续。改编、拍摄电视剧还正在申报之中。我过去改编过《信任》和《四妹子》两部小说，但这次不会参与《白鹿原》电影、电视剧本的改编。

记者：回首六十年风雨岁月，您心里最感宽慰的一件事是什么？对未来有什么打算？

陈忠实：回首往事我唯一值得告慰的就是：在我人生精力最好、思维最敏捷、最活跃的阶段，完成了一部思考我们民族近代以来历史和命运的作品。

至于今后嘛，如果有上帝的话，那么我希望他能让我多清醒两年，让我可以继续写下去；我可以瘫掉一条腿，但不要叫我脑子糊涂。

2002 年 7 月

激扬的膜拜

一

好久没有读到这样激扬如涛的文字了。这是《天路魂》给我最直接最强烈的阅读感受,也是阅读享受。

这是关于青藏高原最壮美的诗。

二

打开《天路魂》书稿,我的耳畔便响起了《青藏高原》的旋律。我在几年前初次听到这首歌时,竟然热泪涌流,陷入一种长久的无言状态。我读《天路魂》的过程中,好几次都抑制不住泪眼模糊,按着书稿,同样陷入一种长久的无言状态。

歌曲《青藏高原》当是纪实文学《天路魂》的主题词。

纪实文学《天路魂》当是歌曲《青藏高原》的诗性阐释。

古往今来的诗家文人,对神秘的青藏高原吟诵了多少诗赋文章,不乏千古绝唱。即使不染文墨的普通旅人,行经这里都会发出由衷的慨叹。面对这样的高原,任何人都不会无动于衷。然而,要在普遍的感慨和千古称颂的绝唱中,书写出不同凡响的独特感受,就非易事了。

雄浑壮美、激情飞扬的《天路魂》,是刘谦感受青藏高原喷薄倾泻的心灵史诗。

三

激越飞扬的文字,发端自作家鲜活纯净因而才保持着的敏锐的心灵。

雪山。高原。峡谷。草原。无边无沿的戈壁。寸草不生、蠓虫不飞的生命禁区。作家笔墨所洇,读来令人荡气回肠、心灵悸颤。

壮美处令人悸颤。

严酷到绝望处令人悸颤。

高原的云彩美丽到令人悸颤。

三棵树的绿色神奇得令人悸颤。

这是最易令我心灵悸颤的生命的颤音。

许是储蓄着丰厚的如苍茫的青藏高原一样苍茫的襟怀,许是装备着青藏高原关涉历史演变关涉经济形态关涉自然地理关涉民族命运关涉今天和未来的诸多思考,许是怀着挣脱浮泛的声色寻求生命的伟力生命的价值生命的真实的躁动不安的灵魂,许是为着寻求诗心所可栖息的圣土……作家走上了高原。走近了灼烫如炙的沙漠。抚摸了从三棵繁衍成林的最初的树。聆听到动人心魄的稀世之鸟鸣。收获了在那里创造着世界奇迹也创造着生命奇迹的男人和女人的心灵史诗。

只有纯净的心灵才能对那一方净土保持敏锐的感受,才能对一群淳朴的建设者发生心灵共鸣,且不说责任感吧。可以肯定的是,某些在龌龊的算计中得意的小心眼儿,是绝难感知那个高原的。

四

激扬的文字发自对劳动的尊重。刘谦对诚实劳动的尊重态度,达到了顶礼膜拜的程度,满怀激情的文字正是面对那些从事各种职业默默奋斗在高原上的劳动者倾之笔端的。

进入《天路魂》的有名有姓的人物,有几十个上百个。有第一批踏破高原戈壁荒寂的人,有为寸草不生的沙漠种活第一株树栽成第一片绿草的人,有打开第一方学校大门播种知识也播种文明的人,有铁路工程技术人员,有普通的修路工人养路工人,有大学生也有以体力劳动为主的工人,有汉族也有蒙古族藏族同胞兄弟。其中许多人终其一生都在这贫瘠地区默默地工作着,还有接替他们的儿女,继续着那条铁路的畅通和雄心勃勃的延伸。这个人人都可以书写英雄自传的群体,只有典型的几个人代表他们走上共和国的英雄讲台。即使几十万字的《天路魂》也还只是勾描了其中一小部分人的最简洁最闪光的一段故事。我总是在读到这些情景时忍不住心颤,总是感到他们之中的任何一个人,都完全可以写成一本书。

作家对诚实劳动的态度,在很大比重上定位着作家对待社会对待人生的态度;作家对待诚实劳动的态度,反过来又决定于作家对待人生和社会的态度;作家对待诚实劳动的态度,关键在于那份本真的崇敬,这是激情迸发的不可遏止的自然发生的现象:强装的激情总也除不去虚意和矫饰的空洞。我正是在这一点上更深地理解着刘谦这位作家和朋友。

五

激情还来自对神圣的生命的礼赞。

在青藏高原的这条从奠基一直延续了五十年的铁路工程上,许多人不仅毕生付出了最诚实的劳动,而且付出了生命。刘谦的笔端在书写到这些情景时,表现出天才的文采,最准确最具分寸感的词汇流泻出来,描绘出可触可感的场景,传达着最淳朴最真诚的金子般的心灵之声,形成一波又一波冲击我的心潮的力量。

刘谦对这些诚实劳动着的生命的礼赞,渗透在这些无名英雄的生命历程之中。那个牺牲在塌方中的湖南小兵李物昊,兜里揣着一封尚未发出的给母亲的信,仅仅几句话:

妈妈:

  我想你,想家。站起来,我是你的希望;倒下去,我是你的太阳。

这是一首真正的生命之歌。这是一个人的生命宣言,伟大而神圣的宣言。有这样的宣言的青年,既获得整个群体的敬重,也有助于刘谦和我这样的作家理解关于生命的价值和神圣,包括作为一个人的尊严。

李物昊的生命宣言,无疑是那些为青藏高原也为民族的未来献出生命和默默奉献着的群体的共同宣言。

六

我认识刘谦少说也有十六七年了。不是过从甚密,倒是一种疏疏淡淡的忘年交。印象中他善于议论,常有与他的年龄不大吻合的独到的敏锐和深刻。他说话极快,快得常常使我的耳朵有承接不暇而溢流的感受。说话快除了生理特点外,更多地显示着思维的敏锐。刘谦聪慧而敏锐,这不是我一个人的印象。

我读《天路魂》,也读刘谦。读到了刘谦心灵中最可珍贵最令我敬重的东西。

2002 年 7 月 7 日　原下

关于四十五年的答问

李国平：二〇〇二年，你的文学生涯已走过了四十五年，你是怎样走上文学道路的？你能描述一下最初萌动的情形吗？

陈忠实：追溯起来，我的文学生涯应从我初中二年级时写的一篇小说算起，那是一次作文，我写了一篇小说，题目叫作《桃园风波》。这是我平生写下的第一篇小说。我对文学的兴趣、爱好、追求就起于这个时期。有几个因素决定了我后来的文学道路，一是家脉的影响，父亲的形象。父亲是一位地道的农民，但有些文化，在下雨天不能下地劳作的空闲里，父亲和一般农民的区别就显示了出来，他总是躺在祖屋的炕上读古典小说和秦腔戏本；二是我上初二的时候，那时的语文课本分为汉语和文学两种，我记得厚厚的一本文学课本收录有现当代作家的许多作品，包括赵树理的短篇小说，李準的刚刚发表的《不能走那条路》。我读他们的东西，似乎直接复活了我少年的乡村生活经验，感到亲切和惊异。也就是从那时起，我第一次产生了借阅文学书籍的欲望。再就是我的初中语文老师，姓车，刚从师范学院毕业，车老师大概是一个标准的文学爱好者文学发烧友，他讲语文课，还给我们讲一些当时文坛的趣闻动态、作家故事。我后来写了一篇作文《堤》，是车老师主动提出为我抄写并向《延河》投稿的。这是我第一次听说《延河》。是车老师拨动了我的文学神经。我后来在一篇文章里说到五十岁才捅破了一层纸，文学仅仅是一种兴趣。那时候的确纯粹是一种兴趣和热爱。

李国平：你觉着你的创作经历了几个阶段？《白鹿原》当然是高峰。有几次高峰？几次转折？

陈忠实：我的文学创作经历了三个阶段。第一个阶段，从创作欲望的发生、萌动开始，在中学办文学社，出墙报，高中毕业后回乡。高考失败后几乎一切人生出路都堵死了，立志搞创作。一九六五年在《西安日报》发表处女作《夜过流沙沟》，直到一九七八年，可以看作我创作的第一阶段。从最初的爱好到能够发表作品，到引起一定的重视和反响，是一个漫长的过程。这个过程包含着基本训练、学习和借鉴，经验和教训，最重要的是解决了创作心理上的自信与自卑和文学的神秘感问题。第二个阶段大约从一九七八到一九八六年。一九七八年，我已强烈地意识到文学的春天到来了，文学可以当个事业干了。我也从基层行政部门调到文化单位，去读书去反省去归依文学，那几乎是一个自虐式的反省，剥离的过程和目的是要用真正的文学来驱逐来荡涤我艺术感受中的非文学因素，重树文学的信心。这一时期是我人生和创作的最重要的转折，解决了反省力和自觉性问题。记得当时《人民文学》的崔道怡先生从北京赶到我下乡的偏僻的山村，要我写一篇小说在《人民文学》亮亮相，哪怕写一篇散文也给《人民文学》先亮一下相，不然有人说陈忠实是否趴下了？我咬牙谢绝了。我说我现在不是亮不亮相的问题，趴不趴下全在我自己。我会以我自己的方式告慰读者。那时候和后来不断深化的精神剥离，使我获得了文学的新生。

第三个时期是《白鹿原》的酝酿、准备、创作时期。这个时期我面临的最大问题是我已意识到了《白鹿原》的内涵和历史内容，和艺术表现上的软弱，拿得下来拿不下来，能否完成自己的创作理想，可《白鹿原》的创作过程和完成使我在更高层次上解决了自信和不自信的问题。

李国平:在你的文学生涯中遇到许多文学前辈、文学编辑、文朋诗友,王汶石、吕震岳、蒙万夫、徐剑铭、张月赓、李下叔、何启治,他们可说是你的良师益友,每每在创作的重要关口给予你很大支持,我注意到你在一些文章里很是感念。

陈忠实:的确是这样,我在文学道路上遇到过许多良师益友。我交往的编辑,原计划写成系列的文章,现在还没有完成。我和这些朋友,都过从不密,纯粹是文学上的交往、交流和爱护。一九七一年,我连续四五年没有写作了。张月赓惦记着我,托人在农村找我,催促我在《西安日报》上发表了散文《闪亮的红星》,可以说是张月赓重新唤起了我的文学梦。就是这样,我们交往三十八年,君子之交。我的第一本小说集《乡村》的责编是邢良骏同志。我的许多文学朋友、编辑朋友,出现在我创作的重要关头,我创作的每步都有他们心血的浇灌,我和他们的友谊是经过了长久的生活考验的,这是我的幸运,我想我回报他们的最好的方式是创作。

李国平:伴随着你的文学生涯,你经历了不同的职业,你创作的原始动机是什么?有没有功利目的?精神层次的东西什么时候占主导地位?它们和职业的改变是平行发展的吗?精神上的东西是和走上专业创作道路一起明晰起来的吗?

陈忠实:我说过,初始阶段,原始冲动,纯粹是一种爱好,高中阶段,有当作家的理想,我最近写过一篇文章《我与军徽擦肩而过》,说的是我高中毕业三年困难时期的情形,从军不成,高考不成,招工不成,几乎人生的每一条道、每一个憧憬都被堵死,而作为一个知识青年,我又不甘于做一个农民,不甘于做只有六七十个学生的民办教师,于是集中心力走文学创作的道路。二十世纪八十年代初的创作冲动几乎是和文学的命运相伴而生。而《白鹿原》的创作,可以说是我人生价值、生命意义的一次实现,我们这一茬农民出身的作家,投身文学,不能说没有改变生存状态,人生命运的动机,世俗的和精神的剥离过程很难机械地划分,很难说哪一位作家走上专业道路了,他就剥离干净了,我感觉这和作家境界、对文学理解的深度有关系。

李国平:你的生命历程,创作历程,和共和国的风风雨雨构成了同构关系,你的命运你的创作也有过坎坷,现在回想起来一定感慨良多。

陈忠实:我二十世纪五十年代开始上学,接触生活,六十年代开始,以社会最基层干部的角色,直接参与社会,直接经历感受着国家命运、民族命运的变化,个体命运直接在生活的波浪中颠簸着、感受着,国家的变革和进步的过程,也是我一次又一次心灵剥离、精神提升的过程,可以说不光我陈忠实,新时期文学的任何一项成就,都离不开思想解放、改革开放的大背景,如果说我有什么感言的话,那就是在自己的生命历程中,不断锻铸承受苦难的能力,这是感受社会和人生的支点。如果这样的能力差一点,就会被生活的列车挤下去,就谈不到精神剥离和精神成长。

李国平:你说过,你在四十多岁的时候,有一种恐惧、警觉,五十岁的时候,有许多生命辟悟,现在是什么心境?

陈忠实:我在构思创作《白鹿原》的时候,有一种危机感、恐惧感、紧迫感,感觉五十岁是一个年龄大关,加之那些年不断有罗健夫等知识分子英年早逝的报道,我恐惧的是我的最重要的艺术感受艺术理想能否实现,最重要的创作能否完成。现在我心态很平和,主要是我那时候意识到的创作理想在我最为重要的年龄阶段已经完成。我六十岁的生命和五十岁的生命是一样的,生活态度、创作态度没有消极。我说的平和不是悟道,不是耳顺,不是超然。对艺术新境界的追求,对生活意义的追寻,都应该渗透到生命里,该顺的顺,不该顺的不顺。

李国平:我记得二十世纪八十年代,观胜的《猎户星座》出来,请民间的一位老者看,这位老者说,观胜,日不倒洋人。这可以说是你们那一批作家,创作志向,雄心的体现,《白鹿原》也可说是这个文学雄心的体现和实践。

陈忠实:是的,《白鹿原》离不开当时陕西文坛氛围的促进。我后来写过一篇文章叫《互相拥挤,志在天空》,说的就是当时的文学氛围。那时候我们那一茬作家,几十个,志趣相投,关系纯洁,互相激励,激发智慧,不甘落后,进行着积极意义上的竞争。可以说每一个人哪怕一步的成功,都离不开互相的激励。路遥、志安,已经离世。现在的文学环境由于社会大环境的影响已经有些病变,比如浮躁比如炒作,我要和年轻作家互相勉励的是:坚守。

李国平:在李星和你的访谈中,你曾谈道,你写出《白鹿原》时有两种估计:一是不能出版;二是一旦出版,肯定会产生反响。《白鹿原》出版后甚至在茅盾文学奖的评奖过程中有过磕绊,似乎读者和文学界的认同好评和某种说法形成了反差,后来的情形是不是说明国家的进步、思想的进步、文学的进步?

陈忠实:关于《白鹿原》可以有各种各样的评价。我们国家的进步从经济到思想都是显著的,《白鹿原》还上升不到这样的高度。如果说关于《白鹿原》有误读的话,那只是文学发展中的一个小插曲、小波澜。回想起来,新时期以来文学的每一种思潮,都引起过争论。每一次结论都是使文学更接近文学本身。

李国平:一个较重要的时期,陕西的文学创作师承柳青,你是其中的代表,我觉着这种师从先是局部的逼真,后来更多的是创作态度和创作精神上的。在近年来有关你的访谈中,你多谈到外国作家,是不是你的文学资源后期多来自外国作家,尤其是拉美作家?

陈忠实:陕西许多作家的确有过学习、师承柳青的过程。我觉着柳青的遗产我们阅读得还不够。像赵树理、柳青、王汶石,我们今天重读,仍然会获得许多新的东西。后来陕西作家是有一个走出柳青的过程,有一句话叫作"大树底下好乘凉",还有一句话叫"大树底下不长苗"。这里就有一个自立的问题。我对外国作家的阅读不光是拉美这一块,西欧、俄罗斯文学也是重要的资源,只是近来较多阅读拉美文学罢了。另外,我读外国文学,不光着重于艺术的东西,主要是在那里寻获思想性启迪。说到这里,顺便说一下,我不太重视传统的文学,这也许和我接受的教育有关,古典文化、古典文学是我文学资源里薄弱的一面,现在补课的欲望强,但理解快,记忆力差。

李国平:关于《白鹿原》有一致的评价和定位,这本书写出整整十年了,你是否经常回望关于《白鹿原》的创作?你自己今天如何看待《白鹿原》?

陈忠实:《白鹿原》是在那个历史背景下对特定生活的体验和理解,是我那一时期做出了最大努力的艺术追求,完成的创作理想。它是一个艺术文本的完成,完成后我不多想它了。当然也意识到一些遗憾,比如后几章弱了点,不如前面饱满。后几章写到白鹿原的第二代走出了白鹿原,投入到了更广阔的生活中去,有的还干着地下工作,过着军旅生活,我对氛围的把握,可能不如农村生活那么丰满和深切了,这说明生活体验的重要。

李国平:读你的有关访谈和文章,发现有几个关键词:体验、神圣、良知,它们在什么层面上表明你的文学认识?

陈忠实:这不是一个范畴的概念。良知是历朝历代的中国传统知识分子的基本品格,历朝历代最优美的散文诗歌里都贯穿着这种品格。良知是心理形态、精神形态,强装不行。具体到创作中,对人类的关心,哪怕是对最卑微的生命的关注,作家的爱、怜悯和忧患都隐含在其中,读者最敏感的是这些东西,它也从根本上决定着作家的艺术气质和作品面貌。

李国平:最近读到你的几个短篇,尤其是《日子》,写出了中国农民的生存状态,写出了他们的无奈和希冀、顽强和坚忍,从中能读出你对现实的关注。也能读出你重回白鹿原后的沉静。好像你正在回归写作《白鹿原》时的状态。四十五年不是一个终结,六十岁不是创作的完成,你是不是正在为大的建构做准备,或者说有系统的创作考虑?

陈忠实:我最近的几个短篇《日子》《作家和他的兄弟》《腊月的故事》说责任感也罢,说忧患也罢,关注的是当代生活过程中的弱势群体,不是一般意义上的同情和呼吁,着重写生存状态下的心理状态,透视出一种社会心理信息和意象,为社会前行过程中留下感性印记。关于我的创作我从不做承诺。我的创作忠实于我每一个阶段的体验和感悟。我觉着当代生活最能激发我的心理感受,最能产生创作冲动和表现的欲望。

李国平:有作家说,读者永远比评论家更可靠,这当然脱离不了特殊的语境,但也有恒久的意味,拥有读者的广泛认同,是作家的荣幸,是作家生命力的延续,你可有这样的感触?

陈忠实:自我从事创作以来,也曾有过创作劳动被读者验证、认可的感受。但从未达到过《白鹿原》这样的呼应。我的生命,我的创作报偿全在于此。《白鹿原》出版以来,我亲自盖章签名的书有几万册,一位石家庄的读者来信写道:"我想写出这本书的人不累死也得咯血,不知你是否活着,还能看到我的信吗?"而且我惊异的就是在最偏远的地方,读者对《白鹿原》的理解阅读都没有障碍。我曾经说过,读者才是作品存活的土壤。如果我的书对不同的读者哪怕有些微的收益,那是我最大的心理补偿。我也唯有在有限的生命里用我的创作劳动来回报他们。

2002 年 7 月 31 日 原下

文学的信念与理想

我的文学信念形成的时间很漫长,是从不自觉到自觉的过程,也有去伪存真的问题。最初的很长一段时间里,单就个人的因素看,写作确实就是一种兴趣和爱好。它的萌发是一种兴趣,包括已经能发表很多作品的时候,在很大程度上还是一种个人的创作兴趣,一旦沾染上了文学,发表了些作品,同时也就产生了名利之心。再后来,把文学创作当作一种生活目标来追求的时候,毫不讳言,具体到个人出路的非常实际的问题时,我还是从自身考虑得多。尽管在陕西省已成为有影响的一个作家了,社会要求你的写作是要为革命,自然要附着一些当时流行的社会政治口号,把你的创作归列到那上面去。但具体到我写作的真实心理,仍然是兴趣。最初的兴趣是在中学读书时引发起来的,不自觉地连续练习写作。到高中毕业时,处在国家"困难时期"的非常重要的关头,是我人生最重要的转折点,也是我人生最困难的、最苦恼的一段时期。后来我回忆当时,不能进大学学习,对一个青年无论从个人出路、发展,还是从报效祖国、服务人民,即从公与私的角度,所有的路一下子都被堵死了,在一切都不可能的时候,我很自然地把自己的精神集中到文学爱好上来。这也是我当时唯一能选择的道路。这样,反而排除了一些轻易能够进入社会,包括谋一个好的工作这样侥幸的心理,反而归于一种死心塌地的沉静。进入这种自修状态,我的目标很明确,自修四年发表第一篇作品,就是我的大学学历完成的标志。那是我从最基本的文学修养开始练习,摸索写作的道路。在这一时期,最重要的是文字修炼,虽然也是在任何冠冕堂皇的场合都要讲是为革命写作,其实是以文学创作为寻找自己的人生出路,尽管如此,选择文学的动力还是对文学的兴趣。回忆那一段时间,我总以为,一种虽然时间不长却极度的恐慌和痛苦过去以后,我才进入学习的最好的沉静状态,开始了文学创作的准备。最初是广泛阅读,包括背诵,记日记,写读书笔记、生活笔记,这些笔记不仅锻炼了文字功力,而且锻炼了我观察生活的敏锐性。我很清醒,如果文字功力不足,想把发生、发展的事情表达出来,实现自己的人生理想,想当作家是不可能的。

到能发表一些作品,并在社会上产生比较多的影响的时候,文学创作仅仅作为个人生存的目的,反而淡化了,退居次位了,不是主要矛盾了。社会承认你是一个作家,你就要对自己创作的进一步发展提出更高的目标。这大约应该是到了二十世纪八十年代中期。我清醒地意识到,社会承认你作为一个人的创造价值,但社会同时也强迫你必须认识到它承认的是什么样的作家。换句话说,你要做一个什么样的作家才能与社会的发展趋势相一致,否则,你即使成了作家也难以获得一个作家的安慰和自信。这个意识在写《白鹿原》之前的八十年代中期已经非常强烈了。在这个时期,我的创作已经在社会上有一些影响,短篇小说在全国获过奖,也出了几本中短篇作品集。后来出书的兴奋感渐渐地淡化了,强烈地意识到一种压力,作为一个作家,在陕西和在中国当代文学中,自己给自己打一下分,掂量一下自己的分量,就明白自己达到了什么样程度,包括生命年轮,五十岁都成为我很大的心理压力。这时候,文学信念开始形成,新的创作欲望膨胀起来,想在文学这个事业上形成属于自己的、应该不为人淡忘的东西,也就是努力为自己在文学的领域里占一席之地的想法强烈了。我同时也产生着另一面的心理危机,如果当代读者把我的全部作品淡忘了,这个作家存在的意义恐怕仅仅只剩下"活着"了。

原来我只有一句豪言壮语:应该在中国的图书馆里挤进一本书,哪怕是一篇文章也好。因为图书馆不是任何人、任何书都能挤进去的。一方面,这个时候的创作欲望,不再是在重要刊物上发表作品并获奖,也不是为了获得评论家给予的表扬,这些都很难再激起我的创作;另一方面,与此相辅相成,关于对文学创作的理解也产生新的欲望。创作心态正是在这一时期发生了重大转折。八十年代中期,文学创作和理论都非常活跃,所有新鲜理论不论是中国的还是外国的对我产生了很大的影响,尤其是关于创作的人物心理结构学说、文化心理结构学说。过去很长一段时间里,到接触这个理论以前,接受并尊崇的是塑造人物典型理论,它一直是我所遵循和实践着的理论,我也很尊重这个理论。你怎么能写活人物、写透人物、塑造出典型来?文化心理结构学说给我一个重要的启示,就是要进入到你要塑造的人物的心理结构并解析,而解析的钥匙是文化。这以后,我比较自觉地思考中国人的文化心理,从几千年的民族历史上对这个民族产生最重要的影响的儒家文化,看当代中国人心理结构的内在形态和外在特征,以某种新奇而又神秘的感觉从这个角度探视我所要塑造和表现的人物。最明确的作品是《四妹子》《蓝袍先生》,这是我的创作实验的两部作品。

特别是《蓝袍先生》发表后的反应,诱发了我强烈的创作欲望,鼓舞我进一步在更大的层面上深层次解析民族的文化心理结构,《白鹿原》就是在这样的创作思路下开始构想的。它展现的不仅是两个个别的、具体的、家庭的文化心理结构,而且是整个民族的精神和心理结构。从这一点上看,《白鹿原》里的各类人物,他们彼此间的诸多纠葛和命运的冲撞,其实仅是个载体。抓住对人物文化心理结构的解析,一条新的创作思路便在我的眼前敞开。我曾说过,我当时的思路和精神状态,是最活跃的,充满了新鲜感,好像进入一种新的精神天地、思想天地、艺术天地,整个形成了对思想和艺术世界极大的兴奋感和探秘感。到了这时,我才有信心完成《白鹿原》这部作品。由于有这些东西的引导让我感觉到了一个全新的境界,创作欲望和思想激情自然就达到了一个我从未有过的高涨状态。由于是个人生命体验性的东西,对人的鼓舞和心理自信的强化,就显得非常内在,不是谁轻易可以摧毁的。

作家探索的勇气和艺术创造的新鲜感所形成的文学信念是无法比拟的,我感觉好像要实现一个重要的创造理想,但是,也有达不到目的的担心存在。一个作家关键的东西是自我把握,自我把脉太重要了,不能简单地不加分析地听任社会上一些人对你的"褒"和"贬"。如果久久得意于自己的一时表扬,目光也会短浅起来,无法把才智发挥到极致。重要的是使自己不断跨越已有的成就,对自己不断提出更高的新目标和新要求。

关于"文学依然神圣"这个话题,主要是有感于现实而发的。九十年代中期,我们的商品经济进入最初的活跃阶段,社会生活形态、人际关系受到猛烈的冲击和颠覆。颠覆未必是坏事,我们原有的观念太陈旧了,这个颠覆的过程把那些陈腐的东西颠覆掉,但也未必产生的都是全新的、正确的、科学的生活观念。颠覆本身具有二重性,尤其是这个过程中对原来比较神圣的一些东西和情感,也都被轻蔑了。所谓"造导弹的不如卖茶叶蛋的",从事文学事业的作家也像造导弹的专家一样被贬值了,社会真正看重的是卖茶叶蛋的实际收入,而轻视造导弹或搞创作人的创造性的社会价值,人们普遍关注的不是劳动的意义,而是物质性的结果。这个结果甚至简单到单指个人收入。被中国人一贯认为神圣的文学,包括受敬重的作家头衔,在这个时候也不那么神圣了,这种精神劳动在普通人眼里未必能胜过卖茶叶蛋的,这是那个时段里最为形象的比喻。重要的是我们作家群体里包括文化界,也有一种无奈的自我调侃乃至对市侩观念的认可,对创作的发展造成了影响。"文学依然神圣"的口号是我在炎黄优秀编辑颁奖会上讲的,它虽然被社会传播了,但仍然有人怀疑:难道文学真的依然神圣吗?根据现时代的生活特征,文学果真还能神圣下去吗?作家、科学家都已经被边缘化了,挣钱人神圣了,是否确实把自己变成当代的唐·吉诃德了?生活实际上运转得也很快,我感觉从二〇〇二年的今天回头看五六年以前的生活,这中间的变化不小,应该说人们现在对文学的看法比以前要冷静和正常,这是重新经过选择、思考和鉴别的结果。

让人忧虑的是创作上的浮躁、快速化、平面化和理论上的平庸或者说庸俗化。这不是某一个作家、评论家或某一个地区的现象,而是带有普遍性的,整个文坛都在议论这个话题,各类报刊都在从不同的角度讨论这一问题。创作现在到了最快速化的时代了,一年生产的长篇小说(不说中短篇)近千部,是过去"十七年"的总和的几倍,远远超过"大跃进"时代了。这个快速创作量、出版量固然呈现出了繁荣的局面,但读者对文学界本身的不满足并没有因此而有所缓和。人们依然关注的是提高作品质量的问题,那种一般化地写以及媒体不着边际的"炒作",严重地倒了广大读者文学阅读的胃口。这样一个局面,当然与浮躁的生活环境所产生的急功近利的浮躁心态有关,但从一个作家创作的角度讲,最致命的东西还不是这个,作家的能力、解析当代社会和历史生活的思想穿透力,关键还在这方面。现在大量历史题材的小说、皇帝小说(也没看很多、从电视上看),大多局限在权力的诉说之中,甚至有一种对封建权力的崇拜和阴谋权力的某种兴趣,这种东西展开的故事往往很热闹,斗争很激烈,观众兴趣很大。但是,作为一个作家,我只问他的思想和立场是什么?作家透视历史宫闱的力量有没有?从历史发展的角度看,封建制度确有它辉煌的一面,但其作为人类历史发展过程的一段,毕竟是一个非常落后的社会制度,回头看看历史,我觉得作家首先要有穿透封建权力的思想和对独裁制度批判的力量,但是现在看不到,全部是把历史当作对有所作为的皇帝的歌颂,甚至在歌颂有所作为的那一面的同时,把其对老百姓非常残忍的一面或隐而不提,或全部抹杀了。作家的思想穿透力远远没有达到五四时代新文化先行者对于历史认识的力度。对现实生活的表现和揭示,也还停留在对当代共产党人的清官与贪官的浅层次辨析上,很难进入一种对人的心灵的关照,难以进入在这个时代中人民心灵的欢畅和痛苦的那种本质上的关照,而这恰恰是文学作品应该全力关注的东西。平面化和浅层化对此既难以发现就只好绕着走,似乎没有高招解决这一问题。但我相信许多作家都在做着各种努力。做努力是一方面,时间又是一方面,因为这是无法回避的。作家创作要提升档次,有文字表现能力包括一些新的表现手法、艺术形式等,对许多作家来说都不成问题,那还剩下什么制约着作家不能登上一个新的创作台阶?就是思想和境界。如果思想无法穿透生活深度,不能超出普通人很多,那么,作品怎会有思想的力度和深度的东西,自然不会引起读者的兴趣了。

作为一个作家的文学理想,当然是要创造出思想内涵包括文学形式上的一种全新的形态,一个作家如果没有属于自己思想和艺术形态上的一种全新的、有异于所有人的作品形态的作品,那么,这个作家是立不住的。各国的文坛都是这样残酷。作家希望创造出属于自己独有的艺术世界、艺术形态,但作品发表出来的结果却是属于人民的、民族的。一个作家的文学理想不能不涉及为民族精神的更新和发展提供点什么。每一个作品对作家来讲都是不一样的,作品的形成过程,体验的方式和结果都不一样,体验决定着作家的精神状态,也制约着艺术形态。体验是独特的、个性化的,表现它的艺术形式也是独特的、唯一的,这才有可能形成作家独特的创作风格,而最为关键的是作家本身不能削弱也不能淡忘自己对新的艺术形态的探索和追求,不能满足于已经取得的由相当成熟的艺术实践经验支撑的创作成就,这才有可能不重复自己也不重复他人。再就是要不断磨砺自己的思想,面对你所感兴趣的生活,不论是现实的还是历史的,必须有能力穿透到一个新的层面上才会有新的发现。应该说艺术和思想是互为交融的,一个新的艺术形态不会孤立地从天而降,它是与那种新的思想在穿透历史的过程中同步发现、同步酝酿、同步创造而成的。这需要不断更新相关的观念,尤其是像我这个年龄的作家,由于过去接受非文学的东西太多,不排除非文学的意识,就很难接近本真的文学,排除快解禁快,排除得越彻底接近本真文学的意识越纯,才能进行真正意义上的艺术创作。至于作品,不管其大小,哪怕是一个短篇,只要这些东西具备了,对一个民族建树自己的文化都是有益的。

作家应该留下你所描写的民族精神风貌给后人。不管是历史的还是现实的人生,一经作家用自己的生命所感受的体验后,表现出来的就应是这个民族在特定历史时段整个精神层面的一种比较准确的、具有普遍性的东西。我们从阅读国外作家的优秀作品中,常能对某个国家的某个时段里人的精神状态,包括人的快乐和痛苦,感受到有一种虽异样却颇深刻的体悟。作为一个作家也应该肩负起这样的责任,在这个国家和民族发展的历史上留下你的真实描绘,把这个时代人的精神形态和心理秩序艺术地告诉给后人,让他们从这些已经成为过去的现象里把握那个时代人的精神脉搏,并引发出有益的启示。在西方文化大量涌现的今天,作家们理应提供一个又一个优秀的文学文本,不是消极地保护民族文化,而是以创造优秀作品来丰富、更新、发展民族文化。有了真正优秀的作品,才能长民族文化的自信心,并在国际文化、文学的交流中赢得我们应有的平等地位。目前,并不具备这种文化平等交流、交换的条件,这不能简单地以经济发展做后盾,也不能用政治上的平等来取代,没有一定数量的优秀作品,交流、交换很自然地就形成了强弱之势,怎么能平等呢! 这需要一代一代作家来完成。当然,作为一种社会责任。社会应该尊重和爱护作家,但作家的文学理想却必须把为民族创造优秀作品作为坚定不移的奋斗目标。如果我们没有这样的理想、意志和雄心,必然完成不了文化上平等的交流,甚至连一点回流的力量都没有。想一想看,就我们的出版而言,我们翻译出版了多少欧美国家以及日本、拉美的作品,包括古典的和现代的作家作品,而国外翻译出版中国的作品却是微乎其微,根本构不成一个比例。面对这种情况,说我们不具备与世界文学进行对等交流的条件,显然是一个不争的事实。文学和电影的状况一样,是西方向中国倾入之势,起码在目前尚无法改变,只能靠一定的政策来制约。把争取在多少年后达到一种平等的交流作为文学理想的一个重要的内容,我看是应该的。

没有优秀的文学文本,要改变外来文化的颠覆是不可能的,这种看法应该让作家普遍地深刻认识到。真意识到这一点了,他就有"天降大任于斯人"之感,他也许就能静下心来,不再浮躁;也就不会满足于一些小小的荣誉,小有成就就欢呼雀跃。说到底还是对文学创作这种劳动的意义的理解。这个问题本来不难解决,你只要往图书馆书架下一站,你只要抽出几本经典的作品来,认真读一下就会明白真正的文学是什么,就会意识到自己取得的某些成绩,虽然对个人而言是值得庆贺的事情,但你马上就会明白不应该耽搁太久,离高峰还很远,只能把这当作攀向另一个高峰的台阶,争取获得实现另一次突破的途径和力量,而不应沉醉太久而耽误了行程。常看到有人在很低的台阶上取得了很小的成绩时,以为就攀上最高峰了,尤其对那些具有潜在能力的作家来说,因为对文学的理解不足和艺术视野的狭窄,往往把他的天才和智慧浪费了。

我的创作原则没有变,"未有体验不谋篇"。尽管这一个时期没有写小说,但是写了很多的散文,对于文学的思考自觉不自觉地从来没有间断过。创作新欲望的产生,从我感觉上讲,也是对创作过渡到另一种理解的自然过程,我的习作是从短篇开始的,现在重新开始短篇小说写作,仍然很新鲜。就我而言,七十年代末到八十年代中期的写作,我感觉还是不断接近文学本身的过程,直到完成《白鹿原》,这个过程当为一个阶段的完成,也就是说完全接近文学的本身。现在我对短篇写作探索兴趣很大,短篇题材天地非常广阔,作家怎么写都探索不尽,尽管前人(中国人和外国人)创造了无以计数的短篇,仍然留给我们很大的创造余地,谁也不挤(影响)谁。现在才发现,我仍然是对关中现实生活的敏感程度远远超出对历史题材的兴趣和敏感性,《白鹿原》应该说是一个例外。我过去一直关注的都是现实题材,却突然写了一个《白鹿原》这样的历史题材,现在又重新面对我最容易触发心灵和神经敏感的现实生活,包括阅读报纸和感受运动着的生活。最近的五六个短篇都是这种题材的作品。我已经形成了这样的写作习惯,即使写短篇小说,也必须是一个短篇与一个短篇绝不应雷同,不能形成一个似曾相识的稳态模式。在我的创作感觉里,因为每一次体验到的内容不一样,就不可能用一种艺术形态表现它,甚至语言的色彩。每一个短篇都要找到一个新的适宜于表述这体验的艺术形式,它们各有姿态,包括语言姿态。这样的创作发展到以后会是怎么个样子我也不好把握。我的创作是靠感受,感受和体验不是按计划发生的,所以以后的状态真的不知道。

2002 年 8 月 12 日　原下

聆听耿翔

一

耿翔说,七岁的莫扎特第一次站在管风琴前的时候,"举起的是一双让音乐更神圣的手","这双手,把世界弹奏得泪流满面"。

我读到这种诗样的句子便忍不住怦然心动。我的记性已经很差,对这样的好句子却一遍成记,吟诵再三。不说世界是否泪流满面,我相信耿翔肯定泪花洇流,沉醉其中,物我皆忘了。我因此而深为感动。

我为这样的句子感动。我更为写出这样的句子的诗人耿翔感动。暂且搁置文学艺术的话题,单是耿翔在莫扎特的乐曲里的这一份泪流满面的心理感受,首先向读者显露出作者一方纯净而又敏感的心灵绿地。只有这方绿地的纯净,才能保持对社会进程对人的生存对艺术的美的那份敏锐,这是作为诗人作为作家创造生命的关键。这是无须证明的。试想一个玩弄权术咂嚼铜钱而给生活制造龌龊的人,心灵中的绿地早已污脏得根腐叶枯,失却敏感自然难以迎风起舞了,莫扎特的乐曲不仅催不出他的眼泪,怕是连听的兴趣和耐心也没有。

耿翔视觉里的莫扎特和听觉里的莫扎特的乐曲,凝结成的这一组散文,不是一般的音乐爱好者的膜拜和痴迷,更不是一般的欣赏和感慨,而是作为一个中国诗人对一位伟大的音乐天才的情感世界的自然交融和沉浸,是两颗纯净而又极富音乐敏感的心灵的相互映照,是对人类充满博大爱意的灵魂与灵魂的对话。我读这样的文字,领略耿翔笔下的莫扎特和莫扎特的乐曲,也在解读着诗人耿翔。

我第一次晓知耿翔是一位对音乐有特殊敏感的人。耿翔在莫扎特的生命乐章里十分敏感。耿翔沉浸在生命乐章里的时候,感受到的是进入生命体验深层的灵魂的颤音。耿翔展示给我的不是音乐情趣,也不是对乐曲的欣赏或玩味,是坦率而又强烈地倾泻着在生命之乐里的心灵的回响。印象中向来不事张扬的腼腆的耿翔,把灵魂深处与音乐大师的共振和共鸣,如瀑如涓般倾泻出来,我相信是属于耿翔独有的感受和体验了,也相信我更深一步理解这位年轻诗人了。

二

耿翔说,同样在他七岁的时候,"在父亲们的脚心和土地的摩擦中,在母亲们的手心和瓦罐的摩擦中",感受着音乐。莫扎特的父亲能给七岁的莫扎特提供一架管风琴,而耿翔的父亲给七岁的耿翔提供的是饥饿和一根放羊的鞭子。

耿翔在鞭子的滑响里敏感到了音乐。有一段堪称精彩绝伦的文字——

> 我坐在被雪埋得很虚的山坡上,除了羊蹄踩雪的声音,万物中更多的声音,几乎都被雪冻僵了。羊有多少寂寞,我就有多少寂寞。我只有倾听,在羊蹄踩雪的声音之外,挣断头发地倾听。就在我鞭子一扬的时候,一种隐秘的声音,通过长长的鞭梢,传至我的耳朵。那是我从未听过的一些声音,它让我坐立不安,它

让我血流加快,它让我骨头发热,它让我神不守舍。我不知道,宇宙的深处,也有自己的声音,也有用声音构架生命的信息桥。

被雪覆盖着的中国西北的高原,深沟之间狭窄的皱褶边上,一个可能刚刚识得几个汉字的少年在放羊。这是十分平常的生活场景,几乎每一个出生在西北乡村的孩子都有类似的生活经历,许多人从这个年纪开始直到老死,才放下手中的那根放羊的鞭子。七岁的少年在雪原上放羊,寒冷是同等的,寂寞是共同的,而耿翔正是在这些共同和同等的感觉之外,多了一分奇异的敏感,鞭梢在冻僵的空气里划过时的那种奇妙的音乐,迥然区别于普通的鞭子的响声。同样的雪原同样的羊群,同样的破棉袄同样的寒冷,同样的孤寂中的同样的一根鞭子,却差别出来一双奇异的耳朵,迥异出这一个。这一个就独秉天赋了。

天赋或者天才是什么?是父母授予的一根神经。这根神经对数字、色彩、机械、文字的选择性敏感,从生理上决定着一个人的兴奋点和后来的兴趣,也就决定着一个人在人类社会各种行业中的职业选择。如果这根神经不萎缩,人的兴趣就很难发生转移,对某项事业的追求就表现出极尽物理万死不辞的感天动地的行状。

这样,我们就可以理解七岁的莫扎特,第一次站在管风琴前举起的手指的奇异现象了。

这样,我们就可以理解初中尚未读完的华罗庚,何以会对数学做出那样卓越的发现了。

这样,我们同样可以理解七岁耿翔在雪原上甩动的那根鞭子,何以会魔幻般地变成一支书写诗文的钢笔。

那根奇妙的神经,一般不受生存环境的制约,金殿与茅屋,披绸挂缎与粗布破衫,山珍海味与粗茶淡饭,高干老子与贱民父亲,满院书画与牛屎猪屎气味,都只会对那根神经后天的发展产生有利或有害的影响,却并不决定那根神经的存在。耿翔独秉一分天赋的才资,并不因为贫穷而消弭。从中国乡村茅屋破檐下走进中国社会各个领域的杰出人物,一个个在他们的行业里的出类拔萃者,莫不如此。我倒是庆幸,中国少了一个音乐家,却成就了一位卓有建树的诗人——耿翔。

三

耿翔说:"遍地响动的庄稼秆,有一棵,就是我咬牙站着的父亲。抬起头,为你泪流满面。"

这似乎可以看作耿翔写诗的宣言。

耿翔正钟情的乡土诗的宣言。

也可以看作是耿翔从事包括散文在内的其他文学体裁创造的宣言。

我过去读耿翔的诗、散文、随笔,都是零星的,碰到见到时读,很佩服作者不同凡响沉郁而鲜活的言说。这回有了一次集中的阅读,主要是散文。比起诗来,散文使我更近捷地走进这位青年诗人的内心深处,以及内心世界的另一个层面。莫扎特的乐曲和陕北农妇手中铰着窗花的剪子,城市日益缭乱的霓虹灯和黄土高原上的窑洞,虽然雄壮却毕竟僵硬的秦兵马俑和第一次轻叩情感门扉的纤纤手指,正是从心灵的这一层面和那一层面发出回响,雄浑的、缠绵的、朦胧的、锤砸的,正组合成一部又一部生命交响。

耿翔的散文是诗性的。这是我阅读的最强烈的印象。尤其是写莫扎特写陕北和采铜民间几组规模较大的散文,许多篇章,分开排列起来,当是一首首优美的无韵的诗。

耿翔散文的诗性,突出在作者的主观意识十分强烈的感受中。《莫扎特祭》几乎通篇都是丰富的感受性的内心体验,那种体验不属于音乐职业的纯粹的欣赏和审定,而是一曲生命之音对另一个生命激发出来的同样鲜活同样深沉的和声。即便如《陕北笔记》这种通常容易跌入旧巢的纪实性散文,也是凸显着诗人的主体感受,张扬着自己心灵深处的徘徊。二十世纪中期以来,因为毛泽东和他的革命进入陕北,这块被"上帝视为弃地"的高原成为中国最知名的一方地域。半个多世纪以来,多少诗家文人钟情这块黄土地,昂扬者写出了鸿篇巨制的革命史诗,还有婉转悱恻的爱情经典,更多的则是短诗和散文,或者是深情怀念当年饮马延河的恋情,或者是对今日依然贫穷的人民的慨叹,或者是猎奇式的对那洞穴式的土窑和眉眼秀美的婆姨女子的描摹。恐怕再没有哪一方地域会铸成如此浩瀚的文字了。我之所以列述这些现象,只是想例证一点,前边有那么多的作家诗人写下那么多的关于陕北的文字,也给包括耿翔包括我在内的作家堵住了几乎所有的大路和小道,你要再写陕北,你要在别人已经收获过许多次的土地里再搜刨出一块洋芋来,无疑就很难了。

耿翔在陕北被人搜刨翻过无数次的土地里,寻觅到一块硕大的洋芋。

他也写陕北的雪、陕北的窗花、陕北的荞麦,他没有把笔尖停滞在雪原的景象的描写和勾画上,也没有专注一意工笔勾勒窗花的细部,以及漫山遍野的荞麦,而是写诗人自己的感受,面对陕北高原波浪起伏的雪地,面对农妇手中一把剪刀铰出的变形的日月变形的物态变形的牛羊变形的男女,耿翔发出的是一声迭过一声的心灵的喟叹。《文心雕龙》说:"既随物以婉转,亦于心而徘徊。"揭示了包括文学和艺术创造的全部奥秘。在我体会,随物婉转易,无论笔力软硬,都可以在不同程度上状物,再在不同程度上婉转一番,自然也有高下之分;然而由外入内,由客观描摹到内心之徘徊,由眼观耳闻到引发心灵深处的哲思,就是创作的另一个层面另一番境界了,就不是随性任意发几句豪言壮语或矫饰的呓语所能遮掩肤浅的了。耿翔面对莫扎特的祭词,面对陕北窗花、荞麦,面对陕南的森林和稻田,面对雄壮而僵死的秦兵马俑,发出的正是心灵徘徊的颤音。这样,耿翔就进入艺术创造的更高的境界了,也就区别于所有前人或同代人了,形成自己的艺术个性了。个性化的艺术一旦形成,就不存在被湮没的威胁了。我便庆祝青年诗人耿翔的卓立。

四

耿翔说,要排除"浮躁",要"澡雪"。

浮躁在今天的社会生活中,已经沦落为一种市井语言,已经普及为所有职业的人的一种感受,任谁都可以随口说出的一个词儿。这个词基本准确地概括了当今的生活气象。人们说着浮躁,似乎多是一种无法抗拒的无奈。耿翔在他的散文和散文诗中也说浮躁,却是认真的拒绝。一个诗人对于世俗气象的清醒和自信,来自精神和心灵家园守护的自觉,为此他多次提出澡雪精神,首先是对自己,自然也是对社会的呼吁。

这种澡雪精神对于诗人对于作家,不仅是一种品德的修养,更重要的是对于心灵中那块绿地的守护,是不断提升人格境界的利器,对于作家感知社会感知人生是至为关键的东西。尤其像耿翔这样已经卓有成就的诗人,创作的进一步突破和发展,更当倚重的是一种博爱的情怀,一种高境界的人格,以及关于人生关于艺术的独立思想。低下的人格境界和平庸乃至龌龊的心怀,是不可能产生自己的思想的,自然很难发生深刻的独立的生命体验和艺术体验,创作的突破和发展就很难了,天赋的才气就浪费了。

我读到耿翔诗文中的强烈的澡雪意识时,感动而又暗合心拍。我十分鼓舞,正是耿翔澡雪意识的感召。我完全相信,耿翔的人格力量是会壮大起来,感知生命的那根天赋的神经会愈来愈敏锐,好诗和佳作当可期待。

炎炎暑夏,酷热难熬,读耿翔的诗文,如饮清流,得一分艺术享受,得一分心灵的清爽,也得一分沟通和交流的酣畅,确为美事。

2002 年 8 月 13 日　原下

关注人类命运的力作

读完《情殇可可西里》这部小说书稿,杜光辉又一次给我以惊喜,相信这部书出版后,将会引起文坛的关注和读者的兴趣。

算起来,我与杜光辉交往有二十年了。八十年代初,我和几位作家去陕南重镇安康讲课,那是文学最狂热的年代,竟然有上千名痴迷文学的男女青年听课。讲完课,当我们返回到安康火车站时,一位二十多岁的铁路工人来送行,虔诚地买了兜橘子,让我们在路途上解渴。在站台上等车时,一位同来讲课的作家说,在这一千多名听讲者里面,将来有一个能成为作家就不错了。未及我说,一直站在我们背后的铁路青工搭话了:"那个作家就是我!"同行那位作家告诉我:"他叫杜光辉!是大巴山里的一个小火车站的工人。"这是迄今为止我和杜光辉唯一的一次见面。平心而论,当时的他并没有引起我特别关注的征象,但这样的自信和勇气却令我振奋。

到了二十世纪九十年代初期,杜光辉的中篇小说《车帮》在陕西文坛引起了较大的反响,看到介绍他的文字,才把这位新星和十年前在安康火车站送行的那位大巴山小火车站的年轻人联系在一起,不禁慨叹,他终于成了那个千分之一。随之,他的一系列中篇小说不断地引起反响。在一九九一年召开的全国青年作家创作会议,杜光辉以其颇为耀眼的创作实绩顺理成章地作为陕西代表参加了这次盛会。在陕西省委宣传部和作协为庆祝建国四十周年选编的《陕西名家中篇小说精选》中,选入了陕西老、中、青三代十九位作家的作品,杜光辉名列其中。我在为这部书写的序言中特别提到此书选编的作品,"是四十年来最具有成就也最具有影响的作家的代表作,还有一批更年轻也更富于艺术创造活力的青年作家的代表作"。

杜光辉的小说构思奇特绝妙,气势磅礴,文笔冷峻,力求把握时空的高度,给人以心灵的关怀和生命的思索。尤其值得称道的是,他的作品始终关注着人的灵魂的演绎,关注着社会文明的进步。在他艺术探索的历程中,不慕浮华,不被潮流裹挟,终于走出了自己的创作路子,已经凸显出独立的艺术个性。每有阅读之后,便情不自禁地想到安康火车站送别时的那句豪言,一位有才气的作家终于出世。

后来,有人告诉我杜光辉携家带口去了海南。我没有惋惜是出于我对创作的理解,一个年轻而又敏锐的作家进入一个陌生之地,感受会更新鲜更强烈,况且沿海是中国经济最先活跃的地区,当代生活的矛盾和人的心理秩序的变化,更易捕捉。令我颇感意外的是杜光辉没有找到合适的工作,竟然流落在海南街头,陷入弹尽粮绝的地步。就在我甚为忧心之时,他给我来信了,说他找到了在一家杂志社当编辑的工作,结束了窘境。仍然坚定地表白只要有一碗饭吃,他不会放弃文学的。其实,就在他流落街头一天只能吃上一碗面条的时候,也没有放弃文学。我自然可以想到杜光辉对文学执着追求的毅力。不能忘记,那时候,正是文学创作被商潮冲击得有点零落有点贬值的时刻。

杜光辉又进入了创作的一个高峰期,佳作连续面世,《中篇小说选刊》和许多报刊转载他的作品,在读者中产生了普遍的影响。这些作品大多反映海南生活进程,为自己开辟了一个新的创作领域。他的《哦,我的可可西里》获《中篇小说选刊》二〇〇〇年至二〇〇一年"优秀中篇小说奖",标志着他的创作提升到一个新的高度。

我在看完《哦,我的可可西里》后,意识到这部中篇小说触及一个拷问人的灵魂的大问题,一部关涉人类命运的大题材,甚为钦佩。杜光辉曾在电话里告诉我,想把它再创作为一部长篇。现在,这部名为《情殇可可西里》的长篇小说书稿就摆在我的书桌上。

刚刚过去的二十世纪是人类历史上取得巨大成就的一个世纪,是任何一个世纪都无法比拟的。同时,这又是对人类发生过最严重破坏的一个世纪:规模最大的两次战争,储存着足以毁灭地球的武器;地球资源被无休止地掠夺,野生动物濒临灭绝……《情殇可可西里》这部小说,淋漓尽致地展示了这个关于人类本身合理生存的命题。

杜光辉的这部长篇力作,描写一支解放军的测绘分队在二十世纪七十年代初期,进入可可西里无人区执行测绘任务,在那里和野生动物、和大自然、和人性中的善恶发生的悲怆、凄婉、鲜为人知的故事。故事一直延续到二十一世纪的今天,好些当年的军人在可可西里又发生着生命和鲜血、友情和利益的剧烈冲突。是一部故事新颖奇特、人物鲜活,具有现实认识意义的精彩小说。

杜光辉当年曾作为这支进入可可西里的解放军部队的一员,亲身经历了可可西里无人区那惊心动魄的一幕,以及他在青藏高原多年的汽车兵生活,为他创作这部小说积累了丰厚的又是独有的生活素材,写出了一个个抒情又扣人心弦的故事。这部小说的文字极富表现张力,勾勒出一幅幅雄浑苍莽的画面,真实地展示出苍凉、美丽却又危机四伏的可可西里。作品犀利地剖析着人的灵魂中的美与恶,人类的真情、友谊、道德,在利益冲突中的背信弃义、杀戮,发出一声声回肠荡气的呼唤,发人深省。

有评家说,杜光辉的《哦,我的可可西里》是新世纪中国文坛出现的精彩小说之一。我也毫不夸张地说,《情殇可可西里》当是近年出现的长篇力作之一。

2002 年夏

关于《走向混沌》的通信

维熙兄:您好!

　　内蒙古之行,我对老兄才有了最切近的感知,真是太难得了。您赠的大作《走向混沌》拜读过了。我要告诉您,这是一次惊心动魄的阅读。这样的阅读许多年都没有发生了,即使世界名著中的小说也没有产生这样令我多次闭上眼睛气不能出的噎死的感觉。残忍、丑恶、伪善这些通常的词汇都在巨大的生活真实里变得没有意味了。同样,在巨大的真实里,许多问题不需言说而明白如镜了。您把这样一部作品推到中国当代图书馆的书架上,其他什么东西都可以不在乎了。这部书的意义,对于当代人是重要的,对未来的国家可能更具有意义。这是任何小说都无法取代的。我向多位朋友推介这部书,直言有存档的价值,对于研究民族的精神历程是最可珍贵的资料。

　　我们相识已久,了解却从这部书开始,表示诚挚的钦敬之意,请保重,并向夫人问好。愉快安健。

忠　实
2002 年 10 月 15 日

附：从维熙回函陈忠实

忠实老弟：

来信收读。与燕祥和老弟同行北国边陲，是一次北国风光之外的精神享受。多少年了，我的龟型生活态度，让我婉拒了许多邀请，而龟缩在书斋独善其身，因而我这次与老弟同行，真是一种缘分。说起来也挺可笑，你在精神上首先对我产生刺激的，是在北国的初秋，只穿一件空心单衣。最初，我想是弟妹的失职，后来我才想到这是陕北高原汉子的洒脱与无畏。之所以产生了如此联想，一是听在京的陕西妹子刘茵谈及；二是在几年前阅读过《白鹿原》之后，产生的一种臆断——自古有文如其人之说，一个没有宽阔胸襟的男人，是难以把描述其复杂的历史经纬以及活在那个年代众多人物的笔墨张弛到那种广度和深度的。因而，你给我留下男子汉的印象，是有多重含义的。九九归一，你是文坛的一个自成方圆、有棱有角的汉子。

感谢你对《走向混沌》的真诚赞许。读你的来信时，正是我的酒后，因为酒后放形之故，因为你这封笔飞墨舞的来信，而又多喝了几杯；但酒醒过后，我当真感到了一种莫名的悲凉。面对非正常年代的人文历史，我的笔墨太乏力了，虽然竭尽了全部心神，想给流逝过去的岁月留下一点东西，但远远没有能表达出其斑斑血色之万一。因而，在二十世纪之尾的一九九八年，我重访我流放过的故土时，面对我曾为囚时的大芦花荡，深深地鞠了几个大躬。这是实话。记得几年前，姜文曾为《走向混沌》搬上银幕的问题，来我家家访（当时他只看到了三部曲中的第一部），我也把上述认知告诉了他。这不是谦虚，而是内心的自责。

但是，留下历史的真实形影，总比一片空白要好。不知回头自视民族缺陷的人,正是鲁迅先生笔下所深恶痛绝的。不是吗?

愿你我在这方面做得更好!

别后,十分想念。何日来京一聚,当尽地主之谊矣!

附笔问候弟妹安好! 顺祝秋安!

维　熙

2002 年 10 月 25 日　北京

解读一种人生姿态

一

在散文《做一个简单的人》中,邢小利说他的朋友给他取了一个绰号,叫"邢直白"。这个绰号主要概括的是他的说话特征。

我和小利在一个单位的院子里和一幢住宅楼上工作生活了近二十年,关系可以说不远不近,疏疏朗朗,为公事打交道自然免不了,为私事打交道也是常有的,却不大留意他的说话方式。听到"邢直白"这个绰号,我想了想,不禁惊讶它的传神。如果就性情而言,"直白"这个绰号还真的是准确而又形象的。邢小利说话,不拐弯抹角,不口是心非,不看脸色也不看顶戴级别,是什么便说什么,直截了当说出来,直到一句几句把事说明白了。这自然是他为人处世说话的方式和特征,几十年如此一贯下来,他的朋友抓住这个特征再奖给这个不错的绰号,他也乐于领受。

我读小利的散文随笔,同时惊异地发现,他的文章的共同特征,竟也可以用"直白"二字概括其风貌。生活现象、人生情态、文学话题、历史旧事和现实热门,在他笔下,没有花里胡哨云遮雾绕终不得要领的虚空,也不见无病呻吟拿腔捏调的矫情和伪饰,全是真有所感真有所得的言说。言说的方式是简洁明快,以至语言都很少有形容词的修饰,凸显出来的印象便是直白。过去零星读到小利的文章,似有这种印象,这回集中读一部散文随笔书稿,更有这种总体风貌和本色质地的明朗感受了。

无论在纷繁的尘世生活中说话,还是在喧嚣的文坛上书写文字,在当今能做到直白,颇为不易。直白,既是一种语言姿态,更是一种人生姿态。我的脑海里现在就浮出来那个戳穿皇帝其实什么衣服也没穿的孩子。这个孩子就是以一种直说的姿态面对皇帝的,直到把话说白了。

二

最能见出小利人生姿态的是散文《做一个简单的人》。"我说的简单的人意思是:为人处世,特别是与人交往,尽量化繁为简,而不要把事情复杂化,更不要耍心眼,与人钩心斗角。"可以看作是他的立身宣言。

文章总是感时应世而出的。时下的社会生活形态,似乎恰恰是复杂化。即把很简单的事和处理这些事的最直接最规范的途径废置,寻求某种曲里拐弯草蛇灰线暗箱操作的幽径,取得一个意料不及面目全非又是出奇制胜的结局,名曰生存智慧。生存智慧酿造生存技巧。官场擢升商场暴利乃至文坛出名,更显灵的就是此道了。敢于挑战这样的生活世相宣言做一个简单的人,必定是见多了也洞透了所谓生活智慧和生存技巧所演示的龌龊,而独守一分清静,继而发出做一个简单的人的宣言,独立成一种人生姿态。

小利引用一个曾经有过显赫声名的红卫兵头目的话:"在政治上只有头脑而没有良心。"小利断定:"简单的人肯定做不到这一点。简单的人是讲良心的。"这里就划开了一个最基本也是最严峻的人生界限,即良心。良心的界限毁弃了,黑可以说成白,丑可以说成美,指鹿为马也不觉得荒谬了。良心毁弃的唯一因素就是某种生存目的的实现。譬如说在某种非正常的环境下,譬如说在自身能力和条件尚不具备的情势中,而要达到权欲的名利的生存目的,就得玩弄生存智慧生存技巧了,就不能简单地把黑说成黑把白说成白把丑说成丑把美说成美把鹿说成鹿把皇帝说成什么衣服也没穿的光屁股。指鹿为马的中国历史典故,正好为安徒生的童话《皇帝的新衣》提供了生活的依据或注释,前者为生活真实,后者为艺术真实,相得益彰,鉴示中外古今。为什么会把这样简单的事象完全弄到面目全非复杂混账呢?任谁都不会怀疑洋的和土的两帮重臣文化高低造成了失误,都是为了生活得更好的目的而讲究了生存智慧生存技巧的必然结局,良心显然没有了。这样,我就意识到关于简单的人的真实内涵,并不简单;而要做到一个简单的人,更不简单。其中丰厚而又严峻的意蕴是,守护良心,守护心灵家园的纯净,坚守作为一个人的尊严。

在《知识分子:神话与现实》一文中,小利列述了几位古今中外关涉知识分子操守的比较典型的人际关系,论说的是作为知识分子的品格。品格的核心就是良心,或曰良知。"正是有了变节者才显出守节人的可贵。"变节者之所以会变,就得先把良心变了;守节者之所以守住了节,关键是守住了良心。变节者变的过程,就是运用生存智慧生存技巧大显神通的过程;变节者变的结果,起码暂时达到了或擢升或牟利或扬名的生存目的,自然就把事象包括变节者自己都变得复杂化了。守节者坚守的过程,就是守护良心也守护作为一个人的尊严的过程;守节者坚守的结果,却可能被冷落被穿小鞋被戴"帽子"乃至囚禁杀头。

这篇论说知识分子的随笔,可以当作关于"简单的人"这个概念的理性阐释。

在流行生存智慧生存技巧的生活流里,直言不讳标出自己的人生姿态,作为一个当代作家,就标示出清晰而又简明的人生坐标,一种凛然的清醒和自尊。

三

在散文随笔集《种豆南山》的阅读中,我的欣赏兴趣和既得启示后的兴奋点渐渐集中到一点:索解一种境界、一种情怀、一种人格、一种思想和这种思想发出的一种声音。正是这些形成作家邢小利独秉的人生姿态。

人的一生依着年龄划分出几个大的年轮区段。其中的三十、四十、五十岁当是最重要的三个区段。即使最寻常的男女,也会在这些重要关隘上发生自己的人生体验,敏感的作家就不用说了。小利在《四十感怀》里,整个是一派透亮的境界。这篇文章十分动人。作家奔到四十岁时关于世界关于生活关于事业,尤其是关于自己本身的理解和体验,进入一种哲理的睿智境界。因为真实,因为真诚,因为坦率式的直白,读来令我感动。我也读过一些包括政要在内的许多公众名人的此类述怀文章,参差不齐,无可厚非。但有一个基本的尺码就是真诚。如果一个人到了需要郑重宣示重要年龄区段上的感怀时,还说假话,还矫揉造作,我还能指望他什么时候真诚与人相对呢!小利的《四十感怀》,不单是真诚,难得的是使自己的生命提升到一个新的高度新的境界:

> 到了四十,只有两个感受:一是思想上顽固了,排斥的东西多了;二是心淡了,很多事也看淡了。当然看淡之后,对有些东西却更看重了。许多过去看轻的今天却觉得无比重要,许多过去看重的今天看来却不值一提。

我读到这里便久久徘徊在这段文字之中。我并不急于探究文字里面"顽固"着什么"看重"着什么"不值一提"的又是什么。我确凿感知到在四十岁这个最重要的年轮到来时,小利完成了一次意义非凡的生命价值的择向,完成了一次从心理到精神的剥离,进入一种全新的人生境界了。进入这个境界的作家,才敢提出做一个简单的人,才敢说良心,才敢审视知识分子的变节和守节,才敢鉴示历史的、现代的和正在运动着的现实生活中的知识分子灵魂操守上的种种。

在这样的人生境界里所展示的人生情怀,既是清丽沉静的,又是美丽动人的。清丽的情怀决定着作家生命的敏感和敏锐,对纷繁的生活事象,对气象万千的大自然,都会发生独有的体验,然后展示给读者一篇美好的文章。我很惊异小利在乡间读书的感觉。"在乡间读古人的著作觉得特别相宜,心能静下去,而读西人的书和今人的书,总觉得与情境更与心境不那么相宜,看不进去。"可以想象,在鸡鸣牛哞声中,在左邻右舍从墙头上弥漫过来的柴烟里,在深夜无边无际的静谧里,一位年富力强的青年作家在阅读中国古典的情景,浮躁和喧哗无染,自然使我想到"拥书自雄"的喻说。

在《乡居致友人》散文中,有一节关于雨的描绘——

> 夜里听风雨声,那真是很美的。若是柔风细雨,那就像是一个害羞的小女子欲来不来的样子,偷偷地藏在门外,躲躲闪闪的,招招手忽儿来了,迎上去忽儿又走了。若是大风大雨,那就像是旷野里万马奔腾,真有排山倒海之势。此时披衣坐起,静听万马奔腾之声,心中忽地生出一腔豪迈之情,思绪飘得很远……

这是我读过的文学作品中关于夜雨描写的最动人的篇章之一。这样的文字读过是不会轻易忘记的,可堪反复品味的。这样的文字是经过乡村细雨的滋润和滂沱大雨的拍击之后发出的心灵的颤音,属生命与自然交融的独特体验,只有纯净清丽的情怀才能敏感发生,不是凭想象凭文字功夫所能得到的。

在作家总体的人生姿态里,境界、情怀、人格三者是怎样一种相辅相成又互相制动的关系，是一个很值得研究的话题。是情怀、境界奠基着作家的人格，还是人格决定着情怀和境界，恐怕很难条分缕析纲目排列。我在小利的书稿阅读中，看见了一种境界、一种情怀，更透见一种令人肃然的人格精神。"在强权面前，有人被打折了腰，有人被按着跪倒，有人战抖着趴在地上，却也有这些节操高尚、宁死不屈的文化人，正是他们挺起了知识分子的脊梁，维护了知识分子的信念与价值。"作者所列举的这些形形色色的事象，任何一个知识分子甚至普通人都不会陌生，在诸如封建专制异国侵略以及极"左"政治这些强权面前，知识分子的种种表现，无论怎样五花八门形形色色，核心就是投降与否。而决定投降与坚守的关键便是前文已涉及的良心。

作为人的生理上的骨质的软硬，小有差异，而决定知识分子骨质软硬的东西说到底是良心。小利论述这个作为知识分子安身立命的大课题的时候，就凸显出自己的价值取向，一种披阅古今剖皮见核的追问，自我人生选择的坐标就标示出来了。

如果说对已经沉寂的历史人物品格的坚守与投降的辨析，可以看出小利冷峻的犀利，那么，对当代知识分子人格操守的剖析，就复杂得多也费力得多。我读他评论长篇小说《沧浪之水》的长文时，已在此之前强烈地感受到这个问题，即当代知识分子的投降与操守。优秀的小说提供了一个可以让评论家说话的文本，但作为评论家出场的邢小利的理性的透彻，同样显示出自己在当代生活中的人格形态。

人格对于作家是至关重大的。人格限定着境界和情怀。保持着心灵绿地的蓬蓬生机，保持着对纷繁生活世相敏锐的透视和审美，包括对大自然的景象即如乡间的一场雨水都会发出敏感和奇思。设想一个既想写作又要投机权力和物欲的作家，如若一次投机得手，似乎可以窃自得意，然而致命的损失同时也就发生了，必然是良心的毁丧,必然是人格的萎缩和软弱,必然是对历史和现实生活的感受的迟钝和乏力,必然是心灵绿地的污秽而失去敏感。许多天才也只能徒唤奈何。邢小利的随笔中多处涉及知识分子的品格和人格,可能是他鉴于古今的太多的教训,对当代人的一个切中主脉又正在被忽视的提醒。

人格对作家的特殊意义,还在于关涉作家思想的形成和发展。尽管米兰·昆德拉引用过"人类一思考,上帝就发笑"的欧洲民间谚语,然而我理解的昆德拉,正是人类一位深刻超人的思考者。关于人类合理生存的思想,几乎贯穿在他的所有小说创作之中,甚至某些地方露出艺术形式载不动深重的思想的纰漏。作家必是思想家,这是不需辩证的常理。尤其是创作发展到一定程度的作家,在实现新的突破完成新的创造时,促成或制约的诸多因素中最重要的一点便是思想的穿透力。这个话题近年间已被文坛重新发现,重新论说。现在我要说的只是思想和人格的关系。

作家穿透生活迷雾和历史烟云的思想力量的形成,有学识有生活体验有资料的掌握,然而还有一个无形的又是首要的因素,就是人格。强大的人格是作家独立思想形成的最具影响力的杠杆。这几乎也是不需辩证的一个常规性的话题。不可能指望一个丧失良心人格卑下投机政治的人,会对生活进行深沉的独立性的思考。自然不可能有独自的发现和独到的生命体验了,学识、素材乃至天赋的聪明都凑不上劲来,浪费了。

小利的文学评论、散文和随笔,除了学识,除了艺术眼光这些大家都可以得到的优长之外,便是思想的力度。上述关于知识分子精神操守的话题,如果从作家创作发展的个人角度说,都是至关重大的关键所在。我正是在这一点上感知到一个外温而内刚的邢小利,一个熟识而又陌生的令人钦佩的年轻作家。

四

小利与说话相似的直白的文字,很耐得咀嚼,很富于魅力。

平静地叙说,尤其是随笔,摆列事实和史实,描人状物,简洁明快,娓娓道来,不冰不火,没有激烈极端的措辞,客观而准确的言说,温厚平实,幽默内蕴,更具思辨的力度。这在表面上看来是文字风格,却更多地见着作家的性格。民间有谚,有理不在声高。是否有理,凭高喉咙大嗓门是无济于事的。由此可以说,这种文字更表现着作家邢小利的自信。即如《"自由职业身"的前提》《我当县令》这样与具体对象辩论或曰商榷的文字,不管对方曾经使用了多么激烈的话语,小利仍然用自己说话(文字)的方式,正题正说,不隐不伏,不搅不缠,不哗不噱,而是坦坦荡荡,事与理俱存,给人一种透彻、一种清爽、一种阅读的舒服。我这样说,难免会造成缺少思想锋芒的错觉。其实,邢小利在历史和现实的某些话题的辩证中,内质是锋利见骨的,偶尔也会在文字里迸出诸如"下流无耻""勾当"一类贬斥变节投靠出卖灵魂的行为的词,更见血性。

小利的文字,似乎透见学者的气象。学者当然有各路学者,就文字形态而言,更显现着中国古典文化和语言的质地。我约略感知,小利读过许多古典,尤其是古典杂说一类,他的文字和论说的方式,就有了现代的白话文的一种颇为独到的语言姿态,又避免了某些食古而不能消化者的半文半白的蹩脚现象。

语言说到底是思想的载体。语言蕴藏着作家的思想,其分量最终定砣在这里。通过语言,感受到作家的体验、作家的情怀、作家的境界、作家的人格。小利的这种可以用直白概括的语言风貌,恰切而鲜明地展示着他的思想、人格、情怀、境界所形成的体验,独立不群的人生姿态。直白不是浅露。我联想到鲁迅"我的后院里有两棵树,一棵是枣树,另一棵也是枣树"的句子,顶直白了,然而内蕴的丰厚和深沉,怎么也咀嚼不尽。我在小利的语言里,隐隐感受的就是这样令人咂品久久的韵味。

五

去年春节刚过,我回到冷落多年的乡村老家,一个人住在白鹿原北坡下的小院里,头一个黎明到来时,我听见了几乎隔世的斑鸠的叫声,从窗玻璃上看到后屋屋脊上两只灰褐色的斑鸠,眼睛瞬间模糊了。之后某日晚上,我坐在火炉前读书,接到小利的电话,与我说一件什么事已经不记得了。他告诉我他住在城南长安乡村的屋子里,我随口便说,君在城之南,我在城之东。说着时颇多一重异样的心理感觉,总之是与居住在城里的人那些通话截然不同了。他与我之间横亘着白鹿和少陵两道原,还有两条小河,似乎有某种地脉的牵连。许多年在一个机关院子里工作,在一幢住宅楼的同一个门洞里憩栖、出入,似乎都没有这个电话给我那种异样的心理感受。我因此而明朗了一点,居地的地理气象会影响人的心理秩序的,进而也影响人与人的感觉的。

在我印象里,小利在生活中是很善于与人相处的,总是一种不急不躁喜眉笑眼的温润的样子,我很钦佩他那样年龄的人能有如此好的修养。也因为年龄距离较大,多年来属于关系疏朗而缺乏亲近的那种。后来外出同行有一次夜谈,他很坦率地对我说,他有时候脾气是很大的,我一时无法相信。他举出例子来,我在领受他内刚的同时,更感动于他的坦诚。然而总体印象依然是涵养和温厚。随笔中写到一位有负于他的朋友躲避与他碰面,偶然撞见时他依旧宽容,读来令我感动,也印证了我的印象。

今年夏天,王旭烽从杭州打电话来说事,提到邢小利为她写序的事,很兴奋也很感动。她说,人民文学出版社要出她的中短篇专集,按套书体例要有序。她的朋友向她推荐邢小利,她没听说过这个名字。一万多字的序寄给她读后,便有了给我打电话时的溢于声音的激动,说这是一篇对她的作品分析得最准确的文章。随之又对我说,这样有学问的评论家为什么她竟不知道呢。我便开玩笑说,他还没学会炒卖自己。

邢小利写中短篇小说,写散文随笔,更见功夫的是文学评论,已出版多部专著。王旭烽的惊讶在我觉得毫不奇怪,正好例证着我上述文字对他做人作文的印象。

我写着有关邢小利的文字的时候,窗外是细雨滴滴,檐水跌落之声温柔而富于诗意。我在解读一部书稿,也在解读一个比我年轻许多的青年作家的心灵秩序,自己竟然很感动。我住在城东的原下依旧。邢小利还在城南长安的乡村和我一同聆听乡村秋雨檐水的跌落之声吗?我便祝福,天行健,君子当自强不息。

2002年10月19日 原下雨中

自在的抒写

读山云的散文,能感觉到作者自在的生活情态和舒朗滋润的心态。散文无论怎样定义,都避不过作者所见所闻所得所感的真实抒怀这一特质。了解一个作家最简捷的途径,便是阅读他的散文和随笔,这是作家关于世界关于历史关于现实的最真实的言说。或者说,作品的形态形成了,作家的心思和情怀也就展示出来了。山云是一位尚未谋面的作家,我没有任何印象,作品也是初次拜读,自然就只有依赖文字窥视透析其内了。

集子里有一组写亲人亲情的散文,写了父亲母亲大姑妻子和儿子等有血缘相连的亲人,读来令人动情。作者从村里走进已趋繁华的都市,生命之脐还联结在乡村的血管上,又能以一个当代文化人的视镜和情怀回嚼已逝的和正在运动的生活。亲情在任何人的情感世界里都是最敏感最黏稠的一块,也因各自的生活形态的差异而有不同的感受和体验。山云和他的亲人们是在灾难重重的乡村生活里体验这种亲情的,便透现出艰难困苦中人的情感人的美德和普通劳动者的人格。许是秦晋地理相近习俗也相近的缘故吧,我读到这些篇章时更感受到一种切近的温馨。

山云的散文视野很散漫,涉猎面十分宽泛。写他的家乡侯马市的文物遗存历史典籍,描绘生动准确,考据凿凿,在大的历史背景里叙说一人一事一物,让人惊讶小小一方地域所经历的历史演进中遗留的鳞爪。这一组散文,把真实的历史事件和民间传说融为一体,写得十分活泼,如数家珍,如说沧桑,如道古经,可见作者知识的丰厚,亦可见对故乡历史人文的关爱之情。写山西传统风味食品的一组散文,形象逼真,风趣盎然,情态百生,既富于知识性,又可见民风民俗中所隐含的晋地文化演变。有诸多篇章写到读书的种种感受,其妻其子其女以及作者本人,多年来读书选择中的变化,互相推荐互相讨论,其情其态,构成一个令人羡慕的氛围,也让人感动在浮躁的俗世中,居然有这样一块读书自陶的福地。我正是在这些文字的叙说中,首先感受到山云自在的生活情态和舒朗滋润的心态的。这无疑是人生的一种绝佳的生存形态,也是最佳的心理状态。用古人话说,叫拥书自雄。

  山云的语言变化灵动,多姿多彩。直抒胸臆,无遮无掩,尽兴写来,时见率真。我看到的语言,大略可以感知作者的性情。明快时短句排出,沉郁时长句缠绵,抒情时柔若水漫,动情时字颤句抖,真性情之人也。

2002 年 10 月 27 日 原下

阳光明媚

大约是八年前了，鲁曦穿着橄榄绿的公安警服来省作协找我，便知道公安系统有一位青年女作者，却也未必惊诧，各个行业里都有偏爱文学并创作着的青年，已是司空见惯的事。真正给我留下深刻印象的是，鲁曦很自豪地告诉我，她是全国三八红旗手，刚刚开完颁奖会回来。我便刮目相看，不再当作一般文学爱好者的随意交谈了。也许是我自幼接受的教育以及阅读的长期影响，形成了对英雄以及那些对公众事业做出杰出贡献的模范人物的崇敬心理，即使如鲁曦这样小我许多岁的年轻人，也仍然使我不由肃然起敬。及至鲁曦说她多次抓捕过犯罪分子，我才真正惊讶了。文文静静坐在我面前的鲁曦，我无法想象她扭住罪犯时会是怎样英武的姿态。这样的印象自然是任何行业的作家都不具备的。

后来的七八年间，在咸阳的几次文学聚会上见过，匆匆间不及深谈，却也知道她已调入一家报社做文艺版编辑，和她的兴趣爱好合辙了，我却暗暗遗憾公安队伍缺失了一位巾帼英雄。国庆节放假期间，鲁曦找到我，带来她即将要出版的一部散文集书稿，嘱我作序，我便得知她在文学创作上又逢着大年——丰收的年景了。

鲁曦的散文里，有很鲜明的思辨的色彩，这是这本集子里很富于力度也颇具分量的一部分作品，也是我始料不及却更增阅读兴趣的内容。粗浅的印象里，鲁曦文文静静平平和和，不太爱说话，而散文里却是另一番风姿,由一件小事引发,逐步展开,搜里察外,左右腾挪,纵古贯今,从生活常识提升到哲理高度,思路清晰,语言鲜活,一种生动和生气弥漫在文字之中。《尘埃》中关于人的创造价值和生存意义的思辨,已经触及既是恒久又是当代生活中的一个重大课题。《与老虎合影所想到的》更是一篇思维敏锐极富力度的随笔,失去了虎性的老虎实则连猫也不如了,给人以启迪和警示,足以显示鲁曦内心里不苟同不平庸不尘俗的独立精神。

散文更直接地标志着作家自己的志趣,展示着作家的人格。在《关于人格的话题》里,我读出了鲁迅《一件小事》的意蕴。鲁曦写到与三轮车夫、理发师等的短暂接触,对他们通过诚实劳动获取报酬的自信与自尊,以及他们的善良和动人的同情心,随手拈来,言简意赅,生动而又真实可信。其中有两点给人启示,他们对贪官的蔑视和不屑,势不大却力沉千钧;再一点就是作者的自省精神,把两位普通不过的职业平民,作为生活的镜子,把自己的内心解剖开来,比照鉴示,反复擦拭,保持灵魂的纯净,提升自己的境界和人格。这样的作品既描绘了生活底层涌动的暖流,也毫不含混地标志出作家追求的人生境界,感人至深。《如莲的心情》当是前文的内心注释。任谁都知莲出淤泥而不染,然而真正在当今的浮尘的俗世中,道以莲的品格就不易了。鲁曦的散文中多处展示着这一清醒的志趣,守护着内心一方洁净,令人感佩。

《感谢上苍》是充分显示鲁曦才华的一篇佳作。作品从不起眼的家中的一盆花一缸鱼起笔,使我误以为又是常见的那些养花喂鱼的闲情逸致之类,不料作者笔锋一转,走出家门,踏进熙熙攘攘的生活流中,峰开路阔,气象万千,春日景色的点缀,扶助小孩过水潭,沉醉夕阳的老人,忙忙碌碌的众生世相。笔锋又一转,及至大江南北,东部西部,纵横捭阖。再一转又回到作者自身,给母亲在母亲节的祝福和接受儿子的祝福。这样大的景象,这样庞杂的世相物象,作者自由纵横,上下翻卷,自如随意,不留硬伤,不见凿痕,令人叹为观止。及至末尾,笔锋回到自身,人生和事业,耐人咀嚼不尽。通篇洋溢着作者的激情,可以透见心胸里和煦的阳光。

  朋友向我介绍说,鲁曦干工作,被誉为老黄牛。我一时竟不解,一位年轻作家,何以会有这种称呼,这种称呼一般都是奖给那些少说实干性情木讷的男人的。然而朋友再三说,鲁曦干工作就是这样,忠于职守,认真扎实。读了鲁曦的散文集,我也就更多地理解这位年轻散文家了,她把对世界对生活对人生对自己的诸多体验诉诸文字,展示给世界,在生活中,她便实践着自己的人生理想,原也不需要表白了。我尤其看重的是,作品通体都弥漫着一种乐观健康的人生态度,便想到她胸中那一缕阳光的温和和明媚。

2002 年 10 月 28 日　原下

致西部作家研究中心的信

炜评：

您好！

得悉西北大学文学院筹办的西部作家研究中心即将成立，表示最真挚的祝贺。在我看来，这不仅对陕西文学和西部文学，而且对中国现当代文学的研究和创作的发展都是一个意义非凡的大事。现当代文学史上，西部有一批作家创造了彪炳新文学史册的不朽之作，研究他们和他们的著作，其意义绝不只局限在西部，而是整个国家文学事业的一个重要组成部分。

令我更为感奋的是，这个研究中心是在作为百年老校、名校的西北大学诞生。就我粗略的印象，欧美的许多作家尤其是文艺理论家，大都供职在许多名牌大学的文学系里，他们对文学发出的声音往往是举足轻重乃至权威的。对他们国家的作家的创作的评介和传播也是如此。我们国家正处于改革发展之中，政治的、经济的机制不断发生新的适应性变革，逐渐趋向合理和健全。文学的发展也是这样，也在探索和寻求更有利于作品产生、作家成长、作品研究的健全途径，即更能激发作家活力和文学批评活力的机制。西北大学文学院首创西部作家研究中心，当是这种探索的重大举措，把西部作家的创作活动纳入一种学术研究，肯定会使创作和理论更趋向文学本质，逐渐排除非文学因素对创作和批评的干扰。几乎在全国的各类报刊上，都能看到对公正的文学评论的呼吁。从这个意义上说，对当下起码在西部文坛建设健康的批评话语环境是可以期待的。

新时期陕西省冒出颇为瞩目的青年作家群，几乎同时诞生了一个以研究这批中青年创作的业余组织——笔耕评论家小组。现在活跃在陕西文坛的卓有成就的作家，都进入过笔耕评论家的视境，得到过他们"挑肥拣瘦"的品评——自然是热心热诚的朋友式的评价，又是高屋建瓴的直言不讳的指导，对于这一批作家的进步和发展，起到了重要促进作用。这作用的关键之处，是他们自信的树立和更高的目标的追求。在我本人，依然怀着一种温馨和感激的情愫，回忆笔耕的老师们。现在，西部作家研究中心的成立，从体制说更趋合理，从阵容看更雄壮，从牌子说更显亮，没有理由不感到鼓舞。

陕西有一批中青年作家已经形成新的阵势，其中一批小说家、散文家和诗人，已经开始在全国文坛造成较大影响。陕西同时也出现了一批更年轻的评论家，顺理成章担负起了新的既面对陕西和西部、也面对当代文坛发言的责任。我唯一寄望您的是，在有计划进行西部作家研究的时候，即对已经取得大的成就的作家重点研究的过程中，亦应关注中青年作家，要对他们创作的探索直接关注，道理很简单：未来陕西乃至全国的文学发展，更看好他们。

我因外出，不能赴会，确实感到遗憾。这个研究中心的建立太重要太适时了。祝您和与会所有朋友愉快。

陈忠实

2002年11月6日

多重交叉的舞蹈

峻里终于要出小说集了。他嘱我作序,我没有推辞。

峻里是灞桥人,我的乡党。我们隔河而居,我在白鹿原北坡下的灞河川道里,他在灞水之北骊山南麓的山岭上。晴明透亮的时日,从我家门前的场塄上隐隐可以眺见被树木笼罩着的山岭上的小村庄。

认识峻里大约是二十世纪八十年代的第一个春天。西安郊区重新划为三个小区,我自然选择了我的老家所在地的灞桥区,住在灞桥古镇的文化馆的小院里,分工为文学创作,便有了直接接触乡村和附近厂矿文学创作爱好者的机会,尽管我也还是一位业余作者。峻里在那时候是灞桥地区最年轻的作者,大约刚刚走出校门,很俊气,却不大爱说话。业余作者每有集会,总是争相发言表述己见,场面生动热烈,乃至因观点相逆趣味各异而发生激烈的争论,峻里常常是静悄悄地坐着,很少参与其中,大家能谅解的缘由可能是他的年龄;留下更深印象的是他的作品,我和几位朋友都将他看作是一位很有灵气很有潜质的年轻作者。

二十余年过去了,峻里把这本《在阳光的皱褶中跳舞》的书稿拿给我的时候,我的第一反应是似乎来得太晚了。毕竟二十年了,才有第一本书出版。所以在本文开头用了"终于"这个词儿,以记录我拿到书稿时最初的这种感慨。

及至读完书稿,一个说来非常熟识的峻里,却让我完全陌生了。

这是艺术世界的陌生。峻里展示给我一个完全陌生化的艺术世界。我过去读过他的个别中短篇小说,留下的尽管不错却毕竟单一的印象,完全被陌生的又是崭新的艺术景象覆盖了。峻里默默地进行着小说艺术的探索,已经成为品位高雅独具个性的小说艺术品格的作家。我顿然又生感慨,默默无闻的峻里被忽视了,或者说他的艺术创造的实际成就没有得到应有的与之相称的评价。民谚常常概括出的生活哲理形象而又生动:爱哭的孩子有奶吃。这个更多地体现着生存窍道的现象也引入文坛,尽管谁都明白不会发生普遍的持久的效应,尽管众口一词众刊一声都在鄙弃某些炒作,然而爱哭的孩子还是一味地哭着,哪怕是短暂的效应也是一种满足和诱惑。在这样的时世里,太持重修养太君子风范,就可能造成峻里这样令我感慨的状况。

峻里的小说给我最直接的印象是"城乡交叉地带"的纷繁复杂的画面。我自然想到路遥宣言他切入现实世界的视点是"城乡交叉地带"。峻里究竟有心还是无意,我似乎没有见他宣示过什么主张,然而这部小说集展示给我的生活画面,用"城乡交叉地带"来概括当是最恰切准确的。从乡村土窑院里进入城市的知识分子和干部,从城市的各个角落被排泄出来沦落到乡村山野的被改造被"再教育"的政治异己和"下乡知青";出身农村却有了城市人特征的乡村教师乡镇干部,新时期从乡村进入城市在商潮中沉沉浮浮的乡村青年;那些职业属性为知识分子而身份仍为农民的民办教师,那些身份属性为"公家人"而心理质地仍为文盲或农民的搬运工、收猪员等等,他们生活在或曾经经历过这种城市和乡村的交叉地带,毋宁说他们的身份和精神正处于代表先进文明的城市和代表落后愚昧的乡村的交叉和冲突之中。种种因为这个"交叉地带"的生活落差所惊现的心灵世界的奇观,让我窥见生活在这个地带的高贵者和卑贱者,得意者和失意者的心理秩序不断发生的颠覆和平衡的过程,正好可以透视和把握生活演变过程的脉象。

一个时代或一段特殊的生活潮流的气象,是由生活在那个时代或那一段生活潮流里的各色男女的心理情绪和心理秩序营造而成的,这是普通常识。作家通过对他笔下人物的心理情绪心理秩序的准确把握微察透视精到描绘,这些人物就成为唯有那个时代或那段生活里才会出现的人物,当代的读者尤其是后世的读者,正是通过这些人物的心理情绪心理秩序的演变曲迹,去了解去洞察那些过去了的生活和时代的社会气息和社会脉象的。我以为这是评判一个时代的优秀作品和平庸之作的根本所在。那些世界名著和我们的古典与现代文学的经典之作,都是首先具备这样的品格。即使如鲁迅的短篇小说《风波》,被剪掉了辫子的七斤所发生的心里慌乱六神无主的种种行为,正是以辫子为标志的价值观念道德观念乃至审美情趣,都被骤然兴起的强迫性的变革颠覆了;以辫子为标志的诸多观念所织成的平衡的心理秩序,在毫无精神准备的情势下亦被打乱被颠覆了;心理秩序的紊乱,才造成了(七斤)行为的惶惑和失措。我们正是透过一个最僻远的乡民七斤的生理行为和心理秩序,透视到二十世纪初发生辛亥革命那个时代的社会气象的。这样一个生活细节的思想和认识的含量,可能超过一部几十万字的热热闹闹的演义类小说。

首先是作家的思想,在这致命严峻的一道坎上经受折磨。人们讨厌乃至调侃故作深沉的某些姿态。深沉是故作不出来的,更不是一种姿态,而是作家穿透历史和现实生活粉尘所达到的深度的思想力量的显示,也是作家思想敏锐程度的显示。这是作家的智慧和才气的关键性检测,也是作品的重与轻、高与下、卓越与平庸的难以混淆的标志。我正是在这一点上看重峻里的作品。

处在"城乡交叉地带"上的一组组人物,透过他们心理秩序的平衡和颠覆的过程,呈现着美与丑、善与恶的互相碰撞、互相映照、互相交汇,尤其是互相易位互相异变的生动轨迹,便可看到精神和情感坚守的艰难,灵魂被扭曲的惨烈,生命价值生命意义由重到轻的不可承受,令我的阅读常常在不堪忍受中暂且搁置。中篇小说《弟兄们的爱情》始终围绕着爱情故事演绎。在这个爱情故事里,人物与人物的社会属性、社会地位、经济力量和文化程度,在大的社会背景骤变的情势下,由此而导致的个人生活的一波三折难以预料的变迁,全都混乱了颠倒了,高位的优越的可以矜持一番的,掉到低处了处于劣势了,不仅难以矜持而且欲哭无泪了;原先处于政治经济包括文化劣势位置的,一会儿浮出水面一会儿又沉入水底,后来又不可思议地从另一方水域奇迹般地活灵活现了,很难判断是弄潮儿抑或是混世魔鬼。《人之旅》也是一个爱情故事,是一个比《弟兄们的爱情》更为复杂的爱情网络。A与柳依依的美到令人感动的恋情却以不可思议的K的掠夺而破灭,A与后来的妻子背后所隐藏的妻子的那位同学恋人,直到风雨过后泥泞消失整个生活和心灵都是阳光明媚的时候,这个由A为中心的两组爱情网络再一次发生颠覆,发生易位,男女蜘蛛们又一次发生了窜位,哭的笑了又哭了,笑的哭了可能再笑不出来了。短篇小说《错位》《报复》等篇章,都蕴含着令人咀嚼不尽的人生涩味。

"阳光的皱褶",毋宁看作是心灵的皱褶。解读一个个生灵心灵皱褶里的情感密码,峻里显示出一个成熟作家的思想力度和思想的敏锐性。这些以各种形态进行的爱情故事,都可以在各个人物和人物与人物的关系的平衡与位移过程里,透视他们心理秩序的一次又一次颠覆和平衡的交替过程,人性的扭曲和异变,交织其中的得意与失落、欢乐和痛苦,诸种情感色彩都呈现出来了;心灵皱褶里的光明与黑暗、绿草与污浊、蜜意与龌龊,构成一个个复杂的心灵世界,折射着从六十年代到九十年代生活和时代的斑驳杂烩的色调。峻里在这些篇章里的人物身上所构建的,或者说所揭示的人性的内涵,显示出个性鲜明的艺术特质。如果仅仅从写作技巧的角度看,把握人物的心理秩序,才是人物形象准确和生动的最基本的"窍门",然而要做到绝非易事,因为它又不单是一个写作技巧,而是以作家的思想力量和思想敏锐性为先决为基础的。

读峻里的小说,让我看到"农村题材"小说创作探索的途径之一种。

在很长一段时间里,农村题材小说几乎占据整个文学作品的半壁江山。即使作为题材的所有禁地被打开的今天,以农村为题材的小说仍然占很重的比例。题材本身并不决定作品品位,怎样写或写出了什么成色的作品才是致命的。如果按流行的题材分类的惯例,鲁迅先生也写过许多"农村题材"的小说,然而我们从来也没有把这些作品看作是农村题材。《风波》和《祝福》,不是后来的"农村题材"的概念所能圈住的,而是一个时代中国男人和女人的心灵历程命运遭际生活形态的典型。阿Q按户籍分类也应是属"农"的,谁如果按我们后来的"农村题材"的概念去给《阿Q正传》归类,肯定会闹出笑话。文学史似乎早已定论,阿Q是那个时代中国国民性的象征活物。即如茅盾的《春蚕》、柔石的《为奴隶的母亲》等,也不会有谁把这些堪称经典的作品划归到我们后来的"农村题材"的类属里去。应该说,现代文学的开拓者们早已为我们劈出一条以农村和农民为写作对象的真正的文学之路,然而后来的"农村题材"的小说创作却陷入千车一辙的窘境。一个坚定地走合作化道路的带头人,绝对是受过种种阶级压迫的贫农,肯定有一个咬牙切齿搞着破坏同时又乱搞男女关系的地主或富农,必不可缺的是动摇的中农和几个落后自私又可以转变的贫农,还有一个往往是活灵活现的也最复杂的介于两大阶级阵线之间的上中农人物,在二十世纪五十年代到六十年代的几部最具影响的农村题材的长篇小说里,无论作品写的南方农村或北方农村,作品里的人物设置皆摆出这样一种阵势。显然不是作家们互相影响更不会是互相商量的结果,而是有关农业合作化运动的阶级分析所规定了的。即使如柳青这样的天才作家,尽管他在同类题材的开掘中是最深刻的,然而人物阵势仍然也只能这样摆列。这个时期大约只有孙犁的《铁木前传》是一个例外,是移出这个车辙没有按这个阵势摆列人物的一部"农村题材"小说。这部小说曾经广泛流行也被许多人悄悄地咂味,却很少被评价。

二十世纪八十年代初,作家们努力挣脱了那个人物阵势,然而一时仍然改变不了摆脱不掉"图解政治"乃至"图解政策"的习惯性思维,出现了一批歌颂"农村责任制"的作品,正好与五六十年代歌颂合作化的作品翻了个个儿,揭露甚至控诉合作化对农民造成的种种灾难。再进一步发展,就演绎出不少吃饱了也穿暖了的农民开始追求精神生活乃至真正符合道德标准的爱情故事,似曾相识的可以归类的人物和情节,大约都源于"物质到精神"这样一个思想认识层面的诱导。时间仅仅只过去了十来年,现在还敢问这样的作品生命力如何?其实无须回答,二十世纪九十年代之后再也不见此类同样简单图解政策图解某些观念的小说了。严峻的出人意料的生活现实,恰恰没有循着那些作品所设计的思路发展,农村农业农民"三农"问题已成为一个从中央到地方都十分重视的大事。我在回想这个"农村题材"创作的发展过程时,得与失、挣脱与缠绕的麻烦,是包含我自己的创作历程在内的。二十世纪八十年代初,我也囿于农业政策的改革给农民生活带来的变化这样简单的思路,写了一些篇章,我并不高明,也不属最快最早挣脱"图解"的习惯性思维的作家,但后来终于挣脱了。这个挣脱的过程颇为不易,记忆也就深刻,今天也还仍然敏感。因为峻里在这个方面有益的甚至可以说是卓有建树的探索,觉得有必要再说这个话题。

峻里这本集子里,有一部分作品是纯粹的以乡村人物为描写对象的。这些人物和他们的生活场景里,几乎不见具体的"农业政策"的痕迹,也不见时下常见的荒僻乡村的怪异和粗鄙的习俗(南方北方的乡村似乎都有这些东西,被揭示被展览出来,据说这些东西蕴含有古老的"文化")。峻里作品中的男人和女人、老人和年轻人,都是正常的人。这些正常的农民男女的生存形态、心理形态,他们的追求和他们的挫折、他们的欢乐和辛酸,以及比分明的善与恶、美与丑更为复杂乃至混沌的生存形态,让我首先感到的是他们是一个活生生的人,与任何其他行业的人在心灵和人性上没有本质差别的人,其次才注意到他们的社会属性是农村人。《河边的女人》是一个堪称佳作的短篇小说。作品的大背景是极"左"危害中国的时期,没有极"左"政策对一个主人公为"远房姑姑"的具体迫害,也没有贫穷到惨不忍睹的渲染,而是把她置入一个"下放干部"和图谋不轨的乡村干部之间,没有两个男人处心积虑的争夺,只有简约到可以称为精到的一两个情节,便酿造出令人咀嚼不尽缕析不清的复杂情感。这样的情感不是仅仅只属于一个贫穷的乡村女人。《错位》同样是一篇值得称道的短篇,作品里写了一个公社书记和一个颇具姿色的女广播员恋爱或者说偷情的故事。我们司空见惯的那个时代里的公社干部一类人物形象,总是愚蠢透顶可笑透顶洋相出尽,总是做那些令人不可思议的事和说不可思议的弱智的话。峻里写的这位公社书记和广播员的恋情中所展示给我们的,却是复杂得多的最低行政机构里的人际关系,爱情里的某些价值交换,窗户偷窥者眼里的秽气绿光,交织其中的算计和阴谋,告密者的阴暗心理,以及由此而导致的人与人之间戏剧性的浮沉变幻,各个角色心灵皱褶中未被阳光晾晒的阴湿角落里的龌龊都被抖出来了,令人后脊发冷。我的阅读感觉,决然不同于那些只会做令人发笑的蠢事和只能说令人发笑的二话的弱智的乡村干部形象,而是一个个鲜活的人。《报复》写民办教师的生活,同样也是跳出一般此类生活题材的窠臼,直接进入三个人利益和情感交织着的复杂的内心世界,一层一层剥开心灵皱褶里的光明和龌龊,充分展示各自心灵色彩的异变、善与恶的交锋、人性在权力和利害里的扭曲,令人自然思考生命本身的价值和意义。这个短篇无论就其心灵世界的深层揭示,无论就其艺术章法,都是极见功力的上乘之作,似可当作《错位》的姊妹篇。

无论人们怎样看当今的农村题材小说创作,我的突出感觉是,有成就的作家都在探索自己的艺术路径,远远不是二十世纪八十年代初的状况了。峻里起步在新时期文学复兴思想解放的潮流中,没有如我一样的作家所接受的极"左"文学观念的沉疴,也没有摆脱"图解政治""图解政策"以及后来演变的"图解观念"的痛苦过程,起步就在文学原本的意义上进行自己的探索,也不受那些进入不了大地深层却围着一根鸡毛寻找文化基因的时尚的影响,首先把农村人物作为社会的人去探究,当是文学观照社会人生最基本的态度和品格。

峻里小说的叙述方式是十分抢眼的。如果从直接的阅读感觉说,一种新颖和别致、一种酣畅淋漓、一种沉稳里的激情,都使我有一种阅读的快感。

稍大篇幅的中篇小说,峻里善于复式叙述,人物与人物关系纠葛,在时间和空间的网络中交错排列,时空没有顺序,人物的现在时和过去时也没有顺序,人物活动的地理空间翻转挪移,组成一个复杂的又是清晰的人生历程的图景。即使是篇幅较小的短篇,峻里也不用有头有尾娓娓道来的惯常手法。无论人物较多篇幅较大关系错综的中篇小说,无论篇幅短小人物关系单纯生活场景简洁的短篇,都是采取极富动势的立体叙述,使作品始终处于一种难以预料结局的变幻莫测的动态之中。这是很难把握的一种叙述方式。要求作家对他的人物了知透彻自不必说,人物命运遭际和心灵世界展示,要在一种"无序"的时空里做到合理和自然,更非易事。在《弟兄们的爱情》和

《人之旅》这两部中篇小说里，足以显示峻里把握这种复式结构的艺术智慧和颇为老到自如的基本功夫。

《人之旅》是一部尤为值得称道的中篇小说。从人物说，有艺术院校的教授K，有生来就遭遇不幸从农村流入城市贫民阶层的A，有出身教授家庭才貌俱佳的后来的A妻，有生于画家之家与A发生初恋却被K掠夺的柳依依，还有一位纯粹从乡野进入都市也进入A和妻子情感世界的人事处长。从表面形式上看，不仅是乡村和城市的交叉，也是出自乡村和城市底层的弱贱者与上流社会尊贵者的纠葛与交叉；时空的交叉尤其复杂，从二十世纪六十年代直到时下，历经"文革"和改革开放过程，几个主要人物从少年走到中、老年，时间跨度大，人生漫漫，在一种"无序"的时空里，这些人物生命历程互相交织，在社会动荡中各自发生着令人惊骇的灵魂的异变。你可以看到不正常的社会运动对人的扭曲，更可以看到人借助恶风对生活的扭曲，也扭曲自己；弱者和善者被强者伤害，得一时之风势又倒过来实行报复性的伤害他人；人在困境中的坚守，却在得意时轻易地放纵了投降了，如此等等。作品所选取的这一段时空，是中国社会变迁最骤烈的时期，说成翻天覆地也不为过，这些人物的心灵历程在这张立体多重交叉的网络中，展示出令人惊悸骇然的图景。人物心灵的一个又一个侧面、一个又一个皱褶，折射着生活演变时代变迁的种种驳杂的色调。

这种结构的最直接的好处是简洁。我想《人之旅》这样丰厚的内容，包括《弟兄们的爱情》，按素常的叙述方式很容易铺张为长篇小说。峻里总是瞅准人物生命轨迹中最富于转折和裂变意义的那一瞬，在最隐蔽也最浓烈的那个侧面那个皱褶里充分展开，把诸多的平淡的过程毫不动心地抛弃了，显示出驾驭人物和艺术结构的颇为老到的功力。

峻里叙述的方式，得助于一种叙述语言。峻里不用白描，而是一种基本形象化的叙述。叙述语言本身较之白描语言更为简约,也更富弹性和张力,造成作品厚度的效果。我不想过多论说,因为这是一目了然的事。对任何一个作家而言,语言永远都是懈怠不得的基本功,没有穷尽,是死不能休的终生下力的事。

2002 年 12 月 29 日　原下

功夫还得在诗内

小说集《蓝衫根》里既有二十世纪二十年代关中乡村生活,又有当代城市生活,涉猎面有工厂、农村、机关、学校,包括了许多生活领域的人的生存形态。对这些生活的描述和揭示,显示出作者非常强的艺术能力。在表现深度上,是站在现代人认识历史和现实的前沿思维。我能感受到的,是对人的合理生存形态的思考,充分感受到我们最痛苦的精神历程。《一料庄稼》这部中篇,是对二十世纪二三十年代的乡村生活的透视。对这段历史的思考和文学表现已经很多了,但作者从新的视点来反思这一段历史所达到的深度,是很令人惊讶的。作家用现代人的思想关照当代生活的篇章,那种思想的力量尤其令人钦佩。

当今的生活世相,许多时候使人迷茫。阎道勇站在生活前沿,不仅不躲避,而且很超前。在作品所揭示的思想的层面上,我能感受到文化意识。这个意识从八十年代中期以来一直说到现在,仍然是文学的热点话题,有时候也显得有些泛、有些滥。在阎道勇的作品里,能够感受到一种真正文化意识的思想是怎样的思想。无论历史和现实,如果把握不到蕴藏在血液里的深层的东西,往往就是在垃圾堆里找鸡毛,然后对着一根鸡毛论文化。八十年代中期兴起寻根文学,为当时的文学辟开一条新路。就是在今天的创作中,那种积极意义的影响还在。但这种寻根后来寻到深山老林里去了,寻到过去和现在都没有人迹的地方,寻不到了。阎道勇在现代都市生活中,寻找文化之根。我以为这个民族的文化更充分更集中地潜储在现代都市之中,应该在现代都市寻找民族文化的根,它们经历过怎样的演变,现在以什么样的形态存在着。阎道勇的小说提供了种种令人惊心的存在形态,可能正是我和许多读者产生阅读震惊的根本原因。

说到作家的人格精神和作家思想的制约关系。通常的情况是,作家只有具备深刻的思想才能产生对生活的独立判断和独特体验。没有独特体验的作品很难产生个性,很难摆脱平庸,独特的体验才有独特的个性魅力。作家思想深化的过程受诸多因素促进,其中之一是作家的人格精神。缺乏强大的人格精神要形成强大的思想力量是不可能的。作家以独立的人格姿态体验这个社会,才能促进思想不断向纵深发展。关于作家思想形成的人格因素,似乎因为这样那样的原因被忽视了。在《蓝衫根》集子里处处体现着作家可贵的人格精神。

这本书给我一种强烈的感觉,就是作家对生活的敏锐性。家里的或宿舍里的一张床、一些生活琐事,作家都能捕捉到人生的社会的丰富况味。《偷鸡摸狗的日子》讲一个小房子里两张床该怎么摆,夫妻间的事怎么回避孩子,就这么一张床演绎出多少人内心隐秘的心理、两代人之间冲撞的东西,这种事情许多人都遇到过,司空见惯,阎道勇却能以其思想的敏锐和艺术的敏锐,把人性、心理、生理需求的冲突,表现得淋漓尽致,读来不由得使人击掌赞叹。阎道勇对生活的敏锐性和他思想的深刻性相辅相成,这一点在作品中表现得非常突出。

这部作品集中,几乎每一篇,都是密集的精彩细节和对细节的严格选择,好多细节看似为我们所司空见惯,但经过作家处理后,生动而富于活力,这样的细节俯拾皆是啊! 能做到这一点即使对成熟作家来说也极不容易。阅读作品的舒服和别扭也主要体现在这里。细节捕捉准确,描绘精到,就会给人以心灵开启的感觉,细节产生这样奇异的艺术效果。从日常生活里发现再提升到艺术细节的过程,是一个作家艺术能力的标志性体现,也是生活真实进入艺术真实所产生的魅力。这部作品集中的语言平实而精到,处处显露着作家的生活智慧和艺术智慧。

关于这部作品的语言,我和李星、王仲生老师的感觉不尽相同,就作品所呈现的整体语言风貌,我感觉与作品的内容是恰当的。当然,也能读到个别令人不太舒服的语句。语言的功力是作家的重要追求,作家都在寻找自己独特的语言,"语不惊人死不休",这是作家一生的追求。但就作品的整体风貌来看,阎道勇现在掌握的语言,是富有魅力的。

《尼姑本善》这篇小说,竟令我感慨颇多。八十年代我到蓝田去,几个文学朋友领我去了水陆庵,那时候水陆庵破败不堪。一个老汉在泥糊的炉子上一边烧水,一边和我聊天。这个老汉原来就是出家人,"文革"时被强迫还俗,还给他找了一个媳妇,生了孩子,八十年代初他从生产队又回到水陆庵。这个人让我产生兴趣,很想多了解一些生活经历,但老汉对他过去的生活讳莫如深,我曾经想写一个短篇或者一个小中篇,今天看来,我没有写是对的,肯定写不到阎道勇这样精彩的程度。

阎道勇的小说艺术处理到位,短篇《纠纠夫驴》中把两个社会背景、人际关系、家庭和经历差异很大的年轻人,放在同一个房间里,对两个人的心理描绘含而不露,艺术处理不留任何痕迹。阎道勇在艺术上这种不露声色的描绘,显示出对艺术的理解和体验的独特领悟。

阎道勇作品给我的阅读启示是:功夫还得在诗内。在文学意义上,这是高品位的创作。这几年炒作行为很多。恶意的炒作和必要的评论和宣传是两码事。不能因为有炒作而减少真正的评论,抵制恶意炒作的办法恰恰是严肃的文学评论。今天的讨论会,评论家和作家给阎道勇的创作一个科学的评论,体现着文学的力量,也体现文学的道德。希望阎道勇有新的突破,你已经具备了这样的艺术能力和思想能力。

2003 年 3 月 13 日　西安

在自我反省中寻求艺术突破

——与武汉大学文学博士李遇春的对话

时间:二〇〇三年四月五日晚
地点:陕西省作家协会办公楼

李遇春:陈老师您好!我昨天送您的访谈提纲,您都看了吧?

陈忠实:看了。这些问题都可以谈。

李遇春:那好,谢谢您!我注意到您在创作早期,具体说是八十年代初期喜欢谈"深入生活",但是从八十年代中期以来,您又热衷于谈"生命体验",您能解释一下发生这种提法变化的深层原因吗?

陈忠实:深入生活涉及作家与生活的关系,这是一个老话题。这个老话题实际上对任何作家来说又都是一个最简单、最基本的问题,因为没有生活就根本不可能写作。

李遇春:记得当年批胡风的时候曾经批判过他的一个著名观点,叫"到处有生活"。胡风的意思是,生活是一个非常宽泛的范畴,而当时的主流文学规范往往习惯于把生活的概念加以本质化的限定,规定只能写那种反映了主流社会本质的生活。

陈忠实:现在我们谈生活,它应该分为这样的两个部分:一个是作家所看到的社会生活,再一个就是作家所经历的社会生活。作家自己所经历的社会生活主要包括作家个人的生活经历。这就有两个层面的东西。比如说柳青在长安县搞合作化,他作为一个作家深入生活,他主要看到了当地农业合作化开展时期的农村社会生活,当然他也通过挂职的方式直接参与了农业合作化运动,因此,其中也包括了他个人的一些在合作化中所经历的生活,但不是他个人生活的全部,比如他的家庭生活、情感经历、思想发展经历等。所以我们现在说生活体验或者体验生活,我在这点上泛指两种生活都有,既有客观的社会生活,也有作家个人的生活经历。总而言之,它们都是生活体验的东西,都是从体验生活中得来的。

我后来比较看重生命体验,这是我写作到八十年代后期自己意识到的。无论是社会生活体验,无论是作家个人的生活体验,或者两部分都融合在一块了,同时,既是作家个人的生活体验,又是作家对社会生活的体验,在这个层面上,我觉得应该更深入一步,从生活体验的层面进入到生命体验的层面。进入生命层面的这种体验,在我看来,它就更带有某种深刻性,也可能更富于哲理层面上的一些东西。

李遇春:主张写作进入生命体验的层次,这种观点显然更符合现代人的价值观念,更加契合西方近现代以来的各种生命哲学或文化思潮的核心精神。

陈忠实:我觉得从生活体验进入到生命体验,它好像已经经过了一个对现实生活的升华的过程。这就好比从虫子蜕变到蛾子,或者蜕变成美丽的蝴蝶一样。在幼虫生长阶段、青虫生长阶段,似乎相当于作家的生活体验,虽然它也有很大的生动性,但它一旦化蝶了,它就进入了生命体验的境界,它就在精神上进入了一种自由状态。这个"化"的过程就是从生活体验进入到生命体验的一个质的过程。这里面更多地带有作家的思想和精神的色彩。

我可以举个例子。比如昆德拉,他的《生命中不能承受之轻》我觉得就是进入了生命体验的作品,而他在那之前的《为了告别的聚会》和《玩笑》,我看应该是属于生活体验层面上的作品。对于一个作家来说,他的创作发展也有一个从生活体验到生命体验的过程。有些作家能够完成这个全过程,而有些作家可能从来也没有完成这个过程,这是大量的。就我的感觉,属于生活体验层次的作品是大量的,而进入了生命体验层面的作品是少量的。

李遇春:您能不能举个中国的例子再解释一下?

陈忠实:中国的最好不要说。(笑)那容易犯忌。

李遇春:在我对您的中短篇小说的阅读印象中,我发现专门从标题上就可以看出,您的有些作品是着意在写一个人,比如说《梆子老太》《蓝袍先生》《尤代表轶事》《四妹子》等就是这样的。您当年曾经在创作谈中说《四妹子》是"写人的不自在"的,然而很多人没有从这个角度去理解,甚至把它简单地说成是一篇农村题材的"改革小说",这显然就忽视了您的新的艺术追求。实际上还包括《鬼秧子乐》《轱辘子客》等作品,我在阅读后对您塑造的人物感觉非常新奇!老实说,在我做学生的时候,我并没有读到您的这些作品,因为我们的许多当代文学史都没有提及您的这些作品。后来经过阅读后我认为,您的这些中短篇小说代表作放在当时的八十年代中前期的文坛,即使是和那些轰动一时的名作相比,也是毫不逊色的。但这里面有一个问题,一个作家的作品能否被文学史所接受,那是需要一个过程的,甚至也是需要一定的机缘的。

陈忠实:(笑)

李遇春:等到《白鹿原》一出,您的书一时洛阳纸贵!这个时候人们再重新研读您以前的许多作品,才发现它们的价值在很大程度上被低估了。我觉得我前面所列的那些作品有一个非常明显的特征,就是它们都写出了外在的社会文化规范对内在的人性的某种压抑,以及由此所激发的人性对外在规范的反抗。这实际上体现了您对人物的生命意识的艺术探求。我不知道您是否同意我的这种看法。

陈忠实：是这样的。对我来说，在写作长篇小说之前，从新时期开始，也经历了几个创作阶段。开始主要创作的还是纯粹的符合八十年代初期现实主义文学规范的作品，像一九八四年、一九八五年以前的那些中短篇小说就是如此。这些作品有一个很明显的特点，他们几乎和现实生活同步发展，生活的变化在我思想上所引起的一些波澜，我就把它们凝结成作品了。所以这些作品中直接的生活矛盾冲突比较多，当然这里头也有人物，但大多反映的是当时生活变革的一些现实矛盾。

到了八十年代中期，我自己觉得我已经开始从另一个视角去看生活，虽然看的也是当代生活，但视角已经不是一般的触及现实社会生活矛盾这些东西了。这主要是因为我这时接受了一种文化心理结构学说，并开始用这种视角来解析人物。你刚才提到的那些作品就属于这一类作品。这类作品主要从人物外化的性格进入了人物内在的文化心理结构，这样一个角度，我自己感觉是深了一层。我后来感觉到，你无论写人物的性格怎样生动，生活细节怎样鲜活、栩栩如生，但要写出人物的灵魂世界里的奥秘，写出那些微妙的东西、神秘的东西，你就必须进入人物的心理结构，而这个心理结构本身是由文化来支撑着的。

李遇春：现代文学的经典作品《阿Q正传》就属于这种写出了人物的文化心理结构的作品。

陈忠实：对。在中国文学中写出人物的文化心理结构，很重要的一点就是揭示出传统与现代的那种文化冲突。这种文化冲突造成了人物心理结构的、观念的改变，从而也就造成了原有的心理结构的平衡的被颠覆、被打破。一旦新的观念形成，就随之形成了一种新的心理结构、新的平衡。对于我们这个民族来说，既有传统的道德观、价值观，也包括一些地方地域形成的民间风俗观念，它们跟当代文明、新的观念之间形成的冲突应该是深层的。而实际上我们这个民族从二十世纪初,辛亥革命前后开始,一直到现在都在经历着精神世界的裂变,这个裂变其实就意味着原有的心理结构被颠覆了,不再平衡。我觉得这方面很深刻的一个例子就是鲁迅先生的短篇小说《风波》。

李遇春:哦,就是那个辫子事件吧。

陈忠实:是的。那条辫子是一个外化的东西,它外化了内心心理结构的一个平衡点。所有那个时代的道德观念、价值观念,以及社会风俗观念已经形成的对人评判的全部标准都外化成了这条辫子,从而在这条辫子上形成了一种很稳定的心理平衡。然而辛亥革命把辫子剪掉了。剪辫子其实对人是没有任何伤害的,不伤皮不伤肉,头发要长就要剪嘛。然而,剪辫子实际上剪掉的是凝结在这个辫子上的所有道德观念和价值观念,观念被颠覆了,人物的心理结构也就被颠覆了。所以鲁迅先生的这个剪辫子的细节是非常深刻的,它实际上已经进入了人物的心理结构深层。这可以说是一个具有时代意义的最典型的例子。

李遇春:如此看来,鲁迅先生笔下的这条辫子其实凝聚了巨大的文化内涵,因此,这条辫子是一个文化象征。

陈忠实:对,文化象征!它外化出来是辫子,而内在里进入了心理结构的形态。这一切平衡在一条辫子上头,一旦辫子被剪掉了,人的心理平衡也就被打破了,打破了之后人就陷入了心理痛苦,所以七斤说没有辫子怎么活呀,他都没办法过日子啦。这种痛苦是内在的。所以我就想尝试能够从文化心理结构的角度去解析我要了解的人物和生活。作为实践,最典型的、意识很明确的两个作品是《蓝袍先生》和《四妹子》。这两个作品都是从文化心理结构的角度去写人物的。

李遇春:实际上,从文化心理结构去解析人物,去塑造人物,这样产生的人物的灵魂往往在很大程度上也就是一个民族的灵魂。

陈忠实:对。

李遇春：那么,您能解释一下您在早期主张的"性格说"和后期推崇的"心理结构说"之间的关系吗?

陈忠实：这两者之间应该说不矛盾的,因为如果没有写出人物心理结构的微妙性,那么这个人物的性格就缺乏深刻性。在我看来,通过对人物的文化心理结构的解析,可以使人物的性格更鲜明、更生动,更具有内在的生动性而不是外在的生动性。

李遇春：从《白鹿原》来看,里面很多人物的很多细节都写得很鲜活,而且不仅仅是那种表面上的鲜活生动,而是人物内在地具有某种文化意蕴。这也说明了"性格说"和"心理结构说"之间并不冲突,相反,可以说"心理结构说"是对传统的"性格说"的一种深化。

陈忠实：是。

李遇春：接下来想请陈老师谈一谈您的中短篇小说创作对后来的长篇小说创作的影响。

陈忠实：我觉得这没有什么直接的影响,因为那就是我小说创作发展的一个学习、探索的历程。

李遇春：您是说这一切是水到渠成?

陈忠实：对。一个人的写作从初学到一步步地深化,这个历程实际上主要就是完成一次次的突破,包括思想和艺术上的突破。他可能在完成突破后要相对地稳定一段时间,在这个突破的基础上他要有一批作品出来,把他这样的思想观念、艺术兴趣和艺术追求相对地持续一段时间。当他集中写过一批作品后,对这种艺术形式又不会太满意,于是便渴望进行新的突破,进行一个更加重大的突破。当然,一个作家的每一部作品一般不会与另一个作品相同,即使是在同一个突破层次上的作品之间也会有很大的差异。但是,对于一个作家来说,能不能完成关键性的、里程碑式的突破,或者说达到质的飞跃的突破,这是一个非常致命的东西。譬如说,从生活体验能不能完成到生命体验的突破,既包括对人生的理解、对社会世相的理解,也包括对艺术的理解,这是一个关键。我的整个写作过程可能起码经历过两次突破。

李遇春: 能具体解释一下这两次突破吗?

陈忠实: 一次是在二十世纪七十年代末,当时文艺刚刚开始复兴。我此前在"文革"期间曾经发表过几篇小说,到新时期开始,我们要完成对极"左"思想,包括文艺思想的清算和批判。不光是在认识意义上,而且涉及艺术本身,都要打破极"左"的文艺禁锢,使自己能够尽快地接近真正意义上的艺术和文学。这样一个过程我是通过读书来完成的。这大约是在一九七八年的冬天,我记得很清楚。当时我集中读了一批书。你要去理解真正的文学,你就要阅读真正的文学,通过阅读来开拓你的艺术视野,我当时就是想把我在六十至七十年代所经历和接受的极"左"文艺教条,通过真正的文学的阅读和理解,来把它们冲开,这应该是冲破那些僵化的文艺教条的一个原动力,没有这个你就冲垮不了它们。我记得我集中了三个多月的时间专门读书,一篇文章都不写!因为我那时候刚刚开始重新学习写作,主要目标就是掌握真正意义上的文学创作究竟是何物。我首先从短篇小说上面实践,我集中读了一批世界上各种优秀的短篇小说。

李遇春: 主要是哪些作家的短篇小说呢?是不是欧美作家的作品要多一些?

陈忠实: 有好多作家的作品,但主要是欧美作家的作品。我在这些作家中重点选择了两个作家:一个是契诃夫,一个是莫泊桑。在这两个作家中间我最后又集中在莫泊桑身上,因为我觉得莫泊桑的小说是情节结构的,而契诃夫是以人物来结构小说的,结合我当时创作能力的实际,莫泊桑显得要更容易接近一些。为此我选择了我比较喜欢的大概有一二十篇莫泊桑的小说作品,集中加以精读,主要看他是如何结构小说的,因为我生活不缺,我在农村生活了二十多年,我自己觉得对农村生活应该比较熟悉。问题是怎样打破极"左"的文学套路，进入真正意义上的文学写作。我觉得那个目的是达到了。所以从一九七九年的春天开始，我感觉非常好，就重新开始写作。这样一直写到大约八十年代中期，我已经出过两本书了，而且作品也获过全国奖，尽管影响还不是太广泛，主要是在本地范围，当然在全国也有一些影响。问题在于我这时候对自己的写作好像进入了不满意的状态。当时我的思维比较活跃，这集中体现在《创作感受谈》那本书中。《创作感受谈》的写作实际上是对我以前创作的一个总结，在此基础上我希望能够再完成一次突破。这时候对我起了决定性影响的就是我前面说过的文化心理结构学说，它对我的写作意义是非常重要的。在八十年代中期的时候，当时的整个文坛最是活跃，各种各样的文学理论介绍了进来，各种"主义"开始纷纷得到实践，文学的发展呈现出一种前所未有的繁荣景象。

李遇春：那是一个对中国新时期文学影响非常深远的年代。在一九八五年前后，"现代派"文学和寻根文学浪潮的兴起对长期以来在中国文坛独尊的主流现实主义文学产生了极大的冲击。

陈忠实：就在那个时候我广泛阅读和见识了各种新潮的文学理论。当时我觉得对于我最有用的就是文化心理结构学说，我就开始实践这个东西，然后就有了一批中短篇小说，包括短篇小说《轱辘子客》和《两个朋友》，它们都是那之后的作品。当然印象最深刻的除了《轱辘子客》之外，还有两个中篇：《蓝袍先生》和《四妹子》。这是我非常清醒的。无论是《四妹子》写的当代生活，还是《蓝袍先生》中的历史生活背景，我都是从文化心理结构的角度去写人物的。我自己感觉人物的深度和厚度比以前要好一些了。

李遇春：实际上您已经达到了一个更高的艺术境界。

陈忠实：正是通过对人物的命运的观照，我觉得我对生活的思考、对历史的思考，就不再是一般意义上的思考了，而是进入了对人的一种合理的生存形态的思考。

李遇春:就是思考人在历史和现实的社会文化环境中应该怎样生存才是合理的。

陈忠实:对。我当时不好明说这样的话,我就说我是写四妹子的"不自在"的。那为什么不自在呢? 就是因为它不是她合理的生存形态,处于一种不合理的生存形态当中才会感觉到不自在! 生存形态合理了,美好了,她就自在了。实际上人人都在自觉不自觉地摆脱不自在,要进入自在的境地,我们的生活理想就是争取生活的自在,对不对? 所以这就很自然地发展到长篇小说的写作中去了。如果说《四妹子》和《蓝袍先生》是我用文化心理结构学说作为一种写作的新的突破的试验,那么,进入《白鹿原》的写作,我就自己感觉到能够比较自信地运用文化心理结构学说来塑造人物了。所以《白鹿原》的写作是一种自觉的、认真的,比较有把握和自信心的写作。

李遇春:您刚才谈了您文学创作生涯中的两次大的艺术突破,我认为您的这种创作历程对于研究中国当代文学史的变迁很有个案价值。像您是在六七十年代开始文学创作的,然后在七八十年代之交开始第一次创作转换,即从那种"革命现实主义"文学规范向传统意义上的现实主义文学转变,此后又在八九十年代之交完成了第二次创作转型,从传统的现实主义转向了"开放的现实主义",吸纳了强烈的现代生命意识和诸多现代小说技法。实际上,您的这个创作转换过程与中国当代文学的演进历程是一致的。

陈忠实:对。基本上是一致的。

李遇春:在我的印象中,当代文学史上,像您这样作品越写越好,基本上是一步一个脚印的作家似乎还是很少见的,在五六十年代初登文坛的作家中,许多人虽然在七八十年代之交的"伤痕""反思"和"改革"文学潮流中曾经大红大紫,但在八十年代后期至九十年代以来,他们中的大多数人就星光暗淡下去了。而您却一步步地走向辉煌,在九十年代终于呈现出大的艺术气象。这其实是很不容易的。

陈忠实：通过我自己的文学写作，后来我感觉到一个作家一个状态，不可类比！文学创作这个东西没有可比性，它跟工匠生产不一样，它不一定就越写越好。有的人的写作也许是这样，可能越写越好，但有的人可能就爆发那么一下，接下来就爆发不出来了。这种现象太多了。有的人的首发之作可能就是他终生的巅峰之作，他后来的所有更大量的写作再也超不过他的首发之作了。当然，文坛上各种作家、各种状态、各种现象都有，所以你很难说哪个是对的，实际上没有什么对与错，也没有什么规律可循！

李遇春：是的，每一个作家都在探索着属于自己的艺术创作道路。

陈忠实：这里面可能有作家自身的因素、社会因素，甚至包括生理因素。读者是很难把握的。

李遇春：我记得您曾经特别谈到过《初夏》这篇小说的创作。您说《初夏》写作得非常苦闷，简直到了写不下去的地步！由于在写作的过程中您一直想控制人物，但最后还是控制不住了，终于发生了人物的叛逃。那么，根据您后来的创作经验，您认为在创作的过程中，作家与人物之间究竟应该保持一种什么样的关系和状态才是比较合理的呢？

陈忠实：《初夏》可能是我写作以来写得最困难的一部作品！最初的草样只有四五万字，后来写到八万字，最后又写到接近十一万字。前后经过几次改写，越写越长。这个作品最初的写作时间是一九八一年，从一九八一年写草稿到一九八四年发表，历经四年，仅仅是一个中篇小说哪。这是我的第一个中篇小说，而实际上大概是第二个还是第三个发表出来的，发表得比较晚，反正中间经历了这么个过程。我之所以迟迟写不出来，很重要的一点就是把握不住人物。

李遇春：主要是哪个人物？是冯马驹吗？

陈忠实：对，主要是马驹这个人物把握不住！其实这个人物我倒是受过生活中的一个人物的影响,尽管有一个生活原型的参考,但是我觉得把握不住他的精神世界。怎么写怎么觉得别扭!这个写作过程非常痛苦。第二次写的时候我躲到了太白县,夏天正热的时候,那时没空调,西安根本待不住,我就在那待了十多天。哎呀,那个写不出来呀,怎么写怎么别扭,怎么写怎么不顺,最后一点都没写成,把勉勉强强写成的那一些全部给撕掉,然后又回来了。

李遇春:我个人有一种感觉,不知道准不准确?有人说《初夏》写得像《创业史》,非常接近柳青的创作风格。我觉得您笔下的冯马驹和《创业史》中的梁生宝在许多方面都很相像,梁生宝是当年社会中"大公无私"的一个典型人物,而您笔下的冯马驹本来有更好的就业机会,但他为集体的事业放弃了个人的前途。显然,冯马驹的这种人生价值观念和梁生宝是相通的,但是,与八十年代改革开放初期的主导社会价值观念又是隔膜的。我相信当时的一般人不会选择马驹的这条人生道路。

陈忠实:是,普通的老百姓不会选择这条道路。但我当时思想很明确,就是要把马驹写成一个先进青年形象,因为他直接受到生活中的一个农村先进人物、一个英雄人物的影响。所以,我在创作过程中脑子里始终有那个先进人物的影子。这说明我当时还没有摆脱掉过去的"革命现实主义"文学的影响。

李遇春:在当年的"革命现实主义"文学规范中,所谓文学典型,就是当时现实社会中先进人物的代表,因为那些先进人物就是当时的"时代精神"的化身,他们体现了"无产阶级"的阶级本质。

陈忠实:是这样的。所以在创作《初夏》的过程中我怎么样也无法从"革命现实主义"的文学窠臼中跳出来。为了迁就一些既定的东西,结果其他的很多内容反而进不去,所以人物就叛逃了。整个写作过程别扭得很!值得一提的是,在第二次写作失败的间隙里,当我觉得在第一稿的基础上无法提高的状况下,我把它放下了。在放下的空当里头,我对写作已经有所思索了。我随之写成了另一个中篇小说《康家小院》,写得非常顺,而且写得非常痛快!实际上在《初夏》写作失败的同时,我已经意识到了写作失败的原因,这就是必须面对生活的直接的感受,而不能依赖于生活中任何既定的人物,让他去限制作家的创作思维。所以我写《康家小院》其实是打开了另一条艺术思路,因此写得非常顺,而且稿子一到编辑部,编辑来信非常热情,对稿子评价甚高。所以《初夏》两次修改失败的反反复复的经历,实际上对于我来说是一件好事,它使我更深一步地从原来的"革命现实主义"文学窠臼里反叛出来,并且逗着我寻找真正的现实主义的本真的东西。

李遇春:现在学界一般认为现实主义最核心的东西还是"写真实",不光是要忠实于外在的客观生活的真实,而且更重要的是要忠实于创作主体对客观现实生活的主观体验的真实。

陈忠实:对,"写真实"非常重要!当年写作《初夏》失败的教训逼着我重新探索现实主义的时候,我的第一个产品就是《康家小院》。这样就把我的路子"规"过来了,从那条路上"规"到接近真正的文学的道路上来了。

李遇春:看来《康家小院》是您文学创作生涯中的一部非常重要的作品。它实际上是您实现第一次艺术突破的标志性成果。通过《康家小院》的写作,您基本上已经告别了过去的政治化文学,而自觉地走上了真正的文学创作道路。

陈忠实:可以这么说吧。

李遇春:让我们还是走进您的《白鹿原》吧。您刚才说写作《初夏》时最痛苦的就是把握不住马驹这个人物,而我记得您在回答李星老师的一次访问中也坦诚地说过,在写朱先生的出场时好像写得也比较困难。《白鹿原》出版后评论界不少人都说朱先生塑造得有些理想化。我想问的是,您在写朱先生时是不是体会到了和塑造冯马驹这个人物的过程中相类似的困难?

陈忠实:完全不同的两个困难!我在《白鹿原》这部小说里头,从构思这个人物到写作的整个过程中,我可能写得最谨慎的人物、压力最大的人物就是朱先生。为什么呢?在我开始构思那些人物的时候,我就觉得最没有把握的人物还是朱先生,思考得最多的人物也是朱先生。这里面有两个因素:第一个因素,如果说这部作品中有一些人物只是借助了生活原型的某一点,那么,唯一一个能够谈得上比较多地借助了生活模特的人物就是朱先生!由于朱先生是一个对生活模特的依赖比较大的人物,这就给我带来了最外在的一个压力,因为朱先生这个人物在关中是老一辈人家喻户晓的,人们都知道这个人物,而我写这个人物的直接的担心就是,如果我的这部书将来出版了,读者读到了以后,他们说陈忠实写的那个人物就是生活中原来的某一个人,但写得根本就不像,人家那个人不是这样的,这就是压力呀。因为那个人物广泛流传啊,他的儿孙现在还活着,所以这是一个直接的压力。

第二个更重要的压力就是,这是个老知识分子呀,传统的旧学功底非常扎实,可以说是一个学富五车的知识分子。我在蓝田县里查阅县志的时候,那县志的最后一个版本,大概是民国,四十年代初吧,就是由他主编的,他的著作这么厚一摞呀。总之他是一个旧学功底相当扎实的人物,而我恰好就是旧学很薄弱的一个人,因为我是解放以后一九五〇年念的书,没有学过那些"四书""五经"呀,仅仅就是我们课本上,包括我后来读到的很有限的一些古典文学的东西,至于古典文化的那些最基本的东西,咱们没那个修养呀。你想我们现在这点白话文的基础,你要写好那样一个国学功底非常深厚的人物,总感觉到力不从心!起码你这个文化和他本身的那个文化距离比较远。

李遇春:看来您在塑造这个人物的时候还是有着明显的敬畏

之心。

陈忠实：对,还存敬畏之心！所以有一段时间我就想,哎呀,避开这个人物不写算了。但再三思想后,又觉得放弃这个人物太可惜了。而且他作为白鹿原家族社会里精神领袖式的人物,你是不能回避的,因此,最后还是决定去写他。

李遇春：尽管我个人也认为朱先生并不是《白鹿原》中写得最好的人物,但与此同时,我也觉得朱先生是《白鹿原》中不可或缺的一个人物。

陈忠实：(笑)我还是觉得,不管他文化修养多高,我主要是要把握住他精神世界里的东西、心理世界里的东西,只要我把握住了这个人物的这一点,我写这个人物就获得了自由！如果把握不住这一点,那就像画像一样,你就怎么也画不像,或者即使是某一个地方画得像了,但在整体上还是一个躯壳式的人物,因为他没有精神！后来我就想,主要写这个人物由传统文化所支撑的那个精神世界、心灵世界,包括人格世界里头的东西。我抓住这样几点,反复思考得很多,然后就在这个思想的指导下来写这个人物的。写得确实是小心翼翼呀！(笑)

尤其是一开始写这个人物的时候,我那个小心翼翼呀,至今还记忆犹新。但在他出场之后写过两段后,我感觉我把握住了这个人物的精神了,写得也就比较自如了,直至写到他的死亡。我觉得我写得最好的一笔就是写朱先生死亡的那一笔,就是写他死亡的那个过程,到那时我才觉得我对这个人物已经完全理解,完全把握住了。

李遇春：记得小说中围绕着朱先生之死写了好多意味深长的细节。

陈忠实：尤其是当他预知自己将要谢世了,他还要让夫人看一看他头上是否还有黑头发,夫人于是帮他梳辫,说只剩下三根了,你这下像个白毛鹿。等夫人正给他剃头的时候,朱先生却突然伏在夫人的膝盖上叫了一声妈。写到这个地方,我当时感觉自己心里都哑了。我觉得这一声妈,其中也包括了我自己的体会,那是从生命深层发出的一声叫喊!

李遇春:记得高中的时候学过太史公的《史记·屈原列传》,我当时喜欢诵读这样的一段话:"夫天者,人之始也;父母者,人之本也。人穷则返本,故劳苦倦极,未尝不呼天也;疾痛惨怛,未尝不呼父母也。"像屈原一样,朱先生当年也够"穷"的了,国难当头、无力回天,正是因为走向了穷途末路,他才发出了那声撕心裂肺的呼喊!中国自古就说"男儿有泪不轻弹",那其实是因为还"未到伤心处"啊。

陈忠实:是。他要把他夫人喊一声妈,那是出自他生命深层的一种感悟,而他夫人也未必理解他为什么要把她叫成妈。

李遇春:我觉得这一声妈其实传达了人向生命的原初地回归的心理倾向。朱先生最后化作白鹿,魂归故土,其实是回到了他的生命的家园——白鹿原。

陈忠实:我后来觉得只有这声妈才能把他送上天去,他告别世界的时候好像只有这一个字啦。

李遇春:实际上朱先生的仁义精神就像厚德载物的大地一样,就像黄土高原一样厚重。我感觉朱先生死亡前喊妈,与这个地理自然环境和文化环境之间是有某种精神关联的。

陈忠实:是。

李遇春:您刚才提到朱先生叫了一声妈,这使我想起了黑娃。黑娃后来浪子回头,做了朱先生的弟子,重新"学为好人",但他荣归故里的时候,我记得您写他执意要回家睡在死去的母亲的炕上,而不愿意在白家借宿一晚。请问这中间有什么深意吗?

陈忠实:有。黑娃所经历的那个人生波折,那应该比朱先生还要激烈得多、动荡得多!他反反复复、起起落落,最后还是回到了原上。我写黑娃执意要睡到亡母的炕上,那其实也是黑娃内在的一种生命感悟,他从内心深处感受到了一种强烈的生命冲动和生命激情。

李遇春:那其实是一种回归母腹、回归大地的原始生命冲动。在这方面我觉得《白鹿原》确实具有强烈的现代生命意识,而在不少的评论家看来,他们甚至都没有做详细深入的文本辨析,就直截了当地给《白鹿原》戴了一顶帽子,说什么文化守成呀、保守主义呀,其实这是非常大的误解,因为《白鹿原》中的文化价值立场是非常复杂的。

陈忠实:(笑)

李遇春:我还是想抓住朱先生这个人物再向您请教一个问题。尽管您前面说您后来把握住了这个人物,但我作为一个读者,我觉得朱先生的精神世界仍然还是比较单一的。可以说您后来的一系列的故事情节,如只身退敌呀、为民赈灾呀、投笔从戎呀,这都是为了铺展这个人物的儒家精神和人本情怀。用一句学术一点的话来说就是"人格表演","人格表演"是中国古代小说中经常使用的一种人物塑造模式,比如《三国演义》中刘备的"仁"、关羽的"忠"、张飞的"勇"、诸葛亮的"智",这些人物的单面的人格在小说中通过一系列的故事情节被"表演"了出来。我记得鲁迅先生当年在《中国小说史略》中曾经批评过这种人物塑造模式,他说《三国演义》的作者"显刘备之长厚而似伪,状诸葛之多智而近妖"。而我觉得您笔下的朱先生似乎有"状其多智而近妖"的嫌疑。您把这个人物写得神乎其神,不光是通晓天文地理,而且能预言生前身后事,尽管我在阅读上也产生了阅读快感,但冷静下来,还是觉得有些不满足。

陈忠实:(笑)我来说这个人物!这个观点并不是你提出来的,很多的评论文章也是这么说的。那我来说一下写这个人物的初衷。这个人物是我们传统文化的一个载体,他是白鹿原家族社会里的一个精神领袖。他也是我们这个民族的传统文化传承了几千年的最后一个传人,是我们民族历史上最优秀的一个知识分子的代表。在白鹿原的社会结构里面,朱先生承担了一种精神领袖、精神教父的角色。

因为在二十世纪初,我们的整个社会结构是家族式的,至于基层的农村村社,那更是典型的家族结构,它没有行政管理,更多地具有宗族色彩,它里边维系社会稳定、人际和谐的价值标准、道德规范,就是那些已经演化成风俗、民俗、乡规、民约之类的东西。这些东西从哪里来?就是从朱先生那里来的,是从当时社会的高级知识分子那里演化来的。

当时的中国社会,普通的老百姓也不分什么工人、农民,统统都叫作"民人",就是没当官的人、被统治的人,他们之间互相称呼自己为"民人"。这跟我们后来所说的"人民"这个概念恰好翻了个儿。过去叫"民人","民人"是对"官人"而言的,因此,"民人"是被"官人"所统治的人,他们处于社会的最底层。不仅如此,"民人"的精神世界里的那些东西都是受"官人"教化的,也就是当时的知识分子所主张并教授的那些东西,其中包括许多统治阶级所要求的东西。而朱先生是在封建社会里接受过高等教育的,他学富五车,而且考过文举人,在那一方土地上是学得最好的人。但他不是佛,甚至不是道,他就是儒家,所谓"关中大儒"。他甚至不迷信——

李遇春: 儒家的传统好像是不主张迷信的,"子不语怪力乱神"嘛。

陈忠实: 那为什么朱先生看上去有点儿神神道道的呢?那实际上是没有文化的"民人"不理解他那高深的文化,不理解他对世界的点化,看不透他,由此所造成的一种神秘印象。这就像一个文盲不理解大学生在那里讲天文学一样,一个文盲听天文学家讲天体世界的事象,他很容易把这个人当成一个神,说这个人知道天象啊,这家伙是个神啦。由于是在过去那个愚民时代里,所以我写朱先生出场的时候弥漫着一种神秘的色彩,比如预测种豆会有好收成、足不出户能帮人找牛等。这实际上是当地的"民人"对他的看法。我是根据当时的民间视角来写那一切的。其实朱先生作为一个有知识的人,他根据找牛者的心理,问他的牛是怎么丢的,然后做出一种合理的推测和判断,最后告诉他该往哪个方向去找。因为有知识的人分析和判断事物比文盲要清醒得多,他根据天时地利、地理地貌以及村庄和居民居住情况,合理地判断出这牛可能朝哪儿跑了。而文盲不理解朱先生,而且朱先生也无法向他们解释清楚,所以这一切就带有迷幻色彩。实际上为了扫除前边布下的带有迷幻色彩的迷阵,我特地安排了朱先生在进驻白鹿书院的时候,他自己把四座神像都扳倒了,当地的"民人"反而很迷信,他们说,哎呀,您怎么把几代人敬仰的神像扳倒了,朱先生马上教化他们说,你们不学前人的知识,专门烧香磕头,越磕越浑啦。这说明朱先生并不迷信,是别人看他迷信!这些地方,作为一般读者随便就读过去了,不加分析,而我自己写的是很清醒的,我根本不想把他写成一个神神道道的人,我甚至写他就是一个唯物论者,因为我们也有传统的朴素的唯物哲学观啦。所以朱先生不信神,我也没有把他神化,许多人对他有那么个印象,这其实是一个错觉。(笑)我自己之所以在开始写他那些带有神秘迷幻色彩的东西,那是他在当地"民人"中造成的影响所致。实际上在后来的情节里头,我是剥去那些东西的。

李遇春:后来的朱先生主要就是传统儒家的人格化身了。

陈忠实:我就是想把他写成真正的传统的儒家人格的化身。传统儒家精神中那些优秀的东西在他身上绝对要表现得非常充分。包括写白嘉轩也是这样,白嘉轩是朱先生的精神的实践者,这是他们两个人物之间的关系,我写朱先生和白嘉轩就是要写我们这个民族发展到二十世纪初一直传递下来的,存在于我们民族精神世界里的最优秀的东西,要把它集中体现出来。我有一个看法:尽管我们这个民族在二十世纪初国衰民穷,已经腐败到了不堪一击的程度,但是,存在于我们底层民族精神世界里的东西并没有消亡,它不是一堆豆腐渣,它的精神一直传承了下来。如果我们民族没有这些优秀的东西,它不可能延续几千年,它早就被另一个民族所同化或异化了,甚至亡国亡种了。但是,它在进入封建社会以后,还很完整地把这个民族的生存形态保存并延续了两千年,那说明在我们民族的精神世界里肯定有好的东西、优秀的东西。我要寻找的就是这个东西,就寄托在朱先生和白嘉轩这两个人物身上。

与此同时,在这个最优秀的东西的负面附着的另一面是腐朽的东西、落后的东西,是造成我们民族衰败的很重要的负面因素。我在作品中人物的很多行为上都写出来了。所以在朱先生和白嘉轩这两个人物身上,既有我们民族优秀的东西,同时,也有我们民族最腐朽、最落后的东西,甚至是成为这个民族精神负担的东西。它不是单一的。譬如朱先生的正直人格、道德良心、铁肩道义,这是一面,但另一面是,他所坚持的那个旧学已经不行了,但他仍然坚守,他不学新学,眼看学生一个一个地流失了,到最后自己只好把门关了。他再也没事可干,他又不愿参与政事,他就想教化民众,所以最后自己只能去编县志,他再也做不了什么了。而到了饥荒开始的时候,也只有他这样一个正直的人才能够拯救民众,而且你给他一个具体的工作去做,他会做得非常好,他身体力行,要知道当时借赈灾之名大发横财的人有的是,但朱先生和饥民吃同样的粮食,与民众共患难,这是儒家真实精神的写照。

李遇春: 对,儒家文化精神中很重要的一点就是民本思想。

陈忠实: 是。朱先生的民本思想是我们民族精神中非常可贵的东西。但是,他精神世界里腐朽的东西也是显而易见的,比如他坚持旧学,但是他阻挡不了,也非常被动地看到自己的学生进了新学堂,他只好把门关了去编县志,这其实是无奈之举呀!再一个就是他对作品中某些具体事件的态度也流露了他的腐朽思想。比如对待黑娃和小娥的爱情,白嘉轩按照儒家的族规不许他们进祠堂,最后弄到小娥被公公鹿三所杀,而且小娥死后闹到了迷信的地步,包括村里发生的瘟疫也被认为是她带来的,那肯定是迷信嘛。那实际上是村里人心理上软弱的表现,他们无法解释瘟疫是怎样造成的,就推到小娥身上去了。

李遇春:小娥其实是一个很无辜的替罪羊。

陈忠实:对。那也可以看作是鹿三杀人后心理上软弱的表现,他外在不表现出来,但内心表现出来了,他心里是无法抵抗的。而在修镇压小娥鬼魂的塔的时候,是朱先生设计的,这说明朱先生也参与了这场镇压行动。这就流露了他精神里面负面的、腐朽的、陈旧的东西。

李遇春:从这里我们可以看到朱先生作为封建文化卫道士的一面,其实在他的精神世界里面也有一些根深蒂固的专制主义的东西。

陈忠实:我们当然可以给他分析出各种结论来,但他为什么会那样做呢?因为他坚守的是传统的儒家道德规范的价值标准。

李遇春:而中国传统的儒家文化以群体为价值本位,这和西方近现代文化以个体为价值本位是很不一样的。所以在中国历史上我们经常可以见到那些压抑个性解放的例子。

陈忠实:对。我写的小娥始终是反叛的,是反叛旧制的,不管她一开始以合理的形式争取合理的生存形态,寻找合理的爱情和婚姻,那当然是我们应该倡扬的,还是后来她与鹿子霖、与孝文的关系,那实际上是以一种恶的形式表现了她的反叛性。当然,造成她的悲惨命运的既有社会的因素,也有她主观的因素,但导致她最后死亡的不是她自己,而是整个社会的压力!而在朱先生和白嘉轩的眼里,小娥就是一个妖孽。这妖孽,"妖"在什么地方呢?"孽"在什么地方呢?这就是对乡约族规,包括爱情婚姻价值观念的反叛。其实不光是朱先生和白嘉轩不能接受小娥,她的公公鹿三也不能接受她,而且在她与黑娃事发之后,那个郭举人就把她休了,休了后连她的父母也不能接受她,因为那个时代的文化心理平衡被她颠覆了,因为在那些人看来,她的行为是一个忤逆行为,是一个道德沦丧的行为。而不是像我们今天这样,把她的行为看成是寻找婚姻自由和人的合理的生存形态呀。

那当时的社会为什么不这样看呢?这是因为它那个价值判断标准,特别是婚姻道德评判标准与我们今天的价值标准不一样。这样就不可避免地产生了价值冲突,就颠覆了原有的那个文化心理平衡,所以整个社会都不能接受她,而不光是白嘉轩不能接受她、朱先生不能接受她、公公不能接受她、父母不能接受她,那其实是一些表面的现象,问题的实质在于整个社会文化秩序都拒绝她!所以她只能死亡,她已经没有办法在那个社会里活下去了,她已经活不了啦。鹿子霖接受她其实是乘人之危,是进一步残害她,是促使她堕落,因此,鹿子霖是促使她往恶的方向发展的一个重要的恶的因素。

李遇春:整个书中对她有真情的恐怕还只有黑娃。

陈忠实:但黑娃因社会政治原因遭难了,远离了,留下空白了,所以恶的东西乘虚而入嘛。

李遇春:如此看来,小娥的最终毁灭其实是一种历史的必然,没有任何人能够挽救她!她的悲剧既是社会的悲剧、历史的悲剧,同时,也是文化的悲剧、人性的悲剧。

陈忠实:是。

李遇春:众所周知,您的《白鹿原》主要受了拉美魔幻现实主义文学的影响,那么,我想知道的是,您的文学创作除了接受异域文学的影响之外,是否还受到了中国传统的古典小说的影响?

陈忠实:我可以坦率地说,我们传统文化的小说,我很少读!

李遇春:但不管怎么说,中国的四大古典文学名著您总该读了吧?

陈忠实:没读完。我跟你说,四大名著中我最早读的是《西游记》,那是小孩子读的书,我是上初中时读的,觉得很好玩,当时不完全理解,反正很热闹。后来又把《红楼梦》囫囵吞枣地读过一遍,那还是在我初学写作的阶段,大约二十岁的时候。因为那个生活离我的距离太远了,所以首先就没有一种感情上的亲近感,绝对不如我读《创业史》容易产生生活感受上的共鸣!《水浒传》呢,我是没读完,大概读了三分之二吧。

李遇春:当时的那个年代我不太清楚,我不知道包括四大名著在内的许多中国古典文学作品在当时是否广泛流传,它们不会作为"封资修",或者以"破四旧"的名义给查禁了吧?

陈忠实:那些书在当时全都有,它们在五六十年代都是文学名著嘛!连课本上都收的,当然都是以节选的形式出现的。你说的"破四旧"那是在"文革"中"破"的嘛。而且即使是在"文革"时期,想找到那些书也不是太难。《水浒传》我顶多读了三分之二,我觉得写得最好的就是前边那些人物出场部分,特别是鲁智深、武松、林冲这些人物的出场写得特别棒!一个人物集中写那么几回,这个人物就出来了,接着那个人物出来了又这样写,就是这种结构办法。到后头我就不喜欢了。梁山为了扩大人马,就把有一些地方官,像卢俊义呀,设圈套把人家弄上山来,逼人家走上反朝廷的道路。我就感觉到这与前头那些人物的意义已经大相径庭了。

李遇春:据考证,中国的许多古典长篇小说,包括《西游记》,特别是《水浒传》在内,它们都是作者根据民间流传的许多传奇故事加工整理而成的,这些书的成因都经过了一个滚雪球式的过程。这就造成了它们在结构上相对来说比较松散。

陈忠实:它们可能直接从说书而来,因此不可能像西方近现代以来的长篇小说那样具有统一的结构。比如在西方小说中,一个人物在第一章中出现了以后,他可能要到第三章中才能出现,中间的一章就没有这个人物了。如果像这样说书,那就根本说不成。说书就要集中把这个人物的故事说完,然后才能引到另一个人物。所以,我们的许多古典小说都带有这种痕迹。从情感上讲,我是喜欢现代文学和欧美文学的,我不是太喜欢咱们的传统文学,尤其是那个语言,我们章回小说的语言好像套话太多。

李遇春:我也感觉您的语言,无论是小说还是散文的语言都离传统文学的语言比较远。

陈忠实:我是不喜欢那些东西的。我上初中二年级暑假第一次读了《静静的顿河》。你看书中那个旧俄统治下的哥萨克的生活,它离我多远呀,我当时还是一个十五六岁的孩子,但我就感觉那些人物的思想情感,包括葛利高里的家庭生活,哥萨克农民和我们这里的农民所共同的东西,我都能感受到,没有隔膜!而且我更喜欢那种语言,当然那是翻译语言,并不是原来的语言,但那种语言的流动性、生动性、活泼性,我是感觉更好一些。所以我后来更多地读欧美文学作品。现在有人说我对传统文学接受比较好,这可能是一个假象!(笑)为什么是假象呢?因为它不是艺术上的,而是因为我在《白鹿原》中重点挖掘了传统民族精神世界里的东西,可能这会使人产生那种印象。

李遇春:那您究竟读了哪些现代文学和欧美文学作品呢?

陈忠实:我在念中学的时候,巴金的"激流三部曲"和"爱情三部曲",什么《家》《春》《秋》呀,《雾》《雨》《电》呀,我都读了。茅盾的所有作品我都在高中阶段找来读了。还有柔石的作品、蒋光慈的作品、李广田的散文,也就是三十年代那些大家的作品我基本上都读了。后来又读了以高尔基为代表的那些苏联文学作品。到新时期以后主要接受的就是欧美文学和拉美文学。另外,我曾经在八十年代初那一段时间还特别迷恋苏联文学。

李遇春:看来您的文学创作主要接受的是异域文学的影响。实际上中国现代文学自五四以来主要接受的就是异域文学的影响,如果没有现代外国文学的滋养,中国的新文学也就很难生长。

陈忠实:你现在很难看到我们哪个人的作品写得像传统的"四大

本",恐怕很少有人的作品像我们真正意义上的传统文学。因为那种语言是不能学的,它描写风景也就是那几句话,什么"风清月朗"之类,描写女性也是那么几句套话,什么"沉鱼落雁"呀、"闭月羞花"呀,你简直没办法用,一用就显得陈旧!

李遇春:在大多数人心目中,鲁迅是一个彻底的反传统主义者,鲁迅的文学资源和思想资源主要都是来自西方近现代以来的哲学和文学,然而,鲁迅受中国传统的思想和文学的影响也是很大的,记得有人曾经这样评价鲁迅,说是"魏晋风度,托尼文章"。尼采和托尔斯泰对鲁迅的影响就不必说了,魏晋时代的名士风度和文学风骨对鲁迅的影响同样也是显而易见的。这说明,哪怕是像鲁迅那样一位彻底的反传统主义者,要想完全超越自己民族的文化和文学传统也是不可能的。

陈忠实:绝对的超越当然是不可能的。但是我们的新文学作品我看都已经是我们民族文化的一部分,尽管它们都借鉴了许多异域文学和文化的影响,然而它们毕竟是我们民族的作家创作的作品,都已经成了我们这个民族的东西。比如鲁迅的作品,还有当代许多作家的作品,其他欧美人是写不出来的,而且你翻译过去,人家一看就知道是中国作家的作品,那些欧美作家弄不成这种形态的作品呀。

李遇春:是的,纯粹模仿西方的作品实际上也无法被中国的读者和文坛所接受。刚才您谈了您所接受的文学资源,那您能否进一步谈一谈您所接受的思想资源呢?您前面经常用到"心理结构"这个术语,那您对西方现代心理学著作是否作过深入的探究呢?

陈忠实:我看过一些。

李遇春:记得我原来看过一份资料,一位文艺记者在六十年代访问柳青的时候,他发现柳青的书架上摆了很多心理学的著作。我看到这里感到很惊讶,原来革命年代的作家也读西方的心理学书籍呀。

陈忠实:那个时候是有心理学的书,五六十年代的时候已经翻译过来了。我也看过心理学。我在写作《白鹿原》之前很有意识地阅读过一些历史和理论书籍作为创作准备。为了把《白鹿原》的人物和情节不是仅仅投放在这个原,而是投放到我们民族近现代以来的精神历程上去,我认真地阅读过范文澜的《中国近代史》。我把近代史作为纵的坐标,然后把我作品中要写的人物和情节作为横的坐标,把它定位在中国近代以来我们民族大的历史背景上去。

再一个,我大量查了县志,研究我们一方地域的人的精神历程。因为过去的县志实际上是一个县的百科全书,一个县一千多年的历史演变、人文风俗、文化名人、重要建树、重大灾难,全都记得清清楚楚。哪一年发生过地震,哪一年发生过大旱,哪一年我们那个灞河发过大水,冲毁过多少民屋,死伤过多少人和牲畜,这些东西都记载了。还有,我在蓝田查的县志已经把民国以来的重大事件虽然没有列入正县志,但是作为附录,一年一年地编下来了。所以我把这个地方发生的重大事件,跟我们近代以来整个民族发生的重大事件统一到一块去理解,使我的人物能够活动在那个重大的历史背景上头。

此外,我还读过一个外国人写的《心理学》,作者的名字我记不清了。还有李泽厚的《美的历程》,我对这本书的印象很深。

李遇春:那本书可以说是八十年代"文化热"和"美学热"的一部代表著作。李泽厚提出的"文化心理积淀说"在当时影响很大。

陈忠实:还有弗洛伊德的心理学书,我也读了。我读这些书的目的,就是要借助它们,促使我从思想到艺术,整个地形成我对我构思中的人物和事件的独特的理解和体验。所以,你也很难说哪个人的哪部书对我产生了哪种具体的影响,那是不可能的!因为它是一种综合的影响。

李遇春:就像您前面所说的,包括历史、方志、美学和心理学等各个方面的思想资源,它们综合起来对您的《白鹿原》的创作产生了影响。

陈忠实：是。它们整个地促进我形成了自己独特的艺术审美体验。在创作的过程中，一个作家除了要形成独特的生命体验之外，还要形成独特的艺术体验，因为艺术也是一种体验嘛。

李遇春：按照您前面所说，《白鹿原》中的许多人物之所以性格都很复杂，很重要的一点就是因为您解析了他们的心理结构。我非常同意您的看法。我前段时间在构思评论《白鹿原》的文章时就注意到了这一点。我当时联想到了弗洛伊德晚年提出的三重人格心理结构学说，就是"本我""自我"和"超我"之间的人格心理冲突，我觉得以此来解读《白鹿原》中许多人物的心理结构还是很有效的。

陈忠实：每一个人的心理结构都是不一样的。为什么不一样呢？因为一个人的道德观、社会价值观和文化观形成了他的人格世界，而人格世界里的那些已经固定了的东西，和尚未固定的东西之间所形成的心理结构是有差异的，人与人之间的根本差异就差在这个上头，而不是差在脸上的形状。而且就是同一个人，随着生活的发展，他在一个时段里头和发展了的生活时段里头，前一个心理平衡点被颠覆了以后会形成新的平衡点，当这个平衡点再被颠覆了的时候，这个颠覆就不是对前一个颠覆的简单重复，而是在新的平衡点上颠覆了新的道德观和价值观。

李遇春：这么说，人的心理结构常常是一个动态的过程，而不是孤立的静态的东西。

陈忠实：所以生活中每个人表现的痛苦形态都不一样。这样透视出来的人物的性格那就是千人千面，而不是千人一面。你仅仅只是写一个人物的外在行为，而对他的内在的心理结构没有根本的把握，那总像是只触及人物的皮毛的东西。比如鹿子霖这个人物，他心理上的平衡点也是不断地被打破的。其实在他来说，他的两个孩子要比白嘉轩的两个孩子孝文和孝武要好得多。当孝文从族长的位置上被他害得栽下来以后，他就很得意呀。而且他在村里头虽然没有掌族权，但他掌的是更大的政权。他的心理优越就优越在这上头。一旦他的家庭中出了事，比如兆鹏的婚姻让他在村人面前陷入了尴尬，特别是兆鹏革命受挫牵连到了他以后，他的心理优越感就没了，也就是说，他的心理平衡被打破了。但他在第一次受挫之后又去求二儿子兆海，等兆海把他领回县上威风了一番之后，他的心理平衡又恢复了。但后来他的遭际又被颠覆了，他被颠覆的很重要的一点就是他的欲望在暗中作祟。

李遇春：鹿子霖是一个欲壑难填式的人物，他好像始终都不安分，心浮气躁，这和白嘉轩的岿然不动、以不变应万变形成了鲜明的对照。

陈忠实：他不安分什么呢？他的道德观不一样，他的价值观也不一样。就在这个上头他不断地被颠覆，直到他被送进了监狱，直到他最后被吓疯。鹿子霖和白嘉轩，这两个人物的不同就是，同样面对那个解放后要杀黑娃的审判台，他们的生理和心理反应大相径庭。当发现镇压黑娃又回到了那个戏楼上的时候，鹿子霖吓得拉屎了，而且从此精神错乱了。他的整个精神心理世界就不再是简单地被颠覆了，而是随着那一声枪响，整个地崩溃了。因为他的道德观、价值观，以及所有的社会生活理想所构成的心理平衡全部垮了，那不是一般的心理失衡，而是整个地坍塌了。所以他就疯癫了，连生理上都引起了症状，他吓得拉稀了。

而同样在现场的白嘉轩，他的反应截然不同，他的精神心理平衡的最后一次被颠覆反映在生理上就是一只眼睛给气瞎了。你看看这个心理平衡点的差别是多么的大！两个人的道德观和价值观所形成的精神世界和人格世界的差异，孰强孰弱，一下子就在生理上不一样地表现出来了。那个是被吓得拉屎，这个是眼气瞎了。一个人的眼能够气瞎了，你看这是多么强烈的精神心理冲撞！而且枪毙黑娃的恰好是白嘉轩的儿子孝文，按说白嘉轩是得势的，因为儿子当了县长了,结果他却气坏了。这是为什么?因为他的道德价值观念,尤其是他精神世界里的那些做人的原则整个地被眼前的一切颠覆了,所以他气瞎了眼。

你看看白嘉轩和鹿子霖,这两个人的性格差异就差在这个上头:从心理上被颠覆、崩溃,到引起生理上的这种反差:一个是吓得拉稀,一个是眼被气瞎。什么叫人格?什么叫性格?不是都出来了吗?对不对?所以,我觉得从心理结构来解析人物、塑造人物就要更准确一些。如果是仅仅写人物的外在的行为,那往往很难写出人物性格上的差异来。

李遇春: 实际上您在作品中还是写了人物外在的、表面的细节差异的,不过您并没有停留在这个表象的层次上,而是进一步地写了人物内在的心理结构的差异。比如白鹿两个不同的家族分支,您在作品中着重写到了他们在相貌上的差异,由于种系的不同、血缘的变异,鹿家族和白家族的人不光在精神和心理上不同,而且他们在生理特征上也有着明显的区别。

陈忠实: 我就写了那么一笔,那只是形象上的差异。白家与鹿家的人在面相上的差别在于,一个是鼓出的,一个是凹陷的。一般来说,眼睛比较深、凹陷下去的人更多地富于智慧,你看鹿子霖论心眼儿,那他的鬼点子是太多了。(笑)我就写了这一笔,再没有其他的具体的形象描绘。

李遇春: 但是您还写了他那个家族的人都是"勺勺客"的后代,由于他们的祖上曾经有过非人的屈辱经历,所以这个家族的人在人格心理上大都有着致命的弱点,比如喜欢报复、热衷功利、善耍阴谋诡计等等。鹿子霖是这样,鹿兆鹏有时候好像也难免如此,只有鹿兆海仿佛算是一个例外。

陈忠实: 我那是写的一种精神继承。

李遇春: 对,这种精神继承也可以叫作心理遗传。

陈忠实：是。

李遇春：根据我对您的作品的阅读印象，我觉得您的创作心理有时候是充满矛盾的，特别是在文化价值观念方面这种矛盾性表现得比较明显。

陈忠实：你试举一两例。

李遇春：这方面最典型的例子当然是《白鹿原》。一方面，您对白嘉轩的道德人格在情感上极为推崇，为这种道德人格的衰败唱了一曲历史的挽歌；另一方面，您对白嘉轩的道德人格所隐含的"非人"因素在理性上又保持着足够的清醒。实际上，这种道德与人性的文化冲突在《白鹿原》之前就已经出现了。比如在《两个朋友》中，对于一桩离婚案件，您在一开始是从大众的视角，或者说按照世俗的道德立场来展开叙述的，但叙述到后来我发现您又站到了人性的立场上。《康家小院》也是这样。一方面，您站在世俗的道义的立场上同情善良本分的康家父子，谴责新媳妇玉贤的失节行为；另一方面，您又从人性解放和现代婚姻观念的角度对女主人公的行为表达了自己的同情和理解。这其实是一个老话题了。早在五四时期，现代启蒙文化精神就已经在中国产生了巨大的影响。但后来随着中国社会在革命化的轨道上不断推进，一直到新中国成立以后，一种革命的道德主义价值观逐步取代了五四时期的现代人道主义价值观，而前者恰恰又在精神上与中国传统的道德文化价值观之间有着千丝万缕的联系。而在您的作品中，这两种道德价值观与现代人道主义价值观之间的矛盾都得到了不同程度的表现。

陈忠实：这种矛盾表现在什么地方呢？我认为有两重。就《康家小院》来说，从传统的道德观念，具体到婚姻观念来看，刚解放的时候，康家父子很勤劳、很忠诚、很老实、很善良，这些优秀品质在他们的身上都存在，而且他们对玉贤也很好。但玉贤与勤娃的婚姻不是她自主选择的结果，而是他们父子诚实为人的品质感动了她的父亲，她父亲于是就把她许给这个人家了。在一开始,她对父亲的选择也并没有觉得有什么不好,因为那父子俩在思想上、品质上并没有明显的缺陷,因此,她要说出什么不满意来还很难,觉得这样生活下去也还是可以的。一旦那个小学教师进入了她的生活,并且展现出另外一种新的生活形态的时候,玉贤的心理平衡马上就被打破了。她原有的道德观念、价值观念、婚姻观念、家庭观念一下子就被那个陌生的闯入者给冲破了。造成她的心理平衡被颠覆的因素就是一种新的文明的闯入,于是矛盾就产生了,精神不平衡出现了,所以后来发生的一切都是很自然的事情。这是一重复杂。

另一重的复杂在于,当她按照老师给她宣扬的婚姻自由、新的生活观念去追求的时候,最后退缩的是新的文明的倡导者、宣传者本人,这个问题又复杂了一层。倡导现代婚姻自由的文明精神的人……

李遇春: 我们通常把这种人叫作启蒙者。

陈忠实: 对,启蒙者。那个启蒙者所宣扬的启蒙精神并没有错,但他个人的人格是有缺陷的。

李遇春: 也就是说,他所宣扬的那种启蒙思想并没有化为他内在的人格精神。借用一句佛教的话来说,就是他还没有达到"道成肉身"的精神境界。

陈忠实: 由于他个人品质上的缺陷,所以他没有面对现实的精神勇气。他最后用一句话刺伤了玉贤,使她又回到老路上去了。他对玉贤说:"我跟你不过是玩玩罢了,你怎么能够当真啦?"这就是说,当她按照启蒙者的教诲去追求合理的生存形态,却发现了这个人品质上的毛病以后,她也就怀疑起了启蒙者的宣言的正确性,然后又回到勤娃的身边去了。她就这样退缩了。这也就反映了现代文明进程的复杂性。在现实生活中,往往宣传的文明本身并没有错,但由于宣传者本人的某些缺陷,也会造成文明的曲折的历程。

李遇春：实际上在勤娃的身上也存在着心理失衡的现象。

陈忠实：勤娃在新的观念的冲击下，他的心理平衡也被打破了。但他不是朝着文明的方向发展，而是朝着恶的方面、堕落的方面发展下去了。所以现代文明进程确实是很复杂的。

李遇春：从这个角度来看，《康家小院》才是您真正的第一部中篇小说。尽管这部作品是您在写作《初夏》的过程中创作受挫的产物，但这两部中篇小说在思想内涵和艺术取向上简直是大相径庭。

陈忠实：是。本来《康家小院》就是我发表的第一部中篇小说嘛。

李遇春：那么，请问您对中国现代启蒙文化传统和文学传统怎么看呢？一般来说，人们现在提到的以鲁迅为代表的启蒙文学传统是以"人性论"为核心价值观念的，而后来的革命文学传统则是以"阶级论"为核心价值观念的，比如柳青笔下的梁生宝就是依据"阶级论"而塑造的革命英雄人物典型。在革命年代里，我们习惯于把"人性论"直接抛给资产阶级，仿佛"人性论"姓"资"不姓"社"似的，而实际上，"人性论"这个东西有点像我们现在搞的市场经济，以前我们也是认为市场经济姓"资"不姓"社"，后来我们才意识到市场经济并不是资本主义的专利，社会主义也可以搞市场经济，同样的道理，我们也是在"文革"结束以后才意识到"人性论"也并不是资产阶级的专利，"人性论"同样适用于无产阶级，甚至可以说，"人性论"在很大程度上是一个超阶级的范畴，"阶级论"不过是"人性论"中的一个文化因子而已。所以，我们实在是没有必要一定要在"人性论"的前面加上一个意识形态的修饰语。

陈忠实：人性和人道是一切人类文明的基础。没有人性和人道也就很难说到人类文明。我觉得五四时代的新文化运动很重要的一点就是文学的胜利。它比论文、学术的东西更容易普及，更容易激发民众的觉悟，真正是适得其时啊！因为我们当时就纠缠在那一根辫子上头，(笑)我们整个民族的文化心理形态就可以简化为一根辫子,那根辫子实际上是我们民族的一个集体意识呀。中国新文学的启蒙呐喊,实际上就是要在中国人的心理上剪掉那根辫子,《呐喊》的意义就在这里。

李遇春:就是要把中国传统封建礼教的那根心理脐带给剪掉!

陈忠实:是啊。当时所有道德的、社会的、价值的、文化的观念全都可以概括成一根辫子。所以中国新文学的启蒙的历史功绩对于民族精神的复兴和革新,可谓功不可没,因此,我有时候确实感到我们有些人对鲁迅那一代作家的那种浅薄的非议,实在是一种亵渎,他们真是不理解或者说忘记了鲁迅那一代人的历史功绩,对一个民族的意义。在鲁迅的《呐喊》中,以《狂人日记》和《阿Q正传》为代表的那些短篇小说震撼的不是一个人,它震撼的是一个民族,它把整个民族的旧的精神心理结构给颠覆了,《呐喊》的意义就在这里。我们今天似乎不存在这个东西了,已经没有那种直接的心理感受了,我们反倒说什么鲁迅没有写长篇呀,只是写了一些短篇,因此不够大师呀,甚至使用一些调侃的语言,我觉得作为一个民族精神的承继者,起码这个态度不应该太轻佻了。

李遇春:记得郁达夫当年曾经写过一篇《怀鲁迅》的短文,他说:"没有伟大的人物出现的民族,是世界上最可怜的生物之群,有了伟大的人物,而不知拥护、爱戴、崇仰的国家,是没有希望的奴隶之邦。"

陈忠实:是。一个民族没有出现伟大的人物,是悲哀的,但出现了伟大的人物又不去爱护,那是更大的悲哀!

李遇春:实际上,如果没有接受五四启蒙文学传统的影响,那您就不可能在《白鹿原》中写出小娥这个人物来。小娥这个人物的出现,集中表明了您对五四精神的一种承继。

陈忠实:是。《白鹿原》中有两个比较重要的女性人物:一个是小娥,再一个是白灵。这两个人物都是那个时代里头对旧的体制、精神、心理等所有观念的背叛者。但白灵的背叛是自觉的,因为她接受了共产主义的新的理论,因此,她的背叛在态度上很坚决,在行动上也敢于公开地与父亲对抗。她反抗父亲的包办婚姻,为了争取一种合理的自由的婚姻,她绝不妥协,她始终捍卫着自己的个体意识和个性尊严。包括她对兆海和兆鹏的再选择,也表现了她的自觉精神。她在婚姻选择上头两次都不是被动的,而是主动的。她是一个全新的具有反叛精神的现代女性。

而小娥是忠于人的本能的一种反抗。因为她的生活太苦了,她连将就也将就不下去呀。比如《康家小院》中的玉贤,如果不是因为遇上了那位启蒙教师的话,她很可能就和勤娃比较和美地生活下去了,不会产生本能的反抗。而小娥就连凑合下去过这种日子都没办法,因为她嫁给了那么一个老先生、老举人,而且老举人跟她连合理的基本的性生活都不能过,小娥既是他的一个发泄的工具,也是一个养生的工具,她存在的意义就是全部为了那个老举人,所以她没有任何个人的生命价值可言。因此,在黑娃出现后,她的反抗是本能的,也是自然的,因为她太屈辱了。以后发生的一切都是很自然的事情。但是,小娥的反叛是本能性的,而不是自觉的、出于一种精神提升的反抗,所以小娥的行为带有很大的盲目性。连她自己也不知道她已经冲撞了跟她相关的整个社会结构,后者被她的行为打乱了。而她的反抗是无法对抗当时整个的社会秩序的,她既不能对抗老举人,也不能对抗她的父母,更不能对抗白嘉轩的宗族祠堂,因此,她最后只能悲惨地死在她公公的刀下。作为一种本能反抗,等待小娥的必然是悲剧性的结局。

李遇春:但是,白灵的那种自觉的反叛,或者叫选择,最终也还是被历史所无情吞没了。

陈忠实:白灵反叛的最后的悲剧结果并不是她婚姻价值上的悲剧,因为她最后选择和兆鹏相结合,那是很完美的一段婚姻生活,虽然没有举行公开的、正式的婚姻仪式,但在性的结合上是很完美的,非常完美的。我为什么要在那一段集中写她的那种性感受,就是为了写一种完美的合理的婚姻性形态。

李遇春:您始终觉得他们的结合是完美的,但我不知道该不该说我自己的阅读印象。我在阅读的过程中始终感受到白灵在内心深处还是在挂念着兆海、深爱着兆海,这就像《青春之歌》中的林道静,虽然她最后也是嫁给了一个无产阶级革命者江华,但在她的内心深处却始终无法忘怀另一个带有小资情调的革命知识分子卢嘉川一样。

陈忠实:(略作思忖)我们从今天的观点来看,也许是这样,可能会产生这种感觉。但如果放在那个时代来看,作为一个追求革命、追求新生的革命自觉分子来讲,她的精神追求、理想追求应该是第一位的、最崇高的,这在她心里不是被动的,不是强迫性的,而是自觉的。因此,白灵与兆海在"主义"上的背离必然会影响到他们的情感。他们各自忠于自己的"主义",于是发生了思想背离,这种思想冲突必然会引起情感上的冲突。譬如说在原上发生的农民运动,兆海就看作是"痞子运动",白灵与他的第一次冲突就是在这里发生的。然后两个人在情感上就发生很大的背离了。

李遇春:这很容易让人联想起当年的红色经典《青春之歌》,女主人公林道静对余永泽、卢嘉川、江华三个男性的爱情选择在本质上其实是一种政治选择。对于林道静来说,革命应该是第一要素,爱情必须服从革命的要求。

陈忠实:是。这东西我们今天的人已经不大理解了。你想想看,为了革命,为了心目中的"主义",他们当年连生命都可以不要,"主义"就是他们的第一生命选择,那婚姻当然就是从属性的了。而且他们由志同而道合,情感必然就会融洽。

李遇春:这是当年最理想的男女婚姻模式——"革命伴侣"。

陈忠实:就是从我们今天来看,不在革命的意义上讲,譬如说,如果你找个爱人,她跟你的志趣完全相反,你能和她在一起生活吗?你喜欢追求高尚一点的东西,美好一点的东西,可那个女人老是跟你闹世俗的东西,你跟她久而久之能生活吗?你肯定会发生情感上的背离,因为情趣、追求上的差异必然会引起情感上的差异。再譬如说妓女,妓女长得都是很漂亮的,但你不可能因为她漂亮或者说生理上的美感就跟她结合呀,那是不行的,对不对?这都是一个道理。我们今天所认为美好的东西跟那个时代的人所认为美好的东西并没有什么本质上的不同。那个时代的青年认为美好的东西就是"主义"。我们今天的青年不在当时的那个情境之下,不在这个和那个"主义"的争斗之中,我们就很难理解革命在他们心中的那种神圣性。这个东西怎么可能不影响情感呢?不可能不影响嘛。在精神和情感之间并没有什么万里长城,它们不可能截然分开呀。就像刚才打的那个比方所说的,你还想追求精神上完美的东西,虽然那个女人形象上头很好,可是她老是追求世俗的东西,这肯定要影响你对她的情感,你马上就会对她有看法,会觉得两个人不合调、合不来嘛。

李遇春:白灵和小娥,这两个您重点塑造的女性人物,虽然她们最后都有着一个悲剧性的结局,但悲剧的内涵和性质看来并不一样。

陈忠实:白灵的悲剧是极左的政治路线所造成的,在她和兆鹏两个人的情感世界里并没有出现任何问题。

李遇春:所以说,白灵的悲剧是政治悲剧、历史悲剧,她是被历史的"反动"政治势力所吞没的。而小娥的悲剧更多的是文化的悲剧、人性的悲剧。这是她们不一样的地方。

陈忠实:小娥完全是一个反叛的失败者,她是一个十足的悲剧人物。光靠她那种本能性的反抗是无法战胜强大的封建道德文化势力的。其实不光是她,在历朝历代,在那个严酷的道德规范下,又出现了多少反叛的女性啊,可最后她们全都死了,没有一个有好下场的!古代的戏剧很多都反映了这个东西。

李遇春：如此看来，有一个问题似乎就不解自破了。记得在《白鹿原》发表之后，有人说您是一个文化保守主义者。

陈忠实：那是没有的事！无论是写白灵还是小娥，以及其他的一些人物，我都是要写人的复杂性！

李遇春：但在阅读《白鹿原》的过程中，甚至包括阅读您早期的《信任》等作品在内，我感觉您对中国传统的文化道德价值观念还是有所留恋。特别是在白嘉轩这个人物的身上，尽管您也写出了他性格中的专制主义因素，如镇压小娥的一系列行为，这说明您也在努力地用启蒙的眼光批判性地审视他，但白嘉轩最后留给人们的是一个苍老悲凉的背影，读者从中很容易感受到您的一种挽歌心态，或者说怀古心态，您为主人公及其所代表的传统文化价值观念的消亡深感愧惜和痛心。

陈忠实：不！前边实际上已经谈到过这个问题了。我确实写了白嘉轩精神世界里的美好品质，我是着力去这样写这个人物的，这不是我留恋什么的问题，而是我着力去写我们这个民族的精神人格力量！这个东西是不应该非议的。我们这个民族如果没有那些优秀的精神世界里的东西，那就不可能存在五千年，这是一个基本事实。而且历朝历代，哪怕是到了清朝末年，朝廷割地赔款、丧权辱国，腐朽腐败到了那个程度，我们仍然有民族精神支柱性的人物存在呀！你可以说这些人物观念上是落后的，但他们在精神品质上是没有任何毛病的。

我就是要写我们最底层的一个"民人"——白嘉轩，他作为一个最底层的农民是如何继承着我们这个民族的优秀品质，并呈现出一种怎样的生存形态的。所以说，不是我留恋这个东西，而是我着力去写我们民族精神的光辉的一面的。白嘉轩的正直、勤劳、富于同情心、以德报怨……这都是他精神世界里非常光彩的。难道我们今天要把他们全部都丢掉吗？！实际上任何民族都是具有这些优秀的品质的。这不应该作为批判的东西,你只能批判他精神世界里落后的、腐朽的东西。比如他固守在土地上头,不思进取,不学习新的知识,不发展新的眼光,像他主张耕读传家,读了书还不让孩子出外干事,就在那继承家产,继续耕读,这种狭隘保守的做法是我坚决批判的,我把白嘉轩的那种生存形态写出来就是为了作为一种批判形态。还有,他对小娥前前后后的整个做法,那都体现了他精神世界里腐朽残忍的一面。包括他对白灵态度的变化,他对白灵小时候的爱甚至超过了他对三个男孩子的爱,但一旦白灵背离了他的精神的时候,他只是很冷酷地说了一句话:"就当她死了。"白嘉轩冷酷的一面、理性的一面只有当白灵违反了他的道德价值观念的时候才会体现出来,然而,当这个孩子真的死了以后,他就伤心得不行了。他总是一个人嘛。

所以,我们不能把集中在白嘉轩身上优秀的东西全部都看成旧的观念。不是我留恋那些旧的东西,而是我从我们民族精神世界里陶冶出我们这个民族之所以能够长期存在的美好的东西。这个东西并不是我们这个民族所特有的,英格兰民族、德意志民族甚至犹太人都有的,正直、勇敢、勤劳、富于同情心、以德报怨、坚忍不拔……哪一个民族如果没有这些东西它就不可能生存,早就被其他的民族改造了。白嘉轩作为一个文学人物之所以能够站住,就因为他是一个完整的人物,而不是仅供批判的一个腐朽的地主,一个周扒皮,也不是一个南霸天,一口就想把穷人的血喝光。其实白嘉轩对鹿三的剥削本质并没有改变,他们之间的阶级关系并没有改变,因为在中国封建社会结构中,地主与雇农之间的关系是长期自然形成的。问题是,白嘉轩应该给予鹿三的那一部分他都给予了,他不像那些恶霸地主,该给予被剥削者的那一部分都不给予,而且还要剥夺他们的生存权。

李遇春:像这样的反动地主形象在中国二十世纪文学史上简直是太多了。

陈忠实：但应该说在白嘉轩的身上才能看到我们民族的非常优秀的东西。

李遇春：自五四以来,我们的新文学只要涉及封建家长,几乎都是作为批判对象来塑造的。

陈忠实：那个时代写成批判对象是合理的。像《家》里的高老太爷,《阿Q正传》中的赵老太爷,他们作为一种旧世界的符号,在当时的历史情境中,要革新中国人的精神世界,就要把他们化为腐朽的形象,作为反封建的批判对象是合理的。到了今天,时代过去近乎一个世纪之后,我再来写,我就希望写出一个完整的形象来,既批判他落后的东西,又写出他精神世界里为我们这民族应该继承的东西。这应该是对我们文学世界画廊的一个补充吧。

李遇春：应该是一个补充,因为您给我们的文学人物画廊增添了一个崭新的形象,一个不同于以往革命文学中的地主形象。

陈忠实：过去的革命文学为了唤醒民众起来从事阶级斗争,把地主写成那样一种形象也是合理的。像《半夜鸡叫》中的周扒皮,那完全是一个漫画式的人物。(笑)

李遇春：在启蒙文学语境中,地主都被塑造成了高老太爷式的人物,而在革命文学语境中,地主都被塑造成了周扒皮式的人物。其实无论是启蒙文学还是革命文学,那些作家都具有强烈的功利性的写作目的。众所周知,革命文学带有强烈的政治功利性,而启蒙文学也具有明显的社会文化功利目的,五四时期最大的文学社团——文学研究会标榜"为人生的文学"就是如此。应该说,二十世纪以来的中国新文学在总体上具有强烈的功利性,其中,如果说谁要是主张超功利的文学观,那他很有可能就会被戴上诸如"帮闲文人""第三种人""自由人""落后文人""反动文人"之类的帽子。

陈忠实：五四文学产生的历史情境,就是为了把我们民族从封建社会的整个框架中解放出来。而当我们现在再理性地看待那一段历史的时候,我就写出了《白鹿原》。经过历史的长期的沉淀以后,我们需要冷静地、理性地去写那一段历史。

李遇春: 也就是说,您试图用一种超越的眼光去全面地还原那一段历史的真实。

陈忠实: 不敢说超越,算是一种补充吧。(笑)

李遇春: 九十年代以来,在中国内地的思想文化界和文学界中出现过两种不同的声音:一种声音是"保卫五四",另一种声音是"超越五四"。您不是理论家,但我认为,您通过具体的文学创作实践其实达到了"超越五四"的目的。

陈忠实: 我还是不敢妄谈超越。(笑)

李遇春: 应该说,《白鹿原》是一部现代性和民族性相结合的典范作品。自八十年代以来,许多中国作家都在现代化与民族化之间从事着辛勤的艺术探索,但他们大多陷入了进退失据、顾此失彼的尴尬。

陈忠实: 我明白你的意思。现代性与民族性或者传统性相结合,我当时确实没有这方面的明确的意识,我那时候根本就没有想过这个结合的问题。当时我只是以我在八十年代末所能接受和达到的现代理念,去透视已经构成了我们民族历史传统的那些东西,然后形成我自己的独特的体验,包括生命体验和艺术体验,再把它表达出来,这就是《白鹿原》。至于是否完成了你说的那种结合,我自己都不敢判断。实际上,今天你要用我们纯粹的民族传统的东西去写那一段历史又怎么可能呢?况且你很难分清什么叫作传统,孔子的东西是一种传统,五四是一种传统,后来的阶级斗争观念又是一种传统。

李遇春: 实际上我们今天的人面临着三种不同的传统:古典传统、启蒙传统和革命传统。

陈忠实: 那么,你究竟定点在哪一个传统上头?我觉得哪一个都是不可靠的。对于当时的我来说,我就是用八十年代末自己所能接受的现代意识(我不是全面的接受,因为八十年代中期到后期的思想界非常活跃,包括思想上和艺术上的各种"主义"层出不穷,我选择了我自己能接受的东西),然后用我已经形成的理性思维来透视我们的那一段历史,从而形成了我的体验,再把这种体验表示出来就是这本小说。至于自己是否实现了什么结合,我基本没有考虑。

李遇春:尽管您没有考虑现代性与民族性相结合的问题,但您在《白鹿原》中塑造了那么多闪耀着中华民族精神的人物,并用现代的眼光揭示出了他们文化心理结构的复杂性。

陈忠实:决定性的就是八十年代末我已经形成的属于自己的那种全新的思维。八十年代初我不可能形成那种思维,因此也不可能去透视那一段历史,如果一定要透视,那也只能是另外一种形态。截止到八十年代末,我已经逐步形成了自己透视那一段历史的思维、感悟和体验。所以,如果要说是进步的话,那也是时代在推动着我进步吧。

李遇春:《白鹿原》不光是一部现代性与民族性相结合的典范作品,而且它还是一部雅俗共赏的文学佳作。那么,我想问的是,您如何看待在当代消费社会中通俗文学对严肃文学或者雅文学的挑战?

陈忠实:真正的现在的俗文学的标本我都不知道有哪一些。我们现在都习惯于说这个话,但是没有人能够告诉我雅文学和俗文学的区分界限在哪里。近些年来,我们不是就雅和俗争论得很多吗?但是究竟哪一些是属于俗文学呢?

李遇春:比如琼瑶的言情小说、金庸的武侠小说就是公认的通俗文学作品。

陈忠实:言情小说我觉得是文学的一种。它的那种情调和文字的表述形式可能更容易被普通读者所接受。但是,我们雅文学经常说的人物的典型性、时代性,人物的精神负载、文化负载之类,你也不能说人家言情小说就没有!琼瑶的书我曾经看过一两本,我觉得那里面还很讲究这个东西,但她能深入到怎样的层面,那是一个深浅的问题,不能说其中完全没有严肃的精神内涵。我曾经看过一部根据琼瑶的小说改编的电影,那里面就讲了对传统的落后的道德观念的反叛。而且写得很生动,读者爱看。当然,你要是把她提到昆德拉的那个高度,那肯定没有哇。昆德拉的《生命中不能承受之轻》里头也写了情爱,但那个情爱里面所负载的精神内涵太深沉了。这应该是雅文学的一个重要特征吧。但《生命中不能承受之轻》这部小说也很好读呀,文字也很美。

我觉得现在倒是我们的雅文学应该好好地反省了。一些自视为雅文学的标本,无论是在文字上头、结构上头、表述形式上头,实际上都是自己在拒绝读者,因为他们把文学弄成了那个样子,其实是在拒绝读者阅读。你如果能在不损害人物和思想的前提下,换一种更形象、更生动的语言去表现,那结果可能就是另外一种情形了。实际上很多优秀之作都是很好读的。除非像卡夫卡的那些小说,确实比较难读,我也读不懂。(笑)

李遇春: 有些现代主义的文学作品是写得很晦涩难懂,像卡夫卡的表现主义小说、乔伊斯的意识流小说就是这样。其实昆德拉的《生命中不能承受之轻》虽然很好读,但是又有多少读者真正读懂了呢?昆德拉的小说大都有很吸引人的艺术外观,但它们那种强烈的思辨性和哲理性也并不是一般的读者所能领悟的。唯其如此,昆德拉的小说才能够做到雅俗共赏。我赞成您的观点,我们的雅文学应该放下自己的架子,以俗文学为镜子,好好地反思一下自身的尴尬处境,否则,我们还会失去更多的读者。实际上我觉得我们的严肃文学作家也不应该太"自私"了,太"自我中心主义"了,还是要主动考虑一下读者的不同层次的精神和心理需求。就像您在《白鹿原》中所做的那样,让不同层次的读者在阅读中享受到不同层次的精神满足,同时,也让同一层次的读者在阅读中享受到不同层次的精神愉悦。

陈忠实：我想这应该是我们努力的方向。

李遇春：我从您的一部分散文和随笔中隐约地了解到，您在"文革"期间曾经写过有关阶级斗争方面的政治小说，这给您后来带来过严重的生存尴尬和心理挫折。我想知道，您在新时期之初是如何从那种心理阴影中走出来的？

陈忠实：我在新时期之前，也就是"文革"中间曾经发表过四个短篇小说，它们都带有当时政治斗争的烙痕，主题都属于演绎阶级斗争的。但是，我那些作品在当时都产生了广泛的社会影响。这在当时那个艺术沙漠的状况下，我的那些作品之所以能产生广泛影响，主要是因为我对现实生活的艺术描绘可能在生动性上做得更好一点。但在骨子里这些作品所要演绎的还是阶级斗争，所以到了新时期以后，当阶级斗争已经被视为一个很糟糕的概念时，我就陷入了尴尬之中。这是很自然的事情。并在这种情况下，由于我的那几个短篇小说产生过广泛影响，在刚刚粉碎"四人帮"以后甚至引起了行政上、政治上对我的不同看法，所以我就更尴尬。

李遇春：这就像当年的汪曾祺一样，由于他曾经在"文革"期间参与过创作革命现代京剧《沙家浜》，所以"四人帮"垮台以后，他也陷入了很尴尬的状态，而且也伴随着政治上的困窘。

陈忠实：当年我曾经在《人民文学》上发表过一篇题名《无畏》的小说，就是这篇小说给我带来了很大的麻烦。《人民文学》当时很关心我，因为我作为一个工农兵业余作者是被他们约去写了这么一个小说，所以他们为了解脱我，就特地派了一个编辑——崔道怡到陕西来替我解释这个问题。当时老崔跟我讲，说你尽快写一篇小说，按现在的认识观点写，那正是新时期刚刚开始的时候，一九七七年吧，写完后就在《人民文学》上发表，这样就把任何问题都解释清楚了。可我却跟他说，在这种心态下我写不了任何小说。他说那你就写一篇散文吧，我争取在某一家大报上发出来，先把你的牌子给亮出来。把牌子亮出来在当时很重要,因为过去的有些读者还在关心我,看我是否垮掉了。老崔说要让读者感觉到陈忠实还没有趴下,我就跟他说了一句话,我说我趴不趴下全在我,我现在不需要去证明,我要用以后的写作实践去证明!

我这个人得益于我的好处就是自己拥有自我反省的能力。我不要轻易地去表态,因为以我当时的理解,新的文艺复兴已经开始,我要以一个新的姿态出现在文坛上。这个新的姿态就包括我自己对我此前应该否定的东西要彻底否定,当然是就我当时所能达到的彻底程度,是我自己能理解到的程度。我不要轻易地去做,我要认真地去做!所以从一九七七年老崔来找我以后开始,一直到一九七八年的冬天,有一年多的时间我一直坐下来读书,就是我刚才跟你说过的,读了那一批短篇小说。我想通过阅读来自我清理那些极左的东西,不光是阶级斗争的观念,这个比较容易清除,难的是艺术上的极左教条,那是很难清理的。所以你必须大量地阅读,接触真正的文学作品、经典的文学作品,这样才能够摒弃那些非文学的教条。

李遇春:那些外在的教条好排弃,难的是排弃已经长期内化的教条。

陈忠实:是啊。尤其是文学意义上的,艺术上的条条框框很难排弃。至于思想上的阶级斗争观念,其实我们当时也是很反感那些东西的。所以一直到一九七八年的冬天我都在读书,当一九七九年的春天到来以后,我觉得我的反省已经完成了,我的心里整个感觉都非常好,所以一九七九年春天我就开始写作。那一年里我发表了几个短篇,其中一个短篇《信任》还获得了当年的全国优秀短篇小说奖。我觉得我这个牌子就真正亮出来了,我的新的文学姿态也就出来了。而且经过认真的自我反省,也完成了新的艺术突破。我们前面谈的艺术突破实际上是在我自我反省以后所完成的突破。所以,我在艺术上、写作上的某些进步,可能就是我自主的自我反省的结果。

李遇春：看来您是一个不断地通过自我反省来寻求艺术突破的作家。在几十年的文学创作的道路上，您是一个不倦于自我探索的人。

陈忠实：大体上可以这么说吧。

李遇春：您的早期创作深受陕西老一代作家柳青和王汶石的影响，您能谈一谈您对他们那一代革命作家的评价吗？包括历史的评价和审美的评价。因为我作为一个教当代文学史的青年教师，每当讲到以柳青为代表的"十七年文学"时，总是感到很棘手，老实说，大部分学生对那个时代的革命文学是排斥的、漠视的，但我觉得我们的当代文学史课又有义务去引导学生了解那一个特殊时代的文学状况以及社会状况，这不光是因为"一个时代有一个时代之文学"，当年的革命现实主义文学形态确实有它独特的历史和艺术价值，而且即使是我们今天抱着一种总结历史经验教训的态度，也应该去接近和触摸那一段文学史。

陈忠实：对。这里头实际上涉及一个作家的学习、影响和发展自己的问题。我不敢妄谈别人，就我而言，影响过我创作的外国作家就不说了，我们就说中国作家，也有很多人。鲁迅也不用说了。最初影响我的是赵树理，赵树理是我崇拜的第一个中国作家。

李遇春：这里我想插问一句：我记得您在《兴趣与体验》一文中说您最早读到的赵树理的作品是《三里湾》，后来我又在您的一篇文章《忠诚的朋友》中看到，您说您最早接触的赵树理的作品是《李有才板话》。我想求证一下，您最早读到的赵树理的作品究竟是哪一部呢？

陈忠实：《三里湾》是我读到的中国作家的第一个长篇小说。我最初接触赵树理的是他的一个短篇小说，那是在中学课本上读到的，什么名字我记不起来了，好像不是《李有才板话》，《李有才板话》是一个中篇。受了这个短篇小说的影响，我才去图书馆找赵树理的书来读。后来陕西作家柳青和王汶石对我影响很大。我在中学时有一段时间非常喜欢茅盾的作品,我把茅盾的作品都借来读了,我也很崇拜。柳青和王汶石两个人对我的影响更直接的原因是生活地理上的接近,他们描绘的生活都是关中生活。柳青在西安的南边,我在西安的东边,中间很近的,没有几十里路,因此他描绘的生活形态,包括文学语言和方言,对于我都有一种直接的亲近感。当然整个作品的思想深度和艺术魅力那都不在话下。所以这方面的影响肯定是存在的。

影响过我的外国作家那也可以列出一长串来。我有一个观点:一个作家喜欢的作品肯定会对他发生艺术上的影响,但他不可能只接受一个作家的影响。起码我不是这样。我接受过很多作家的影响,刚才我们还说到了莫泊桑和契诃夫,实际上在八十年代初期的时候,我特别喜欢苏联时期的作家舒克申的短篇小说。

李遇春:(笑)这个作家的名字我连听都没听说过。

陈忠实:我来帮你写。他的短篇小说我特别喜欢。所以,某一个作家的某一些作品对我总是有一些启示。我从初中二年级爱好文学、接受赵树理的影响和启示开始,一直到四十多岁还在阅读着不同作家的作品,并接受着他们的不同的影响,在综合了这么多作家和作品的基础上,到最后就很难说清到底哪些作家作品对我产生了哪些具体的影响。这些人都启示着我对艺术做一种更深入的理解与体验,都启示着我对文学、对创造这种劳动的理解与体验,包括思想上对人性和人道的启示和体验,这一切都在开阔着我的艺术视野,都起到了它们应该起的作用,然后才有可能在一个不断的艺术探索过程中间形成我自己。也许在某一段时间我达到了某种艺术体验的程度,那我就形成了那样形态的作品,但过上几年后我自己也许又有了新的艺术体验,于是就形成了新的艺术形态的作品。我不敢说别人,反正我自己就是这么样走过来的。

但在众多的作家里头,柳青对我的影响应该说是最重要的。这有种种因素,包括我对他作品的喜欢、我对他本人的喜欢等等。所以我最初在"文革"中间写了四个小短篇之后,人们为什么喊我为"小柳青",主要就是我那些小说的味道像柳青,包括文字的味道像柳青,柳青对当时我的文字的影响、句式的影响都是存在的。我后来比较清醒地决心对影响我的作家进行反叛是在八十年代中期,那是我思维最活跃的时候。我已经清醒地意识到我要在文学创作上形成我自己,那么我就必须既要吸纳所有人的优长,以此增进我对文学的理解,同时我又必须摆脱某一个人对我的单独影响。如果你不摆脱这个影响,你就永远也走不出别人的阴影,包括思想的阴影和艺术的阴影;你就不能够形成你自己,就发不出自己独特的声音来。

发不出自己的声音的原因在哪？就是因为你没有形成自己独特的体验。作家是靠个性存在的,没有个性就没有作家。而个性表现在什么地方呢？不单纯是语言,不单纯是某一个结构,而是整个的文学气象。只有你自己营造的那个文学气象才是你最具有个性光彩的东西。而怎样才能形成自己独有的文学气象呢？那就必须形成你独特的、只属于你自己的艺术体验和生命体验。这种体验必须是独特的,别人没有的。由于它是你个人独自体验到的东西,所以表现出来绝对就是独具个性的东西。一个作家如果不能够形成自己独特的体验,包括生活体验、生命体验和艺术体验,那他就不可能形成自己的创作个性;那么谁都可以模糊你！谁都可以湮没你！

李遇春：那您觉得当年的那一代革命作家中柳青和王汶石是否形成了自己的独特体验？

陈忠实：我觉得起码柳青形成了自己独特的体验。王汶石应该说也形成了独特的体验。他们的艺术个性是很明显的。王汶石的作品,你读他描写的生活气象,包括语言,我们不需要公布他的名字,你就能够感觉到那是王汶石的东西。这是一个有个性的作家最基本也是最重要的标志。文学上所谓个性的胜利就是这样发生的。

李遇春：这么说，对于柳青和王汶石，您更看重的是他们如何形成自己独特的创作风格的？

陈忠实：是。他们那一代作家所做的艺术探索里面优秀的东西影响过你，但影响你不是叫你停留在简单的模仿的层次上，而是影响你去进一步理解艺术本身的含义，去进一步理解真正的文学是什么。包括他们个人的人格都会对你产生影响，而不是简单地去学他们的写作技法。当然，在最初你还没有形成自己独立的个性体验的时候，你是无法摆脱模仿的，而且模仿也不是任何时候都是羞耻的事情，最初的模仿是很自然的事情。这就跟小孩不会走路时一样，必然要别人给牵着，但一旦你会走路了，你都十多岁了，还要大人牵着走，这不是很别扭吗？所以你必然要甩开大人的手，去走自己的路。我不敢说别人，起码我个人是这样的。（笑）

李遇春：现在当代文学研究界对柳青为代表的"十七年文学"普遍存在着两种观点：一种是站在启蒙主义的立场上否定"十七年文学"，认为那一代革命作家的文学创作只有历史认识价值，而艺术价值不大。再一种就是站在历史主义的立场上，认为应该本着尊重客观历史的精神和原则，严格保持学术的"价值中立"立场，理性地研究那一段文学历史的外部环境和内在成因。

陈忠实：在这两种观点中我可能比较尊重后一种意见。因为那个时代的中国文学的发展已经是一个客观事实，你要它与不要它都没有办法，反正它已经形成了这个过程了，作为一种历史已经摆在那儿了。柳青这一代作家在那个时代里头，在我们当时的文艺思想的指导下，他应该是那一代作家中做得最好的人之一。当然，他瞧不出当时那个时代的局限，不管他自觉不自觉，他都瞧不出，这不是他一个人瞧不出，而是所有的那一茬人都瞧不出！但在当时狭窄苛刻的艺术禁律下，柳青做出了最大的努力，应该说他是那个时代最优秀的艺术家之一。我们从他的作品中充分地看到了他天才的智慧。你现在要去指责他,那是很容易的事情,那些局限是谁都能看出来的,这并不能说明我们比他高明。我们如果没有后来的思想解放运动,不要说"文革",就是五六十年代那种思想体系如果一直贯穿到现在,我们可能还做不到柳青那个程度!这是很有可能的事情。

李遇春:我想也会是这样的。想当年,那一代革命作家"戴着镣铐跳舞",那该是多么的艰难!除了一些纯粹的政治投机型的作家以外,像柳青那样的严肃作家取得了那样高的艺术成就,其中必然付出了大量的、也许还不为人所知的艺术心血。

陈忠实:是啊。当时有那么多的文学禁区,连"中间人物"都不能写。我倒是觉得思想界、艺术界、学术界怎么看是一码事,我作为一个作家,我是能够理解那一代作家的,因为我也是"半个过来人"。我只能说我们站在今天已经发展的基点上,我们应该把重点放在我们仍需努力去做的事情上,而不要去责怪前人,因为他们已经做了很大的牺牲和创造。

李遇春:您用了"牺牲"这个词来评说那一代作家,让我很感动,也让我对那个年代的严肃作家油然生出一种崇高的神圣的敬意。这些年来,我们听惯了学术界对那一代作家的口诛笔伐,今天从您这儿我懂得了那些随意苛责前人的做法是浅薄的。

陈忠实:是啊。

李遇春:您经常在随笔中说您是一个既自信又自卑的作家。《白鹿原》发表已经满十年了,记得当时您曾说以后将以长篇小说创作为主,但您的新长篇至今未能面世,我想您是不是又陷入了艺术上的自卑心理的陷阱呢?

陈忠实:写完《白鹿原》以后,我当时想,如果要继续写的话,肯定还会写长篇小说,因为那是我的第一部长篇,而且我还有写作的兴趣。但实际上,后来我发觉,这个长篇小说写完以后我对小说这种形式,不管是长篇还是短篇,总之是对小说写作本身的兴趣一下子跌到低谷了,原来的写作欲望突然变得不是很强烈了。我自己都讲不清楚我为什么会陷入这种状态。倒是对散文写作的兴趣大增,这几年写了几本散文。一直到前年开始,我好像对短篇小说这种形式又重新发生兴趣了,写了包括《日子》在内的几个短篇,我觉得短篇这种艺术形式还是有很多值得重新探索的地方的。

李遇春:很多作家都谈到了童年生活对他们的文学创作的影响。我在您的一篇小说《到老白杨树背后去》中也看到了您的童年趣事在艺术中的折光。您能谈谈童年生活对您的文学创作的影响吗?

陈忠实:你说的《到老白杨树背后去》,那是我从现实生活的复杂性反观少年生活的一部作品。人生有不同的阶段,人生到中年以后,那些世俗的东西在我们各自不同的人生角落里对生活发生着方方面面的影响,尤其是对人的本性产生着深刻的影响。所以到了这个年龄相聚以后,我已经感叹到现在人的精神的易变,因此很自然地想到了童年时代那一面镜子一样的生活状态。所以那实际上算是一种生活咏叹式的作品。

李遇春:在《白鹿原》中有很多人物您都写了他们的少年成长历程,像白家兄弟、鹿家兄弟,还有黑娃、白灵等人的少年生活都被您写得情趣盎然,一种向往之情油然而生。

陈忠实:少年时代应该是一片空白嘛。随着年龄的增长,它接受着各种色彩的浸染,最后那块白布究竟被画成了什么样子,那是很复杂也很无奈的事情。人生个个不同啊。其实人生也不都是这样过来的吗?包括我们自己。(笑)各种各样的色彩都放进来涂抹啊。

李遇春:自五四以来,在中国现代文学传统中,父亲的形象一直是负面性的占绝大多数,现代中国作家习惯于从启蒙主义出发,对笔下的父亲形象进行批判性的审视,因此那些专制的父亲们很少能够赢得读者的尊重,相反总是能激起读者反封建的叛逆行动。而您笔下的白嘉轩却是一位能够赢得读者的尊敬和仰慕的父亲形象。请问在白嘉轩的身上有您父亲的影子吗？

陈忠实：我对我的父亲很虔诚，而且还有一种负疚感。他为了我实在付出得太多了。

李遇春：所以，他潜移默化地影响着您在创作中对父亲形象的塑造？

陈忠实：是。那个直接影响就来自我父亲。我父亲给我更多的影响是精神上的和人格上的。不管他文化上的高低，财富上的多寡或生活的贫富，这都不可能成为影响我对我父亲情感的主要因素。从小一直到他去世，我都能感受到他精神世界、心理世界里头的那个影响。我从来都是很感动、很虔诚的。

李遇春：您经常抱怨"文学这个魔鬼"，但您也曾说过"小说最是有情物"，您能解释一下这种看似矛盾的文学体验吗？

陈忠实：它并不矛盾呀。之所以说它是魔鬼，还是它有情的原因呀。没有情就不会有魔鬼，魔鬼常常也是很有魅力的呀。你看妖女，她不是比普通女性更有魅力吗？你看传说中的白蛇，那就是妖女，不是很有魅力吗？还有《聊斋志异》里的狐狸精，不是也都很有魅力吗？（笑）

李遇春：古人说"为伊消得人憔悴"，原来"伊人"其实就是"魔鬼"呀。

陈忠实：从我初中二年级迷恋文学以来，在我的身边有多少人做过文学梦，多少人走在这条路上最后甚至连起码的生活也过不下去了。这我经历得太多了。

李遇春：您有个中篇小说《夭折》好像就是讲的这样一个文学爱好者的故事。

陈忠实：是。但那仅仅是一例，实际的人数就太多了。而我所经历的同时代的作家作者后来很多人都回到原路上头了。真正最后能够做成一点事情,有一点创作成绩的其实是那众多人数里头的塔尖呀,那个底座简直是太大了。他们不是都被文学这个魔鬼给缠上了吗?如果这个魔鬼不重情的话,那他们能被缠得住吗?

李遇春:看来文学既是无情的魔鬼,又是有情的女神啊。

陈忠实:对。既有情又无情,既是天使又是魔鬼,这就是文学。

李遇春:昨天见面的时候您提到,您打算把这多年来的创作经验大篇幅地揭示出来,为未来的文学青年提供一种艺术参照,这是真的吗?

陈忠实:我现在还不知道有没有这个必要。你觉得有这个必要吗?

李遇春:我觉得还是有必要的。因为自八十年代以来,文艺界在创作理念方面,应该说天才论还是占有主导地位,很多人都愿意把文学艺术创作归入到一种神秘的迷狂状态,仿佛它真的是一种可意会而不可言传的东西。

陈忠实:天才肯定是有的,但能够使天才成才,中间还有很多因素。一个因素就是天才还必须有我们习惯上说的勤奋,光有天才不勤奋,那天才就浪费了,也就成不了才。但光有勤奋也不行,还要他能够在探索他所从事的事业上的方法对头。因为文学创作的路跟科学研究的路还不一样,科学这条路比较规范一些,大家都必须沿着从基础科学到尖端科学的路往上走,至于谁能最终完成到尖端的突破,那当然有智慧上的问题,也有一个方法上的问题。但文学道路的选择,也就是文学方法的选择不像科学那么规范,它的可能性和灵活性更大一些,如果选择偏了,走上了一条岔道,那天才也就浪费了,这是第二个因素。第三个因素是思想。天才是一种天生的东西,而思想的形成对于一个作家来说是决定性的,特别是创作到了一定的高度的时候,思想就愈加显得重要,甚至是关键性的东西。

李遇春:对。鲁迅之所以伟大,就因为他不光是一个伟大的文学家,而且还是一个伟大的思想家。

陈忠实:世界上伟大的作家都是思想家。因此,如果没有形成独立的思想,不具备那种能够穿透历史和现实的独立精神力量的话,那天才也就起不了作用。第四个因素是人格。比如说一个人智慧很高,天分很高,但人格非常卑下,修养很差,他就不能够把自己的精神上升到一个应有的高度。我认为卑下的人格不可能形成强大的思想世界和精神境界,因此那天才也就浪费了。我想,在这四个因素中,可能综合者能够把他的天才发挥到极致,那天才就起大作用了。如果在这四个因素里头缺乏一些重要因素的话,那这个天才可能就浪费了,或者说"大材小用"了。大的天分形成了小的材料,那就是浪费了天才!

李遇春:陈老师,非常感谢您! 天都这么晚了,快十二点了,真是不好意思。本来说分开谈两个晚上的,没想到一次谈完了,真是打搅您了。

2003 年 4 月 5 日 雍村

秦岭南边的世界

关于一座房子的记忆

每过秦岭,自然首先想到岭南的王蓬。

文学的王蓬。

认识王蓬的二十余年里,去过几次秦岭南边的汉中,每次都见王蓬,印象最深的还是第一次。大约是二十世纪的八十年代冬天,西安市文联约了几位新时期刚刚露头显脸儿的青年作家,到汉中去做文学创作交流。记得刚到汉中的当天下午,大家便相约着去看王蓬。王蓬对我来说早已不陌生,省作协此前几年里组织文学活动,我们早已相识多次相聚,他是秦岭南边陕西辖地内冒出的最惹眼的一位文学新秀,其发轫之作《油菜花开的夜晚》《银秀嫂》刚刚俏出文苑。然而,在刚刚形成的陕西青年作家群这个颇具影响的群体里,社会属性纯粹属于农民的只有王蓬一个,还是靠着在生产队挣工分也从打谷场上分得稻谷过日子的。其他人无论家境怎样窘迫经济如何拮据不堪,却总有一个可以领月薪又可以吃商品粮的公家人身份,大多散居在各地县的文化馆里搞半专业文学创作。我想大家之所以马不停蹄急于要看王蓬,有这样一个共同的心理因素,谁都明白中国农村意味着什么,谁都不同程度地明白一个写着小说的农民意味着什么,谁也许一时都不甚明白,一个社会属性纯粹是农民的王蓬,其作品的整体风貌却丝毫不沾我们习惯印象里"农民作家"作品特定的那种东西,关于生活思考关于人生体验关于艺术形态,都呈现出二十世纪七十年代末到八十年代初,中国作家在这些领域里所能达到的最前沿的探索,这又意味着什么?

　　在一个号称汉中第一大村的张寨,我们走到王蓬的门前,稻草苫顶土打屋墙的两三间茅庵,一目了然。王蓬的父母热情谦和,独不见一般农民在这种场景里的紧张乃至自卑,我当时以为是争气的儿子使他们获得自信,多年以后才知道他们原本不是靠扒拉粪土柴火过日子的农民,而是一对落难改造的知识分子。王蓬的外形反而比他们更像农民,壮实而干练,刚刚杀完一头肥猪,两扇诱人的皮白瓤红的猪肉还挂在横架上,一颗刮剔得干干净净的猪头搁在一边。王蓬就在屠宰架下和大家握手,仍然依赖肉票购肉的这几位西安来的作家,围着吊在架上的两扇猪肉艳羡不已,竟然操心这么多肉吃不完变坏了的事。我更感兴趣的是那一颗亮晶晶的猪头,问王蓬怎么会把布满沟槽凹坑的猪脸拾掇得如此干净。我虽干部身份,可家人也都是靠工分吃饭的农民,不足四十元的月薪比纯粹的农民家庭也强不了多少,每年过年都买一颗既便宜又实惠的猪头,脖子口残留的带膘的肥肉剔下来炒菜包包子,其余皆一锅煮熬凉成肉冻,下酒再好不过。只是每回洗涮处理猪头太费劲了,藏在猪脸那些沟凹缝隙里的猪毛,常常整得我用镊子拔,用火棍烫,烦不胜烦。王蓬便告诉我一个诀窍,用松香熬水一泼,冷却后敲打掉松香,猪毛就拔掉了,柏油也可以代替松香。那时已临近春节,我获得这个窍道就付诸实践,果然。那时候,我和他站在他家场院的屠宰现场,集中交流的是关于如何弄干净猪头的民生问题。

　　我又特意留心这幢屋子的墙。墙是土打的,用木板或椽子夹绑起来,中间填土,用碗口大的铁夯夯实,一层一层叠加上去,便是一堵屋墙。关中农民用土坯垒墙,也用这种夯打的墙盖房造屋,并不奇怪。令我奇异的是那土墙的厚度,底部足有一米厚,真是我见所未见的厚墙,除了结实之外,便是隔热,比砖头水泥墙实用多了。也是多年之后我才知道,这是王蓬跟随被视为政治异己的父母从城市里被剔除出来,流落陕南农村十年之后才搭建起来的属于自己的房子。此前十年由生产队安排,曾五次搬家,最后四年是在远离村庄的一座古庙里搭铺盘灶谋生的。这些超厚的土打屋墙是尚未脱尽少年黄喙的王蓬和善良的乡民们一夯一夯捶打起来的。王蓬说,他那时候早已熟练陕南农村所有粗杂活路的技能,体魄颇强健,甚至比少小读书后来做邮政公务的父亲更具适应性。

以房屋为主体的这个小院,有猪栏,有鸡舍,有柴火垛子,还有一块用三合土搪制的小平场,晾晒谷物。这纯粹是一个陕南农村的家院,与左邻右舍的农家小院大同小异,唯一的也许是惊世骇俗的差异,是这幢新搭建的稻草苫顶泥土筑墙的茅舍里,辟出来了一方小小的书房。至今我依然记忆犹新,一张床,一个书桌,四面墙壁用报纸糊蒙着,整个书屋就浮漫着纸墨的气息。(我当时曾经很羡慕这个书房,因为直到此后六年我才给自己造成一个书房。)这个书房外边是一家连一家的农户的围墙和高低错落的屋脊。小院里刚刚宰杀过一头自养的准备过年的肥猪,是王蓬操刀还是请屠夫操刀我已无记。书房里摆着世界名著和中国名著。托尔斯泰和鲁迅以巨大的兴趣和不无惊诧的眼神,看着这个崇拜他们、屡屡在他们博大的爱心里战抖流泪的中国张寨村的青年,瞬间竟会身手矫健地把一头大猪压倒在屠宰台上。

我走出王蓬的屋院再走出张寨村子,走进汉中坝子冬眠着的稻地和油菜田畦。秦岭南边越冬的油菜竟然是一派蓬蓬勃勃的嫩绿,看不到我的家乡渭河平原这个时节冬日肃杀的萧瑟。我沿着绣满杂草的田埂往前走着,对着我脸的是暮霭迷蒙的秦岭群峰,隐隐现出汉水流域植被的绿色。晚炊的柴烟从村子里弥漫到田野上。我回过身眺望烟树笼罩下的张寨村，竟然很感动，就在这个村子的一个农家屋院里，一个青年作家已俏出文坛。二十二年后的二〇〇二年初秋，我又一次来到汉中，进入这个小院，作为农家生存的猪栏鸡舍柴垛已荡然无痕，小院里蓬勃着几株名贵的花树和草花。屋顶的稻草已换成机瓦。屋内也经过了一番改造，清爽而舒适。那近乎一米厚的土墙仍然保存着，粉刷光洁自然无须用报纸遮掩丑陋了。那个小小的书房还在，已经装备了书架、书案、台灯和软椅，更像一个书房了。我坐在小院里喝茶，又生一份感动，一位重要的当代作家王蓬，就是从这个依然很不起眼的乡村小院走上中国文坛的。关于作家创作这道颇为神秘的帷帐从心头扯开，顿然醒悟，天才诞生在任何角落都是合理的。

关于《山祭》《水葬》的解读

从二十年前读《银秀嫂》到最近系统阅读长篇小说《山祭》《水葬》以及大量的纪实文学和散文随笔，我才意识到对王蓬达到一种较为透彻的理解。我曾经在面对自己崇拜的柳青时说过，真正崇拜和理解一个作家，最好的途径是阅读他的作品。

王蓬大量的小说创作，无论短篇中篇，尤其是珠联璧合成姊妹篇形态的长篇小说《山祭》和《水葬》，给我强烈的又是贯穿如一的感受，是作为一个现实主义作家面对生活的严峻的审视目光和深刻的穿透纷杂现实的思想力量。二十世纪八十年代中期的文坛背景里，鲜活的思想、活跃的思维、层出不穷的艺术形式，令人难忘。给人很大启示的寻根文学的思路很快由雄壮到细微，最后追寻到深山老林破庙古刹或原生态蛮荒人群那里便迷失了消弭了；还有远离政治躲避现实的理论阐释，显然是对昨天政治谎言的拒绝，颇具影响力。我在王蓬的阅读中发现,王蓬二十年里以小说和报告文学为主体的创作,一刻也没有从现实生活层面上游移,没有从他熟悉的人群的生命历程和心灵历程中游移,甚至连丝毫的犹豫也没有。从解放到改革开放的秦巴山地的生活演进和历史演变,呈现一种全景式的展示,对山地社会结构人际关系和人的心理层面的解析,显示出现实主义作家王蓬的勇气和尤为令人钦佩的思想穿透力。我想,某些回避生活现实回避政治的现象,除了创作探索中的不自觉因素,除开因为谎言政治产生的逆反心理,恐怕更重要的一点在于作家思想的肤浅,肤浅思想所带来的心理软弱和苍白,透视不到生活深层的奥秘,便只好围着一根陈旧的鸡毛臆猜文化。在王蓬笔下,解放前和解放后,土地改革和农业合作化、公社化、"镇反"和"反右",农村"四清运动"和十年浩劫的"文革",直到改革开放的时下,这些在中国乡村和城市发生过的影响到所有人生活的重大事件,无一遗漏地进入王蓬严峻的视镜,纳入秦岭或巴山某个村寨,淋漓尽致地演绎出来,正可当作生活的教科书和历史备忘录,留给这个民族的子孙,以为鉴戒和警示。《山祭》《水葬》等小说的认识价值和不朽的意义,就在于此。王蓬恰是在这里显示出独禀的气性、思想者的勇气和思想的力量,以及由此而蕴蓄在作品里的凛然之气。

审视和展示这些生活,对作家是一个严峻的挑战。直接亲历过这些生活历程的作家或间接了知这些生活过程的作家,任谁讲述几段生动而又荒诞的故事都不算难事,然而要避免简单化的图解和演绎,要避免浮泛的苦难展览而进入深部,却不是随意能够做到的。王蓬以《山祭》《水葬》为代表的大量的小说创作,有一个无处不在的幽灵徘徊在大小篇幅的文字之中,就是人道和人性。我在意识到这一点时有一种破解后的欣然之情。我从八十年代初读王蓬作品就有某种一时说不大准的特异气象,一种区别于同期同类题材小说的独禀的气质。显然不是来自作家对秦巴山地独特的生活习俗的生动描绘,不是对一方地域生活语言的成功改造和书写,甚至不完全是对生活的直接体验,因为这些东西许多作家都拥有着。我在这次通读王蓬作品的过程中豁然明朗,王蓬有一个人道人性的思想视镜,有一个博大深沉而又温柔敏感的人道人性的情怀。回溯新时期当代文学复兴的历程,王蓬当为具备这种思想视镜和精神情怀的最趋前的作家之一。

这样就不难理解,同样直面揭示那些已经过去了的"运动"给乡村和城市所造成的普遍性灾难时,王蓬何以会跳脱同期同类题材常常陷入的对某些口号或政策的谬误的简单鉴证的局限;在人道人性视镜下的思考,穿过极左运动造成的荒诞生活现象的表层,进入关于人的合理生存的深部层面。合理生存是人类追求奋斗的共同目标,也是各个民族堪为经典之作的文学作品一个永恒的常写常新的主题,自然包括政治的、自然的、宗教的、经济的诸多方面,不同制度下的各个种族,唯其在此一点上是共通的。这样,王蓬笔下人物的心理轨迹就烙印着沟通各个民族的普遍性意义。《山祭》里"我"的灵魂扭曲和异化的过程,由浅入深,从被动到主动,从一个心理层面解剖到另一个层面,丝丝入扣,合情合理。"我"的灵魂堕落过程中的痛苦,恰恰来自堕落中的清醒。清醒的堕落便揭示出人性里的复杂性。清醒的堕落,让我看到极左的东西不单是造成普遍性的贫穷或人身伤害,关键是对一个民族精神自信的摧毁。清醒的堕落之后,又是清醒的忏悔;清醒的忏悔之后,又一次发生清醒的更深的堕落,痛苦就成为愈陷愈深的深渊,无论如何也树立不起作为一个人的自信来。我在同类题材中见到过不少堕落者形象,通常都是以堕落换取某种境遇下的快乐的,或者说为了改变生存境况实现快意生存的目的而向邪恶投怀送抱甘愿堕落,这是人性里一种极其普遍的弱点,也是古今中外许多真实发生的和艺术家塑造的堕落者形象共有的心理依据。王蓬创造的"我"这个堕落者形象,恰恰没有享受多少以良知为代价换取的快乐，却是丧失良知陷入的黑雾似的痛苦，把一个人性渐次泯灭渐次沉沦的人刻画得动人心魄，成为堕落者人物序列里一个颇具现代中国特色的典型面孔。"我"不仅揭示了我们民族精神历程中那个丑陋的扭曲形态，重要的是作为一个生动的警示，让现在和未来的人们在面对可能发生堕落的境遇时，把人性和人道既作为生存的旗帜也作为生存底线坚守，似乎比任何道德的规范更为可靠。

拯救"我"（宋老师）灵魂堕落的恰恰是人道和人性。从肌肤到心灵都美到令人悸颤的冬花，与外形丑陋不堪的庞聋得入住的茅草洞房，其实是作家王蓬构建的一座人性的真善美的祭坛。庞聋得总使我联想到《巴黎圣母院》里的卡西莫多，然而他不是敲钟人而是秦巴山地里一个种田狩猎的山民；冬花也使我联想到那个吉卜赛女郎，然而冬花仍然是冬花自己。这对对时空距离太过遥远的不同种族的人物形象，只在人性的意蕴上完全融通。何妨把冬花和庞聋得的茅草洞房当作巴黎圣母院来读。"我"的灵魂的救赎，自然可以列出几重因素，而主导性力量正是发自茅草洞房这座人性的祭坛。王蓬在这里蓄意浓墨泼洒，又兼以细部工笔精雕，把一个堕落者在人性祭坛前的复杂心序揭示得淋漓尽致，读来令人惊心动魄。在谎言制造的荒诞现实胁迫人们倒向邪恶之途的时候，真理被混淆了，道德被颠覆了，唯有人性成为一个民族不死的精神之光，恰恰存储在山民冬花和庞聋得的茅草屋子里。

以同样的角度解读长篇小说《水葬》，或者说在阅读《水葬》时，我愈加清晰地体味到王蓬关于人道和人性更为深沉的思考。

《山祭》以"我"这个进入一个闭塞山地的小知识分子的视角，比较集中也比较透彻地完成了一次艺术展示。《水葬》在艺术上选取的是开放的多重视角，展开的是一幅全景式的社会图像：从时间跨度上看，着笔在二十世纪五十年代初，实际延伸和展开到三十年代更为纵深的历史；从将军驿这个小社会里的人物构成上看，有李宗仁秘书和社会最底层的屠夫、商界小老板政界芝麻官军界游走于两大壕垒的士兵、富户深宅大院的主人和仆佣、革命者和革命的追随者,组成一幅由各种社会角色交织的完整的社会图景。这些人物从三十年代走到八十年代初的半个多世纪的生命历程中,人物与人物之间的组合与反叛、上升与跌落、畅泳与溺水、跃上前台与消隐幕后,小小社会里各种角色令人眼花缭乱的分化与重组,使人常常发出一种历史的慨叹。我发觉,面对一件具体的历史事件或一个人物的一次生活遭遇时,是一种感受,而面对一群人物五十年的生活经历和他们构成的这一段较长的历史流程时,又会是截然不同的另一种感觉。这种感觉很自然地会使人发出关于人的合理生存的思考。各个民族和国家在争取人的合理生存这个基本的又是永恒的理想的历程中,经历过各种形式的斗争,自然的科学的哲学的人文的个人的集团的,包括极端的手段革命和战争。而人合理生存的最基本的东西,就是人道和人性。《水葬》里最虔诚的革命者陈放、最美的精灵似的翠翠,以及不断变幻脸谱色彩的麻二、任义成、蓝明堂、何一鸣等人物,他们的追求、挣扎、坚守、投机、挫折、伤害,扭曲别人也扭曲自己的异变,使我很容易排开纷繁的社会时象,进入人道和人性这个底线上,发出沉吟。

《山祭》里的"我"以男性的视角审视和感知世界,隐喻山的意象;《水葬》以全开放的视角,却聚焦在翠翠这位女性身上,隐喻着水的意象。翠翠无疑是天地山水间孕育的一位女神,属于底层民间。她的美她的善她的真诚,辐射到富家公子何一鸣、流浪汉任义成、不称心的丈夫麻二,以及心怀叵测的蓝明堂。翠翠实际上已经成为将军驿这个小社会里人际关系网中的关键。翠翠也是一座人道和人性的祭坛。在这座祭坛前忏悔的不是一个男人,而是将军驿这个小社会舞台上的几乎所有重要角色。任义成在通常情况下对义的坚守和在关键的利害掂量中的人性沉沦,何一鸣和翠翠情窦初开时的纯美直到彻底落魄时得到的金子般的爱的抚慰,翠翠在麻二身上发生的由淡到浓的情感渐变,蓝明堂作为一个终生都在算计财产算计政治风向也算计婚姻性爱的阴谋家,在翠翠祭坛前的失算才是最具摧毁意义的。在翠翠的祭坛前,展示着一幕又一幕扭曲人性的几近惨烈的荒诞戏剧,这些在极左政令下一阵儿发起高烧一阵儿跌入冰窖魔鬼般舞蹈的男人们,为争相攀爬便互相践踏,结果却一个个落得伤痕累累,为丑化别人却丑化了自己,为把别人描绘成魔鬼结果自己却成了魔鬼,为揭掉别人的画皮却把画皮包裹在自己脸上。在陈放背叛李宗仁秘书的父亲走向革命迎接解放主笔报纸的辉煌生命中,却有一个右派帽子在等待着他,成为革命的异己被流放偏僻一隅,陷入远远超过轰轰烈烈时段的漫长的受虐期,给他致命一击的恰是由他领入革命队列的何一鸣,其精神心理的伤害就如伤口上的那把盐。何一鸣追随陈放追随革命也完成了一个令人感动的背叛富户家庭的人生壮举,伤害陈放并没有得到挽救自己的效果,由领导秘书到林业局干事到伙食管理员再到被剔除出干部队伍成为一个农民,最后连将军驿这个农民世界也不能容忍,撵出村庄住进山野的孤庙。任义成的人生轨迹带有很大的传奇性,甚至有义士之风,在翠翠真挚的情爱之中坚守着义,最后的也是唯一的一次交融让人感到真实的爱的真正的完美,然而对麻二的揭发一下子使人看到极左怎样把人性里最邪恶的东西发酵膨胀,道德和情感的操守脆弱到空无。麻二和蓝明堂从个性上是呈两极状态,麻二走过了一条向善的更多带有自然色彩的人生之路,蓝明堂却靠着奸诈和投机心理,在极左掀起的邪火中一次又一次偷出栗来。在这些男人们各个不同的人生轨迹中,我很轻易地除去种种社会的政治的经济的家庭的浮尘,看到他们在翠翠这座祭坛前的精神裸体。

我不想做各个人物形象的具体解密,韩梅村教授在《王蓬的艺术世界》专著中有十分精到的论述。我尤其在这两部长篇中看到王蓬关于人道和人性的精神,由此而涉及关于人的合理生存形态的思考。《山祭》和《水葬》所指涉的时代和生活,好多作品也都写过,甚至现在还有人在写着。作家自由选取自己感兴趣的某一时段的时代生活,包括上自黄帝历代王朝及至当下,关键在于谁写出了独自的独特的又是深部的体验。从这个意义上说,《山祭》和《水葬》是写那个时代生活最杰出的长篇小说之一。作品所指涉的时代生活已经成为历史,作品本身也面世十余年了(前者一九八七年,后者一九九一年出版)。我在二〇〇三年春节前后连续阅读时,单就艺术风貌而言,仍然是一种全新的鲜活的感觉,尤其是在扑朔迷离变幻无定的世态时风中捕捉到人道和人性的幽灵时,我竟然有一种深深的感动和伴之俱来的钦佩。我确知这两部小说写作时段里文学领域思想解放艺术探索的进程和情状,王蓬当是最前驱的思想者和最具勇气的探索者之一,由感动而引发钦佩,属于自然发生。《山祭》和《水葬》之所以在十余年后的今天读来仍然令我震撼,也使我领会到人性和人道在作家的思维和作家的情怀里的关键性意义,作品的生命力或者说恒久性才成为可能。我也几乎同时意识到,关于《山祭》和《水葬》以及王蓬整个艺术创造的评价,似乎不大相称。文化市场往往存在这样一种盲区,时尚时风刮得许多人都疯跑猛追某道光圈而终于扑空时,却发现脚下有一块被忽略了的金子。我又一次感动之后发生感慨,在风行炒作的时下文坛,太持重修养太君子风范,就形成这种状况。显然不是作家的悲哀。

关于一个作家的理解

尽管年龄有几岁差异,因为生活进程的决定性因素,我和王蓬在新时期文艺复兴的陕西文坛相遇相识,似乎至今也没有明显的年龄障碍。当我为写这篇文章较为系统阅读其作品时,却分明感觉到某种熟识里的陌生,即王蓬艺术创造所达到的深部探索的陌生和作家精神人格世界的陌生。

我现在才意识到王蓬是一个对灾难和痛苦承受力极强的人。相识的二十余年里,我约略知道他在幼年就随着有"历史问题"的父亲从西安落难到陕南农村,具体因由和遭遇的灾难全然不晓。王蓬确也没有稍微细致地提说这方面的事,偶尔牵扯到这个话题时,三句两句言简意赅掠了过去,甚至哈哈一笑再无下文。多年来我未深问是出于我的性情,别人不愿意说的事我绝不追问。直到我读了王蓬一年前发表在《延河》上的《祭父》文章,陷入难以抑制的苦涩却又无言的状态。王蓬从一个较为优裕的城市知识分子家庭落难到陕南农村,即使在最贫穷落后的农民世界里,也是被打入另册排除在外的"黑斑头",经受了频频发生的所有极左运动带来的全部灾难。我首先悟觉的是,经历过如此巨大如此持久的灾难的人,到了他可以说话也有能力说话的时候而不说,不是暂时不说而是二十余年都不予诉说,不是一般回避而是哈哈一笑简言掠过,这个王蓬对于痛苦的承受能力就是非凡的强大而又深刻的了。对于王蓬而言,其影响已经远远超出了作为一个人的品质层面的意义,重要的是作为一个作家关于社会关于人生的思考和体验的厚度,具有决定性的意义。正是从这一点上,我得以解读王蓬小说以及纪实作品里弥漫的人道和人性情怀。

人在沉重的灾难——社会的或自然的——连续折磨之下,大致有三种结局,不堪忍受时的屈从与沉沦,承受持久折磨之后的破碎和麻木,炼狱折磨过程中逐渐强大的心理承受力量和精神升华的清醒。王蓬无疑属于后者。一个在颇为优裕的城市知识分子家庭生活的少年,一夜之间跌落到连气候也差异很大的陕南农村,学割草学砍柴学推磨,学习所有作为一个农民生存的一切技能,而且要承受作为一个"异己分子"的子女在心理上的无边无际的压迫,时间长达二十余年,正当王蓬从少年到青年的人生关键时段。在连续的巨大的人祸和天灾的灾难中,在善与恶、美与丑、真与假的轮番演练过程里,王蓬被指定的特殊的社会角色和所处的特殊的社会位置,反而促成他保持一种观察和辨识过程中的清醒,从情感上也更自然地朝善的一方倾倒。蒙难中的父亲似乎更具人生导师的影响力量,他的知识、他的人格修养和他的人生阅历所形成的灾难中的独特禀赋,正是王蓬辨识生活荒诞的一个参照和坐标。第三个因素当是王蓬的阅读,当"大跃进"跌入"三年困难"的深渊,当"四清""文革"闹到神鬼不宁的崩溃境地,饥饿的王蓬躺在秦岭脚下的草丛中阅读《六十年的变迁》《到格鲁曼去的道路》,直到完整地阅读一个堪称伟大的中国现代作家的全部著作《巴金文集》。这里暂且不论这种阅读对王蓬在艺术上的熏陶,更重要的是对于正处在从少年到青年成长期里的王蓬的思想视镜的开阔,对他辨识正在疯狂运动着的荒诞现实,对于他作为一个人存在于世的基础性的心理建设,无疑更具有意义。因为王蓬所阅读的上述这些优秀作品,无论其思想倾向或艺术流派有多大差异,而关于人道和人性的底蕴却是共有的。这种人道和人性的精神,在一个丧失了真理丧失了道德丧失了作为人的基本规范的荒谬生活现实里,就成为自我救赎的最可靠的心理依傍。这样,我似乎才可能揣测探寻何以在封闭而落后的陕南农村的孤庙里,会有一位充满人道和人性情怀的作家走进中国当代文坛。很长时间里,人们却随意赠给他一顶农民作家的"桂冠",错了。

这样我就能较为切实地理解王蓬小说作品中对于人性善和美的张扬,对于人性里的恶和丑的淋漓尽致的剥皮式的解剖。即使在他的纪实文学作品里,仍然可以感受到这种精神,那位曾经血战台儿庄的敢死队队长,在陕南某县文化馆任职的副馆长,仍然能精心辅导一位业余作者编写剧本;那位从农学院毕业便扎进秦巴深山,为陕西培育出一个名牌茶叶的老专家,即使在八十年代排除了极左的生活中,却因为反对毁林开荒的一次会议发言而被某副县长投入监狱;一个回族作家富于传奇也富于个性的艺术创作历程;一个尼姑和她的信徒;等等。王蓬对于这些在事业上卓有建树的真正的民族脊梁的赞美是由衷的,对于社会正义的伸张是凛然的。这些真实人物的真实故事里,同样可以感知作家王蓬对于这些承受着民族灾难创造着民族辉煌的人的虔诚的崇拜,作家的人格和精神也交融在墨痕之中了。去年夏天,陕南突发洪水,佛坪一位乡党委书记牺牲在救助群众的山洪之中,王蓬随即追踪采访,写成万余字的报告文学,我在《陕西日报》读到这篇作品时,曾几次忍不住泪水涌流。王蓬对于生活里的善和美似乎有一种本能的敏感、一触即发的激情、一种虔诚的崇拜,这是作为一个人民作家最为可贵的基础,也是一个艺术家永不枯竭的智慧之源。

王蓬笔下的陕南,秦岭、巴山、汉江、盆地、坝子,以及连绵的浅山丘陵,变幻无穷气象万千的四时景致,相传既久的为适应生存而形成的奇特生产和生活方式,弥漫着神秘神奇色彩的一方世界,微弱的现代文明带来的缓慢进步和猛烈粗暴的极左政策所造成的摧毁性破坏,古老的农业文明所遭遇的惩罚或灾难,其逼真的过程令我心悸。然而,即使书写这样近乎惨烈的生活,我发现王蓬的笔触一涉及自然,一触摸家养的或野生的牲畜,便灵动有如神助,山民围猎时惊心动魄的场景令我气不敢出;写到劳动和生活习俗的场景,也是逼近眼前的生动和诗性的赞美。我既感动王蓬对各个生活领域的熟悉,更感动作家对人类基本劳动的膜拜和敬重。一个被动接受纯粹出于惩罚目的的苦役式劳动而入乡村的城市少年,当他成为一个能熟练操持乡村种种农活儿的农民,同时又成为一个可以向世界展示这一方地域人们的精神历程的作家的时候,我看到的不是对折磨式的劳动的诅咒、鄙薄或嘲弄,而是圣徒般由衷的虔诚和赞美。由是想到研究一个作家艺术道路的时候,更应看重这种似乎反常的心理和精神历程的探究,王蓬成为类似族群里迥然独立的一个。作家思想的深度和厚度,与作家的精神人格和情怀是怎样一种关系,这些因素在作家的艺术探索艺术创造里又发生着怎样的作用,王蓬无疑是一个值得研究的个例。

王蓬近十年间又潜心于汉中历史文化的研究,硕果累累,不下百万字的作品,奠定了作为学者化作家的基础,完成了一次升华式的蜕变。我去年秋天应邀赴汉中参加一次群众文化活动,得着机会在汉水边上踏访古迹,在汉王刘邦拜收韩信的拜将坛,在存留了两千余年的绝壁上的栈道遗迹上,在萧何追韩信的那条小溪边,在曹操千古绝笔的"衮雪"题字前,王蓬如数家珍,却不是解说员那样的用语,而是典籍中的确凿的记述文字,我便可以猜测王蓬翻检了多少史书资料,而且背熟成诵了,言语中流露着对汉中为代表的汉水文化的热衷和自豪。这也许是他至今坚守在汉中而且其乐无穷的原因吧,尽管他有多次机会重新返回他的故乡西安,却一次次地放弃了,连同他的父母,依然生活在那幢曾是稻草苫顶而今改换为瓦顶的土打墙壁的房子里。王蓬又是一位热心公众文化尤其是群众文学事业的作家,他的一半是自己的写作,另一半是属于纯粹为这个事业发展所做的建设性的又是具体到一座办公楼一张办公桌一张报销发票的琐屑事。经过不断的努力工作,他和汉中文艺界的朋友们获得了可告慰藉的工作环境,也创造出一方甚为和谐的艺术氛围。一位青年作家说,王蓬二十年不懈工作的成绩,就是把这一帮人弄到一块快乐做事。对于一个文化团体来说,大家能快乐地作文、画画、写字(书法),又是多么可值得珍重而不易的事啊。

王蓬每有重要文章成竹于胸,便从汉中市区奔到乡下这幢由他在最困苦的日子里建造的屋子,显然不单是图一方清静,更有一种心理的依偎。王蓬的父亲谢世后,他把父亲埋葬在巍峨绵延的秦岭脚下。"考虑到父亲在秦岭脚下这片土地整整度过了四十个春秋,已与这片土地融成一片,应该让他安睡在这里。"我知道其中的二十多个春秋,是承载着莫须有罪名接受精神和生理的惩罚"融成一片"的,这需要怎样的豁达境界和精神的厚度?包括使用这个词的王蓬。在为父亲选址筑陵制碑的同时,王蓬也为自己"日后亦当归此"并预立碑石碑文:

  他因在这片土地上生活而写作,
  他的代表作是父母亲的墓志铭。

  写到这里,我忽然意识到,这篇已经偏长的序文,似乎仍然触摸不到王蓬"冰山"的主脉,所可慰藉的是重新吟诵这两句心灵之诗。

2003年5月4日 二府庄

附:关于《王蓬文集》的通信

王蓬:

  您好!

  这篇序拖得太久了,种种因素之外,主要是关于这篇文章怎么写和写什么的问题,好久定不下来。按一般序文,总是要面面俱到,全面评说,而您所给予我的作品和做人的东西很多,那样写来有诸多好处,却也易于陷入一种习惯的窠白。想抓住您作品的精气神之关键一点争取说透,又怕遗漏诸多确也值得说的东西,就形成很难确定的自我别扭。最后还是下决心以后者为主,评作品既不面面俱到,说做人也不优点缺点做操行评定,集中在人道和人性的这个关键词上。您的小说给我提供了这个关键词,追寻到作品的制造者,我也醒悟出一个没有加入中共的人忘我为公众事业工作,也在几乎所有样式的文学作品里伸张正义和人性人道的心理蕴藏了。我也是通过这篇文章才弄明白一个问题,人道和人性是人类自我救赎的最为可靠的底线,较之某些口号某些道德规范,都要可靠。于是我便从作品到作家,用这个话题统领下来,其余方面,在不枝不蔓的前提下顺笔涉及。

近年写序较多,既要全面论说,又要避免流行的溢美;既要理论阐释,又要避免枯燥;既要生动,又要避免浮泛油滑,真是不易。然给几十年老朋友作序,心里踊跃,却也不无惶恐。最后还是冒险,企图抓住文与人的精神内核。且自以为不仅在灾难年月,即使在今天较为宽松的生活里,这一点仍然是最可珍贵的,既是一个社会的人的精神底线,也应是高扬的精神旗帜。

这是我迄今写过几十篇序里最长的一篇了,我不断地谢绝着序,然而给同步过来的朋友作序,倒是一种心理慰藉,那就是不可抑制的过来岁月里的跋涉,尤其是友谊,回顾中的思索和情感里的温馨。

有某些观点或措辞上的不准确之处,有某些时间地点或其他不恰切之字词,请告知纠正。"非典"施害,请谨慎,勿马虎,并祝家人安康快乐。

忠　实
2003 年 5 月 6 日　西安

位卑位尊都躬行

我知道立章喜欢书法,先是行书草书,后来兴趣转移到大篆,潜心默练多年,功夫老到。然而我丝毫不知立章还钟情着古体诗词,写下这么多精美篇章。以写作时间看,从七十年代直到新世纪之初,诗作不断。三十余年里,竟然对我只字不露,在我拿到这一摞诗稿时既感慨又惊讶。

我和立章七十年代初结识,友谊延续大半生,整个感觉是一位可以踏实信赖的朋友,不仅没有因各自所从事的职业的差异而隔膜,而且给我一种完全可靠的"为镜"的参照。我们可以坦率地谈天说地,议论时世时风和人生,既涉及他身在其中的政界,也涉及我所在的文坛。我尤其注重他对一个时期文艺现象的评点,包括对我某些作品直言不讳的意见,在我起码可以对自己保持一种清醒。这个比我尚年轻几岁的朋友给我留下的最明晰的印象,恰恰是平和的沉静。平和不是平庸,不是随波逐流不是趁热起哄。立章对生活演进和由此而发生的生活世相,都有自己独立的见解,常常令我叹服。我知道他拥有较为丰厚的历史知识,也钻研政治经济理论和新说,兼以颇为宽泛的文化视野,自然就有独立见解,人无论从事何种职业,一旦有自己的独立见解,其精神形态和心理世界就会显现为沉静。表述自己的独立见解,无论用书面语言无论用口头语言,立章都是一种平和和沉静的姿态,显示出一种精神和心理的自信,也弥漫着性格修养里的个人魅力。即使是某个时期的社会热点话题,在立章的言谈里,不见声言于色的慷慨激昂,却也绝非消极冷漠平庸无主抑或暧昧模棱,总是以平和沉静的姿态陈述自己的见解和观点,让我感到一个清醒者的睿智,也感到一种个性的魅力。然而几十年来虽然信赖着却是散淡着的交往过程中,他竟然只字都不提及他的诗词写作,我未看到他少量公开发表的诗篇,亦未见过他反复吟诵推敲字词深藏于书柜中的稿笺。他谢世后,夫人陈瑞玲把手稿收集整理出来,我在拿到这一摞诗稿时,真是感慨万端又无言以对。最直接的一点无疑是铁定的可靠,即:立章写诗词不是为了发表,不是为了当诗人,更不是附庸风雅,纯粹是感时感世感悟生命意义的直抒胸臆之作,一种心灵的独白,恰恰是诗词写作的原始意义,抒情、言志。

立章诗词给我冲击最强烈的一点,是一个有思想有抱负想作为的共产党人发自肺腑的声音。立章在西安市水利局局长任上,用五年时间,解决了西安周边山地和原坡地区七十余万人世世代代"吃水比油难"的生存困境,所有精心的策划实施的艰辛和具体工作中的事无巨细,都被夙愿的实现和民众的实惠而转化为幸福感。为人民做实事,领导者自己获得的是生命价值实现的幸福感,只有真正的公仆才能感受得到。同时,立章在完成这个工程的实践过程中,也完成了一次重大的精神升华。在《世纪承诺》短文中,立章写道:"一个人一生中,可能有许多如意,随之又有如意中的尴尬;有许多成功,又有许多遗憾;有许多成就,但伴之有说不清的惶惑。而唯有这一件工程,使自己有了一种感觉,仿佛自己是一个农民的儿子,为父老乡亲做了一件顺心悦意的事。"没有喧哗,没有庆祝锣鼓,更没有居功的炫耀,依然是平和的语言姿态,依然是沉静的心理形态,依然是朴素到不着任何修饰的言辞。这里有一个关键用词"农民的儿子",可以透视身为水利局局长的立章把自己摆在一个什么位置上。既然是"儿子",为父老服务为父老做事惠及一方百姓,就会看成是自己应做的事应效之劳,而绝不会炫耀,更不会当作"形象工程"铺设晋升之阶。写到这里,我想到小平感人至深的表白,"我是中国人民的儿子"。国家前途民族命运人民福祉,都依赖各级政权的行政管理,上至国家高层下到乡镇村寨,执政者把自己摆在什么位置,决定着那一块那一方荣与衰的根本。我很感动我的朋友延立章把自己摆在儿子的位置上,在为父老做成一件可以称作历史性的告别的大事时开怀赋诗的动人情景:

> 世纪承诺重如山,坡原父老望欲穿。
> 汗水伴随塔林起,心血绕峰引清泉。
> 五载艰辛绘新图,八百工程布山原。
> 七十一万民乐日,举觞自慰心亦甜。

作者并未沉浸在"自慰心甜"的情绪里,反而进入更深沉的思考:"在实现这一世纪承诺的时候,我又常常想到,解放半个世纪了,父老乡亲才改善了一个生存的基本条件,使人总是有一种沉重的感觉。"(着重号为我所加。)一个"才"字,一个"沉重",便透出一个公仆一个"农民儿子"的忧患意识和赤诚之心。

立章诗词中还有一点撞我心灵的强大的精神,就是作为一个领导干部的自省。这种自省可以使人在纷繁的生活里保持一种清醒。生活发展到今天,腐败已经成为一个执政党面临的重大课题。身居重要位置的立章,在复杂化乃至某些浑浊的生活环境里,始终保持着共产党人的凛然正气。这种表述所感所思乃至痛切的心声,占了他诗词的最多篇章。首先是严于律己,以自省保持清醒:"立身但凭直而正,处世更须谦且诚。"(《静夜思》,一九八六年)"热肠冷面勉国事,直心爽语慎己行。"(《偶题》,一九八六年)这种直白的自省诗句从八十年代延续到他的生命终结,贯穿始终。在自省的同时,立章也表示出对于官场诸种腐败现象的批判和拒绝:"不屑躬身趋势炎,怎奈宵小趋风云。""不羡势炎奢乐重,更厌世俗媚附来。"贪财享乐,攀爬依附,这些腐朽的封建官场的陈疾老病,腐蚀着党和国家政权的机制运转功能,一个坚守着共产党员的道德良心和精神品质,尤为感人。立章甚至借用"打油"类的"戏作",彰显着对于不正之风的讽刺和鄙视:"无情抛却成贫汉,有意谋取反成殃。此物只宜直中取,切忌奸诈曲内藏。"(《钱》,一九九六年戏作)对于一时成风的浮夸风,讽喻颇形象颇尖刻:"脸定平兮气鼓全,声调高亢腔放圆。'大解放促大发展',数字膨胀无风险……昏天黑地会上吼,火了上年又下年。"然而,立章对于那些真正的共产党人,却尊为楷模,视为榜样,对孔繁森的精神,竟然打破格律的束缚,用自由诗展开抒写自己的崇敬,成为本诗集里篇幅最长的一篇。

诗言志。立章的诗词和为数不多的随笔散文,向我展示出一个新时期的领导干部全新的精神风貌,展示出一个"儿子"的拳拳之心,一个大写的人的风骨。面对他的事业和他为之鞠躬尽瘁的父老,可以获得无悔的自信,这就够了。我以两句诗应和:

> 修身砺志开视镜
> 位卑位尊都躬行

2003 年 7 月 30 日　雍村

土壕、讲坛和稿纸上的舞蹈

见到刘路之前,早已听说并记住了这个名字。那是一九七九年在《延河》编辑部听老董说的。老董整个就是一个职业文学编辑。任何时候见到他都是说文学作品,慢条斯理又津津有味,尤其是说到本省某位作者写了一篇富于突破性的作品,那种兴奋那个喜形于色乃至某种神秘感,令人恨不得立即把那篇作品找来捧读。他的神经系统的敏感区兴奋点就在发现新作者和新作品上头。他自己似乎并不意识,旁观者看来却已成习惯。我常常是从他那里获取新时期刚呈复兴之势的陕西文坛的最新动态和信息的。好多新冒出来的作者和他们不同凡响的出手之作,都是首先从老董那里得知的,刘路就是这样未见其人先闻其声的。

刘路当时还是陕西师范大学的一位在校就读的学生。第一篇小说《心是肉长的》送到《延河》杂志社,就在编辑部引起欢呼,就得到了时为副主编的董得理的文学神经敏感区的高度兴奋,而老董通常是被看成颇为老到颇多识见也颇为挑剔的老编辑,极少发生鱼目混珠的意外的。被老董推崇的稿子肯定会获得读者的阅读呼应的。于是我便记住了又一个新作者的名字:刘路;于是我便期待着刊载《心是肉长的》那一期《延河》的面世。后来这篇小说引起的广泛而又热烈的社会反响,就成为预料中事。王蒙曾说这篇小说是一九七九年短篇小说创作的重要收获,可见是入得高人眼的。

后来就和刘路认识了。在什么时间和具体地点已经不记得了,大致可以肯定的是陕西文学界的某次聚会。我至今留下的最精彩最深刻记忆的一句话,是"我在农村打过胡基"。胡基是关中土话,即土坯,盖房砌墙盘火炕垒猪圈、茅厕都离不得此物。通常是用一个三十余公斤的青石夯捶打装在木模里的黄土而成,一般定量是每个工日捶打五百块。这在以手工和体力劳动为主的关中乡村算是最重的活路了。解放前和解放初,操此业者大都是失掉土地又无其他生路可寻的穷人和笨拙的人,靠这种出卖力气和简单技能求得生存。到"三年困难"再到"文革"十年,普遍贫穷的乡村已经分不出穷人和富人了,仅仅是穷的程度的些微差异,打胡基(土坯)这种最费劲最笨拙的劳动倒是全面普及开来了。我那时虽已是乡镇干部,为省一两块钱,也是自己动手为换火炕为垒猪圈打过几回胡基。这样,我就获得了与刘路最切近的交流,一种共同从事过的劳动形式上的沟通,打胡基标志着一种生存形态。一当得知彼此都在打胡基这种生存形态上活着,似乎就不需要任何多余的话了。

《心是肉长的》一鸣惊人,中短篇小说随之喷涌而出,结集为一本书出版,刘路已成为新时期刚刚形成的陕西青年作家群一位被看好的青年作家,既有厚实而又直接的关中乡村生活体验,又接受了高等院校文学专业的修养,自身又潜存着敏感文字也敏感生活的艺术性天资,具备着文学创作的最完备的基础。而且出手不凡,起点很高,连续的创作也都保持在相当稳定的艺术水准之上。然而时过几年,却很少见到刘路的小说了,几乎是戛然而止,令我不得其解,多所遗憾,渐渐得知,刘路转到做学问的另一条路上去了。现在,他的又一本学术专著书稿放在我的案头,阅读中,我原先颇为遗憾的心理渐得平释,陕西作家群少了一位作家,却成就了一位卓有建树的学者,同样是令我鼓舞且钦敬的。

刘路是一位颇受学生拥戴的教师,后来又成为陕西师范大学新闻传播学院院长,自然可以猜想工作的繁杂和担子的负荷,面对这样一摞书稿我就忍不住感慨。不单是数量之大,不单是涉猎面之广,更重要的是品格质地,不仅令我感慨,令我惊讶,更令我长了见识,顿生钦佩敬重。

刘路的艺术眼光,一刻也没有离开不断嬗变的新时期以来的中国文坛。一个时期几部代表性的作品,都在他的艺术视镜里得到品评,无论艺术上标示着什么主义的作品出现,都可以看到刘路解析的文字。他的独到见解,出自纯文学的审视,首先令我感到一种纯粹的文学立场上说话的可靠性。在当代文坛说话,可靠性已经成为第一要素(本来不应发生的事),要排除人情之网,要排除商事诱惑,要排除花样翻新名目迭出的炒作,甚至要冒得罪人招惹气恨的风险。刘路清醒如镜,仍然坚持着一个纯粹的文学立场,实为不易,突显出一种文学精神一种学者风骨,弥足珍贵。

刘路的纯粹文学立场上的说话,来自真知灼见。浅见薄识自然难免人云亦云,朝"令"夕改,随风扬尘。刘路对现实主义作家的客观冷静的评说,出自扎实而又开阔的理论功底,把陕西赵熙和畅销不衰的作家池莉等人的作品,都放在开阔的艺术视野里评析,令人信服。绝处充分说其绝,好处充分说其好,不是处冷静说其不美,只据文本说话,不看市场行情不看旁人脸色。除了纯粹的文学立场,除了作为一个学者的道德良心,关键还在于真有所知独有所得的独立的艺术见解,才能发出独到而又新鲜的一家之言。在《小说可能性的新探索》里,刘路对行者小说的评论,标志着他的思维跟踪着当代文学创作最前沿的小说文本,透现出当代文学理论研究最新鲜的声音。对行者小说的总体把握和细部解析,显示出刘路艺术视野的宏阔、思维的敏锐、阐释的精微,以及宽厚的包容。对于深居学院而且也已过了五十岁的人来说,真是令我深为感动颇得启迪的事。在我看来,对一种新的文章的敏锐性,应该是艺术家生命里最可珍贵的东西,来自于新的知识构建所产生的新的观念,无论对于文学评论家,无论对于继续创作着的作家,都是致命的东西。敏锐性的缺失,难免陷入思维的麻木和停滞,陷入陈词滥调的絮絮叨叨。正是在这一点上,我感奋于刘路敏锐的思维所弥漫的活力,正呈现着一个思想者的生命形态。这种趋前的思维活力,同样显示在对卡尔维诺小说的理论阐释之中。卡尔维诺是二十世纪里被称为头脑里充满传奇的一个异类作家,其作品亦被称为"小说中的小说",充满着离奇、童话、荒诞的色彩。刘路以其非凡的透视力,剖析出来隐藏在荒诞离奇迷彩之中的哲理,深刻到令人惊悚的思想内涵,其阐释的明快和精到,比那些云里雾里翻弄新词儿的饶舌的文章就显出了思想的功力和艺术的眼力。

面对新时期以来的文学创作,尤其是面对创作的文学批评,刘路持一种冷峻的犀利,这面孔这姿态这笔锋,使我感知到一种思想的力度的同时,更感到一种思想的勇气。思想的力度是一回事,充分展示这种思想力度却需要勇气,这既决定于一个学人的道德和良心,也决定于对文学创作和文学批评这个事业的忠诚程度。《新时期以来文学批评的反思与重建》一文,涉及新时期以来几乎所有形成影响的小说文章,尤其涉及面对这些小说的文学批评的文章,我才充分感受到刘路的冷峻、犀利。这篇文章的观点恕我不再重复。我以为可以当作新时期以来短短二十余年小说创作和文学批评的简史来谈。刘路既面对不断嬗变的小说创作文章直言不讳,即使是很叫响的作品,仍然发出自己的见解,尤其面对同时期的文学批评,更显出理论的深厚和纯文学立场的姿态。刘路都在为完成一个神圣的使命而顽强地坚守着,即:让小说创作尽快回归文学本身的规律上来,不断排除种种非文学的因素对于小说创作的影响和误导。在这里,我看到刘路毫不迁就毫不附随的锋芒。

生活中的刘路却是善与人处和与人为善的老师、朋友,既不咄咄逼人,却也不随俗纵恶。生活场合里一种谦恭的低调儿,正是思想者的自信。这本以理论为主的集子,收录了为数不多的几篇散文纪事,读来让我心动,也可以映照出刘路心灵世界动人的一个侧面。他对柳青为文为人的崇敬,对他在文学创作道路上的良师董得理的诚挚的感念,尤其是对一位同事韩爱敏的崇高品格的感怀,可以感知刘路在生活里崇尚追求着内在人格的完善,自然也能感到他排斥拒绝着什么。我便确信,正是在这样雄厚强大的心理和人格的基础上,成就着他的文学批评思维的独立性,成就着他在当代文坛作为文学批评家的卓尔不群的姿态。

一个被非正常的生活逼到土壕里打胡基谋生的农村青年,在生活刚刚恢复正常的运行轨道的时候,便一步从土壕跷进高等学府,丢下了石夯而握住了钢笔,在大学的讲台、在稿纸上,赢得了新的生命价值。我在感动刘路的智慧和品格的同时,也感动一个人和客观环境的决定性关系,健康健全的社会生活,才是一切天之骄子展现才华服务社会完成自己创造活动的基本条件。刘路是有幸的。刘路展示生命价值追求生命意义的诸多动力中,土壕里的体验当为不可或缺的一种。这一种非彼一种,可能更具某种心理力度。我便为刘路庆幸和骄傲,长安乡村土壕走失了一位打土坯的农人,却在当代文坛站立起一位卓有建树的作家和文学批评家。

2003 年 8 月 8 日 雍村

民间关中

打开中国历史教科书,便打开了关中。便走进关中。便陷入关中。在历史的烟云里走了几千年,仍然走不出关中。

我从蓝田猿人快活过的公王岭顺灞河而下不过五十余公里,便踏入姊妹河浐水边上半坡母系氏族聚居的村落,大约一个小时就走过了人类进化几十万年漫长的历程。我以素心净怀跪拜在人文始祖黄帝陵前的时候,顿然发现开启一个民族智慧灵光的祖先仅仅拥有如此少的一掬黄土。面对周人精美绝伦的青铜制品,无法想象一个火炉如何冶炼得出如此复杂深奥的化学命题。作为周、秦、汉、唐等十三个王朝首都的长安不说也罢,单是东府一个小小的骊山,便可当作一部鲜活的历史来反复咀嚼。

火山骊山窒息死灭之后在山脚留下一汪上好的温泉。这股温泉不经意间浸洇了一个民族的历史教科书。戏弄了诸侯也戏弄了周王朝的骊山上的烽火台尚未火熄烟散,始皇帝就在山脚下修筑地下宫殿以及陶制的禁卫军方阵。短命的秦王朝的惨痛教训,丝毫也不妨碍近在咫尺的温泉里君王和贵妃的人生快活,压根不知百余里外的马嵬坡等待他们演出生死别离的一幕。恰是在这个烽火台下秦皇陵侧与残留着贵妃凝脂的汤池窗户斜对的五间厅里,蒋介石带着温泉的余热慌不择路逃到山坡上,隐伏在北方寒夜的冰冷如铁的一个凹坑里。这一夜的这一声枪响便注定了他十三年后逃亡海上的结局。

那个隐藏过他的骊山上石隙里的凹坑,却成为中国现代历史完成转折的一个关键性符号。毛泽东曾经说过:"历史的经验值得注意。"以上几位在骊山下在温泉里演绎过兴亡故事的角色,似乎谁也没有在得意的时候"注意"到前者在同一地点发生过的"历史经验"。今天,当世界各地的男女拥到骊山下来游逛的时候,未必一定要去"注意""历史的经验",却也不至于发出"都是温泉惹的祸"的戏言吧!

一个古老民族的大半部文明史是在关中这块土地上完成的。历史教科书提供的资料,无以数计地遍布地表和地下的历史遗存,无论怎样翔实怎样铁定的确凿,却都不可避免时空的隔膜和岁月的阴冷。即如唐墓壁画的女人如何生动艳丽,即如兵马俑的雕像如何栩栩如生,你总也感受不到一缕鲜活。当这些主宰着历史的统治者贪婪一池温泉醉生梦死的时候,关中民间的生活秩序和生活形态是怎样一幅图景?教科书和遗存中几乎无存,我只能看到生活演进到二十世纪几十年来关中农村和农民的生活形态。在最近十余年来中国的城市和乡村以前所未有的真实的高速度发展的时候,更多地保存着体现着原有的生活图景生活习俗生产方式,或正在加速消亡,更多地浸淫着思想文化以及由此透见的关中人心理形态的戏曲、演唱、歌谣、婚丧礼仪等等,都在加剧着变化,加剧着消亡。我在儿时甚至延续到青年时代的许多,如牛拉的石磨石碾一类东西早已停转了,即使今天乡村的孩子也不可理解麦子怎样经过石磨变成了面粉。

摄影家胡武功先生无疑是最早敏感到生活的这种变化的先觉者。几十年来追踪生活骤烈的和细微的种种变化,把新与旧的交替留在了自己的心灵底片上。在基本普及了机械收割和脱粒的关中乡村,《光场》的场面已经稀少难见,而这仅仅在十余年前小麦收割上场之前还是遍布关中乡村的生产图像。《麦客》里的麦客也正在消失,这个汉子挥舞镰刀的姿态定格为一个历史的雕像。我可以听见钐断麦秆的脆响,可以感觉到镰刀下卷起的风和微笑,犍牛一样韧劲的脖颈和刀刻一般的口鼻,比任何舞蹈家苦练的舞姿都优美百倍,比任何雕塑大师的金牌雕像都要震撼我心,一种生活原型的自然美是无法取代难以复制的。即将出场的《社火》,梳妆完整只待出门的《新娘》,我在看到一缕羞涩掩饰不住的欣喜的同时,似乎能感知到心跳。《皮影》的幕后操作的架势,《哭坟》里儿女的痛心裂肺的表征,都使我直接感知到生活真实的运行形态,也一次又一次感到真实生动的艺术力量的撞击。

沉重的体力劳动为主的关中乡村生产生活方式正在加剧变化,带有浓厚的地域特质和周秦汉唐文化色彩的民间文化也在悄悄发生变化。从秦代一路犁过来的铁犁终止在小型拖拉机前。被农民挥舞了几千年的长柄镰刀被收割机械代替了。大襟宽裆的衣裤已经被各色流行服装替换。电视把乡村传统的社火、戏曲、木偶、皮影毫不留情地排挤到冷寂的角落,甚至改变着年轻一代的语言习惯。这是一种进步,一种胜利,一种新的文明的生产方式和生活方式。然而,我还是动情于那种替代过程中的差异,一种习惯了的又必须舍弃的依恋,一种交织着痛苦也浸润着温馨的情愫。

敏感而先觉的胡武功朋友,许多年来专心致志于关中乡村的这种生活演变,捕捉到了堪称历史性的告别的生活画面,使我真切地感受到今天民间关中的生产形态和生活形态,感受到在周秦汉唐的古老土地上生活着的关中人的心理形态;肯定为未来的史学家民俗学家包括作家艺术家了解两个世纪交接时代的民间关中,提供了一幅幅最可依赖的原生资料。

我便说,胡武功不仅是敏锐而先觉的摄影家,更是一位富于历史眼光和人文意识的思想者。

2003 年 8 月 27 日 二府庄

多重视角　独自体验

这是一本颇为奇特的书。

书里的三位作者不是合作者合著者,这是一家两代三位女性各自创作的散文作品的合集。其中王芳闻和潇洒是亲姊妹,子叶是她俩的亲侄女。我过去曾经零星阅读过她们的散文篇章,留下过美好的印象。这回较为系统较为完整地阅读三人精选出来的散文合编书稿,便感到一个强烈而又明晰的差异,一家两代三位女性,同时以各自的审美视觉观察社会,观察自然,以各自在社会中不同的位置体验生活看取人生,以各自的艺术兴趣创作出个性鲜明绝难类同的散文作品。恰是在这些作品的个性差异里,给我关于个体与社会、个体与自然、个体与艺术的诸多启示的机缘。

三位同一血统的作者中,我与芳闻较为熟悉,结识多年,虽然缺乏深入的交流,印象里她是一位事业型的又很有品行修养的女干部,长期在党政部门工作,业余进行着不懈的文学创作,已经出版过散文和报告文学集,可惜我读得不多,倒是她的功夫老到的钢笔字一见便令人刮目。这次集中阅读她散文作品,对她整个作品的风貌得以观瞻,同时,也了解了她成长成才的社会和家庭环境。一个极其普通同样贫穷到连买一支铅笔都作难的山区农家,一个读书欲望十分强烈也很聪慧的农村女孩,一个默默地承受着生活艰辛也自觉锤炼着自信自尊的年轻人。我对芳闻几篇回忆求学和如饥似渴读书的散文感触甚深,以至情不自禁地为之动情,说透了是联系到我少年时期求学的艰难往事。芳闻在被糟践成文化沙漠的"文革"时期,通过许多途径搜集到那么多书,对于一个乡村女孩来说是令人感动的。当她广泛阅读获得的丰富而又复杂的知识,逐渐扩展了了解世界的视镜,这对于一个生活在大山里的女青年是具有脱胎换骨完成蜕变意义的事。她的目光已经从农家小院猪圈鸡舍里摆脱出来。她的思维也冲破了当时极左思想的愚弄和封闭落后的愚昧,与文明先进的文化进行对接。关于人生价值关于生命意义的人生坐标开始确立,逐渐完成了从一个山村女孩到一个初具人生理想追求的知识型女性的蜕变和升华。广泛的阅读奠定了她健康健全的心理形态,人类崇高的品格影响着陶冶着她的个性气质和品德修养。无疑,这种以文学书籍为主的博览,激活了磨砺了她先天对文字敏感的那根神经,对生活对人生的感受和体验也就愈来愈灵敏,展示这种体验和感受的文学创作就成为自然的泉涌了。这样,永寿山区缺失了一个日出而作日落而息荷锄种禾抱柴做饭的农妇,却脱颖而出一位干练忠诚的党政干部,兼着灼灼才华的青年作家。

阅读芳闻的散文,便感到一种诗意。这种诗性的气韵弥漫在几乎各类题材的篇章里。写亲情的心灵感应是温馨而又纯净的诗。即使艰难贫穷的屋院里,弥漫的依然是父爱母爱如诗般的温情,滋润着幼小的心灵,抵抗着也化解着极度穷困的生活对孩子的伤害。《阁楼》里父亲逝后才发现的那一箱书籍,是以使人体味甚为伟大的父爱,当是高耸如山深沉如湖。芳闻青少年时期经历的是中国乡村天灾人祸加害施虐的危难时期,她却总是能在艰难困苦的体验里透出一缕内蕴的人性人情的诗性的美,既体现在她读书生活里,也体现在筑泥为案的民办教师的工作中。《夏收时节》对关中大地小麦成熟收获季节气象的描绘,洋溢着关中大地古远的农耕文明的情致意蕴,给我以经久的回味与品赏。

芳闻的散文细腻明快而不黏滞。细腻与明快很难协调，细腻往往容易陷入黏滞。芳闻的细腻能够呈现出明快，既得之于文字功力，得之于审美情趣，更赖于个性气质的独特禀赋，所谓心性使然。较之其他文学形式，散文更直接地展示作家的思想倾向、审美倾向和完全个性化的心理形态，真正是心灵的独白。只有明快明媚的心灵世界，才可能在即使艰难的时世里捕捉到生活底层那一缕温馨，才可能感受到别一个心灵里动人的人性人道的脉搏，才可能对一镜明月一株青柳一树梨花一朵红梅发出如此富于质感富于灵性的吟诵。自然，一个心底幽暗龌龊的灵魂，是很难作假作秀出明快和明媚的文字来。无须解析，这样的心理既无法感受亦无法喷涌这样的文字。这样，我可以以对芳闻的印象来理解她的散文，反过来又可以以她的散文来加深了解芳闻本人，结论是互为可赖可靠。

潇洒的散文从总体上看，再与芳闻的对比里鉴赏，更为突出的是率性，也不乏细腻；更见出恣意洒脱，舒畅淋漓。《手之种种》从人的手这样简单的事象起笔，纵论历史，横向时下世相，涉及词家舞场麻将桌和集市上遮掩在草帽下摆码子讲价钱的种种姿态的手。作者大开大合，甩得开又收得住，视野开阔而又精妙至微，犀利而不粗俗，真是一篇直抒胸臆更见性情的佳作。《电话的自白》以一个独特的视角看取世相，针砭俗丑，颇见入木刻骨功夫。较之其姊芳闻散文，相异出自己的棱角，更见坦直和率性。

潇洒还有一些纯粹抒情的散文，亦见细腻，亦见敏感。然潇洒的细腻与芳闻的细腻又呈现着不同的质感，表面看是文字上的，其实在于个性气质上的根本性差异。这是无法做出高下结论的事。同胞姊妹展示出来个性鲜明的散文作品，却是一个有趣的现象，也是文学创作本质规律的生动体现。

姊妹二人在不同的篇章里都写到家庭环境、生存形态，都写到她们的父亲和母亲，甚至父亲那一根旱烟袋都给她们以永久的记忆，然而同样显示出两人艺术再现时的差异来。无论姊妹二人以怎样差异的心性感知父亲，又以怎样差异的文笔描述父亲，已不重要，倒是一个堪称真正的关中汉子的形象，雕像般兀立于我的眼前。我从他的职业（公社干部）行为里很自然地融通了情感，不仅仅是我在关中东府和他做着同样的工作。这个父亲的坚毅、诚朴，尤其是对苦难的强悍的内在承受力，使我感动而又钦敬。这些品质无疑已经潜移默化到儿女的血液里。

小小子叶尚在初中，已经写作散文了。一个孩子眼里的世界，鸡、狗、猫，无尽的情趣里所呈现的童心童趣。进而到用一双纯净灵聪的眼光看取大人的世界，感受母爱，接触同学和朋友，包括一位不幸早夭的伙伴，可以看到一颗天真澄明的幼小心灵，动人的爱怜和同情心，都彰显着人类最可珍贵的敬重生命的崇高情感。

我发现，侄女子叶眼里笔下呈现的客观世界和心理世界，与其两位姑姑笔下所描绘的她们在相同年龄区段时的世界，似乎已经恍若隔世了。生活和人在近二十年的中国变化之快，常常使人就发出这样的慨叹。但愿中国乡村的孩子再也不要重复芳闻和潇洒童年的生活。但愿中国的孩子都能开始子叶眼里和心灵中美好的记忆。

2003年9月12日 二府庄

三题《一路走来》

关于阅读的可靠性

阅读任世德的传记《一路走来》，突然意识到阅读的可靠性这个话题。

读这部书稿，我很快便投入其中直到陷入其中。这是一种情感的陷入，一种由情感引发的整个心理感受的深深的陷入。不是通常所说的感动了，我的心悸颤了。我与写这本书的作者和被书写的传主发生共鸣了。稍稍平静下来，我首先想到的是一部作品给读者阅读的可靠性这个话题。

我常常招架不住写家、评论家、导家在作品面世前的阐释的诱惑，去看一部小说、一部电影或一部电视连续剧，结果往往不大美妙，在多数的阅读和观赏的真实感受里，基本找不到阐释词中所标榜的主义和意义。屡屡的受挫，就有了关于阅读的可靠性的质疑。尽管知道这是艺术进入商品时代的初级伎俩，譬如好酒和假酒都不能悄悄默默固守在深巷里，都要走出深巷、走上大街、走上报纸、走上电视、走进广播等媒体兜售，劣酒和好酒较劲的功夫都写在广告词的制作上了。多年前有一种以中国文化先师命名的酒，畅销全国，广告覆盖了从中央到地方各级传媒的荧屏和版面，赚了一大把钱，我曾对本省一家很有名气的老字号酒厂的老板说,你们是否舍不得广告费?他说,那家酒厂其实连作坊都没有,只有一个勾兑车间,从包括本厂和全国好几家酒厂购进原浆酒,勾兑后就装瓶出售了……现在,这家只做勾兑没有作坊的酒家是否还存在,搞不清楚,这种以文化先师命名为品牌的名酒,似乎已从大小酒店、酒铺和超市骤然消失了。我想,曾经喝过此酒的人,于今回想起来的那份心理感受,大约与我上述的阅读作品观赏影视之后的感觉相类似。然而我也能自我宽心,初级阶段的中国市场经济就是这样,假酒更需要铺张造势的广告;小说和电影也是商品,同样需要铺张造势,好走出深巷播扬于闹市,好赚钱过好日子。于是,我在阅读某些小说包括翻译过来的作品,观赏某些电影电视之前,就有了如同酒席上选择那种酒的类似情形,这个酒到底咋样?尽管如此,还是免不了受挫的感觉,还是要阅读作品观赏影视,如同喝酒的人不会因为喝了几回假酒而戒酒一样。

《一路走来》之所以引我发生情感和心理的陷入,首先是作品的可靠性。可靠性的最基本品格之一是真实。这部书的传主任世德就是一个普通人。一个当过农民做过工人穿过军装坐过机关扛过相机当过记者又经营着文化企业的阅历十分丰富的人。然而,确确实实是一位普通人,当兵虽有惊人的英雄事迹却未被宣传,当干部也没有显赫的级别,却是一个让我能够可靠地感受真实的生活进程,且引发心理共鸣情感陷入进而思考社会的人。

《一路走来》提供给我的,是一个人六十年的真实的履痕和真实的心路历程,从农村到工厂到军营到机关到商海,任世德经历了苦难也得到过温馨,遭遇过死神的光顾也经历过爱的抚慰,遭受过包括牢狱的冤枉也得到过正直和良心的仗义。一个人的生命经历,透视着六十年社会生活的阴晴雨雾,涌动着生活底层的清流和浊水;一个人追求什么经历了什么得到过什么,心灵怎样被生活现实锤打着颠覆着也锻铸着;一个人面对阳光的欢欣和面对泥泞以至陷阱的无奈,怎样坚守作为人的正义、正直、善良这些最基础的品质,从而能够在他六十岁到来时说一声,我终于没有堕落!

我曾经读过中国和世界的一些在政治、军事、科技和文学艺术上有过大作为的人物的传记,有些属于名家的名著,有些是专业的传记作家的作品,有的是身边人包括秘书、子女的写作,都给我以不同方面的启示。《一路走来》写的是普通人任世德。任世德与我同龄,属相为马。他阅历中的职业色彩比我多样多变也更多丰富,然而我们生活历程中大的社会背景却是一样的,书中叙述的他的生活感受,与我不仅毫无陌生感,而且身同心同,以致激发起我对过去生活的重新回嚼。即使是我没有经历过的工厂和军营,也仍然感受到亲切,丝毫不隔膜。一个普通人的生活历程,更多地给我的是亲近,这得助于作者李沙铃和秋乡的笔墨。在这部传记里,欣赏到的不仅是作家遒劲的笔力,更强烈的是作家思想的敏锐和深邃,把一个普通人的人生经历,开掘得有声有色,颇多警示,颇见警世骇俗的力度。

关于饥饿

任世德生长在号称米粮川的关中平原的兴平县。这块属于俗称白菜心的富庶之地,大约在史称"三年困难时期"之前的二十世纪五十年代,贫穷尽管贫穷,一般农家粗茶淡饭还是可以吃饱肚子的,然而白面和肉食却是稀罕物。作品写到尚未完全成年的任世德被招进一家国营大厂,第一顿午餐看见白生生的大米饭和管饱吃的肉菜,那个惊讶,那个贪馋,读来令人动情伤感。这何止是任世德一个人的特殊感觉,而是包括我在内的一个时代的农村孩子的共同经历。还有一处细节,写进入"三年困难时期"又回到乡村当了农民的任世德,不仅再不能享受工厂食堂的白米细面和肉菜,在农村里真正体验了饥饿,连少年时代的粗粮也吃不饱了。他去参军,临走时母亲瞒着弟弟塞给他一块油渣。油渣是关中农村用棉籽榨过油后的渣子,通常是用来给瓜果和棉花作为肥料用的。现在,油渣成了上等食品,不是随便可以享受得到的吃食了,因为他要参军上路远行边关,母亲才把藏匿许久的这一块油渣塞给他,作为干粮,而又是瞒过弟弟偷偷塞给他的。到部队集合地点报到时,领到了一个大白馒头和一碗有肉块的菜,来送行的弟弟和他一样傻眼了。任世德此时才掏出那块油渣,和弟弟一块就着肉菜享用了,把那个半斤重的白面馒头,让弟弟拿回家去给母亲。我读至此,便泪眼模糊,读不下去了。

贫穷和饥饿,曾经是我们生存的土壤,很长一段时间煎熬着我们的身体和心灵,留给任世德和我这一代人至死也无法忘记的记忆。每有触及,便在眼前浮荡起来,便在心里引起回响,便牵动人情感世界里最脆弱的那一根神经的战栗。

令我感动钦佩的是,在贫穷和饥饿的煎熬中,任世德默默地承受着,显示着巨大的承受力。尤其是在后来的农场里,他忍受着饥饿,却顽强地创造着解除或减轻饥饿的果实,真可以说是惊天地泣鬼神的。他没有逃避,也没有放松自己做人的尺码,保持了一个汉子的道德和操守。而我们常见的现象是,在这样的困境的压迫下,有人放纵自己以至堕落。困难和饥饿煎熬的过程,恰恰是任世德成长的过程。他踏过了泥泞,也学习了文化,反而在精神上比任何时候都富有都强大了。人的价值的升华或贬损,往往就在那个很难熬的过程中自然区分开来。

再令我感动钦佩的是,现在已经不再贫穷的任世德,对待金钱的态度。他在经营一家广告公司的过程中,突显出思维的超前性和经营的才能,加之他的诚实和信用,广告公司的经济效益颇丰厚。然而在他的生活中,仍然动情于一碗蒜水蘸面片,简单而又可口,没有时下某些大款挥霍摆阔的做派。可任世德又绝不吝啬,仍然保持着一个善良人真诚的同情心,每每遇到或听到自己过去的同事(有下级也有上级)遭遇不幸和困难,不管这些人与自己的关系远近亲疏,都会送去一份心意,几百成千元不等。不单是现在他的广告公司获利时,即使原先做普通干部拿固定工资时也是如此。人的品质中的正直和善良是孪生的,没有正直就没有善良,正直本身隐含着真正的而不是虚伪的善良。正直和善良是一个人品质和精神的基石,不受社会地位和经济状况的左右,若受到这些因素左右了,正直和善良的色泽就会消失。当人们普遍叹惋商品利益冲淡了人际间的同情心的时候,作为普通人的任世德,依然守护着自己心灵世界的道德家园,体现出作为一个人的健全健康的人格。

关于对灾难的承受力

在这本传记里,我看到了作为一个人的任世德对灾难的巨大的承受力。这应该是这位普通人精神世界里最强大的支柱性质的东西。

他承受过贫穷和饥饿。他承受过战场的艰苦和随时可能遭遇的死神。他承受了非常时期里在非常环境下,种植庄稼的比农人还要艰辛的超负荷劳动。他都挺过来了,他不是悲悲凄凄、怨怨艾艾地被动地承受,而是脚踏实地不遗余力主动地承受。这是他总是能走出困境、走出灾难的精神因素,自然也包括他的豁达的性格因素。在人生漫长的承受灾难历练中,任世德成为普通人中的强者,这主要指他的精神。

在如上述这些自然的生活的社会的普遍性灾难中,如任世德一样磨砺过承受力的,同时代有一批人。而经受不白之冤,蒙受监牢之苦、之委屈、之屈辱的人,就成为极个别人的灾难了。任世德就遭逢了一回。对于这种灾难的承受力,远非上述那些灾难的意义可比。正是在这一偶然的冤案的过程中,作为普通人的任世德的心理承受力,令我感动,令我钦佩。

一九八〇年的中国城市人,在充分感受安定祥和的社会生活气氛的同时,工资见涨奖金也见涨了,作为国营军工大企业的职工,自然是首先体会到春江水暖的鸭子。有了吃饭穿衣之外的富余钱的职工们,普遍渴望家里能添置一台电视机。那时候的电视机主要依赖进口,一般家庭能购得起的是十二英寸和十四英寸的黑白电视机,在日渐迫切的需求的呼声中,任世德和他的同事受众人之托、也受领导委派,到广东去购买回来几百台十四英寸黑白电视机。满足了许多家庭的心愿,赢得了职工的欢心爱戴,也显露出任世德会办事的能力。几年后,任世德被无端怀疑在购买电视机的过程中有问题,首先是作为经济犯罪大案提出来,之后又收容审查,进了号子,时间几近一年之久。

这个案情不只是十几年后的今天,让人感到荒唐,即使当时法制尚不健全的情况下,许多人也感到莫名其妙。这件荒唐的冤案在这本传记中是最沉重的一笔,也是传主任世德人生历程中最沉重的一笔。他经历中的贫穷和饥饿,是那个时代绝大多数人的经历;他经历的战争死亡的磨砺,有一块爱国的英雄主义的磨石沉在心底;唯独蒙受屈辱的冤案,于心理上是一个无以诉述也无法自释的沉重。在这个过程中和过程之后,我才看出了作为普通人的任世德的不平凡之处。

面对这个人为的灾难,他的态度比我想象的要简单得多。他只抱住一条老主意,我没有做睡不着觉的事,在号子里仍然踏实入睡。这种做人的修养和心态,恐怕用处变不惊这个词也难以概括。一个老实人的老主意,才是对待灾难的强大的承受力的基础。一个对社会对世界玩着两面派手段的人,内心永远都是虚弱慌乱的,即使没有灾难降临,时时处处都摆脱不掉虚假带来的内虚的幽灵。

更让我感动钦佩的是任世德事后的态度。他从冤案和冤狱中走出来，不仅不闹，连那些给他制造冤案的人他也原谅了。他说他们还陷在"整人"的习惯性思维和心态中，恨他们闹他们已经没有多大实际意义，他要抓紧时间去干他想干的事业了。他被委任去创办《军工报》，几乎是白手起家，短短时间内就把一张专业报纸办得红红火火，创造出令人眼热的雄厚的家底。而与他一起因购买电视机而蒙受同样冤屈的同事，为讨一个公道、讨一个正名的平反通知，愤懑和忧虑得难以解脱。任世德接受了事实上的平反，并不看重那一张平反通知。这是同样合理的两种态度。

  我曾经说过，我的整个人生体验可以用一句话概括，就是不断增强承受痛苦的能力。这样才能踏过种种灾难的泥泞，走出自己的天地。我正是在任世德这位同龄人身上，感受到了这点相通的东西。

2003年6月19日 小寨

你的句子已灿灿发亮

和王宜振结识的时候,我们还都是小伙子,都爱着文学,别无选择地都把习作稿投给《西安晚报》文艺副刊,和副刊编辑张月赓都成了朋友。我约略记得,和他第二次见面,就是在老张仅有一间屋子的家里。笑眯眯的,说话声音很绵软,这是第一次见面的印象。三十余年过去,我谢了顶,他的头顶上也空白闪亮,然而依旧是眯眯笑着,说话的声音依旧绵软。三十多年前我在报纸上看他写作的儿童作品,三十多年后他依然写着儿童题材的诗歌。诗集出过八本,国家级大奖获过六次,完全是一位影响深远的儿童文学大家了。我真是感慨而又感动。

我的感慨和感动在于一个人一生都在与孩子对话,都在感受着儿童心灵的妙音,都在专注地与那一双双天真烂漫纯洁无瑕的童稚的眼睛对视和交流,聆听如竹笋拔节般活泼泼的生命旋律,这样的作家活到百岁,心灵也是一片童稚的纯净和鲜嫩。

只有具备一颗纯美圣洁的心地,才能和纯洁无瑕的童心发生共鸣;只有如圣母般的善意和爱心,才会得到灵敏的童心的呼应;只有满怀巨大的至诚的对生命的敬畏,才会张开想象的翅膀。小说创作需要想象,诗歌亦然,儿童诗歌更不可或缺想象。没有丰富的想象力,就没有创作。宜振对于童稚心灵世界的敏感,得助于自身心灵的纯洁,想象的翅膀呈现出非凡的活力和恒久性。我在吟诵他的诗篇时,常常被那些绝妙的喻体——想象的结晶——所惊讶,所陶醉。我很怀疑这样年龄的人依然会保持如此丰富的想象的活力,便断定宜振的心是年轻的诗性的心。

即使在感怀乡土感怀亲情的诗篇里,宜振仍透出一缕少年的纯美。这本诗集里几乎有一半都是写土地和乡村以及生活在这古老土地上的广义的父老乡亲。土地、乡村和黄土高原,是从这块沃土走出来的一代一代诗人吟诵不竭的圣地。宜振生长在陕北农村,诗性最敏感的部位也在于此。这些诗篇里洋溢着宜振独特的声音、独特的旋律、独特的韵味。我揣测来自他纯粹个性化的独特体验以及难以企及的赤诚。这些诗篇常常使我吟哦不止,心灵颤颤。有些堪称不可多得的精品佳作,仅示较短一首《父亲从乡下来》:

> 父亲从乡下来
> 乡下的父亲
> 伸开粗粝的手
> 手心里握着四个季节
>
> 父亲从乡下来
> 乡下的父亲
> 用草帽扇风
> 扇出一串串鸟鸣
>
> 乡下的父亲
> 跟我睡在一起
> 夜深人静,父亲的骨节在舒展
> 从骨节里蹦出一片蛙声
>
> 乡下的父亲

用旱烟袋抽烟
把烟袋锅磕一磕
竟磕出一地的乡情

乡下的父亲
头颅是一颗太阳
无论头顶是黑是白
都能把一个个日子照亮

　　这样的诗是不需要解释的,也不适宜解释,任何高明的解释都很难达到精微的语言之外的韵味和意蕴。世界上有许多诗是需要讲解的,也可能有多重意释的;有些诗不适宜解释而适宜吟诵,只有在吟诵时才能充分感受它的美,才能陶醉在无尽的难以言说的情感里。宜振的这首诗对我就产生了这样的认知。无论诗歌,无论小说、散文,写父亲的篇章太多太多了,精品也不少,宜振的这一首且不判断算不算精品,却可以说出类拔萃。

　　在宜振的诗集里,通本都布满着这样的词:绿草、花瓣、蝴蝶、小鸟、麦子、幼芽、萤火、灯笼、青蛙、池塘、火苗、月亮、星星、羽毛、苍鹰、鸿雁、鸟巢、鸟蛋、蟋蟀、蝈蝈、油菜花、稻田、纺车、炊烟、烟袋等等。宜振自己不知是否留意,在阅读者我的感觉里,却是如此强烈。这些语汇漫散在整本诗篇诗句中,阅读者的心境和情怀不觉中泛潮起诗意了。这些语汇原本都是最富于生命活力的,它们从诗人宜振的胸膛倾泻出来,进入我的视野,触动我的神经,满心都潮起生命的活力了。我现在大致可以冒昧猜测宜振永远眯眯的笑脸和绵软的声音了,一个眼里和心中装满绿草花瓣鸟鸣虫叫蝶舞的人,大约不会在乎生活里的龌龊的。一生都能保持如此美好的笑容和声音的宜振,令我在感动之同时又分外钦敬。

　　宜振一生都沉浸在儿童的心灵世界,一生都在为着儿童工作

（编辑《少年月刊》）。他吟诵不止，孜孜不倦，永不满足，追求着心灵的完美和诗的境界的完美。有一首《摸亮》的诗当是他这种追求的写照：我摸一个词语／从嫩摸到老／我想把它摸亮。我摸一个句子／从青摸到黄／我想把它摸亮……我读这样的诗，同样以为只可意会而不必言说。我惊讶"从嫩摸到老""从青摸到黄"这样漂亮的句子。我几乎感同身受般可以感知到艺术探索的兴致和艰难。我想到了古人的"推敲"。我也想到了海明威以无比的毅力追求自己创造境界的感人故事，他有一句名言概括得十分生动，叫作"寻找属于自己的句子"。海明威"寻找"的"句子"和宜振"摸"索"词语"和"句子"的精神是一样的，都是要得到只能是属于"自己的句子"。只有"自己的句子"才是具有艺术个性的"句子"，才是不会被淹没的"句子"。

我想以宜振《母亲的嘱咐》来互勉：临走的时候／把母亲水灵灵的嘱咐／掐一段　放在阳光下／晒干　装进小小的／旅行袋／饥时　嚼一点／渴时　嚼一点／一小段晒干的／话儿　嚼它／需要我一生的／时间。这样的诗，我一触摸，便有一种质感，这是一个艺术家用事业的大锤，溅着满心的生命之火，锻铸出来的一个凛凛然的大写的关于人的诗句。这种被称作诗的句子，莫说轻才小慧者难以获得，肤浅浮躁着难以寻找，只有宜振这样把智慧和用心完全投入创造的人，才可能在几十年不改不移的追寻和摸索中获取，这是生命体验的真谛。诵读这样的句子，也就诵读着生命和创造的韵味，一种踏实，一种尊严，一种执着，一种执火前行而不惜焚毁的神圣。

我想和着宜振吟诵的旋律，咀嚼那一段被"晒干的话儿"，为生命壮行。

2003 年 11 月 21 日　二府庄

探索·归结·展示

——在《王蓬文集》首发式上的讲话

  我到汉中来专门参加《王蓬文集》的出版发行仪式，首先非常感动的一点就是，汉中市的党政各界领导，都来出席这样一个作家的文集发行仪式，这样高规格的礼仪，我在陕西没有经历过，第一次；包括我的文集的出版，都没有这样高的规格，所以我很感动。这就给我一个启示，就是汉中包括以王蓬为代表的这样一批作家、中青年作家的成长，它历来受到汉中市市委、市政府，包括相关的各个部门，真诚的关怀、爱护和扶助，才有这样一批作家成长起来、发展壮大起来。因为汉中自新时期以来，尤其是二十世纪八十年代末以后，几任书记、市长，我大体都打过交道，都认识。在八十年代像王蓬还都是青年作家的时候，这些领导都很关注他们，帮助解决很多实际生活和工作的问题。从创作这个意义上讲，作家的具体写作是作家的事，人物咋样刻画，主题咋样开掘，田杰（书记）管不了，那是王蓬的本事、王蓬的努力，但给他们一定的、必备的一些工作条件，包括他们个人生活上的困难的解决，各级领导的关注对这些作家的成长，具有很重要的意义。倒不是他们的享受如何，而是能够使作家把他的智慧和精力，投入到艺术探索中间去。这样就在汉中这块地域上，就使在文学创作这个领域里有兴趣有智慧的人，能够把他们的智慧发挥得最好，也就能够给我们陕西、大到给我们国家培养在文学领域的一批人才。我看到了汉中市市委、市政府,包括相关各部门,这种支持的连续性。这个我是断断续续亲身经历的,有些事我都直接参与过。所以我很感动。包括去年九月,我到汉中来,前任书记胡悦到现任书记田杰,去年九月我都见过。他们对文学的热心不是一般的兴趣,不是说哪个书记哪个市长,喜欢文艺或不喜欢文艺,来参加一下某个作家或者艺术家的一些活动,而真正是出于他对汉中这块土地上的一种事业的责任心。我在这个领域常讲,有人把文学说得太过重要的时候,我反倒把这个调子往低降一下,我说一个地方,一个省一个市,老百姓过日子,主要靠经济发展,靠这个决定碗里的稀稠呢。文学包括其他艺术这都是边缘的,或者就是摇旗呐喊的,它有个主次。但是我在汉中这里能感到的,就是领导们在艺术这个领域里,他没有把这个当作一个边缘,而当作一个非常重要的党的事业来抓,我看到了这个事业的继承性。尤其今天这个会议,市委、市政府、人大、政协,包括军分区,各个方面的领导来参加一个作家文集的发行仪式,我是非常感动的,所以我想说这个意思:表达对市委、市政府、人大、政协各界领导,包括真正的关注过汉中文化事业、作家艺术家的各级领导的真诚的感谢之意。

下面讲《王蓬文集》的发行。大概是去年九月,我到汉中来,王蓬才第一次说,他原来一直不敢出文集,现在受凤杰的影响想出文集。王蓬跟我说到这个话,我说你确实应该出文集。这样王蓬就决定出文集,让我来写序。我很荣幸地接受了写序这样一个承诺。我跟王蓬认识多年,甚至在"文革"尚未结束之前,我们作为陕西的业余作者认识以后,一直到去年他说这个话之前,我没认真写过王蓬一篇文章。这是很遗憾的事情。在我的印象里,关系走得比较近、接触比较多的朋友,反倒容易忽视这个东西。到王蓬要出版文集,我就觉得是一个很庄严的事,因为对一个作家来讲,探索大半生,这个文集的出版,实际上是对于他整个生命意义、创造意义的一次归结、一次展示。我是比较认真地、系统地阅读了王蓬的主要著作,思考了一点问题,包括对王蓬。对王蓬和他的作品理解起来就比较容易,因为与他接触毕竟多。我就写了一个序文。王蓬的整个创作的意义和他取得的成就,里边所涉及的作家与生活、作家与人民、作家与地域、作家与个人经历,以及作家跟社会……这种种关系,通过我和他的接触,更多的是依赖他的文本,思考了几个包括我自己对创作的理解和看法,我在这里就不再赘述,有兴趣的朋友可以看看序就了解了。总而言之,王蓬作为陕西省会城市西安的一个城市人,因为不幸而随着父亲流落陕南,反而因祸得福,在这片沃土上经历了灾难,却成就了事业。这个现象本身就给人生做了多种可能性的注释。它给人的人生启示是多重的。今天,当王蓬成长为一个具有全国性影响的大作家的时候,我们回味或者探索王蓬的成长历程,显然就具有了更广泛的意义。这个问题我文章里已多所涉及,就不再多说。总之就王蓬的文集的出版,表示最真诚的祝贺——无论作为朋友,无论作为一个同道者,都是一种非常真诚的祝贺。

近年,我又看王蓬写汉中——现在好像已经走出汉中涉及关中,以及陕西整个历史文化的一些随笔,最近我在某个杂志上还看到他写了两篇探索陕西历史文化的很有学术价值的文章。王蓬已经从小说创作进入学者化作家的层次,带有更多的文化品位。这个连我都做不到。对于汉中地域性的历史文化、自然风光、风土人情,包括现在的经济政治状况,王蓬写过一些电视专题片、写过很多文章向外界介绍。这对地区知名度的提高,对汉中的开发,都有积极的意义,对地方经济、地方人文的发展,起到了最基本的功能。这里,我也对《王蓬文集》的编辑李金玉——远方的客人,也是我的老朋友——表示真诚的感谢。她应该是功勋编辑。路遥的《平凡的世界》是具有很大影响的一部长篇,是她编辑出版的,咱们陕西还有很多作家,都受过李金玉编辑的扶助,包括王蓬的很多作品。我想汉中人民是会欢迎你的,会拿汉中米皮来欢迎(你),这是我最喜欢吃的东西。在汉中文学界除王蓬之外,各个年龄层次已经出现了一批很优秀的作家,有的还坚守秦岭南边,有的流落到或者说打进西安去了。一个很有意思的现象,陕西现在很具影响的两个现代派作家——青年作家——都出在汉中,一个寇挥,一个爱琴海,现在这两个都在西安,在小说这个领域是具有全国性影响的,是现代派意识的两个作家。看来汉中并不封闭,秦岭把什么都挡不住。现代传媒——我不会上网,但我知道网很厉害——把整个世界都沟通为一体呀。所以我们不要以为汉中就封闭,汉中不封闭。在这块土地上,现在还有很多年轻的诗人、小说作家、散文作家,像李汉荣,还有一个丁小村。汉中已经成为我们省一个文学重镇。新时期以前,汉中以戏剧和诗歌创作影响大,好像没有小说创作的重要作家,现在已经打破了这个格局。而且汉中有戏剧大家,白头发那个、跟我年龄差不多的老郝,都是很具有影响的。我把这个简略讲一下,因为我知道今日在座的,是汉中市的各级领导,你知道一个轮廓,你以后能在各个方面关注一下王蓬之后的更年轻的作家。谢谢大家!

2003 年 11 月 22 日 汉中

生活的脉象,我的脉象

——小说自选集新版序

重新编选这三本小说自选集时,抽掉了五六篇旧作,添进去新世纪这两三年来新写的六篇小说。最早的短篇小说写于二十世纪七十年代末尾,最晚的一篇写于今年年初。我之所以强调写作时间,是新时期文艺复兴以来,亦即是标志为改革开放时代以来的二十五年间,单是从内容上看,我自己似乎也才猛然发现,这些小说几乎是亦步亦趋留下了生活演变的屐痕,大致可以揣摩二十余年来在冲决一层一层精神和心理樊篱的历程中,中国人尤其是农民,心理秩序发生过怎样的变化。

我对自己的写作也更清楚地确信一点,二十余年来我一直正面面对现实,面对乡村里发生的剧烈的或微妙的人心悸颤。我说不清是为了什么或因为什么,也滤析不准是出于个人气性或思维方式,而作品摆列下来的既成事实,显示着二十余年来我始终没有从现实生活的层面移开眼睛。我的中、短篇小说几乎全部是生活演进过程的即时即兴之作,只有长篇小说《白鹿原》是一个例外,是以一九四九年以前远逝了的那半个多世纪的历史生活为背景的作品。即使在《白》书创作的准备和实际写作的六年时间里,我仍然抑制不住生活急骤变化的冲撞,抽空寻隙写下了几个短篇小说,没有使这一段时月留下空缺,甚以为幸,也甚以为欣慰。新世纪伊始,我重新开始短篇小说的写作操练,像以往一样,且不论在艺术上做过何样儿谋算,而内容依然是把着现实生活运动的脉搏。这样,这些中、短篇小说就大致勾勒或者说记录着新时期二十余年来,我从中国乡村一隅所把握到的社会生活变幻起伏的脉象。

我也因此而有了一个重新把握自己的契机,运动着的现实生活对我最具诱惑力和冲击力。换一个角度说,我对现实生活的波动最容易发生呼应,最为敏感,无法移开眼睛,也无法改易。

这三本小说自选集,差不多收入了新时期以来我的绝大部分小说作品,同样也摆列出我在小说创作一路上的印迹。关注和喜欢我的小说创作的朋友,也会清楚地看出一个作家二十余年艺术探索的大略脉象,捡取一点一滴有用的东西,即使是借鉴式的教训,都足以让我感到安慰。

长江文艺出版社重新出版这套小说自选集,使其重新进入图书市场,走向更多的读者。作为作者,当是最为鼓舞的事。谨向周百义和他的长江文艺出版社致以谢意,正是他们提供了作家、作品和读者完成交流的桥。

2003 年 12 月 4 日 二府庄

《原下的日子》后记

要写这篇后记的时候，突然意识到，在已经出过的大约三十种书籍中，我只给自己的一本书写过千把字的后记，就是我平生出版的第一本书，短篇小说集《乡村》。第一本书的出版在我创作历程中的感动，都留在那千把字的文字之中了。我不大喜欢作自序，只在出版社编辑申明不可违拗的理由时，我才顺应去写，这样就有五六种散文或小说集子留下了序。在我的整个意识里，作者关于社会关于生命关于艺术的全部体验和用心，其实都蕴含在大大小小的作品里，读者读了就了然于胸，无须作家再表白什么或阐释什么。只有在作品里读不到而又必须向读者交代与内文有关的事时，才有必要写序或跋。

这本书既写了序，又写了后记，当是我的所有集子里最完善的一本了。这固然与责任编辑说明此套书统一体例有关，而写序却是我原有的欲望，可谓不谋而合。原因只有一点，新世纪伊始的头两年，我又回到白鹿原祖居的小院。我又闻见了邻家从墙头弥漫过来的柴烟，虽然有呛味，却是城市废气无法对比的。我第一声听到的是斑鸠的叫声，随之就听到了乡村里所有常住鸟和季候鸟的叫声。这些叫声从幼年起就刻印在我心灵的磁带上。我把种种感受写成短篇小说或散文，自觉已经不是十年前在这个屋院写作中短篇小说和长篇小说的感觉了。我自己以为有诸多差异，说来肯定话长。其实，如若读者对十年前我的作品还有一缕印象，就很容易在这本集子的阅读中鉴别出某些差异来。

　　这本书原来只想编二〇〇一年至二〇〇二年在原下写的各类体裁的作品，只想把这两年的作品拢集起来，也单列出来。这想法不单是为标志这两年在生活和艺术上的追寻，还有一点也许对我更富有意义，这是我的生命历程中颇有单列意味的两年。这两点都值得作为存照。责任编辑看过二〇〇三年的一些作品，不愿舍弃，我也就同意编入了。我在今年春节后离开原下的小院，住到城南和乡村的杂混地带，窗外还留一大片被各种建筑物包围的农田，有四季变幻的庄稼和各种蔬菜。原下一切都更适宜我生存，致命的是一日三餐烧锅燎灶太麻烦了。在这里比较清静，也有一份省得自己动手的饭吃。

　　于是离开原下，再择地而居。

　　原以为有二十余万字，编一本书正好。不料排版排出近四十万字，有些偏厚了，造价也会偏贵，于读者就会斟酌开支了。

　　遵责任编辑韩霁虹嘱写下这篇后记。

2003年12月14日　二府庄

背离共性,自成风景

——《陕西名家作品选》序

许久许久以来,我都陷入在关涉陕西作家和作品的话题之中。

最初是一种情感陷入。那是青少年时代阅读柳青《创业史》和王汶石的《风雪之夜》所发生的情感活动。到二十世纪七十年代中后期,我能写一些小说并参与一些文学活动的时候,关于陕西作家和作品的议论,就成为几乎所有关涉创作的各种形式的活动里最重要的话题,一直延续几十年。直到现在,在专题集会里,在报纸刊物电视等大众媒体上,乃至作家朋友之间的茶棚饭桌的闲谈之中,依然以丝毫不减的热切浓厚的兴趣讨论着。话题的核心常常集中到一点:陕西作家的作品,在中国当代文学总体格局中的位置,与别的地域最具代表性的作家和他们的作品比照,优长何在,弱点在哪儿?这个最被关注的话题的种种观点和看法中,常常牵涉到解放以来陕西两代最具代表性的作家和他们的作品。前者是写乡村题材的柳青和王汶石,写战争和工业题材的杜鹏程,写诗歌和散文的胡征、魏钢焰和李若冰等作家;后者自然是新时期崛起当代文坛以路遥、贾平凹为代表的一个人数颇为整齐雄壮的作家群。尤其是新时期形成的这个群体的许多作家和他们的作品,近三十年来一直在陕西文学圈子内和广大读者群里探讨着议论着(且不说除陕西地域之外的当代文坛的作家、评论家和读者的评价和议论),甚至从他们的处女作和发轫之作开始,一直被关注被讨论到现在。除开某个较为极端的一竿子扫光的观点且不论,总体来看,正是这种讨论和议论所酿造的颇为神圣的文学气场和文学氛围,把这个群体中的一批作家提升、推进到中国当代文学的大格局当中,甚为耀眼。应该说,十七年里的柳青、杜鹏程、王汶石、魏钢焰、李若冰和新时期以来的路遥、贾平凹等为代表的一批作家的创作,成为中国当代文学的一个重要组成部分,也成为不同时期不同的读者群里被广泛传诵的作家和作品,当是陕西文学颇可自信的事。

关于新时期以来陕西作家群的小说作品的总体印象,似乎都在说着一个共性太多的问题。从表面看来似乎不无道理,诸如多以农村生活为写作选材,都在关注当代生活进程中的农民命运,大多都在追求一种生活演变中作品思想的深刻性,艺术上绝大多数也都遵循着现实主义,语言上都弥漫着秦地方言的浓厚色彩。说到这个共性的负面,视野狭窄,手法陈旧,等等。

如果说这些看法在二十世纪七十年代末到八十年代初还比较切合当时刚刚形成的这些青年作家作品的实际,那么,二十世纪八十年代中期以后,这个群体作家的作品风貌就很难用上述的共性来概括了,无论从哪一个角度哪一个视角去看,都很难把任何两个作家(更不要说一群)拢在一起论说共性了。就是说,他们各自已经完成或者说基本奠定了艺术的个性化特质。我目睹也切身经历了那个自觉而又迫切地逃离共性的过程。路遥的《平凡的世界》和贾平凹几乎同期创作的《浮躁》,其艺术气象、艺术风貌各成一景,更不用说后来的《废都》《高老庄》了。我是清楚地看见这个群体的一批作家不断地实现各自的艺术探索和艺术突破,以鲜明的艺术个性闪耀在当代文坛上。稍后的年龄更轻的几位作家,一经出现在文坛上,就以其别具一格的艺术个性令人刮目相看,杨争光、叶广芩、红柯、冯积岐、爱琴海等,很难在他们那里归结出共性来。中外古今的文学史有一点十分严峻也极富启示性,即个性化的艺术形态,既是作家成熟的重要标志之一,也是作品存活于世的关键之一。从这个说来,其实也属通常的法则的意义上说,我向前辈陕西作家和当代正活跃着创造着的作家表示钦敬。

《陕西作家五十年——优秀小说选》和《陕西作家五十年——优秀散文选》,收编了陕西五十年来两代作家的代表作,读者既可以一窥一比同代作家的鲜明的艺术特质,也可以看出差异更大的两代作家各自难以归纳共性更难以混同的独立风景,起码不会轻率地统而论其共性了。

2003 年 12 月 23 日 海口